考試分數大躍進
累積實力
百萬考生見證
應考秘訣

考試相關概要
根據日本國際交流基金

快速通關 絕對合格 日檢N3 單字、閱讀

新制對應 QR code

日檢權威山田社持續追蹤最新日檢題型變化！

山田社
日檢書

前言

preface

百萬考生見證，山田社持續追蹤最新日檢題型變化，
精益求精，更新單字書內容！
從精選單字，編寫最接近考題的短句、長句，完全依照最新題型更新，
看完本書，將讓您赴試自信滿滿，驚呼簡單！

《重音版 新制日檢！絕對合格 N3 必考單字》百分百全面日檢學習對策，讓您致勝考場：

★ 所有單字標示「重音」，讓您會聽、會用，考場拿出真本事！

★ 補充「類、對譯詞」單字量 3 倍升級！

★ 新增最接近考題的短句「必考詞組」，以提升理解度，單字用法一點就通！

★ 編寫最接近考題的例句「必考例句」，同步吸收同級文法與會話，三效合一，效果絕佳！

別讓記憶力，成為考試的壓力！

想成為最後的贏家，靠做夢是沒有用的。一定要有想贏的心、想辦法贏，那就是找對單字書！

重音版絕對合格提供 100%全面的單字學習對策，讓您輕鬆取證，致勝考場！本書特色有：

● 50 音順 + 類對義詞＝合格捷徑！

全書單字採 50 音順排列，黃金搭配省時省力，讓你方便查詢，並補充類義詞與對義詞，相關單字一網打盡，讓你加深印象、方便記憶，迅速 KO 必考單字！

● 一千五百多個單字，變出無數用法！

重音版絕對合格日檢單字給您五星級內容，讓您怎麼考，怎麼過！權威，就是這麼威！

▲ 所有單詞（包括接頭詞、接尾詞、感歎詞等）精心挑選，標注重音、詞性，解釋貼切詳細。

▲ 增加類義詞、對義詞，戰勝日檢的「換句話說」題型，3 倍擴充單字量。

▲ 最接近考題的短句，針對「文脈規定」的題型，讓您知道如何靈活運用單字。

▲最接近考題的例句，文法與會話同步學習，針對日檢趨向生活化，效果絕佳！

N3 JLPT

● 標示重音，縮短合格距離！

突破日檢考試第一鐵則，會聽、會用才是真本事！「きれいな　はな」是「花很漂亮」還是「鼻子很漂亮」？小心別上當，搞懂重音，會聽才會用！本書每個單字後面都標上重音，讓您一開始就打好正確的發音基礎，大幅提升日檢聽力實力，縮短日檢合格距離！

● 貼心排版，一目瞭然！

單字全在一個對頁內就能完全掌握，左邊是單字資訊，右邊是詞組例句，不必翻來翻去眼花撩亂，閱讀動線清晰好對照。

● 權威經驗，值得信賴！

本書以日本國際交流基金（JAPAN FOUNDATION）舊制考試基準，及最新發表的「新日本語能力試驗相關概要」為基準。並參考舊制及新制日檢考試內容並結合日語使用現況，同時分析國內外各類單字書及試題等，並由具有豐富教學經驗的日語教育專家精心挑選出 N3 單字編著成書。

● 日籍教師朗讀 MP3 光碟，光聽就會

由日籍教師標準發音朗讀，馬上聽、馬上通、馬上過！本書附贈 MP3 光碟，由日本專業老師親自錄音，隨聽隨記，即使沒時間也能讓你耳濡目染。可說是聽力訓練，最佳武器！

● 編號設計，掌握進度！

每個單字都有編號及打勾方格，可以自行安排學習或複習進度！

目錄

contents

新「日本語能力測驗」概要

JLPT

一、什麼是新日本語能力試驗呢

1. 新制「日語能力測驗」

從2010年起實施的新制「日語能力測驗」（以下簡稱為新制測驗）。

1－1　實施對象與目的

新制測驗與舊制測驗相同，原則上，實施對象為非以日語作為母語者。其目的在於，為廣泛階層的學習與使用日語者舉行測驗，以及認證其日語能力。

1－2　改制的重點

改制的重點有以下四項：

1　測驗解決各種問題所需的語言溝通能力

新制測驗重視的是結合日語的相關知識，以及實際活用的日語能力。因此，擬針對以下兩項舉行測驗：一是文字、語彙、文法這三項語言知識；二是活用這些語言知識解決各種溝通問題的能力。

2　由四個級數增為五個級數

新制測驗由舊制測驗的四個級數（1級、2級、3級、4級），增加為五個級數（N1、N2、N3、N4、N5）。新制測驗與舊制測驗的級數對照，如下所示。最大的不同是在舊制測驗的2級與3級之間，新增了N3級數。

N1	難易度比舊制測驗的1級稍難。合格基準與舊制測驗幾乎相同。
N2	難易度與舊制測驗的2級幾乎相同。
N3	難易度介於舊制測驗的2級與3級之間。（新增）
N4	難易度與舊制測驗的3級幾乎相同。
N5	難易度與舊制測驗的4級幾乎相同。

＊「N」代表「Nihongo（日語）」以及「New（新的）」。

3　施行「得分等化」

由於在不同時期實施的測驗，其試題均不相同，無論如何慎重出題，每次測驗的難易度總會有或多或少的差異。因此在新制測驗中，導入「等化」的計分方式後，便能將不同時期的測驗分數，於共同量尺上相互比較。因此，無論是在什麼時候接受測驗，只要是相同級數的測驗，其得分均可予以比較。目前全球幾種主要的語言測驗，均廣泛採用這種「得分等化」的計分方式。

4 提供「日本語能力試驗Can-do自我評量表」（簡稱JLPT Can-do）

為了瞭解通過各級數測驗者的實際日語能力，新制測驗經過調查後，提供「日本語能力試驗Can-do自我評量表」。該表列載通過測驗認證者的實際日語能力範例。希望通過測驗認證者本人以及其他人，皆可藉由該表格，更加具體明瞭測驗成績代表的意義。

1－3 所謂「解決各種問題所需的語言溝通能力」

我們在生活中會面對各式各樣的「問題」。例如，「看著地圖前往目的地」或是「讀著說明書使用電器用品」等等。種種問題有時需要語言的協助，有時候不需要。

為了順利完成需要語言協助的問題，我們必須具備「語言知識」，例如文字、發音、語彙的相關知識、組合語詞成為文章段落的文法知識、判斷串連文句的順序以便清楚說明的知識等等。此外，亦必須能配合當前的問題，擁有實際運用自己所具備的語言知識的能力。

舉個例子，我們來想一想關於「聽了氣象預報以後，得知東京明天的天氣」這個課題。想要「知道東京明天的天氣」，必須具備以下的知識：「晴れ（晴天）、くもり（陰天）、雨（雨天）」等代表天氣的語彙；「東京は明日は晴れでしょう（東京明日應是晴天）」的文句結構；還有，也要知道氣象預報的播報順序等。除此以外，尚須能從播報的各地氣象中，分辨出哪一則是東京的天氣。

如上所述的「運用包含文字、語彙、文法的語言知識做語言溝通，進而具備解決各種問題所需的語言溝通能力」，在新制測驗中稱為「解決各種問題所需的語言溝通能力」。

新制測驗將「解決各種問題所需的語言溝通能力」分成以下「語言知識」、「讀解」、「聽解」等三個項目做測驗。

語言知識	各種問題所需之日語的文字、語彙、文法的相關知識。
讀　解	運用語言知識以理解文字內容，具備解決各種問題所需的能力。
聽　解	運用語言知識以理解口語內容，具備解決各種問題所需的能力。

作答方式與舊制測驗相同，將多重選項的答案劃記於答案卡上。此外，並沒有直接測驗口語或書寫能力的科目。

2. 認證基準

新制測驗共分為N1、N2、N3、N4、N5五個級數。最容易的級數為N5，最困難的級數為N1。

與舊制測驗最大的不同，在於由四個級數增加為五個級數。以往有許多通過３級認證者常抱怨「遲遲無法取得2級認證」。為因應這種情況，於舊制測驗的2級與3級之間，新增了N3級數。

新制測驗級數的認證基準，如表1的「讀」與「聽」的語言動作所示。該表雖未明載，但應試者也必須具備為表現各語言動作所需的語言知識。

N4與N5主要是測驗應試者在教室習得的基礎日語的理解程度；N1與N2是測驗應試者於現實生活的廣泛情境下，對日語理解程度；至於新增的N3，則是介於N1與N2，以及N4與N5之間的「過渡」級數。關於各級數的「讀」與「聽」的具體題材（內容），請參照表1。

■ 表1 新「日語能力測驗」認證基準

	級數	認證基準 各級數的認證基準，如以下【讀】與【聽】的語言動作所示。各級數亦必須具備為表現各語言動作所需的語言知識。
↑ 困難 *	N1	能理解在廣泛情境下所使用的日語 【讀】・可閱讀話題廣泛的報紙社論與評論等論述性較複雜及較抽象的文章，且能理解其文章結構與內容。 ・可閱讀各種話題內容較具深度的讀物，且能理解其脈絡及詳細的表達意涵。 【聽】・在廣泛情境下，可聽懂常速且連貫的對話、新聞報導及講課，且能充分理解話題走向、內容、人物關係、以及說話內容的論述結構等，並確實掌握其大意。
	N2	除日常生活所使用的日語之外，也能大致理解較廣泛情境下的日語 【讀】・可看懂報紙與雜誌所刊載的各類報導、解說、簡易評論等主旨明確的文章。 ・可閱讀一般話題的讀物，並能理解其脈絡及表達意涵。 【聽】・除日常生活情境外，在大部分的情境下，可聽懂接近常速且連貫的對話與新聞報導，亦能理解其話題走向、內容、以及人物關係，並可掌握其大意。
	N3	能大致理解日常生活所使用的日語 【讀】・可看懂與日常生活相關的具體內容的文章。 ・可由報紙標題等，掌握概要的資訊。 ・於日常生活情境下接觸難度稍高的文章，經換個方式敘述，即可理解其大意。 【聽】・在日常生活情境下，面對稍微接近常速且連貫的對話，經彙整談話的具體內容與人物關係等資訊後，即可大致理解。

＊容易↓		
	N4	能理解基礎日語 【讀】・可看懂以基本語彙及漢字描述的貼近日常生活相關話題的文章。 【聽】・可大致聽懂速度較慢的日常會話。
	N5	能大致理解基礎日語 【讀】・可看懂以平假名、片假名或一般日常生活使用的基本漢字所書寫的固定詞句、短文、以及文章。 【聽】・在課堂上或周遭等日常生活中常接觸的情境下，如為速度較慢的簡短對話，可從中聽取必要資訊。

＊N1最難，N5最簡單。

3. 測驗科目

新制測驗的測驗科目與測驗時間如表2所示。

■ 表2　測驗科目與測驗時間＊①

級數	測驗科目（測驗時間）				
N1	語言知識（文字、語彙、文法）、讀解（110分）		聽解（60分）	→	測驗科目為「語言知識（文字、語彙、文法）、讀解」；以及「聽解」共2科目。
N2	語言知識（文字、語彙、文法）、讀解（105分）		聽解（50分）	→	
N3	語言知識（文字、語彙）（30分）	語言知識（文法）、讀解（70分）	聽解（40分）	→	測驗科目為「語言知識（文字、語彙）」；「語言知識（文法）、讀解」；以及「聽解」共3科目。
N4	語言知識（文字、語彙）（30分）	語言知識（文法）、讀解（60分）	聽解（35分）	→	
N5	語言知識（文字、語彙）（25分）	語言知識（文法）、讀解（50分）	聽解（30分）	→	

N1與N2的測驗科目為「語言知識（文字、語彙、文法）、讀解」以及「聽解」共2科目；N3、N4、N5的測驗科目為「語言知識（文字、語彙）」、「語言知識（文法）、讀解」、「聽解」共3科目。

由於N3、N4、N5的試題中，包含較少的漢字、語彙、以及文法項目，因此當與N1、N2測驗相同的「語言知識（文字、語彙、文法）、讀解」科目時，有時會使某幾道試題成為其他題目的提示。為避免這個情況，因此將「語言知識（文字、語彙、文法）、讀解」，分成「語言知識（文字、語彙）」和「語言知識（文法）、讀解」施測。

＊①：聽解因測驗試題的錄音長度不同，致使測驗時間會有些許差異。

4. 測驗成績

4－1　量尺得分

舊制測驗的得分，答對的題數以「原始得分」呈現；相對的，新制測驗的得分以「量尺得分」呈現。

「量尺得分」是經過「等化」轉換後所得的分數。以下，本手冊將新制測驗的「量尺得分」，簡稱為「得分」。

4－2　測驗成績的呈現

新制測驗的測驗成績，如表3的計分科目所示。N1、N2、N3的計分科目分為「語言知識（文字、語彙、文法）」、「讀解」、以及「聽解」3項；N4、N5的計分科目分為「語言知識（文字、語彙、文法）、讀解」以及「聽解」2項。

會將N4、N5的「語言知識（文字、語彙、文法）」和「讀解」合併成一項，是因為在學習日語的基礎階段，「語言知識」與「讀解」方面的重疊性高，所以將「語言知識」與「讀解」合併計分，比較符合學習者於該階段的日語能力特徵。

■ 表3　各級數的計分科目及得分範圍

級數	計分科目	得分範圍
N1	語言知識（文字、語彙、文法） 讀解 聽解	0～60 0～60 0～60
	總分	0～180
N2	語言知識（文字、語彙、文法） 讀解 聽解	0～60 0～60 0～60
	總分	0～180
N3	語言知識（文字、語彙、文法） 讀解 聽解	0～60 0～60 0～60
	總分	0～180
N4	語言知識（文字、語彙、文法）、讀解 聽解	0～120 0～60
	總分	0～180
N5	語言知識（文字、語彙、文法）、讀解 聽解	0～120 0～60
	總分	0～180

各級數的得分範圍，如表3所示。N1、N2、N3的「語言知識（文字、語彙、文法）」、「讀解」、「聽解」的得分範圍各為0～60分，三項合計的總分範圍是0～180分。「語言知識（文字、語彙、文法）」、「讀解」、「聽解」各占總分的比例是1：1：1。

N4、N5的「語言知識（文字、語彙、文法）、讀解」的得分範圍為0～120分，「聽解」的得分範圍為0～60分，二項合計的總分範圍是0～180分。「語言知識（文字、語彙、文法）、讀解」與「聽解」各占總分的比例是2：1。還有，「語言知識（文字、語彙、文法）、讀解」的得分，不能拆解成「語言知識（文字、語彙、文法）」與「讀解」二項。

除此之外，在所有的級數中，「聽解」均占總分的三分之一，較舊制測驗的四分之一為高。

4－3　合格基準

舊制測驗是以總分作為合格基準；相對的，新制測驗是以總分與分項成績的門檻二者作為合格基準。所謂的門檻，是指各分項成績至少必須高於該分數。假如有一科分項成績未達門檻，無論總分有多高，都不合格。

新制測驗設定各分項成績門檻的目的，在於綜合評定學習者的日語能力，須符合以下二項條件才能判定為合格：①總分達合格分數（＝通過標準）以上；②各分項成績達各分項合格分數（＝通過門檻）以上。如有一科分項成績未達門檻，無論總分多高，也會判定為不合格。

N1～N3及N4、N5之分項成績有所不同，各級總分通過標準及各分項成績通過門檻如下所示：

級數	總分		分項成績					
			言語知識（文字・語彙・文法）		讀解		聽解	
	得分範圍	通過標準	得分範圍	通過門檻	得分範圍	通過門檻	得分範圍	通過門檻
N1	0～180分	100分	0～60分	19分	0～60分	19分	0～60分	19分
N2	0～180分	90分	0～60分	19分	0～60分	19分	0～60分	19分
N3	0～180分	95分	0～60分	19分	0～60分	19分	0～60分	19分

級數	總分		分項成績			
			言語知識（文字・語彙・文法）・讀解		聽解	
	得分範圍	通過標準	得分範圍	通過門檻	得分範圍	通過門檻
N4	0～180分	90分	0～120分	38分	0～60分	19分
N5	0～180分	80分	0～120分	38分	0～60分	19分

※上列通過標準自2010年第1回(7月)【N4、N5為2010年第2回(12月)】起適用。

缺考其中任一測驗科目者，即判定為不合格。寄發「合否結果通知書」時，含已應考之測驗科目在內，成績均不計分亦不告知。

4－4　測驗結果通知

依級數判定是否合格後，寄發「合否結果通知書」予應試者；合格者同時寄發「日本語能力認定書」。

■ N1, N2, N3

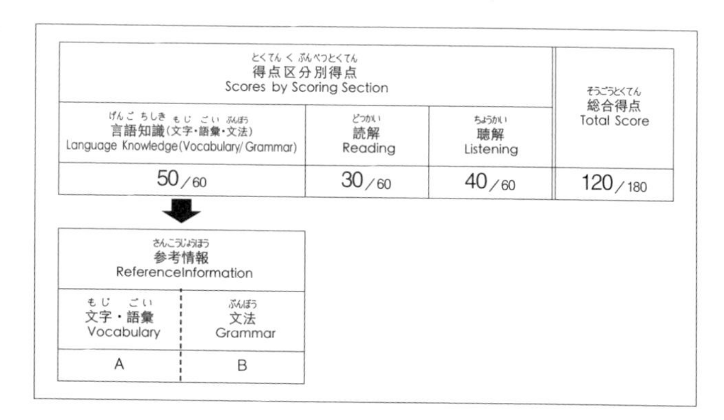

得点区分別得点 Scores by Scoring Section			総合得点 Total Score
言語知識（文字・語彙・文法） Language Knowledge(Vocabulary/ Grammar)	読解 Reading	聴解 Listening	
50／60	30／60	40／60	120／180

参考情報 ReferenceInformation	
文字・語彙 Vocabulary	文法 Grammar
A	B

■ N4, N5

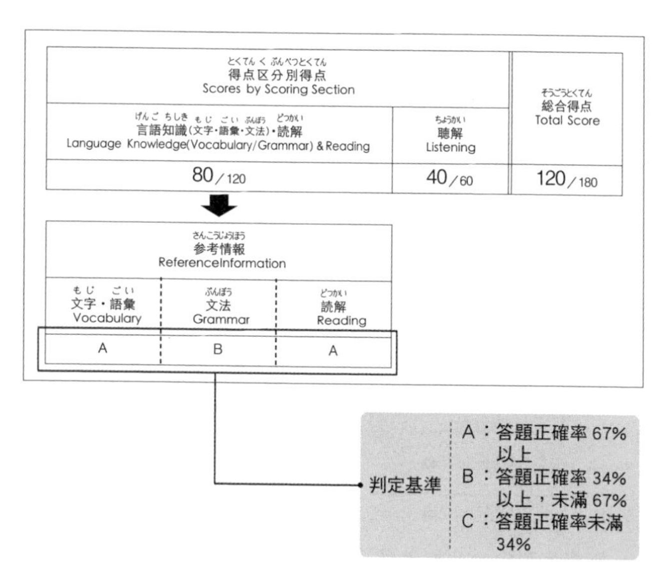

得点区分別得点 Scores by Scoring Section		総合得点 Total Score
言語知識（文字・語彙・文法）・読解 Language Knowledge(Vocabulary/Grammar) & Reading	聴解 Listening	
80／120	40／60	120／180

参考情報 ReferenceInformation		
文字・語彙 Vocabulary	文法 Grammar	読解 Reading
A	B	A

※各節測驗如有一節缺考就不予計分，即判定為不合格。雖會寄發「合否結果通知書」但所有分項成績，含已出席科目在內，均不予計分。各欄成績以「＊」表示，如「＊＊／60」。

※所有科目皆缺席者，不寄發「合否結果通知書」。

N3 題型分析

測驗科目（測驗時間）		試題內容				
		題型			小題題數＊	分析
語言知識（30分）	文字、語彙	1	漢字讀音	◇	8	測驗漢字語彙的讀音。
		2	假名漢字寫法	◇	6	測驗平假名語彙的漢字寫法。
		3	選擇文脈語彙	○	11	測驗根據文脈選擇適切語彙。
		4	替換類義詞	○	5	測驗根據試題的語彙或說法，選擇類義詞或類義說法。
		5	語彙用法	○	5	測驗試題的語彙在文句裡的用法。
語言知識、讀解（70分）	文法	1	文句的文法1（文法形式判斷）	○	13	測驗辨別哪種文法形式符合文句內容。
		2	文句的文法2（文句組構）	◆	5	測驗是否能夠組織文法正確且文義通順的句子。
		3	文章段落的文法	◆	5	測驗辨別該文句有無符合文脈。
	讀解＊	4	理解內容（短文）	○	4	於讀完包含生活與工作等各種題材的撰寫說明文或指示文等，約150～200字左右的文章段落之後，測驗是否能夠理解其內容。
		5	理解內容（中文）	○	6	於讀完包含撰寫的解說與散文等，約350字左右的文章段落之後，測驗是否能夠理解其關鍵詞或因果關係等等。
		6	理解內容（長文）	○	4	於讀完解說、散文、信函等，約550字左右的文章段落之後，測驗是否能夠理解其概要或論述等等。
		7	釐整資訊	◆	2	測驗是否能夠從廣告、傳單、提供各類訊息的雜誌、商業文書等資訊題材（600字左右）中，找出所需的訊息。
聽解（40分）		1	理解問題	◇	6	於聽取完整的會話段落之後，測驗是否能夠理解其內容（於聽完解決問題所需的具體訊息之後，測驗是否能夠理解應當採取的下一個適切步驟）。
		2	理解重點	◇	6	於聽取完整的會話段落之後，測驗是否能夠理解其內容（依據剛才已聽過的提示，測驗是否能夠抓住應當聽取的重點）。
		3	理解概要	◇	3	於聽取完整的會話段落之後，測驗是否能夠理解其內容（測驗是否能夠從整段會話中理解說話者的用意與想法）。
		4	適切話語	◆	4	於一面看圖示，一面聽取情境說明時，測驗是否能夠選擇適切的話語。
		5	即時應答	◆	9	於聽完簡短的詢問之後，測驗是否能夠選擇適切的應答。

＊「小題題數」為每次測驗的約略題數，與實際測驗時的題數可能未盡相同。此外，亦有可能會變更小題題數。

＊有時在「讀解」科目中，同一段文章可能會有數道小題。

＊符號標示：「◆」舊制測驗沒有出現過的嶄新題型；「◇」沿襲舊制測驗的題型，但是更動部分形式；「○」與舊制測驗一樣的題型。

資料來源：《日本語能力試驗JLPT官方網站：分項成績・合格判定・合否結果通知》。2016年1月11日，
取自：http://www.jlpt.jp/tw/guideline/results.html

本書使用說明

Point 1 漸進式學習

利用單字、詞組（短句）和例句（長句），由淺入深提高理解力。

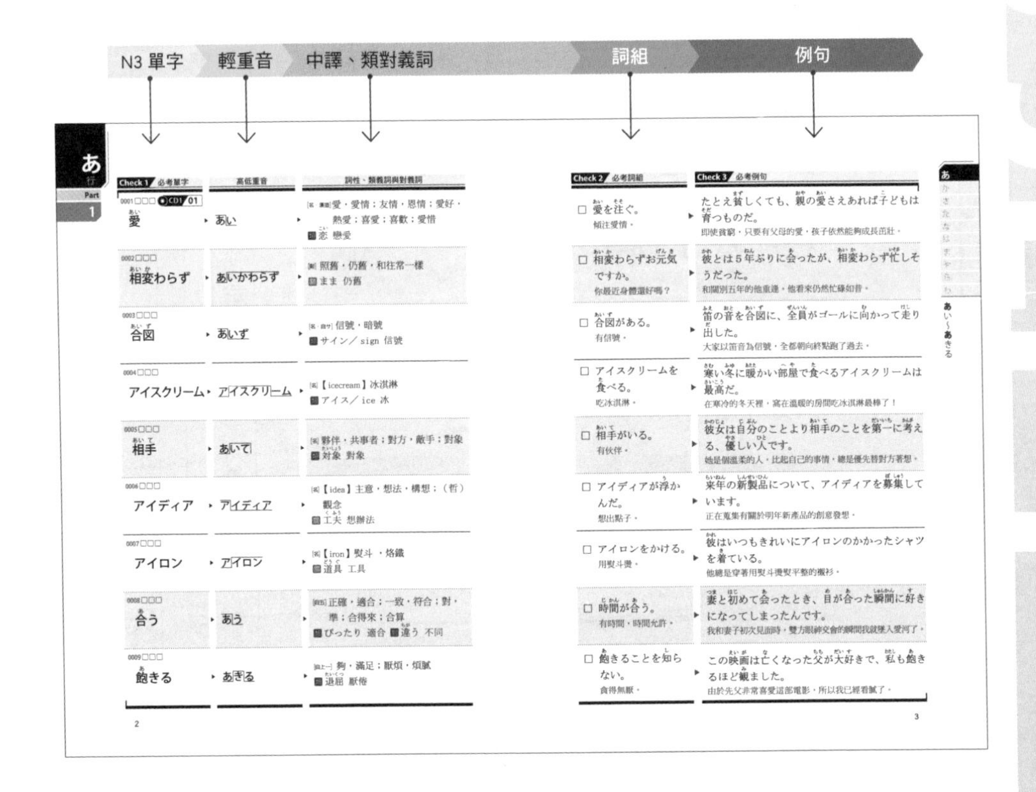

あ行 Part 1

Check 1 必考單字	高低重音	詞性、類義詞與對義詞	Check 2 必考詞組	Check 3 必考例句
0001 CD1 01 愛	あい	[名・漢造] 愛，愛情；友情，恩情；愛好，熱愛；喜愛；喜歡；愛惜 ■恋 戀愛	愛を注ぐ。傾注愛情。	たとえ貧しくても、親の愛さえあれば子どもは育つものだ。即使貧窮，只要有父母的愛，孩子依然能夠成長茁壯。
0002 相変わらず	あいかわらず	[副] 照舊，仍舊，和往常一樣 ■まま 仍舊	相変わらずお元気ですか。你最近身體還好嗎？	彼とは5年ぶりに会ったが、相変わらず忙しそうだった。和闊別五年的他重逢，他看來仍然忙碌如昔。
0003 合図	あいず	[名・自サ] 信號，暗號 ■サイン／sign 信號	合図がある。有信號。	笛の音を合図に、全員がゴールに向かって走り出した。大家以笛音為信號，全都朝向終點跑了過去。
0004 アイスクリーム	アイスクリーム	[名]【icecream】冰淇淋 ■アイス／ice 冰	アイスクリームを食べる。吃冰淇淋。	寒い冬に暖かい部屋で食べるアイスクリームは最高だ。在寒冷的冬天裡，窩在溫暖的房間吃冰淇淋最棒了！
0005 相手	あいて	[名] 夥伴，共事者；對方，敵手；對象 ■対象 對象	相手がいる。有伙伴。	彼女は自分のことより相手のことを第一に考える、優しい人です。她是個溫柔的人，比起自己的事情，總是優先替對方著想。
0006 アイディア	アイディア	[名]【idea】主意，想法，構想；（哲）觀念 ■工夫 想辦法	アイディアが浮かんだ。想出點子。	来年の新製品について、アイディアを募集しています。正在蒐集有關於明年新產品的創意發想。
0007 アイロン	アイロン	[名]【iron】熨斗，烙鐵 ■道具 工具	アイロンをかける。用熨斗燙。	彼はいつもきれいにアイロンのかかったシャツを着ている。他總是穿著用熨斗燙熨平整的襯衫。
0008 合う	あう	[自五] 正確，適合；一致，符合；對，準；合得來；合算 ■ぴったり 適合 ■違う 不同	時間が合う。有時間，時間允許。	妻と初めて会ったとき、目が合った瞬間に好きになってしまったんです。我和妻子初次見面時，雙方眼神交會的瞬間我就墜入愛河了。
0009 飽きる	あきる	[自上一] 夠，滿足；厭煩，煩膩 ■退屈 厭倦	飽きることを知らない。貪得無厭。	この映画は亡くなった父が大好きで、私も飽きるほど観ました。由於先父非常喜愛這部電影，所以我已經看膩了。

2

3

あ か さ た な は ま や ら わ

あい～あきる

Point 2 三段式間歇性複習法

⇨ 以一個對頁為單位，每背 10 分鐘回想默背一次，每半小時回頭總複習一次。

⇨ 每個單字都有三個方格，配合三段式學習法，每複習一次就打勾一次。

⇨ 接著進行下個對頁的學習！背完第一組 10 分鐘，再複習默背上一對頁的第三組單字。

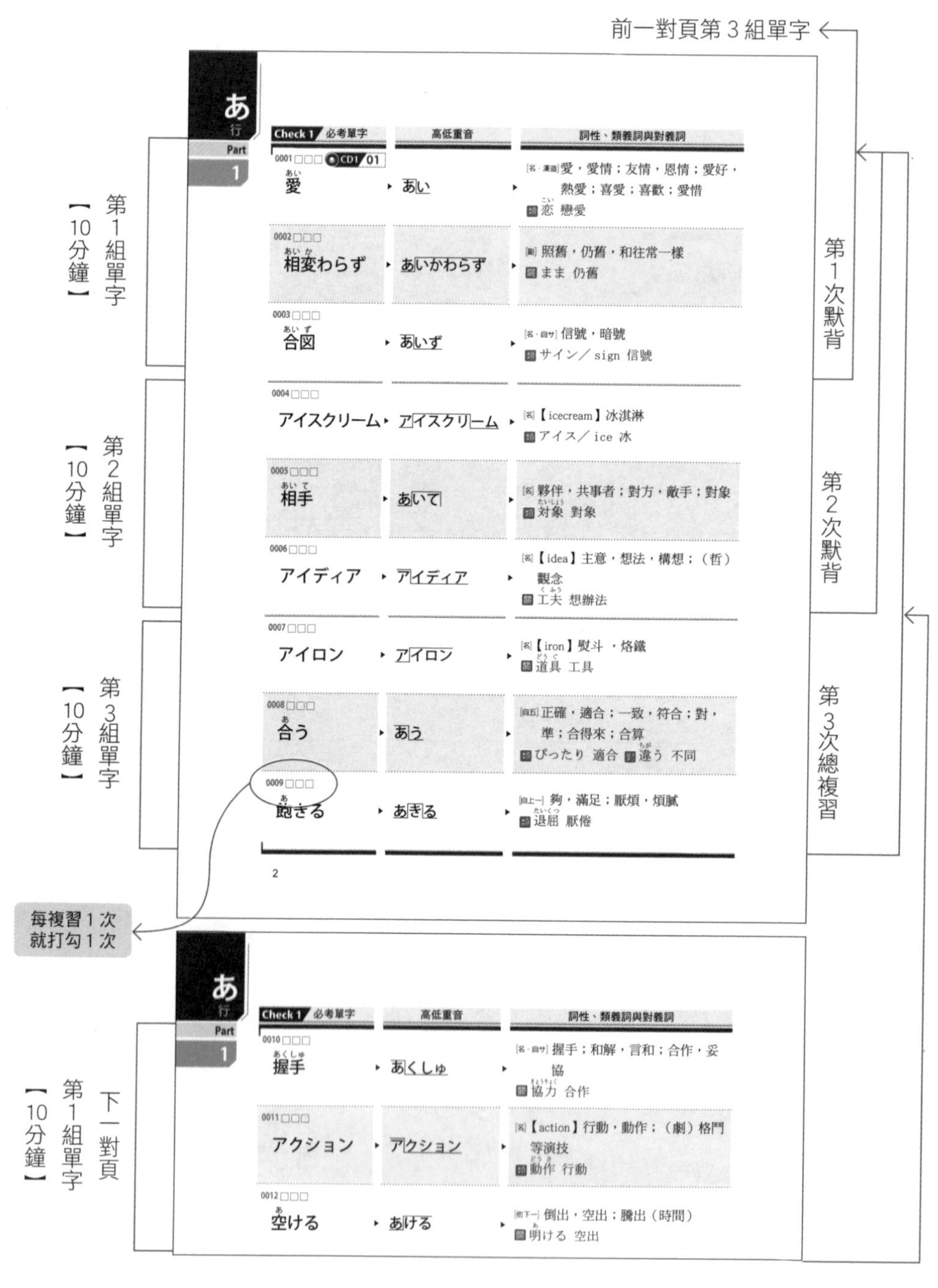

日本語能力試驗

JLPT

N3 單字

Part 1 五十音順單字…15

Check 1 必考單字	高低重音	詞性、類義詞與對義詞
0001 □□□ CD1/01 愛（あい）	あい	[名・漢造] 愛，愛情；友情，恩情；愛好，熱愛；喜愛；喜歡；愛惜 類 恋（こい） 戀愛
0002 □□□ 相変わらず（あいかわらず）	あいかわらず	[副] 照舊，仍舊，和往常一樣 關 まま 仍舊
0003 □□□ 合図（あいず）	あいず	[名・自サ] 信號，暗號 類 サイン／sign 信號
0004 □□□ アイスクリーム	アイスクリーム	[名]【icecream】冰淇淋 類 アイス／ice 冰
0005 □□□ 相手（あいて）	あいて	[名] 夥伴，共事者；對方，敵手；對象 類 対象（たいしょう） 對象
0006 □□□ アイディア	アイディア	[名]【idea】主意，想法，構想；（哲）觀念 關 工夫（くふう） 想辦法
0007 □□□ アイロン	アイロン	[名]【iron】熨斗 ，烙鐵 關 道具（どうぐ） 工具
0008 □□□ 合う（あう）	あう	[自五] 正確，適合；一致，符合；對，準；合得來；合算 類 ぴったり 適合 對 違う（ちがう） 不同
0009 □□□ 飽きる（あきる）	あきる	[自上一] 夠，滿足；厭煩，煩膩 類 退屈（たいくつ） 厭倦

Check 2 必考詞組	Check 3 必考例句
□ 愛(あい)を注(そそ)ぐ。 傾注愛情。	たとえ貧(まず)しくても、親(おや)の愛(あい)さえあれば子(こ)どもは育(そだ)つものだ。 即使貧窮，只要有父母的愛，孩子依然能夠成長茁壯。
□ 相変(あいか)わらずお元気(げんき)ですか。 你最近身體還好嗎？	彼(かれ)とは5年(ねん)ぶりに会(あ)ったが、相変(あいか)わらず忙(いそが)しそうだった。 和闊別五年的他重逢，他看來仍然忙碌如昔。
□ 合図(あいず)がある。 有信號。	笛(ふえ)の音(おと)を合図(あいず)に、全員(ぜんいん)がゴールに向(む)かって走(はし)り出(だ)した。 大家以笛音為信號，全都朝向終點跑了過去。
□ アイスクリームを食(た)べる。 吃冰淇淋。	寒(さむ)い冬(ふゆ)に暖(あたた)かい部屋(へや)で食(た)べるアイスクリームは最高(さいこう)だ。 在寒冷的冬天裡，窩在溫暖的房間吃冰淇淋最棒了！
□ 相手(あいて)がいる。 有伙伴。	彼女(かのじょ)は自分(じぶん)のことより相手(あいて)のことを第一(だいいち)に考(かんが)える、優(やさ)しい人(ひと)です。 她是個溫柔的人，比起自己的事情，總是優先替對方著想。
□ アイディアが浮(う)かんだ。 想出點子。	来年(らいねん)の新製品(しんせいひん)について、アイディアを募集(ぼしゅう)しています。 正在蒐集有關於明年新產品的創意發想。
□ アイロンをかける。 用熨斗燙。	彼(かれ)はいつもきれいにアイロンのかかったシャツを着(き)ている。 他總是穿著用熨斗燙熨平整的襯衫。
□ 時間(じかん)が合(あ)う。 有時間，時間允許。	妻(つま)と初(はじ)めて会(あ)ったとき、目(め)が合(あ)った瞬間(しゅんかん)に好(す)きになってしまったんです。 我和妻子初次見面時，雙方眼神交會的瞬間我就墜入愛河了。
□ 飽(あ)きることを知(し)らない。 貪得無厭。	この映画(えいが)は亡(な)くなった父(ちち)が大好(だいす)きで、私(わたし)も飽(あ)きるほど観(み)ました。 由於先父非常喜愛這部電影，所以我已經看膩了。

Check 1 必考單字	高低重音	詞性、類義詞與對義詞
0010 □□□ 握手（あくしゅ）	あくしゅ	[名・自サ] 握手；和解，言和；合作，妥協 關 協力（きょうりょく） 合作
0011 □□□ アクション	アクション	[名]【action】行動，動作；（劇）格鬥等演技 類 動作（どうさ） 行動
0012 □□□ 空ける（あける）	あける	[他下一] 倒出，空出；騰出（時間） 關 明ける（あける） 空出
0013 □□□ 明ける（あける）	あける	[自下一]（天）明，亮；過年；（期間）結束，期滿；空出 關 空ける（あける） 倒出 對 暮れる（くれる） 日暮
0014 □□□ 揚げる（あげる）	あげる	[他下一] 炸，油炸；舉，抬；提高；進步 關 焼く（やく） 烤
0015 □□□ 顎（あご）	あご	[名]（上、下）顎；下巴 關 首（くび） 脖子
0016 □□□ 麻（あさ）	あさ	[名]（植物）麻，大麻；麻紗，麻布，麻纖維 關 綿（めん） 綿
0017 □□□ 浅い（あさい）	あさい	[形]（水等）淺的；（顏色）淡的；（程度）膚淺的，少的，輕的；（時間）短的 關 薄い（うすい） 薄的 對 深い（ふかい） 深的
0018 □□□ 足首（あしくび）	あしくび	[名] 腳踝 關 足（あし） 腳

Check 2 必考詞組	Check 3 必考例句
□ 握手(あくしゅ)をする。 握手合作。	試合(しあい)が終(お)われば、勝(か)っても負(ま)けても笑(わら)って握手(あくしゅ)をするのがスポーツだ。 比賽結束後，不論輸贏都要笑著和對手握手，這才是運動家精神。
□ アクションドラマが人気(にんき)だ。 動作片很紅。	このドラマは、派手(はで)なアクションが人気(にんき)の理由(りゆう)だそうだ。 據說激烈的動作場面正是這部戲劇受歡迎的原因。
□ 会議室(かいぎしつ)を空(あ)ける。 空出會議室。	週末(しゅうまつ)、一緒(いっしょ)に買(か)い物(もの)に行(い)きたいから、予定(よてい)を空(あ)けておいてね。 我這週末想跟你一起去買東西，先把時間空下來唷！
□ 夜(よ)が明(あ)ける。 天亮。	夜(よる)が明(あ)けて、東(ひがし)の空(そら)が赤(あか)く輝(かがや)いている。 破曉時分，天空東方亮起一片火紅。
□ 天(てん)ぷらを揚(あ)げる。 炸天婦羅。	小(ちい)さく切(き)った肉(にく)に粉(こな)をつけて、180度(ど)の油(あぶら)で5分(ふん)揚(あ)げます。 將切成小塊的肉裹上粉，並用180度的油炸5分鐘。
□ 二重(にじゅう)あごになる。 長出雙下巴。	その男(おとこ)は、全身黒(ぜんしんくろ)い服(ふく)で、頬(ほほ)から顎(あご)にかけて傷(きず)がありました。 那個男人全身穿著黑衣，並且有一道從臉頰延伸到下顎的傷痕。
□ 麻(あさ)でできた布(ぬの)。 麻質的布	このワンピースは、綿(めん)に麻(あさ)が20パーセント入(はい)っています。 這件洋裝的棉料含有20%的麻纖維。
□ 思慮(しりょ)が浅(あさ)い。 思慮不周到。	包丁(ほうちょう)で手(て)を切(き)ったと聞(き)いてびっくりしたが、傷(きず)が浅(あさ)くてよかったよ。 聽到他菜刀切到手時吃了一驚，幸好傷口不深。
□ 足首(あしくび)を捻挫(ねんざ)する。 扭到腳踝。	足首(あしくび)の怪我(けが)を防(ふせ)ぐために、足(あし)に合(あ)った靴(くつ)を選(えら)ぶことが大切(たいせつ)です。 為避免腳踝扭傷，選擇合腳的鞋子非常重要。

Check 1 必考單字	高低重音	詞性、類義詞與對義詞
0019 □□□ 預かる（あずかる）	あずかる	[他五] 收存，（代人）保管；擔任，管理，負責處理；保留，暫不公開 關 引き受ける（ひきうける） 負責
0020 □□□ CD1/02 預ける（あずける）	あずける	[他下一] 寄放，存放；委託，託付 類 頼む（たのむ） 委託
0021 □□□ 与える（あたえる）	あたえる	[他下一] 給予，供給；授與；使蒙受；分配 類 あげる 給予
0022 □□□ 暖まる（あたたまる）	あたたまる	[自五] 暖，暖和；感到溫暖；手頭寬裕 類 暖かい（あたたかい） 暖 對 冷える（ひえる） 感覺冷
0023 □□□ 温まる（あたたまる）	あたたまる	[自五] 暖，暖和；感到心情溫暖 對 冷える（ひえる） 感覺冷
0024 □□□ 暖める（あたためる）	あたためる	[他下一] 使溫暖；重溫，恢復；擱置不發表 類 熱する（ねっする） 加熱 對 冷やす（ひやす） 冰鎮
0025 □□□ 温める（あたためる）	あたためる	[他下一] 溫，熱 對 冷やす（ひやす） 冰鎮
0026 □□□ 辺り（あたり）／辺（あたり）	あたり	[名・造語] 附近，一帶；之類，左右 類 辺（へん） 附近
0027 □□□ 当たり前（あたりまえ）	あたりまえ	[名] 當然，應然；平常，普通 類 勿論（もちろん） 當然

Check 2 必考詞組	Check 3 必考例句
□ 金(かね)を預(あず)かる。 保管錢。	▶ 子育(こそだ)てが終(お)わり、今(いま)は近所(きんじょ)の子(こ)どもたちを預(あず)かっています。 家裡的孩子已經大了不需要照顧，目前我在幫鄰居帶小孩。
□ 荷物(にもつ)を預(あず)ける。 寄放行李。	▶ ボーナスは半分使(はんぶんつか)って、残(のこ)りの半分(はんぶん)は銀行(ぎんこう)に預(あず)けるつもりです。 我打算花掉半數獎金，剩下的另一半存入銀行。
□ 機会(きかい)を与(あた)える。 給予機會。	▶ 地震(じしん)は、私(わたし)の生(う)まれ故郷(こきょう)に大(おお)きな被害(ひがい)を与(あた)えた。 地震給我的家鄉帶來了莫大的災害。
□ 部屋(へや)が暖(あたた)まる。 房間暖和起來。	▶ 太陽(たいよう)が顔(かお)を出(だ)すと、冷(つめ)たかった空気(くうき)も少(すこ)しずつ暖(あたた)まってきた。 太陽公公露臉後，冰冷的空氣也漸漸暖和起來。
□ 体(からだ)が温(あたた)まる。 身體暖和。	▶ この映画(えいが)は、親(おや)のいない少年(しょうねん)と子馬(こうま)との心温(こころあたた)まる物語(ものがたり)だ。 這部電影描述的是一名沒有父母的少年和小馬的溫馨故事
□ 手足(てあし)を暖(あたた)める。 焐手腳取暖。	▶ そろそろお帰(かえ)りの頃(ころ)かと思(おも)い、お部屋(へや)を暖(あたた)めておきました。 我想他差不多該回來了，所以就先讓房間暖和起來。
□ ご飯(はん)を温(あたた)める。 熱飯菜。	▶ 冷(つめ)たいままでも、温(あたた)めても、おいしくお召(め)し上(あ)がりいただけます。 無論是放涼後直接吃還是加熱，都能享受到絕佳的風味。
□ あたりを見回(みまわ)す。 環視周圍。	▶ 昨日(きのう)、駅(えき)の辺(あた)りで爆発事故(ばくはつじこ)があったらしいですよ。 昨天車站附近好像發生了爆炸事件哦！
□ 借金(しゃっきん)を返(かえ)すのは当(あ)たり前(まえ)だ。 借錢就要還。	▶ 家族(かぞく)なんだから、困(こま)った時(とき)は助(たす)け合(あ)うのが当(あ)たり前(まえ)でしょ。 因為是家人，遇到困難時當然得互相幫助。

Check 1 必考單字	高低重音	詞性、類義詞與對義詞
0028 □□□ 当(あ)たる	あたる	[自五・他五] 碰撞；擊中；合適；太陽照射；取暖，吹（風）；接觸；（大致）位於；當…時候；（粗暴）對待 類 衝突(しょうとつ)する 撞上
0029 □□□ あっという間(ま)（に）	あっというまに	[感] 一眨眼的功夫 類 一瞬(いっしゅん) 一瞬
0030 □□□ アップ	アップ	[名・他サ]【up】增高，提高 類 上(あ)げる 提高
0031 □□□ 集(あつ)まり	あつまり	[名] 集會，會合；收集（的情況） 類 会議(かいぎ) 會議
0032 □□□ 宛名(あてな)	あてな	[名] 收信（件）人的姓名住址 對 差出人(さしだしにん) 寄件人
0033 □□□ 当(あ)てる	あてる	[他下一] 碰撞，接觸；命中；猜，預測；貼上，放上；測量；對著，朝向
0034 □□□ アドバイス	アドバイス	[名・他サ]【advice】勸告，提意見；建議 類 助言(じょげん) 建議
0035 □□□ 穴(あな)	あな	[名] 孔，洞，窟窿；坑；穴，窩；礦井；藏匿處；缺點；虧空 關 巣(す) 窩
0036 □□□ アナウンサー	アナウンサー	[名]【announcer】廣播員，播報員 關 司会(しかい) 主持人

Check 2 必考詞組	Check 3 必考例句
□ 日が当たる。 陽光照射。	飛んできたボールが目に当たって、大怪我をしました。 飛過來的球砸中了眼睛，造成我嚴重受傷。
□ あっという間の７週間。 七個星期一眨眼就結束了。	電子レンジで５分、あっという間に晩ごはんの出来上がり。 用電子微波爐微波五分鐘，一眨眼晚飯就做好了。
□ 年収アップ。 提高年收。	毎日きちんと復習すれば、成績は必ずアップしますよ。 只要每天確實複習，成績一定會進步哦！
□ 客の集まりが悪い。 上門顧客不多。	この町に越して来た人には、月一回の町内会の集まりに参加してもらいます。 搬到這座鎮上的居民，請參加每月一次的鎮民會議。
□ 宛名を書く。 寫收件人姓名。	宛名の住所が間違っていて、出した小包が戻って来た。 由於寫錯了收件人的住址，寄出的包裹被退回來了。
□ 年を当てる。 猜中年齡。	あなたが今何を考えているか、当ててみせましょうか。 讓我來猜猜你現在在想什麼吧。
□ アドバイスをする。 提出建議。	コーチのアドバイスで走り方を変えた結果、大会で優勝できた。 聽從教練的建議改變了跑步方式，最後在大賽上贏得了優勝。
□ 穴に入る。 鑽進洞裡。	とても恥ずかしいとき、「穴があったら入りたい」といいます。 覺得很難為情的時候，會說「真想找個地洞鑽進去」。
□ アナウンサーになる。 成為播報員。	日本チームの優勝を伝えるアナウンサーの声は明るかった。 播報員報導日本隊勝利時的聲音十分宏亮。

Check 1 必考單字	高低重音	詞性、類義詞與對義詞
0037 □□□ アナウンス	▸ アナウンス	▸ [名・他サ]【announce】廣播；報告；通知
0038 □□□ アニメ	▸ アニメ	▸ [名]【animation】卡通，動畫片 類 動画（どうが） 動畫
0039 □□□ CD1/03 油（あぶら）	▸ あぶら	▸ [名] 脂肪，油脂
0040 □□□ 脂（あぶら）	▸ あぶら	▸ [名] 脂肪，油脂；（喻）活動力，幹勁
0041 □□□ アマチュア	▸ アマチュア	▸ [名]【amateur】業餘愛好者；外行 類 素人（しろうと） 業餘愛好者
0042 □□□ 粗（あら）	▸ あら	▸ [名] 缺點，毛病 類 欠点（けってん） 缺點
0043 □□□ 争う（あらそう）	▸ あらそう	▸ [他五] 爭奪；爭辯；奮鬥，對抗，競爭 類 喧嘩（けんか）する 吵架
0044 □□□ 表す（あらわす）	▸ あらわす	▸ [他五] 表現出，表達；象徵，代表
0045 □□□ 現す（あらわす）	▸ あらわす	▸ [他五] 現，顯現，顯露 關 現れる（あらわれる） 出現

Check 2 必考詞組

Check 3 必考例句

Check 2 必考詞組	Check 3 必考例句
□ 到着時刻をアナウンスする。 廣播到站。	事故のため発車時刻が遅れると電車内にアナウンスが流れた。 電車內播放了廣播：「由於發生事故，電車將延後發車」。
□ アニメが放送される。 播映卡通。	アニメの主人公と結婚するのが子どもの頃の夢でした。 和卡通主角結婚是我兒時的夢想。
□ 油で揚げる。 油炸。	熱くしたフライパンに油を引いて、肉を並べます。 將油淋在預熱過的平底鍋上，然後擺上肉。
□ 脂汗が出る。 流汗。	健康のために、脂の少ない料理を食べるようにしています。 為了健康著想，盡量攝取低油脂飲食。
□ アマチュアの空手選手。 業餘空手道選手。	週末は、アマチュアのサッカーチームで汗を流している。 週末參加業餘足球隊以盡情揮灑汗水。
□ 粗を探す。 雞蛋裡挑骨頭。	子どもの粗を探すのではなく、いいところを伸ばすことが大切だ。 不要挑孩子的毛病，讓孩子發揮所長才是最重要的。
□ 裁判で争う。 為訴訟糾紛爭論。	隣の家からは、母親と息子の争う声が聞こえてきた。 可以聽見隔壁房子傳來媽媽和兒子的爭吵聲。
□ 言葉で表せない。 無法言喻。	この表は、夏の気温と米の収穫量の関係を表しています。 這張圖表呈現的是夏季氣溫和稻米生產量的關係。
□ 頭角を現す。 嶄露頭角。	山道を登っていくと、美しい山頂が姿を現した。 爬上這條山路後，美麗的山頂風光在眼前展現無遺。

Check 1 必考單字	高低重音	詞性、類義詞與對義詞
0046 □□□ 表(あらわ)れる	あらわれる	[自下一] 出現，出來；表現，顯出
0047 □□□ 現(あらわ)れる	あらわれる	[自下一] 出現，呈現，顯露 關 現(あわら)す 顯現
0048 □□□ アルバム	アルバム	[名]【album】相簿，記念冊 類 写真集(しゃしんしゅう) 相簿
0049 □□□ あれ	あれ	[感] 哎呀
0050 □□□ 合(あ)わせる	あわせる	[他下一] 合併；核對，對照；加在一起，混合；配合，調合
0051 □□□ 慌(あわ)てる	あわてる	[自下一] 驚慌，急急忙忙，匆忙，不穩定 關 驚(おどろ)く 驚恐
0052 □□□ 案外(あんがい)	あんがい	[副・形動] 意想不到，出乎意外 類 意外(いがい)に 意外
0053 □□□ アンケート	アンケート	[名]【(法)enquete】（以同樣內容對多數人的）問卷調查，民意測驗 關 調査(ちょうさ) 調查
0054 □□□ 位(い)	い	[接尾] 位；身分，地位

Check 2 必考詞組	Check 3 必考例句
□ 成果が表れる。 成果展現。	この手紙には、お母様の優しさが表れていますね。 這封信呈現出媽媽的母愛呢。
□ 態度に現れる。 表現在態度上。	その時、空に黒い雲が現れ、強い雨が降り出した。 天空那時出現了烏雲，下起了滂沱大雨。
□ 記念アルバムを作る。 編作記念冊。	結婚式のときの写真をアルバムにして、親戚に配るつもりです。 我打算將婚禮的照片做成相冊，分發給親戚們。
□ あれ、どうしたの。 哎呀，怎麼了呢？	「あれっ、田中さんは？」「田中さんならさっき帰ったよ。」 「咦，田中先生呢？」「田中先生剛才回去了哦！」
□ 力を合わせる。 聯手，合力。	私はいつでもいいです。あなたのご都合に合わせますよ。 我什麼時候都有空，可以配合您方便的時間哦！
□ 慌てて逃げる。 驚慌逃走。	慌てて着替えたので、左右違う靴下を履いて来てしまった。 換衣服時很慌張，所以左右腳穿了不同的襪子就來了。
□ 案外やさしかった。 出乎意料的簡單。	佐々木部長って普段は厳しいけど、案外優しいところもあるんです。 佐佐木經理平時雖然很嚴格，但也有出人意料的溫柔之處。
□ アンケートをとる。 問卷調查	大学生 5000 人を対象に、就職についてアンケート調査を実施した。 以5000名大學生為對象，進行了關於就業的意見調查。
□ 一位になる。 成為第一。	全国大会で３位以内に入ることが目標です。 目標是打進全國大賽前三名。

Check 1 必考單字	高低重音	詞性、類義詞與對義詞
0055 □□□ いえ	いえ	[感] 不，不是
0056 □□□ 意外（いがい）	いがい	[名・形動] 意外，想不到，出乎意料 類 案外（あんがい） 出乎意料
0057 □□□ 怒り（いかり）	いかり	[名] 憤怒，生氣 關 怒る（おこる） 生氣
0058 □□□ CD1/04 行き（いき）／行き（ゆき）	いき／ゆき	[名] 去，往 對 帰り（かえり） 回來
0059 □□□ 以後（いご）	いご	[名] 今後，以後，將來；（接尾語用法）（在某時期）以後 類 その後（ご） 以後
0060 □□□ イコール	イコール	[名]【equal】相等；（數學）等號 類 同じ（おなじ） 相同
0061 □□□ 医師（いし）	いし	[名] 醫師，大夫 關 先生（せんせい） 老師
0062 □□□ 異常気象（いじょうきしょう）	いじょうきしょう	[名] 氣候異常 關 天候不順（てんこうふじゅん） 天候異常
0063 □□□ 意地悪（いじわる）	いじわる	[名・形動] 使壞，刁難，作弄 類 苛める（いじめる） 作弄

Check 2 必考詞組

Check 3 必考例句

□ いえ、違(ちが)います。
不，不是那樣。
▶ 「コーヒー、もう一杯(いっぱい)いかがですか。」「いえ、けっこうです。」
「要再來一杯咖啡嗎？」「不，不用了。」

□ 意外(いがい)に思(おも)う。
感到意外。
▶ 忘年会(ぼうねんかい)では、いつも真面目(まじめ)な課長(かちょう)の意外(いがい)な一面(いちめん)が見(み)られた。
在尾牙上，發現了總是非常嚴肅的科長讓人意想不到的一面。

□ 怒(いか)りがこみ上(あ)げる 。
怒氣沖沖。
▶ 首相(しゅしょう)の無責任(むせきにん)な態度(たいど)に、国民(こくみん)の怒(いか)りは爆発(ばくはつ)した。
首相不負責任的態度引發了公憤。

□ 東京行(とうきょうい)きの列車(れっしゃ)。
開往東京的列車
▶ 東京発大阪行(とうきょうはつおおさかゆ)きの新幹線(しんかんせん)のチケットを２枚買(まいか)いました。
我買了兩張從東京開往大阪的新幹線車票。

□ 以後(いご)気(き)をつけます。
以後會多加小心一點。
▶ この道路(どうろ)は、夜(よる)８時以後(じいご)は通行(つうこう)止(ど)めになります。
這條道路晚上八點以後禁止通行。

□ Ａイコール B。
A 等於 B
▶ 友情(ゆうじょう)と、その友達(ともだち)の意見(いけん)に賛成(さんせい)することとはイコールじゃないよ。
他雖是我的朋友，但不等於我就會贊同他的意見。

□ 医師(いし)の診断(しんだん)。
醫生的診斷
▶ 将来(しょうらい)は、人(ひと)の命(いのち)を救(すく)う医師(いし)になりたいと思(おも)っています。
我將來想成為拯救人命的醫師。

□ 異常気象(いじょうきしょう)が続(つづ)いている。
氣候異常正持續著。
▶ 地球温暖化(ちきゅうおんだんか)のためか、世界各地(せかいかくち)で異常気象(いじょうきしょう)が続(つづ)いている。
不知道是不是地球暖化的緣故，世界各地的氣候異常狀況仍然持續惡化。

□ 意地悪(いじわる)な人(ひと)。
壞心眼的人
▶ 男(おとこ)の子(こ)は、好(す)きな女(おんな)の子(こ)には意地悪(いじわる)をしてしまうものだ。
男孩子就是會欺負自己喜歡的女孩子。

Check 1 必考單字	高低重音	詞性、類義詞與對義詞
0064 □□□ 以前（いぜん）	いぜん	[名] 以前；更低階段（程度）的；（某時期）以前 類 昔（むかし） 從前
0065 □□□ 急ぎ（いそぎ）	いそぎ	[名・副] 急忙，匆忙，緊急 關 慌てる（あわてる） 急忙
0066 □□□ 悪戯（いたずら）	いたずら	[名・形動] 淘氣，惡作劇；玩笑，消遣 關 意地悪（いじわる） 使壞
0067 □□□ 痛める（いためる）／傷める（いためる）	いためる	[他下一] 使（身體）疼痛，損傷；使（心裡）痛苦 關 壊す（こわす） 弄壞
0068 □□□ 一度に（いちどに）	いちどに	[副] 同時地，一塊地，一下子 類 同時に（どうじに） 同時
0069 □□□ 一列（いちれつ）	いちれつ	[名] 一列，一排
0070 □□□ 一昨日（いっさくじつ）	いっさくじつ	[名] 前天 對 明後日（あさって） 後天
0071 □□□ 一昨年（いっさくねん）	いっさくねん	[造語] 前年 對 明後年（みょうごねん） 後年
0072 □□□ 一生（いっしょう）	いっしょう	[名] 一生，終生，一輩子 關 人生（じんせい） 人生

Check 2 必考詞組	Check 3 必考例句
□ 以前の通りだ。 和以前一樣	▶ 以前から、先生には一度お会いしたいと思っておりました。 從以前就一直希望有機會拜見老師一面。
□ 急ぎの旅。 匆忙的旅程	▶ すみませんが、急ぎの用ができたので、ちょっと遅れます。 對不起，因為突然有急事，所以會晚點到。
□ いたずらがすぎる。 惡作劇過度。	▶ 学校の壁にいたずら描きをしたのは誰ですか。 是誰在學校的牆壁上亂塗鴉？
□ 足を痛める。 把腳弄痛。	▶ 引っ越しのアルバイトをしていて、腰を痛めてしまった。 在搬家公司打工時傷到了腰部。
□ 一度にどっと笑い出す。 一齊哄堂大笑。	▶ 火にかけたスープに、肉と野菜を一度に入れます。 把肉和菜同時放入滾燙的湯裡。
□ 一列に並ぶ。 排成一列。	▶ お会計の方は、この線に沿って一列にお並びください。 要結帳的貴賓，請沿著這條線排成一列。
□ 一昨日のこと。 前天的事情	▶ 私、一昨日お電話を差し上げました木村と申します。 我是曾在前天致電的木村。
□ 一昨年のこと。 前年的事情	▶ 一昨年の夏は雨続きで、深刻な米不足となった。 前年夏天的持續降雨，造成了稻米嚴重歉收。
□ 一生独身で通す。 終生不娶（或嫁）。	▶ 良子さんと二人で見た美しい星空は、一生の思い出です。 和良子小姐一起仰望的美麗星空，是我一生的回憶。

Check 1 必考單字	高低重音	詞性、類義詞與對義詞
0073 □□□ 一体（いったい）	いったい	[名・副] 一體，同心合力；一種體裁；根本，本來；大致上；到底，究竟
0074 □□□ 行（い）ってきます	いってきます	[寒暄] 我出門了 對 ただいま 我回來了
0075 □□□ 何時（いつ）の間（ま）にか	いつのまにか	[副] 不知不覺地，不知什麼時候 類 いつか 不知什麼時候
0076 □□□ 従兄弟（いとこ）／従姉妹（いとこ）	いとこ	[名] 堂表兄弟姊妹
0077 □□□ CD1 05 命（いのち）	いのち	[名] 生命，命；壽命 關 生（い）きる 活
0078 □□□ 居間（いま）	いま	[名] 起居室 類 リビングルーム／living room 客廳
0079 □□□ イメージ	イメージ	[名・他サ]【image】影像，形象，印象 類 想像（そうぞう） 想像
0080 □□□ 妹（いもうと）さん	いもうとさん	[名] 妹妹，令妹（「妹（いもうと）」的鄭重說法） 對 弟（おとうと）さん 弟弟
0081 □□□ 否（いや）	いや	[感] 不；沒什麼

Check 2 必考詞組	Check 3 必考例句
□ 夫婦一体(ふうふいったい)となって働(はたら)く。 夫妻同心協力工作。	突然会社(とつぜんかいしゃ)を辞(や)めるなんて、一体何(いったいなに)があったんですか。 怎麼突然向公司辭職了，究竟發生了什麼事啊？
□ 挨拶(あいさつ)に行(い)ってきます。 去打聲招呼。	「お母(かあ)さん、行(い)ってきます。」「はあい、気(き)をつけて行(い)ってらっしゃい。」 「媽媽，我出門了。」「好，路上小心。」
□ いつの間(ま)にか春(はる)が来(き)た。 不知不覺春天來了。	山(やま)で写真(しゃしん)を撮(と)っていたら、いつの間(ま)にか道(みち)に迷(まよ)ってしまった。 在山上只顧著拍照，不知不覺就迷路了。
□ 従兄弟同士(いとこどうし)。 堂表兄弟姊妹關係	父方(ちちかた)のいとこが５人(にん)、母方(ははかた)のいとこが６人(にん)います。 我有五位堂兄弟姊妹，和六位表兄弟姊妹。
□ 命(いのち)が危(あぶ)ない。 性命垂危。	どんな小(ちい)さな虫(むし)にも命(いのち)があることを、今(いま)の子(こ)どもたちに教(おし)えたい。 我想讓現在的小朋友了解，再渺小的昆蟲也是有生命的。
□ 居間(いま)を掃除(そうじ)する。 清掃客廳。	残業(ざんぎょう)で疲(つか)れて帰(かえ)ると、居間(いま)のソファーで寝(ね)ちゃうんですよね。 加班後疲憊不堪地回到家裡，就這樣在客廳的沙發上睡著了吧。
□ イメージが浮(う)かぶ。 形象浮現在腦海裡	自分(じぶん)が優勝(ゆうしょう)する姿(すがた)をイメージして、練習(れんしゅう)しています。 練習時在腦中想像著自己獲得勝利時的身影。
□ 妹(いもうと)さんはおいくつですか。 你妹妹多大年紀？	ずいぶん年(とし)の離(はな)れた妹(いもうと)さんがいらっしゃるんですね。 您有個年紀小很多的妹妹呢。
□ いや、それは違(ちが)う。 不，不是那樣的。	この本(ほん)の著者(ちょしゃ)は村上春樹(むらかみはるき)だったかな。いや、カズオ・イシグロだ。 這本書的作者是村上春樹嗎……，不對，是石黑一雄。

Check 1 必考單字	高低重音	詞性、類義詞與對義詞
0082 □□□ 苛々（いらいら）	いらいら	[名・副・他サ] 情緒急躁、不安；焦急，急躁 關 慌（あわ）てる 著慌
0083 □□□ 医療費（いりょうひ）	いりょうひ	[名] 治療費，醫療費
0084 □□□ 祝う（いわう）	いわう	[他五] 祝賀，慶祝；祝福；送賀禮；致賀詞 關 喜（よろこ）ぶ 歡喜
0085 □□□ インキ	インキ	[名]【ink】墨水
0086 □□□ インク	インク	[名]【ink】墨水，油墨（也寫作「インキ」）
0087 □□□ 印象（いんしょう）	いんしょう	[名] 印象 類 イメージ／image 印象
0088 □□□ インスタント	インスタント／インスタント	[名・形動]【instant】即席，稍加工即可的，速成
0089 □□□ インターネット	インターネット	[名]【Internet】網際網路 關 ネット／net 網路
0090 □□□ インタビュー	インタビュー	[名・自サ]【interview】會面，接見；訪問，採訪 類 面接（めんせつ） 接見

Check 2 必考詞組	Check 3 必考例句
□ 連絡がとれずいらいらする。 聯絡不到對方焦躁不安。	課長は気が短いから、1分でも遅れるとイライラして怒り出すよ。 科長是個急性子，所以就算只遲到一分鐘他都會勃然大怒。
□ 医療費を支払う。 支付醫療費。	私も妻も健康なので、医療費はほとんどかかりません。 我和妻子都很健康，所以幾乎沒有支出醫療費用。
□ 新年を祝う。 賀新年。	明日午後6時から、鈴木君の合格を祝う会を行います。 明天晚上六點開始舉行鈴木同學的上榜慶功宴。
□ 万年筆のインキがなくなる。 鋼筆的墨水用完。	万年筆のインキは、黒と青がありますが、どちらにしますか。 鋼筆的墨水有黑色的和藍色的，要用哪一種呢？
□ インクをつける。 醮墨水。	プリンターのインクが切れたので、買ってきてください。 印表機沒有墨水了，所以要請你去買。
□ 印象が薄い。 印象不深。	最初はおとなしそうな印象だったが、少し話すと全然違った。 他一開始給人老實敦厚的印象，但聊個幾句以後就發現完全不是那麼回事。
□ インスタントコーヒーを飲む。 喝即溶咖啡。	インスタントカメラで写真を撮って店に来た客にプレゼントしている。 用拍立得拍照，並將相片送給顧客當禮物。
□ インターネットに接続する。 連接網路。	インターネットで海外のドラマを見るのが好きです。 我喜歡在網路上收看國外的電視劇。
□ インタビューを始める。 開始採訪。	事件の被害者がインタビューに応じてくれた。 事件的受害者答應接受採訪了。

Check 1 必考單字	高低重音	詞性、類義詞與對義詞
0091 □□□ 引力（いんりょく）	いんりょく	[名] 物體互相吸引的力量 關 引く（ひく） 拉
0092 □□□ ウイルス	ウイルス	[名]【virus】病毒，濾過性病毒 關 インフルエンザ／influenza 流行性感冒
0093 □□□ ウール	ウール	[名]【wool】羊毛，毛線，毛織品 關 綿（めん） 綿
0094 □□□ ウェーター／ウェイター	ウェーター／ウェイター	[名]【waiter】（男）服務生，（餐廳等的）侍者 類 ボーイ／boy 男服務員 對 ウェートレス／waitress 女服務員
0095 □□□ ウェートレス／ウェイトレス	ウェートレス／ウェイトレス	[名]【waitress】女服務生，（餐廳等的）女侍者 對 ウェーター／waiter 男服務員
0096 □□□ CD1/06 動かす（うごかす）	うごかす	[他五] 移動，挪動，活動；搖動，搖撼；給予影響，使其變化，感動 關 動く（うごく） 動
0097 □□□ 牛（うし）	うし	[名] 牛 關 馬（うま） 馬
0098 □□□ うっかり	うっかり	[副・自サ] 不注意，不留神；發呆，茫然 類 思わず（おもわず） 禁不住
0099 □□□ 写す（うつす）	うつす	[他五] 照相；摹寫 關 写る（うつる） 照

Check 2 必考詞組	Check 3 必考例句
□ 万有引力の法則。 引力定律	▶ ニュートンは、リンゴが落ちるのを見て、引力の存在に気付いたそうだ。 據說牛頓看見掉落的蘋果，進而發現了地心引力的存在。
□ ウイルスに感染する。 被病毒感染。	▶ ウイルス性胃腸炎で会社を1週間休みました。 因為感染病毒性腸胃炎而向公司請了一個星期的假。
□ ウールのセーター。 毛料的毛衣	▶ やっぱりウール100パーセントのセーターは暖かいなあ。 果然還是100%純羊毛的毛衣溫暖啊！
□ ウェーターを呼ぶ。 叫服務生。	▶ ウェーターにメニューを持って来るよう頼んだ。 我請服務生拿菜單過來。
□ ウェートレスを募集する。 招募女服務生。	▶ 留学中は喫茶店でウェイトレスのアルバイトをしていました。 留學時曾在咖啡廳當女服務生半工半讀。
□ 体を動かす。 活動身體。	▶ 彼女の声が人々の心を動かし、寄付金は目標額を大きく越えた。 她的聲音打動了人們的心，使得捐款金額遠遠超過了原訂目標。
□ 牛を飼う。 養牛。	▶ 春の牧場では、牛の親子が並んで草を食べている姿が見られます。 春天的牧場裡，可以看見大牛和小牛一起吃草的景象。
□ うっかりと秘密をしゃべる。 不小心把秘密說出來。	▶ 徹夜で書いたレポートをうっかり消してしまった。 我一不小心把熬夜的報告刪除了。
□ ノートを写す。 抄寫筆記。	▶ 先週休んだ人は、友達にノートを写させてもらってください。 上星期缺席的同學，請向同學借筆記去謄寫。

Check 1 必考單字	高低重音	詞性、類義詞與對義詞
0100 □□□ 移す（うつす）	うつす	[他五] 移，搬；使傳染；度過時間 關 動かす（うごかす） 移動
0101 □□□ 写る（うつる）	うつる	[自五] 照相，映顯；顯像；（穿透某物）看到 類 撮れる（とれる） 照得
0102 □□□ 映る（うつる）	うつる	[自五] 映，照；顯得，映入；相配，相稱；照相，映現
0103 □□□ 移る（うつる）	うつる	[自五] 移動；推移；沾到
0104 □□□ 饂飩（うどん）	うどん	[名] 烏龍麵條，烏龍麵 關 ラーメン 拉麵
0105 □□□ 馬（うま）	うま	[名] 馬 關 牛（うし） 牛
0106 □□□ 美味い（うまい）	うまい	[形] 味道好，好吃；想法或做法巧妙，擅於；非常適宜，順利 類 おいしい 好吃
0107 □□□ 埋まる（うまる）	うまる	[自五] 被埋上；填滿，堵住；彌補，補齊 關 いっぱい 充滿
0108 □□□ 生む（うむ）	うむ	[他五] 產生，產出 關 生産する（せいさんする） 產生

Check 2 必考詞組	Check 3 必考例句
□ 住まいを移す。 遷移住所。	▶ お客が少ないなら、駅前に店を移したらどうでしょうか。 如果覺得客流量太少，要不要把店搬到車站前呢？
□ 写真に写っている。 拍到相片裡。	▶ ここから撮ると、スカイツリーがきれいに写りますよ。 在這裡拍照的話，可以拍到很壯觀的晴空塔哦！
□ 目に映る。 映入眼簾。	▶ ガラスに映った後ろ姿は、確かに山本さんでした。 那個映在玻璃窗上的背影，的確是山本先生沒錯。
□ 時が移る。 時間推移；時代變遷。	▶ 季節は夏から秋に移り、公園の木々も色づき始めた。 從夏季邁入秋季，公園裡的樹木也紛紛轉紅了。
□ 鍋焼きうどん。 鍋燒烏龍麵	▶ 当店では、こちらの天ぷらうどんが人気メニューです。 這個天婦羅烏龍麵是本店的人氣餐點。
□ 馬に乗る。 騎馬。	▶ 馬は男の子を乗せたまま、山道を全速力で走り去った。 馬兒載著小男孩，往山路上奮力奔馳而去了。
□ 空気がうまい。 空氣新鮮。	▶ 近所にうまいラーメン屋があるんだ。今度連れてってやるよ。 附近有一家很好吃的拉麵店。下次帶你一起去吃吧！
□ 雪に埋まる。 被雪覆蓋住。	▶ 雪国では、たった一晩で家が雪に埋まってしまうこともある。 在雪鄉只要一個晚上，房子就可能會被埋進雪堆裡了。
□ 誤解を生む。 產生誤解。	▶ 作者の子ども時代の経験が、この名作を生んだと言えるでしょう。 可以說是作者孩提時代的經歷，孕育了這部傑作。

Check 1 必考單字	高低重音	詞性、類義詞與對義詞
0109 □□□ 産む（う）	うむ	[他五] 生，產 關 生まれる（う） 生
0110 □□□ 埋める（う）	うめる	[他下一] 埋，掩埋；填補，彌補；佔滿 關 埋まる（う） 被埋上
0111 □□□ 羨ましい（うらや）	うらやましい	[形] 羨慕，令人嫉妒，眼紅 類 嫉妬する（しっと） 嫉妒
0112 □□□ 得る（う）	うる	[他下二] 得到；領悟
0113 □□□ 噂（うわさ）	うわさ	[名・自サ] 議論，閒談；傳說，風聲
0114 □□□ 運賃（うんちん）	うんちん	[名] 運費，票價 關 交通費（こうつうひ） 交通費
0115 □□□ 運転士（うんてんし）	うんてんし	[名] 司機；駕駛員，船員 關 乗務員（じょうむいん） 司乘人員
0116 □□□ 運転手（うんてんしゅ）	うんてんしゅ	[名] 司機
0117 □□□ エアコン	エアコン	[名]【air conditioning】空調；溫度調節器 類 冷暖房（れいだんぼう） 空調

Check 2 必考詞組	Check 3 必考例句
□ 女の子を産む。 生女兒。	彼女は貧しい暮らしの中で４人の子を産み、育てた。 她在貧窮的生活中生下並養育了四個孩子。
□ 金を埋める。 把錢埋起來。	この種を庭に埋めておけば、10年後においしい柿が食べられるよ。 只要把這粒種子種在庭院裡，十年後就可以嚐到美味的柿子囉。
□ あなたがうらやましい。 （我）羨慕你。	君の奥さんは優しくて料理も上手で…本当に君が羨ましいな。 尊夫人既溫柔又擅長料理……，真讓人羨慕啊。
□ 得るところが多い。 獲益良多。	安全に絶対はない。予想外の事故は常に起こり得るのです。 沒有人能夠保證絕對安全。事故總是在意想不到的時刻發生。
□ 噂を立てる。 散布謠言。	会社の経営に関して、不正があると社員の間で噂になっている。 關於公司的經營，在員工之間謠傳著營私舞弊的傳聞。
□ 運賃を払う。 付運費。	円高に伴い、各社航空運賃の値上げが続いている。 隨著日幣升值，各家航空公司的運載費用持續上漲。
□ 運転士をしている。 當司機。	将来は大型船の運転士になって、世界の海を旅したい。 將來想成為大型船舶的舵手，到世界各地的海上航行。
□ タクシーの運転手。 計程車司機	僕の父は大型トラックの運転手をしています。 我爸爸是大型卡車的司機。
□ エアコンつきの部屋を探す。 找附有冷氣的房子。	部屋を出る時は、電気とエアコンを消してください。 離開房間時，請關掉電燈和冷氣。

Check 1 必考單字	高低重音	詞性、類義詞與對義詞
0118 □□□ CD1/07 影響（えいきょう）	えいきょう	[名・自サ] 影響
0119 □□□ 栄養（えいよう）	えいよう	[名] 營養
0120 □□□ 描く（えがく）	えがく	[他五] 畫，描繪；以…為形式，描寫；想像
0121 □□□ 駅員（えきいん）	えきいん	[名] 車站工作人員，站務員
0122 □□□ SF	エスエフ	[名]【science fiction】科學幻想小說
0123 □□□ エッセー	エッセー	[名]【essay】小品文，隨筆；（隨筆式的）短論文
0124 □□□ エネルギー	エネルギー	[名]【(德)energie】能量，能源，精力，氣力 關 熱（ねつ） 熱度
0125 □□□ 襟（えり）	えり	[名]（衣服的）領子；脖頸，後頸；（西裝的）硬領 關 V ネック／V neck V 字領
0126 □□□ 得る（える）	える	[他下一] 得，得到；領悟，理解；能夠 關 収める（おさめる） 收

Check 2 必考詞組	Check 3 必考例句
□ 影響が大きい。 影響很大。	野菜の値段が高いのは、先月の台風の影響らしい。 菜價居高不下的原因可能是上個月颱風來襲的影響。
□ 栄養が足りない。 營養不足。	今朝採れたばかりのトマトだから、栄養がたっぷりですよ。 這是今天早上剛採收的番茄，所以含有豐富的營養哦！
□ 人物を描く。 畫人物。	結婚に対して、そんなに理想を描かないほうがいいよ。 不要對結婚懷有過度的幻想比較好。
□ 駅員に聞く。 詢問站務員。	電車の中に傘の忘れ物があったので、駅員さんに届けた。 因為在電車裡發現了別人遺落的傘，所以送去給站務員了。
□ SF 映画を見る。 看科幻電影。	宇宙人や未来都市の出てくる SF 小説が大好きです。 我最喜歡有出現外星人和未來都市的科幻小說了。
□ エッセーを出版する。 出版小品文。	毎週日曜日に新聞に載るエッセーを楽しみにしている。 我很期待每週日的報紙上刊登的隨筆短文。
□ エネルギーが不足する。 能源不足。	太陽光や水力など、繰り返し使えるエネルギーを再生可能エネルギーという。 陽光和水力等可重複利用的能源被稱作可再生能源。
□ 襟を立てる。 立起領子。	襟や袖口の汚れは、この石鹸で簡単に落とせます。 衣領和袖口的污漬可以用這塊肥皂輕鬆洗淨。
□ 利益を得る。 獲得利益。	成功より失敗した体験から、私たちは多くのものを得る。 比起成功，從失敗的經驗中我們學到了許多事情。

Check 1 必考單字	高低重音	詞性、類義詞與對義詞
0127 □□□ ～園（えん）	えん	[接尾] 園
0128 □□□ 演歌（えんか）	えんか	[名] 演歌（現多指日本民間特有曲調哀愁的民謠） 關 民謡（みんよう） 民謠
0129 □□□ 演劇（えんげき）	えんげき	[名] 演劇，戲劇 關 オペラ／（義）opera 歌劇
0130 □□□ エンジニア	エンジニア	[名]【engineer】工程師，技師 類 技術者（ぎじゅつしゃ） 工程師
0131 □□□ 演奏（えんそう）	えんそう	[名・他サ] 演奏 類 弾く（ひく） 彈
0132 □□□ おい	おい	[感]（對同輩或晚輩使用）打招呼的喂，唉；（表示輕微的驚訝），呀！啊！ 關 あのう 那個
0133 □□□ 老い（おい）	おい	[名] 老；老人 類 年寄り（としより） 老人
0134 □□□ 追い越す（おいこす）	おいこす	[他五] 超過，趕過去 類 抜く（ぬく） 超過
0135 □□□ 応援（おうえん）	おうえん	[名・他サ] 援助，支援；聲援，助威 關 助ける（たすける） 援助

Check 2 必考詞組	Check 3 必考例句
□ 弟は幼稚園に通っている。 弟弟上幼稚園。	明日は保育園の遠足で、動物園に行く予定です。 明天托兒所的遠足預定要去動物園。
□ 演歌歌手になる。 成為演歌歌手。	社長は演歌が好きだから、君も一曲歌えるように練習しておくといいよ。 因為總經理很喜歡演歌，所以你最好也先練一首哦。
□ 演劇の練習をする。 排演戲劇。	大学の演劇部では、シェークスピアの劇をやりました。 在大學的話劇社演出了莎士比亞的戲劇。
□ エンジニアを目指している。 立志成為工程師。	車や飛行機を作る会社でエンジニアとして働きたい。 我想在生產汽車或飛機的公司擔任工程師。
□ 音楽を演奏する。 演奏音樂。	3時から中央広場でバイオリンの演奏があります。 3點開始在中央廣場有小提琴的演奏。
□ おい、大丈夫か。 喂！你還好吧。	おい、一番前で寝てる君、起きなさい、授業中だぞ。 喂，坐在第一排睡覺的那位，起床了，現在在上課哦。
□ 体の老いを感じる。 感到身體衰老。	久しぶりに会った父に、親の老いを感じて寂しくなった。 見到了久違的父親，不禁對父母的年邁感到了落寞。
□ 先頭の人を追い越す。 追趕前面的人。	弟は小さい頃から背が高くて、僕は10歳で追い越されました。 弟弟從小就長得高，我十歲的時候，他的身高已經超過我了。
□ 試合の応援。 為比賽加油	代表チームには全国から応援メッセージが届けられた。 從全國各地送來了對代表隊的聲援。

Check 1 必考單字	高低重音	詞性、類義詞與對義詞
0136 □□□ 多く（おお）	おおく	[名・副] 多數，許多；多半，大多 關 沢山（たくさん） 許多
0137 □□□ オーバー（コート）	オーバー／オーバーコート	[名]【overcoat】大衣，外套，外衣 關 上着（うわぎ） 上衣
0138 □□□ オープン	オープン	[名・自他サ・形動]【open】開放，公開；無蓋，敞篷；露天，野外 類 開く（ひら） 開
0139 □□□ CD1 08 お帰り（かえ）	おかえり	[寒暄]（你）回來了
0140 □□□ お帰りなさい（かえ）	おかえりなさい	[寒暄] 回來了 對 行ってらっしゃい（い） 路上小心
0141 □□□ おかけください	おかけください	[敬] 請坐 類 お座りください（すわ） 請坐
0142 □□□ 可笑しい（おか）	おかしい	[形] 奇怪，可笑；不正常 類 面白い（おもしろ） 可笑
0143 □□□ お構いなく（かま）	おかまいなく	[敬] 不管，不在乎，不介意 類 大丈夫です（だいじょうぶ） 沒關係
0144 □□□ 起きる（お）	おきる	[自上一]（倒著的東西）起來，立起來；起床；不睡；發生

Check 2 必考詞組	Check 3 必考例句
□ 多くなる。 變多。	彼は離婚の理由について、多くを語らなかった。 關於離婚的原因，他並沒有透露太多。
□ オーバーを着る。 穿大衣。	今日は冷えるな。オーバーにマフラー、手袋も必要だ。 今天好冷哦。不但要穿上大衣和圍巾，還得戴上手套。
□ 3月にオープンする。 於三月開幕。	競争が激しいね。去年オープンした店が、もう閉店だって。 競爭真激烈。去年才開幕的店，現在已經倒閉了。
□「ただいま」「お帰り」。 「我回來了」「回來啦」。	「お母さん、ただいま」「お帰り。学校はどうだった？」 「媽媽，我回來了！」「你回來啦，今天在學校過得如何？」
□「ただいま」「お帰りなさい」。 「我回來了」「你回來啦。」	お父さん、お帰りなさい、今日もお疲れ様でした。 爸爸，您回來了！今天辛苦了。
□ どうぞ、おかけください。 請坐下。	「おじゃまします。」「どうぞ、そちらのいすにおかけください。」 「打擾了。」「請進，這邊請坐。」
□ 胃の調子がおかしい。 胃不太舒服。	泥棒が慌てて逃げる動画がおかしくて、何度も見てしまう。 小偷倉皇逃跑的動畫十分滑稽，我看了好幾遍。
□ どうぞ、お構いなく。 請不必客氣。	「お茶とコーヒーとどちらがよろしいですか。」「どうぞお構いなく。」 「請問您要用茶還是咖啡呢？」「不勞您費心。」
□ ずっと起きている。 一直都是醒著。	今朝はいつもより早く起きて、お弁当を作ってきました。 今天早上比平常早起，還做了便當。

Check 1 必考單字	高低重音	詞性、類義詞與對義詞
0145 □□□ 奥（おく）	おく	[名] 裡頭，深處；裡院；盡頭 關 底（そこ） 底下
0146 □□□ 遅れ（おくれ）	おくれ	[名] 落後，晚；畏縮，怯懦
0147 □□□ お元気（げんき）ですか	おげんきですか	[寒暄] 你好嗎？ 類 ご機嫌（きげん）いかがですか。 您近來可好。
0148 □□□ 起（お）こす	おこす	[他五] 扶起；叫醒；引起 類 目（め）を覚（さ）ます 叫醒
0149 □□□ 起（お）こる	おこる	[自五] 發生，鬧；興起，興盛；（火）著旺 類 起（お）きる 發生
0150 □□□ 奢（おご）る	おごる	[自五・他五] 奢侈，過於講究；請客，作東 類 ご馳走（ちそう）する 請客
0151 □□□ 押（お）さえる	おさえる	[他下一] 按，壓；扣住，勒住；控制，阻止；捉住；扣留；超群出眾
0152 □□□ お先（さき）に	おさきに	[敬] 先離開了，先告辭了 關 失礼（しつれい）します 告辭了
0153 □□□ 納（おさ）める	おさめる	[他下一] 交，繳納

Check 2 必考詞組 / **Check 3 必考例句**

☐ 洞窟の奥。
洞窟深處
▶ 奥の部屋で祖父が寝ていますので、お静かに願います。
爺爺在裡面的房間睡覺，所以請保持安靜。

☐ 郵便に二日の遅れが出ている。
郵件延遲兩天送達。
▶ 踏切で事故があり、電車に1時間の遅れが出ています。
平交道上發生了事故，因此電車延誤了一個小時。

☐ ご両親はお元気ですか。
請問令尊與令堂安好嗎？
▶ 先生、お元気ですか。私は今、アフリカにいます。
老師您最近好嗎？我現在人在非洲。

☐ 疑いを起こす。
起疑心。
▶ この子は何度起こしても、またすぐに寝てしまうんです。
不管叫醒這個孩子多少次，他馬上又睡著了。

☐ 事件が起こる。
發生事件。
▶ 昨夜、5歳の女の子が何者かに殺されるという事件が起こった。
昨晚發生了一起五歲女童遇害的凶殺案。

☐ おごった生活をしている。
過著奢侈的生活。
▶ 「今日、飲みに行かない？」「奢ってくれるなら行こうかな。」
「今天要去喝一杯嗎？」「你請客的話我就去吧。」

☐ 耳を押さえる。
摀住耳朵。
▶ その男に口を強く押さえられて、気を失ってしまったんです。
我被那名男子強行按住口鼻，失去了意識。

☐ お先に、失礼します。
我先告辭了。
▶ 木村さん、今日は残業なの？悪いけど、私はお先に。
木村先生，今天要加班嗎？不好意思，我先走一步了。

☐ 税金を納める。
繳納稅金。
▶ 40年間真面目に税金を納めてきた彼に、もっと幸せな人生はなかったのか。
難道40年來乖乖納稅的他，不能過上更幸福的人生嗎？

Check 1 必考單字	高低重音	詞性、類義詞與對義詞
0154 □□□ 教え（おしえ）	おしえ	[名] 教導，指教，教誨；教義 類 教育（きょういく） 教育
0155 □□□ お辞儀（じぎ）	おじぎ	[名・自サ] 行禮，鞠躬，敬禮；客氣 類 お礼（れい） 謝意
0156 □□□ お喋り（しゃべ）	おしゃべり	[名・自他サ・形動] 閒談，聊天；愛說話的人，健談的人；愛說話 關 会話（かいわ） 談話
0157 □□□ お邪魔します（じゃま）	おじゃまします	[敬] 打擾了 類 御免ください（ごめん） 有人在嗎？
0158 □□□ CD1/09 お洒落（しゃれ）	おしゃれ	[名・形動] 打扮漂亮，愛漂亮的人 關 格好いい（かっこ） 帥
0159 □□□ お世話になりました（せわ）	おせわになりました	[敬] 受您照顧了 類 お世話様でした（せわさま） 謝謝您的照顧
0160 □□□ 教わる（おそ）	おそわる	[他五] 受教，跟…學習 類 習う（なら） 學習 對 教える（おし） 教
0161 □□□ お互い（たが）	おたがい	[名] 彼此，互相
0162 □□□ お玉じゃくし（たま）	おたまじゃくし	[名] 圓杓，湯杓；蝌蚪 關 お玉（たま） 圓勺

Check 2 必考詞組	Check 3 必考例句
□ 神の教えを守る。 謹守神的教誨。	6歳で柔道を始めてから、先生の教えを守ってきました。 自從我六歲開始學習柔道以來，一直遵循著老師的教誨。
□ お辞儀をする。 行禮。	受付の女性に丁寧にお辞儀をされて、緊張しました。 當時負責接待的女子鄭重向我鞠躬行禮，讓我十分緊張。
□ おしゃべりに夢中になる。 熱中於閒聊。	一人暮らしなので、毎日猫とおしゃべりしています。 因為只有一個人住，所以我每天都對貓說話。
□ 「いらっしゃいませ」「お邪魔します」。 「歡迎光臨」「打擾了」	「お邪魔します。」「狭い所ですが、どうぞお上がりください。」 「打擾了。」「請進。地方簡陋，請多包涵。」
□ お洒落をする。 打扮。	趣味はおしゃれなレストランでおいしいワインを飲むことです。 我的興趣是在豪華的餐廳裡品嚐美酒。
□ いろいろと、お世話になりました。 感謝您多方的關照。	手術の際には大変お世話になりました。お陰様で元気になりました。 手術時承蒙您的關照。托您的福，我已經好多了。
□ パソコンの使い方を教わる。 學習電腦的操作方式。	先生からは、勉強だけでなくものの考え方を教わりました。 從老師身上不僅學到了知識，還學會了如何思考。
□ お互いに愛し合う。 彼此相愛。	ケンカをしても、お互いが損をするだけなのにね。 打架只是讓雙方都吃虧而已。
□ お玉じゃくしでスープをすくう。 用湯杓舀湯。	卵のスープです。そこのお玉杓子で皆さんに分けてください。 這是蛋花湯。請用那支大湯匙分盛給大家。

Check 1 必考單字	高低重音	詞性、類義詞與對義詞
0163 □□□ おでこ	おでこ	[名] 凸額，額頭突出（的人）；額頭，額骨 類 額（ひたい） 額頭
0164 □□□ 大人（おとな）しい	おとなしい	[形] 老實，溫順；（顏色等）樸素，雅致 關 地味（じみ） 樸素
0165 □□□ オフィス	オフィス	[名]【office】辦公室，辦事處；公司；政府機關 類 事務所（じむしょ） 辦公室
0166 □□□ オペラ	オペラ	[名]【opera】歌劇 關 演劇（えんげき） 演劇
0167 □□□ お孫（まご）さん	おまごさん	[名] 孫子，孫女，令孫（「孫」的鄭重說法） 關 子孫（しそん） 子孫
0168 □□□ お待（ま）ちください	おまちください	[敬] 請等一下 類 待（ま）ってください 請等一下
0169 □□□ お待（ま）ちどおさま	おまちどおさま	[敬] 久等了 類 お待（ま）たせしました 久等了
0170 □□□ おめでとう	おめでとう	[寒暄] 恭喜
0171 □□□ お目（め）に掛（か）かる	おめにかかる	[慣用句]〔謙讓語〕見面，拜會 類 会（あ）う 見面

Check 2 必考詞組	Check 3 必考例句
□ おでこをぶつける。 撞到額頭。	ハリー君(くん)は子(こ)どものときからおでこに傷(きず)があります。 哈利從小額頭上就有一道傷痕。
□ おとなしい人(ひと)。 老實人	普段(ふだん)大人(おとな)しい人(ひと)ほど、本当(ほんとう)に怒(おこ)ると怖(こわ)いという。 平時越是溫和的人，生起氣來就越是恐怖。
□ オフィスにいる。 在辦公室。	私(わたし)は営業(えいぎょう)ですので、オフィスにはほとんどいません。 我是業務員，所以幾乎不會待在辦公室裡。
□ オペラを観(み)る。 觀看歌劇。	このオペラは、歌(うた)はもちろん舞台装置(ぶたいそうち)も素晴(すば)らしい。 這齣歌劇不但歌曲動人，連舞臺裝置都很出色。
□ お孫(まご)さんは何人(なんにん)いますか。 您孫子（女）有幾位？	村田(むらた)さんの病室(びょうしつ)にはお孫(まご)さんの写真(しゃしん)が飾(かざ)られていた。 村田女士的病房裡擺著孫子的照片。
□ 少々(しょうしょう)、お待(ま)ちください。 請等一下。	順番(じゅんばん)にお呼(よ)びしますので、こちらでお待(ま)ちください。 我們會按順序叫號，請您在此稍等片刻。
□ お待(ま)ちどおさま、こちらへどうぞ。 久等了，這邊請。	はい、おまちどおさま。熱(あつ)いうちに食(た)べてくださいね。 來，讓您久等嘍。請趁熱吃喔。
□ 大学合格(だいがくごうかく)、おめでとう。 恭喜你考上大學。	明(あ)けましておめでとうございます。今年(ことし)もよろしくお願(ねが)いします。 新年快樂！今年也請多多指教。
□ 社長(しゃちょう)にお目(め)に掛(か)かりたい。 想拜會社長。	昨日(きのう)パーティーで、社長(しゃちょう)の奥様(おくさま)にお目(め)に掛(か)かりました。 我在昨天的派對上有幸見到總經理夫人了。

Check 1 必考單字	高低重音	詞性、類義詞與對義詞
0172 □□□ 思(おも)い	おもい	[名]（文）思想，思考；感覺，情感；想念，思念；願望，心願 類 考(かんが)え 思想
0173 □□□ 思(おも)い描(えが)く	おもいえがく	[他五] 在心裡描繪，想像 類 イメージする /image 形象
0174 □□□ 思(おも)い切(き)り	おもいきり	[名・副] 斷念，死心；果斷，下決心；狠狠地，盡情地，徹底的 關 一生懸命(いっしょうけんめい) 盡力
0175 □□□ 思(おも)い付(つ)く	おもいつく	[自他五]（突然）想起，想起來 關 思(おも)い出(だ)す 想起來
0176 □□□ 思(おも)い出(で)	おもいで	[名] 回憶，追憶，追懷；紀念 關 記憶(きおく) 記憶
0177 □□□ 思(おも)いやる	おもいやる	[他五] 體諒，表同情；想像，推測
0178 □□□ CD1/10 思(おも)わず	おもわず	[副] 禁不住，不由得，意想不到地，下意識地 類 うっかり 不注意
0179 □□□ お休(やす)み	おやすみ	[寒暄] 休息；晚安
0180 □□□ お休(やす)みなさい	おやすみなさい	[寒暄] 晚安 類 お休(やす)み 晚安

Check 2 必考詞組	Check 3 必考例句
□ 思いにふける。 沈浸在思考中。	君のその熱い思いも、言葉にしなきゃ彼女には伝わらないよ。 你對她那份熾熱的情感假如不說出口，她可就無從知曉哦！
□ 将来の生活を思い描く。 在心裡描繪未來的生活。	女優の道は思い描いていたものとは全く違う厳しいものだった。 成為女演員的這條路崎嶇難行，和想像中完全不一樣。
□ 思い切り遊びたい。 想盡情地玩。	嫌なことは、おいしいものを思い切り食べて忘れちゃいます。 痛快的大吃一頓，就能把討厭的事情全部忘記了。
□ いいことを思いついた。 我想到了一個好點子。	この案は彼のものじゃない。最初に私が思いついたんだ。 這個提案不是他的創意。一開始是我想到的。
□ 思い出になる。 成為回憶。	思い出の物は全部捨てて、新しい人生を始めよう。 把具有回憶的物品全部扔掉，開始全新的人生吧！
□ 不幸な友を思いやる。 同情不幸的朋友。	相手を思いやる心は人間だけのものではないそうだ。 據說，並不是只有人類才擁有體貼他人的情感。
□ 思わず殴る。 不由自主地揍了下去。	今だけ半額っていうから、思わず買っちゃったわ。 半價優惠只限今天！不要考慮了，趕快買回家吧！
□「お休み」「お休みなさい」。 「晚安！」「晚安！」	「もしもし、林医院ですか。」「すみません、今日はお休みです。」 「喂，請問是林診所嗎？」「不好意思，我們今天休診。」
□ もう寝るよ。お休みなさい。 我要睡了，晚安。	明日早いから先に寝るね。おやすみなさい。 因為明天要早起，我先睡了哦。晚安！

Check 1 必考單字	高低重音	詞性、類義詞與對義詞
0181 □□□ 親指（おやゆび）	おやゆび	[名]（手腳的）的拇指 關 指（ゆび） 手指
0182 □□□ オリンピック	オリンピック	[名] 奧林匹克
0183 □□□ オレンジ	オレンジ	[名]【orange】柳橙，柳丁 類 みかん 橘子
0184 □□□ 下（お）ろす／降（お）ろす	おろす	[他五]（從高處）取下，拿下，降下，弄下；開始使用（新東西）；砍下 對 上（あ）げる 提高
0185 □□□ 御（おん）	おん	[接頭] 表示敬意 類 御（ご） 表示敬意
0186 □□□ 音楽家（おんがくか）	おんがくか	[名] 音樂家 關 作曲家（さっきょくか） 作曲家
0187 □□□ 温度（おんど）	おんど	[名]（空氣等）溫度，熱度 類 気温（きおん） 氣溫
0188 □□□ 課（か）	か	[名・漢造]（教材的）課；課業；（公司等）課，科 關 部（ぶ） 部
0189 □□□ ～日（か）	か	[漢造] 表示日期或天數

Check 2 必考詞組

Check 3 必考例句

□ 手の親指。
手的大拇指
▶ 親指でこのボタンをしっかり押してください。
請用拇指用力按下這個按鈕。

□ オリンピックに出る。
參加奧運。
▶ オリンピックは、スポーツを通して世界平和を願うお祭りです。
奧林匹克運動會是藉由運動以促進世界和平的盛會。

□ オレンジ色。
橘黃色
▶ コーヒーと紅茶、オレンジジュースがありますが、何になさいますか。
有咖啡、紅茶和柳橙汁，請問您想喝哪一種呢？

□ 車から荷物を降ろす。
從卡車上卸下貨。
▶ パソコンを買うために、銀行から 20 万円下ろした。
為了買電腦而從銀行領了二十萬圓。

□ 御礼申し上げます。
致以深深的謝意。
▶ この度は当社の研究にご協力頂き、厚く御礼申し上げます。
此次承蒙鼎力協助敝公司之研究項目，深表感謝。

□ 音楽家になる。
成為音樂家。
▶ このコンサートには世界中から有名な音楽家が集まっている。
這場音樂會有來自世界各地的著名音樂家共襄盛舉。

□ 温度が下がる。
溫度下降。
▶ 環境のため、エアコンの設定温度を守ってください。
為了環保，請遵守空調的設定溫度。

□ 会計課で納付する。
到會計課繳納。
▶ 期末試験を欠席した学生は学生生活課に来ること。
期末考試缺考的同學，請到學生事務處集合。

□ 四月二十日。
四月二十日
▶ 来月 3 日から 8 日までフランスに出張します。
我下個月的三號到八號要去法國出差。

Check 1 必考單字	高低重音	詞性、類義詞與對義詞
0190 □□□ ～下（か）	か	[漢造] 下面；屬下；低下；下，降
0191 □□□ 化（か）	か	[漢造] 化學的簡稱；變化
0192 □□□ 科（か）	か	[名・漢造]（大專院校）科系；（區分種類）科
0193 □□□ 家（か）	か	[漢造] 家庭；家族；專家
0194 □□□ 歌（か）	か	[漢造] 唱歌；歌詞 類 唄（うた） 歌
0195 □□□ カード	カード	[名]【card】卡片；撲克牌；圖表 關 券（けん） 票
0196 □□□ カーペット	カーペット	[名]【carpet】地毯 類 絨毯（じゅうたん） 地毯
0197 □□□ 会（かい）	かい	[名] 會議，集會；會；相會；集會；領會；時機 類 集まり（あつまり） 集會
0198 □□□ 会（かい）	かい	[漢造] …會 關 組合（くみあい） 組合

Check 2 必考詞組	Check 3 必考例句
□ 支配下。 在支配之下。	18世紀のブラジルはポルトガルの支配下にあった。 十八世紀的巴西隸屬於葡萄牙的統治。
□ 小説を映画化する。 把小說改成電影。	少子高齢化は多くの国で深刻な社会問題となっている。 少子化和高齡化在許多國家已成為嚴重的社會問題。
□ 英文科の学生。 英文系的學生	英米文学科を卒業して、今は通訳の仕事をしています。 從英美語文學系畢業後，現在正從事翻譯工作。
□ 芸術家にあこがれる。 嚮往當藝術家。	上野の美術館は有名な建築家によって設計された。 上野美術館是由著名的建築師設計的。
□ 流行歌を歌う。 唱流行歌。	金メダルを胸にして聴く国歌は最高だろうなあ。 胸前掛著金牌時聽到的國歌是最讓人感動的吧！
□ カードを切る。 洗牌。	買い物の支払いはこのカードでお願いします。 購物結帳時請刷這張卡。
□ カーペットを敷く。 撲地毯。	壁紙もカーテンもカーペットも私の好きな緑色にしました。 壁紙、窗簾和地毯都選了我喜歡的綠色。
□ 会に入る。 入會。	野鳥の会に入って、週末は山で鳥の観察をしています。 加入野鳥協會後，週末都在山上觀察鳥類。
□ 展覧会が終わる。 展覽會結束。	夫は毎年会社を休んで、子どもたちの運動会に行きます。 我先生每年都會向公司請假去看兒子的運動會。

Check 1 必考單字	高低重音	詞性、類義詞與對義詞
0199 □□□ CD1/11 かいけつ 解決	かいけつ	[名・自他サ] 解決，處理 類 片付ける（かたづ） 處理
0200 □□□ かいさつぐち 改札口	かいさつぐち	[名]（火車站等）剪票口 關 出入り口（でいぐち） 出入口
0201 □□□ かいしゃいん 会社員	かいしゃいん	[名] 公司員工 類 サラリーマン／salaryman 上班族
0202 □□□ かいしゃく 解釈	かいしゃく	[名・他サ] 解釋，理解，說明 類 説明（せつめい） 解釋
0203 □□□ かいすうけん 回数券	かいすうけん	[名] 票本（為省去零張購買而將票券裝訂成的本子）；（車票等的）回數票 關 乗車券（じょうしゃけん） 車票
0204 □□□ かいそく 快速	かいそく	[名・形動] 快速，高速度 關 スピード／speed 速度
0205 □□□ かいちゅうでんとう 懐中電灯	かいちゅうでんとう	[名] 手電筒 關 電球（でんきゅう） 燈泡
0206 □□□ か 飼う	かう	[他五] 飼養（動物等） 類 育てる（そだ） 養育
0207 □□□ 補 かいごし 介護士	かいごし	[名] 專門照顧身心障礙者日常生活的專門技術人員 關 看護師（かんごし） 護士

Check 2 必考詞組

Check 3 必考例句

□ 疑問が解決する。
疑點得到解決。

▶ あなたの情報のおかげで、事件は無事解決できました。
多虧了你的情報，事件才能順利解決。

□ 改札口で改札する。
在剪票口剪票。

▶ 駅の改札口を出たところで、3時に待ち合わせをしましょう。
我們三點在出了車站檢票口的地方見面吧。

□ 会社員になる。
當公司職員。

▶ 父は食品会社の会社員、母は中学校の音楽の教師です。
我爸爸是食品公司的職員，媽媽是中學的音樂老師。

□ 正しく解釈する。
正確的解釋。

▶ 社長の「私が責任をとる」という言葉はどう解釈すればいいのか。
我們該怎麼理解總經理說的那句「我會負起全責」呢。

□ 回数券を買う。
買回數票。

▶ 月に1回病院に通うために、バスの回数券を買っています。
因為每個月要去醫院一次，所以我買了巴士的回數票。

□ 快速電車に乗る。
搭乘快速電車。

▶ その駅は快速が停まらないので、次の駅で乗り換えてください。
快速列車不會停靠那一站，所以請在下一站換車。

□ 懐中電灯が必要だ。
需要手電筒。

▶ 停電になった時、懐中電灯が見つからなくて困った。
停電那時候找不到手電筒，很傷腦筋。

□ 豚を飼う。
養豬。

▶ マンションで犬が飼えないので、小鳥と魚を飼っています。
因為公寓不能養狗，所以我養了小鳥和魚。

□ 介護士の仕事内容。
看護的工作內容

▶ 介護士の資格を取って、老人ホームで働きたい。
我想考取看護人員的證照，去養老院工作。

Check 1 必考單字	高低重音	詞性、類義詞與對義詞
0208 □□□ 替える／換える／代える／変える	かえる	[他下一] 改變；變更，交換 類 取り替える 交換
0209 □□□ 返る	かえる	[自五] 復原；返回；回應 類 戻る 返回
0210 □□□ 画家	がか	[名] 畫家 關 芸術家 藝術家
0211 □□□ 化学	かがく	[名] 化學 關 物理学 物理學
0212 □□□ 化学反応	かがくはんのう	[名] 化學反應 關 反応 反應
0213 □□□ 踵	かかと	[名] 腳後跟 關 足首 腳踝
0214 □□□ 罹る	かかる	[自五] 生病；遭受災難
0215 □□□ 書留	かきとめ	[名] 掛號郵件 關 速達 快遞
0216 □□□ 書き取り	かきとり	[名・自サ] 抄寫，記錄；聽寫，默寫 關 書く 寫

Check 2 必考詞組	Check 3 必考例句
□ 円をドルに替える。 日圓換美金。	▶ 今回の事故の責任を取って、会社は社長を代えるべきだ。 公司應該更換董事長以負起這起事故的責任。
□ 貸したお金が返る。 收回借出去的錢。	▶ 何度もメールをしているんですが、返事が返って来ないんです。 我已經寄了好幾封信給他，但是都沒有收到回信。
□ 画家になる。 成為畫家。	▶ 日本でも有名な「ひまわり」は、画家ゴッホの代表作だ。 在日本也相當知名的〈向日葵〉是畫家梵谷的代表作。
□ 化学を専攻する。 主修化學。	▶ 化学の実験は、結果が出るまで何度でも繰り返し行います。 化學實驗在得到結果之前，必須重覆進行好幾次。
□ 化学反応が起こる。 起化學反應。	▶ 全く違うタイプの俳優二人が、舞台上で演じて不思議な化学反応が起こった。 兩個完全不同類型的演員，在舞臺上產生了不可思議的化學反應（在舞台上擦出了不可思議的火花）。
□ 踵がはれる。 腳後跟腫起來。	▶ 彼女は派手なドレスを着て、かかとの高い靴を履いていた。 她穿著華麗的裙子和高跟的靴子。
□ 病気にかかる。 生病。	▶ 忘れないよう、壁にかかっているカレンダーに印をつけた。 於掛在牆上的行事曆做了記號以提醒自己不要忘記。
□ 書留で郵送する。 用掛號信郵寄。	▶ 裁判所からの書類が書留郵便で送られて来た。 法院的文件是用掛號信寄來的。
□ 書き取りのテスト。 聽寫測驗	▶ 漢字がどうしても覚えられなくて、書き取りの試験は苦手だ。 漢字怎麼樣都背不起來，很害怕聽寫考試。

Check 1 必考單字	高低重音	詞性、類義詞與對義詞
0217 □□□ 各～（かく）	かく	[接頭] 各，每人，每個，各個
0218 □□□ 掻く（か）	かく	[他五] (用手或爪) 搔，撥；扒，推；攪拌，攪和 關 擦る（こす） 摩擦
0219 □□□ 嗅ぐ（か）	かぐ	[他五] (用鼻子) 聞，嗅 關 臭う（にお） 發臭
0220 □□□ 家具（かぐ）	かぐ	[名] 家具 關 たんす 衣櫥
0221 □□□ CD1/12 各駅停車（かくえきていしゃ）	かくえきていしゃ	[名] 指列車每站都停，普通車 關 普通（ふつう） 普通
0222 □□□ 隠す（かく）	かくす	[他五] 藏起來，隱瞞，掩蓋 類 覆う（おお） 蓋上
0223 □□□ 確認（かくにん）	かくにん	[名・他サ] 證實，確認，判明 類 確かめる（たし） 確認
0224 □□□ 学費（がくひ）	がくひ	[名] 學費 類 授業料（じゅぎょうりょう） 學費
0225 □□□ 学歴（がくれき）	がくれき	[名] 學歷 關 経歴（けいれき） 經歷

Check 2 必考詞組	Check 3 必考例句
□ 各国を周遊する。 周遊列國。	▶ 番組では各方面の専門家たちによる議論が続いた。 各個領域的幾位專家在電視節目中繼續進行討論。
□ 頭を掻く。 搔起頭來。	▶ 汚れた犬は、道に座ると後ろ足で首の辺りを掻き始めた。 那隻髒狗一坐在路上，就開始用後腿在脖子周圍抓癢了。
□ 花の香りをかぐ。 聞花香。	▶ 警察犬はにおいを嗅いで、犯人を見つけることができる。 警犬可以透過嗅聞氣味而找到嫌犯。
□ 家具を置く。 放家具。	▶ リビングにはイタリア製の高級家具が並んでいた。 客廳裡擺放著義大利製造的高級家具。
□ 各駅停車の電車に乗る。 搭乘各站停車的列車。	▶ 快速は混むから、各駅停車でゆっくり行きませんか。 快速列車上面擠滿了人，我們不能搭慢車優哉游哉前往目的地嗎？
□ 過ちを隠す。 掩飾自己的錯誤。	▶ ビデオに映っていた男は、帽子で顔を隠していた。 影片中拍到的男子用帽子遮住了臉。
□ 確認を取る。 加以確認。	▶ 契約の際は、住所と名前の確認できる書類をお持ちください。 簽合約的時候，請攜帶能夠核對住址和姓名的文件。
□ アルバイトで学費を稼ぐ。 打工賺取學費。	▶ 当校には、成績優秀者は学費が半額になる制度があります。 本校有「成績優異學生得以減半學費」的制度。
□ 学歴が高い。 學歷高。	▶ 彼には学歴はないが、それ以上の才能とやる気がある。 他雖然沒有學歷，但有超越學歷的才能和幹勁。

Check 1 必考單字	高低重音	詞性、類義詞與對義詞
0226 □□□ 隠れる（かくれる）	かくれる	[自下一] 躲藏，隱藏；隱遁；不為人知，潛在的 關 隠す（かくす） 隱藏
0227 □□□ 歌劇（かげき）	かげき	[名] 歌劇 關 演劇（えんげき） 演劇
0228 □□□ 掛け算（かけざん）	かけざん	[名] 乘法 關 割り算（わりざん） 除法
0229 □□□ 掛ける（かける）	かける	[他下一・接尾] 坐；懸掛；蓋上，放上；放在…之上；提交；澆；開動；花費；寄託；鎖上；（數學）乘 關 かかる 掛上 關 割る（わる）（數學）除
0230 □□□ 囲む（かこむ）	かこむ	[他五] 圍上，包圍；圍攻；下（圍棋）
0231 □□□ 重ねる（かさねる）	かさねる	[他下一] 重疊堆放；再加上，蓋上；反覆，重複，屢次 關 積む（つむ） 堆積
0232 □□□ 飾り（かざり）	かざり	[名] 裝飾（品） 關 アクセサリー／accessory 裝飾品
0233 □□□ 貸し（かし）	かし	[名] 借出，貸款；貸方；給別人的恩惠 對 借り（かり） 借款
0234 □□□ 貸し賃（かしちん）	かしちん	[名] 租金，賃費 關 家賃（やちん） 房租 對 借り賃（かりちん） 欠債

Check 2 必考詞組	Check 3 必考例句
□ 隠れた才能。 被隱沒的才能	そこに隠れているのは誰だ？諦めて出て来なさい。 是誰躲在那裡？不用躲了，快點出來。
□ 歌劇に夢中になる。 沈迷於歌劇。	女性の悲劇を描いた歌劇は、何度観ても涙が出る。 那齣描述女性悲劇的歌劇，不管看幾遍都會流下眼淚。
□ 九九の掛け算表。 九九乘法表	７人の人に５個ずつ？それは掛け算を使う問題でしょ。 總共七個人，每個人五個？這是使用乘法的問題吧。
□ 椅子に掛ける。 坐下。	その部屋のテーブルには美しい布が掛けてあった。 那個房間的桌子上鋪著一塊漂亮的布。
□ 自然に囲まれる。 沐浴在大自然之中。	祖父は、最後まで家族に囲まれて、幸せな人生だったと思う。 爺爺直到臨終前都有家人隨侍在側，我想，爺爺應該走完了幸福的一生。
□ 本を３冊重ねる。 把三本書疊起來。	職場が寒いので、セーターを何枚も重ねて着ています。 因為辦公室很冷，所以我穿了好幾件毛衣。
□ 飾りをつける。 加上裝飾。	彼女は大きな羽飾りのついた帽子を被っていました。 她戴了一頂帶有大羽毛裝飾的帽子。
□ 貸しがある。 有借出的錢。	以前助けてやったのを忘れたのか。君には一つ貸しがあるぞ。 你忘記我以前幫過你嗎？我曾經借了一筆錢給你耶！
□ 貸し賃が高い。 租金昂貴。	マンションを人に貸して、貸し賃で生活しています。 我把公寓租給別人，靠著收租金過日子。

Check 1 必考單字	高低重音	詞性、類義詞與對義詞
0235 □□□ 歌手（かしゅ）	かしゅ	[名] 歌手，歌唱家 關 歌姫（うたひめ） 女歌手
0236 □□□ 箇所（かしょ）	かしょ	[名·接尾]（特定的）地方；（助數詞）處 類 場所（ばしょ） 地方
0237 □□□ 数（かず）	かず	[名] 數，數目；多數，種種 關 量（りょう） 量
0238 □□□ ガス料金（りょうきん）	ガスりょうきん	[名] 瓦斯費 關 光熱費（こうねつひ） 水電瓦斯費
0239 □□□ カセット	カセット	[名]【cassette】小暗盒；（盒式）錄音磁帶，錄音帶 關 CD 光碟
0240 □□□ 数（かぞ）える	かぞえる	[他下一] 數，計算；列舉，枚舉 類 計算（けいさん）する 計算
0241 □□□ 肩（かた）	かた	[名] 肩，肩膀；（衣服的）肩 關 首（くび） 脖子
0242 □□□ 型（かた）	かた	[名] 模子，形，模式；樣式 類 タイプ／type 類型
0243 □□□ 固（かた）い／堅（かた）い／硬（かた）い	かたい	[形] 硬的，堅固的；堅決的；生硬的；嚴謹的，頑固的；一定，包准；可靠的

Check 2 必考詞組 / **Check 3 必考例句**

□ 歌手になりたい。
我想當歌手。

▶ 私は歌手の後ろで踊るバックダンサーをしています。
我的工作是在歌手後面伴舞的舞者。

□ 一箇所間違える。
一個地方錯了。

▶ 次の文の間違っている箇所に下線を引きなさい。
請在以下文章的錯誤處畫底線。

□ 数が多い。
數目多。

▶ 小さい頃、お風呂で母と一緒に 100 まで数を数えました。
小時候曾和媽媽在浴室裡從一數到一百。

□ ガス料金を払う。
付瓦斯費。

▶ 君はシャワーのお湯を使い過ぎだよ。ガス料金が以前の 2 倍だ。
你淋浴時用太多熱水了啦！瓦斯費是以前的兩倍耶！

□ カセットに入れる。
錄進錄音帶。

▶ カセットに入っていた音楽をパソコンにコピーしました。
我將錄音帶中的音樂複製到電腦裡了。

□ 人数を数える。
數人數。

▶ 参加希望者の人数を数えて、全員に招待状を用意します。
計算有意參加者的人數後，準備發邀請函給大家。

□ 肩が凝る。
肩膀痠痛。

▶ 肩の出たワンピースがよく似合って、眩しいくらいだ。
露肩洋裝很適合妳，看起來光豔動人。

□ 型をとる。
模壓成型。

▶ この型のバイクは 1980 年代に流行ったものです。
這種款式的機車曾於1980年代風靡一時。

□ 頭が固い。
死腦筋。

▶ 酷く緊張しているのか、画面の男の表情は硬かった。
不知道是不是因為非常緊張，畫面中的男子表情很僵硬。

Check 1 必考單字	高低重音	詞性、類義詞與對義詞
0244 □□□ CD1/13 課題（かだい）	かだい	[名] 提出的題目；課題，任務
0245 □□□ 片付く（かたづく）	かたづく	[自五] 收拾，整理好；得到解決，處裡好；出嫁 關 纏まる（まとまる） 解決
0246 □□□ 片付け（かたづけ）	かたづけ	[名] 整理，整頓，收拾 類 整理（せいり） 整理
0247 □□□ 片付ける（かたづける）	かたづける	[他下一] 收拾，打掃；解決 類 しまう 收藏
0248 □□□ 片道（かたみち）	かたみち	[名] 單程，單方面 對 往復（おうふく） 來回
0249 □□□ 勝ち（かち）	かち	[名] 勝利 類 勝利（しょうり） 勝利 對 負け（まけ） 敗北
0250 □□□ かっこいい	かっこいい	[連語] 真棒，真帥（年輕人用語） 關 すばらしい 極好
0251 □□□ カップル	カップル	[名]【couple】一對；一對男女，一對情人，一對夫妻 關 コンビ／combination 之略 搭檔
0252 □□□ 活躍（かつやく）	かつやく	[名・自サ] 活躍

Check 2 必考詞組	Check 3 必考例句
□ 課題を仕上げる。 完成作業。	▶ 課題の提出期限さえ守れば、単位はもらえるそうだ。 據說只要準時繳交報告，就可以得到學分了。
□ 仕事が片付く。 做完工作。	▶ この仕事が片付いたら、一度休みをとって旅行にでも行きたい。 完成這項工作之後，我想休假一陣子去旅行。
□ 片付けをする。 整理。	▶ 昨日は雨だったので、ドライブはやめて部屋の片付けをしました。 因為昨天下雨，所以我沒有出門開車兜風，而是在家整理房間。
□ 教室を片付ける。 整理教室。	▶ 使った食器は洗って、食器棚に片付けておいてください。 請把用過的餐具洗乾淨，然後放在餐具櫃裏。
□ 片道の電車賃。 單程的電車費。	▶ 夫の実家までは車で片道４時間もかかるんです。 前往丈夫的老家，光是單趟車程就要花上四個小時了。
□ 勝ちを得る。 獲勝。	▶ 相手に勝ちを譲ることで、本当の勝利を得ることもある。 有時候讓對方贏才是真正的勝利。
□ かっこいい人。 很帥的人	▶ 幸子のお兄ちゃんって、ほんとにかっこいいよね。 幸子的哥哥真的好帥哦。
□ お似合いなカップル。 相配的一對	▶ カップルでご来店のお客様にはワインをサービス致します。 攜伴光顧的貴賓，本店將贈送紅酒一支。
□ 試合で活躍する。 在比賽中很活躍。	▶ これは体の小さい主人公がサッカー選手として活躍する話です。 這是個身材瘦小的主角成為足球選手並大放異彩的故事。

Check 1 必考單字	高低重音	詞性、類義詞與對義詞
0253 □□□ 家庭科（かていか）	かていか	[名]（中小學學科一）家事，家政
0254 □□□ 家電製品（かでんせいひん）	かでんせいひん	[名] 家用電器 關 電気製品（でんきせいひん） 電器用品
0255 □□□ 悲しみ（かなしみ）	かなしみ	[名] 悲哀，悲傷，憂愁，悲痛 關 痛み（いたみ） 疼痛
0256 □□□ 金槌（かなづち）	かなづち	[名] 釘錘，榔頭；旱鴨子
0257 □□□ かなり	かなり	[名・形動・副] 相當，頗 類 随分（ずいぶん） 相當
0258 □□□ 金（かね）	かね	[名] 金屬；錢，金錢 類 銭（ぜに） 錢
0259 □□□ 可能（かのう）	かのう	[名・形動] 可能 類 できる 能夠
0260 □□□ 黴（かび）	かび	[名] 霉 關 細菌（さいきん） 細菌
0261 □□□ 構う（かまう）	かまう	[自他五] 介意，顧忌，理睬；照顧，招待；調戲，逗弄；放逐

Check 2 必考詞組	Check 3 必考例句
□ 家庭科(かていか)を学(まな)ぶ。 學家政課。	学校(がっこう)の家庭科(かていか)の授業(じゅぎょう)で、ハンバーグとスープを作(つく)った。 在學校家政課的課堂上做了漢堡並煲了湯。
□ 家電製品(かでんせいひん)であふれる。 充滿過多的家電用品。	電気屋(でんきや)の家電製品(かでんせいひん)売(う)り場(ば)で、冷蔵庫(れいぞうこ)や洗濯機(せんたくき)を見(み)るのが好(す)きです。 我喜歡在電器行的家電區看冰箱和洗衣機。
□ 悲(かな)しみを感(かん)じる。 感到悲痛。	子(こ)を失(うしな)った母親(ははおや)の悲(かな)しみの深(ふか)さは、私(わたし)には想像(そうぞう)できない。 我無法想像失去孩子的母親有多麼悲痛。
□ 金槌(かなづち)で釘(くぎ)を打(う)つ。 用榔頭敲打釘子。	本棚(ほんだな)を作(つく)ったが、金槌(かなづち)で釘(くぎ)を打(う)つより指(ゆび)を打(う)つ方(ほう)が多(おお)かった。 雖然書架做好了，但是槌子敲到手的次數，遠比敲在釘子上來得多。
□ かなり疲(つか)れる。 相當疲憊。	事故当時(じことうじ)、車(くるま)はかなりスピードを出(だ)していたようだ。 事故發生時這輛車似乎開得飛快。
□ 金(かね)がかかる。 花錢。	昔(むかし)から、若(わか)いうちの苦労(くろう)は金(かね)を払(はら)ってでもしろという。 自古至今流傳著一句話：年少吃得苦中苦，日後方為人上人。
□ 可能(かのう)な範囲(はんい)で。 在可能的範圍內。	契約(けいやく)して頂(いただ)けるのでしたら、可能(かのう)な限(かぎ)り、御社(おんしゃ)の条件(じょうけん)に合(あ)わせます。 只要能與敝公司簽約，我們會盡己所能來配合貴公司的要求。
□ かびが生(は)える。 發霉。	冷蔵庫(れいぞうこ)の奥(おく)からかびの生(は)えたパンが出(で)てきた。 從冰箱最裡面挖出了發霉的麵包。
□ 服装(ふくそう)に構(かま)わない。 不修邊幅。	私(わたし)は言(い)いたいことを言(い)うよ。ネットで叩(たた)かれたって構(かま)うもんか。 我愛說什麼就說什麼！就算會被網民砲轟我也不管啦！

Check 1 必考單字	高低重音	詞性、類義詞與對義詞
0262 □□□ 我慢（がまん）	がまん	[名・他サ] 忍耐，克制，將就，原諒；（佛）饒恕
0263 □□□ 我慢強い（がまんづよい）	がまんづよい	[形] 忍耐性強，有忍耐力 關 しぶとい 有耐性
0264 □□□ 髪の毛（かみのけ）	かみのけ	[名] 頭髮 類 毛髪（もうはつ） 毛髮
0265 □□□ CD1 14 ガム	ガム	[名]【(荷)gom】口香糖；樹膠 類 飴（あめ） 糖果
0266 □□□ カメラマン	カメラマン	[名]【cameraman】攝影師；（報社、雜誌等）攝影記者 類 写真家（しゃしんか） 攝影師
0267 □□□ 画面（がめん）	がめん	[名]（繪畫的）畫面；照片，相片；（電影等）畫面，鏡頭
0268 □□□ かもしれない	かもしれない	[連語] 也許，也未可知 關 あるいは 或是
0269 □□□ 粥（かゆ）	かゆ	[名] 粥，稀飯 關 白粥（しろがゆ） 粥
0270 □□□ 痒い（かゆい）	かゆい	[形] 癢的 關 痛い（いたい） 痛的

Check 2 必考詞組	Check 3 必考例句
□ 我慢ができない。 不能忍受。	気分が悪いときは、我慢しないで休んでくださいね。 不舒服的時候請不要忍耐，好好休息哦。
□ 本当にがまん強い。 有耐性。	客に何を言われても怒らない我慢強い人を求めています。 我們正在招募極具耐性，能夠忍受顧客一切無理要求的員工。
□ 髪の毛を切る。 剪髮。	落ちていた一本の髪の毛から、犯人が分かったそうだ。 據說已經從掉在現場的一根頭髮，查出兇手是誰了。
□ ガムを噛む。 嚼口香糖。	噛み終わったガムは、紙に包んで捨ててください。 嚼完的口香糖，請用紙包好扔掉。
□ アマチュアカメラマン。 業餘攝影師。	戦争の写真を撮るカメラマンになって、世界平和に貢献したい。 我想成為記錄戰爭的戰地攝影師，為世界和平做出貢獻。
□ 画面を見る。 看畫面。	スマホの画面を見ながら歩く「ながらスマホ」は禁止です。 禁止「邊走邊滑」邊看手機螢幕邊走路。
□ あなたの言う通りかもしれない。 或許如你說的。	妻と大喧嘩をした。私たちはもうだめかもしれない。 和妻子大吵了一架。我們可能已經走到盡頭了吧。
□ 粥を炊く。 煮粥。	熱を出して寝ていたら、彼女が来て、お粥を作ってくれた。 在我發燒睡著的時候，她來了，並幫我煲了粥。
□ 頭が痒い。 頭部發癢。	ちょっとでも卵を食べると、体中が痒くなるんです。 只要一吃雞蛋，身體就會發癢。

Check 1 必考單字	高低重音	詞性、類義詞與對義詞
0271 □□□ カラー	カラー	[名]【color】色，彩色；（繪畫用）顏料 類 色(いろ) 顏色
0272 □□□ 借り(か)	かり	[名] 借，借入；借的東西；欠人情；怨恨，仇恨 關 借(か)りる 借 對 貸(か)し 借出
0273 □□□ 歌留多(かるた)／加留多(かるた)	かるた	[名] 紙牌，撲克牌；寫有日本和歌的紙牌 類 カード／card 卡片
0274 □□□ 皮(かわ)	かわ	[名] 皮，表皮；皮革 關 皮膚(ひふ) 皮膚
0275 □□□ 乾(かわ)かす	かわかす	[他五] 曬乾；晾乾；烤乾 關 乾(かわ)く 乾燥 對 濡(ぬ)れる 淋溼
0276 □□□ 乾(かわ)く	かわく	[自五] 乾，乾燥 關 枯(か)れる 枯萎
0277 □□□ 渇(かわ)く	かわく	[自五] 渴，乾渴；渴望，內心的要求
0278 □□□ 代(か)わる	かわる	[自五] 代替，代表，代理 關 代(か)える 代替
0279 □□□ 替(か)わる	かわる	[自五] 更換；交替 類 交替(こうたい)する 交替

Check 2 必考詞組 / **Check 3 必考例句**

□ 地域(ちいき)のカラーを出(だ)す。
有地方特色。
▶ こちらのパソコン、カラーは白(しろ)、黒(くろ)、銀色(ぎんいろ)があります。
這邊電腦機殼的顏色有白色、黑色和銀色。

□ 借(か)りを返(かえ)す。
還人情。
▶ あの時(とき)助(たす)けてもらって、あなたには借(か)りがあると思(おも)っています。
那時候你幫助了我，我知道自己欠你一份人情。

□ 歌留多(かるた)で遊(あそ)ぶ。
玩日本紙牌。
▶ お正月(しょうがつ)に、家族(かぞく)みんなでかるたをして遊(あそ)びました。
過年期間，全家人聚一起玩了紙牌。

□ 皮(かわ)をむく。
剝皮。
▶ 餃子(ぎょうざ)の皮(かわ)に果物(くだもの)を包(つつ)んで揚(あ)げるお菓子(かし)が流行(はや)っている。
現在很流行在餃子皮裡包入水果餡後油炸的甜點。

□ 洗濯物(せんたくもの)を乾(かわ)かす。
曬衣服。
▶ 食器(しょっき)は乾燥機(かんそうき)で乾(かわ)かしてから、食器棚(しょっきだな)にしまいます。
餐具經過乾燥機烘乾之後，再放進餐具櫃裡。

□ 土(つち)が乾(かわ)く。
地面乾。
▶ 今年(ことし)の冬(ふゆ)はほとんど雨(あめ)が降(ふ)らず、空気(くうき)が乾(かわ)いている。
今年冬天幾乎沒有下雨，空氣十分乾燥。

□ のどが渇(かわ)く。
口渴。
▶ 喉(のど)が渇(かわ)いたな。ちょっと冷(つめ)たいコーヒーでも飲(の)もうか。
口好渴哦。要不要來喝杯冰咖啡？

□ 運転(うんてん)を代(か)わる。
交替駕駛。
▶ 今日(きょう)は早(はや)く帰(かえ)っていいよ。その代(か)わり、明日(あす)がんばってね。
今天可以早點回去。不過明天要繼續加油哦！

□ 石油(せきゆ)に替(か)わる燃料(ねんりょう)。
替代石油的燃料。
▶ 社長(しゃちょう)が先月(せんげつ)亡(な)くなり、息子(むすこ)が替(か)わって社長(しゃちょう)になった。
總經理上個月過世了，由他的兒子繼任了總經理的職位。

Check 1 必考單字	高低重音	詞性、類義詞與對義詞
0280 □□□ 換（か）わる	かわる	[自五] 更換，更替 關 交換（こうかん）する　交換
0281 □□□ 変（か）わる	かわる	[自五] 變化；與眾不同；改變時間地點，遷居，調任 類 変（か）える　改變
0282 □□□ 缶（かん）	かん	[名] 罐子 關 バケツ　水桶
0283 □□□ 刊（かん）	かん	[漢造] 刊，出版
0284 □□□ 間（かん）	かん	[名・接尾] 間，機會，間隙 關 期間（きかん）　間
0285 □□□ 館（かん）	かん	[漢造] 旅館；大建築物或商店 關 ホール／hall　大廳
0286 □□□ 感（かん）	かん	[名・漢造] 感覺，感動；感 關 感（かん）じ　感覺
0287 □□□ CD1/15 観（かん）	かん	[名・漢造] 觀感，印象，樣子；觀看；觀點
0288 □□□ 巻（かん）	かん	[名・漢造] 卷，書冊；（書畫的）手卷；卷曲 類 冊（さつ）　冊

Check 2 必考詞組 | **Check 3** 必考例句

□ 教室が換わる。
換教室。
▶ おなかの大きな女性が乗って来たので、席を換わった。
有位挺著大肚子的女士上了車，所以我換去後面坐。

□ 考えが変わる。
改變想法。
▶ 久しぶりに帰った故郷の町は、すっかり様子が変わっていた。
好久沒回故鄉，鎮上的樣貌完全不一樣了。

□ 缶詰にする。
做成罐頭。
▶ 瓶や缶は再利用するので、資源ごみとして出してください。
因為瓶罐可回收利用，所以請丟到資源回收箱。

□ 朝刊と夕刊。
早報跟晚報
▶ 今日発売の週刊誌を買って、好きな芸能人の記事を探した。
我買了今天發售的週刊雜誌，尋找我喜歡的藝人的報導。

□ 五日間の旅行。
五天的旅行
▶ 新幹線で、東京大阪間は2時間20分です。
東京和大阪之間搭乘新幹線的話需要兩小時二十分鐘。

□ 博物館を見学する。
參觀博物館。
▶ 休みの日は、美術館や博物館を回ることが多いです。
假日我經常去美術館或博物館。

□ 解放感に包まれる。
充滿開放感。
▶ 彼女は責任感が強いので、リーダーにぴったりだ。
她富有很強的責任感，很適合擔任隊長。

□ 人生観が変わる。
改變人生觀。
▶ 結婚相手は、価値観が同じ人を選ぶと失敗しませんよ。
結婚對象若能找個價值觀相同的人，就不會離婚哦。

□ 全三巻の書物。
共三冊的書
▶ こちらの本は上巻、下巻合わせて4800円になります。
這本書上下冊合售總共4800圓。

Check 1 必考單字	高低重音	詞性、類義詞與對義詞
0289□□□ 考え（かんがえ）	かんがえ	[名] 思考，想法，念頭，意見，主意；觀念，信念；考慮；期待，願望；決心 關 思い（おもい） 想法
0290□□□ 環境（かんきょう）	かんきょう	[名] 環境
0291□□□ 観光（かんこう）	かんこう	[名・他サ] 觀光，遊覽，旅遊 關 旅（たび） 旅遊
0292□□□ 看護師（かんごし）	かんごし	[名] 護士，看護 關 介護士（かいごし） 專門照顧身心障礙者日常生活的專門技術人員
0293□□□ 感謝（かんしゃ）	かんしゃ	[名・自他サ] 感謝
0294□□□ 感じる（かんじる）／感ずる（かんずる）	かんじる／かんずる	[自他上一] 感覺，感到；感動，感觸，有所感 關 覚える（おぼえる） 記住
0295□□□ 感心（かんしん）	かんしん	[名・形動・自サ] 欽佩；贊成；（貶）令人吃驚 類 感動（かんどう） 感動
0296□□□ 完成（かんせい）	かんせい	[名・自他サ] 完成 類 終わる（おわる） 完畢
0297□□□ 完全（かんぜん）	かんぜん	[名・形動] 完全，完整完美，圓滿 關 すっかり 完全

Check 2 必考詞組 / **Check 3 必考例句**

□ 考えが甘い。
想法天真。
▶「どうしよう、鍵が壊れた。」「大丈夫、僕にいい考えがあるよ。」
「怎麼辦，鑰匙壞了。」「沒關係，我有個好主意。」

□ 環境が変わる。
環境改變。
▶村の環境を守るために、工場の建設に反対している。
為了保護村莊的環境，我們反對建造工廠。

□ 観光の名所。
觀光勝地
▶「日本に来た目的は？お仕事ですか。」「いいえ、観光です。」
「你來日本的目的是什麼？是為了工作嗎？」「不是，是來觀光。」

□ 看護師を目指す。
以當護士為目標。
▶看護師さんが優しくしてくれるから、退院したくなくなっちゃった。
護士的溫柔照料，讓我都不想出院了。

□ 心から感謝する。
衷心感謝。
▶毎日おいしいお弁当を作ってくれて、感謝してます。
感謝你每天幫我做好吃的便當。

□ 痛みを感じる。
感到疼痛。
▶気のせいか、最近彼女の態度が冷たく感じるんだが。
不知道是不是錯覺，我覺得最近她的態度很冷淡。

□ 皆さんの努力に感心した。
大家的努力令人欽佩。
▶あの子は小さい弟や妹の面倒をよく見ていて、本当に感心するよ。
那個孩子經常照顧年幼的弟弟妹妹，真是值得誇獎。

□ 完成に近い。
接近完工。
▶10年かけて完成させた小説が、文学賞を受賞した。
那部耗費十年才完成的小說獲得了文學獎。

□ 完全な勝利。
完美的獲勝
▶私は過去の記憶を完全に失った。自分の名前さえ思い出せない。
我完全失去了過去的記憶。就連自己的名字也想不起來了。

Check 1 必考單字	高低重音	詞性、類義詞與對義詞
0298 □□□ 感想（かんそう）	かんそう	[名] 感想 關 感じ（かん） 感覺
0299 □□□ 缶詰（かんづめ）	かんづめ	[名] 罐頭；不與外界接觸的狀態；擁擠的狀態 類 缶（かん） 罐子
0300 □□□ 感動（かんどう）	かんどう	[名・自サ] 感動，感激
0301 □□□ 期（き）	き	[漢造] 時期；時機；季節；（預定的）時日 關 期間（きかん） 期間
0302 □□□ 機（き）	き	[名・接尾・漢造] 時機；飛機；(助數詞用法）架；機器 關 機会（きかい） 機會
0303 □□□ キーボード	キーボード	[名]【keyboard】（鋼琴、打字機等）鍵盤 類 鍵盤（けんばん） 鍵盤
0304 □□□ 着替え（きがえ）	きがえ	[名・自サ] 換衣服；換洗衣物 關 更衣（こうい） 更衣
0305 □□□ 着替える（きがえる）	きがえる	[他下一] 換衣服
0306 □□□ 期間（きかん）	きかん	[名] 期間，期限內 關 期（き） 時期

Check 2 必考詞組	Check 3 必考例句
□ 感想を聞く。 聽取感想。	みんなが似たような感想を言う中、彼女だけがこの映画をつまらないと言った。 在大家都一言堂似的感想中，只有她勇敢說了這部電影很無聊。
□ 缶詰を開ける。 打開罐頭。	非常食用に魚や野菜の缶詰をたくさん買ってあります。 我買了很多魚和蔬菜的罐頭做為緊急糧食。
□ 感動を受ける。 深受感動。	美しい絵画には時代を越えて人を感動させる力がある。 美麗的畫作具有跨越時代感動人心的力量。
□ 入学の時期。 開學時期	期末試験を頑張ったから、今学期は成績が上がるはずだ。 因為認真準備了期末考試，這學期的成績應該會進步吧。
□ 機が熟す。 時機成熟。	このコピー機は新しいのに変えるべきだね。遅くて仕事にならない。 這台影印機應該要換一台新的了。影印速度太慢，害我們都無法好好工作了。
□ キーボードを弾く。 彈鍵盤（樂器）。	キーボードの一番上にある F7 のキーを押してください。 請按鍵盤最上面的F7鍵。
□ 着替えを忘れた。 忘了帶換洗衣物。	着替えが終わったら、荷物はロッカーに入れてください。 換好衣服後，請把您隨身攜帶的物品放入置物櫃裡。
□ 着物を着替える。 換衣服。	いつまでも寝てないで、早く着替えて学校に行きなさい。 不要一直睡，趕快換衣服上學了！
□ 期間が過ぎる。 過期。	試験期間中は、生徒の教職員室への入室は禁止です。 考試期間，禁止進入教職員辦公室。

Check 1 必考單字	高低重音	詞性、類義詞與對義詞
0307 □□□ CD1 16 効く（きく）	▸ きく	▸ [自五] 有效，奏效；好用，能幹；可以，能夠；起作用
0308 □□□ 期限（きげん）	▸ きげん	▸ [名] 期限 類 締め切り（しめきり） 截止
0309 □□□ 帰国（きこく）	▸ きこく	▸ [名・自サ] 回國，歸國；回到家鄉
0310 □□□ 記事（きじ）	▸ きじ	▸ [名] 報導，記事 關 ニュース／news 新聞
0311 □□□ 記者（きしゃ）	▸ きしゃ	▸ [名] 執筆者，筆者；（新聞）記者，編輯 關 キャスター／newscaster 之略 新聞主播
0312 □□□ 奇数（きすう）	▸ きすう	▸ [名]（數）奇數 對 偶数（ぐうすう） 偶數
0313 □□□ 帰省（きせい）	▸ きせい	▸ [名・自サ] 歸省，回家（省親），探親 關 帰国（きこく） 回國
0314 □□□ 帰宅（きたく）	▸ きたく	▸ [名・自サ] 回家 關 帰り（かえり） 回來
0315 □□□ きちんと	▸ きちんと	▸ [副] 整齊，乾乾淨淨；恰好，恰當；如期，準時；好好地，牢牢地 關 正確（せいかく） 準確

Check 2 必考詞組	Check 3 必考例句
□ よく効く薬。 有效的藥	この薬は、風邪の引き始めに飲むと、よく効きますよ。 感冒初期服用這種藥很有效哦。
□ 期限になる。 到期。	この本は貸し出し期限が過ぎています。すぐに返してください。 這本書已經超過借閱期限了。趕快拿去還！
□ 夏に帰国する。 夏天回國。	正月明け、成田空港は帰国ラッシュで混雑していた。 新年假期結束後，返國的人潮把成田機場擠得水洩不通。
□ 新聞記事。 報紙報導。	その日の事件をすぐに記事にして、ネットに上げています。 那天的事件馬上就被寫成新聞傳到網路上。
□ 記者が質問する。 記者發問。	首相は記者たちの質問に答えると、すぐにその場を立ち去った。 首相回答了記者群的問題後，馬上離開了現場。
□ 奇数を使う。 使用奇數。	偶数番号の人はこちら、奇数番号の人はあちらに並んでください。 偶數號的人請在這裡排隊，奇數號的人請在那裡排隊。
□ お正月に帰省する。 元月新年回家探親。	お母さん、夏休みには帰省するから、楽しみにしててね。 媽媽，我暑假就會回家了，等我哦！
□ 会社から帰宅する。 從公司回家。	「ただいま主人は留守ですが。」「何時ごろに帰宅されますか。」 「我先生現在不在家。」「請問大概什麼時候回來呢？」
□ きちんとしている。 井然有序。	実験結果は、全ての数字をきちんと記録しておくこと。 實驗結果必須翔實記錄所有的數據。

Check 1 必考單字	高低重音	詞性、類義詞與對義詞
0316 □□□ キッチン	キッチン	[名]【kitchen】廚房 類 台所（だいどころ） 廚房
0317 □□□ きっと	きっと	[副] 一定，必定；（神色等）嚴厲地，嚴肅地 類 必ず（かならず） 一定
0318 □□□ 希望（きぼう）	きぼう	[名・他サ] 希望，期望，願望 類 夢（ゆめ） 夢想
0319 □□□ 基本（きほん）	きほん	[名] 基本，基礎，根本 類 元（もと） 原本
0320 □□□ 基本的（きほんてき）（な）	きほんてきな	[形動] 基本的 關 入門的（にゅうもんてき） 入門的
0321 □□□ 決（き）まり	きまり	[名] 規定，規則；習慣，常規，慣例，終結；收拾整頓 類 規則（きそく）；約束（やくそく） 規定
0322 □□□ 客室乗務員（きゃくしつじょうむいん）	きゃくしつじょうむいん	[名]（車、飛機、輪船上）服務員 類 キャビンアテンダント／cabin attendant 空服員
0323 □□□ 休憩（きゅうけい）	きゅうけい	[名・自サ] 休息 類 休み（やすみ） 休息
0324 □□□ 急行（きゅうこう）	きゅうこう	[名・自サ] 急忙前往，急趕；急行列車 關 各駅停車（かくえきていしゃ） 區間車

Check 2 必考詞組	Check 3 必考例句
□ ダイニングキッチン。 廚房兼飯廳。	こちらのお部屋は、広いリビングと明るいキッチンが人気です。 這棟屋子最受歡迎的是寬敞的客廳和明亮的廚房。
□ きっと晴れるでしょう。 一定會放晴。	君の（實力）が出せればきっとうまくいくよ。自信を持って。 只要發揮你的（實力）就一定能成功。要有信心！
□ 希望を持つ。 懷抱希望。	お荷物はお客様のご希望の日時にお届け致します。 行李將在您指定的日期時間送達。
□ 基本を学ぶ。 學習基礎東西。	「ほうれんそう」とは「報告、連絡、相談」のことで、仕事の基本だ。 所謂「ほうれんそう」是指「報告、聯絡、討論」，這是工作的基礎。
□ 基本的な使い方。 基本使用方式	大学が法学部だったので、法律の基本的な知識はあります。 因為我大學念的是法學院，所以具備法律的基本知識。
□ 決まりを守る。 遵守規則。	朝ご飯は家族全員で食べるのが、我が家の決まりなんです。 全家人一起吃早餐是我們的家規。
□ 客室乗務員になる。 成為空服人員。	飛行機の中でおなかを壊し、客室乗務員に薬をもらった。 在飛機上鬧肚子了，所以向空服員索取了藥品。
□ 休憩する暇もない。 連休息的時間也沒有。	その仕事が終わったら、お昼の休憩をとってください。 完成那件工作後，就可以午休了。
□ 急行に乗る。 搭急行電車。	急行なら12分、各駅停車でも20分で着きますよ。 搭快車要12分鐘，慢車則要20分鐘才會到哦。

Check 1 必考單字	高低重音	詞性、類義詞與對義詞
0325 □□□ 休日（きゅうじつ）	きゅうじつ	[名] 假日，休息日 類 休み（やすみ） 假日
0326 □□□ 丘陵（きゅうりょう）	きゅうりょう	[名] 丘陵 類 丘（おか） 丘陵
0327 □□□ 給料（きゅうりょう）	きゅうりょう	[名] 工資，薪水 關 時給（じきゅう） 時薪
0328 □□□ 教（きょう）	きょう	[漢造] 教，教導；宗教 關 宗教（しゅうきょう） 宗教
0329 □□□ CD1/17 行（ぎょう）	ぎょう	[名・漢造]（字的）行；（佛）修行；行書 關 列（れつ） 行列
0330 □□□ 業（ぎょう）	ぎょう	[名・漢造] 業，職業；事業；學業 關 職業（しょくぎょう） 職業
0331 □□□ 教員（きょういん）	きょういん	[名] 教師，教員 類 教師（きょうし） 教師
0332 □□□ 教科書（きょうかしょ）	きょうかしょ	[名] 教科書，教材 類 テキスト 課本
0333 □□□ 教師（きょうし）	きょうし	[名] 教師，老師 類 先生（せんせい） 老師

Check 2 必考詞組	Check 3 必考例句
□ 休日(きゅうじつ)が続(つづ)く。 連續休假。	先週休日出勤(せんしゅうきゅうじつしゅっきん)をしたので、今日(きょう)はその代(か)わりに休(やす)みをもらった。 因為上星期的假日去上班了，所以今天得以補休一天。
□ 丘陵(きゅうりょう)を散策(さんさく)する。 到山岡散步。	東京(とうきょう)にも広大(こうだい)な丘陵地帯(きゅうりょうちたい)があるのを知(し)っていますか。 你知道東京也有廣闊的丘陵地帶嗎？
□ 給料(きゅうりょう)が上(あ)がる。 提高工資。	いくら株(かぶ)の値段(ねだん)が上(あ)がっても、給料(きゅうりょう)が上(あ)がらなきゃ意味(いみ)がないよ。 不管股票漲了多少，薪水不漲就沒意義了。
□ 宗教(しゅうきょう)を信仰(しんこう)する。 信仰宗教。	大陸(たいりく)から日本(にほん)に仏教(ぶっきょう)が伝(つた)わったのは6世紀(せいき)のことです。 佛教是在公元六世紀時從大陸傳到了日本。
□ 行(ぎょう)を改(あらた)める。 改行。	兄(あに)の起(お)こした事件(じけん)について、新聞(しんぶん)の隅(すみ)に10行(ぎょう)ほどの記事(きじ)が載(の)った。 關於哥哥引發的事件，在報紙一角刊登了十行左右的報導。
□ 家(いえ)の業(ぎょう)を継(つ)ぐ。 繼承家業。	若者(わかもの)がもっと農業(のうぎょう)や漁業(ぎょぎょう)に魅力(みりょく)を感(かん)じるような工夫(くふう)が必要(ひつよう)だ。 必須設法讓年輕人更深刻體會到農業和漁業的魅力。
□ 教員(きょういん)になる。 當上教職員。	中学(ちゅうがく)、高校(こうこう)の数学科(すうがくか)の教員免許(きょういんめんきょ)を持(も)っています。 我擁有國高中數學教師的教師資格。
□ 歴史(れきし)の教科書(きょうかしょ)。 歷史教科書。	試験(しけん)を始(はじ)めます。教科書(きょうかしょ)、ノートは机(つくえ)の中(なか)にしまってください。 考試開始。教科書和筆記本請收進抽屜裡。
□ 家庭教師(かていきょうし)。 家教老師	当校(とうこう)には優秀(ゆうしゅう)で教育熱心(きょういくねっしん)な教師(きょうし)がたくさんおります。 本校有許多熱衷教育的優秀教師。

Check 1 必考單字	高低重音	詞性、類義詞與對義詞
0334 □□□ 強調（きょうちょう）	きょうちょう	[名・他サ] 強調；權力主張；（行情）看漲
0335 □□□ 共通（きょうつう）	きょうつう	[名・形動・自サ] 共同，通用 關 似る（にる） 相像
0336 □□□ 協力（きょうりょく）	きょうりょく	[名・自サ] 共同努力，配合，合作，協力協助 關 握手（あくしゅ） 合作
0337 □□□ 曲（きょく）	きょく	[名・漢造] 曲調；歌曲；彎曲 關 楽曲（がっきょく） 樂曲
0338 □□□ 距離（きょり）	きょり	[名] 距離，間隔，差距 關 幅（はば） 寬度
0339 □□□ 切らす（きらす）	きらす	[他五] 用盡，用光 關 切れる（きれる） 用盡
0340 □□□ ぎりぎり	ぎりぎり	[名・副・他サ]（容量等）最大限度，極限；（摩擦的）嘎吱聲 類 一杯一杯（いっぱいいっぱい） 極限
0341 □□□ 切れる（きれる）	きれる	[自下一] 斷；用盡 類 なくなる 用盡
0342 □□□ 記録（きろく）	きろく	[名・他サ] 記錄，記載，（體育比賽的）紀錄

Check 2 必考詞組 / **Check 3 必考例句**

□ 特に強調する。
特別強調。
▶ 彼は事故の説明をする中で、自分には非がないことを強調した。
他在說明那起事故的過程，強調了錯不在自己身上。

□ 共通の趣味がある。
有同樣的嗜好。
▶ 田中さんとは年も離れているし、共通の話題がないんです。
和田中先生年紀差距太大，缺乏共同的話題。

□ みんなで協力する。
大家通力合作。
▶ 警察に犯人逮捕の協力をして、お礼をもらった。
我協助警察逮捕嫌犯，得到了謝禮。

□ 歌詞に曲をつける。
為歌詞譜曲。
▶ これって、いつもお父さんがカラオケで歌う曲だよ。
這是爸爸每次去卡拉ok時必唱的曲目哦！

□ 距離が遠い。
距離遙遠。
▶ 時速とは、1時間当たりの移動距離を表した速さのことです。
所謂時速，是指每小時移動距離的速度。

□ 名刺を切らす。
名片用完。
▶ ちょっと今、コーヒーを切らしていて…紅茶でいいですか。
現在剛好沒有咖啡了……，請問紅茶可以嗎？

□ 期限ぎりぎりまで待つ。
等到最後的期限。
▶ 林さんは毎朝、授業の始まる9時ぎりぎりに教室に飛び込んでくる。
林同學每天都在九點剛要上課的前一刻衝進教室。

□ 糸が切れる。
線斷掉。
▶ お風呂の電球が切れたから、新しいのを買っておいて。
因為浴室用的燈泡已經沒了，所以我買來新的。

□ 記録をとる。
做記錄。
▶ 会議における各人の発言は全て記録してあります。
會議上每個人的發言都留有紀錄。

Check 1 必考單字	高低重音	詞性、類義詞與對義詞
0343 □□□ 金（きん）	きん	[名・漢造] 黃金，金子；金錢 類 黄金（こがね） 黃金
0344 □□□ 禁煙（きんえん）	きんえん	[名・自サ] 禁止吸菸；禁菸，戒菸 對 喫煙（きつえん） 吸煙
0345 □□□ 銀行員（ぎんこういん）	ぎんこういん	[名] 銀行行員 關 会社員（かいしゃいん） 公司職員
0346 □□□ 禁止（きんし）	きんし	[名・他サ] 禁止
0347 □□□ 近所（きんじょ）	きんじょ	[名] 附近，左近，近郊
0348 □□□ 緊張（きんちょう）	きんちょう	[名・自サ] 緊張 類 ストレス 壓力
0349 □□□ 句（く）	く	[名] 字，字句；俳句
0350 □□□ クイズ	クイズ	[名]【quiz】回答比賽，猜謎；考試 類 なぞなぞ 謎語
0351 □□□ CD1 / 18 空（くう）	くう	[名・形動・漢造] 空中，空間；空虛 類 無（な）い 沒有

Check 2 必考詞組	Check 3 必考例句
□ 金メダルを獲得する。 獲得金牌。	彼女は北京オリンピックで金メダルを取った選手です。 她是在北京奧運摘下金牌的選手。
□ 車内禁煙。 車內禁止抽煙	禁煙席と喫煙席がございますが、どちらになさいますか。 本店分為禁菸區和吸菸區，請問您要坐哪一邊呢？
□ 銀行員になる。 成為銀行行員。	銀行員だからといって、一日中お金を数えてるわけじゃないよ。 雖說是銀行職員，但也不是一整天都在數錢呀。
□ 立ち入り禁止。 禁止進入	ここから先は関係者以外、立ち入り禁止です。 此處非相關人士禁止進入。
□ 近所付き合い。 與鄰居來往	近所の公園に集まって、みんなでラジオ体操をしています。 大家聚在附近的公園一起做廣播體操。
□ 緊張をほぐす。 舒緩緊張。	練習の時はできるのに、本番になると緊張して失敗してしまう。 練習時明明都能成功，但是正式演出時就因緊張而失敗了。
□ 句を詠む。 吟詠俳句。	俳句は、五･七･五の十七音で作る日本の詩です。 俳句是由五、七、五共十七個音節所組成的日本詩。
□ クイズ番組に参加する。 參加益智節目。	クイズ番組で優勝して、賞金 100 万円を手に入れた。 我在益智競賽節目中獲得優勝，贏得了100萬圓的獎金。
□ 空に消える。 消失在空中	伸ばした手は空を掴み、彼は海へ落ちて行った。 他伸長了手抓向天空，終究沉入了海底。

Check 1 必考單字	高低重音	詞性、類義詞與對義詞
0352 □□□ クーラー	クーラー	[名]【cooler】冷氣設備
0353 □□□ 臭い（くさい）	くさい	[形] 臭 關 匂い（におい） 香味
0354 □□□ 腐る（くさる）	くさる	[自五] 腐臭，腐爛；金屬鏽，爛；墮落，腐敗；消沉，氣餒 類 傷む（いたむ） 腐敗
0355 □□□ 櫛（くし）	くし	[名] 梳子 關 束子（たわし） 刷帚
0356 □□□ 籤（くじ）	くじ	[名] 籤；抽籤 關 宝くじ（たからくじ） 彩票
0357 □□□ 薬代（くすりだい）	くすりだい	[名] 藥費； 醫療費，診察費 關 治療費（ちりょうひ） 治療費
0358 □□□ 薬指（くすりゆび）	くすりゆび	[名] 無名指 關 小指（こゆび） 小指
0359 □□□ 癖（くせ）	くせ	[名] 癖好，脾氣，習慣；（衣服的）摺線；頭髮亂翹 關 習慣（しゅうかん） 習慣
0360 □□□ 下り（くだり）	くだり	[名] 下降的；下行列車 下降 對 上り（のぼり） 上行

Check 2 必考詞組	Check 3 必考例句
□ クーラーをつける。 開冷氣。	ああ、暑い。クーラーの効いた部屋でアイスクリームが食べたいなあ。 唉，好熱啊。真想在冷氣房裡吃冰淇淋哦。
□ 臭い匂い。 臭味。	この料理は臭いといって嫌う人もいますが、癖になる人も多いんですよ。 雖然有人嫌這道料理很臭，但也有許多人吃上癮了。
□ 金魚鉢の水が腐る。 金魚魚缸的水發臭。	うわっ、この牛乳、腐ってる。全部捨てるよ。 哇！這瓶牛奶已經酸掉了。我全部倒掉了哦。
□ 櫛で髪を梳く。 用梳子梳頭髮。	子どもの頃、毎朝母が私の髪を櫛でとかしてくれました。 小時候，每天早上媽媽都拿梳子幫我梳理頭髮。
□ 籤で決める。 用抽籤方式決定。	僕はくじ運が悪いんだ。ほらね、またはずれだ。 我的籤運真差，你看啦，又沒中。
□ 薬代が高い。 醫療費昂貴。	薬局で薬代を払ったら、財布の中身がなくなった。 在藥局付了藥費以後，錢包就空空如也了。
□ 薬指に指輪をはめる。 在無名指上戴戒指。	彼女の薬指には婚約指輪の大きなダイヤが光っていた。 她戴在無名指的那只訂婚戒指上有顆碩大的鑽石正在閃閃發亮。
□ 癖がつく。 養成習慣。	細かいことが気になってしまうのが、僕の悪い癖です。 鑽牛角尖是我的壞習慣。
□ 下りの列車に乗る。 搭乘南下的列車。	正月休みに帰省する車で、下り車線が渋滞している。 新年假期開車回老家的路上，被塞在南下的車道上龜速前進。

Check 1 必考單字	高低重音	詞性、類義詞與對義詞
0361 □□□ 下る（くだる）	くだる	[自五] 下降，下去；下野，脫離公職；由中央到地方；下達；往河的下游去
0362 □□□ 唇（くちびる）	くちびる	[名] 嘴唇
0363 □□□ ぐっすり	ぐっすり	[副] 熟睡，酣睡 類 熟睡（じゅくすい） 熟睡
0364 □□□ 首（くび）	くび	[名] 頸部 關 頭（あたま） 頭
0365 □□□ 工夫（くふう）	くふう	[名・自サ] 設法 關 アイディア 想法
0366 □□□ 区役所（くやくしょ）	くやくしょ	[名]（東京與日本六大都市所屬的）區公所 關 大使館（たいしかん） 大使館
0367 □□□ 悔しい（くやしい）	くやしい	[形] 令人懊悔的，遺憾 關 残念（ざんねん） 遺憾
0368 □□□ クラシック	クラシック	[名]【classic】經典作品，古典作品，古典音樂；古典的 類 古典（こてん） 古典
0369 □□□ 暮らす（くらす）	くらす	[自他五] 生活，度日 類 生活する（せいかつする） 生活

Check 2 必考詞組	Check 3 必考例句
□ 川を下る。 順流而下。	夜の山は危険だから、明るいうちに下った方がいいですよ。 因為入夜後山裡面很危險，最好趁天還亮著的時候下山。
□ 唇が青い。 嘴唇發青。	唇の動きを見れば、相手が何と言っているか分かるんです。 只要看對方的嘴型動作，就能知道對方在說什麼。
□ ぐっすり寝る。 睡得很熟。	さあ、今夜はぐっすり眠って、明日からまたがんばろう。 好了，今晚就好好睡一覺，明天再加把勁吧！
□ 首が痛い。 脖子痛。	洗濯機で洗ったら、セーターの首が伸びてしまった。 經過洗衣機清洗之後，毛衣的領口處變鬆了。
□ 工夫をこらす。 找竅門。	資料は、写真やグラフを多く入れて、見易いよう工夫した。 在文件裡插入了許多照片和圖表，設法使其易於閱讀。
□ 区役所で働く。 在區公所工作。	引っ越しをしたら、区役所で住所変更をしなければならない。 搬家了以後，必須去區公所變更住址才行。
□ 悔しい思いをする。 覺得遺憾不甘。	私は一言も悪口を言っていないのに。誤解されて悔しい。 我連一句他的壞話都沒講卻被誤會，好不甘心哦。
□ クラシックのレコード。 古典音樂唱片。	夏休みに、子供向けのクラシックコンサートを開いています。 專為兒童舉辦的古典音樂會將在暑假拉開序幕。
□ 楽しく暮らす。 過著快樂的生活。	都会を離れ、海の近くの町で静かに暮らしています。 遠離都市的塵囂，在靠海的小鎮過著幽靜的生活。

Check 1 必考單字	高低重音	詞性、類義詞與對義詞
0370 □□□ クラスメート	クラスメート	[名]【classmate】同班同學 類 同級生（どうきゅうせい） 同班同學
0371 □□□ 繰り返す（くりかえす）	くりかえす	[他五] 反覆，重覆 關 重ねる（かさねる） 反覆
0372 □□□ クリスマス	クリスマス	[名]【christmas】聖誕節 關 イブ／eve 聖誕節前夜
0373 □□□ CD1 / 19 グループ	グループ	[名]【group】（共同行動的）集團，夥伴；組，幫，群；團體 關 集まり（あつまり） 集會
0374 □□□ 苦しい（くるしい）	くるしい	[形] 艱苦；困難；難過；勉強 關 痛い（いたい） 疼痛
0375 □□□ 暮れ（くれ）	くれ	[名] 日暮，傍晚；季末，年末 類 年末（ねんまつ） 年末
0376 □□□ 黒（くろ）	くろ	[名] 黒，黑色；犯罪，罪犯 類 犯人（はんにん） 犯人 對 白（しろ） 白
0377 □□□ 詳しい（くわしい）	くわしい	[形] 詳細；精通，熟悉 類 細かい（こまかい） 仔細
0378 □□□ ～家（け）	け	[接尾] 家，家族 類 一家（いっか） 一家

Check 2 必考詞組	Check 3 必考例句
□ クラスメートに会う。 與同班同學見面。	中学のときのクラスメート5人で、今も旅行に行ったりしています。 我們中學時代的五個同學到現在仍然會一起去旅行。
□ 失敗を繰り返す。 重蹈覆轍。	かわいい動物の動画を何度も繰り返し見ています。 我重複觀賞了可愛動物的動畫好幾次。
□ クリスマスおめでとう。 聖誕節快樂。	クリスマスツリーの先に、金色の星の飾りをつけた。 在聖誕樹的頂端擺上了一顆金色的星星。
□ グループを作る。 分組。	4人ずつのグループを作って、調べたことを発表します。 每四人組成一個小組報告調查結果。
□ 苦しい家計。 艱苦的家計。	あれ、太ったかな。このズボン、きつくてちょっと苦しいな。 咦，又胖了嗎？這件褲子穿起來變緊了，有點難受耶。
□ 日の暮れが早まる。 日落得早。	年の暮れのお忙しいときにお邪魔して、申し訳ありません。 在年底最忙碌的時候打擾您，真是非常抱歉。
□ 黒に染める。 染成黑色。	制服の靴は自由ですが、色は黒に決まっています。 關於制服的鞋子沒有硬性規定，但必須是黑色的。
□ 事情に詳しい。 深知詳情。	その男を見たんですか。その時の様子を詳しく聞かせてください。 你看到那個男人了嗎？請詳細告訴我當時的情況。
□ 将軍家の一族。 將軍一家（普通指德川一家）	江戸時代は、初代徳川家康に始まる徳川家の歴史だ。 江戶時代是由德川家的始祖德川家康揭開序幕的歷史時代。

Check 1 必考單字	高低重音	詞性、類義詞與對義詞
0379 □□□ 計（けい）	けい	[名] 計畫，計；總計，合計 類 合計（ごうけい） 合計
0380 □□□ 敬意（けいい）	けいい	[名] 尊敬對方的心情，敬意 類 尊敬（そんけい） 尊重
0381 □□□ 経営（けいえい）	けいえい	[名・他サ] 經營，管理 類 管理（かんり） 管理
0382 □□□ 敬語（けいご）	けいご	[名] 敬語 關 丁寧語（ていねいご） 敬語
0383 □□□ 蛍光灯（けいこうとう）	けいこうとう	[名] 螢光燈，日光燈 關 電球（でんきゅう） 燈泡
0384 □□□ 警察官（けいさつかん）	けいさつかん	[名] 警察官，警官 類 警官（けいかん） 警察官
0385 □□□ 警察署（けいさつしょ）	けいさつしょ	[名] 警察署，警局 關 交番（こうばん） 派出所
0386 □□□ 計算（けいさん）	けいさん	[名・他サ] 計算，演算；估計，算計，考慮 關 数える（かぞえる） 數
0387 □□□ 芸術（げいじゅつ）	げいじゅつ	[名] 藝術 關 技術（ぎじゅつ） 技術

Check 2 必考詞組	Check 3 必考例句
□ 一年の計は元旦にあり。 一年之計在於春。	大人２名、子ども３名の計５名様でご予約ですね。 您要預約兩位成人、三位兒童，總共五位對吧。
□ 敬意を表する。 表達敬意。	人々は立ち上がって、村を救った救助隊に敬意を表した。 當時人們紛紛起立，向拯救村子的救援隊致敬。
□ 会社を経営する。 經營公司。	将来は自分でホテルを経営したいと思っている。 我以後想自己經營一家旅館。
□ 敬語を使いこなす。 熟練掌握敬語。	いくら敬語で話しても、心がないと寧ろ失礼に感じるものだ。 即使從頭到尾使用敬語，如果只是徒具形式，反而讓人覺得沒有禮貌。
□ 蛍光灯の調子が悪い。 日光燈壞了。	社内の電気を全て蛍光灯からLEDに取り替えた。 公司裡的電燈從日光燈全部換成了LED燈。
□ 警察官を騙す。 欺騙警官。	市民の安全を守る警察官になるのが、子どものころからの夢だ。 成為一名保衛公眾安全的警察是我兒時的夢想。
□ 警察署に連れて行かれる。 被帶去警局。	警察署の前には、犯人を一目見ようと人々が集まっていた。 群眾為了看嫌犯一眼而聚集在警察局前。
□ 計算が早い。 計算得快。	お店をやるなら、ちゃんと利益が出るように計算しないとね。 如果要開店，就必須要好好計算利潤才行呢。
□ 芸術がわからない。 不懂藝術。	勉強は苦手で、音楽や美術などの芸術科目が得意でした。 我學生時代不會讀書，但擅長音樂和美術等藝術科目。

Check 1 必考單字	高低重音	詞性、類義詞與對義詞
0388 □□□ けいたい 携帯	けいたい	[名・他サ] 攜帶 類 持つ（も） 帶
0389 □□□ けいやく 契約	けいやく	[名・自他サ] 契約，合同 關 約束（やくそく） 約定
0390 □□□ けいゆ 経由	けいゆ	[名・自サ] 經過，經由 類 通る（とお） 經過
0391 □□□ ゲーム	ゲーム	[名]【game】遊戲，娛樂；比賽 類 試合（しあい） 比賽
0392 □□□ げきじょう 劇場	げきじょう	[名] 劇院，劇場，電影院 關 映画館（えいがかん） 電影院
0393 □□□ げじゅん 下旬	げじゅん	[名] 下旬 關 月末（げつまつ） 月底 對 上旬（じょうじゅん） 月初
0394 □□□ CD1 20 けしょう 化粧	けしょう	[名・自他サ] 化妝，打扮；修飾，裝飾，裝潢 關 飾る（かざ） 裝飾
0395 □□□ けた 桁	けた	[名]（房屋、橋樑的）橫樑，桁架；算盤的主柱；數字的位數 關 量（りょう） 數量
0396 □□□ けち	けち	[名・形動] 吝嗇、小氣（的人）；卑賤，簡陋，心胸狹窄，不值錢 關 意地悪（いじわる） 刁難

Check 2 必考詞組	Check 3 必考例句
□ 携帯電話を持つ。 攜帶手機。	山を登るときは、十分な量の飲み物、食べ物を各自携帯してください。 登山時，請各自攜帶足 的飲料和食物。
□ 契約を結ぶ。 立合同。	小学校の事務員として採用されたが、半年契約なので不安だ。 雖然獲得錄取國小的職員，但因為合約只有半年，還是感到不安。
□ 新宿経由で東京へ行く。 經新宿到東京。	タイのバンコクを経由して、インドに入った。 途經泰國曼谷，最後抵達了印度。
□ ゲームで負ける。 遊戲比賽比輸。	このコンピューターゲーム、面白いよ。君もやってみたら。 這種電腦遊戲好好玩哦，你也玩玩看啊。
□ 劇場へ行く。 去劇場。	パリにいた頃は、オペラやバレエを観に劇場に通ったものだ。 我在巴黎時，去劇院觀賞了歌劇和芭蕾舞。
□ 五月の下旬。 五月下旬。	もう９月も下旬なのに、真夏のように暑い日が続いている。 都已經九月下旬了，炎熱的天氣依然如盛夏一般。
□ 化粧を直す。 補妝。	あなたは化粧などしなくても、そのままで十分きれいです。 妳根本不必化妝，現在這樣就已經很漂亮了。
□ 桁を間違える。 弄錯位數。	ボーナスが出ると聞いて喜んでいたけど、これじゃあ一桁少ないよ。 雖然聽到有獎金很開心，卻比心裡預期的少了一個位數啊。
□ けちな性格。 小氣的人。	課長はほんとにケチで、奢ってくれるのはいつも安い蕎麦ばかり。 科長真的很小氣，總是只請我們吃最便宜的蕎麥麵。

Check 1 必考單字	高低重音	詞性、類義詞與對義詞
0397 □□□ ケチャップ	ケチャップ	[名]【ketchup】蕃茄醬 關 マヨネーズ／（法）mayonnaise 美乃滋
0398 □□□ 血液（けつえき）	けつえき	[名] 血，血液 類 血（ち） 血
0399 □□□ 結果（けっか）	けっか	[名・自他サ] 結果，結局 類 結末（けつまつ） 結局 對 原因（げんいん） 原因
0400 □□□ 欠席（けっせき）	けっせき	[名・自サ] 缺席 類 欠勤（けっきん） 缺勤 對 出席（しゅっせき） 出席
0401 □□□ 月末（げつまつ）	げつまつ	[名] 月末，月底 關 下旬（げじゅん） 月底
0402 □□□ 煙（けむり）	けむり	[名] 煙 關 霧（きり） 霧
0403 □□□ 蹴る（け）	ける	[他五] 踢；沖破（浪等）；拒絕，駁回 關 断る（ことわ） 拒絕
0404 □□□ ～軒（けん）／～軒（げん）	けん／げん	[接尾] 軒昂，高昂；屋簷；表房屋數量，書齋，商店等雅號 類 棟（とう） 棟
0405 □□□ 健康（けんこう）	けんこう	[形動] 健康，健全 類 元気（げんき） 精神

Check 2 必考詞組	Check 3 必考例句
□ ケチャップをつける。 沾番茄醬。	イタリア産のトマトを使った味の濃いケチャップです。 這是用義大利產的番茄所製成的特濃番茄醬。
□ 血液を採る。 抽血。	血液検査で異常が見つかりました。再検査をしてください。 在血液檢查項目中發現了異狀。請再接受一次檢查。
□ 結果から見る。 從結果上來看。	運ではない。これは彼が努力を続けてきた当然の結果です。 這並非運氣，而是他努力不懈的必然結果。
□ 授業を欠席する。 上課缺席。	先生が嫌いで毎週授業を欠席していたら、とうとう単位を落とした。 由於討厭那個老師所以每星期都缺課，結果沒拿到那門課的學分。
□ 料金は月末払いにします。 費用於月底支付。	商品の代金は月末までに銀行に入金してください。 商品的貨款請在月底之前匯入銀行。
□ 煙にむせる。 被煙嗆得喘不過氣來。	何か焼いてるの忘れてない？キッチンから煙が出てるよ。 妳是不是忘記正在烤東西了？廚房裡有煙飄出來哦。
□ ボールを蹴る。 踢球。	彼の蹴ったボールはキーパーの足の間を抜けてゴールへ飛び込んだ。 他踢的那一球穿過守門員的腳下，飛進了球門。
□ 薬屋が３軒ある。 有三家藥局。	ケーキ屋なら、角の郵便局の３軒先にありますよ。 要找蛋糕店的話，轉角的郵局再過去第三間就是了哦。
□ 健康を保つ。 保持健康。	健康のために、１時間かけて自転車で通勤しています。 為了健康而每天花一小時騎自行車通勤。

Check 1 必考單字	高低重音	詞性、類義詞與對義詞
0406 □□□ 検査（けんさ）	けんさ	[名・他サ] 檢查，檢驗 關 調査（ちょうさ） 調查
0407 □□□ 現代（げんだい）	げんだい	[名] 現代，當代；（歷史）現代（日本史上指二次世界大戰後） 類 近代（きんだい） 近代
0408 □□□ 建築家（けんちくか）	けんちくか	[名] 建築師 關 デザイナー／designer 時裝設計師
0409 □□□ 県庁（けんちょう）	けんちょう	[名] 縣政府 關 役所（やくしょ） 政府機關
0410 □□□ （自動）券売機（（じどう）けんばいき）	じどうけんばいき	[名]（門票、車票等）自動售票機 關 自動販売機（じどうはんばいき） 自動販賣機
0411 □□□ 小～（こ）	こ	[接頭] 小，少；左右；稍微
0412 □□□ ～湖（こ）	こ	[接尾] 湖 類 沢（さわ） 沼澤
0413 □□□ 濃い（こい）	こい	[形] 色或味濃深；濃稠，密 類 薄い（うすい） 薄的
0414 □□□ 恋人（こいびと）	こいびと	[名] 情人，意中人 關 愛人（あいじん） 情人

Check 2 必考詞組 | **Check 3** 必考例句

☐ 検査に通る。
通過檢查。
▶ 1週間ほど入院して、詳しく検査することをお勧めします。
建議您住院一星期左右進行詳細的檢查。

☐ 現代社会の抱える問題。
現代社會所面臨的問題
▶ 夜眠れないという症状は、現代病のひとつと言われている。
夜間失眠這種症狀被認為是一種現代文明病。

☐ 有名な建築家が設計する。
由名建築師設計。
▶ オリンピックの競技場を見て、建築家になりたいと思った。
參觀奧運會場之後，就想成為建築師了。

☐ 県庁を訪問する。
訪問縣政府。
▶ パスポートを申請するために、県庁へ行った。
為了申請護照而去了縣政府。

☐ 自動券売機で買う。
於自動販賣機購買。
▶ 定期券を忘れちゃった。券売機で切符を買わないと。
忘記帶定期車票了。我得去售票機買票才行。

☐ 小雨が降る。
下小雨。
▶ ビデオに映っていたのは、40歳くらいの小太りの男でした。
出現在錄影帶裡的是一位四十歲左右的微胖男子。

☐ 琵琶湖。
琵琶湖
▶ 富士山の周りには、富士五湖といって、五つの湖があります。
富士山的周圍有被譽為「富士五湖」的五座湖泊。

☐ 化粧が濃い。
化著濃妝。
▶ ああ、眠い。思い切り濃いコーヒーを入れてくれない？
唉，好睏哦。可以幫我泡一杯咖啡嗎？越濃越好。

☐ 恋人ができた。
有了情人。
▶ あの人は恋人じゃありません。ただの会社の先輩です。
那個人並不是我的男朋友。他只是公司的前輩而已。

Check 1 必考單字	高低重音	詞性、類義詞與對義詞
0415 □□□ CD1 21 高（こう）	こう	[名・漢造] 高；高處，高度；(地位等) 高 關 高い（たかい） 高
0416 □□□ 校（こう）	こう	[漢造] 學校；校對；（軍銜）校；學校 關 学校（がっこう） 學校
0417 □□□ 港（こう）	こう	[漢造] 港口 關 飛行場（ひこうじょう） 機場
0418 □□□ 号（ごう）	ごう	[名・漢造]（學者等）別名；(雜誌刊物等) 期號 關 刊（かん） 刊
0419 □□□ 行員（こういん）	こういん	[名] 銀行職員 關 店員（てんいん） 店員
0420 □□□ 効果（こうか）	こうか	[名] 效果，成效，成績；（劇）效果 關 効く（きく） 有效
0421 □□□ 後悔（こうかい）	こうかい	[名・他サ] 後悔，懊悔 關 悔しい（くやしい） 懊悔
0422 □□□ 合格（ごうかく）	ごうかく	[名・自他サ] 及格；合格 類 通る（とおる） 合格
0423 □□□ 交換（こうかん）	こうかん	[名・他サ] 交換；交易 類 換える（かえる） 交換

Check 2 必考詞組	Check 3 必考例句
□ 高層ビルを建築する。 蓋摩天大樓。	高品質な材料だけで作られた化粧水を販売しています。 我們只販售用高品質的原材製成的化妝水。
□ 校則を守る。 遵守校規。	私の母校のテニス部が、全国大会に出場するそうだ。 據說我母校的網球部即將參加全國大賽。
□ 船が出港した。 船出港了。	神戸港に入港して来る豪華客船の写真を撮った。 我拍攝了豪華客船駛進神戶港時的照片。
□ 雑誌の一月号を買う。 買一月號的雜誌。	このアパートの 102 号室に住んでいます。 我住在這間公寓的102號房。
□ 銀行の行員。 銀行職員	大きな銀行の行員にしては、着ているものが安っぽいな。 以一家大銀行的行員而言，身上穿的衣服感覺很廉價哪。
□ 効果が上がる。 效果提升。	先月からダイエットを始めたところ、少しずつ効果が出てきた。 從上個月開始減肥，已經漸漸出現成效了。
□ 犯した罪を後悔する。 對犯下的過錯感到後悔。	あのとき素直に謝ればよかったと、ずっと後悔している。 我心裡一直很後悔，要是那時坦率道歉就好了。
□ 試験に合格する。 考試及格。	神社の前には、神様に合格をお願いする受験生の列が続いていた。 在神社的前方，向神明祈求通過考試的考生排成一條綿延不絕的人龍。
□ 物々交換。 以物換物。	このシール 10 枚で、お買物券 1000 円分と交換致します。 用這十張貼紙兌換1000圓的購物券。

Check 1 必考單字	高低重音	詞性、類義詞與對義詞
0424 □□□ 航空便（こうくうびん）	こうくうびん	[名] 航空郵件；坐飛機前往，班機 關 船便（ふなびん） 通航
0425 □□□ 広告（こうこく）	こうこく	[名・他サ] 廣告；作廣告，廣告宣傳 關 アナウンス／announce 廣播
0426 □□□ 交際費（こうさいひ）	こうさいひ	[名] 應酬費用 關 交通費（こうつうひ） 交通費
0427 □□□ 工事（こうじ）	こうじ	[名・自サ] 工程，工事 關 仕事（しごと） 工作
0428 □□□ 交通費（こうつうひ）	こうつうひ	[名] 交通費，車馬費 關 車代（くるまだい） 車費
0429 □□□ 光熱費（こうねつひ）	こうねつひ	[名] 水電費 關 電気代（でんきだい） 電費
0430 □□□ 後輩（こうはい）	こうはい	[名] 晚輩，後生；後來的同事，（同一學校）後班生 對 先輩（せんぱい） 前輩
0431 □□□ 後半（こうはん）	こうはん	[名] 後半，後一半 對 前半（ぜんはん） 前半
0432 □□□ 幸福（こうふく）	こうふく	[名・形動] 沒有憂慮，非常滿足的狀態 類 幸せ（しあわ） 幸福

Check 2 必考詞組

Check 3 必考例句

□ 航空便で送る。
用空運運送。
▶ この荷物をシンガポールまで航空便でお願いします。
麻煩將這份包裹以空運方式寄到新加坡。

□ 広告を出す。
拍廣告。
▶ 企業イメージを上げるために広告を出す会社も多い。
也有不少公司為提升企業形象而推出廣告。

□ 交際費を増やす。
增加應酬費用。
▶ 奥さんへのプレゼントを交際費で買っちゃダメですよ。
用交際應酬費買禮物送給太太是不對的行為哦。

□ 工事が長引く。
因施工產生噪音。
▶ 道路工事の期間は渋滞するので、電車で通うことにした。
因為道路施工期間會塞車，所以我決定搭電車通勤。

□ 交通費を抑える。
降低交通費。
▶ アルバイト募集、勤務地までの交通費は全額支給します。
招募兼職人員：由家裡到上班地點的交通費將由公司全額支付。

□ 光熱費を払う。
繳水電費。
▶ 光熱費を節約しようと暖房を我慢して、風邪を引いてしまった。
想省燃料費而忍耐著沒開暖氣，結果卻感冒了。

□ 後輩を叱る。
責罵後生晚輩。
▶ 僕の上司は、実は大学の後輩で、お互いにちょっとやりにくいんだ。
我的上司其實是大學時代的學弟，以致於雙方在工作上有些尷尬。

□ 三十代後半の主婦。
超過三十五歲的家庭主婦。
▶ 前半は3対0で勝っていたのに、後半で逆転されて負けた。
明明上半場以三比零領先，下半場卻被逆轉，輸了比賽。

□ 幸福な人生。
幸福的人生
▶ 祖母は最後まで家族と一緒で、幸福な人生でした。
奶奶直到臨終前都和家人在一起，度過了幸福的人生。

Check 1 必考單字	高低重音	詞性、類義詞與對義詞
0433 □□□ 興奮（こうふん）	こうふん	[名・自サ] 興奮，激昂；情緒不穩定 關 沸く（わく） 激動
0434 □□□ 公民（こうみん）	こうみん	[名] 公民 類 市民（しみん） 市民
0435 □□□ 公民館（こうみんかん）	こうみんかん	[名]（市村町等的）文化館，活動中心 關 文化会館（ぶんかかいかん） 文化館
0436 □□□ CD1/22 高齢（こうれい）	こうれい	[名] 高齡 類 老人（ろうじん） 老人
0437 □□□ 高齢者（こうれいしゃ）	こうれいしゃ	[名] 高齡者，年高者 類 年寄り（としより） 老人
0438 □□□ 越える／超える（こ）	こえる	[自下一] 越過；度過；超出，超過 關 通る（とおる） 超過
0439 □□□ ご遠慮なく（えんりょ）	ごえんりょなく	[敬] 請不用客氣 類 気軽（きがる） 隨意
0440 □□□ コース	コース	[名]【course】路線，（前進的）路徑；跑道 關 道（みち） 馬路
0441 □□□ 氷（こおり）	こおり	[名] 冰 關 水（みず） 水

Check 2 必考詞組	Check 3 必考例句
□ 興奮を鎮める。 使激動的心情鎮定下來。	なぜか今朝から、犬が酷く興奮して吠え続けているんです。 不知道為什麼，小狗從今天早上開始就一直激動的狂吠。
□ 公民の自由。 國民的自由	中学の公民の授業で、政治や経済の基礎を学びました。 在中學的公民課程裡學到了政治和經濟的基礎。
□ 公民館で茶道の教室がある。 公民活動中心裡設有茶道的課程。	町の公民館のお祭りで、子どもたちの踊りを見るのが楽しみです。 很期待能在由鎮民文化館舉辦的慶祝大會上看到孩子們的舞蹈表演。
□ 彼は百歳の高齢まで生きた。 他活到百歲的高齡。	高齢のお客様には、あちらに車いすをご用意しています。 我們為年長的貴賓們準備了這些輪椅。
□ 高齢者の人数が増える。 高齡人口不斷增加。	高齢化が進み、高齢者向けの住宅の建設が急がれる。 隨著高齡化社會的來臨，適合老年人居住房屋的建設迫在眉睫。
□ 国境を越える。 穿越國境。	あの山を越えたところに、私の育った村があります。 越過那座山之後，就是我生長的那座村莊了。
□ どうぞ、ご遠慮なく。 請不用客氣。	いつでもお手伝いします。ご遠慮なくおっしゃってください。 無論什麼時候我都能幫忙。請直說不要客氣。
□ コースを変える。 改變路線。	「空手習ってるの？すごいね。」「でもまだ初心者コースなんだ。」 「你在學空手道？好厲害哦。」「不過我還在上初學者課程。」
□ 氷が溶ける。 冰融化。	今朝は寒いと思ったら、家の前の川に氷が張っている。 我正想著今天早上真冷，就發現家門前的河川結冰了。

Check 1 必考單字	高低重音	詞性、類義詞與對義詞
0442 □□□ 誤解（ごかい）	ごかい	[名・他サ] 誤解，誤會 類 間違い（まちがい） 錯誤
0443 □□□ 語学（ごがく）	ごがく	[名] 外語的學習，外語，外語課 關 言葉（ことば） 語言
0444 □□□ 故郷（こきょう）	こきょう	[名] 故鄉，家鄉，出生地 類 田舎（いなか） 故鄉
0445 □□□ 国（こく）	こく	[漢造] 國；政府；國際，國有 類 国家（こっか） 國家
0446 □□□ 国語（こくご）	こくご	[名] 一國的語言；本國語言；（學校的）國語（課），語文（課） 關 日本語（にほんご） 日文
0447 □□□ 国際的な（こくさいてき）	こくさいてきな	[形動] 國際的 類 世界的な（せかいてき） 世界的
0448 □□□ 国籍（こくせき）	こくせき	[名] （法）國籍 關 出身（しゅっしん） 出身
0449 □□□ 黒板（こくばん）	こくばん	[名] 黑板 關 板（いた） 木板
0450 □□□ 腰（こし）	こし	[名・接尾] 腰；（衣服、裙子等的）腰身 關 お腹（なか） 肚子

Check 2 必考詞組	Check 3 必考例句
□ 誤解(ごかい)が生(しょう)じる。 產生誤會。	▶ 泥棒(どろぼう)だなんて誤解(ごかい)です。ちょっと借(か)りて、すぐに返(かえ)すつもりだったんです。 你誤會了，我不是小偷。我只是想借一下，用完就馬上還回來。
□ 語学(ごがく)の天才(てんさい)。 外語的天才	▶ 語学(ごがく)は暗記(あんき)ではない。その国(くに)の文化(ぶんか)を学(まな)ぶことです。 學語言靠的不是背誦，而是學習該國的文化。
□ 故郷(こきょう)が懐(なつ)かしい。 懷念故鄉。	▶ テレビに故郷(こきょう)の山(やま)が映(うつ)っているのを見(み)て、なぜか涙(なみだ)が出(で)てきた。 看到電視上正在播映故鄉的山脈，眼淚不知不覺流了下來。
□ 国民(こくみん)の権利(けんり)。 國民的權利	▶ 外国(がいこく)のお客様(きゃくさま)をお迎(むか)えするときは、相手国(あいてこく)の国旗(こっき)を飾(かざ)って歓迎(かんげい)します。 迎接外國貴賓的時候，會插上該國國旗以歡迎蒞臨。
□ 国語(こくご)の教師(きょうし)になる。 成為國文老師。	▶ 本(ほん)を読(よ)むのは好(す)きなのに、国語(こくご)の試験(しけん)は全然(ぜんぜん)できない。 我很喜歡看書，但是國語考試卻完全不行。
□ 国際的(こくさいてき)な会議(かいぎ)に参加(さんか)する。 參加國際會議。	▶ 彼女(かのじょ)は国際的(こくさいてき)な賞(しょう)に輝(かがや)いた、有名(ゆうめい)なオペラ歌手(かしゅ)です。 她是曾榮獲國際大獎的知名歌劇演唱家。
□ 国籍(こくせき)を変更(へんこう)する。 變更國籍。	▶ 日本(にほん)に10年(ねん)住(す)んでいますが、国籍(こくせき)はブラジルなんです。 雖然我在日本住了十年，但我的國籍是巴西。
□ 黒板(こくばん)を拭(ふ)く。 擦黑板。	▶ 彼(かれ)は絵(え)が上手(じょうず)で、よく教室(きょうしつ)の黒板(こくばん)に先生(せんせい)の顔(かお)をかいていました。 他很擅長畫畫，經常在教室的黑板上畫老師的臉。
□ 腰(こし)が痛(いた)い。 腰痛。	▶ 男(おとこ)は腰(こし)につけた銃(じゅう)を抜(ぬ)くと、静(しず)かに銃口(じゅうこう)をこちらに向(む)けた。 男子拔出腰上的槍，默默地把槍口指向了這邊。

Check 1 必考單字	高低重音	詞性、類義詞與對義詞
0451 □□□ 胡椒（こしょう）	こしょう	[名] 胡椒 類 ペッパー／pepper 胡椒
0452 □□□ 個人（こじん）	こじん	[名] 個人 關 一人（ひとり） 一個人
0453 □□□ 小銭（こぜに）	こぜに	[名] 零錢；零用錢；少量資金 關 釣り（つり） 找錢的錢
0454 □□□ 小包（こづつみ）	こづつみ	[名] 小包裹；包裹 關 束（たば） 束
0455 □□□ コットン	コットン	[名]【cotton】棉，棉花；木棉，棉織品 類 綿（めん） 綿
0456 □□□ CD1/23 ～毎（ごと）	ごと	[接尾] 每
0457 □□□ ～共（ごと）	ごと	[接尾]（表示包含在內）一共，連同
0458 □□□ 断る（ことわる）	ことわる	[他五] 預先通知，事前請示；謝絕 關 辞める（やめる） 辭
0459 □□□ コピー	コピー	[名]【copy】抄本，謄本，副本；（廣告等的）文稿

Check 2 必考詞組		Check 3 必考例句
□ 胡椒を入れる。 灑上胡椒粉。	▶	ソースは要らない。肉には塩と胡椒があれば十分だ。 不需要醬料。肉只要撒上鹽和胡椒就很夠味了。
□ 個人的な問題。 私人的問題。	▶	うるさいな。いつ何を食べようと、個人の自由だろ。 你好囉嗦啊！什麼時候要吃什麼是我個人的自由吧！
□ 1000円札を小銭に替える。 將千元鈔兌換成硬幣。	▶	電子マネーの普及で、最近は小銭をあまり使わなくなった。 由於電子支付的普及，最近不太會用到零錢了。
□ 小包を出す。 寄包裹。	▶	孫の誕生日に、お菓子やおもちゃを小包で送った。 在孫子生日當天，我用包裹寄送了糖果和玩具給他。
□ コットン生地の肌着。 純棉內衣。	▶	表の生地はシルク、肌に触れる裏はコットン100パーセントです。 表面的布料是絲綢，會接觸到皮膚的內裏是百分百的棉質。
□ 月ごとの支払い。 每月支付。	▶	半年ごとに歯医者で、虫歯がないかチェックしてもらっている。 每半年去一趟牙科檢查是否有蛀牙。
□ リンゴを皮ごと食べる。 蘋果帶皮一起吃。	▶	「財布がないんだ」「かばんの中じゃないの？」「かばんごとないんだ」 「我的錢包不見了！」「不是放在皮包裡嗎？」「連整個皮包都不見了！」
□ 借金を断られる。 借錢被拒絕。	▶	頼まれた仕事は決して断りません。何事も勉強ですから。 我絕對不會拒絕別人委託我的工作。因為任何工作都是學習。
□ 書類をコピーする。 影印文件。	▶	君の作文は、まるで佐藤さんのをコピーしたようだね。 你的作文簡直是抄襲佐藤同學的嘛。

Check 1 必考單字	高低重音	詞性、類義詞與對義詞
0460 □□□ 溢す（こぼす）	こぼす	[他五] 灑，漏，溢（液體），落（粉末）；發牢騷，抱怨
0461 □□□ 零れる（こぼれる）	こぼれる	[自下一] 溢出，掉出，灑落，流出，漾出；（花）掉落 關 溢す（こぼす） 掉落
0462 □□□ コミュニケーション	コミュニケーション	[名]【communication】通訊，報導，信息；（語言、思想、精神上的）交流，溝通 類 伝える（つたえる） 傳達
0463 □□□ 込む（こむ）	こむ	[自五・接尾] 擁擠，混雜；費事，精緻，複雜；表進入的意思；表深入或持續到極限 類 混雑する（こんざつする） 混雜
0464 □□□ ゴム	ゴム	[名]【(荷)gom】樹膠，橡皮，橡膠
0465 □□□ コメディー	コメディー	[名]【comedy】喜劇 類 お笑い（おわらい） 笑料
0466 □□□ ごめんください	ごめんください	[連語・感]（道歉、叩門時）對不起；有人在嗎？ 類 お邪魔します（おじゃまします） 打擾了
0467 □□□ 小指（こゆび）	こゆび	[名] 小指頭 關 親指（おやゆび） 大拇指
0468 □□□ 殺す（ころす）	ころす	[他五] 殺死，致死；抑制，忍住，消除；埋沒；浪費，犧牲，典當；殺，（棒球）使出局 類 消す（けす） 消除

Check 2 必考詞組	Check 3 必考例句
□ コーヒーを溢す。 咖啡溢出來了。	▶ 急に大きな声を出すから、びっくりしてコーヒーを溢しちゃったよ。 突然傳來很大的聲響，嚇得我連咖啡都灑出來了。
□ 涙が零れる。 灑淚。	▶ 男の子の大きな目から、ポロポロと涙が零れた。 眼淚撲簌簌地從男孩的大眼睛裡流了出來。
□ コミュニケーションを大切にする。 注重溝通。	▶ 趙さんは日本語は下手だが、コミュニケーション能力はすごい。 趙先生的日語雖然不太行，但他的溝通能力很強。
□ 電車が込む。 電車擁擠。	▶ 週末は混んでいるから、映画館へは平日の夜に行くことにしている。 因為週末人潮擁擠，我決定平日晚上去電影院。
□ 輪ゴムでしばる。 用橡皮筋綁起來。	▶ 髪が長い方はこのゴムで結んでからお入りください。 長頭髮的來賓請用這裡的橡皮筋把頭髮綁好後再進入。
□ コメディー映画が好きだ。 喜歡看喜劇電影。	▶ 母はコメディー映画が大好きで、いつも一人で笑っている。 我媽媽喜歡看喜劇片，總是一個人看得哈哈大笑。
□ ごめんください、おじゃまします。 對不起，打擾了。	▶ 「ごめんください。どなたかいらっしゃいませんか。」 「不好意思，請問有人在家嗎？」
□ 小指に怪我をする。 小指頭受傷。	▶ 指切りとは、自分の小指と相手の小指を結んで約束をすることです。 「拉鉤立誓」是指自己的小指和對方的小指互相拉鉤，結下約定。
□ 虫を殺す。 殺蟲。	▶ 彼女は、虫も殺せない心の優しい女性ですよ。 她就連蟲子也不願意殺，是一名心地善良的女性呢。

Check 1 必考單字	高低重音	詞性、類義詞與對義詞
0469 □□□ 今後（こんご）	こんご	[名] 今後，以後，將來 類 将来（しょうらい） 將來
0470 □□□ 混雑（こんざつ）	こんざつ	[名・自サ] 混亂，混雜，混染 類 ラッシュ／rush 擁擠
0471 □□□ コンビニ（エンスストア）	コンビニ	[名]【convenience store之略】，便利商店 關 雑貨屋（ざっかてん） 雜貨店
0472 □□□ 最～（さい）	さい	[漢造・接頭] 最 關 超（ちょう） 超
0473 □□□ 祭（さい）	さい	[漢造] 祭祀，祭禮；節日，節日的狂歡 關 式（しき） 典禮
0474 □□□ 在学（ざいがく）	ざいがく	[名・自サ] 在校學習，上學 類 在校（ざいこう） 在校
0475 □□□ 最高（さいこう）	さいこう	[名・形動]（高度、位置、程度）最高，至高無上；頂，極，最 類 すばらしい 極好 對 最低（さいてい） 最低
0476 □□□ CD1 24 最低（さいてい）	さいてい	[名・形動] 最低，最差，最壞 關 少（すく）なくとも 至少
0477 □□□ 裁縫（さいほう）	さいほう	[名・自他サ] 裁縫，縫紉 類 縫（ぬ）う 縫

Check 2 必考詞組	Check 3 必考例句
□ 今後のことを考える。 為今後作打算。	▶ 申し訳ありません。今後はこのような失敗のないよう気をつけます。 對不起。我會小心以後不再發生相同的失誤。
□ 混雑を避ける。 避免混亂。	▶ 試合が終わると、出口に向かう大勢の観客で通路は混雑した。 比賽一結束，大量觀眾湧向了出口，導致走道非常擁擠。
□ コンビニで買う。 在便利商店買。	▶ お昼は、近くのコンビニでお弁当を買うことが多いです。 我經常在附近的便利店買便當作為午餐。
□ 最大の敵。 最大的敵人。	▶ 世界最高齢の人は、日本人の女性で、現在 117 歳だそうです。 全世界最高齡的人瑞是一位日本女性，據說現在已經117歲了。
□ 祭礼が行われる。 舉行祭祀儀式。	▶ 高校の文化祭でやったミュージカルがきっかけで、歌手になった。 在高中校慶時演出的音樂劇，是我日後成為一名歌手的契機。
□ 在学中のことが懐かしい。 懷念求學時的種種。	▶ 妻とは、大学在学中にボランティア活動で知り合った。 我和妻子是在大學參加志工活動時認識的。
□ 最高に面白い映画だ。 最有趣的電影。	▶ 本日の東京の天気は晴れのち曇り、最高気温は 17 度です。 今天東京的天氣是晴時多雲，最高溫是17度。
□ 最低の男。 差勁的男人	▶ あの子の気持ちが分からないのか。君は最低の男だな。 你還不知道那個女孩的心意嗎？你真是個差勁的男人。
□ 裁縫を習う。 學習縫紉。	▶ 長い旅行をするときは、簡単な裁縫道具を持って行くことにしている。 長途旅行的時候，我都會帶著簡單的縫紉用具。

Check 1 必考單字	高低重音	詞性、類義詞與對義詞
0478 □□□ 坂（さか）	さか	[名] 斜面，坡道；（比喻人生或工作的關鍵時刻）大關，陡坡 關 斜め（なな） 傾斜
0479 □□□ 下がる（さ）	さがる	[自五] 後退；下降 關 下りる（お） 下來
0480 □□□ 昨（さく）	さく	[漢造] 昨天；前一年，前一季；以前，過去 關 昔（むかし） 從前
0481 □□□ 昨日（さくじつ）	さくじつ	[名]（「きのう」的鄭重說法）昨日，昨天 類 昨日（きのう） 昨天
0482 □□□ 削除（さくじょ）	さくじょ	[名・他サ] 刪掉，刪除，勾消，抹掉 類 消す（け） 刪掉
0483 □□□ 昨年（さくねん）	さくねん	[名・副] 去年 類 去年（きょねん） 去年
0484 □□□ 作品（さくひん）	さくひん	[名] 製成品；（藝術）作品，（特指文藝方面）創作 關 品物（しなもの） 物品
0485 □□□ 桜（さくら）	さくら	[名]（植）櫻花，櫻花樹；淡紅色 關 梅（うめ） 梅樹
0486 □□□ 酒（さけ）	さけ	[名] 酒（的總稱），日本酒，清酒 關 焼酎（しょうちゅう） 燒酒

Check 2 必考詞組	Check 3 必考例句
□ 坂を上る。 爬上坡。	坂の上まで登ると、晴れた日には遠くに富士山が見えますよ。 只要在天氣晴朗的日子爬上山坡，就可以遠眺富士山哦！
□ 後ろに下がる。 往後退。	頑張ったのに成績が下がった。一体どうすればいいんだ。 明明很用功成績卻退步了，到底該怎麼辦才好呢？
□ 昨年の正月。 去年過年	飲み過ぎたせいで、昨夜の記憶がほとんどない。 因為喝多了，幾乎記不起昨晚的事情了。
□ 昨日の出来事。 昨天的報紙。	昨日からの大雪で、高速道路が一時通行止めとなっている。 由於大雪從昨天持續到今天，因此高速公路暫時停止通行。
□ 名前を削除する。 刪除姓名。	インターネット上に私の写真が出ていたので、削除を依頼した。 由於我的照片被公布在網路上，因此我要求予以 除。
□ 昨年と比べる。 跟去年相比。	昨年はお世話になりました。今年もよろしくお願いします。 去年承蒙您的關照，今年也請多指教。
□ 作品を批判する。 批評作品。	この絵は、ピカソが14歳の時に描いた作品です。 這幅畫是畢卡索14歲時繪製的作品。
□ 桜が咲く。 櫻花開了。	卒業式の日、校庭の桜の木の下で、みんなで写真を撮った。 畢業典禮那天，大家在校園裡的櫻花樹下一起拍了照。
□ 酒に酔う。 酒醉。	スーパーでお酒を買おうとしたら、年齢を聞かれた。 我去超市打算買酒，結果被問了年齡。

Check 1 必考單字	高低重音	詞性、類義詞與對義詞
0487 □□□ 叫ぶ（さけぶ）	さけぶ	[自五] 喊叫，呼叫，大聲叫；呼喊，呼籲 關 呼ぶ（よぶ） 呼喚
0488 □□□ 避ける（さける）	さける	[他下一] 躲避，避開，逃避；避免，忌諱 類 逃げる（にげる） 逃避
0489 □□□ 下げる（さげる）	さげる	[他下一] 向下；掛；收走 關 下ろす（おろす）/ 降ろす（おろす） 放下
0490 □□□ 刺さる（ささる）	ささる	[自五] 刺在…在，扎進，刺入 關 刺す（さす） 刺
0491 □□□ 刺す（さす）	さす	[他五] 刺，穿，扎；螫，咬，釘；縫綴，衲；捉住，黏捕 關 切る（きる） 切
0492 □□□ 指す（さす）	さす	[他五] 指，指示；使，叫，令，命令做… 關 見せる（みせる） 出示
0493 □□□ 誘う（さそう）	さそう	[他五] 邀約，勸誘；引起，促使；誘惑
0494 □□□ 作家（さっか）	さっか	[名] 作家，作者，文藝工作者；藝術家，藝術工作者 類 小説家（しょうせつか） 小說家
0495 □□□ 作曲家（さっきょくか）	さっきょくか	[名] 作曲家 關 文学者（ぶんがくしゃ） 文學者

Check 2 必考詞組

Check 3 必考例句

□ 急に叫ぶ。
突然大叫。
▶ 人間は、本当に恐怖を感じると、叫ぶこともできないそうだ。
據說人類真正感到恐懼的時候，是連叫都叫不出來的哦。

□ 問題を避ける。
迴避問題。
▶ 会社を作るなら、資金不足は避けて通れない問題だ。
如果要開公司，缺乏資金是無法迴避的問題。

□ コップを下げる。
收走杯子。
▶ ちょっと暑いな。エアコンの温度を下げてくれる？
有點熱耶。可以把冷氣的溫度調低嗎？

□ 指にガラスの破片が刺さる。
手指被玻璃碎片刺傷。
▶ 何か痛いと思ったら、布団に針が刺さっていたよ。
不知道為什麼覺得有點痛，這才發現原來棉被上扎著一根針。

□ 蜂に刺される。
被蜜蜂螫。
▶ 鍵穴に鍵を奥まで刺したら、ゆっくり右へ回してください。
請將鑰匙插進鑰匙孔，然後慢慢向右轉。

□ 契約者を指している。
指的是簽約的雙方。
▶ 下線部「これ」の指すものは何か。文中のことばを書きなさい。
劃底線的「これ」是指什麼？請寫出文章中提到的相對詞語。

□ 涙を誘う。
引人落淚。
▶ 鍋パーティーをします。お友達を誘って来てください。
我們要開火鍋派對，請大家邀請朋友們來參加。

□ 作家が小説を書いた。
作家寫了小說。
▶ 作家といっても、主に子ども向けの絵本を作っています。
雖說我是作家，主要是創作適合兒童閱讀的繪本。

□ 作曲家になる。
成為作曲家。
▶ 18 世紀の作曲家バッハは、音楽の父と言われている。
18世紀的作曲家巴哈被譽為音樂之父。

Check 1 必考單字	高低重音	詞性、類義詞與對義詞
0496 □□□ 様々（さまざま）	さまざま	[名・形動] 種種，各式各樣的，形形色色的
0497 □□□ CD1 25 冷（さ）ます	さます	[他五] 冷卻，弄涼；（使熱情、興趣）降低，減低 關 冷（ひ）やす 冰鎮
0498 □□□ 覚（さ）ます	さます	[他五]（從睡夢中）弄醒，喚醒；（從迷惑、錯誤中）清醒，醒酒；使清醒，使覺醒 關 起（お）きる 起床
0499 □□□ 冷（さ）める	さめる	[自下一]（熱的東西）變冷，涼；（熱情、興趣等）降低，減退 關 冷（ひ）える 變冷
0500 □□□ 覚（さ）める	さめる	[自下一]（從睡夢中）醒，醒過來；（從迷惑、錯誤、沉醉中）醒悟，清醒 關 覚（さ）ます 弄醒
0501 □□□ 皿（さら）	さら	[名] 盤子；盤形物；（助數詞）一碟等 關 椀（わん） 碗
0502 □□□ サラリーマン	サラリーマン	[名]【salariedman】薪水階級，職員 關 労働者（ろうどうしゃ） 勞動者
0503 □□□ 騒（さわ）ぎ	さわぎ	[名] 吵鬧，吵嚷；混亂，鬧事；轟動一時（的事件），激動，振奮 關 うるさい 吵鬧
0504 □□□ ～山（さん）	さん	[接尾] 山；寺院，寺院的山號 關 山岳（さんがく） 山岳

Check 2 必考詞組		Check 3 必考例句
□ 様々な原因を考えた。 想到了各種原因。	▶	この男の過去については、さまざまな噂が流れている。 關於這名男子的過去，有著各式各樣的流言。
□ 熱湯を冷ます。 把熱湯放涼。	▶	焼いた肉は、冷蔵庫で２時間冷ましてから薄く切ります。 烤過的肉先放在冰箱裡冷卻兩個小時，然後再切成薄片。
□ 目を覚ました。 醒了。	▶	お父さんが目を覚ましたら、この薬を飲ませてね。 等爸爸醒來了以後，就給他吃這個藥哦。
□ スープが冷めてしまった。 湯冷掉了。	▶	ほら、しゃべってないで、冷めないうちに食べなさい。 好了，不要聊天了，趁還沒冷掉前趕快吃。
□ 目が覚めた。 醒過來了。	▶	目が覚めたら授業が終わっていて、教室には僕ひとりだった。 醒來時發現已經下課，教室裡只剩我一個人了。
□ 料理を皿に盛る。 把菜放到盤子裡。	▶	皿の真ん中には、小さなケーキがひとつ乗っていた。 盤子的正中央盛著一個小蛋糕。
□ サラリーマン階級。 薪水階級	▶	サラリーマン人生 30 年、家族のために、できない我慢もしてきました。 過了三十年工薪階層的人生，為了家人，所有不能忍的事我都忍了。
□ 騒ぎが起こった。 引起騷動。	▶	あの子は物を壊したり友達を叩いたり、よく騒ぎを起こす。 那個孩子不是破壞物品就是毆打朋友，經常鬧事。
□ 富士山に登る。 爬富士山。	▶	富士山をはじめ、日本には生きている火山がたくさんあります。 包括富士山在內，日本有很多座活火山。

Check 1 必考單字	高低重音	詞性、類義詞與對義詞
0505 □□□ 産（さん）	さん	[名・漢造] 生產，分娩；（某地方）出生；財產
0506 □□□ 参加（さんか）	さんか	[名・自サ] 參加，加入 類 出席（しゅっせき） 出席
0507 □□□ 三角（さんかく）	さんかく	[名] 三角形；（數）三角學 關 四角（しかく） 四角
0508 □□□ 残業（ざんぎょう）	ざんぎょう	[名・自サ] 加班 關 勤務（きんむ） 上班
0509 □□□ 算数（さんすう）	さんすう	[名] 算數，初等數學；計算數量 關 計算（けいさん） 計算
0510 □□□ 賛成（さんせい）	さんせい	[名・自サ] 贊成，同意 關 承知（しょうち） 同意 對 反対（はんたい） 反對
0511 □□□ サンプル	サンプル	[名・他サ]【sample】樣品，樣本 類 見本（みほん） 樣品
0512 □□□ 紙（し）	し	[漢造] 報紙的簡稱；紙；文件，刊物 類 紙（かみ） 紙
0513 □□□ 詩（し）	し	[名・漢造] 詩，漢詩，詩歌 關 俳句（はいく） 俳句

Check 2 必考詞組	Check 3 必考例句
□ 日本産(にほんさん)の車(くるま)。 日産汽車	▶ 当店(とうてん)のメニューは全(すべ)て国産(こくさん)の材料(ざいりょう)を使用(しよう)しています。 本店的餐點全部採用國產的食材。
□ 参加(さんか)を申(もう)し込(こ)む。 報名參加。	▶ 参加費(さんかひ)を払(はら)ったら、こちらの参加者名簿(さんかしゃめいぼ)にチェックをお願(ねが)いします。 繳交參與費之後，請在這裡的參與者名單上確認您的大名。
□ 三角(さんかく)にする。 畫成三角。	▶ 卵(たまご)のサンドイッチを作(つく)って、三角(さんかく)に切(き)りました。 做了雞蛋三明治，然後切成三角形。
□ 残業(ざんぎょう)して仕事(しごと)を片付(かたづ)ける。 加班把工作做完。	▶ 残業(ざんぎょう)して、うち帰(かえ)って、ご飯(はん)食(た)べて寝(ね)るだけ、悲(かな)しい人生(じんせい)だなあ。 每天就只有加班、回家、吃飯睡覺，真是悲哀的人生啊。
□ 算数(さんすう)が苦手(にがて)だ。 不擅長算數。	▶ 国語(こくご)、算数(さんすう)、理科(りか)、社会(しゃかい)、これに小学校高学年(しょうがっこうこうがくねん)から英語(えいご)が加(くわ)わります。 國語、數學、自然、社會，等到升上小學高年級之後還要加上英文。
□ 提案(ていあん)に賛成(さんせい)する。 贊成這項提案。	▶ それでは、この提案(ていあん)に賛成(さんせい)の方(かた)は手(て)を挙(あ)げてください。 那麼，贊成這個方案的同仁請舉手。
□ サンプルを見(み)て作(つく)る。 依照樣品來製作。	▶ 環境調査(かんきょうちょうさ)のため、日本中(にほんじゅう)の土(つち)をサンプルとして集(あつ)めています。 為了進行環境調查，我們蒐集日本的土壤作為樣本。
□ 表紙(ひょうし)を作(つく)る。 製作封面。	▶ 部屋(へや)が汚(よご)れないよう、鳥(とり)かごの下(した)に新聞紙(しんぶんし)を敷(し)いている。 為了不弄髒房間，我在鳥籠底下鋪上報紙。
□ 詩(し)を作(つく)る。 作詩。	▶ 高校生(こうこうせい)が書(か)いた命(いのち)の大切(たいせつ)さを歌(うた)った詩(し)が、話題(わだい)になっている。 這首高中生寫的歌頌生命珍貴的詩，已經成了熱門話題。

Check 1 必考單字	高低重音	詞性、類義詞與對義詞
0514 □□□ 寺（じ）	じ	[漢造] 寺 關 神社（じんじゃ） 神社
0515 □□□ 幸せ（しあわ）	しあわせ	[名・形動] 運氣，機運；幸福，幸運 類 幸福（こうふく） 幸福 對 不幸（ふこう） 不幸
0516 □□□ シーズン	シーズン	[名]【season】（盛行的）季節，時期 類 季節（きせつ） 季節
0517 □□□ CDドライブ	CDドライブ	[名]【CD drive】CD機，光碟機 關 スライド／slide 放映裝置
0518 □□□ CD1 26 ジーンズ	ジーンズ	[名]【jeans】牛仔褲 關 パンツ／pants 褲子
0519 □□□ 自営業（じえいぎょう）	じえいぎょう	[名] 獨立經營，獨資 類 個人企業（こじんきぎょう） 私營企業
0520 □□□ ジェット機（き）	ジェットき	[名]【jetき】噴氣式飛機，噴射機 類 旅客機（りょかくき） 客機
0521 □□□ 四角（しかく）	しかく	[名] 四角形，四方形，方形
0522 □□□ 資格（しかく）	しかく	[名] 資格，身份；水準 關 条件（じょうけん） 條件

Check 2 必考詞組 / **Check 3 必考例句**

□ 寺院(じいん)に詣(もう)でる。
參拜寺院。
▶ 京都(きょうと)の鹿苑寺(ろくおんじ)は、建物(たてもの)の壁(かべ)に金(きん)が貼(は)られていることから金閣寺(きんかくじ)と呼(よ)ばれている。
京都鹿苑寺的建築物牆體貼著金箔，所以又被稱為金閣寺。

□ 幸(しあわ)せになる。
變得幸福、走運。
▶ 二人(ふたり)で手(て)を繋(つな)いでこの橋(はし)を渡(わた)ると幸(しあわ)せになれるんだって。
據說兩個人手牽手走過這座橋就可以得到幸福。

□ 受験(じゅけん)シーズン。
考季
▶ ここは春(はる)の桜(さくら)が有名(ゆうめい)ですが、紅葉(こうよう)シーズンも見事(みごと)です。
雖然這裡春天的櫻花很出名，但紅楓的季節也是一大看點。

□ ＣＤドライブが起動(きどう)しません。
光碟機沒有辦法起動。
▶ このパソコンにはCDドライブがありませんので、別売(べつう)りの物(もの)をご購入(こうにゅう)ください。
由於這台電腦沒有光碟機，所以請另外加購。

□ ジーンズをはく。
穿牛仔褲。
▶ パーティーにジーンズを履(は)いてくるとは、常識(じょうしき)に欠(か)けるな。
居然穿牛仔褲參加酒會！真是沒常識。

□ 自営業(じえいぎょう)で商売(しょうばい)する。
獨資經商。
▶ 会社(かいしゃ)を辞(や)めて、自営業(じえいぎょう)の父(ちち)を手伝(てつだ)うことにした。
我決定辭去公司的工作，幫忙父親經營家業。

□ ジェット機(き)に乗(の)る。
乘坐噴射機。
▶ 大統領(だいとうりょう)を乗(の)せたジェット機(き)が羽田空港(はねだくうこう)に着陸(ちゃくりく)した。
總統乘坐的噴射機在羽田機場降落了。

□ 四角(しかく)の面積(めんせき)。
四方形的面積
▶ テーブルは四角(しかく)がいいですか。丸(まる)いのも人気(にんき)がありますよ。
您桌子比較喜歡方桌嗎？也有很多人喜歡圓桌哦！

□ 資格(しかく)を持(も)つ。
擁有資格。
▶ 専門学校(せんもんがっこう)に通(かよ)って、美容師(びようし)の資格(しかく)を取(と)りました。
去職業學校上課，然後考取了美容師的執照。

Check 1 必考單字	高低重音	詞性、類義詞與對義詞
0523 □□□ 時間目（じかんめ）	▸ じかんめ	▸ [接尾] 第…小時
0524 □□□ 資源（しげん）	▸ しげん	▸ [名] 資源 關 エネルギー 能源
0525 □□□ 事件（じけん）	▸ じけん	▸ [名] 事件，案件 關 出来事（できごと） 事件
0526 □□□ 死後（しご）	▸ しご	▸ [名] 死後；後事 關 事後（じご） 事後 對 生前（せいぜん） 生前
0527 □□□ 事後（じご）	▸ じご	▸ [名] 事後 關 以後（いご） 以後 對 事前（じぜん） 事前
0528 □□□ 四捨五入（ししゃごにゅう）	▸ ししゃごにゅう	▸ [名・他サ] 四捨五入 關 計算（けいさん） 計算
0529 □□□ 支出（ししゅつ）	▸ ししゅつ	▸ [名・他サ] 開支，支出 關 消費（しょうひ） 消費 對 收入（しゅうにゅう） 收入
0530 □□□ 詩人（しじん）	▸ しじん	▸ [名] 詩人 關 作家（さっか） 作家
0531 □□□ 自信（じしん）	▸ じしん	▸ [名] 自信，自信心 關 自尊心（じそんしん） 自尊心

Check 2 必考詞組

Check 3 必考例句

□ 二時間目の授業。
第二節課

▶ 昼休みの後の5時間目の授業は、必ず眠くなるんだ。
午休結束後的第五節課總是很睏。

□ 資源が少ない。
資源不足。

▶ 瓶や缶だけでなく、お菓子の箱やパンの袋なども資源ごみとして回収します。
不只是瓶罐，點心盒和麵包袋等等物品也屬於資源垃圾，要拿去回收。

□ 事件が起きる。
發生案件。

▶ 市民プールでは、最近、財布が盗まれる事件が続いている。
最近在市民游泳池連續發生錢包遭竊的案件。

□ 死後の世界。
冥界

▶ 男性が発見されたとき、死後1週間くらい経っていたそうだ。
這名男性被發現的時候，已經是死後一週左右了。

□ 事後の処理を誤った。
事後處理錯誤。

▶ 事後報告になりますが、昨日A社との契約に成功しました。
容我事後報告，昨天與A公司成功簽約了。

□ 小数点第三位を四捨五入する。
四捨五入取到小數點後第二位。

▶ 236を10の位で四捨五入すると240になります。
236四捨五入至十位數就是240。

□ 支出を抑える。
減少支出。

▶ 今月は友達の結婚式やら車の修理やらで、支出が収入を越えてしまった。
這個月又是參加朋友的婚禮、又是修理汽車的，弄得入不敷出。

□ 詩人になる。
成為詩人。

▶ 雲のことを天使のベッドだなんて、君は詩人だなあ。
說什麼雲是天使的床，你還真是個詩人啊。

□ 自信を持つ。
有自信。

▶ 学生時代、水泳をやっていたので、体力には自信があります。
我學生時代養成游泳的習慣，所以對自己的體力很有信心。

Check 1 必考單字	高低重音	詞性、類義詞與對義詞
0532 □□□ 自然（しぜん）	しぜん	[名・形動・副] 自然，天然；大自然，自然界；自然地 關 環境（かんきょう） 環境
0533 □□□ 事前（じぜん）	じぜん	[名] 事前 關 以前（いぜん） 以前 對 事後（じご） 事後
0534 □□□ 舌（した）	した	[名] 舌頭；說話；舌狀物 關 口（くち） 嘴巴
0535 □□□ 親しい（したしい）	したしい	[形]（血緣）近；親近，親密；不稀奇 關 親切（しんせつ） 親切
0536 □□□ 質（しつ）	しつ	[名] 質量；品質，素質；質地，實質；抵押品；真誠，樸實 關 量（りょう） 分量
0537 □□□ 日（じつ）	じつ	[漢造] 太陽；日，一天，白天；每天 關 月（げつ） 月
0538 □□□ 失業（しつぎょう）	しつぎょう	[名・自サ] 失業 類 首（くび） 開除
0539 □□□ CD1/27 湿気（しっけ）	しっけ	[名] 濕氣 類 湿度（しつど） 溼度
0540 □□□ 実行（じっこう）	じっこう	[名・他サ] 實行，落實，施行 類 やる 實行

Check 2 必考詞組	Check 3 必考例句
□ 自然が豊かだ。 擁有豐富的自然資源。	▶ この村の豊かな自然が、都会からの観光客に人気です。 這個村子豐富的自然資源頗受來自都市的遊客歡迎。
□ 事前に話し合う。 事前討論。	▶ 手術をするためには、事前にいくつかの検査が必要です。 因為要動手術，所以必須預先進行幾項檢查。
□ 舌が長い。 愛說話。	▶ 女の子は、「ごめんなさい」と言うと、笑って舌を出した。 女孩笑著吐出舌頭說了「對不起」。
□ 親しい友達。 很要好的朋友	▶ 結婚式は、家族と親しい友人数人だけでするつもりです。 我的婚禮只打算邀請家人和幾位摯友而已。
□ 質がいい。 品質良好。	▶ なんでもいいから食べる物をちょうだい。質より量だよ。 不管什麼都好，拜託賞我一些食物。不求美味，只求越多越好。
□ 翌日に到着する。 在隔日抵達。	▶ 平日は仕事、週末は子どもの世話、たまの祝日くらい休ませてよ。 平日要工作，週末還得照顧孩子，難得的節日就讓我休息一下啦。
□ 会社が倒産して失業した。 公司倒閉而失業了。	▶ 会社を首になって、今失業中なんだ。旅行どころじゃないよ。 我被公司解雇，目前失業中，這個節骨眼上哪有可能去旅遊啊。
□ 湿気を防ぐ。 防潮濕。	▶ 梅雨の時期は部屋の湿気が酷くて、病気になりそうだ。 梅雨季節房間裡濕氣很重，感覺好像快要生病了。
□ 実行に移す。 付諸實行。	▶ あの男は計画を立てただけだ。実行犯は別にいる。 那名男子只負責擬訂計畫而已。實際犯下罪行的另有其人。

Check 1 必考單字	高低重音	詞性、類義詞與對義詞
0541 □□□ 湿度（しつど）	しつど	[名] 濕度 關 温度（おんど） 溫度
0542 □□□ じっと	じっと	[副・自サ] 保持穩定，一動不動；凝神，聚精會神；一聲不響地忍住；無所做為，呆住 關 動く（うごく） 動
0543 □□□ 実は（じつは）	じつは	[副] 說真的，老實說，事實是，說實在的 類 本当は（ほんとうは） 老實說
0544 □□□ 実力（じつりょく）	じつりょく	[名] 實力，實際能力 類 能力（のうりょく） 能力
0545 □□□ 失礼します（しつれいします）	しつれいします	[連語]（道歉）對不起；（先行離開）先走一步 類 お邪魔します（おじゃまします） 打擾了
0546 □□□ 自動（じどう）	じどう	[名] 自動（不單獨使用） 關 自然（しぜん） 自然地
0547 □□□ しばらく	しばらく	[副] 好久；暫時 類 久しぶり（ひさしぶり） 好久不見
0548 □□□ 地盤（じばん）	じばん	[名] 地基，地面；地盤，勢力範圍 關 範囲（はんい） 範圍
0549 □□□ 死亡（しぼう）	しぼう	[名・他サ] 死亡 類 死ぬ（しぬ） 死亡

Check 2 必考詞組 | Check 3 必考例句

Check 2 必考詞組	Check 3 必考例句
□ 湿度が高い。 濕度很高。	絵画の保存のために、部屋の温度と湿度を自動で管理しています。 為了保存畫作，房間裡的溫度和濕度都採用自動管理系統。
□ 相手の顔をじっと見つめる。 凝神注視對方的臉。	少しの間じっとしててね。痛くないよ。（注射をして）はい、終わり。 稍微忍耐一下哦，不會痛的。（打針）好了，打完了。
□ 実は私がやったのです。 老實說是我做的。	実は、若い頃は歌手になりたくて、駅前で歌ったりしてたんだ。 其實我年輕的時候想成為歌手，當時曾在車站前賣唱。
□ 実力がつく。 具有實力。	プロの選手なら、実力はもちろん、人気も必要だ。 如果想當職業選手的話，首先必須具備實力，再者人氣也是必要的。
□ お先に失礼します。 我先失陪了。	「お先に失礼します。」「あ、待って。一緒に帰りましょう。」 「我先走了。」「啊，等一下，我們一起回去吧！」
□ 自動販売機で飲み物を買う。 在自動販賣機買飲料。	セットしておけば、好きな時間に自動でお風呂が沸きます。 只要先設定好，就會在您想要的時間自動蓄滿熱洗澡水。
□ しばらく会社を休む。 暫時向公司請假。	ただいま窓口が大変混雑しています。こちらでしばらくお待ちください。 現在櫃檯窗口擠了很多人。請您在這邊稍等一下。
□ 地盤がゆるい。 地基鬆軟。	先日の地震で、この辺りの地盤が5センチほど沈んだそうだ。 據說前幾天的地震導致這一帶的地盤下陷了五公分左右。
□ 事故で死亡する。 死於意外事故。	救急車で病院に運ばれた人の死亡が確認された。 由救護車送到醫院的患者已經證實死亡了。

Check 1 必考單字	高低重音	詞性、類義詞與對義詞
0550 □□□ 縞（しま）	しま	[名]（布的）條紋，格紋，條紋布 類 ストライプ／stripe 條紋
0551 □□□ 縞柄（しまがら）	しまがら	[名] 條紋花樣 關 無地（むじ） 素色
0552 □□□ 縞模様（しまもよう）	しまもよう	[名] 條紋花樣 關 花模様（はなもよう） 花卉圖案
0553 □□□ 自慢（じまん）	じまん	[名·他サ] 自滿，自誇，自大，驕傲 關 自信（じしん） 自信
0554 □□□ 地味（じみ）	じみ	[形動] 素氣，樸素，不華美；保守 關 おとなしい 素氣
0555 □□□ 氏名（しめい）	しめい	[名] 姓與名，姓名 關 苗字（みょうじ） 姓
0556 □□□ 締め切り（しめきり）	しめきり	[名]（時間、期限等）截止，屆滿；封死，封閉；截斷，斷流 類 期限（きげん） 截止
0557 □□□ 車（しゃ）	しゃ	[名·接尾·漢造] 車；(助數詞）車，輛，車廂 類 乗り物（のりもの） 交通工具
0558 □□□ 者（しゃ）	しゃ	[漢造] 者，人；（特定的）事物，場所

Check 2 必考詞組	Check 3 必考例句
□ 縞模様を描く。 織出條紋。	絵が下手でも、黒と黄色の縞を描けば、だいたい虎に見えるよ。 雖然不擅長畫畫，但只要畫出黑色和黃色的花紋，還是能看得出是隻老虎吧。
□ この縞柄が気に入った。 喜歡這種條紋花樣。	母の誕生日に縞柄のマフラーをプレゼントした。 在媽媽的生日時送了條紋圍巾當作禮物。
□ 縞模様のシャツを持つ。 有條紋襯衫。	シャツは横縞、ズボンは縦縞、そんなに縞模様が好きなの？ 襯衫是橫條紋、褲子是直條紋，你就這麼喜歡條紋嗎？
□ 成績を自慢する。 以成績為傲。	隣の奥さんはご主人の自慢ばかり。他に自慢することがないのかしら。 隔壁太太一個勁的炫耀她的老公，是沒有別的事情可以炫耀了嗎？
□ 地味な人。 樸素的人	昼間は地味な銀行員、夜はダンスホールでアルバイトをしている。 我白天是不起眼的銀行行員，晚上在舞廳兼職。
□ 氏名を詐称する。 謊報姓名。	解答用紙の右上に受験番号と氏名を記入してください。 請在答案卷的右上方填寫准考證號碼和姓名。
□ 締め切りが迫る。 臨近截稿日期。	応募者に番組 DVD をプレゼント。締め切りは2月 10 日。 來信索取者我們將贈送本節目的DVD。索取截止日期是２月10日。
□ 電車に乗る。 搭電車。	火事のようだ。大通りを消防車が何台も走って行った。 好像是失火了。馬路上有好幾輛消防車飛快地開過去了。
□ 筆者に原稿を依頼する。 請作者寫稿。	来週、両親に婚約者を紹介しようと思っている。 我打算下個星期向父母介紹我的未婚妻。

Check 1 必考單字	高低重音	詞性、類義詞與對義詞
0559 □□□ CD1 28 社（しゃ）	しゃ	[名・漢造] 公司，報社（的簡稱）；社會 關 会社（かいしゃ） 公司
0560 □□□ 市役所（しやくしょ）	しやくしょ	[名] 市政府，市政廳 關 区役所（くやくしょ） 區政府
0561 □□□ ジャケット	ジャケット	[名]【jacket】外套，短上衣；唱片封面 關 スーツ／suit 套裝
0562 □□□ 車掌（しゃしょう）	しゃしょう	[名] 乘務員，車掌 關 駅員（えきいん） 站務員
0563 □□□ ジャズ	ジャズ	[名・自サ]【jazz】（樂）爵士音樂 關 クラシック／classic 古典音樂
0564 □□□ しゃっくり	しゃっくり	[名・自他サ] 打嗝 關 欠伸（あくび） 哈欠
0565 □□□ 杓文字（しゃもじ）	しゃもじ	[名] 杓子，飯杓 關 おたまじゃくし 勺子
0566 □□□ 手（しゅ）	しゅ	[漢造] 手；親手；專家；有技藝或資格的人 關 家（か） 家
0567 □□□ 酒（しゅ）	しゅ	[漢造] 酒 關 アルコール／（荷）alcohol 酒精

Check 2 必考詞組	Check 3 必考例句
□ 社員になる。 成為公司職員。	▶ 出版社に就職が決まった。いよいよ春から社会人だ。 我已經得到了出版社的工作。今年春天終於成為社會人士了。
□ 市役所へ行く。 去市公所。	▶ 子どもが生まれたので、市役所へ出生届を出した。 因為孩子出生了，所以要去市公所提交出生證明。
□ ジャケットを着る。 穿外套。	▶ 彼女は店に入ると、ジャケットを脱いで椅子の背に掛けた。 她一進入店裡，就脫下夾克掛在椅背上。
□ 車掌が検札に来た。 乘務員來查票。	▶ 新幹線の車内では、車掌が特急券の確認をします。 在新幹線的車廂裡，乘務員會確認乘客所持的特快車票。
□ ジャズのレコードを収集する。 收集爵士唱片。	▶ ジャズ喫茶でピアノを弾くアルバイトをしています。 我在爵士咖啡館裡兼職彈鋼琴。
□ しゃっくりが出る。 打嗝。	▶ しゃっくりの止め方を知ってる？もう２時間も止まらないんだ。 你知道有什麼方法可以讓打嗝停下來嗎？我已經整整打嗝兩個小時了都停不下來。
□ しゃもじにご飯粒がついている。 飯匙上沾著飯粒。	▶ 炊飯器を買ったら、杓文字と米１キロがついてきた。 如果買了電鍋，就會附送飯杓和一公斤的米。
□ 助手を呼んでくる。 請助手過來。	▶ 野球選手や電車の運転手などは、子どもに人気の職業です。 棒球選手和電車駕駛堪稱是孩子們的夢幻職業。
□ 葡萄酒を飲む。 喝葡萄酒。	▶ 日本酒は温めて飲んでもおいしいのを知っていますか。 你知道日本酒溫熱飲用也很好喝嗎？

Check 1 必考單字	高低重音	詞性、類義詞與對義詞
0568 □□□ 週（しゅう）	しゅう	[名・漢造] 星期；一圈 關 曜日（ようび） 星期
0569 □□□ 州（しゅう）	しゅう	[名] 大陸，州 關 陸（りく） 陸地
0570 □□□ 集（しゅう）	しゅう	[名・漢造]（詩歌等的）集；聚集 關 書（しょ） 書
0571 □□□ 重（じゅう）	じゅう	[名・漢造]（文）重大；穩重；重要
0572 □□□ 宗教（しゅうきょう）	しゅうきょう	[名] 宗教 關 教会（きょうかい） 教會
0573 □□□ 住居費（じゅうきょひ）	じゅうきょひ	[名] 住宅費，居住費 類 家賃（やちん） 房租
0574 □□□ 就職（しゅうしょく）	しゅうしょく	[名・自サ] 就職，就業，找到工作 類 働く（はたらく） 工作
0575 □□□ ジュース	ジュース	[名]【juice】果汁，汁液，糖汁，肉汁 關 ドリンク／drink 飲料
0576 □□□ 渋滞（じゅうたい）	じゅうたい	[名・自サ] 停滯不前，進展不順利，不流通

Check 2 必考詞組 / **Check 3 必考例句**

□ 週に一回運動する。
每周運動一次。

▶ 会社は週休２日だが、週末に仕事を持って帰ることも多い。
公司雖然是週休二日，但週末把工作帶回家做也是常有的事。

□ 州の法律。
州的法律

▶ 両親はアメリカのカリフォルニア州に住んでいます。
我的父母住在美國加州。

□ 作品を全集にまとめる。
把作品編輯成全集。

▶ これは日本を代表する詩人、谷川俊太郎の詩集です。
這是日本知名詩人谷川俊太郎的詩集。

□ 重要な役割を担う。
擔任重要角色。

▶ この病気を治すには、自分で体重を管理することが重要です。
想治好這種病，做好自我體重管理是很重要的。

□ 宗教を信仰する。
信仰宗教。

▶ 宗教とは、今この世に生きている人を救うために存在する。
所謂宗教，就是為了拯救目前活在世上的人們而存在的。

□ 住居費が高い。
住宿費用很高。

▶ 住居費の一部は、会社が出してくれるので助かっている。
公司會幫忙支付一部分住宿費用，真是幫了大忙。

□ 地元の企業に就職する。
在當地的企業就業。

▶ 就職活動のために、髪を切ってスーツを買った。
為了找工作，我剪了頭髮還買了西裝。

□ ジュースを飲む。
喝果汁。

▶ サンドイッチとオレンジジュースをください。
請給我三明治和柳橙汁。

□ 道が渋滞している。
路上塞車。

▶ 道が渋滞していて、海に着いたときには、もう昼を過ぎていた。
因為路上塞車，所以到達海邊已經是中午過後了。

Check 1 必考單字	高低重音	詞性、類義詞與對義詞
0577□□□ 絨毯（じゅうたん）	じゅうたん	[名] 地毯 關 座布団（ざぶとん） 坐墊
0578□□□ 週末（しゅうまつ）	しゅうまつ	[名] 週末 類 土日（どにち） 六日
0579□□□ 重要（じゅうよう）	じゅうよう	[名・形動] 重要，要緊 類 大切（たいせつ） 重要
0580□□□ 修理（しゅうり）	しゅうり	[名・他サ] 修理，修繕 類 直す（なおす） 修理
0581□□□ 修理代（しゅうりだい）	しゅうりだい	[名] 修理費 關 改装費（かいそうひ） 改裝費
0582□□□ CD1 29 授業料（じゅぎょうりょう）	じゅぎょうりょう	[名] 學費 類 学費（がくひ） 學費
0583□□□ 手術（しゅじゅつ）	しゅじゅつ	[名・他サ] 手術 關 治療（ちりょう） 治療
0584□□□ 主人（しゅじん）	しゅじん	[名] 家長，一家之主；丈夫，外子；主人；東家，老闆，店主 類 夫（おっと） 丈夫
0585□□□ 手段（しゅだん）	しゅだん	[名] 手段，方法，辦法 類 仕方（しかた） 辦法

Check 2 必考詞組

Check 3 必考例句

□ 絨毯を敷く。
鋪地毯。
▶ じゅうたんは丁寧に掃除機をかけてください。
請用吸塵器仔細清潔地毯。

□ 週末に運動する。
每逢週末就會去運動。
▶ 週末は妻と近所のダンス教室に通っています。
週末和妻子一起去附近的舞蹈教室上課。

□ 重要な仕事をする。
從事重要的工作。
▶ 今日は重要な会議があるんだ。風邪くらいで休むわけにはいかない。
今天有重要的會議，可不能因為一點感冒就請假。

□ 車を修理する。
修繕車子。
▶ パソコンの調子が悪いので、修理に出すことにした。
因為電腦壞了，所以決定送去修理。

□ 修理代を支払う。
支付修理費。
▶ 6000円で買ったヒーターの修理代が5000円だって。
用六千圓買的暖氣，修理費居然要五千圓。

□ 授業料が高い。
授課費用很高。
▶ 大学の授業料は、奨学金をもらって払うつもりです。
我打算用獎學金支付大學的學費。

□ 手術して治す。
進行手術治療。
▶ 先日胃の手術をしたので、柔らかいものしか食べられないんです。
我前幾天動了胃部的手術，所以只能吃流質的食物。

□ 隣家の主人。
鄰居的男主人
▶ お隣のご主人は、家事をよく手伝ってくれるんですって。
聽說隔壁鄰居的丈夫經常幫忙做家事。

□ 手段を選ばない。
不擇手段。
▶ こうなったら最終手段だ。値段を半額にして売るしかない。
這樣的話，我也不得不使出最終手段，只好半價出售了。

Check 1 必考單字	高低重音	詞性、類義詞與對義詞
0586 □□□ 出場（しゅつじょう）	しゅつじょう	[名・自サ]（參加比賽）上場，入場；出站，走出場 類 参加（さんか） 參加
0587 □□□ 出身（しゅっしん）	しゅっしん	[名] 出生（地），籍貫；出身；畢業於… 類 生まれ（う） 出生
0588 □□□ 種類（しゅるい）	しゅるい	[名] 種類 類 タイプ／type 類型
0589 □□□ 巡査（じゅんさ）	じゅんさ	[名] 警察，警官 類 お巡りさん（まわ） 警察官
0590 □□□ 順番（じゅんばん）	じゅんばん	[名] 輪班（的次序），輪流，依次交替 類 番（ばん） 輪班
0591 □□□ 初（しょ）	しょ	[漢造] 初，始；首次，最初
0592 □□□ 所（しょ）	しょ	[漢造] 處所，地點；特定地 關 場（ば） 地方
0593 □□□ 諸（しょ）	しょ	[漢造] 諸 關 各（かく） 各
0594 □□□ 女（じょ）	じょ	[名・漢造]（文）女兒；女人，婦女 對 男（だん） 男人

Check 2 必考詞組	Check 3 必考例句
□ コンクールに出場する。 參加比賽。	試合に出場する選手の名前が会場にアナウンスされた。 會場上廣播了即將出賽的選手姓名。
□ 東京の出身。 出生於東京	京都の方なんですか？僕も関西出身なんですよ。 請問您是京都人嗎？我也來自關西哦！
□ 種類が多い。 種類繁多。	桜の木にもこんなに種類があるとは知らなかった。 我不知道竟然有這種品種的櫻花樹！
□ 巡査に逮捕される。 被警察逮捕。	今は交番勤務の巡査だが、いつかは刑事になりたい。 雖然現在只是派出所的巡警，但總有一天我要當上刑警！
□ 順番を待つ。 依序等待。	診察券を出してください。先に出した方から順番に診察します。 請出示掛號證。我們將從先掛號的順序進行診療。
□ 彼とは初対面だ。 和他是初次見面。	日本語の授業は、初級クラスと中級クラスがあります。 日語課程分為初級班和中級班。
□ 次の場所へ移動する。 移動到下一個地方。	バス会社の営業所で事務の仕事をしています。 我在巴士公司的營業據點負責行政事物。
□ 欧米諸国を旅行する。 旅行歐美各國。	ASEANは日本語で、東南アジア諸国連合といいます。 ASEAN用日語來說就是「東南アジア諸国連合」（東南亞國家協會）。
□ かわいい少女を見た。 看見一位可愛的少女。	あの女優さん、女医の役がよく似合ってるね。 那位女演員很適合飾演女醫師呢。

Check 1 必考單字	高低重音	詞性、類義詞與對義詞
0595 □□□ 助（じょ）	じょ	[漢造] 幫助；協助
0596 □□□ 省（しょう）	しょう	[名・漢造] 省掉；(日本內閣的）省，部 關 部（ぶ） 部
0597 □□□ 商（しょう）	しょう	[名・漢造] 商，商業；商人；(數）商；商量 關 業（ぎょう） 業
0598 □□□ 勝（しょう）	しょう	[漢造] 勝利；名勝 類 敗（はい） 敗
0599 □□□ 状（じょう）	じょう	[名・漢造]（文）書面，信件；情形，狀況 關 姿（すがた） 外形
0600 □□□ 場（じょう）	じょう	[名・漢造] 場，場所；場面 關 所（ところ） 地方
0601 □□□ 畳（じょう）	じょう	[接尾・漢造]（助數詞）(計算草蓆、席墊）塊，疊；重疊
0602 □□□ 小学生（しょうがくせい）	しょうがくせい	[名] 小學生 類 生徒（せいと） 學生
0603 □□□ 定規（じょうぎ）	じょうぎ	[名]（木工使用）尺，規尺；(轉）標準 關 コンパス／（荷）kompas 圓規

Check 2 必考詞組 / **Check 3 必考例句**

□ 資金を援助する。
出資幫助。
▶ 海外の地震で、日本から連れて行った救助犬が活躍したそうだ。
據說從日本帶往海外協助地震救災的救難犬表現十分出色。

□ 新しい省をつくる。
建立新省。
▶ それまでの文部省と科学技術庁を併せて、今の文部科学省が作られた。
將從前的文部省和科學技術廳合併後成立了現在的文部科學省。

□ 商店を営む。
經營商店。
▶ 大学の商学部で勉強したことを生かして、商社に就職した。
運用在大學商學院學到的知識，得以進入了貿易公司上班。

□ 勝利を得た。
獲勝。
▶ あのチームとは３勝３敗だ。明日の決勝は絶対に勝つぞ。
我們和那支球隊的比分是三勝三負。明天的決賽一定要取得勝利！

□ 現状を報告する。
報告現況。
▶ 医者から、もっと大きい病院に行くように言われ、紹介状を渡された。
醫生建議我去更大型的醫院就診，並給了我轉診單。

□ 会場を片付ける。
整理會場。
▶ 駐車場の車の上で、猫が昼寝をしている。
停車場裡的車子上，有一隻貓正在午睡。

□ ６畳の部屋。
六疊室
▶ このアパートの間取りは 2DK で、部屋は６畳と４畳半です。
這間公寓的格局是兩房一廳一廚，房間分別是六張和四張半榻榻米大小。

□ 小学生になる。
上小學。
▶ 町内野球大会で、小学生チームと戦って、負けた。
我們在鎮上的棒球大賽中和小學生隊伍對決，結果輸了。

□ 定規で線を引く。
用尺畫線。
▶ 定規で線を引いて、学校から家までの地図をかいた。
我用尺畫線，畫出了從學校到家裡的地圖。

Check 1 必考單字	高低重音	詞性、類義詞與對義詞
0604 □□□ CD1 30 しょうきょくてき 消極的	しょうきょくてき	[形動] 消極的 類 積極的（せっきょくてき） 積極的
0605 □□□ しょうきん 賞金	しょうきん	[名] 賞金；獎金 關 賞品（しょうひん） 獎品
0606 □□□ じょうけん 条件	じょうけん	[名] 條件；條文，條款
0607 □□□ しょうご 正午	しょうご	[名] 正午 類 昼（ひる） 正午
0608 □□□ じょうし 上司	じょうし	[名] 上司；上級 關 リーダー／leader 領導者 對 部下（ぶか） 部下
0609 □□□ しょうじき 正直	しょうじき	[名・形動・副] 正直，老實 關 真面目（まじめ） 誠實
0610 □□□ じょうじゅん 上旬	じょうじゅん	[名] 上旬 類 初旬（しょじゅん） 上旬 對 下旬（げじゅん） 下旬
0611 □□□ しょうじょ 少女	しょうじょ	[名] 少女，小姑娘 類 女の子（おんなのこ） 女孩子 對 少年（しょうねん） 少年
0612 □□□ しょうじょう 症状	しょうじょう	[名] 症狀 關 調子（ちょうし） 情況

Check 2 必考詞組

Check 3 必考例句

□ 消極的な態度をとる。
採取消極的態度。

▶ 合コンでカラオケに行ったが、みんな消極的で、歌ったのは私だけだった。
聯誼時去了卡拉OK，但大家都興趣缺缺，到頭來只有我一個人在唱。

□ 賞金をかせぐ。
賺取賞金。

▶ この大会で優勝した趙選手は、賞金の１億円を手に入れた。
在這次大賽中奪下冠軍的趙選手獲得了一億圓的獎金。

□ 条件を決める。
決定條件。

▶ では、夏休み明けにレポートを出すことを条件に、単位をあげましょう。
那麼，就以暑假結束後交出報告作為交換條件，先給你們學分吧！

□ 正午になった。
到了中午。

▶ 広場の方から、正午を知らせる大時計の鐘の音が聞こえてきた。
這裡可以聽見從廣場那邊傳來了大時鐘正午報時的鐘聲。

□ 上司に従う。
遵從上司。

▶ 僕は上司と飲みに行くのは嫌いじゃないよ。ただだからね。
我並不討厭和上司一起去喝酒哦！因為不用我出錢。

□ 正直な人。
正直的人。

▶ 正直者が馬鹿を見るような世の中ではいけない。
把老實人看做笨蛋，這樣的社會是有問題的。

□ 来月上旬に旅行する。
下個月的上旬要去旅行。

▶ この山は、11月上旬には紅葉で真っ赤になります。
這座山的楓葉將於十一月上旬全部轉紅。

□ かわいい少女。
可愛的少女

▶ 社長室の壁には、バレエを踊る少女の絵が掛かっている。
總經理辦公室的牆壁上，掛著一幅芭蕾舞少女的畫。

□ 病気の症状。
病情症狀。

▶ この薬は、熱や頭痛などの症状によく効きます。
這種藥對發燒和頭痛等症狀很有效。

Check 1 必考單字	高低重音	詞性、類義詞與對義詞
0613□□□ 小数（しょうすう）	しょうすう	[名] 很小的數目；（數）小數 關 偶数（ぐうすう） 偶數
0614□□□ 少数（しょうすう）	しょうすう	[名] 少數 類 少ない（すくない） 少數 對 多数（たすう） 多數
0615□□□ 小数点（しょうすうてん）	しょうすうてん	[名] 小數點
0616□□□ 小説（しょうせつ）	しょうせつ	[名] 小說
0617□□□ 状態（じょうたい）	じょうたい	[名] 狀態，情況 關 症状（しょうじょう） 病情
0618□□□ 冗談（じょうだん）	じょうだん	[名] 戲言，笑話，詼諧，玩笑 類 ジョーク／joke 笑話
0619□□□ 衝突（しょうとつ）	しょうとつ	[名・自サ] 撞，衝撞，碰上；矛盾，不一致；衝突 類 当たる（あたる） 撞
0620□□□ 少年（しょうねん）	しょうねん	[名] 少年 類 男の子（おとこのこ） 男孩子 對 少女（しょうじょ） 少女
0621□□□ 商売（しょうばい）	しょうばい	[名・自サ] 經商，買賣，生意；職業，行業 關 貿易（ぼうえき） 貿易

Check 2 必考詞組	Check 3 必考例句
□ 小数点以下は、四捨五入する。 小數點以下，要四捨五入。	▶ 資料の数字は、15.88のように小数第2位まで記入すること。 資料上的數字請填寫到小數點第二位，例如15.88。
□ 賛成者は少数だった。 少數贊成者。	▶ 物事を決めるときは、少数の意見もきちんと聞くことが大切だ。 做決定的時候，聽取少數人的意見是非常重要的。
□ 小数点以下は、書かなくてもいい。 小數點以下的數字可以不必寫出來。	▶ 23.6の小数点以下を四捨五入すると、24になります。 23.6把小數點四捨五入就是24。
□ 小説を読む。 看小說。	▶ この小さな村は、有名な小説の舞台になった所だそうだ。 據說這座小村莊就是那部知名小說的故事背景所在地。
□ こんな状態になった。 變成這種情況了。	▶ 食品などを冷やした状態で運んでくれる宅配便があります。 有一種快遞可以在冷凍狀態下運送食品。
□ 冗談を言うな。 不要亂開玩笑。	▶ 犬に育てられたって言ったら本気にされちゃって。冗談なのに。 我說我是被狗養大的，他居然信以為真。我只是開玩笑的啊！
□ 壁に衝突した。 撞上了牆壁。	▶ 彼は仕事に一生懸命なのはいいが、すぐに人と衝突する。 他非常努力工作，這點是很好，問題是他經常和別人起衝突。
□ 少年の頃に戻る。 回到年少時期。	▶ あの美しい少年も、40年後には私と同じ、お腹の出たおじさんさ。 當年的那位美少年，過了四十年也和我一樣，變成有啤酒肚的大叔了。
□ 商売が繁盛する。 生意興隆。	▶ 店は閉めないよ。うちは100年前からここで商売してるんだから。 這家店不會關門哦！因為我們從一百年前就開始在這裡做生意了。

Check 1 必考單字	高低重音	詞性、類義詞與對義詞
0622 □□□ しょうひ 消費	しょうひ	[名・他サ] 消費，耗費 關 支出（ししゅつ） 支出
0623 □□□ しょうひん 商品	しょうひん	[名]（經）商品，貨品 類 品物（しなもの） 商品
0624 □□□ じょうほう 情報	じょうほう	[名] 情報，信息 類 データ／data 情報
0625 □□□ CD1 31 しょうぼうしょ 消防署	しょうぼうしょ	[名] 消防局，消防署 關 警察署（けいさつしょ） 警察局
0626 □□□ しょうめい 証明	しょうめい	[名・他サ] 證明 關 確認（かくにん） 明確
0627 □□□ しょうめん 正面	しょうめん	[名] 正面；對面；直接，面對面 類 表（おもて） 表面
0628 □□□ しょうりゃく 省略	しょうりゃく	[名・副・他サ] 省略，從略
0629 □□□ しようりょう 使用料	しようりょう	[名] 使用費 關 ガス料金（りょうきん） 瓦斯費
0630 □□□ しょく 色	しょく	[漢造] 顏色；臉色，容貌；色情；景象 類 カラー／color 顏色

Check 2 必考詞組	Check 3 必考例句
□ ガソリンを消費（しょうひ）する。 消耗汽油。	日本（にほん）におけるワインの消費量（しょうひりょう）は、年々増加（ねんねんぞうか）している。 在日本，葡萄酒的消費量正在逐年增加。
□ 商品（しょうひん）が揃（そろ）う。 商品齊備。	本日（ほんじつ）よりバーゲンです。こちらの商品（しょうひん）は全（すべ）て半額（はんがく）になります。 只有今天大特價！本區商品全都半價出售！
□ 情報（じょうほう）を得（え）る。 獲得情報。	お客様（きゃくさま）の個人情報（こじんじょうほう）になりますので、お教（おし）えしかねます。 這是顧客的個人資料，恕我無法告知。
□ 消防署（しょうぼうしょ）に通報（つうほう）する。 通知消防局。	駅前（えきまえ）のビルから煙（けむり）が上（あ）がっていると、消防署（しょうぼうしょ）に電話（でんわ）が入（はい）った。 車站前的大樓一冒出煙霧，消防署的電話就響了。
□ 身分（みぶん）を証明（しょうめい）する。 證明身分。	僕（ぼく）は嘘（うそ）はついてないけど、それを証明（しょうめい）する方法（ほうほう）がないんだ。 我並沒有說謊，但我無法證明。
□ 正面（しょうめん）から立（た）ち向（む）かう。 正面面對。	正面（しょうめん）を向（む）いた写真（しゃしん）を１枚（まい）、横顔（よこがお）を１枚（まい）、用意（ようい）してください。 請準備正面的照片一張、側面的照片一張。
□ 説明（せつめい）を省略（しょうりゃく）する。 省略說明。	以下（いか）は、昨年（さくねん）の資料（しりょう）と同（おな）じですので、省略（しょうりゃく）します。 以下和去年的資料相同，予以略過。
□ 会場使用料（かいじょうしようりょう）を支払（しはら）う。 支付場地租用費。	こちらのホールの使用料（しようりょう）は、２時間当（じかんあ）たり10万円（まんえん）になります。 這個宴會廳的使用費是兩小時十萬圓。
□ 顔色（がんしょく）を失（うしな）う。 花容失色。	小学校（しょうがっこう）に上（あ）がるとき、24色（しょく）の色鉛筆（いろえんぴつ）を買（か）ってもらった。 即將上小學的時候，有人買了二十四色的色鉛筆給我。

Check 1 必考單字	高低重音	詞性、類義詞與對義詞
0631 □□□ 食後（しょくご）	しょくご	[名] 飯後，食後 對 食前（しょくぜん） 飯前
0632 □□□ 食事代（しょくじだい）	しょくじだい	[名] 餐費，飯錢 關 使用料（しようりょう） 使用費
0633 □□□ 食前（しょくぜん）	しょくぜん	[名] 飯前 關 食事（しょくじ） 吃飯
0634 □□□ 職人（しょくにん）	しょくにん	[名] 工匠 關 達人（たつじん） 高手
0635 □□□ 食費（しょくひ）	しょくひ	[名] 每日飯食所需費用，膳費，伙食費 類 食事代（しょくじだい） 餐費
0636 □□□ 食料（しょくりょう）	しょくりょう	[名] 食品，食物；食費
0637 □□□ 食糧（しょくりょう）	しょくりょう	[名] 食糧，糧食 類 食べ物（たべもの） 食物
0638 □□□ 食器棚（しょっきだな）	しょっきだな	[名] 餐具櫃，碗廚 關 本棚（ほんだな） 書櫃
0639 □□□ ショック	ショック	[名]【shock】震動，刺激，打擊；（手術或注射後的）休克 關 刺激（しげき） 刺激

Check 2 必考詞組 | **Check 3** 必考例句

Check 2 必考詞組		Check 3 必考例句
□ 食後に薬を飲む。 藥必須在飯後服用。	▶	食後にアイスクリームはいかがですか。 飯後要不要來點冰淇淋呢？
□ 母が食事代をくれた。 媽媽給了我飯錢。	▶	今日は会社からお弁当が出るので、食事代はかかりません。 因為今天由公司準備便當，所以沒有花到餐費。
□ 食前にちゃんと手を洗う。 飯前把手洗乾淨。	▶	この薬は、食前に飲んだほうがよく効きます。 這種藥在飯前服用比較有效哦！
□ 職人になる。 成為工匠。	▶	東京にはすし職人になるための学校があります。 東京有專門訓練壽司師傅的學校。
□ 食費を抑える。 控制伙食費。	▶	給料は安いが、食べることが好きなので、食費は減らせない。 雖然薪水不高，但因為喜歡享受美食，所以不能刪減伙食費。
□ 食料を配る。 分配食物。	▶	デパートの食料品売り場で、餃子を売っています。 百貨公司的食品賣場有販賣餃子。
□ 食糧を蓄える。 儲存糧食。	▶	このまま人口が増え続けると、世界は深刻な食糧不足になると言われている。 據說如果人口持續增加，世界上的糧食將會嚴重不足。
□ 食器棚に皿を置く。 把盤子放入餐具櫃裡。	▶	食器棚の中には、美しいコーヒーカップが並んでいた。 碗盤架上擺放著精緻的咖啡杯。
□ ショックを受けた。 受到打擊。	▶	娘にお父さん嫌いと言われて、ショックで食事が喉を通らない。 女兒對我說「最討厭爸爸了」，我因而受到打擊，連飯都吃不下了。

Check 1 必考單字	高低重音	詞性、類義詞與對義詞
0640 □□□ 書物（しょもつ）	しょもつ	[名]（文）書，書籍，圖書 類 図書（としょ） 圖書
0641 □□□ 女優（じょゆう）	じょゆう	[名] 女演員 關 俳優（はいゆう） 演員
0642 □□□ 書類（しょるい）	しょるい	[名] 文書，公文，文件 關 書物（しょもつ） 書籍
0643 □□□ 知（し）らせ	しらせ	[名] 通知；預兆，前兆 類 伝言（でんごん） 傳話
0644 □□□ 尻（しり）	しり	[名] 屁股，臀部；（移動物體的）後方，後面；末尾，最後；（長物的）末端 類 けつ 屁股
0645 □□□ 知（し）り合（あ）い	しりあい	[名] 熟人，朋友 關 友達（ともだち） 朋友
0646 □□□ シルク	シルク	[名]【silk】絲，絲綢；生絲 關 綿（めん） 綿
0647 □□□ CD1 32 印（しるし）	しるし	[名] 記號，符號；象徵（物），標記；徽章；（心意的）表示；紀念（品）；商標 關 証明（しょうめい） 證明
0648 □□□ 白（しろ）	しろ	[名] 白，皎白，白色；清白 關 真（ま）っ白（しろ） 白 對 黒（くろ） 黑

Check 2 必考詞組	Check 3 必考例句
□ 書物を読む。 閱讀書籍。	大学の図書館から、明治時代の古い書物が発見された。 在大學的圖書館裡發現了明治時代的古書。
□ 女優になる。 成為女演員。	さすが女優だ。体調が悪くても、カメラが回れば最高の笑顔を見せる。 真不愧是女演員！即使身體不適，面對鏡頭時依然能擺出最燦爛的笑容。
□ 書類を送る。 寄送文件。	健康診断を受けるために、こちらの書類に記入をお願いします。 由於要進行體檢，麻煩填寫這些資料。
□ 知らせが来た。 通知送來了。	いい知らせと悪い知らせがあるけど、どっちから聞きたい？ 有好消息和壞消息，你要先聽哪個？
□ しりが痛くなった。 屁股痛了起來。	それで隠れてるつもり？おしりが見えてますよ。 你那樣就算躲好了嗎？已經看到你的屁股了哦。
□ 知り合いになる。 相識。	田中さんは恋人じゃありません。友達でもない、ただの知り合いです。 我和田中小姐既不是情侶，也不算是朋友，只是彼此認識而已。
□ シルクのドレスを買った。 買了一件絲綢的洋裝。	いとこの就職祝いにシルクのネクタイを贈りました。 為了慶祝表弟找到工作，我送了他一條絲質的領帶。
□ 印をつける。 做記號。	なくならないように、傘に赤いテープで印をつけた。 為了避免遺失，我在雨傘上貼了紅色膠帶做為記號。
□ 容疑者は白だった。 嫌疑犯是清白的。	こちらのワイシャツは、白の他に、青と黄色があります。 這裡的襯衫除了白色，還有藍色和黃色。

Check 1 必考單字	高低重音	詞性、類義詞與對義詞
0649 □□□ 新（しん）	しん	[名・漢造] 新；剛收穫的；新曆 對 旧（きゅう） 舊
0650 □□□ 進学（しんがく）	しんがく	[名・自サ] 升學；進修學問 關 入学（にゅうがく） 入學
0651 □□□ 進学率（しんがくりつ）	しんがくりつ	[名] 升學率 關 比率（ひりつ） 比率
0652 □□□ 新幹線（しんかんせん）	しんかんせん	[名] 日本鐵道新幹線 關 電車（でんしゃ） 電車
0653 □□□ 信号（しんごう）	しんごう	[名・自サ] 信號，燈號；（鐵路、道路等的）號誌；暗號 類 合図（あいず） 信號
0654 □□□ 寝室（しんしつ）	しんしつ	[名] 寢室 關 部屋（へや） 房間
0655 □□□ 信じる（しんじる）／信ずる（しんずる）	しんじる／しんずる	[他上一] 信，相信；確信，深信；信賴，可靠；信仰 類 思う（おもう） 思考 對 疑う（うたがう） 懷疑
0656 □□□ 申請（しんせい）	しんせい	[名・他サ] 申請，聲請 關 出願（しゅつがん） 申請
0657 □□□ 新鮮（しんせん）	しんせん	[名・形動]（食物）新鮮；清新乾淨；新穎，全新 關 おいしい 好吃

Check 2 必考詞組	Check 3 必考例句
□ 新旧交代の時期。 新舊交替時期	新製品について、お客様に丁寧に説明しました。 我很仔細地向顧客說明了新產品的相關資訊。
□ 大学に進学する。 念大學。	東京の大学に進学が決まって、17歳で家を出ました。 我考上東京的大學後，於十七歲離開了家鄉。
□ あの高校は進学率が高い。 那所高中升學率很高。	わが校は、大学進学率100パーセントです。 本校的大學升學率是百分之百。
□ 新幹線に乗る。 搭新幹線。	大阪から九州へ行くとき、新幹線は海底トンネルを通ります。 從大阪搭新幹線到九州時會經過海底隧道。
□ 信号が変わる。 燈號改變。	信号が青になっても、きちんと左右を確認してから渡るように。 就算交通號誌變為綠燈，也要好好確認左右來車再穿越馬路。
□ 寝室で休んだ。 在臥房休息。	寝室のカーテンを開けると、窓の外はもう明るかった。 一拉開臥室的窗簾，就看見窗外已經天亮了。
□ あなたを信じる。 信任你。	やることはやった。あとは自分を信じて、全力を出すだけだ。 該做的都做了。接下來就是相信自己，盡全力拚了。
□ 証明書を申請する。 申請證明書。	パスポートの申請のために、写真館で写真を撮った。 為了申請護照而到相館拍了照。
□ 新鮮な果物を食べる。 吃新鮮的水果。	毎朝、新鮮な野菜と果物で、ジュースを作って飲んでいます。 每天早上都喝用新鮮蔬果打成的果汁。

Check 1 必考單字	高低重音	詞性、類義詞與對義詞
0658 □□□ 身長（しんちょう）	しんちょう	[名] 身高 類 背（せ） 身高
0659 □□□ 進歩（しんぽ）	しんぽ	[名・自サ] 進步 類 発達（はったつ） 發達
0660 □□□ 深夜（しんや）	しんや	[名] 深夜 類 真夜中（まよなか） 深夜
0661 □□□ 酢（す）	す	[名] 醋 關 つゆ 汁液
0662 □□□ 水滴（すいてき）	すいてき	[名]（文）水滴；(注水研墨用的）硯水壺 關 露（つゆ） 露
0663 □□□ 水筒（すいとう）	すいとう	[名]（旅行用）水筒，水壺 關 魔法瓶（まほうびん） 暖壺
0664 □□□ 水道代（すいどうだい）	すいどうだい	[名] 自來水費 關 通話料（つうわりょう） 通話費
0665 □□□ 水道料金（すいどうりょうきん）	すいどうりょうきん	[名] 自來水費 關 電話料金（でんわりょうきん） 電話費
0666 □□□ 炊飯器（すいはんき）	すいはんき	[名] 電子鍋 關 電子（でんし）レンジ 微波爐

Check 2 必考詞組	Check 3 必考例句
□ 身長が伸びる。 長高。	昨日計ったら、身長が2センチも縮んでいた。なぜだ。 昨天量了身高後發現居然矮了兩公分！為什麼啊？
□ 技術が進歩する。 技術進步。	20世紀における医学の進歩は、多くの人々に希望を与えた。 二十世紀醫學的進步給許多人帶來了希望。
□ 深夜まで営業する。 營業到深夜。	駅の周りには、深夜でも営業している店がたくさんある。 車站周邊有很多店家即使到了深夜仍在營業。
□ 酢で和える。 用醋拌。	スープにちょっと酢を入れると、さっぱりしておいしいですよ。 只要在湯裡加一點醋，就會變得清爽又美味哦。
□ 水滴が落ちた。 水滴落下來。	彼女はハンカチを出すと、グラスに付いた水滴を拭いた。 她拿出手帕，擦掉了附著在玻璃杯上的水滴。
□ 水筒を持参する。 自備水壺。	水筒に熱い紅茶を入れて持ってきました。 我把熱紅茶倒進水壺裡拿過來了。
□ 水道代を節約する。 節省水費。	水道代を節約したいから、シャワーは10分で出てね。 因為我想省水費，所以淋浴只用了十分鐘。
□ 水道料金を支払う。 支付自來水費。	水道料金は、いつもコンビニで支払っています。 我總是在便利商店繳納自來水費。
□ 炊飯器でご飯を炊く。 用電鍋煮飯。	高い炊飯器で炊いたご飯は、やっぱり味が違うのかな。 用昂貴的電鍋煮出來的飯，味道果然不同啊。

Check 1 必考單字	高低重音	詞性、類義詞與對義詞
0667 □□□ 随筆（ずいひつ）	ずいひつ	[名] 随筆，漫畫，小品文，散文，雜文 類 エッセー／essay 小品文
0668 □□□ CD1 33 数字（すうじ）	すうじ	[名] 數字；各個數字 關 数（かず） 數量
0669 □□□ スープ	スープ	[名]【soup】西餐的湯 關 お湯（ゆ） 熱水
0670 □□□ スカーフ	スカーフ	[名]【scarf】圍巾，披肩；領結 關 ハンカチ／handkerchief 手帕
0671 □□□ スキー	スキー	[名]【ski】滑雪；滑雪橇，滑雪板 關 マラソン／marathon 馬拉松
0672 □□□ 過（す）ぎる	すぎる	[自上一] 超過；過於；經過 類 経（た）つ 過
0673 □□□ 少（すく）なくとも	すくなくとも	[副] 至少，對低，最低限度 類 最低（さいてい） 最低
0674 □□□ 凄（すご）い	すごい	[形] 可怕的，令人害怕的；意外的好，好的令人吃驚，了不起；（俗）非常，厲害 類 すばらしい 了不起
0675 □□□ 少（すこ）しも	すこしも	[副]（下接否定）一點也不，絲毫也不 類 全（まった）く 一點也不

Check 2 必考詞組	Check 3 必考例句
□ 随筆を書く。 寫散文。	この作家は、小説も素晴らしいが、軽い随筆もなかなか面白い。 這位作家的小說很精彩，隨筆雜記也很有意思。
□ 数字で示す。 用數字表示。	暗証番号に生年月日の数字を使うのは避けましょう。 請避免使用出生年月日等數字設定密碼。
□ スープを飲む。 喝湯。	当店では、魚とトマトのスープが人気メニューです。 本店的鮮魚番茄湯很受歡迎。
□ スカーフを巻く。 圍上圍巾。	帽子をかぶり、シルクのスカーフを首にしっかり結びます。 戴上帽子，並把絲質圍巾牢牢繫在脖子上。
□ スキーに行く。 去滑雪。	冬のオリンピックでは、スキーやスケートの競技が楽しみだ。 真期待冬季奧運的滑雪和溜冰比賽！
□ 5時を過ぎた。 已經五點多了。	あれ、もう12時を過ぎてるね。お昼に行こう。 咦，已經過十二點了。去吃午餐吧！
□ 少なくとも3時間はかかる。 至少要花三個小時。	高速道路で事故があり、少なくとも4人が怪我をしたそうだ。 據說高速公路上發生了事故，至少有四個人受了傷。
□ すごい嵐になった。 轉變成猛烈的暴風雨了。	すごい雪だ。これでは夕方には電車が止まるだろう。 好大的雪啊。照這樣看來，電車傍晚會停駛吧。
□ お金には、少しも興味がない。 金錢這東西，我一點都不感興趣。	親友のためにやったことだ。たとえ職を失っても、少しも後悔はない。 我做的一切都是為了摯友。就算因此而丟了工作，我一點也不後悔。

Check 1 必考單字	高低重音	詞性、類義詞與對義詞
0676 □□□ 過（す）ごす	すごす	[他五・接尾] 度（日子、時間），過生活；過渡過量；放過，不管 類 暮（く）らす 度
0677 □□□ 進（すす）む	すすむ	[自五・接尾] 進，前進；進步，先進；進展；升級，進級；升入，進入，到達；繼續…下去 關 歩（ある）く 走　對 もどる 回去
0678 □□□ 進（すす）める	すすめる	[他下一] 使向前推進，使前進；推進，發展，開展；進行，舉行；提升，晉級；增進，使旺盛 關 進（すす）む 進行
0679 □□□ 勧（すす）める	すすめる	[他下一] 勸告；勸，敬；（煙、酒、茶、座位等） 類 薦（すす）める 推薦
0680 □□□ 薦（すす）める	すすめる	[他下一] 勸告，勸誘；勸，敬（煙、酒、茶、座等） 類 推（お）す 推薦
0681 □□□ 裾（すそ）	すそ	[名]（和服的）下擺，下襟；山腳；（靠近頸部的）頭髮 關 袖（そで） 袖子
0682 □□□ スター	スター	[名]【star】星狀物，星；（影劇）明星，主角 類 俳優（はいゆう） 演員
0683 □□□ ずっと	ずっと	[副] 更；一直 關 もっと 更
0684 □□□ 酸（す）っぱい	すっぱい	[形] 酸，酸的 關 苦（にが）い 苦

Check 2 必考詞組	Check 3 必考例句
□ 休日は家で過ごす。 假日在家過。	ここは私が幼い頃、家族とともに夏の休暇を過ごした所です。 這裡是我小時候和家人一起度過暑假的地方。
□ ゆっくりと進んだ。 緩慢地前進。	辛くても、前を向いて一歩一歩進んで行けば、必ず未来は開ける。 就算再怎麼辛苦，只要一步一步向前邁進，未來的大門一定會你敞開。
□ 計画を進める。 進行計畫。	息子が遅刻がちなので、家中の時計を 30 分進めておいた。 因為我兒子經常遲到，所以把家裡的時鐘調快了三十分鐘。
□ 入会を勧める。 勸說加入會員。	医者から、毎日 1 時間以上歩くことを勧められた。 醫生建議我每天走路一小時以上。
□ A大学を薦める。 推薦 A 大學。	教授が薦める本や論文は、全て読んでいます。 教授所推薦的書籍和論文，我統統正在閱讀。
□ ジーンズの裾が汚れた。 牛仔褲的褲腳髒了。	新しく買ったズボンの裾を、5センチ切ってもらった。 （師傅）幫我把新買的褲子的褲腳改短了五公分。
□ スーパースターになる。 成為超級巨星。	彼は本物のスターだ。彼が映るだけで、スクリーンが明るくなる。 他是貨真價實的明星啊！只要拍到他，整個畫面都亮了起來。
□ ずっと待っている。 一直等待著。	ラーメンまだ？さっきからずっと待ってるんだけど。 拉麵還沒好嗎？我從剛才一直等到現在耶！
□ 口を酸っぱくして。 反覆叨唸	なんか酸っぱいぞ。この牛乳腐ってるんじゃないかな。 總覺得有股酸味。這瓶牛奶是不是壞了啊？

Check 1 必考單字	高低重音	詞性、類義詞與對義詞
0685 □□□ ストーリー	ストーリー	[名]【story】故事，小說；（小說、劇本等的）劇情，結構 類 物語（ものがたり） 故事
0686 □□□ ストッキング	ストッキング	[名]【stocking】長筒襪；絲襪 類 靴下（くつした） 襪子
0687 □□□ ストライプ	ストライプ	[名]【strip】條紋；條紋布 類 縞（しま） 條紋
0688 □□□ ストレス	ストレス	[名]【stress】（語）重音；（理）壓力；（精神）緊張狀態 類 緊張（きんちょう） 緊張
0689 □□□ 即ち（すなわ）	すなわち	[接] 即，換言之；即是，正是；則，彼時；乃，於是 類 つまり 換言之
0690 □□□ CD1/34 スニーカー	スニーカー	[名]【sneakers】球鞋，運動鞋 關 シューズ／shoes 鞋
0691 □□□ スピード	スピード	[名]【speed】速度；快速，迅速 關 快速（かいそく） 快速
0692 □□□ 図表（ず ひょう）	ずひょう	[名] 圖表 類 グラフ／graph 圖表
0693 □□□ スポーツ選手（せんしゅ）	スポーツせんしゅ	[名]【sports せんしゅ】運動選手 關 アイドル／idol 偶像

Check 2 必考詞組	Check 3 必考例句
□ ストーリーを語る。 說故事。	この映画は、ある日突然男女が入れ替わるというストーリーだ。 這部電影講述的是某一天，一對男女忽然互換身體的故事。
□ ナイロンのストッキング。 尼龍絲襪。	このハイヒールには、もっと色の薄いストッキングが合うと思う。 我覺得這雙高跟鞋適合顏色淺一點的絲襪。
□ 制服は白と青のストライプです。 制服上面印有白和藍條紋圖案。	ストライプのシャツに白いジャケット、君はおしゃれだなあ。 條紋襯衫搭白色夾克，你真時髦啊。
□ ストレスがたまる。 累積壓力。	仕事のストレスで胃に穴が空いてしまった。 由於工作壓力導致胃穿孔了。
□ 1ポンド，すなわち100ペンス。 一磅也就是100英鎊。	検討します、とは即ち、この案に賛成できないという意味だろう。 你說尚需討論，意思就是不贊成這個方案對吧？
□ スニーカーを買う。 買球鞋。	山へハイキングに行くので、スニーカーを買った。 因為我要去山上健行，所以買了運動鞋。
□ スピードを上げる。 加速，加快。	ドライブ中にスピード違反で車を停められた。 開車兜風時由於超速而被攔下來了。
□ 図表にする。 製成圖表。	研究結果は、見易いよう図表にまとめておきます。 用淺顯易懂的圖表來總結研究成果。
□ スポーツ選手になりたい。 想成為了運動選手。	優秀なスポーツ選手は、食事内容にも気を付けている。 優秀的運動員也要注意飲食。

Check 1 必考單字	高低重音	詞性、類義詞與對義詞
0694 □□□ スポーツ中継（ちゅうけい）	スポーツちゅうけい	[名] 體育（競賽）直播，轉播 關 生放送（なまほうそう） 直播
0695 □□□ 済（す）ます	すます	[他五・接尾] 弄完，辦完；償還，還清；對付，將就，湊合；（接在其他動詞連用形下面）表示完全成為… 類 済（す）ませる 弄完
0696 □□□ 済（す）ませる	すませる	[他五・接尾] 弄完，辦完；償還，還清；將就，湊合 類 終（お）える 弄完
0697 □□□ すまない	すまない	[連語] 對不起，抱歉；（做寒暄語）對不起 類 ごめんなさい 對不起
0698 □□□ すみません	すみません	[連語] 抱歉，不好意思 類 失礼（しつれい）しました 失禮了
0699 □□□ 擦（す）れ違（ちが）う	すれちがう	[自五] 交錯，錯過去；不一致，不吻合，互相分歧；錯車 關 通（とお）る 經過
0700 □□□ 性（せい）	せい	[名・漢造] 性別；幸運；本性
0701 □□□ 性格（せいかく）	せいかく	[名]（人的）性格，性情；（事物的）性質，特性
0702 □□□ 正確（せいかく）	せいかく	[名・形動] 正確，準確 關 きちんと 正確

Check 2 必考詞組

Check 3 必考例句

□ スポーツ中継を見た。
看了現場直播的運動比賽。
▶ 夜は家で野球やサッカーなどのスポーツ中継を見ます。
晚上常在家裡看棒球和足球等運動的電視轉播。

□ 用事を済ました。
辦完事情。
▶ 遊びに行く前に、宿題を済ましてしまいなさい。
出去玩之前要先把作業寫完！

□ 手続きを済ませた。
辦完手續。
▶ 晩ご飯をカップラーメンで済ませる学生も多いという。
聽說許多學生都靠泡麵打發晚餐。

□ すまないと言ってくれた。
向我道了歉。
▶ すまないが、今日はもう帰ってくれ。気分が悪い。
不好意思，今天你就先回去吧。我不太舒服。

□ お待たせしてすみません。
讓您久等，真是抱歉。
▶ すみません。明日病院に行きたいので、休ませて頂けませんか。
不好意思，因為我明天想去醫院，請問可以請假嗎？

□ 彼女と擦れ違った。
與她擦身而過。
▶ 有名な渋谷の交差点は、多い日で1日に50万人が擦れ違う。
在那處著名的澀谷十字路口，每天最多高達五十萬人擦身而過。

□ 性の区別なく。
不分性別。
▶ 女性は長く差別されてきたが、性差別は女性に限った問題ではない。
儘管女性長期遭受歧視，但性別歧視並非只會發生在女性身上。

□ 性格が悪い。
性格惡劣。
▶ 宇宙飛行士になるためには、穏やかな性格が求められる。
要成為太空人，必須具有穩重的性格。

□ 正確に記録する。
正確記錄下來。
▶ 自分が生まれた正確な時間を知っていますか。
你知道自己出生的正確時間嗎？

Check 1 必考單字	高低重音	詞性、類義詞與對義詞
0703 □□□ 生活費（せいかつひ）	せいかつひ	[名] 生活費 關 食費（しょくひ） 餐費
0704 □□□ 世紀（せいき）	せいき	[名] 世紀，百代；時代，年代；百年一現，絕世 關 時代（じだい） 時代
0705 □□□ 税金（ぜいきん）	ぜいきん	[名] 稅金，稅款 關 消費税（しょうひぜい） 消費稅
0706 □□□ 清潔（せいけつ）	せいけつ	[名・形動] 乾淨的，清潔的；廉潔；純潔 類 きれい 乾淨的
0707 □□□ 成功（せいこう）	せいこう	[名・自サ] 成功，成就，勝利；功成名就，成功立業 關 完成（かんせい） 完成 對 失敗（しっぱい） 失敗
0708 □□□ 生産（せいさん）	せいさん	[名・他サ] 生產，製造；創作（藝術品等）；生業，生計 關 製作（せいさく） 製造
0709 □□□ 清算（せいさん）	せいさん	[名・他サ] 計算，清算；結帳；清理財產；結束 關 計算（けいさん） 計算
0710 □□□ 政治家（せいじか）	せいじか	[名] 政治家（多半指議員） 類 議員（ぎいん） 議員
0711 □□□ CD1/35 性質（せいしつ）	せいしつ	[名] 性格，性情；（事物）性質，特性 類 性格（せいかく） 個性

Check 2 必考詞組	Check 3 必考例句
□ 生活費を稼ぐ。 賺生活費。	東京の大学に通う息子に、毎月生活費を送っています。 我每個月都會送生活費給在東京念大學的兒子。
□ 世紀の大発見。 世紀大發現	ドラえもんは22世紀からやって来たロボットです。 哆啦A夢是來自二十二世紀的機器貓。
□ 税金を納める。 繳納税金。	税金は安い方がいいが、何より正しく使われることが重要だ。 雖然繳納的稅金越少越好，但更重要的是必須用在真正需要的地方。
□ 清潔な部屋。 乾淨的房間。	贅沢な部屋は不要です。ただ清潔なベッドが欲しいだけなんです。 我不需要豪華的房間，只想要一張乾淨的床而已。
□ 実験に成功した。 實驗成功了。	世界でも例の少ない、難しい心臓の手術に成功した。 成功完成了屬於全球罕見病例且相當困難的心臟手術。
□ 米を生産する。 生產米。	日本の眼鏡の9割は、この町で生産されています。 日本的眼鏡有九成產自這座城鎮。
□ 借金を清算した。 還清了債務。	10年交際した人との関係を清算して、親の薦める人と結婚した。 我和交往十年的男友結束了戀情，與父母介紹的另一位男性結婚了。
□ どの政治家を支持しますか。 你支持哪位政治家呢？	この国を若い力で変えたいと思って、政治家になりました。 我期盼用年輕的力量改變這個國家，於是成了一名政治家。
□ 性質がよい。 性質很好。	金属には、電気を通す、熱をよく伝える等の性質がある。 金屬具有導電性和良好的導熱性等特性。

Check 1 必考單字	高低重音	詞性、類義詞與對義詞
0712 □□□ 成人（せいじん）	せいじん	[名・自サ] 成年人；成長，（長大）成人 類 大人（おとな） 成人
0713 □□□ 整数（せいすう）	せいすう	[名]（數）整數 關 小数（しょうすう） 小數
0714 □□□ 生前（せいぜん）	せいぜん	[名] 生前 關 生存（せいぞん） 生存 對 死後（しご） 死後
0715 □□□ 成長（せいちょう）	せいちょう	[名・自サ]（經濟、生產）成長，增長，發展；（人、動物）生長，發育 類 進歩（しんぽ） 成長
0716 □□□ 青年（せいねん）	せいねん	[名] 青年，年輕人 類 若者（わかもの） 年輕人
0717 □□□ 生年月日（せいねんがっぴ）	せいねんがっぴ	[名] 出生年月日，生日 類 誕生日（たんじょうび） 生日
0718 □□□ 性能（せいのう）	せいのう	[名] 性能，機能，效能 類 働き（はたら） 功能
0719 □□□ 製品（せいひん）	せいひん	[名] 製品，產品 關 見本（みほん） 樣品
0720 □□□ 制服（せいふく）	せいふく	[名] 制服 關 セーラー服（ふく） 水兵服 對 私服（しふく） 便服

Check 2 必考詞組	Check 3 必考例句
□ 成人して働きに出る。 長大後外出工作。	世界的にみると、成人年齢は 18 歳という国が多い。 綜觀全世界，許多國家都將成年人的年齡訂為十八歲。
□ 答えは整数だ。 答案為整數。	1、2、3を正の整数、－1、－2、－3を負の整数という。 1、2、3是正整數，－1、－2、－3是負整數。
□ 彼が生前愛用した机。 他生前愛用的桌子	これは、一人暮らしだった父が生前かわいがっていた猫です。 這是我獨居的父親生前最疼愛的貓。
□ 子供が成長した。 孩子長大成人了。	日本には、七五三という子どもの成長を祝う伝統行事がある。 在日本，有所謂「七五三」的慶祝孩子成長的傳統活動。
□ 感じのよい青年。 感覺很好的青年	いつもお母さんの陰で泣いてた男の子が、立派な青年になったなあ。 當年那個一直躲在媽媽背後哭泣的男孩，現在已經長成優秀的青年了啊。
□ 生年月日を書く。 填上出生年月日。	診察の際に、本人確認のため、氏名と生年月日を言います。 進行診療的時候，為了確認是否為本人，必須說姓名和出生年月日。
□ 性能が悪い。 性能不好。	トースターに高い性能は求めていない。パンが焼ければよい。 不要求烤麵包機具備多麼超群的性能，只要能烤麵包就好。
□ 製品の品質を保証する。 保證產品的品質。	各社の製品が比較できるパンフレットはありませんか。 有沒有可以比較各公司產品的冊子？
□ 制服を着る。 穿制服。	中学は決まった制服がありましたが、高校は私服でした。 中學時要穿規定的制服，但上高中後就穿便服了。

Check 1 必考單字	高低重音	詞性、類義詞與對義詞
0721 □□□ せいぶつ 生物	せいぶつ	[名] 生物 關 動物（どうぶつ） 動物
0722 □□□ せいり 整理	せいり	[名・他サ] 整理，收拾，整頓；清理，處理；捨棄，淘汰，裁減 類 片付け（かたづけ） 整理
0723 □□□ せき 席	せき	[名・漢造] 席，坐墊；席位，坐位
0724 □□□ せきにん 責任	せきにん	[名] 責任，職責 關 義務（ぎむ） 義務
0725 □□□ せけん 世間	せけん	[名] 世上，社會上；世人；社會輿論；（交際活動的）範圍 類 社会（しゃかい） 社會
0726 □□□ せっきょくてき 積極的	せっきょくてき	[形動] 積極的 類 行動的（こうどうてき） 積極的 對 消極的（しょうきょくてき） 消極的
0727 □□□ ぜったい 絶対	ぜったい	[名・副] 絕對，無與倫比；堅絕，斷然，一定 類 必ず（かならず） 一定
0728 □□□ セット	セット	[名・他サ]【set】一組，一套；舞台裝置，布景；（網球等）盤，局；組裝，裝配；梳整頭髮 類 揃い（そろい） 一套
0729 □□□ せつやく 節約	せつやく	[名・他サ] 節約，節省 關 減らす（へらす） 節省 對 浪費（ろうひ） 浪費

Check 2 必考詞組	Check 3 必考例句
□ 生物がいる。 有生物生存。	▶ 地球以外の星にも、きっと生物がいると信じている。 我相信地球之外的其他星球一定也有生物存在。
□ 部屋を整理する。 整理房間。	▶ 机の上を整理すれば、なくなった物が出てくると思うよ。 我想，只要把桌面整理整理，那些不見的東西就會出現哦。
□ 席を譲る。 讓座。	▶ 映画館の席は、どこかではなく前にどんな人が座るかが重要だ。 關於電影院的座位，重要的不是坐在哪個位置，而是前面坐著什麼樣的人。
□ 責任を持つ。 負責任。	▶ 大会で負けたので、監督が責任を取って辞めることになった。 輸掉大賽後，教練主動辭職以示負責了。
□ 世間を広げる。 交遊廣闊。	▶ 世間では、男は女より強いと言われているが、実際は逆だと思う。 世上的男人總說自己比女人強，但我認為事實是相反的。
□ 積極的に仕事に取り組む。 積極地致力於工作。	▶ 彼女は積極的な性格で、誰とでもすぐに仲良くなる。 她個性很積極，和任何人都能很快變成好朋友。
□ 絶対に面白いよ。 一定很有趣喔。	▶ 結婚するとき、君を絶対に幸せにするって言ったよね？ 結婚的時候，我說過一定會讓妳幸福，對吧？
□ ワンセットで売る。 整組來賣。	▶ コーヒーとケーキを一緒に頼むと、セット料金で 100 円安くなる。 咖啡和蛋糕一起點的套餐價會便宜一百圓。
□ 交際費を節約する。 節省應酬費用。	▶ 交通費の節約と体力づくりのために、自転車通勤しています。 為了節約交通費和鍛鍊體力，我都騎自行車上班。

Check 1 必考單字	高低重音	詞性、類義詞與對義詞
0730 □□□ 瀬戸物（せともの）	せともの	[名] 陶瓷品 關 花瓶（かびん） 花瓶
0731 □□□ CD1 36 是非（ぜひ）	ぜひ	[名・副] 是非，善惡；務必，一定 類 必ず（かならず） 一定
0732 □□□ 世話（せわ）	せわ	[名・他サ] 援助，幫助；介紹，推薦；照顧，照料；俗語，常言 類 面倒（めんどう） 援助
0733 □□□ 戦（せん）	せん	[漢造] 戰爭；決勝負，體育比賽；發抖
0734 □□□ 全（ぜん）	ぜん	[漢造] 全部，完全；整個；完整無缺 類 全部（ぜんぶ） 全部
0735 □□□ 前（ぜん）	ぜん	[漢造] 前方，前面；（時間）早；預先；從前 對 後（ご） 後面
0736 □□□ 選挙（せんきょ）	せんきょ	[名・他サ] 選舉，推選 類 選ぶ（えらぶ） 選
0737 □□□ 洗剤（せんざい）	せんざい	[名] 洗滌劑，洗衣粉（精） 類 石けん（せっけん） 香皂
0738 □□□ 先日（せんじつ）	せんじつ	[名] 前天；前些日子 類 この間（あいだ） 前幾天

Check 2 必考詞組	Check 3 必考例句
□ 瀬戸物を収集する。 收集陶瓷器。	父が大事にしていた瀬戸物の花瓶を割ってしまった。 我把父親珍愛的陶瓷花瓶給打碎了。
□ 是非お電話ください。 請一定打電話給我。	当社の新製品を、皆様ぜひお試しください。 請各位務必試試本公司的新產品！！
□ 子どもの世話をする。 照顧小孩。	「絶対世話するから、犬飼ってもいいでしょ？」「だめよ。」 「可以養狗嗎？我一定會好好照顧牠的。」「不行。」
□ 選挙の激戦区。 選舉中競爭最激烈的地區	優勝決定戦は、3 対 3 の同点のまま、PK 戦となった。 總決賽以三比三同分進入了延長賽。
□ 全世界。 全世界	彼は全科目の成績が A なのに、なぜか女の子から全然人気がない。 明明他所有科目的成績都是A，不知道為什麼竟然沒有女孩子喜歡他。
□ 前首相。 前首相	営業部に来た新人は、前会長のお孫さんらしい。 剛進業務部的那個新人，好像是前任會長的孫子哦！
□ 議長を選挙する。 選出議長。	大学の文化祭の実行委員は、学生による選挙で選ばれる。 大學校慶的執行委員是透過學生選舉所選出來的。
□ 洗剤で洗う。 用洗滌劑清洗。	間違えて、食器用の洗剤で髪を洗ってしまった。 我誤拿洗碗精洗了頭。
□ 先日、田中さんに会った。 前些日子，遇到了田中小姐。	先日の台風で、畑の野菜が全部だめになってしまった。 前陣子的颱風造成菜園的蔬菜全死光了。

Check 1 必考單字	高低重音	詞性、類義詞與對義詞
0739 □□□ 前日（ぜんじつ）	ぜんじつ	[名] 前一天 關 昨日（きのう） 昨天
0740 □□□ 洗濯機（せんたくき）	せんたくき	[名] 洗衣機 關 乾燥機（かんそうき） 烘乾機
0741 □□□ センチ	せんち	[名]【centimeter】厘米，公分 關 キロ／（法）kilomètre 公里
0742 □□□ 宣伝（せんでん）	せんでん	[名・自他サ] 宣傳，廣告；吹噓，鼓吹，誇大其詞 類 広告（こうこく） 廣告
0743 □□□ 前半（ぜんはん）	ぜんはん	[名] 前半，前一半 關 上旬（じょうじゅん） 上旬、前期 對 後半（こうはん） 後半
0744 □□□ 扇風機（せんぷうき）	せんぷうき	[名] 風扇，電扇 關 エアコン／air conditioner 之略 冷氣
0745 □□□ 洗面所（せんめんじょ）	せんめんじょ	[名] 化妝室，廁所 類 トイレ 化妝室
0746 □□□ 専門学校（せんもんがっこう）	せんもんがっこう	[名] 專科學校 關 塾（じゅく） 補習班
0747 □□□ 総（そう）	そう	[漢造] 總括；總覽；總，全體；全部 類 全（ぜん） 全部

Check 2 必考詞組	Check 3 必考例句
□ 入学式の前日は緊張した。 參加入學典禮的前一天非常緊張。	試験の前日は、緊張してなかなか眠れないんです。 考試前一天緊張得遲遲無法入睡。
□ 洗濯機で洗う。 用洗衣機洗。	洗濯機で洗えるスーツが、サラリーマンに人気です。 可以用洗衣機清洗的西裝廣受上班族的喜愛。
□ 1センチ右にずれる。 往右偏離了一公分。	あと5センチ身長があれば、理想的なんだけどなあ。 如果能再長個五公分，就是完美身高了啊！
□ 自社の製品を宣伝する。 宣傳自己公司的產品。	宣伝にお金をかけたが、あまり効果がなかった。 雖然花了錢宣傳，卻沒什麼效果。
□ 前半の戦いが終わった。 上半場比賽結束。	前半が終わって、台湾チームが2対0で勝っています。 上半場結束後，臺灣隊以二比零暫時領先。
□ 扇風機を止める。 關上電扇。	うちの猫は、扇風機の前から一歩も動かない。 我家的貓待在電風扇前，一步都不肯移動。
□ 洗面所で顔を洗った。 在化妝室洗臉。	そんなに眠いなら、洗面所へ行って顔を洗って来なさい。 這麼想睡的話，去洗手間洗個臉再回來吧。
□ 専門学校に行く。 進入專科學校就讀。	日本語学校を卒業したら、アニメの専門学校に行きたいです。 從日語學校畢業之後，我想去攻讀動漫專業學校。
□ 総員50名だ。 總共有五十人。	GDP即ち国民総生産が上がっても、景気がよくなるとは限らない。 即使GDP，也就是國內生產毛額成長，也未必代表經濟好轉。

Check 1 必考單字	高低重音	詞性、類義詞與對義詞
0748 □□□ そうじき 掃除機	そうじき	[名] 除塵機，吸塵器 關 ぞうきん 抹布
0749 □□□ そうぞう 想像	そうぞう	[名・他サ] 想像 類 イメージ／image 想像
0750 □□□ そうちょう 早朝	そうちょう	[名] 早晨，清晨 關 朝（あさ） 早晨 對 深夜（しんや） 深夜
0751 □□□ ぞうり 草履	ぞうり	[名] 草履，草鞋 關 下駄（げた） 木屐
0752 □□□ CD1/37 そうりょう 送料	そうりょう	[名] 郵費，運費 類 運賃（うんちん） 運費
0753 □□□ ソース	ソース	[名]【sauce】（西餐用）調味汁 關 汁（つゆ） 汁液
0754 □□□ そく 足	そく	[接尾・漢造]（助數詞）雙；足；足夠；添 關 着（ちゃく） 件
0755 □□□ そくたつ 速達	そくたつ	[名・自他サ] 快遞，快件 關 書留（かきとめ） 掛號
0756 □□□ そくど 速度	そくど	[名] 速度 關 進む（すすむ） 前進

Check 2 必考詞組	Check 3 必考例句
□ 掃除機をかける。 用吸塵器清掃。	子どもたちが床にこぼしたパンやお菓子を掃除機で吸います。 孩子們用吸塵器清理掉落到地板上的麵包屑和餅乾渣。
□ 想像もつきません。 真叫人無法想像。	あなたの犬がもし人間の言葉を話せたら、と想像してみてください。 請想像一下你養的狗開口說人話的情景。
□ 早朝に勉強する。 在早晨讀書。	早朝、公園の周りを散歩するのが習慣になっています。 我習慣早上到公園附近散步。
□ 草履を履く。 穿草鞋。	お正月に着る着物に合わせて、草履を買った。 買了一雙草屐來搭配新年要穿的和服。
□ 送料を払う。 付郵資。	1万円以上買っていただいた方は、送料が無料になります。 消費達到一萬圓以上的貴賓享有免運費服務。
□ ソースを作る。 調製醬料。	ハンバーグには、ソースですか、それともケチャップ？ 您的漢堡牛肉餅要淋醬汁還是加番茄醬？
□ 靴下を二足買った。 買了兩雙襪子。	3足1,000円の靴下は、やはりすぐに穴が空く。 三雙一千圓的襪子果然很快就破洞了。
□ 速達で送る。 寄快遞。	明日中にこちらに届くように、今日速達で出してください。 請於今天以限時專送寄件，這樣才來得及在明天之內送達這裡。
□ 速度を上げる。 加快速度。	この辺りは子どもが多いので、速度を落として運転します。 因為這附近有很多孩童，所以我車子開到這邊時會減速慢行。

Check 1 必考單字	高低重音	詞性、類義詞與對義詞
0757 □□□ 底（そこ）	そこ	[名] 底，底子；最低處，限度；底層，深處；邊際，極限 關 奥（おく） 內部
0758 □□□ そこで	そこで	[接續] 因此，所以；（轉換話題時）那麼，下面，於是 類 それで 因此
0759 □□□ 育つ（そだつ）	そだつ	[自五] 成長，長大，發育 類 成長する（せいちょうする） 成長
0760 □□□ ソックス	ソックス	[名]【socks】短襪 關 ストッキング／stocking 絲襪
0761 □□□ そっくり	そっくり	[形動・副] 全部，完全，原封不動；一模一樣，極其相似 類 似る（にる） 極其相似
0762 □□□ そっと	そっと	[副] 悄悄地，安靜的；輕輕的；偷偷地；照原樣不動的 類 こっそり 偷偷地
0763 □□□ 袖（そで）	そで	[名] 衣袖；（桌子）兩側抽屜，（大門）兩側的廳房，舞台的兩側，飛機（兩翼） 關 襟（えり） 領子
0764 □□□ その上（うえ）	そのうえ	[接] 又，而且，加之，兼之 類 それに 而且
0765 □□□ その内（うち）	そのうち	[副・連語] 最近，過幾天，不久；其中 類 いまに 不久

Check 2 必考詞組	Check 3 必考例句
□ 海の底に沈んだ。 沉入海底。	▶ この海の底には、100年前に沈んだ船の宝物が眠っているという。 據說，一百年前的沉船上的寶藏，就在這片海底長眠。
□ そこで、私は意見を言った。 於是，我說出了我的看法。	▶ 経営が苦しいです。そこで、仕事の改善について、皆さんのご意見を伺います。 我們在經營上遇到了困難。因此，請大家針對如何改善工作提出意見。
□ 元気に育っている。 健康地成長著。	▶ 3人の息子たちは、立派に育って、今は父親になりました。 三個兒子都長大成人，現在已經成為父親了。
□ ソックスを履く。 穿襪子。	▶ 制服のソックスは、白か黒に決まっています。 制服的襪子必須是白色或黑色。
□ 私と母はそっくりだ。 我和媽媽長得幾乎一模一樣。	▶ あの親子は顔だけじゃなく、性格もそっくりだね。 那對父子不僅長相相似，連個性也幾乎一樣。
□ そっと教えてくれた。 偷偷地告訴了我。	▶ 彼女は、さよならと言うと、そっと部屋を出て行った。 她說了再見後，便悄悄地走出了房間。
□ 半袖を着る。 穿短袖。	▶ 振袖とは、若い女性が着る、袖の長い着物のことです。 「振袖」是指年輕女性穿的長袖和服。
□ 質がいい。その上値段も安い。 不只品質佳，而且價錢便宜。	▶ 今日は最悪の日だ。財布を失くした。その上、自転車を盗まれた。 今天真是最慘的一天。先是遺失錢包，然後自行車又被偷了。
□ 兄はその内帰ってくるから、暫く待ってください。 我哥哥就快要回來了，請稍等一下。	▶ そんなに泣かないで。そのうち、みんなも分かってくれるよ。 別再哭了。一陣子過後，大家就會理解你的難處了。

Check 1 必考單字	高低重音	詞性、類義詞與對義詞
0766 □□□ 蕎麦（そば）	そば	[名] 蕎麥；蕎麥麵 關 うどん 烏龍麵
0767 □□□ ソファー	ソファー	[名]【sofa】沙發 關 ベンチ／bench 長椅
0768 □□□ 素朴（そぼく）	そぼく	[名・形動] 樸素，純樸，質樸；(思想）純樸 關 簡単（かんたん） 樸素
0769 □□□ それぞれ	それぞれ	[副] 每個（人），分別，各自 類 一つ一つ（ひとひと） 一個一個
0770 □□□ それで	それで	[接] 因此；後來 類 だから 因此
0771 □□□ CD1 / 38 それとも	それとも	[接] 還是，或者 類 または 或者
0772 □□□ 揃う（そろ）	そろう	[自五]（成套的東西）備齊；成套；一致，（全部）一樣，整齊；（人）到齊，齊聚 關 並ぶ（なら） 備齊
0773 □□□ 揃える（そろ）	そろえる	[他下一] 使…備齊；使…一致；湊齊，弄齊，使成對 關 揃う（そろ） 備齊
0774 □□□ 尊敬（そんけい）	そんけい	[名・他サ] 尊敬 類 敬意（けいい） 敬意

Check 2 必考詞組 / **Check 3 必考例句**

□ 蕎麦(そば)を植(う)える。
種植蕎麥。

▶ 天(てん)ぷらそばとカレーライスですね。かしこまりました。
您點的是天婦羅蕎麥麵和咖哩飯對吧，我知道了。

□ ソファーに座(すわ)る。
坐在沙發上。

▶ テレビを見(み)ていて、そのままソファーで朝(あさ)まで寝(ね)てしまった。
看著電視，不知不覺就這樣在沙發上睡到了早上。

□ 素朴(そぼく)な考(かんが)え方(かた)。
單純的想法

▶ 歌手(かしゅ)のリンちゃんは、化粧(けしょう)をしない素朴(そぼく)な感(かん)じが好(す)きだ。
歌手小琳喜歡不上妝的樸素模樣。

□ それぞれの性格(せいかく)が違(ちが)う。
每個人的個性不同。

▶ たとえ夫婦喧嘩(ふうふげんか)でも、夫(おっと)、妻(つま)、それぞれの主張(しゅちょう)を聞(き)かなければ真実(しんじつ)は分(わ)からない。
即使是夫妻吵架，如果沒有聽丈夫和妻子雙方各自的說法，就無法知道事情的真相。

□ それで、いつまでに終(お)わるの。
那麼，什麼時候結束呢？

▶ 子(こ)どもの頃(ころ)、犬(いぬ)に噛(か)まれた。それで、今(いま)も犬(いぬ)が怖(こわ)い。
小時候曾被狗過，所以到現在還是很怕狗。

□ コーヒーにしますか、それとも紅茶(こうちゃ)にしますか。
您要咖啡還是紅茶？

▶ ちょっとお茶(ちゃ)を飲(の)みませんか。それとも何(なに)か食(た)べますか。
你要不要喝點茶？還是想吃點什麼？

□ 全員(ぜんいん)が揃(そろ)った。
全員到齊。

▶ 毎年正月(まいとししょうがつ)には、家族全員(かぞくぜんいん)が揃(そろ)って記念写真(きねんしゃしん)を撮(と)ります。
每年過年，全家人都會聚在一起拍全家福紀念照。

□ 必要(ひつよう)なものを揃(そろ)える。
準備好必需品。

▶ これは、同(おな)じ絵(え)のカードを 4 枚揃(まいそろ)える遊(あそ)びです。
這是蒐集四張相同畫片的遊戲。

□ 両親(りょうしん)を尊敬(そんけい)する。
尊敬雙親。

▶ ノーベル賞(しょう)を受賞(じゅしょう)した山中教授(やまなかきょうじゅ)は全国民(ぜんこくみん)から尊敬(そんけい)を集(あつ)めている。
榮獲諾貝爾獎的山中教授得到全體國民的敬重。

Check 1 必考單字	高低重音	詞性、類義詞與對義詞
0775 □□□ 対(たい)	たい	[名・漢造] 對比，對方；同等，對等；相對，相向；（比賽）比；面對 關 ペア／pair 一對
0776 □□□ 代(だい)	だい	[名・漢造] 代，輩；一生，一世；代價
0777 □□□ 第(だい)	だい	[漢造] 順序；考試及格，錄取；住宅，宅邸 類 目(め) 第
0778 □□□ 題(だい)	だい	[名・自サ・漢造] 題目，標題；問題；題辭 類 タイトル／title 題目
0779 □□□ 退学(たいがく)	たいがく	[名・自サ] 退學 關 中退(ちゅうたい) 肄業
0780 □□□ 大学院(だいがくいん)	だいがくいん	[名] （大學的）研究所 關 短大(たんだい) 短期大學
0781 □□□ 大工(だいく)	だいく	[名] 木匠，木工 類 左官(さかん) 泥瓦匠
0782 □□□ 退屈(たいくつ)	たいくつ	[名・自他サ・形動] 無聊，鬱悶，寂，厭倦 關 飽(あ)きる 厭倦
0783 □□□ 体重(たいじゅう)	たいじゅう	[名] 體重 關 重(おも)さ 重量

Check 2 必考詞組	Check 3 必考例句
□ 1対1（いったいいち）で引（ひ）き分（わ）けです。 一比一平手。	32対（たい）28で、台湾（たいわん）ビールチームの勝利（しょうり）です。 32比28，台啤隊獲得勝利。
□ 代（だい）がかわる。 世代交替。	十代（じゅうだい）、二十代（にじゅうだい）の若（わか）いうちに、世界中（せかいじゅう）を見（み）て回（まわ）ることだ。 就是要趁著十幾二十幾歲還年輕的時候去環遊世界。
□ 第（だい）1番（ばん）。 第一名	これより第（だい）10回定期演奏会（かいていきえんそうかい）を始（はじ）めます。 現在揭開第十屆定期演奏會的序幕。
□ 作品（さくひん）に題（だい）をつける。 給作品題上名。	論文（ろんぶん）は、内容（ないよう）を正確（せいかく）に表（あらわ）す適切（てきせつ）な題（だい）をつけることが重要（じゅうよう）です。 論文要取個能夠表達正確內容的適切題目是非常重要的。
□ 退学（たいがく）して仕事（しごと）を探（さが）す。 退學後去找工作。	試験（しけん）で不正（ふせい）をして、大学（だいがく）を退学（たいがく）になった学生（がくせい）がいるそうだ。 據說有大學生因為考試作弊而遭到了退學處分。
□ 大学院（だいがくいん）に進（すす）む。 進研究所唸書。	就職（しゅうしょく）するか、大学院（だいがくいん）へ進学（しんがく）するか迷（まよ）っています。 我還在猶豫到底應該就業還是繼續攻讀研究所。
□ 大工（だいく）を頼（たの）む。 雇用木匠。	物（もの）を作（つく）るのが好（す）きなので、将来（しょうらい）は大工（だいく）になって家（いえ）を建（た）てたい。 因為喜歡製造物品，所以將來想成為木匠，建造房子。
□ 退屈（たいくつ）な日々（ひび）。 無聊的生活	夫（おっと）は優秀（ゆうしゅう）な弁護士（べんごし）ですが、家（いえ）では退屈（たいくつ）な男（おとこ）です。 丈夫雖然是一名優秀的律師，但他在家時只是個無聊的男人。
□ 体重（たいじゅう）が落（お）ちる。 體重減輕。	体重（たいじゅう）は気（き）になるけど、甘（あま）い物（もの）はなかなかやめられない。 我很在意體重，但又遲遲無法戒掉甜食。

Check 1 必考單字	高低重音	詞性、類義詞與對義詞
0784 □□□ 退職（たいしょく）	たいしょく	[名・自サ] 退職 類 退社（たいしゃ） 退職
0785 □□□ 大体（だいたい）	だいたい	[副] 大部分；大致；大概 類 ほとんど／殆ど（ほとん） 大部分
0786 □□□ 態度（たいど）	たいど	[名] 態度，表現；舉止，神情，作風 關 格好（かっこう） 作風
0787 □□□ タイトル	タイトル	[名]【title】（文章的）題目，（著述的）標題；稱號，職稱 類 題名（だいめい） 題目
0788 □□□ CD1 39 ダイニング	ダイニング	[名]【dining】吃飯，用餐；餐廳（ダイニングルーム之略）；西式餐館 類 食堂（しょくどう） 餐廳
0789 □□□ 代表（だいひょう）	だいひょう	[名・他サ] 代表 關 表す（あらわ） 表現
0790 □□□ タイプ	タイプ	[名・他サ]【type】型，形式，類型；典型，榜樣，樣本，標本；(印)鉛字，活字；打字(機) 關 プリント／print 印刷；部門
0791 □□□ 大分（だいぶ）	だいぶ	[名・形動・副] 很，頗，相當的 類 かなり 相當
0792 □□□ 題名（だいめい）	だいめい	[名]（圖書、詩文、戲劇、電影等的）標題，題名 關 看板（かんばん） 看板

Check 2 必考詞組 / **Check 3 必考例句**

□ 退職してゆっくり生活したい。
退休後想休閒地過生活。
▶ 今月いっぱいで退職させて頂きます。大変お世話になりました。
我到月底就要退休了，感謝您長久以來的關照。

□ この曲はだいたい弾けるようになった。
大致會彈這首曲子了。
▶ 資料は大体できています。あとは間違いをチェックするだけです。
資料大致完成了。接下來只剩檢查錯誤。

□ 態度が悪い。
態度惡劣。
▶ 君は仕事はできるのに、態度が悪いから、損をしてるよ。
你工作能力很好，但是態度不佳，這樣很吃虧哦。

□ タイトルを獲得する。
獲得頭銜。
▶ 気になる曲を歌うと、その曲のタイトルを教えてくれるサービスがある。
我們有一項服務是，只要唱出您想詢問的曲子就能告知曲名。

□ ダイニングルームで食事をする。
在西式餐廳用餐。
▶ ダイニングに置くテーブルセットを買った。
我買了要擺在餐廳的桌椅組。

□ 代表となる。
作為代表。
▶ 先生のお宅へ、クラスを代表してお見舞いに伺った。
我代表全班去老師家探了病。

□ このタイプの服にする。
決定穿這種樣式的服裝。
▶ こちらのジャケットは、ボタンが２つのタイプと３つのタイプがございます。
這裡的夾克有兩顆鈕扣的款式和三顆鈕扣的款式。

□ だいぶ日が長くなった。
白天變得比較長了。
▶ 薬のおかげで熱も37度まで下がって、だいぶ楽になった。
還好吃了退燒藥，體溫已經降到37度，變得舒服多了。

□ 題名をつける。
題名。
▶ 題名を見てコメディーかと思ったら、ホラー映画だった。
單看片名還以為是喜劇，沒想到竟然是恐怖電影。

Check 1 必考單字	高低重音	詞性、類義詞與對義詞
0793 □□□ ダイヤ	ダイヤ	[名]【diagram】之略。列車時刻表；圖表，圖解 類 時刻表（じこくひょう） 時刻表
0794 □□□ ダイヤ（モンド）	ダイヤ／ダイヤモンド	[名]【diamond】鑽石 關 宝石（ほうせき） 寶石
0795 □□□ 太陽（たいよう）	たいよう	[名] 太陽 類 日（ひ） 太陽
0796 □□□ 体力（たいりょく）	たいりょく	[名] 體力 類 力（ちから） 力量；能量
0797 □□□ ダウン	ダウン	[名・自他サ]【down】下，倒下，向下，落下；下降，減退；（棒）出局；（拳擊）擊倒 類 倒れる（たお） 倒下
0798 □□□ 絶えず（た）	たえず	[副] 不斷地，經常地，不停地，連續 類 いつも 經常
0799 □□□ 倒す（たお）	たおす	[他五] 倒，放倒，推倒，翻倒；推翻，打倒；毀壞，拆毀；打敗，擊敗；殺死，擊斃；賴帳，不還債 關 勝つ（か） 打敗
0800 □□□ タオル	タオル	[名]【towel】毛巾；毛巾布 關 おしぼり 擦手巾
0801 □□□ 互い（たが）	たがい	[名・形動] 互相，彼此；雙方；彼此相同 關 代わり（か） 代替

Check 2 必考詞組	Check 3 必考例句
□ 大雪でダイヤが混乱した。 交通因大雪而陷入混亂。	▶ 幸せそうな彼女の指にはダイヤの指輪が輝いていた。 幸福洋溢的她手指上戴著閃閃發亮的鑽石戒指。
□ ダイヤモンドを買う。 買鑽石。	▶ ダイヤモンドには、青や赤など色の付いたものもある。 鑽石之中還包括帶有藍色、紅色等顏色的種類。
□ 太陽の光。 太陽的光	▶ 地球と太陽の間に月が入って、太陽が見えなくなる現象を日食といいます。 當月亮進入地球和太陽之間導致看不見太陽的現象，叫做日食。
□ 体力がない。 沒有體力。	▶ 人間、体が資本だ。勉強もいいが、体力をつけることだよ。 身體就是人類的本錢。專注學習雖好，還是要注意保持體力。
□ 風邪でダウンする。 因感冒而倒下。	▶ 風邪気味でも休まずに頑張っていたが、熱が出て、とうとうダウンした。 即使有點感冒症狀還是沒休息拚命工作，直到發燒之後終於撐不住倒下了。
□ 絶えず水が湧き出す。 水源源不絕湧出。	▶ 向かいのビルの工事の音が絶えず聞こえてきて、仕事にならない。 對面大樓施工的噪音不斷傳來，還我無法好好工作了。
□ 敵を倒す。 打倒敵人。	▶ (飛行機で)「すみません、座席を倒してもいいですか。」「どうぞ。」 （在飛機上）「不好意思，請問我能放低椅背嗎？」「請便。」
□ タオルを洗う。 洗毛巾。	▶ 洗った髪を、乾いたタオルで拭いて乾かします。 用乾毛巾將洗淨的頭髮擦乾。
□ 互いに協力する。 互相協助。	▶ 二時間以上も喧嘩をしている二人は、互いに一歩も譲ろうとしない。 他們已經吵了兩個多小時，雙方一步也不肯退讓。

Check 1 必考單字	高低重音	詞性、類義詞與對義詞
0802 □□□ 高(たか)まる	たかまる	[自五] 高漲，提高，增長；興奮 類 興奮(こうふん)する 興奮
0803 □□□ 高(たか)める	たかめる	[他下一] 提高，抬高，加高 關 高(たか)まる 提高
0804 □□□ CD1 40 炊(た)く	たく	[他五] 點火，燒著；燃燒；煮飯，燒菜 關 煮(に)る 煮
0805 □□□ 抱(だ)く	だく	[他五] 抱；孵卵；心懷，懷抱 關 抱(いだ)く 抱
0806 □□□ タクシー代(だい)	タクシーだい	[名]【taxi だい】計程車費 關 電車代(でんしゃだい) 電車費
0807 □□□ タクシー料金(りょうきん)	タクシーりょうきん	[名]【taxi りょうきん】計程車費 關 乗車賃(じょうしゃちん) 交通費
0808 □□□ 宅配便(たくはいびん)	たくはいびん	[名] 宅急便，送到家中的郵件 關 航空便(こうくうびん) 航空郵件
0809 □□□ 炊(た)ける	たける	[自下一] 燒成飯，做成飯 關 煮(に)える 煮熟
0810 □□□ 確(たし)か	たしか	[副]（過去的事不太記得）大概，也許 類 正確(せいかく) 正確

Check 2 必考詞組	Check 3 必考例句
□ 気分が高まる。 情緒高漲。	デジタル社会となり、情報関連の技術者の需要は高まる一方だ。 如今已是數位化社會，對於資訊相關的科技人員的需求不斷增加。
□ 安全性を高める。 加強安全性。	自分を高めるために、学生時代にどんなことをしましたか。 你在學生時代做了哪些事以助於自我成長呢？
□ ご飯を炊く。 煮飯。	ご飯をたくさん炊いて、おにぎりを作りましょう。 我們煮很多米飯來做飯團吧。
□ 赤ちゃんを抱く。 抱小嬰兒。	赤ちゃんを抱いたお母さんに、席を替わってあげました。 我讓位給抱著嬰兒的媽媽。
□ タクシー代が上がる。 計程車的車資漲價。	タクシー代は会社から出るので、請求してください。 公司會支付計程車費用，可以向公司申請補發代墊款項。
□ タクシー料金が値上げになる。 計程車的費用要漲價。	来月からタクシー料金が上がるそうです。 聽說從下個月起計程車費將會調漲。
□ 宅配便が届く。 收到宅配包裹。	通信販売で買ったかばんが、宅配便で届いた。 網購的包包已經宅配到貨了。
□ ご飯が炊けた。 飯已經煮熟了。	朝７時に炊けるように、炊飯器をセットしました。 我把電鍋設定在早上七點自動煮飯了。
□ 確か言ったことがある。 好像曾經有說過。	君は確か、北海道の出身だと言っていたよね。 我記得你說過故鄉在北海道吧？

Check 1 必考單字	高低重音	詞性、類義詞與對義詞
0811 □□□ 確(たし)かめる	たしかめる	[他下一] 查明，確認，弄清 類 確認(かくにん)する 確認
0812 □□□ 足(た)し算(ざん)	たしざん	[名] 加法 關 プラス 加
0813 □□□ 助(たす)かる	たすかる	[自五] 得救，脫險；有幫助，輕鬆；節省（時間、費用、麻煩等） 關 助(たす)ける 幫助
0814 □□□ 助(たす)ける	たすける	[他下一] 幫助，援助；救，救助；輔佐；救濟，資助 類 応援(おうえん)する 援助
0815 □□□ ただ	ただ	[名・副] 免費，不要錢；普通，平凡；只有，只是（促音化為「たった」） 類 無料(むりょう) 免費；普通
0816 □□□ ただいま	ただいま	[名・副] 現在；馬上；剛才；我回來了 類 今(いま) 現在
0817 □□□ 叩(たた)く	たたく	[他五] 敲，叩；打；詢問，徵求；拍，鼓掌；攻擊，駁斥；花完，用光 類 打(う)つ 打
0818 □□□ 畳(たた)む	たたむ	[他五] 疊，折；關，闔上；關閉，結束；藏在心裡 關 折(お)る 折
0819 □□□ 経(た)つ	たつ	[自五] 經，過；（炭火等）燒盡 類 過(す)ぎる 過

Check 2 必考詞組	Check 3 必考例句
□ 真偽を確かめる。 確認真假。	▶ お互い忙しくて擦れ違いがちな彼女の気持ちを確かめたい。 我們彼此都很忙碌以致於容易產生摩擦，我希望確認她心裡的想法是什麼。
□ 足し算の教材。 加法的教材。	▶ この足し算、間違ってるよ。小学校で習わなかったの？ 這題加法算錯了哦！讀小學時沒學過嗎？
□ 全員助かりました。 全都得救了。	▶ 「課長、お手伝いしましょうか。」「ありがとう、助かるよ。」 「科長，我可以幫忙嗎？」「謝謝，真的幫了大忙。」
□ 命を助ける。 救人一命。	▶ 海に飛び込んで、溺れている子どもを助けました。 我跳進大海，救了一個溺水的孩子。
□ ただで入場できる。 能夠免費入場。	▶ 友だちの家に泊まるから、ホテル代はただで済む。 因為住在朋友家，所以省下了住宿費。
□ ただいま帰りました。 我回來了。	▶ 「会議の資料はできてる？」「はい、ただいまお持ちします。」 「會議的資料完成了嗎？」「完成了，我現在正要拿過去。」
□ 太鼓をたたく。 敲打大鼓。	▶ 何度ドアを叩いても、家の中から返事がないんです。 即使我不斷敲門，家裡還是沒有人回應。
□ 布団を畳む。 折棉被。	▶ 自分の脱いだ服くらい、きちんと畳みなさい。 自己換下來的衣服請自己摺好。
□ 月日が経つ。 歲月流逝。	▶ 何年経っても、助けて頂いたご恩は決して忘れません。 不管過了多少年，我從未忘記您當時鼎力相助的大恩大德。

Check 1 必考單字	高低重音	詞性、類義詞與對義詞
0820 □□□ 建つ（た）	たつ	[自五] 蓋，建 關 建てる（た） 蓋
0821 □□□ CD1 41 発つ（た）	たつ	[自五] 立，站；冒，升；離開；出發；奮起；飛，飛走 類 出発する（しゅっぱつ） 出發
0822 □□□ 縦長（たてなが）	たてなが	[名] 矩形，長形 關 横長（よこなが） 橫寬
0823 □□□ 立てる（た）	たてる	[他下一] 立起；訂立 關 立つ（た） 立起
0824 □□□ 建てる（た）	たてる	[他下一] 建造，蓋
0825 □□□ 棚（たな）	たな	[名]（放置東西的）隔板，架子，棚 關 網棚（あみだな） 網架
0826 □□□ 楽しみ（たの）	たのしみ	[名] 期待，快樂
0827 □□□ 頼み（たの）	たのみ	[名] 懇求，請求，拜託；信賴，依靠 類 願い（ねが） 願望
0828 □□□ 球（たま）	たま	[名] 球 關 野球（やきゅう） 棒球

Check 2 必考詞組	Check 3 必考例句
□ 新居が建つ。 蓋新房。	▶ うちの隣に 15 階建てのマンションが建つそうだ。 據說我們隔壁即將蓋一棟十五層樓的大廈。
□ 9 時の列車で発つ。 坐九點的火車離開。	▶ 朝 9 時にこちらを発てば、昼過ぎには本社に着きます。 如果早上九點從這裡出發，中午後就會到總公司了。
□ 縦長の封筒。 長方形的信封。	▶ 縦長の封筒に合わせて、宛先も縦書きで印刷します。 為配合直式信封，收件人的姓名地址也採用直式寫法印刷。
□ 計画を立てる。 訂定計畫。	▶ 好きな漫画本を集めて、本棚に立てて並べています。 我收集了喜歡的漫畫書，並放在書架上排好。
□ 家を建てる。 蓋房子。	▶ 海の見える丘の上に、小さな家を建てるのが、僕の夢だ。 我的夢想是在能看到大海的山丘上建造一棟小屋。
□ 棚に置く。 放在架子上。	▶ 食器棚の中にお菓子があります。自由に食べてください。 餐具櫃裡有點心，請隨意取用。
□ 楽しみにしている。 很期待。	▶ 田中君は非常に優秀な学生で、将来が実に楽しみだ。 田中同學是非常優秀的學生，我們殷切期盼他光輝的未來。
□ 頼みがある。 有事想拜託你。	▶ 先輩の頼みじゃ仕方ありません。何でもしますよ。 如果是學長拜託的那就沒辦法了，任何事我都願意做。
□ 球を打つ。 打球。	▶ お父さん、もっといい球を投げてくれないと、打てないよ。 爸爸，如果你投不出像樣一點的球，我就不打了。

Check 1 必考單字	高低重音	詞性、類義詞與對義詞
0829 □□□ 騙す（だます）	▸ だます	▸ [他五] 騙，欺騙，誆騙，矇騙；哄 類 欺く（あざむく） 騙
0830 □□□ 溜まる（たまる）	▸ たまる	▸ [他五] 事情積壓；積存，囤積，停滯 類 積もる（つもる） 堆積
0831 □□□ 黙る（だまる）	▸ だまる	▸ [自五] 沉默，不說話；不理，不聞不問 關 閉じる（とじる） 關閉
0832 □□□ 溜める（ためる）	▸ ためる	▸ [他下一] 積，存，蓄；積壓，停滯 關 溜まる（たまる） 積
0833 □□□ 短（たん）	▸ たん	▸ [名・漢造] 短；不足，缺點 對 長（ちょう）
0834 □□□ 団（だん）	▸ だん	▸ [漢造] 團，圓團；團體 關 仲間（なかま） 夥伴、團體
0835 □□□ 弾（だん）	▸ だん	▸ [漢造] 砲彈
0836 □□□ 短期大学（たんきだいがく）	▸ たんきだいがく	▸ [名]（兩年或三年制的）短期大學 關 女子大（じょしだい） 女子大學
0837 □□□ ダンサー	▸ ダンサー	▸ [名]【dancer】舞者；舞女；舞蹈家 關 バレリーナ／（義）ballerina 芭蕾舞女演員

Check 2 必考詞組 | **Check 3** 必考例句

☐ 人を騙す。
騙人。
▶ お年寄りを騙してお金を盗る犯罪は、絶対に許せない。
絶對不容許對老年人詐騙盜領金錢的犯罪行為。

☐ ストレスが溜まっている。
累積了不少壓力。
▶ 労働条件が悪く、社員の間に会社への不満が溜まっている。
工作條件惡劣，員工們對公司越來越不滿。

☐ 黙って命令に従う。
默默地服從命令。
▶ 先生に叱られた少年は、ただ黙って下を向いていた。
老師訓斥的那名少年只默默的低著頭。

☐ 記念切手を溜める。
收集紀念郵票。
▶ 長生きしたければ、ストレスを溜めないことです。
想要長壽，就不要累積壓力。

☐ 飽きっぽいのが短所です。
容易厭倦是短處。
▶ 夏休みだけの、短期間のアルバイトを探しています。
我正在找暑假期間內的短期打工。

☐ 記者団。
記者團
▶ 町内会の人に誘われて、地域の消防団に入ることになった
在社區協會人士的邀請之下，我加入了當地的消防隊。

☐ 弾丸のように速い。
如彈丸一般地快。
▶ 一台のピアノを二人で弾くことを、連弾といいます。
兩人一起彈一架鋼琴，稱作四手聯彈。

☐ 短期大学で勉強する。
在短期大學裡就讀。
▶ この短期大学は、就職率がいいことで有名です。
這所大專院校以高就業率而著名。

☐ ダンサーを目指す。
想要成為一位舞者。
▶ 彼はイギリスのバレエ団で踊っていたダンサーです。
他是在英國芭蕾舞團跳舞的舞者。

Check 1 必考單字	高低重音	詞性、類義詞與對義詞
0838 □□□ CD1 42 たんじょう 誕生	たんじょう	[名・自サ] 誕生，出生；成立，創立，創辦 類 生(う)まれる 出生
0839 □□□ たんす	たんす	[名] 衣櫥，衣櫃，五斗櫃 關 押(お)し入(い)れ 壁櫥
0840 □□□ だんたい 団体	だんたい	[名] 團體，集體 關 クラブ／club 俱樂部
0841 □□□ チーズ	チーズ	[名]【cheese】起司，乳酪 關 納豆(なっとう) 納豆；優格
0842 □□□ チーム	チーム	[名]【team】組，團隊；（體育）隊 關 グループ／group 組
0843 □□□ チェック	チェック	[名・他サ]【check】支票；號碼牌；格子花紋；核對，打勾 關 調査(ちょうさ) 調查
0844 □□□ ち か 地下	ちか	[名] 地下；陰間；（政府或組織）地下，秘密（組織） 對 地上(ちじょう) 地上
0845 □□□ ちが 違い	ちがい	[名] 不同，差別，區別；差錯，錯誤，差異 關 間違(まちが)い 錯誤
0846 □□□ ちか づ 近付く	ちかづく	[自五] 臨近，靠近；接近，交往；幾乎，近似 關 寄(よ)る 靠近

Check 2 必考詞組	Check 3 必考例句
□ 誕生日のお祝いをする。 慶祝生日。	宇宙誕生の謎については、たくさんの説がある。 關於宇宙誕生的奧祕，有很多派不同的學說。
□ たんすにしまった。 收入衣櫃裡。	パスポートやカードなど、大切なものは箪笥の引き出しにしまっている。 護照、信用卡等重要物品都放在衣櫃的抽屜裡。
□ 団体を解散する。 解散團體。	卓球には、個人戦の他に、チームで5試合を戦う団体戦がある。 在桌球中，除了個人賽，還有以隊伍為單位進行五場比賽的團體戰。
□ チーズを買う。 買起司。	ハンバーグにチーズをたっぷり乗せて焼きます。 在漢堡肉餅上鋪滿大量起司之後烘烤。
□ チームを作る。 組織團隊。	当社の研究チームが新薬の開発に成功した。 本公司的研究小組成功開發了新藥品。
□ メールをチェックする。 檢查郵件。	出席者の名簿に間違いがないか、もう一度チェックしてください。 請再檢查一次出席者名單有無錯誤。
□ 地下に潜る。 進入地底。	歓迎会の会場は、Aホテルの地下1階にある日本料理店です。 迎新會設宴於A飯店地下一樓的日本料理店。
□ 違いが出る。 出現差異。	A案とB案の違いを、分かり易く説明してください。 請以簡單易懂的方式說明A方案和B方案的差別。
□ 目的地に近付く。 接近目的地。	舞台本番の日が近づいて、練習にますます熱が入っている。 隨著正式登台演出的日子越來越近，練習也越來越密集了。

Check 1 必考單字	高低重音	詞性、類義詞與對義詞
0847 □□□ 近付ける（ちかづける）	ちかづける	[他五] 使…接近，使…靠近 關 近付く（ちかづく） 接近
0848 □□□ 近道（ちかみち）	ちかみち	[名] 近路，捷徑
0849 □□□ 地球（ちきゅう）	ちきゅう	[名] 地球 關 世界（せかい） 世界
0850 □□□ 地区（ちく）	ちく	[名] 地區 類 区域（くいき） 區域
0851 □□□ チケット	チケット	[名]【ticket】票，券；車票；入場券；機票 關 入場券（にゅうじょうけん） 入場票
0852 □□□ チケット代（だい）	チケットだい	[名]【ticket だい】票錢
0853 □□□ 遅刻（ちこく）	ちこく	[名・自サ] 遲到，晚到 類 遅れる（おくれる） 遲到
0854 □□□ 知識（ちしき）	ちしき	[名] 知識 關 常識（じょうしき） 常識
0855 □□□ CD2/01 縮める（ちぢめる）	ちぢめる	[他下一] 縮小，縮短，縮減；縮回，捲縮，起皺紋 關 縮まる（ちぢまる） 縮小

Check 2 必考詞組	Check 3 必考例句
□ 人との関係を近づける。 與人的關係更緊密。	▶ 彼女は鏡に顔を近づけると、鏡の中の自分に向かって笑った。 她把臉湊向鏡子，對著鏡中的自己笑了。
□ 学問に近道はない。 學問沒有捷徑。	▶ 大通りから行くより、こっちのほうが近道ですよ。 與其從大街走過去，不如抄這條近路哦。
□ 地球上のあらゆる生物。 地球上的所有生物	▶ 宇宙から見ると、地球は青く輝いているそうだ。 據說從宇宙看到的地球閃耀著藍色的光芒。
□ 東北地区で生産された。 產自東北地區。	▶ この地区は、動物や植物を守るために保護されている。 這個地區為了保育動植物而被劃為保護區。
□ チケットを買う。 買票。	▶ 人気グループのコンサートのチケットが手に入った。 我拿到了當紅團體的演唱會門票！
□ チケット代を払う。 付買票的費用。	▶ 飛行機のチケット代はカードで支払います。 機票錢是用信用卡支付的。
□ 待ち合わせに遅刻する。 約會遲到。	▶ 駅から全力で走ったが、結局遅刻して試験を受けられなかった。 雖然一出車站就全力狂奔，結果還是遲到了，沒能趕上考試。
□ 知識を得る。 獲得知識。	▶ 君には大学で勉強した知識があるが、私には30年の経験があるよ。 雖然你具有在大學學到的知識，但我擁有三十年的經驗哦。
□ 首を縮める。 縮回脖子。	▶ 3年間留学するつもりだったが、予定を縮めて2年で帰って来た。 原本預計留學三年，後來提早完成學業，兩年就回來了。

Check 1 必考單字	高低重音	詞性、類義詞與對義詞
0856 □□□ チップ	チップ	[名]【chip】（削木所留下的）片削；洋芋片 關 クッキー／cookie 餅乾
0857 □□□ 地方（ちほう）	ちほう	[名] 地方，地區；（相對首都與大城市而言的）地方，外地 關 地区（ちく） 地區
0858 □□□ 茶（ちゃ）	ちゃ	[名・漢造] 茶；茶樹；茶葉；茶水 關 湯（ゆ） 熱水
0859 □□□ チャイム	チャイム	[名]【chime】組鐘；門鈴 類 ベル／bell 鈴
0860 □□□ 茶色い（ちゃいろ）	ちゃいろい	[形] 茶色 關 黄色い（きいろ） 黄色
0861 □□□ 着（ちゃく）	ちゃく	[名・接尾・漢造] 到達，抵達；（計算衣服的單位）套；（記數順序或到達順序）著，名；穿衣；黏貼；沉著；著手 類 番（ばん），位（い） 第～，名
0862 □□□ 中学（ちゅうがく）	ちゅうがく	[名] 中學，初中 關 高校（こうこう） 高中
0863 □□□ 中華鍋（ちゅうかなべ）	ちゅうかなべ	[名] 炒菜鍋（炒菜用的中式淺底鍋） 類 炊飯器（すいはんき） 電鍋
0864 □□□ 中高年（ちゅうこうねん）	ちゅうこうねん	[名] 中年和老年，中老年 關 年寄り（としよ） 老人

Check 2 必考詞組	Check 3 必考例句
□ ポテトチップを食べる。 吃洋芋片。	兄はポテトチップを食べながらテレビを見ています。 哥哥一邊吃薯片一邊看電視。
□ 地方へ転勤する。 調派到外地上班。	九州地方に大型の台風が近づいているそうだ。 據說有大型颱風正在接近九州地區。
□ 茶を入れる。 泡茶。	ウーロン茶は茶色ですが、日本茶は緑色です。 烏龍茶是褐色的，而日本茶是綠色的。
□ チャイムが鳴った。 門鈴響了。	授業終了のチャイムが鳴ったとたん、彼は教室を飛び出した。 下課鐘聲才剛響起，他就飛奔出教室了。
□ 茶色い紙。 茶色紙張	私は日本人ですが、生まれたときから髪も目も茶色いんです。 我雖是日本人，但一生下來頭髮和眼睛就都是褐色的了。
□ 東京着３時。 三點抵達東京。	決勝に残るためには、３着以内に入らなければならない。 為了進入決賽，非得打進前三名不可。
□ 中学生になった。 上了國中。	中学の卒業アルバムが出てきた。懐かしいなあ。 偶然翻出了中學畢業紀念冊，好懷念啊。
□ 中華鍋野菜を炒める。 用中式淺底鍋炒菜。	中華鍋を見ると、母の作ったおいしい麻婆豆腐を思い出す。 看見中式火鍋，就想起了媽媽做的美味的麻婆豆腐。
□ 中高年に人気だ。 受到中高年齡層觀眾的喜愛。	キャンプや登山などの趣味を楽しむ中高年が増えている。 對野營和登山等興趣樂在其中的中老年人正在逐年增加。

Check 1 必考單字	高低重音	詞性、類義詞與對義詞
0865 □□□ 中旬（ちゅうじゅん）	ちゅうじゅん	[名]（一個月中的）中旬 關 途中（とちゅう） 途中
0866 □□□ 中心（ちゅうしん）	ちゅうしん	[名] 中心，當中；中心，重點，焦點；中心地，中心人物
0867 □□□ 中年（ちゅうねん）	ちゅうねん	[名] 中年 類 中高年（ちゅうこうねん） 中老年
0868 □□□ 注目（ちゅうもく）	ちゅうもく	[名・他サ・自サ] 注目，注視
0869 □□□ 注文（ちゅうもん）	ちゅうもん	[名・他サ] 點餐，訂貨，訂購；希望，要求，願望
0870 □□□ 庁（ちょう）	ちょう	[漢造] 官署；行政機關的外局
0871 □□□ 兆（ちょう）	ちょう	[名・漢造] 徵兆；（數）兆
0872 □□□ CD2/02 町（ちょう）	ちょう	[名・漢造]（市街區劃單位）街，巷；鎮，街
0873 □□□ 長（ちょう）	ちょう	[名・漢造] 長，首領；長輩；長處

Check 2 必考詞組 / **Check 3** 必考例句

□ 6月の中旬に戻る。
在6月中旬回來。

▶ 医者からは、来月の中旬には退院できると言われています。
醫生告訴我，下個月中旬就能出院了。

□ Aを中心とする。
以A為中心。

▶ 坂本さんはいつもクラスの中心にいる人気者です。
坂本同學一直是班上的風雲人物，很受大家歡迎。

□ 中年になった。
已經是中年人了。

▶ 君もそろそろ中年なんだから、お酒は飲み過ぎないようにね。
你也差不多要步入中年了，不要喝太多酒哦！

□ 人に注目される。
引人注目。

▶ 前回の大会で優勝した山下選手には全世界が注目している。
在上次大賽中奪得優勝的山下選手受到全世界的注目。

□ パスタを注文した。
點了義大利麵。

▶ この店は、注文してから料理が出てくるまで、20分もかかる。
這家店從點餐到出餐足足需要二十分鐘。

□ 官庁に勤める。
在政府機關工作。

▶ 東京消防庁で働いているお父さんが、僕の自慢です。
擁有在東京消防署工作的父親是我的驕傲。

□ 日本の国家予算は80兆円だ。
日本的國家預算有80兆日圓。

▶ 毎年3兆匹の虫が、空を飛んで大陸間を季節移動しているそうだ。
據說，每年有三兆隻蟲子藉由空中飛行於五大洲之間進行季節性遷徙。

□ 町長に選出された。
當上了鎮長。

▶ 住所は、東京都中野区中野町2丁目4番12号です。
我的地址是東京都中野區中野町2丁目4號12號。

□ 一家の長。
一家之主

▶ 出席者は、社長、営業部長、支社長、工場長、研究所長の5名です。
出席者包括總經理、業務經理、分公司負責人、廠長和研究所長等5人。

Check 1 必考單字	高低重音	詞性、類義詞與對義詞
0874 □□□ 帳（ちょう）	ちょう	[漢造] 帳幕；帳本
0875 □□□ 朝刊（ちょうかん）	ちょうかん	[名] 早報
0876 □□□ 調査（ちょうさ）	ちょうさ	[名・他サ] 調査 類 アンケート／（法）enquête 問卷
0877 □□□ 調子（ちょうし）	ちょうし	[名]（音樂）調子，音調；語調，聲調，口氣；格調，風格；情況，狀況
0878 □□□ 長女（ちょうじょ）	ちょうじょ	[名] 長女，大女兒
0879 □□□ 挑戦（ちょうせん）	ちょうせん	[名・自サ] 挑戰
0880 □□□ 長男（ちょうなん）	ちょうなん	[名] 長子，大兒子
0881 □□□ 調理師（ちょうりし）	ちょうりし	[名] 烹調師，廚師
0882 □□□ チョーク	チョーク	[名]【chalk】粉筆

Check 2 必考詞組	Check 3 必考例句
□ 銀行の預金通帳。 銀行存款簿。	▶ 銀行に行って、通帳記入をして来てください。 請先去銀行補登存褶之後再過來。
□ 朝刊を読む。 讀早報。	▶ 飛行機事故のニュースは各紙の朝刊の一面に大きく載った。 空難新聞在各家報社的早報都佔據了相當大的版面
□ 調査が行われる。 展開調查。	▶ 消費税に関する国民の意識調査をしています。 針對國民對消費稅的認知程度展開了調查。
□ 調子が悪い。 情況不好。	▶ このお茶を飲み始めてから、体の調子がいいんです。 自從開始喝這種茶之後，身體狀況就一直很好。
□ 長女が生まれる。 長女出生。	▶ 私は３人姉妹の長女ですので、母を手伝って、妹たちの面倒をみて来ました。 因為我是三姐妹中的長女，所以從小要幫忙媽媽照顧妹妹們。
□ 世界記録に挑戦する。 挑戰世界紀錄。	▶ 試合には負けたが、世界王者に挑戦した勇気は素晴らしい。 雖然你輸了比賽，但能有勇氣挑戰世界冠軍，真是太令人佩服了。
□ 長男が生まれる。 長男出生。	▶ お陰様で、長男が大学生、次男が高校生になりました。 托您的福，我家大兒子已經上大學，二兒子也上高中了。
□ 調理師の免許を持つ。 具有廚師執照。	▶ 調理師の免許を取るため、専門学校で勉強しています。 為了取得廚師執照而正在專業學校學習。
□ チョークで黒板に書く。 用粉筆在黑板上寫字。	▶ 黒板に白いチョークと赤いチョークで絵を描いた。 白粉筆和紅粉筆在黑板上作了畫。

Check 1 必考單字	高低重音	詞性、類義詞與對義詞
0883 □□□ 貯金（ちょきん）	ちょきん	[名・自他サ] 存款，儲蓄
0884 □□□ 直後（ちょくご）	ちょくご	[名・副]（時間，距離）緊接著，剛…之後，…之後不久
0885 □□□ 直接（ちょくせつ）	ちょくせつ	[名・副・自サ] 直接 類 直に（じか） 直接
0886 □□□ 直前（ちょくぜん）	ちょくぜん	[名] 即將…之前，眼看就要…的時候；（時間，距離）之前，跟前，眼前
0887 □□□ 散らす（ち）	ちらす	[他五・接尾] 把…分散開，驅散；吹散，灑散；散佈，傳播；消腫
0888 □□□ 治療（ちりょう）	ちりょう	[名・他サ] 治療，醫療，醫治
0889 □□□ CD2/03 治療代（ちりょうだい）	ちりょうだい	[名] 治療費，診察費
0890 □□□ 散る（ち）	ちる	[自五] 凋謝，散漫，落；離散，分散；遍佈；消腫；渙散
0891 □□□ つい	つい	[副]（表時間與距離）相隔不遠，就在眼前；不知不覺，無意中；不由得，不禁

Check 2 必考詞組	Check 3 必考例句
□ 毎月(まいつき)決(き)まった額(がく)を貯金(ちょきん)する。 每個月定額存錢。	「ボーナスが出(で)たら、何(なに)に使(つか)いますか。」「貯金(ちょきん)します。」 「領到獎金以後，你要怎麼花？」「我會存起來。」
□ 退院(たいいん)した直後(ちょくご)だ。 才剛出院。	番組(ばんぐみ)が放送(ほうそう)された直後(ちょくご)から、テレビ局(きょく)の電話(でんわ)が鳴(な)り止(や)まない。 節目一播出，電視臺的電話就響個不停。
□ 会(あ)って直接話(ちょくせつはな)す。 見面直接談。	メールや電話(でんわ)ではなく、直接会(ちょくせつあ)って話(はな)したいな。 我真希望不要透過郵件或電話，而是直接面談。
□ テストの直前(ちょくぜん)に頑張(がんば)って勉強(べんきょう)する。 在考前用功讀書。	開始直前(かいしちょくぜん)にコンサートの中止(ちゅうし)が発表(はっぴょう)され、会場(かいじょう)は混乱(こんらん)した。 在演唱會開始的前一刻宣布取消，造成了會場一片混亂。
□ 火花(ひばな)を散(ち)らす。 吹散煙火。	秋(あき)になると、山(やま)からの風(かぜ)が、赤(あか)や黄色(きいろ)の木(こ)の葉(は)を散(ち)らす。 每逢秋天，紅黃相間的樹葉總被從山裡來的風吹落。
□ 治療方針(ちりょうほうしん)が決(き)まった。 決定治療的方式。	病気(びょうき)の治療(ちりょう)のために、1年間会社(ねんかんかいしゃ)を休職(きゅうしょく)しています。 為了治療疾病，我向公司請了一年的假。
□ 歯(は)の治療代(ちりょうだい)が高(たか)い。 治療牙齒的費用很昂貴。	息子(むすこ)の病気(びょうき)の治療代(ちりょうだい)がかかるので、パートを増(ふ)やすことにした。 因為要付兒子的治療費，所以我只好多兼了幾個差。
□ 桜(さくら)が散(ち)った。 櫻花飄落了。	昨日(きのう)まで美(うつく)しく咲(さ)いていた桜(さくら)が、一夜(いちや)のうちに散(ち)ってしまった。 直到昨天還絢爛地綻放的櫻花，一夕之間就落英遍地了。
□ つい傘(かさ)を間違(まちが)えた。 不小心拿錯了傘。	今朝(けさ)からケンカしてたのに、顔(かお)を見(み)たら、つい笑(わら)っちゃった。 我們明明今天早上就開始吵架，結果一看到對方的臉，就忍不住笑了出來。

Check 1 必考單字	高低重音	詞性、類義詞與對義詞
0892 □□□ 遂に（つい）	ついに	[副] 終於；竟然；直到最後 類 とうとう 終於
0893 □□□ 通（つう）	つう	[名・形動・接尾・漢造] 精通，內行，專家；通曉人情世故，通情達理；暢通；（助數詞）封，件，紙；穿過；往返；告知；貫徹始終
0894 □□□ 通勤（つうきん）	つうきん	[名・自サ] 通勤，上下班 類 通う（かよう） 通勤
0895 □□□ 通じる（つうじる）	つうじる	[自上一・他上一] 通；相通，通到，通往；通曉，精通；明白，理解；使…通；在整個期間內 類 通う（かよう） 通
0896 □□□ 通訳（つうやく）	つうやく	[名・他サ] 口頭翻譯，口譯；翻譯者，譯員
0897 □□□ 捕まる（つかまる）	つかまる	[自五] 抓住，被捉住，逮捕；抓緊，揪住 類 捕（と）（ら）えられる 被抓住
0898 □□□ 掴む（つかむ）	つかむ	[他五] 抓，抓住，揪住，握住；掌握到，瞭解到
0899 □□□ 疲れ（つかれ）	つかれ	[名] 疲勞，疲乏，疲倦 類 疲労（ひろう） 疲勞
0900 □□□ 付き（つき）	つき	[接尾]（前接某些名詞）樣子；附屬

Check 2 必考詞組	Check 3 必考例句
□ 遂(つい)に現(あらわ)れた。 終於出現了。	100巻(かん)まで続(つづ)いた人気漫画(にんきまんが)が、遂(つい)に最終回(さいしゅうかい)を迎(むか)えた。 連載一百期的高人氣漫畫，終究迎來了最後一回。
□ 彼(かれ)は日本通(にほんつう)だ。 他是個日本通。	彼(かれ)はなかなかのワイン通(つう)で、味(あじ)ばかりでなくワインの歴史(れきし)にも詳(くわ)しい。 他是一名紅酒專家，不僅精通品酒，對紅酒的歷史也非常瞭解。
□ マイカーで通勤(つうきん)する。 開自己的車上班。	通勤(つうきん)ラッシュがひどいので、一時間早(いちじかんはや)く出勤(しゅっきん)している。 因為通勤的尖峰時段交通十分壅塞，所以總是提早一個小時去上班。
□ 電話(でんわ)が通(つう)じる。 通電話。	中国語(ちゅうごくご)はCDで勉強(べんきょう)しただけですが、けっこう通(つう)じますよ。 雖然我只透過CD學習中文，但是程度很不錯哦！
□ 彼(かれ)は通訳(つうやく)をしている。 他在擔任口譯。	政治家(せいじか)の通訳(つうやく)として、これまで様々(さまざま)な国際会議(こくさいかいぎ)に出席(しゅっせき)しました。 身為政治家的口譯員，到目前為止已經參加過大大小小的國際會議。
□ 警察(けいさつ)に捕(つか)まった。 被警察抓到了。	車(くるま)で人(ひと)を轢(ひ)いて逃(に)げていた犯人(はんにん)が、ようやく捕(つか)まった。 開車輾人後逃逸的犯人，終於被逮捕歸案了。
□ 手首(てくび)を掴(つか)んだ。 抓住了手腕。	チャンスを掴(つか)む人(ひと)は、常(つね)にそのための準備(じゅんび)をしている人(ひと)です。 能夠抓住機會的人，亦即總是預先妥善準備的人。
□ 疲(つか)れが出(で)る。 感到疲勞。	残業続(ざんぎょうつづ)きで疲(つか)れが溜(た)まったときは、これを1本(ぽん)飲(の)んでください。 當連續加班而疲勞不堪的時候，請服用這一瓶。
□ デザート付(つ)きの定食(ていしょく)。 附甜點的套餐	船上(せんじょう)パーティーは豪華(ごうか)な食事(しょくじ)に、お土産付(みやげつ)きだった。 遊艇派對不僅有豪華的餐飲，還附贈了禮物。

Check 1 必考單字	高低重音	詞性、類義詞與對義詞
0901 □□□ 付き合う（つきあう）	つきあう	[自五] 交際，往來；陪伴，奉陪，應酬 類 交際（こうさい）する 交際
0902 □□□ 突き当たり（つきあたり）	つきあたり	[名] 衝突，撞上；（道路的）盡頭
0903 □□□ 次々（つぎつぎ）	つぎつぎ	[副] 一個接一個，接二連三地，絡繹不絕的，紛紛；按著順序，依次 類 続（つづ）いて 連續
0904 □□□ 付く（つく）	つく	[自五] 附著，沾上；長，添增；跟隨；隨從，聽隨；偏坦；設有；連接著
0905 □□□ 点ける（つける）	つける	[他下一] 打開（家電類）；點燃
0906 □□□ CD2/04 付ける（つける）／附ける（つける）／着ける（つける）	つける	[他下一・接尾] 掛上，裝上；穿上，配戴；寫上，記上；定（價），出（價）；抹上，塗上
0907 □□□ 伝える（つたえる）	つたえる	[他下一] 傳達，轉告；傳導
0908 □□□ 続き（つづき）	つづき	[名] 接續，繼續；接續部分，下文；接連不斷
0909 □□□ 続く（つづく）	つづく	[自五] 續續，延續，連續；接連發生，接連不斷；隨後發生，接著；連著，通到，與…接連；接得上，夠用；後繼，跟上；次於，居次位

Check 2 必考詞組	Check 3 必考例句
□ 彼女と付き合う。 與她交往。	▶ この人は私が以前付き合っていた人、つまり元カレです。 這個人就是我以前交往的對象，也就是前男友。
□ 廊下の突き当たり。 走廊的盡頭	▶ 公園は、この道をまっすぐ行った突き当たりです。 沿著這條路一直走，走到盡頭就是公園了。
□ 次々と事件が起こる。 案件接二連三發生。	▶ 池の鳥が、近づくボートに驚いて次々と飛び立った。 池塘裏的鳥被逐漸靠近的小船嚇得一隻接一隻地飛了起來。
□ ご飯粒が付く。 沾到飯粒。	▶ 男性は襟の付いたシャツを着るようにしてください。 男性請穿著有領子的襯衫。
□ クーラーをつける。 開冷氣。	▶ まず、オフィスの電気とエアコンを点けてください。 首先，請打開辦公室的電燈和空調。
□ 値段をつける。 定價。	▶ 正しいものに○を、間違っているものに×を付けなさい。 請在正確的選項上打○、錯的選項上打×。
□ 彼に伝える。 轉告他。	▶ 田中課長に、またお電話しますとお伝えください。 請轉達田中科長，我稍後將再致電。
□ 続きがある。 有後續。	▶ ドラマの続きが気になって、来週まで待てないよ。 實在太好奇劇情接下來的發展，等不到下週了啦！
□ 晴天が続く。 持續著幾天的晴天。	▶ 目の前には、どこまでも続く一本道があった。 當時，眼前有一條能夠通往所有地方的道路。

Check 1 必考單字	高低重音	詞性、類義詞與對義詞
0910 □□□ ～続ける（つづ）	つづける	[接尾]（接在動詞連用形後，複合語用法）繼續…，不斷地…
0911 □□□ 包む（つつ）	つつむ	[他五] 包裹，打包，包上；蒙蔽，遮蔽，籠罩；藏在心中，隱瞞；包圍
0912 □□□ 繋がる（つな）	つながる	[自五] 相連，連接，聯繫；（人）排隊，排列；有（血緣、親屬）關係，牽連
0913 □□□ 繋ぐ（つな）	つなぐ	[他五] 拴結，繫；連起，接上；延續，維繫（生命等），連接 類 接続する　連接
0914 □□□ 繋げる（つな）	つなげる	[他五] 連接，維繫
0915 □□□ 潰す（つぶ）	つぶす	[他五] 毀壞，弄碎；熔毀，熔化；消磨，消耗；宰殺；堵死，填滿
0916 □□□ 爪先（つまさき）	つまさき	[名] 腳指甲尖端
0917 □□□ つまり	つまり	[名・副] 阻塞，困窘；到頭，盡頭；總之，說到底；也就是說，即… 類 即ち（すなわ）　也就是說
0918 □□□ 詰まる（つ）	つまる	[自五] 擠滿，塞滿；堵塞，不通；窘困，窘迫；縮短，緊小；停頓，擱淺

Check 2 必考詞組	Check 3 必考例句
□ テニスを練習し続ける。 不斷地練習打網球。	母親は、子どもが手術を受けている間、神に祈り続けた。 當孩子動手術的那段時間，媽媽不斷向神明祈求。
□ プレゼントを包む。 包裝禮物。	餃子の皮でチーズを包んで、おつまみを作りました。 做了用餃子皮包入起司的下酒菜。
□ 電話が繋がった。 電話接通了。	この会場は、電話が繋がりにくいですね。 這個會場的電話收訊很差耶。
□ 犬を繋ぐ。 拴上狗。	小さな男の子がお母さんと手を繋いで歩いています。 小男孩牽著媽媽的手走在路上。
□ 船を岸に繋げる。 把船綁在岸邊。	録画したものを切ったり繋げたりして、短い映画を作った。 用錄好的影片剪接，完成了一部微電影。
□ 会社を潰す。 讓公司倒閉。	昨日カラオケで歌い過ぎて、声を潰してしまった。 昨天在卡拉OK唱過頭，聲音都啞了。
□ 爪先で立つ。 用腳尖站立。	女の子はつま先で立つと、クルクルと回って見せた。 女孩踮起　尖後就開始不停轉圈，展現了曼妙的舞姿。
□ つまり、こういうことです。 也就是說，是這個意思。	彼女とはひと月会ってない。つまり、もう別れたんだ。 我一個月沒有見到她了。也就是說，我們已經分手了。
□ 排水パイプが詰まった。 排水管塞住了。	風邪を引いたのか、鼻が詰まって息が苦しいです。 不知道是不是感冒了，鼻塞得喘不過氣來。

Check 1 必考單字	高低重音	詞性、類義詞與對義詞
0919□□□ 積(つ)む	つむ	[自五・他五] 累積，堆積；裝載；積蓄，積累 類 重(かさ)ねる 累積
0920□□□ 爪(つめ)	つめ	[名]（人的）指甲，腳指甲；（動物的）爪；指尖；（用具的）鉤子
0921□□□ 詰(つ)める	つめる	[自下一] 裝入；填塞 類 詰(つ)め込(こ)む 裝入
0922□□□ 積(つ)もる	つもる	[自五・他五] 積，堆積；累積；估計；計算；推測
0923□□□ 梅雨(つゆ)	つゆ	[名] 梅雨；梅雨季 類 梅雨(ばいう) 梅雨
0924□□□ CD2/05 強(つよ)まる	つよまる	[自五] 強起來，加強，增強
0925□□□ で	で	[接續] 那麼；（表示原因）所以
0926□□□ 出会(であ)う	であう	[自五] 遇見，碰見，偶遇；約會，幽會；（顏色等）協調，相稱 關 出会(でくわ)す 碰見
0927□□□ 低(てい)	てい	[名・漢造]（位置）低；（價格等）低；變低

Check 2 必考詞組	Check 3 必考例句
□ トラックに積んだ。 裝到卡車上。	このお寺は、四角く切った石を積んで造られています。 這座寺廟是以方形切割的石塊堆砌建造而成的。
□ 爪を伸ばす。 指甲長長。	うちの猫が爪を出したら、気をつけてくださいね。 如果看到我家的貓露出爪子來，請小心不要被抓到喔。
□ ごみを袋に詰める。 將垃圾裝進袋中。	ジャムをたくさん作ったので、瓶に詰めて友人にあげた。 因為我做了很多果醬，所以裝在瓶子裡分送了朋友。
□ 雪が積もる。 積雪。	今年は雪が多く、都会でも積もった雪がなかなか溶けない。 今年降雪量大，連都市裡的積雪也遲遲無法融化。
□ 梅雨が明ける。 梅雨期結束。	6月下旬に梅雨入りしてから、毎日雨で嫌になる。 自從六月下旬進入梅雨季之後天天都下雨，讓人覺得很煩躁。
□ 嵐が強まった。 暴風雨逐漸增強。	不良品を販売していた会社に対して、世間の批判は強まる一方だ。 對於銷售瑕疵品的公司，社會上的抨擊越來越強烈。
□ 台風で学校が休みだ。 因為颱風所以學校放假。	「私、会社辞めたんだ。」「へえ、そうなんだ。で？これからどうするの？」 「我已經向公司辭職了。」「喔，這樣哦。那麼，你接下來打算做什麼？」
□ 彼女に出会った。 與她相遇了。	「二人はどこで出会ったの？」「海で。」「いいな、羨ましい。」 「你們兩人是在哪裡相識的？」「在海邊。」「真好啊，好羨慕。」
□ 低温で殺菌する。 低溫殺菌。	この国の経済は低成長期に入り、競争力の低下が問題となっている。 這個國家已進入經濟成長緩慢階段，競爭力的下滑成為一大問題。

Check 1 必考單字	高低重音	詞性、類義詞與對義詞
0928 □□□ 提案（ていあん）	ていあん	[名・他サ] 提案，建議 類 発案（はつあん） 提案
0929 □□□ ティーシャツ	ティーシャツ	[名]【T-shirt】圓領衫，T恤
0930 □□□ DVDデッキ	DVDデッキ	[名]【DVD deck】DVD播放機
0931 □□□ DVDドライブ	DVDドライブ	[名]【DVD drive】（電腦用的）DVD機
0932 □□□ 定期（ていき）	ていき	[名] 定期，一定的期限
0933 □□□ 定期券（ていきけん）	ていきけん	[名] 定期車票，月票
0934 □□□ ディスプレイ	ディスプレイ	[名]【display】陳列，展覽，顯示；（電腦的）顯示器
0935 □□□ 停電（ていでん）	ていでん	[名・自サ] 停電，停止供電
0936 □□□ 停留所（ていりゅうじょ）	ていりゅうじょ	[名] 公車站；電車站

Check 2 必考詞組	Check 3 必考例句
□ 提案(ていあん)を受(う)け入(い)れる。 接受建議。	仕事(しごと)のやり方(かた)について改善(かいぜん)できることを提案(ていあん)します。 我想針對工作方式提出可供改善的方案。
□ ティーシャツを着(き)る。 穿T恤。	うちは堅(かた)い会社(かいしゃ)じゃないから、夏(なつ)はティーシャツでOKだよ。 我們不是規定死板的公司，夏天穿T恤上班就可以囉。
□ DVDデッキが壊(こわ)れた。 DVD播映機壞了。	DVDデッキが古(ふる)いせいか、映画(えいが)の途中(とちゅう)で時々変(ときどきへん)な音(おと)がする。 因為DVD播放器很舊了，電影播到一半時經常會出現雜音。
□ DVDドライブを取(と)り外(はず)す。 把DVD磁碟機拆下來。	薄型(うすがた)のパソコンで、DVDドライブの付(つ)いたものを探(さが)しています。 我在找附有DVD播放器的輕薄型電腦。
□ 定期点検(ていきてんけん)を行(おこな)う。 舉行定期檢查。	一人暮(ひとりぐ)らしのお年寄(としより)のお宅(たく)を定期的(ていきてき)に訪問(ほうもん)するサービスです。 這是定期到住家探訪獨居老人的服務。
□ 定期券(ていきけん)を申(もう)し込(こ)む。 申請定期車票。	大学(だいがく)へは週(しゅう)に３日(か)しか行(い)かないので、定期券(ていきけん)は買(か)っていません。 我每個星期只有三天要去大學，所以沒有購買月票。
□ ディスプレイをリサイクルに出(だ)す。 把顯示器送去回收。	デパートで、服(ふく)や靴(くつ)のディスプレイの仕事(しごと)をしています。 在百貨商店從事陳列服飾和鞋子的工作。
□ 台風(たいふう)で停電(ていでん)した。 因為颱風所以停電了。	台風(たいふう)の夜(よる)、停電(ていでん)して真(ま)っ暗(くら)になった時(とき)は、怖(こわ)くて泣(な)きそうだった。 颱風天的夜晚，停電之後四周一片漆黑，我害怕得差點哭了出來。
□ バスの停留所(ていりゅうじょ)で待(ま)つ。 在公車站等車。	中村橋(なかむらばし)行(ゆ)きのバスに乗(の)って、北(きた)６丁目(ちょうめ)という停留所(ていりゅうじょ)で降(お)りてください。 請搭乘開往中村橋的巴士，並在北六丁目這一站下車。

Check 1 必考單字	高低重音	詞性、類義詞與對義詞
0937 □□□ データ	データ	[名]【data】論據，論證的事實；材料，資料；數據 類 情報（じょうほう） 資料
0938 □□□ デート	デート	[名・自サ]【date】日期，年月日；約會，幽會
0939 □□□ テープ	テープ	[名]【tape】窄帶，線帶，布帶；卷尺；錄音帶
0940 □□□ テーマ	テーマ	[名]【theme】（作品的）中心思想，主題；（論文、演說的）題目，課題
0941 □□□ CD2 06 的（てき）	てき	[接尾・形動型]（前接名詞）關於，對於；表示狀態或性質
0942 □□□ 出来事（できごと）	できごと	[名]（偶發的）事件，變故 關 事故（じこ） 事件
0943 □□□ 適当（てきとう）	てきとう	[名・形動・自サ] 適當；適度；隨便
0944 □□□ できる	できる	[自上一] 完成；能夠
0945 □□□ 手首（てくび）	てくび	[名] 手腕

Check 2 必考詞組	Check 3 必考例句
□ データを集める。 收集情報。	▶ 君の予想はどうでもいいから、事実に基づいたデータを出しなさい。 你的預測完全不重要，請提出以事實為根據的資料。
□ 私とデートする。 跟我約會。	▶ 今日は彼女とデートなので、お先に失礼します。 我今天要和女朋友約會，所以先告辭了。
□ テープに録音する。 在錄音帶上錄音。	▶ 講演会の様子は全てビデオテープに録画されています。 演講會全程都已錄製在錄影帶上。
□ 論文のテーマを考える。 思考論文的標題。	▶ 今年の展覧会のテーマは「自然と共に生きる」です。 今年展覽會的主題是「與自然共存」。
□ 悲劇的な生涯。 悲劇的一生	▶ 長年に渡って、私を精神的に支えてくれた妻に感謝します。 我要感謝妻子多年來始終是我的精神支柱。
□ 悲惨な出来事に遭う。 遇到悲慘的事件。	▶ 私の身に起こった不思議な出来事を、皆さん、聞いてください。 請大家聽一聽發生在我身上的奇異事件。
□ 適当な例を挙げる。 舉出適當了例子。	▶ 席は決まっていません。どうぞ適当なところに座ってください。 座位沒有排定，請大家坐在自己想坐的位子。
□ 1週間でできる。 一星期內完成。	▶ 先生が、君ならできると言ってくださったおかげで今日まで頑張れました。 感謝老師曾告訴我「你一定做得到」，我才能堅持努力到了今天。
□ 手首を怪我した。 手腕受傷了。	▶ 転んで手を着いた際に、手首を怪我したようだ。 摔倒的時候用手撐住，手腕好像受傷了。

Check 1 必考單字	高低重音	詞性、類義詞與對義詞
0946 □□□ デザート	デザート	[名]【dessert】（西餐正餐後的）甜食點心，水果，冰淇淋
0947 □□□ デザイナー	デザイナー	[名]【designer】（服裝、建築等）設計師，圖案家
0948 □□□ デザイン	デザイン	[名・自他サ]【design】設計（圖），（製作）圖案
0949 □□□ デジカメ	デジカメ	[名]【digital camera】數位相機
0950 □□□ デジタル	デジタル	[名]【digital】數位的，數字的，計量的
0951 □□□ 手数料（てすうりょう）	てすうりょう	[名] 手續費；回扣
0952 □□□ 手帳（てちょう）	てちょう	[名] 筆記本，雜記本，手冊 關 ノート（note）筆記本
0953 □□□ 鉄鋼（てっこう）	てっこう	[名] 鋼鐵
0954 □□□ 徹底（てってい）	てってい	[名・自サ] 徹底；傳遍，普遍，落實 類 貫く（つらぬく） 貫徹

Check 2 必考詞組	Check 3 必考例句
□ デザートを食べる。 吃甜點。	食後のデザートは当店自慢のチーズケーキです。 飯後甜點是本店的招牌奶酪蛋糕。
□ デザイナーになる。 成為設計師。	アクセサリーのデザイナーになるために、イタリアに留学します。 為了成為飾品設計師，我將前往義大利留學。
□ 制服をデザインする。 設計制服。	このバッグは、使い易い上にデザインもかわいいと評判です。 大家對這款手提包的評價是「使用方便，而且設計也很可愛」。
□ デジカメを買った。 買了數位相機。	デジカメで撮った写真をパソコンで見て楽しんでいる。 我正在電腦上欣賞用數位相機拍攝的照片。
□ デジタル製品を使う。 使用數位電子製品。	デジタル家電製品の売り場では、ロボット掃除機が人気です。 掃地機器人在數位家電產品的專櫃賣得很好。
□ 手数料がかかる。 要付手續費。	営業時間外に銀行を利用すると、手数料がかかります。 如果在非營業時段使用銀行服務，則需要支付手續費。
□ 手帳に書き込む。 寫入筆記本。	社長の予定は一年先まで全て、私の手帳に記入してあります。 總經理未來一年的行程安排全都記在我的筆記本上。
□ 鉄鋼業が盛んだ。 鋼鐵業興盛。	私たちの生活を支える車や交通機関はどれも鉄鋼がなくては作れない。 舉凡有助於我們生活便利的汽車等交通工具，如果缺少鋼鐵，什麼都做不出來了。
□ 命令を徹底する。 落實命令。	オフィスの節電を徹底した結果、電気代が２割減った。 在辦公室徹底執行節約用電後，省了兩成的電費。

Check 1 必考單字	高低重音	詞性、類義詞與對義詞
0955 □□□ 徹夜（てつや）	てつや	[名・自サ] 通宵，熬夜，徹夜 類 夜通し（よどおし） 通宵
0956 □□□ 手の甲（てのこう）	てのこう	[名] 手背
0957 □□□ 掌（てのひら）	てのひら	[名] 手掌
0958 □□□ テレビ番組（ばんぐみ）	テレビばんぐみ	[名]【televisionばんぐみ】電視節目
0959 □□□ CD2/07 点（てん）	てん	[名] 點；方面；（得）分
0960 □□□ 電気スタンド（でんき）	でんきスタンド	[名]【でんき stand】檯燈
0961 □□□ 電気代（でんきだい）	でんきだい	[名] 電費
0962 □□□ 電球（でんきゅう）	でんきゅう	[名] 電燈泡 關 蛍光灯（けいこうとう） 電燈泡
0963 □□□ 電気料金（でんきりょうきん）	でんきりょうきん	[名] 電費

Check 2 必考詞組

Check 3 必考例句

Check 2 必考詞組	Check 3 必考例句
□ 徹夜で看病する。 通宵照顧病人。	レポートの提出期限は明日だ。今夜は徹夜だな。 明天是提交報告的最後期限。今晚得熬夜了啊。
□ 手の甲を怪我した。 手背受傷了。	初デートで、別れ際に手の甲にキスされて、びっくりしました。 第一次約會道別時，對方在我的手背上親了一下，把我嚇了一大跳。
□ 掌に載せて持つ。 放在手掌上托著。	子猫のふわふわした感じが、まだ僕の掌に残ってるよ。 小貓毛茸茸的觸感還殘留在我的手掌心喔。
□ テレビ番組を制作する。 製作電視節目。	好きな俳優の出るテレビ番組は全て録画しています。 我把喜歡的演員參與演出的節目全都錄製下來了。
□ その点について。 關於那一點	今回変更されたルールについて、良くなった点と問題点をあげます。 關於這次更改的規則，我想提出一些有所進步之處和有待商榷之處。
□ 電気スタンドを点ける。 打開檯燈。	寝る前に本を読むために、ベッドの脇に電気スタンドを置いています。 為了能在睡前讀書，我在床旁邊放置了檯燈。
□ 電気代が高い。 電費很貴。	電気代は高いけど、冷蔵庫を止めるわけにもいかないしね。 雖然電費很貴，總不能把冰箱的插頭拔掉吧。
□ 電球が切れた。 電燈泡壞了。	おばあちゃんの家に行ったとき、天井の電球を取り替えてあげました。 去奶奶家的時候，我把天花板的燈泡換了。
□ 電気料金が値上がりする。 電費上漲。	電力会社が選べるようになり、電気料金も価格競争になりそうだ。 自從可以自行選擇電力公司後，各家公司的電費似乎也展開了價格戰。

Check 1 必考單字	高低重音	詞性、類義詞與對義詞
0964 □□□ 伝言（でんごん）	でんごん	[名・自他サ] 傳話，口信；帶口信 類 知（し）らせ 消息
0965 □□□ 電車代（でんしゃだい）	でんしゃだい	[名]（搭）電車費用
0966 □□□ 電車賃（でんしゃちん）	でんしゃちん	[名]（搭）電車費用
0967 □□□ 天井（てんじょう）	てんじょう	[名] 天花板
0968 □□□ 電子（でんし）レンジ	でんしレンジ	[名]【でんしrange】微波爐
0969 □□□ 点数（てんすう）	てんすう	[名]（評分的）分數
0970 □□□ 電卓（でんたく）	でんたく	[名] 電子計算機
0971 □□□ 電池（でんち）	でんち	[名]（理）電池 類 バッテリー（batterly）電池
0972 □□□ テント	テント	[名]【tent】帳篷

Check 2 必考詞組		Check 3 必考例句
□ 伝言(でんごん)がある。 有留言。	▶	山本課長(やまもとかちょう)はお休(やす)みですか。では、伝言(でんごん)をお願(ねが)いできますか。 山本科長請假了嗎？那麼，可以請您代為留言給她嗎？
□ 電車代(でんしゃだい)がかかる。 花費不少電車費。	▶	出張(しゅっちょう)にかかる電車代(でんしゃだい)は後日(ごじつ)、請求(せいきゅう)してください。 出差時支付的電車費用，請於日後再行請款。
□ 電車賃(でんしゃちん)は 250 円(えん)だ。 電車費是二百五十日圓。	▶	いっぱい買(か)い物(もの)しちゃって、帰(かえ)りの電車賃(でんしゃちん)がなくなっちゃった。 買了太多東西，連回程的電車費都花光了。
□ 天井(てんじょう)の高(たか)いホール。 天花板很高的大廳	▶	教会(きょうかい)の高(たか)い天井(てんじょう)を見上(みあ)げると、驚(おどろ)くほど美(うつく)しい絵(え)が描(か)かれていた。 當我抬頭望向教堂高聳的天花板時，才發現上面畫了一幅令人驚嘆的美麗圖畫。
□ 電子(でんし)レンジで調理(ちょうり)する。 用微波爐烹調。	▶	昨日(きのう)の味噌汁(みそしる)を電子(でんし)レンジで温(あたた)めて飲(の)みます。 把昨天的味噌湯用電子微波爐加熱後再喝。
□ 点数(てんすう)を計算(けいさん)する。 計算點數。	▶	試験(しけん)の点数(てんすう)が３０点以下(てんいか)の生徒(せいと)は、再試験(さいしけん)になります。 考試分數低於30分的同學必須補考。
□ 電卓(でんたく)で計算(けいさん)する。 用計算機計算。	▶	明日(あす)の数学(すうがく)の試験(しけん)は、電卓(でんたく)を使用(しよう)して構(かま)いません。 明天的數學考試可以使用計算機。
□ 電池(でんち)がいる。 需要電池。	▶	懐中電灯(かいちゅうでんとう)は、電池(でんち)が切(き)れていないことを確認(かくにん)しておきます。 檢查手電筒的電池是否還有電。
□ テントを張(は)る。 搭帳篷。	▶	夏休(なつやす)みには、山(やま)でテントを張(は)ってキャンプをしました。 暑假時，我在山上搭帳篷露營了。

Check 1 必考單字	高低重音	詞性、類義詞與對義詞
0973 □□□ 電話代（でんわだい）	でんわだい	[名] 電話費
0974 □□□ ～度（ど）	ど	[接尾] 尺度；程度；溫度；次數，回數；規則，規定；氣量，氣度
0975 □□□ ～等（とう）	とう	[接尾] 等等；（助數詞用法，計算階級或順位的單位）等（級）
0976 □□□ CD2 08 ～頭（とう）	とう	[接尾]（牛、馬等）頭
0977 □□□ 同（どう）	どう	[名] 同樣，同等；（和上面的）相同
0978 □□□ 倒産（とうさん）	とうさん	[名・自サ] 破產，倒閉
0979 □□□ どうしても	どうしても／どうしても	[副]（後接否定）怎麼也，無論怎樣也；務必，一定，無論如何也要
0980 □□□ 同時に（どうじ）	どうじに	[連語] 同時，一次；馬上，立刻 類 一度に（いちど） 同時
0981 □□□ 当然（とうぜん）	とうぜん	[形動・副] 當然，理所當然

Check 2 必考詞組	Check 3 必考例句
□ 今月の電話代。 這個月的電話費	電話代といっても、あなたの場合、ほとんどゲームのお金でしょ。 雖說是電話費，但你的電話費幾乎都用來買了遊戲點數吧。
□ 昨日より5度ぐらい高い。 今天開始溫度比昨天高五度。	三度目の正直といって、3度頑張れば大抵のことはうまくいくものだよ。 「第三次就會成功」的意思是只要努力三次，多數事情都會順利的喔。
□ フランス、ドイツ等のEU諸国。 法、德等歐盟各國。	ガラスや陶器等、割れる物は箱の中に入れないでください。 玻璃或陶瓷等易碎品請勿放入這個箱子。
□ 牛一頭。 一隻牛	この動物園にはゾウが2頭、ライオンが5頭、猿が20匹います。 這座動物園裡有兩頭大象、五隻獅子，和二十隻猴子。
□ 同社。 該公司	優勝は山川高校です。同校の監督にお話を伺います。 優勝是山川高中！有請該校的教練致詞。
□ 合併か倒産か。 與其他公司合併，或是宣布倒閉	先月やっと再就職できた会社が、倒産しそうだ。 上個月好不容易才二度就業，可是據說這家公司快要倒閉了。
□ どうしても行きたい。 無論如何我都要去。	あなたがどうしてもと言うなら、チケットを譲ってもいいですよ。 如果你很堅持的話，我也可以把票讓給你。
□ ドアを開けると同時に。 就在我開門的同一時刻	会場に入ると同時に、試験開始のベルが鳴った。 進入考場的同時，考試開始的鐘聲就響了起來。
□ 当然の結果。 必然的結果	人に迷惑をかけたのだから、謝るのが当然だ。 因為造成了別人的困擾，理所當然要道歉。

Check 1 必考單字	高低重音	詞性、類義詞與對義詞
0982 □□□ 道庁（どうちょう）	どうちょう	[名]「北海道庁」的略稱，北海道的地方政府
0983 □□□ 東洋（とうよう）	とうよう	[名]（地）亞洲；東洋，東方（亞洲東部和東南部的總稱）
0984 □□□ 道路（どうろ）	どうろ	[名] 道路 類 道（みち） 道路
0985 □□□ 通す（とおす）	とおす	[他五·接尾] 穿通，貫穿；滲透，透過；連續，貫徹；（把客人）讓到裡邊；一直，連續，…到底
0986 □□□ トースター	トースター	[名]【toaster】烤麵包機
0987 □□□ 通り（とおり）	とおり	[名] 方法；種類；套，組
0988 □□□ 通り（とおり）	とおり	[名] 大街，馬路；通行，流通 類 道（みち） 馬路
0989 □□□ 通り越す（とおりこす）	とおりこす	[自五] 通過，越過
0990 □□□ 通る（とおる）	とおる	[自五] 經過；穿過；合格 類 合格（ごうかく）する　通過

Check 2 必考詞組	Check 3 必考例句
□ 道庁は札幌市にある。 北海道道廳（地方政府）位於札幌市。	北海道の道庁所在地は札幌です。 北海道的行政機關位於札幌。
□ 東洋文化。 東洋文化	沖縄県の宮古島の海岸は、東洋一美しいと言われています。 據說沖繩縣宮古島的海岸是東洋最美麗的地方。
□ 道路が混雑する。 道路擁擠。	降った雪が道路に積もっているので、車の運転には気をつけてください。 由於路上積了很多雪，請小心駕駛。
□ そでに手を通す。 把手伸進袖筒。	ガラスは空気は通さないが、光や音は通します。 空氣無法穿透玻璃，但光和聲音可以。
□ トースターで焼く。 以烤箱加熱。	パンにチーズを乗せて、トースターで焼いて食べます。 將起司鋪在麵包上，用烤麵包機烤過再吃。
□ やり方は三通りある。 作法有三種方法。	数学の問題には、正解がひとつではなく何通りもあるものもある。 數學題目的正確解法不只一種，有好幾種解法都能算出正確答案。
□ 広い通りに出る。 走到大馬路。	区役所はこの通りをまっすぐ行くと、左側にあります。 只要沿著這條街一直走，區公所就在左邊。
□ バス停を通り越す。 錯過了下車的公車站牌。	駅を出て左、電気屋の前を通り越して、交差点を右に曲がってください。 出車站後請向左走，穿越電器行前的大馬路，然後在十字路口處右轉。
□ 左側を通る。 往左側走路。	採用試験で失敗したと思って諦めていた会社に通った。 錄用考試考差了，我正要放棄時卻收到了錄取通知。

Check 1 必考單字	高低重音	詞性、類義詞與對義詞
0991 □□□ 溶（と）かす	とかす	[他五] 溶解，化開，溶入
0992 □□□ どきどき	どきどき	[副・自サ]（心臟）撲通撲通地跳，七上八下 關 脈（みゃく） 脈博
0993 □□□ CD2 09 ドキュメンタリー	ドキュメンタリー	[名]【documentary】紀錄，紀實；紀錄片
0994 □□□ 特（とく）	とく	[漢造] 特，特別，與眾不同
0995 □□□ 得（とく）	とく	[名・形動] 利益；便宜
0996 □□□ 解（と）く	とく	[他五] 解開，打開（衣服）；取消，解除（禁令等）；消除，平息；解答 類 解放する 解放
0997 □□□ 得意（とくい）	とくい	[名・形動]（店家的）主顧；得意，滿意；自滿，得意洋洋；拿手，擅長 關 有頂天（うちょうてん） 得意洋洋 對 苦手（にがて） 不擅長
0998 □□□ 読書（どくしょ）	どくしょ	[名・自サ] 讀書 類 閲読（えつどく） 閱讀
0999 □□□ 特徴（とくちょう）	とくちょう	[名] 特徵，特點

Check 2 必考詞組		Check 3 必考例句
□ 完全に溶かす。 完全溶解。	▶	この薬は、お湯でよく溶かしてから飲んでください。 這種藥請放入熱水中完全溶解之後再行服用。
□ 心臓がどきどきする。 心臟撲通撲通地跳。	▶	次は私の番だ。どきどきして心臓が口から飛び出しそうだ。 下一個就輪到我了。緊張到心臟都快要跳出喉嚨了。
□ ドキュメンタリー映画。 紀錄片	▶	これは、一人の男が宇宙飛行士になって月へ行くまでを記録したドキュメンタリー映画だ。 這是一部講述一個男人從當上太空人到登陸月球的整個過程的紀錄片。
□ 特異体質。 特殊體質。	▶	景色がよく見える特等席へどうぞ。あなただけ、特別ですよ。 請您坐在風景一覽無遺的特等席。這是專為您保留的哦。
□ まとめて買うと得だ。 一次買更划算。	▶	損だとか得だとかじゃないんだ。みんなの役に立ちたいだけなんだ。 這無關吃虧或是佔便宜。我只是想幫上大家的忙而已。
□ 結び目を解く。 把扣解開。	▶	これは、小さな男の子がどんな事件の謎も解いてしまう話です。 這是個由一名小男孩解開所有事件謎團的故事。
□ 得意先を回る。 拜訪老主顧。	▶	「得意な科目は、体育と音楽です。」「つまり勉強はあまり得意じゃないのね。」 「我擅長的科目是體育和音樂。」「也就是說，你不太擅長學習囉。」
□ 兄は読書家だ。 哥哥是個愛讀書的人。	▶	読書をして世界中を、過去や未来を、旅するのが好きです。 我喜歡藉由閱讀而穿梭於古今中外。
□ 特徴のある髪型。 有特色的髮型。	▶	「その男の特徴は？」「眉毛が太くて、眼鏡をかけていました。」 「那個男人有什麼特徵？」「眉毛很粗，戴個眼鏡。」

Check 1 必考單字	高低重音	詞性、類義詞與對義詞
1000 □□□ 特別急行（とくべつきゅうこう）	とくべつきゅうこう	[名] 特別快車，特快車
1001 □□□ 溶ける（と）	とける	[自下一] 溶解，融化
1002 □□□ 解ける（と）	とける	[自下一] 解開，鬆開（綁著的東西）；消，解消（怒氣等）；解除（職責、契約等）；解開（疑問等）
1003 □□□ どこか	どこか	[連語] 哪裡是，豈止，非但
1004 □□□ 所々（ところどころ）	ところどころ	[名] 處處，各處，到處都是
1005 □□□ 都市（とし）	とし	[名] 都市，城市 類 都会（とかい） 都市
1006 □□□ 年上（としうえ）	としうえ	[名] 年長，年歲大（的人） 類 目上（めうえ） 長輩
1007 □□□ 図書（としょ）	としょ	[名] 圖書
1008 □□□ 途上（とじょう）	とじょう	[名]（文）路上；中途

Check 2 必考詞組

Check 3 必考例句

□ 「特急」は特別急行の略称。
「特急」是特快車的簡稱。

▶ 日本初の特別急行「富士」は、歴史ある列車です。
日本第一輛特快車「富士號」是一輛歷史悠久的列車。

□ 水に溶けません。
不溶於水。

▶ おしゃべりに夢中になってて、アイスクリームが溶けちゃった。
只顧著講話，冰淇淋都融化了。

□ 靴ひもが解ける。
鞋帶鬆開。

▶ 君の冗談のおかげで、緊張がすっかり解けたよ。
多虧了你的玩笑話，我已經不那麼緊張了。

□ どこか暖かい国へ行きたい。
想去暖活的國家。

▶ どこでもいい、日常を忘れて、どこか遠くの国へ行きたい。
去哪裡都好，我想去很遠的國家，忘記平常的生活。

□ 所々に間違いがある。
有些地方錯了。

▶ 公園の所々に咲く花を見て、春が近いことを感じた。
看到公園裡盛開的花朵，感受到春天就要來臨了。

□ 都市計画の情報。
都市計畫的情報

▶ 大阪は、東京に次いで日本で二番目に大きい都市です。
大阪是僅次於東京的日本第二大城。

□ 年上の人。
長輩

▶ 夫は私より5歳年上ですが、子どもっぽくて弟みたいな感じです。
我先生比我大五歲，但他很孩子氣，感覺就像是弟弟。

□ 図書館で勉強する。
在圖書館唸書。

▶ これは毎年、小学校の推薦図書に選ばれるよい本です。
這是一本好書，每年都會被選為小學生的推薦讀物。

□ 通学の途上、祖母に会った。
去學校的途中遇到奶奶。

▶ この薬はまだ開発の途上ですが、一日も早い商品化が待たれています。
這種藥雖然還在研發，不過大家都很期待它能盡早上市。

Check 1 必考單字	高低重音	詞性、類義詞與對義詞
1009 □□□ CD2 10 年寄り（としより）	としより	[名] 老人；（史）重臣，家老；（史）村長；（史）女管家；（相撲）退休的力士，顧問 關 老（お）いる 老
1010 □□□ 閉（と）じる	とじる	[自上一] 閉，關閉；結束 類 しまる 關
1011 □□□ 都庁（とちょう）	とちょう	[名] 東京都政府（「東京都庁」之略）
1012 □□□ 特急（とっきゅう）	とっきゅう	[名] 特快，特快車；火速，趕快
1013 □□□ 突然（とつぜん）	とつぜん	[副] 突然 類 急（きゅう）に 突然
1014 □□□ トップ	トップ	[名]【top】尖端；（接力賽）第一棒；領頭，率先；第一位，首位，首席
1015 □□□ 届（とど）く	とどく	[自五] 及，達到；（送東西）到達；周到；達到（希望） 類 着（つ）く 到達
1016 □□□ 届（とど）ける	とどける	[他下一] 送達；送交；報告
1017 □□□ ～殿（どの）	どの	[接尾]（前接姓名等）表示尊重

Check 2 必考詞組	Check 3 必考例句
□ 年寄りをいたわる。 照顧老年人。	子どもの頃、近所のお年寄りに昔の遊びを教えてもらいました。 小時候，附近的老人家教我玩古早的遊戲。
□ 戸が閉じた。 門關上了。	胸に手を当てて、目を閉じて、よく考えなさい。 把手放在胸前，閉上眼睛，好好想想。
□ 都庁行きのバス。 往東京都政府的巴士。	都庁の最上階からは東京の景色がよく見えます。 從東京都政府的頂樓可以清楚看見東京的景色。
□ 特急で東京へたつ。 坐特快車前往東京。	週末は特急に乗って、山へスキーに行くのが楽しみです。 好期待週末搭特快車去山上滑雪哦。
□ 突然怒り出す。 突然生氣。	空が暗くなったと思ったら、突然大雨が降り出した。 天才剛暗下來，就突然下起了大雨。
□ 成績がトップ。 名列前茅	台湾には世界トップクラスの超高層ビルがあります。 臺灣擁有世界頂尖的摩天大樓。
□ 手紙が届いた。 收到信。	昨日インターネットで買った本が今日の午後届く。 昨天在網路上買的書今天下午就會到貨。
□ 忘れ物を届ける。 把遺失物送回來。	私の演奏で、世界の子どもたちに幸せを届けたい。 希望透過我的演奏，給全世界的孩子們帶來幸福。
□ 校長殿。 校長先生	鈴木和夫殿　ご依頼の件、了解いたしました。 鈴木和夫先生　我們已經收到了您的委託。

Check 1 必考單字	高低重音	詞性、類義詞與對義詞
1018 □□□ 飛(と)ばす	とばす	[他五·接尾] 使…飛，使飛起；（風等）吹起，吹跑；飛濺，濺起
1019 □□□ 跳(と)ぶ	とぶ	[自五] 跳，跳起；跳過（順序、號碼等）
1020 □□□ ドライブ	ドライブ	[名·自サ]【drive】開車遊玩；兜風
1021 □□□ ドライヤー	ドライヤー	[名]【drier】吹風機，乾燥機
1022 □□□ トラック	トラック	[名]【track】（操場、運動場、賽馬場的）跑道
1023 □□□ ドラマ	ドラマ	[名]【drama】劇；戲劇；劇本；戲劇文學；（轉）戲劇性的事件
1024 □□□ トランプ	トランプ	[名]【trump】撲克牌
1025 □□□ 努力(どりょく)	どりょく	[名·自サ] 努力 類 頑張(がんば)る 努力
1026 □□□ CD2/11 トレーニング	トレーニング	[名·他サ]【training】訓練，練習

Check 2 必考詞組	Check 3 必考例句
□ バイクを飛(と)ばす。 飆摩托車。	▶ 今回(こんかい)の台風(たいふう)は被害(ひがい)が大(おお)きく、屋根(やね)を飛(と)ばされた家(いえ)も多(おお)い。 這場颱風帶來極大的災害，很多房子的屋頂都被吹走了。
□ 跳(と)び箱(ばこ)を跳(と)ぶ。 跳過跳箱。	▶ 大(おお)きな音(おと)にびっくりした猫(ねこ)は、慌(あわ)てて棚(たな)の上(うえ)に跳(と)び上(あ)がった。 被巨大聲響嚇到的貓咪驚慌失措地跳到了架子上。
□ ドライブに出(で)かける。 開車出去兜風。	▶ 車(くるま)を買(か)ったので、勇気(ゆうき)を出(だ)して、和子(かずこ)さんをドライブに誘(さそ)ってみた。 我買了一輛車，於是鼓起勇氣，試著邀請和子小姐去兜風。
□ ドライヤーをかける。 用吹風機吹。	▶ 鏡(かがみ)を見(み)ながら、ドライヤーで髪(かみ)を乾(かわ)かします。 拿吹風機對著鏡子把頭髮吹乾。
□ 競技用(きょうぎよう)トラック。 比賽用的跑道。	▶ トレーニングのために、大学(だいがく)のトラックを一日(いちにち)10 km走(はし)っています。 為了鍛鍊而每天沿著大學操場跑道跑十公里。
□ 大河(たいが)ドラマ。 大河劇	▶ このドラマはよく出来(でき)ていて、毎回最後(まいかいさいご)まで犯人(はんにん)が分(わ)からない。 這齣戲拍得很好，每一集都要看到最後才會知道兇手是誰。
□ トランプを切(き)る。 洗牌。	▶ 友達(ともだち)が、トランプを使(つか)った手品(てじな)を見(み)せてくれた。 朋友用撲克牌表演魔術給我們看。
□ 努力(どりょく)が実(みの)った。 努力而取得成果。	▶ トップ選手(せんしゅ)と言(い)われる人(ひと)は皆(みな)、努力(どりょく)をする 才能(さいのう)がある。 被稱作王牌選手的人，各個都堅持貫徹永不放棄的精神。
□ トレーニングに勤(いそ)しむ。 忙於鍛鍊。	▶ 学生時代(がくせいじだい)はトラック競技(きょうぎ)の選手(せんしゅ)で、毎日(まいにち)5時間(じかん)トレーニングをしていた。 我在學生時期是田徑選手，每天都要訓練五個小時。

Check 1 必考單字	高低重音	詞性、類義詞與對義詞
1027 □□□ ドレッシング	ドレッシング	[名]【dressing】調味料，醬汁
1028 □□□ トン	トン	[名]【ton】（重量單位）噸，公噸，一千公斤
1029 □□□ どんなに	どんなに	[副] 怎樣，多麼，如何；無論如何…也
1030 □□□ 丼（どんぶり）	どんぶり	[名] 大碗公；大碗蓋飯，大碗 關 茶碗（ちゃわん） 碗
1031 □□□ 内（ない）	ない	[漢造] 內，裡頭；家裡；內部
1032 □□□ 内容（ないよう）	ないよう	[名] 內容 類 中身（なかみ） 內容
1033 □□□ 直す（なおす）	なおす	[接尾]（前接動詞連用形）重做…
1034 □□□ 直す（なおす）	なおす	[他五] 修理；改正；治療
1035 □□□ 治す（なおす）	なおす	[他五] 醫治，治療 類 治療する（ちりょう） 治療

Check 2 必考詞組	Check 3 必考例句
□ さっぱりしたドレッシング。 口感清爽的調味醬汁。	酢(す)と塩(しお)と油(あぶら)で、サラダにかけるドレッシングを作(つく)りました。 用醋、鹽和油做了淋在沙拉上的調味醬汁。
□ 一万(いちまん)トンの船(ふね)。 一萬噸的船隻	10 トンもの土(つち)を積(つ)んだ大型(おおがた)トラックが工事現場(こうじげんば)に入(はい)って来(き)た。 一輛裝載了多達十噸泥土的大型卡車開進了工地。
□ どんなにがんばっても、うまくいかない。 不管再怎麼努力，事情還是無法順利進行。	どんなに離(はな)れていても、私(わたし)の心(こころ)は君(きみ)のそばにいるよ。 不管我們距離多遠，我的心都在你身邊哦。
□ 鰻丼(うなぎどんぶり)。 鰻魚蓋飯	お昼(ひる)ご飯(はん)は、牛丼(ぎゅうどん)やカツ丼(どん)などの丼物(どんぶりもの)をよく食(た)べます。 我午餐經常吃牛肉蓋飯和炸豬排蓋飯等蓋飯類餐點。
□ 校内(こうない)で走(はし)るな。 校內嚴禁奔跑。	これは社内用(しゃないよう)の資料(しりょう)ですので、外部(がいぶ)に出(だ)さないよう願(ねが)います。 這是公司內部要用的資料，因此請注意切勿外流。
□ 手紙(てがみ)の内容(ないよう)。 信的內容	内容(ないよう)もよく読(よ)まないで、契約書(けいやくしょ)にサインしてはいけないよ。 還沒有仔細讀過內容之前，不能在合約上簽名哦！
□ やり直(なお)す。 從頭來。	時間(じかん)が余(あま)ったので、解答用紙(かいとうようし)を出(だ)す前(まえ)に、もう一度(いちど)、答(こた)えを見直(みなお)した。 因為還有時間，所以在交卷前再一次檢查了答案。
□ 自転車(じてんしゃ)を直(なお)す。 修理腳踏車。	先生(せんせい)、日本語(にほんご)で作文(さくぶん)を書(か)きました。直(なお)して頂(いただ)けませんか。 老師，我用日文寫了作文，可以請您幫我修改嗎？
□ 虫歯(むしば)を治(なお)す。 治療蛀牙。	仕事(しごと)のことは心配(しんぱい)せず、ゆっくり体(からだ)を治(なお)してください。 請不要掛心工作，好好休養，把病治好。

Check 1 必考單字	高低重音	詞性、類義詞與對義詞
1036 □□□ 仲（なか）	なか	[名] 交情；（人和人之間的）聯繫關係
1037 □□□ 流す（ながす）	ながす	[他五] 使流動，沖走；使漂走；流（出）；放逐；使流產；傳播；洗掉（汙垢）；不放在心上
1038 □□□ 中身（なかみ）	なかみ	[名] 裝在容器裡的內容物，內容 類 内容（ないよう） 內容
1039 □□□ 中指（なかゆび）	なかゆび	[名] 中指
1040 □□□ 流れる（ながれる）	ながれる	[自下一] 流動；漂流；飄動；傳布；流逝；流浪；（壞的）傾向；流產；作罷；瀰漫；降落
1041 □□□ 亡くなる（なくなる）	なくなる	[他五] 死，喪
1042 □□□ CD2/12 殴る（なぐる）	なぐる	[他五] 毆打，揍；草草了事 類 叩く（はたく） 打
1043 □□□ 何故なら（ば）（なぜ）	なぜなら	[接續] 因為，原因是 類 だって 因為
1044 □□□ 納得（なっとく）	なっとく	[名・他サ] 理解，領會；同意，信服

Check 2 必考詞組	Check 3 必考例句
□ 仲(なか)がいい。 交情很好。	▶ ケンカするほど仲(なか)がいいっていうけど、君(きみ)たちを見(み)ていると、本当(ほんとう)だね。 都說「吵得越兇感情越好」，看到你們的例子後，發現還真的是這樣呢。
□ 水(みず)を流(なが)す。 沖水。	▶ 説明会(せつめいかい)が始(はじ)まるまでの間(あいだ)、会場(かいじょう)では会社(かいしゃ)を紹介(しょうかい)するビデオが流(なが)された。 在說明會開始之前，會場上播放了介紹公司的影片。
□ 中身(なかみ)がない。 沒有內容。	▶ かばんを開(あ)けてください。中身(なかみ)を確認(かくにん)させて頂(いただ)きます。 請把包包打開，讓我檢查一下裡面的物品。
□ 中指(なかゆび)でさすな。 別用中指指人。	▶ 彼(かれ)は人差(ひとさ)し指(ゆび)と中指(なかゆび)で、Ｖサインを作(つく)って見(み)せた。 他伸出食指和中指，朝我們比了V的手勢。
□ 汗(あせ)が流(なが)れる。 流汗。	▶ そのレストランには、静(しず)かなクラシック音楽(おんがく)が流(なが)れていた。 那家餐廳當時播放著優雅的古典樂。
□ おじいさんが亡(な)くなった。 爺爺過世了。	▶ 両親(りょうしん)は亡(な)くなりましたが、兄弟仲(きょうだいなか)良(よ)く暮(く)らしています。 雖然父母親去世了，但是我們兄弟姐妹仍和睦地生活在一起。
□ 人(ひと)を殴(なぐ)る。 打人。	▶ 力(ちから)の強(つよ)い男(おとこ)が、女(おんな)の子(こ)を殴(なぐ)るなんて、絶対(ぜったい)に許(ゆる)されないことだ。 力氣大的男人毆打女孩子這種事，絕對無法原諒！
□ もういや、なぜなら彼(かれ)はひどい。 我投降了，因為他太惡劣了。	▶ 私(わたし)は医者(いしゃ)になりました。なぜなら父(ちち)がそう希望(きぼう)したからです。 我成了醫生。因為我的父親希望我走這條路。
□ 納得(なっとく)がいく。 信服。	▶ 私(わたし)は悪(わる)くないのに、なぜ謝(あやま)らなければならないのか、全(まった)く納得(なっとく)できない。 我又沒有錯，完全無法理解為什麼要我道歉？

Check 1 必考單字	高低重音	詞性、類義詞與對義詞
1045 □□□ 斜め（なな）	ななめ	[名・形動] 斜，傾斜；不一般，不同往常
1046 □□□ 何か（なに）	なにか	[連語・副] 什麼；總覺得
1047 □□□ 鍋（なべ）	なべ	[名] 鍋子；火鍋
1048 □□□ 生（なま）	なま	[名・形動]（食物沒有煮過、烤過）生的；直接的，不加修飾的；不熟練，不到火候；生鮮的東西
1049 □□□ 涙（なみだ）	なみだ	[名] 淚，眼淚；哭泣；同情
1050 □□□ 悩む（なや）	なやむ	[自五] 煩惱，苦惱，憂愁；感到痛苦
1051 □□□ 鳴らす（な）	ならす	[他五] 鳴，啼，叫；（使）出名；嘮叨；放響屁
1052 □□□ 鳴る（な）	なる	[自五] 響，叫；聞名
1053 □□□ ナンバー	ナンバー	[名]【number】數字，號碼；（汽車等的）牌照

Check 2 必考詞組	Check 3 必考例句
□ 斜めになっていた。 歪了。	この広場を斜めに横切るのが、駅への近道です。 斜著穿越這座廣場是去車站的捷徑。
□ 何か飲みたい。 想喝點什麼。	講義は以上です。何か質問がある人は、手を挙げてください。 這堂課就上到這裡。有問題的同學請舉手。
□ 鍋で炒める。 用鍋炒。	電子レンジ壊れてるから、牛乳は鍋で温めてね。 因為微波爐壞了，牛奶就用鍋子加熱吧！
□ 生で食べる。 生吃。	豚肉はよく焼かないと、生で食べるとお腹を壊すよ。 如果沒把豬肉徹底烤熟，吃到生肉的話會鬧肚子哦！
□ 涙があふれる。 淚如泉湧。	このスープは涙が出るほど辛いけど、おいしくて止められないんだ。 這碗湯雖然辣得我飆淚，但是太好吃了，讓人一口接一口停不下來。
□ 悩むことはない。 沒有煩惱。	進路のことで悩んでいるのですが、相談に乗って頂けますか。 我正為未來的出路而煩惱，能和您商量一下嗎？
□ 鐘を鳴らす。 敲鐘。	気分が悪くなったときは、このベルを鳴らしてください。 感到不適的時候，請按這個鈴。
□ ベルが鳴る。 鈴聲響起。	さっきから、おなかがグーグー鳴ってるけど、朝ご飯ちゃんと食べたの？ 從剛才開始你的肚子就一直咕嚕咕嚕叫，你有好好吃早餐嗎？
□ 自動車のナンバー。 汽車牌照。	走り去る車のナンバーを、慌てて覚えてメモしました。 我慌慌張張地記下了肇事逃逸的車牌號碼。

Check 1 必考單字	高低重音	詞性、類義詞與對義詞
1054 □□□ 似合う（にあう）	にあう	[他五] 合適，相稱，調和 類 合う（あう） 合適 類 釣り合う（つりあう） 相稱
1055 □□□ 煮える（にえる）	にえる	[自下一] 煮熟，煮爛；水燒開；固體融化（成泥狀）；發怒，非常氣憤 關 焼く（やく） 烤
1056 □□□ 苦手（にがて）	にがて	[名・形動] 棘手的人或事；不擅長的事物，不擅長 類 不得意（ふとくい） 不擅場
1057 □□□ 握る（にぎる）	にぎる	[他五] 握，抓；握飯團或壽司；掌握，抓住；（圍棋中決定誰先下）抓棋子 類 掴む（つかむ） 抓
1058 □□□ 憎らしい（にくらしい）	にくらしい	[形] 可憎的，討厭的，令人憎恨的
1059 □□□ CD2 13 偽（にせ）	にせ	[名] 假，假冒；贗品
1060 □□□ 似せる（にせる）	にせる	[他下一] 模仿，仿效；偽造
1061 □□□ 入国管理局（にゅうこくかんりきょく）	にゅうこくかんりきょく	[名] 入國管理局
1062 □□□ 入場料（にゅうじょうりょう）	にゅうじょうりょう	[名] 入場費，進場費

Check 2 必考詞組	Check 3 必考例句
□ 君によく似合う。 很適合你。	「この帽子、どうかしら。」「よく似合ってるよ。」 「這頂帽子怎麼樣？」「很適合妳哦！」
□ 芋は煮えました。 芋頭已經煮熟了。	鍋の中の野菜が煮えたら、砂糖と醤油で味をつけます。 鍋子裡的蔬菜煮好後，再用砂糖和醬油提味。
□ 苦手な科目。 不擅長的科目。	「何か苦手なものはありますか。」「ニンジンがダメなんです。」 「你有什麼不敢吃的食物嗎？」「我不敢吃胡蘿蔔。」
□ 手を握る。 握拳。	父は「頑張れよ」と言って、私の手を強く握った。 爸爸緊緊握住我的手，說：「加油啊！」
□ あの男が憎らしい。 那男人真是可恨啊。	息子はこの頃、うるさいとか邪魔だとか、憎らしいことばかり言う。 我兒子最近總是嫌我煩、說我在干涉他，淨說些可惡的話。
□ 偽の１万円札。 萬圓偽鈔	偽警察官がお年寄からお金を盗む事件が続いている。 冒牌警察盜取年長者金錢的案件還在持續增加。
□ 本物に似せる。 與真物非常相似。	あなたのお母さんの味に似せて作ってみたけど、どう？ 我試著照你媽媽的方法做了菜，味道怎麼樣？
□ 入国管理局にビザを申請する。 在入國管理局申請了簽證。	入国管理局で外国人登録証明書の申請をしました。 在入境管理局申請了外國人登錄證。
□ 入場料が高い。 門票很貴呀。	写真展は本日より公民館にて。入場料は無料です。 今天開始在公民會館舉辦攝影展。免費入場。

Check 1 必考單字	高低重音	詞性、類義詞與對義詞
1063 □□□ 煮る（に）	にる	[自五] 煮，燉，熬
1064 □□□ 人気（にんき）	にんき	[名] 人緣，人望 關 声望（せいぼう） 人望
1065 □□□ 縫う（ぬ）	ぬう	[他五] 縫，縫補；刺繡；穿過，穿行；（醫）縫合（傷口）
1066 □□□ 抜く（ぬ）	ぬく	[自他五・接尾] 抽出，拔去；選出，摘引；消除，排除；省去，減少；超越 類 追い越す（おいこす） 超越
1067 □□□ 抜ける（ぬ）	ぬける	[自下一] 脫落，掉落；遺漏；脫；離，離開，消失，散掉；溜走，逃脫
1068 □□□ 濡らす（ぬ）	ぬらす	[他五] 浸濕，淋濕，沾濕
1069 □□□ 温い（ぬる）	ぬるい	[形] 微溫，不溫不涼；不夠熱；（處置）溫和
1070 □□□ 値上がり（ねあ）	ねあがり	[名・自サ] 價格上漲，漲價
1071 □□□ 値上げ（ねあ）	ねあげ	[名・他サ]提高價格，漲價

Check 2 必考詞組	Check 3 必考例句
□ 豆を煮る。 煮豆子。	この魚は、煮ても焼いてもおいしいですよ。 這種魚無論是用煮的還是用烤的都很美味哦。
□ あのタレントは人気がある。 那位藝人很受歡迎。	彼は海外では人気がありますが、日本ではあまり知られていません。 他在國外很受歡迎，但在日本卻沒什麼名氣。
□ 服を縫った。 縫衣服。	ズボンのお尻を破ってしまい、針と糸を借りて縫った。 褲子後面破了，我借來針線把洞縫好了。
□ 空気を抜いた。 放了氣。	スタートで遅れたが、その後４人を抜いて、１位でゴールした。 雖然在起跑時慢了，但後來追過四個人，摘下了第一名的金牌。
□ スランプを抜けた。 越過低潮。	この頃、髪の毛がよく抜けるんだ。心配だなあ。 最近經常掉髮。好焦慮啊。
□ 濡らすと壊れる。 碰到水，就會故障。	コップを倒して、大事な書類を濡らしてしまった。 把杯子碰倒，弄濕了重要的文件。
□ 温いやり方。 不夠嚴厲的處理辦法。	音楽を聴きながら、温いお風呂にゆっくり入ります。 一邊聽音樂一邊悠閒地泡溫水澡。
□ 土地の値上がり。 地價高漲。	夏に雨が多かったせいで、野菜の値上がりが避けられないそうだ。 據說是因為夏季多雨，所以菜價不可避免地上漲了。
□ 値上げになる。 漲價。	来月ビールが値上げになるから、今のうちに買っておこう。 下個月啤酒要漲價了，所以趁現在先買吧！

Check 1 必考單字	高低重音	詞性、類義詞與對義詞
1072 □□□ ネックレス	ネックレス	[名]【necklace】項鍊
1073 □□□ 熱中（ねっちゅう）	ねっちゅう	[名・自サ] 熱中，專心；酷愛，著迷於
1074 □□□ 眠る（ねむ）	ねむる	[自五] 睡覺；埋藏
1075 □□□ 狙い（ねら）	ねらい	[名] 目標，目的；瞄準，對準
1076 □□□ 年始（ねんし）	ねんし	[名] 年初；賀年，拜年
1077 □□□ CD2/14 年生（ねんせい）	ねんせい	[接尾] …年級生
1078 □□□ 年末年始（ねんまつねんし）	ねんまつねんし	[名] 年底與新年
1079 □□□ 農家（のうか）	のうか	[名] 農民，農戶；農民的家 類 百姓（ひゃくしょう） 農民
1080 □□□ 農業（のうぎょう）	のうぎょう	[名] 農耕；農業

Check 2 必考詞組	Check 3 必考例句
□ ネックレスをつける。 戴上項鍊。	▶ このドレスに合うネックレスが欲しいのですが。 我想要一條可以搭配這件禮服的項鍊。
□ ゲームに熱中する。 沈迷於電玩。	▶ 教授は研究に熱中し過ぎて、ご飯も忘れてしまうんです。 教授埋頭於研究，連飯都忘了吃。
□ 薬で眠らせた。 用藥讓他入睡。	▶ 母親の腕の中で眠る子どもは、微笑んでいるように見えた。 睡在母親懷裡的孩子看起來似乎正在微笑。
□ 狙いを明確にする。 目標明確。	▶ この授業の狙いは、生徒に考える力をつけることです。 本課程的教學目的是培養學生們思考的能力。
□ 年末年始。 歲暮年初時節	▶ お世話になった先生のお宅へ、年始のご挨拶に伺った。 我去了受到關照的老師家拜年。
□ 3年生に編入された。 被分到三年級。	▶ 子どもは中学1年生と小学4年生です。 我的兩個孩子分別是中學一年級和小學四年級的學生。
□ 年末年始に旅行する。 在年底到新年去旅行。	▶ 病院や交通機関など、年末年始でも休めない仕事は多い。 在醫院和交通運輸機構工作的人員，即使在歲末年初之際也不能休假，工作十分繁重。
□ 農家で育つ。 生長在農家。	▶ 実家は農家で、両親と兄夫婦でミカンを作っています。 我老家務農為生，父母和哥哥夫婦一起種橘子。
□ 機械化された農業。 機械化農業。	▶ 国民の食を支える農業には、もっと若い人の力が必要です。 提供國民食物來源的農業需要更多年輕人的力量。

Check 1 必考單字	高低重音	詞性、類義詞與對義詞
1081 □□□ 濃度（のうど）	のうど	[名] 濃度
1082 □□□ 能力（のうりょく）	のうりょく	[名] 能力；（法）行為能力
1083 □□□ 鋸（のこぎり）	のこぎり	[名] 鋸子
1084 □□□ 残す（のこす）	のこす	[他五] 留下，剩下；存留；遺留；（相撲頂住對方的進攻）開腳站穩
1085 □□□ 乗せる（のせる）	のせる	[他下一] 放在高處，放到…；裝載；使搭乘；使參加；騙人，誘拐；記載，刊登；合著音樂的拍子或節奏
1086 □□□ 載せる（のせる）	のせる	[他下一] 放在…上，放在高處；裝載，裝運；納入，使參加；欺騙；刊登，刊載
1087 □□□ 望む（のぞむ）	のぞむ	[他五] 遠望，眺望；指望，希望；仰慕，景仰 類 願う（ねがう） 希望
1088 □□□ 後（のち）	のち	[名] 後，之後；今後，未來；死後，身後
1089 □□□ ノック	ノック	[名・他サ]【knock】敲打；（來訪者）敲門；打球

Check 2 必考詞組	Check 3 必考例句
□ 放射能濃度が高い。 輻射線濃度高。	▶ 水 100 g に食塩 10 g が溶けている食塩水の濃度は何パーセントですか。 在100克的水加入10克的食鹽後混合出來的食鹽水濃度是幾%？
□ 能力を発揮する。 發揮才能。	▶ 部長、この仕事は私の能力を超えています。できません。 經理，這份工作超出了我的能力範圍，我無法勝任。
□ のこぎりで板を引く。 用鋸子鋸木板。	▶ 洗濯物に日が当たらないので、庭の木をのこぎりで切った。 因為洗好的衣服照不到太陽，所以我把院子裡的樹鋸斷了。
□ メモを残す。 留下紙條。	▶ 帰ってから食べるから、僕の分もちゃんと残しておいてね。 我回家後再吃飯，要把我的份留下來哦！
□ 子どもを電車に乗せる。 送孩子上電車。	▶ 女の子を自転車の後ろに乗せて、下り坂を走りたいな。 真希望載個女孩子在自行車後座一路騎下坡道啊！
□ 広告を載せる。 刊登廣告。	▶ 事実かどうか確認できていない記事を、新聞に載せるわけにはいかない。 尚未確認事實與否的報導，還不能在報上刊載。
□ 成功を望む。 期望成功。	▶ なんでも自分の望んだ通りになる人生なんて、つまらないよ。 事事順心的人生很無聊哦。
□ 晴れのち曇り。 晴後陰。	▶ 犯人は、1週間逃げ回った後に、警察によって逮捕された。 犯人在逃亡一周之後被警察逮捕了。
□ ノックの音が聞こえる。 聽見敲門聲。	▶ お父さん、入るときは、ちゃんとノックしてね。 爸爸，進來之前要先敲門哦！

Check 1 必考單字	高低重音	詞性、類義詞與對義詞
1090□□□ 伸(の)ばす	のばす	[他五] 伸展，擴展，放長；延緩（日期），推遲；發展，發揮；擴大，增加；稀釋；打倒
1091□□□ 伸(の)びる	のびる	[自上一]（長度等）變長，伸長；（皺摺等）伸展；擴展，到達；（勢力、才能等）擴大，增加，發展
1092□□□ 上(のぼ)り	のぼり	[名]（「のぼる」的名詞形）登上，攀登；上坡（路）；上行列車（從地方往首都方向的列車）；進京
1093□□□ 上(のぼ)る	のぼる	[自五] 進京；晉級，高昇；（數量）達到，高達
1094□□□ CD2 15 昇(のぼ)る	のぼる	[自五] 上升
1095□□□ 乗(の)り換(か)え	のりかえ	[名] 換乘，改乘，改搭
1096□□□ 乗(の)り越(こ)し	のりこし	[名・自サ]（車）坐過站
1097□□□ のんびり	のんびり	[副・自サ] 舒適，逍遙，悠然自得，悠閒自在 類 ゆったり 舒適
1098□□□ バーゲンセール	バーゲンセール	[名]【bargainsale】廉價出售，大拍賣，簡稱為（「バーゲン」）

Check 2 必考詞組	Check 3 必考例句
□ 手を伸ばす。 伸手。	その辛く苦しい経験が、彼の才能を更に伸ばしたといえよう。 那段辛苦的經驗，可以說讓他的才華得到更進一步的成長。
□ 背が伸びる。 長高了。	浩ちゃん、しばらく見ないうちに、ずいぶん背が伸びたわね。 才一陣子不見，小浩已經長這麼高了呀。
□ 上り電車。 上行的電車	あれ、これは下りだ。上りのエスカレーターはどこかな？ 咦，這裡的手扶梯是下樓的？那上樓的電扶梯在哪裡呀？
□ 階段を上る。 爬樓梯。	秋になると、卵を産むために、たくさんの魚が川を上っていく。 一旦到了秋天，很多魚為了產卵而循著河川逆流而上。
□ 太陽が昇る。 太陽升起。	日が昇る前に山の頂上に着きたければ、急いだほうがいい。 如果想在太陽升起之前到達山頂，我們最好動作快一點。
□ 電車の乗り換え。 電車轉乘。	電車の乗り換えがうまくいって、予定より 30 分も早く着いた。 電車的轉乘很順利，比預定的時間早到了30分鐘。
□ 乗り越しの方。 坐過站的乘客。	新宿までは定期があるから、その先の乗り越し料金を払えば済む。 因為我有到新宿的月票，所以只要付後續路段的車費就可以了。
□ のんびり暮らす。 悠閒度日。	飛行機もいいけど、たまにはのんびりと列車の旅もいいね。 搭飛機當然好，但偶爾來一趟悠閒的火車旅行也不錯。
□ バーゲンセールが始まった。 開始大拍賣囉。	これ、バーゲンセールで半額で買えたから、あなたにもあげるわ。 這個是我用半價優惠買到的，送你一個吧！

Check 1 必考單字	高低重音	詞性、類義詞與對義詞
1099□□□ パーセント	▸ パーセント	▸ [名] 百分率
1100□□□ パート	▸ パート	▸ [名]【parttime】之略（按時計酬）打零工
1101□□□ ハードディスク	▸ ハードディスク	▸ [名]【harddisk】（電腦）硬碟
1102□□□ パートナー	▸ パートナー	▸ [名]【partner】伙伴，合作者，合夥人；舞伴
1103□□□ 灰（はい）	▸ はい	▸ [名] 灰
1104□□□ 倍（ばい）	▸ ばい	▸ [名・漢造・接尾] 倍，加倍；（數助詞的用法）倍
1105□□□ 灰色（はいいろ）	▸ はいいろ	▸ [名] 灰色 類 グレー（gray）灰色
1106□□□ バイオリン	▸ バイオリン	▸ [名]【violin】（樂）小提琴
1107□□□ ハイキング	▸ ハイキング	▸ [名]【hiking】健行，遠足

Check 2 必考詞組		Check 3 必考例句
□ 手数料が3パーセントかかる。 手續費要三個百分比。	▶	今回の選挙は国民の関心が高く、投票率は前回より10パーセント以上高かった。 國民都很關心這次的選舉，投票率比上次高出了百分之十以上。
□ パートに出る。 出外打零工。	▶	うちの店はなぜか正社員よりパートの方が仕事ができるんだ。 不知道什麼原因，我們店裡的工讀生比正式員工還要能幹。
□ ハードディスクが壊れた。 硬碟壞了。	▶	写真や動画をコンピューターのハードディスクに保存します。 將照片和影片存在電腦的硬碟裡。
□ いいパートナー。 很好的工作伙伴	▶	ダンスパーティーの日までに、パートナーを探さなくちゃ。 在舉行舞會那天之前，得找到舞伴才行。
□ タバコの灰。 煙灰。	▶	タバコを吸いたいのですが、灰皿はありますか？ 我想抽菸，請問有菸灰缸嗎？
□ 賞金を倍にする。 獎金加倍。	▶	このレストランは他より値段が2倍高いが、3倍おいしい。 雖然這家餐廳比別家的價格貴兩倍，但是比別家好吃三倍。
□ 灰色の壁。 灰色的牆	▶	彼女に振られた。僕の未来は灰色だ。いいことなんかあるわけない。 我被女朋友給甩了。我的未來是灰色的（我的未來是黑白的）。不可能再遇到好事了。
□ バイオリンを弾く。 拉小提琴。	▶	姉のピアノと私のバイオリンで、演奏会を開きます。 姐姐彈鋼琴、我拉小提琴，我們一起開了演奏會。
□ 鎌倉へハイキングに行く。 到鎌倉去健行。	▶	日曜日は、お弁当を持って、裏山へハイキングに行こう。 星期天，我們帶著便當去後山郊遊吧！

Check 1 必考單字	高低重音	詞性、類義詞與對義詞
1108 バイク	バイク	[名]【bike】腳踏車；摩托車
1109 売店（ばいてん）	ばいてん	[名]（車站等）小賣店
1110 バイバイ	バイバイ	[寒暄]【bye-bye】再見，拜拜
1111 CD2/16 ハイヒール	ハイヒール	[名]【highheel】高跟鞋
1112 俳優（はいゆう）	はいゆう	[名] 演員 關 職人（しょくにん） 工匠
1113 パイロット	パイロット／パイロット	[名]【pilot】領航員；飛行駕駛員；實驗性的飛行員
1114 生える（はえる）	はえる	[自下一]（草，木）等生長
1115 馬鹿（ばか）	ばか	[名・接頭] 愚蠢，糊塗
1116 ～泊（はく）／～泊（ぱく）	はく／ぱく	[名・漢造] 宿，過夜；停泊 關 宿泊（しゅくはく） 住宿

Check 2 必考詞組	Check 3 必考例句
□ バイクで旅行したい。 想騎機車旅行。	車は渋滞があるので、バイクで通勤しています。 因為開車會被塞在路上，所以都騎機車通勤。
□ 駅の売店。 車站的小賣店。	駅の売店でおにぎりとお茶を買いました。 在車站的小賣部買了飯糰和茶。
□ バイバイ、またね。 掰掰，再見。	「じゃ、またね。」「うん、また明日ね、バイバイ。」 「再見囉！」「嗯！明天見，拜拜！」
□ ハイヒールをはく。 穿高跟鞋。	今日はハイヒールを履いているので、そんなに走れません。 因為我今天穿高跟鞋，沒辦法跑太遠。
□ 映画俳優。 電影演員	彼は映画やテレビより、舞台で活躍している俳優です。 比起電影或電視劇，作為一個演員，他在舞台上的表現更為活躍。
□ パイロットを志す。 以當飛行員為志向。	パイロットから、この後少し揺れます、と放送が入った。 飛行員廣播說道：「稍後機身會有點搖晃。」
□ 雑草が生えてきた。 雜草長出來了。	ほら、息子の口に、前歯が２本生えてきたのが見えるでしょう。 你瞧，可以看到我兒子嘴裡有兩顆剛長出來的門牙吧？
□ ばかなまねはするな。 別做傻事。	お前は馬鹿だなあ。一人で悩んでないで、早く相談すればいいのに。 你也真傻啊，用不著獨自一人煩惱，早點跟我商量多好。
□ 京都に一泊する。 在京都住一晚。	冬休みは、３泊４日で北海道へスキーに行く予定です。 寒假期間，我計劃一趟四天三夜的旅行去北海道滑雪。

Check 1 必考單字	高低重音	詞性、類義詞與對義詞
1117 □□□ 拍手（はくしゅ）	はくしゅ	[名・自サ] 拍手，鼓掌 關 喝采（かっさい） 喝彩
1118 □□□ 博物館（はくぶつかん）	はくぶつかん	[名] 博物館，博物院
1119 □□□ 歯車（はぐるま）	はぐるま	[名] 齒輪
1120 □□□ 激しい（はげしい）	はげしい	[形] 激烈，劇烈；（程度上）很高，厲害；熱烈 關 甚だしい（はなはだしい） 非常
1121 □□□ 鋏（はさみ）	はさみ	[名] 剪刀；剪票鉗 類 剪刀（せんとう） 剪刀
1122 □□□ 端（はし）	はし	[名] 開端，開始；邊緣；零頭，片段；開始，盡頭
1123 □□□ 始まり（はじまり）	はじまり	[名] 開始，開端；起源
1124 □□□ 始め（はじめ）	はじめ	[名・接尾] 開始，開頭；起因，起源；以…為首 類 最初（さいしょ） 起初
1125 □□□ 柱（はしら）	はしら	[名・接尾]（建）柱子；支柱；（轉）靠山

Check 2 必考詞組 | **Check 3** 必考例句

□ 拍手を送った。
一起報以掌聲。
▶ 演奏が終わった後も、会場の拍手は鳴り止まなかった。
即使演奏結束了，會場的掌聲仍不絕於耳。

□ 博物館を楽しむ。
到博物館欣賞。
▶ 閉館後の夜の博物館では、人形たちがパーティーをしているんだよ。
入夜後，娃娃們會在閉館後的博物館裡開派對唷。

□ 機械の歯車。
機器的齒輪
▶ 人間が機械の一部のように働く様子を、「私は会社の歯車だ」といいます。
「我是公司的齒輪」這句話表達了人類宛如機器中的某個零件般運轉。

□ 競争が激しい。
競爭激烈。
▶ 昨日の夜中、突然の激しい痛みで、目が覚めました。
昨天夜裡，我被突然襲來的劇烈疼痛給痛醒了。

□ はさみで切る。
用剪刀剪。
▶ 封筒の端をはさみで切って、中のカードを取り出した。
我用剪刀把信封的邊緣剪開，取出了裡面的卡片。

□ 道の端。
路的兩旁
▶ この写真の右端に写っているのは誰ですか。
這張照片的右邊拍到的是誰？

□ 近代医学の始まり。
近代醫學的起源。
▶ 君と出会ったときが、僕の人生の始まり、といえる。
和你相遇的瞬間，可以說是我人生的開始。

□ 年の始め。
年初。
▶ 論文の始めと終わりだけ読んでレポートを書いた。
我只讀了論文的開頭和結尾就寫了報告。

□ 柱が倒れた。
柱子倒下。
▶ うちは母子家庭なので、母親の私が子どもたちを支える柱なんです。
因為我家是單親家庭，所以身為母親的我就是孩子們的支柱。

Check 1 必考單字	高低重音	詞性、類義詞與對義詞
1126 □□□ 外す（はずす）	はずす	[他五] 摘下，解開，取下；錯過，錯開；落後，失掉；避開，躲過 類 取る（とる） 取下
1127 □□□ バス代（だい）	バスだい	[名]【busだい】公車（乘坐）費
1128 □□□ パスポート	パスポート	[名]【passport】護照；身分證
1129 □□□ CD2/17 バス料金（りょうきん）	バスりょうきん	[名]【busりょうきん】公車（乘坐）費
1130 □□□ 外れる（はずれる）	はずれる	[自下一] 脫落，掉下；（希望）落空，不合（道理）；離開（某一範圍）
1131 □□□ 旗（はた）	はた	[名] 旗，旗幟；（佛）幡
1132 □□□ 畑（はたけ）	はたけ	[名] 田地，旱田；專業的領域
1133 □□□ 働き（はたらき）	はたらき	[名] 勞動，工作；作用，功效；功勞，功績；功能，機能
1134 □□□ はっきり	はっきり	[副・自サ] 清楚；直接了當

Check 2 必考詞組	Check 3 必考例句
□ 眼鏡を外す。 摘下眼鏡。	申し訳ありません、村田はただいま席を外しております。 非常抱歉，村田現在不在位子上。
□ バス代を払う。 付公車費。	バス代は会社から出ないので、駅まで歩いています。 因為公司不會出公車錢，所以我徒步前往車站。
□ パスポートを出す。 取出護照。	パスポートの写真がよく撮れていて、違う人かと疑われる。 護照的照片拍得太好看了，因而被懷疑不是本人。
□ 大阪までのバス料金。 搭到大阪的公車費用。	バス料金は安くて魅力的なので、友人とバス旅行を計画している。 因為巴士費很便宜這點很吸引人，所以我和朋友正計畫來趟巴士旅行。
□ ボタンが外れる。 鈕釦脫落。	今日は晴れるって言ってたのに、また天気予報、外れたね。 明明說今天會是晴天，天氣預報又不準了啊。
□ 旗をかかげる。 掛上旗子。	台湾のお客様がいらっしゃるので、テーブルに台湾の旗を飾った。 因為有來自臺灣的貴賓，所以在桌上裝飾著臺灣的國旗。
□ 畑を耕す。 耕地。	畑の野菜を採ってきて、朝ご飯に味噌汁を作った。 我摘下田裡的蔬菜，煮了味增湯當早餐。
□ 妻が働きに出る。 妻子外出工作。	A社と契約が取れたのは、君の働きのおかげだ。よくやった。 能和A公司簽約全是你的功勞。做得好！
□ はっきり言いすぎた。 說得太露骨了。	私の考えに賛成なのか、反対なのか、はっきりしてください。 你是贊成我的想法呢，還是反對呢，請好好講清楚。

Check 1 必考單字	高低重音	詞性、類義詞與對義詞
1135 □□□ バッグ	▸ バック	▸ [名]【bag】手提包
1136 □□□ はっけん 発見	▸ はっけん	▸ [名・他サ] 發現 類 見つける（み） 發現
1137 □□□ はったつ 発達	▸ はったつ	▸ [名・自サ]（身心）成熟，發達；擴展，進步；（機能）發達，發展 對 進歩（しんぽ） 進步
1138 □□□ はつめい 発明	▸ はつめい	▸ [名・他サ] 發明 關 発案（はつあん） 提案
1139 □□□ はで 派手	▸ はで	▸ [名・形動]（服裝等）鮮艷的，華麗的；（為引人注目而動作）誇張，做作 對 地味（じみ） 樸素
1140 □□□ はながら 花柄	▸ はながら	▸ [名] 花的圖樣
1141 □□□ はな あ 話し合う	▸ はなしあう	▸ [自五] 對話，談話；商量，協商，談判
1142 □□□ はな 離す	▸ はなす	▸ [他五] 使…離開，使…分開；隔開，拉開距離
1143 □□□ はな も よう 花模様	▸ はなもよう	▸ [名] 花的圖樣

Check 2 必考詞組 / **Check 3 必考例句**

□ バッグに財布を入れる。
把錢包放入包包裡。

▶ 誕生日プレゼントくれるの？じゃあ、ブランドのバッグがいいな。
你要送我生日禮物嗎？那我想要名牌包！

□ 死体を発見した。
發現了屍體。

▶ いつか新しい星を発見することを夢見て、毎晩夜空を観察しています。
我每天晚上都在觀察星空，幻想著某天能發現未知的星星。

□ 技術の発達。
技術的發展

▶ 彼は体操の選手なので、全身の筋肉が発達しています。
因為他是體操選手，所以全身肌肉都很發達。

□ 機械を発明した。
發明機器。

▶ 発明王と言われるエジソンは、一生で1300もの発明を行った。
被譽為發明王的愛迪生，一生中有1300項發明。

□ 派手な服を着る。
穿華麗的衣服。

▶ あの子はあんな派手な格好をしてるけど、仕事はすごく真面目だよ。
她雖然打扮得很浮誇，但是工作起來非常認真哦！

□ 花柄のワンピース。
有花紋圖樣的連身洋裝。

▶ 男が花柄の服を着ちゃいけないっていう決まりでもあるのか。
有規定男生不能穿花紋的服裝嗎？

□ 楽しく話し合う。
相談甚歡。

▶ 進学は君一人の問題じゃないから、ご両親とよく話し合いなさい。
升學不是你一個人的問題，請好好和父母親討論。

□ 目を離す。
轉移視線。

▶ お祭りの会場では、お子さんから目を離さないようにお願いします。
在祭典的會場上，請不要讓孩子離開您的視線。

□ 花模様のハンカチ。
綴有花樣的手帕。

▶ 部屋の壁紙を花模様に替えたら、違う部屋みたいに明るくなった。
把房間的壁紙換成花朵圖案後，彷彿進到了另一間房間，變得明亮多了。

Check 1 必考單字	高低重音	詞性、類義詞與對義詞
1144 □□□ 離れる（はなれる）	はなれる	[自下一] 離開，分開；離去；距離，相隔；脫離（關係），背離
1145 □□□ 幅（はば）	はば	[名] 寬度，幅面；幅度，範圍；勢力；伸縮空間 關 間隔（かんかく） 間隔
1146 □□□ CD2/18 歯みがき（はみがき）	はみがき	[名] 刷牙；牙膏，牙膏粉；牙刷
1147 □□□ 場面（ばめん）	ばめん／ばめん	[名] 場面，場所；情景，（戲劇、電影等）場景，鏡頭；市場的情況，行情 類 光景（こうけい） 情景
1148 □□□ 生やす（はやす）	はやす	[他五] 使生長；留（鬍子）
1149 □□□ 流行る（はやる）	はやる	[自五] 流行，時興；興旺，時運佳 類 広まる（ひろまる） 傳開
1150 □□□ 腹（はら）	はら	[名] 肚子；心思，內心活動；心情，情緒；心胸，度量；胎內，母體內
1151 □□□ バラエティ	バラエティ	[名]【variety】多樣化，豐富多變；綜藝節目（「バラエティーショー」之略）
1152 □□□ ばらばら（な）	ばらばら	[形動・副] 分散貌；凌亂，支離破碎的；（雨點）等連續降落

Check 2 必考詞組	Check 3 必考例句
□ 故郷(こきょう)を離(はな)れる。 離開家鄉。	▶ 波(なみ)が高(たか)くて危険(きけん)ですから、海岸(かいがん)から離(はな)れてください。 浪大危險，請遠離岸邊。
□ 幅(はば)を広(ひろ)げる。 拓寬。	▶ 大雨(おおあめ)の後(あと)で、川(かわ)の幅(はば)がいつもの倍(ばい)くらいに広(ひろ)がっている。 大雨過後，河流的寬度比平時寬了一倍。
□ 毎食後(まいしょくご)に歯(は)みがきをする。 每餐飯後刷牙。	▶ 歯医者(はいしゃ)さんで、正(ただ)しい歯磨(はみが)きの仕方(しかた)を教(おし)えてもらいました。 牙醫教了我正確的刷牙方式。
□ 場面(ばめん)が変(か)わる。 轉換場景。	▶ この映画(えいが)を見(み)たのは10年(ねん)も前(まえ)だが、最後(さいご)の場面(ばめん)ははっきり覚(おぼ)えている。 我看這部電影是十年前的事了，但是最後一幕仍然記得非常清楚。
□ 髭(ひげ)を生(は)やす。 留鬍鬚。	▶ どうも子(こ)どもっぽく見(み)られるから、髭(ひげ)を生(は)やしてみたけど、どうかな。 因為總被人說是娃娃臉，所以我試著留了鬍子，看起來怎麼樣？
□ ヨガダイエットが流行(はや)っている 。 流行瑜珈減肥。	▶ その年(とし)に流行(はや)った言葉(ことば)を選(えら)ぶ、流行語大賞(りゅうこうごたいしょう)という賞(しょう)があります。 「流行語獎」就是選出當年度流行用語的獎項。
□ 腹(はら)がいっぱい。 肚子很飽。	▶ 腹減(はらへ)ったなあ。なんか食(く)うもんない？ 肚子餓了耶。有什麼吃的嗎？
□ バラエティ番組(ばんぐみ)。 綜藝節目。	▶ お昼(ひる)のバラエティ番組(ばんぐみ)は、有名人(ゆうめいじん)の離婚(りこん)の話(はなし)ばかりだ。 中午的綜藝節目都在談論名人離婚的話題。
□ 時計(とけい)をばらばらにする。 把表拆開。	▶ 全員(ぜんいん)ばらばらだった動(うご)きが、半日(はんにち)の練習(れんしゅう)でぴったり合(あ)うようになった。 全體人員散開的動作大家只練了半天就整齊劃一了。

Check 1 必考單字	高低重音	詞性、類義詞與對義詞
1153□□□ バランス	バランス	[名]【balance】平衡，均衡，均等
1154□□□ 張る（は）	はる	[自五・他五] 延伸，伸展；覆蓋；膨脹，負擔過重；展平，擴張；設置，布置
1155□□□ バレエ	バレエ	[名]【ballet】芭蕾舞
1156□□□ バン	バン	[名]【van】大篷貨車
1157□□□ 番（ばん）	ばん	[名・接尾・漢造] 輪班；看守，守衛；（表順序與號碼）第…號；（交替）順序
1158□□□ 範囲（はんい）	はんい	[名] 範圍，界線
1159□□□ 反省（はんせい）	はんせい	[名・他サ] 反省，自省（思想與行為）；重新考慮
1160□□□ 反対（はんたい）	はんたい	[名・自サ] 相反；反對
1161□□□ パンツ	パンツ	[名]【pants】（男性與兒童的）褲子；西裝褲；長運動褲，內褲

Check 2 必考詞組 | **Check 3 必考例句**

□ バランスを取(と)る。
保持平衡。
▶ 肉(にく)だけとか野菜(やさい)だけとかじゃだめ。食事(しょくじ)はバランスだよ。
只吃肉或只吃蔬菜都是不行的，必須均衡飲食。

□ 池(いけ)に氷(こおり)が張(は)る。
池塘都結了一層薄冰。
▶ 事件(じけん)のあった公園内(こうえんない)は立(た)ち入(い)り禁止(きんし)で、入(い)り口(ぐち)には縄(なわ)が張(は)られていた。
發生事故的公園入口處拉起了封條，禁止進入了。

□ バレエを習(なら)う。
學習芭蕾舞。
▶ バレエの発表会(はっぴょうかい)で、白鳥(はくちょう)の湖(みずうみ)を踊(おど)りました。
在芭蕾舞的成果發表會上跳了天鵝湖。

□ 新型(しんがた)のバンがほしい。
想要有一台新型貨車。
▶ 友達(ともだち)のバンを借(か)りて、家族(かぞく)でキャンプに行(い)った。
向朋友借了箱型車和家人去露營。

□ 店(みせ)の番(ばん)をする。
照看店鋪。
▶ 次(つぎ)は私(わたし)の番(ばん)ですよ。ちゃんと順番(じゅんばん)を守(まも)ってください。
下一個輪到我了哦，請務必遵守順序。

□ 予算(よさん)の範囲(はんい)でやる。
在預算範圍內做。
▶ 明日(あす)の試験範囲(しけんはんい)は、24 ページから 32 ページまでです。
明天考試的範圍從第24頁到第32頁。

□ 深(ふか)く反省(はんせい)している。
深深地反省。
▶ 子(こ)どもは「ごめんなさーい」と笑(わら)いながら逃(に)げて行(い)った。
小孩一邊笑著說「對不起！」一邊逃走了。

□ 道(みち)の反対側(はんたいがわ)。
道路的相對一側。
▶ 親(おや)に反対(はんたい)されたくらいで、夢(ゆめ)を諦(あきら)めるのか。
只因為父母反對，你就要放棄夢想嗎？

□ パンツをはく。
穿褲子。
▶ 男(おとこ)はパンツのポケットに両手(りょうて)を入(い)れて立(た)っていた。
當時男子站著，雙手插在褲子的口袋裡。

Check 1 必考單字	高低重音	詞性、類義詞與對義詞
1162 □□□ 犯人（はんにん）	はんにん	[名] 犯人
1163 □□□ パンプス	パンプス	[名]【pumps】女用的高跟皮鞋，淑女包鞋
1164 □□□ CD2/19 パンフレット	パンフレット	[名]【pamphlet】小冊子
1165 □□□ 非（ひ）	ひ	[漢造] 非，不是
1166 □□□ 費（ひ）	ひ	[漢造] 消費，花費；費用
1167 □□□ ピアニスト	ピアニスト	[名]【pianist】鋼琴師，鋼琴家
1168 □□□ ヒーター	ヒーター	[名]【heater】暖氣裝置；電熱器，電爐
1169 □□□ ビール	ビール	[名]【(荷)bier】啤酒
1170 □□□ 被害（ひがい）	ひがい	[名] 受害，損失 類 損害（そんがい） 損失

Check 2 必考詞組	Check 3 必考例句
□ 犯人を逮捕する。 逮捕犯人。	暴力事件の犯人と間違われて、警察に連れて行かれた。 我被誤認為暴力事件的犯人，被警察帶走了。
□ パンプスをはく。 穿淑女包鞋。	仕事で履くので、歩き易いパンプスを探しています。 我想買一雙工作用的輕便包鞋。
□ 詳しいパンフレット。 詳細的小冊子。	すごくいい映画だったので、ついパンフレットを買ってしまった。 因為是一部很不錯的電影，所以沒什麼考慮就買了宣傳冊子。
□ 非を認める。 承認錯誤。	目上の人を 10 分も待たせるとは、非常識だな。 居然讓長輩等了十分鐘，真是太不懂事了。
□ 経費。 經費	今日の歓迎会の費用は、会社の交際費で処理してください。 今天歡迎會的費用，請用公司的社交費來支付。
□ ピアニストの方。 鋼琴家。	結婚式場でピアニストのアルバイトをしています。 我的兼職工作是在結婚會場當鋼琴師。
□ ヒーターをつける。 裝暖氣。	今年の冬は寒くて、朝から晩までヒーターを点けっ放しだ。 今年的冬天很冷，我從早到晚都開著暖氣。
□ ビールを飲む。 喝啤酒。	冷たくておいしい。夏はやっぱりビールだなあ。 好冰好美味！夏天果然就是要喝啤酒啊！
□ 被害がひどい。 受災嚴重。	地震による被害は小さくないが、死者が出なかったことは不幸中の幸いだ。 雖然地震造成了不小的災害，但沒有出現死者是不幸中的大幸。

Check 1 必考單字	高低重音	詞性、類義詞與對義詞
1171 □□□ 引き受ける（ひうける）	ひきうける	[他下一] 承擔，負責；照應，照料；應付，對付；繼承 類 預かる（あずかる） 負責
1172 □□□ 引き算（ひざん）	ひきざん	[名]（數）減法
1173 □□□ ピクニック	ピクニック／ピクニック	[名]【picnic】郊遊，野餐
1174 □□□ 膝（ひざ）	ひざ	[名] 膝，膝蓋
1175 □□□ 肘（ひじ）	ひじ	[名] 肘，手肘
1176 □□□ 美術（びじゅつ）	びじゅつ	[名] 美術
1177 □□□ 非常（ひじょう）	ひじょう	[名・形動] 非常，很，特別；緊急，緊迫 類 特別（とくべつ） 特別
1178 □□□ 美人（びじん）	びじん／びじん	[名]（文）美人，美女 類 美女（びじょ） 美女
1179 □□□ 額（ひたい）	ひたい	[名] 前額，額頭；物體突出部分

Check 2 必考詞組	Check 3 必考例句
□ 事業を引き受ける。 繼承事業。	自分にできない仕事は引き受けちゃだめって言わなかったっけ。 我沒告訴過你不要接下自己無法完成的工作嗎？
□ 引き算を習う。 學習減法。	一万円から、使った分を引き算すれば、おつりがいくらか分かるよ。 原本有一萬圓，扣除花掉的錢，就知道還剩多少錢了。
□ ピクニックに行く。 去野餐。	サンドイッチとコーヒーを持って、森へピクニックに行こう。 帶著三明治和咖啡，我們去森林野餐吧！
□ 膝を曲げる 。 曲膝。	制服のスカートは、膝が隠れるくらいの長さです。 制服裙子的長度大約是膝蓋以下。
□ 肘つきのいす。 帶扶手的椅子。	授業中、彼女は机に肘をついて、ぼんやり窓の外を見ていた。 上課時她用手肘撐在桌子上，心不在焉地看著窗外。
□ 美術の研究。 研究美術	美術大学を卒業しましたが、美術史が専門なので、絵は描けません。 雖然我畢業於美術大學，但因為專攻的是美術史，所以不會畫畫。
□ 非常の場合。 緊急的情況	彼の活躍は、同じ研究者として非常に嬉しく思っています。 同樣身為研究者，我為他的活躍感到非常高興。
□ 美人薄命。 紅顏薄命。	君のお母さんは美人だなあ。君が羨ましいよ。 你的媽媽真是個美人啊。我好羨慕你哦。
□ 額に汗して働く。 汗流滿面地工作。	女の子は、額にかかる前髪を右手で払うと、前を向いた。 那個女孩子伸出右手撥開遮住額頭的瀏海，面向前方。

Check 1 必考單字	高低重音	詞性、類義詞與對義詞
1180 □□□ 引っ越し（ひっこし）	ひっこし	[名] 搬家，遷居
1181 □□□ CD2 20 ぴったり	ぴったり	[副・自サ] 緊緊地，嚴實地；恰好，正適合；說中，猜中，剛好合適 關 合う（あう） 恰好
1182 □□□ ヒット	ヒット	[名・自サ]【hit】大受歡迎，最暢銷；（棒球）安打
1183 □□□ ビデオ	ビデオ	[名]【video】影像，錄影；錄影機；錄影帶
1184 □□□ 人差し指（ひとさしゆび）	ひとさしゆび	[名] 食指 類 食指（しょくし） 食指
1185 □□□ ビニール	ビニール	[名]【vinyl】（化）乙烯基；乙烯基樹脂；塑膠
1186 □□□ 皮膚（ひふ）	ひふ／ひふ	[名] 皮膚 關 皮（かわ） 皮膚
1187 □□□ 秘密（ひみつ）	ひみつ	[名・形動] 秘密，機密 類 内緒（ないしょ） 秘密
1188 □□□ 紐（ひも）	ひも	[名]（布、皮革等的）細繩，帶

Check 2 必考詞組	Check 3 必考例句
□ 引っ越しをする。 搬家。	会社の近くのマンションに引っ越しすることにした。 我決定搬到公司附近的公寓。
□ ぴったり寄り添う。 緊緊地偎靠在一起。	佐藤さんは毎朝８時45分ぴったりに会社に来ます。 佐藤每天早上都準時在８點45分到公司。
□ ヒットソング。 暢銷流行曲。	主婦の意見を取り入れて開発した掃除用品は、発売と同時に大ヒットした。 採用主婦們的意見研發而成清潔用品，一上市就大受歡迎。
□ ビデオを再生する。 播放錄影帶。	息子は大好きなアニメのビデオを繰り返し見ている。 兒子正在重看他最喜歡的動畫片。
□ 人差し指を立てる。 豎起食指。	彼は人差し指を立てて、僕はナンバーワンだ、と叫んだ。 他伸出食指，大喊道：「我是第一名！」
□ ビニール袋。 塑膠袋	急に降って来たので、コンビニでビニール傘を買った。 因為突然下雨了，所以我在便利商店買了把塑膠傘。
□ 皮膚が荒れる。 皮膚粗糙。	皮膚が弱いので、化粧品には気をつけています。 因為我的皮膚不好，所以使用化妝品時要很謹慎。
□ 秘密を明かす。 透漏秘密。	あの子は、絶対秘密ね、と言いながら、みんなにしゃべっている。 那孩子一邊說著「這是秘密，絕對不要告訴別人」，一邊又到處跟大家說。
□ 靴紐を結ぶ。 繫鞋帶。	靴の紐をしっかり結び直して、歩き出した。 把鞋帶重新繫好後，我邁出了腳步。

Check 1 必考單字	高低重音	詞性、類義詞與對義詞
1189 □□□ 冷やす（ひやす）	ひやす	[他五] 使變涼，冰鎮；（喻）使冷靜 關 冷ます（さます） 冷鎮 對 温める（あたためる） 溫
1190 □□□ 秒（びょう）	びょう	[名・漢造]（時間單位）秒
1191 □□□ 標語（ひょうご）	ひょうご	[名] 標語
1192 □□□ 美容師（びようし）	びようし	[名] 美容師
1193 □□□ 表情（ひょうじょう）	ひょうじょう	[名] 表情
1194 □□□ 標本（ひょうほん）	ひょうほん	[名] 標本；（統計）樣本；典型
1195 □□□ 表面（ひょうめん）	ひょうめん	[名] 表面
1196 □□□ 評論（ひょうろん）	ひょうろん	[名・他サ] 評論，批評
1197 □□□ ビラ	ビラ	[名]【bill】（宣傳、廣告用的）傳單

Check 2 必考詞組	Check 3 必考例句
□ 冷蔵庫(れいぞうこ)で冷(ひ)やす。 放在冰箱冷藏。	▶ 友達(ともだち)が来(く)るので、冷蔵庫(れいぞうこ)にジュースを冷(ひ)やしておきます。 因為有朋友要來，所以先把果汁放到冰箱裡冰鎮。
□ タイムを秒(びょう)まで計(はか)る。 以秒計算。	▶ 人(ひと)の一生(いっしょう)を 80 年(ねん)とすると、80 年(ねん)は約(やく) 3 万日(まんにち)、約(やく) 2 億(おく) 5 千万秒(せんまんびょう)だ。 假設人可以活到八十歲，八十年大約是三萬天，也就是兩億五千萬秒左右。
□ 交通安全(こうつうあんぜん)の標語(ひょうご)。 交通安全的標語	▶ 工場(こうじょう)の壁(かべ)には事故防止(じこぼうし)のための標語(ひょうご)が貼(は)られている。 為了避免事故發生，工廠的牆壁上張貼著警語。
□ 人気(にんき)の美容師(びようし)。 極受歡迎的美髮設計師。	▶ 美容師(びようし)さんに髪(かみ)を切(き)ってもらって、町(まち)に出(で)かけたくなった。 我想請美容師剪短頭髮，去鎮上晃晃。
□ 表情(ひょうじょう)が暗(くら)い。 神情陰鬱。	▶ 写真(しゃしん)を見(み)ると、それまで笑(わら)っていた彼女(かのじょ)の表情(ひょうじょう)が固(かた)まった。 一看到照片，原本一直面帶笑容的她，表情突然僵住了。
□ 動物(どうぶつ)の標本(ひょうほん)。 動物的標本	▶ 夏休(なつやす)みの宿題(しゅくだい)で、虫(むし)の標本(ひょうほん)を作(つく)りました。 我做了一個昆蟲標本作為暑假作業。
□ 表面(ひょうめん)だけ飾(かざ)る。 只裝飾表面。	▶ 太陽(たいよう)の表面温度(ひょうめんおんど)は 6000 度(ど)と言(い)われていたが、実(じつ)は低温(ていおん)で 27 度(ど)だという。 一般都說太陽的表面溫度高達6000度，但實際上卻只有27度的低溫。
□ 評論家(ひょうろんか)として。 以評論家的身分	▶ 高校生(こうこうせい)に向(む)けて、文学作品(ぶんがくさくひん)に関(かん)する評論文(ひょうろんぶん)を書(か)いている。 正在撰寫適合高中生閱讀的文學書評。
□ ビラをまく。 發傳單。	▶ 来週(らいしゅう)パン屋(や)を開店(かいてん)するので、駅前(えきまえ)で宣伝(せんでん)のビラを配(くば)った。 因為下星期麵包店就要開幕了，所以我們在車站前發了宣傳單。

Check 1 必考單字	高低重音	詞性、類義詞與對義詞
1198 □□□ CD2/21 開く（ひらく）	ひらく	[自五・他五] 綻放；開，拉開
1199 □□□ 広がる（ひろがる）	ひろがる	[自五] 開放，展開；（面積、規模、範圍）擴大，蔓延，傳播
1200 □□□ 広げる（ひろげる）	ひろげる	[他下一] 打開，展開；（面積、規模、範圍）擴張，發展
1201 □□□ 広さ（ひろさ）	ひろさ	[名] 寬度，幅度
1202 □□□ 広まる（ひろまる）	ひろまる	[自五]（範圍）擴大；傳播，遍及
1203 □□□ 広める（ひろめる）	ひろめる	[他下一] 擴大，增廣；普及，推廣；披漏，宣揚
1204 □□□ 瓶（びん）	びん	[名] 瓶，瓶子
1205 □□□ ピンク	ピンク	[名]【pink】桃紅色，粉紅色；桃色
1206 □□□ 便箋（びんせん）	びんせん	[名] 信紙，便箋

Check 2 必考詞組	Check 3 必考例句
□ 花が開く。 花兒綻放開來。	▶ 彼女は手帳を取り出すと、メモをしたページを開いた。 她把筆記本拿出來後，翻到之前抄了筆記的那一頁。
□ 事業が広がる。 擴大事業。	▶ インターネット上には、大統領の発言を批判する声が広がっていた。 針對總統發言的批判聲浪在網絡上越演越烈。
□ 捜査の範囲を広げる。 擴大搜查範圍。	▶ 父親は両腕を大きく広げると、走って来る娘を抱き上げた。 父親張開雙臂，抱起了朝他跑來的女兒。
□ 広さは 3 万坪ある。 有三萬坪的寬度。	▶ このマンションは、広さは十分だが、車の騒音が気になるね。 雖然這棟大廈的空間很寬敞，但是車輛的噪音卻讓人介意。
□ 話が広まる。 事情漸漸傳開。	▶ 日本にキリスト教が広まらなかった理由について研究している。 正在研究基督教無法在日本廣為宣教的原因。
□ 知識を広める。 普及知識。	▶ 彼が社長の息子だという噂を広めたのは一体誰なの？ 究竟是誰把他是社長的兒子這件事傳出去的？
□ 瓶を壊す。 打破瓶子。	▶ アパートの床には、お酒の瓶が何本も転がっていました。 當時公寓的地板上躺著好幾支酒瓶。
□ ピンク色のセーター。 粉紅色的毛衣	▶ ピンク色の頬をした女の子は、きらきらした目で私を見つめた。 女孩子那時紅著臉蛋，用閃閃發光的眼睛望著我。
□ 便箋と封筒。 信紙和信封	▶ たった 1 枚の手紙を書くのに、便箋を 10 枚も無駄にしちゃった。 僅僅為了寫一封信，竟浪費了十張便條。

Check 1 必考單字	高低重音	詞性、類義詞與對義詞
1207 □□□ 不（ふ）	ふ	[漢造] 不；壞；醜；笨
1208 □□□ 部（ぶ）	ぶ	[名・漢造] 部分；部門；冊
1209 □□□ 無（ぶ）	ぶ	[漢造] 無，沒有，缺乏
1210 □□□ ファーストフード	ファーストフード	[名]【fastfood】速食
1211 □□□ ファスナー	ファスナー	[名]【fastener】（提包、皮包與衣服上的）拉鍊
1212 □□□ ファックス	ファックス	[名]【fax】傳真
1213 □□□ 不安（ふあん）	ふあん	[名・形動] 不安，不放心，擔心；不穩定
1214 □□□ 風俗（ふうぞく）	ふうぞく	[名] 風俗；服裝，打扮；社會道德
1215 □□□ 夫婦（ふうふ）	ふうふ	[名] 夫婦，夫妻

Check 2 必考詞組	Check 3 必考例句
□ 不思議。 不可思議	遊びたいのは分かるけど、不規則な生活はよくないよ。 我知道你想玩，但不規律的生活作息對身體很不好喔。
□ 営業部。 業務部	以前は本社の営業部にいましたが、この春から工場の製造部で働いています。 我以前待在總公司的業務部，從今年春天開始調職到工廠的生產部。
□ 無難。 無事	「あの男はずいぶん無遠慮だな。」「彼は無器用なだけですよ。」 「那個男人很不拘小節耶。」「他只是笨手笨腳而已啦。」
□ ファーストフードを食べすぎた。 吃太多速食。	毎日ファストフードじゃ、そのうち体を壊すよ。 如果每天都吃速食，很快就會把身體搞壞的。
□ ファスナーがついている。 有附拉鍊。	パスポートは、スーツケースの、ファスナーのついたポケットの中です。 護照在旅行箱中那個有拉鍊的口袋裡。
□ 地図をファックスする。 傳真地圖。	会員名簿を今すぐ、ファックスで送ってもらえますか。 請問您能立即把會員名單傳真過來嗎？
□ 不安をおぼえる。 感到不安。	「私は絶対にミスしません。」「それを聞いて、ますます不安になったよ。」 「我絕對不會犯錯！」「聽你這麼一說，我更不安了耶。」
□ 土地の風俗。 當地的風俗	東北地方の風俗を紹介する本を出版したい。 我想出版一本介紹東北地方風俗文化的書。
□ 夫婦になる。 成為夫妻。	私の両親は仲がよくて、理想の夫婦だと思います。 我父母的感情很好，是我心目中的夫妻楷模。

Check 1 必考單字	高低重音	詞性、類義詞與對義詞
1216 □□□ CD2 22 不可能（な）（ふかのう）	ふかのう	[形動] 不可能的，做不到的
1217 □□□ 深まる（ふか）	ふかまる	[自五] 加深，變深
1218 □□□ 深める（ふか）	ふかめる	[他下一] 加深，加強
1219 □□□ 普及（ふきゅう）	ふきゅう	[名・自サ] 普及
1220 □□□ 拭く（ふ）	ふく	[他五] 擦，抹
1221 □□□ 副（ふく）	ふく	[名・漢造] 副本，抄件；副；附帶
1222 □□□ 含む（ふく）	ふくむ	[他五・自四] 含（在嘴裡）；帶有包含；瞭解，知道；含蓄；懷（恨）；鼓起；（花）含苞 關 包む（つつ） 包
1223 □□□ 含める（ふく）	ふくめる	[他下一] 包含，含括；囑咐，告知，指導 類 入れる（い） 包含
1224 □□□ 袋（ふくろ）	ふくろ	[名] 口袋；腰包

Check 2 必考詞組	Check 3 必考例句
□ 不可能な要求。 不可能達成的要求	こんなわずかな予算では、実験を成功させることは不可能です。 用這麼低的預算，是不可能讓實驗成功的。
□ 秋が深まる。 秋深。	スポーツを通して、国同士の関係が深まることは珍しくない。 藉由運動促進國與國之間的友誼，這樣的例子並不少見。
□ 知識を深める。 增進知識。	もっと外国人労働者に対する理解を深めることが必要だ。 我們需要對於外籍勞工有更進一步的了解。
□ テレビが普及している。 電視普及。	インターネットの普及によって、社会の情報化が進んだ。 隨著網絡的普及，我們又朝資訊化的社會邁進了一步。
□ 雑巾で拭く。 用抹布擦拭。	父は、眼鏡を拭きながら、私の話を黙って聞いていました。 當時父親一邊擦拭眼鏡，一邊默默地聽我說話。
□ 副社長。 副社長。	本日は山下部長に代わりまして、副部長の私がご挨拶させて頂きます。 今天由身為副經理的我代替山下經理前來拜會。
□ 目に涙を含む。 眼裡含淚。	勤務時間は９時から５時まで。昼休み１時間を含みます。 工作時間從九點到五點，包含午休時間一個小時。
□ 子供を含めて三百人だ。 包括小孩在內共三百人。	大会参加者は800人、観客も含めると2000人以上が会場に集まった。 出賽選手為八百名，加上觀眾共有兩千多人在會場上齊聚一堂。
□ 袋に入れる。 裝入袋子。	スーパーでもらったレジ袋にゴミを入れて持ち帰った。 我把垃圾放入在超市拿到的塑膠袋裡提回家了。

Check 1 必考單字	高低重音	詞性、類義詞與對義詞
1225 □□□ 更（ふ）ける	ふける	[自下一]（秋）深；（夜）闌
1226 □□□ 不幸（ふこう）	ふこう	[名] 不幸，倒楣；死亡，喪事
1227 □□□ 符号（ふごう）	ふごう	[名] 符號，記號；（數）符號
1228 □□□ 不思議（ふしぎ）	ふしぎ	[名・形動] 奇怪，難以想像，不可思議 關 神秘（しんぴ） 神祕
1229 □□□ 不自由（ふじゆう）	ふじゆう	[名・形動・自サ] 不自由，不如意，不充裕；（手腳）不聽使喚；不方便
1230 □□□ 不足（ふそく）	ふそく	[名・形動・自サ] 不足，不夠，短缺；缺乏，不充分；不滿意，不平 類 欠（か）ける 不足
1231 □□□ 蓋（ふた）	ふた	[名]（瓶、箱、鍋等）的蓋子；（貝類的）蓋，蓋子
1232 □□□ CD2/23 舞台（ぶたい）	ぶたい	[名] 舞台；大顯身手的地方
1233 □□□ 再（ふたた）び	ふたたび	[副] 再一次，又，重新再 類 また 又

Check 2 必考詞組 | **Check 3 必考例句**

□ 夜が更ける。
三更半夜。

▶ 夜が更けて、遠くに犬の吠える声だけが響いている。
夜深了，只剩下遠處狗兒的吠叫聲仍在迴盪。

□ 不幸を嘆く。
哀嘆不幸。

▶ 自分は不幸だと思っていたが、みんな辛くても明るく頑張っているのだと知った。
雖然我認為自己很不幸，但我也知道即使大家生活辛苦，仍然保持樂觀進取。

□ 数学の符号。
數學符號。

▶ 前年より増えた場合はプラス、減った場合はマイナスの符号をつけます。
如果數目比去年多就寫加號，若是減少就寫減號。

□ 不思議なこと。
不可思議的事。

▶ お互い言葉が通じないのに、ホセさんの言いたいことは不思議と分かる。
雖然我們彼此語言不通，但不可思議的是，我竟能理解荷西先生想表達的意思。

□ 金に不自由しない。
不缺錢。

▶ 耳や目の不自由な方にも楽しんで頂ける舞台を目指しています。
我的目標是打造一座讓視障者和聽障者也能盡情享受的舞台。

□ 不足を補う。
彌補不足。

▶ 君には知識はあるかもしれないが、経験が不足しているよ。
或許你具有知識，但是經驗不足啊。

□ 蓋をする。
蓋上。

▶ 水筒に熱いお茶を入れて、蓋をしっかり閉めた。
把熱茶倒進水壺裡，然後牢牢鎖緊了蓋子。

□ 舞台に立つ。
站上舞台。

▶ いつかあの舞台に立って、大勢の観客の前で歌いたい。
希望未來的某一天我能站在那座舞台上，在許多觀眾面前唱歌。

□ 再びやってきた。
捲土重來。

▶ 男は助けた子どもを岸に上げると、再び海の中へ飛び込んだ。
男子把救回來的小孩抱上岸後，又再度跳進海裡。

Check 1 必考單字	高低重音	詞性、類義詞與對義詞
1234 □□□ 二手（ふたて）	ふたて	[名] 兩路
1235 □□□ 不注意（ふちゅうい）（な）	ふちゅうい	[形動] 不注意，疏忽，大意
1236 □□□ 府庁（ふちょう）	ふちょう	[名] 府辦公室
1237 □□□ 物（ぶつ）	ぶつ	[名・漢造] 大人物；物，東西
1238 □□□ 物価（ぶっか）	ぶっか	[名] 物價
1239 □□□ ぶつける	ぶつける	[他下一] 扔，投；碰，撞，（偶然）碰上，遇上；正當，恰逢；衝突，矛盾 類 当（あ）てる 碰上
1240 □□□ 物理（ぶつり）	ぶつり	[名]（文）事物的道理；物理（學）
1241 □□□ 船便（ふなびん）	ふなびん	[名] 船運通航
1242 □□□ 不満（ふまん）	ふまん	[名・形動] 不滿足，不滿，不平

Check 2 必考詞組	Check 3 必考例句
□ 二手に分かれる。 兵分兩路。	▶ じゃあ、二手に分かれて探そう。私は右へ行くから、左側を頼む。 那我們分頭找吧！我走右邊，左邊就拜託你了。
□ 不注意な発言。 失言。	▶ 運転中は、不注意な行動が大きな事故に繋がるので、気をつけよう。 駕駛時，一個不小心都可能釀成重大事故，請留意喔。
□ 府庁所在地。 府辦公室所在地。	▶ 引っ越しをしたので、府庁へ住所変更の手続きに行きました。 因為我搬家了，所以去政府機構辦理了變更住址的手續。
□ 紛失物。 遺失物品	▶ その映画は、登場人物が次々と毒物によって命を落とす話だ。 那部電影講的是出場角色一個接著一個因毒物而喪命（被毒死）的故事。
□ 物価が上がった。 物價上漲。	▶ 都会は便利だけど、物価が高くて暮らしにくい。 住在都市很方便，但是物價太高，過得很辛苦。
□ 車をぶつける。 撞上了車。	▶ たんすの角に足をぶつけて、痛くて跳び上がった。 腳撞到衣櫃的邊角，痛得跳了起來。
□ 物理変化。 物理變化	▶ 大学では物理を専攻して、宇宙の謎を研究したい。 我在大學主修物理學，希望研究宇宙的奧秘。
□ 船便で送る。 用船運過去。	▶ 急ぎませんから船便でいいですよ、安いですから。 不急著送達，用海運就好了哦。這樣比較便宜。
□ 不満を抱く。 心懷不滿。	▶ 世の中に不満を抱く若者が犯罪に走るケースが多いという。 據說對社會感到不滿的年輕人犯罪的案例很多。

Check 1 必考單字	高低重音	詞性、類義詞與對義詞
1243 踏切（ふみきり）	ふみきり	[名]（鐵路的）平交道，道口；（轉）決心
1244 麓（ふもと）	ふもと	[名] 山腳
1245 増やす（ふやす）	ふやす	[他五] 繁殖；增加，添加 [關] 増す（ます） 增加
1246 フライ返し（がえし）	フライがえし	[名]【fry がえし】炒菜鏟
1247 フライトアテンダント	フライトアテンダント	[名]空服員
1248 プライバシー	プライバシー	[名]【privacy】私生活，個人私密
1249 CD2 24 フライパン	フライパン	[名]【frypan】煎鍋，平底鍋 [關] 中華鍋（ちゅうかなべ） 炒菜鍋
1250 ブラインド	ブラインド	[名]【blind】百葉窗，窗簾，遮光物
1251 ブラウス	ブラウス	[名]【blouse】（婦女穿的）寬大的罩衫，襯衫，女襯衫

Check 2 必考詞組		Check 3 必考例句
□ 踏切を渡る。 過平交道。	▶	朝夕のラッシュの時は、踏切が 10 分以上開かないこともある。 在早晚通勤的交通尖峰期間，鐵路平交道的柵欄有時超過十分鐘都沒有升起。
□ 富士山の麓。 富士山下	▶	私の実家は、北海道の山の麓で旅館をやっています。 我的老家在北海道的山腳下經營旅館。
□ 人手を増やす。 增加人手。	▶	君は手伝ってくれてるのか、それとも僕の仕事を増やしてるのか。 你是在幫我的忙還是在幫倒忙？
□ 使いやすいフライ返し。 好用的炒菜鏟。	▶	フライ返しで卵焼きを作ります。 用鍋鏟煎雞蛋。
□ フライトアテンダントを目指す。 以當上空服員為目標。	▶	フライトアテンダントになるために、専門学校に通っています。 為了成為空服員而正在就讀職業學校。
□ プライバシーに関する情報。 關於個人隱私的相關資訊。	▶	生徒のプライバシーを守るために、写真の撮影はご遠慮ください。 為保護學生的隱私，請勿拍照。
□ フライパンで焼く。 用平底鍋烤。	▶	『フライパンひとつでできる料理』という本が売れている。 《只要一個平底鍋就能完成的料理》這本書很暢銷。
□ ブラインドを掛ける。 掛百葉窗。	▶	もう朝か。ブラインドが閉まっていて、気がつかなかった。 已經天亮了哦。百葉窗關著，所以沒察覺。
□ ブラウスを洗濯する。 洗襯衫。	▶	母の日に、花柄のブラウスをプレゼントしました。 母親節時送了媽媽印花罩衫。

Check 1 必考單字	高低重音	詞性、類義詞與對義詞
1252 □□□ プラス	プラス	[名·他サ]【plus】（數）加號；正數；利益，好處；盈餘
1253 □□□ プラスチック	プラスチック	[名]【plastic;plastics】（化）塑膠，塑料
1254 □□□ プラットホーム	プラットホーム	[名]【platform】月台
1255 □□□ ブランド	ブランド	[名]【brand】（商品的）牌子；商標
1256 □□□ 振り（ぶり）	ぶり	[造語] 樣子，狀態 關 アクション／action 行動
1257 □□□ 振り（ぶり）	ぶり	[造語] 相隔
1258 □□□ プリペイドカード	プリペイドカード	[名]【prepaidcard】預先付款的卡片（電話卡、影印卡等）
1259 □□□ プリンター	プリンター	[名]【printer】印表機；印相片機
1260 □□□ 古（ふる）	ふる	[名·漢造] 舊東西；舊，舊的

Check 2 必考詞組	Check 3 必考例句
□ プラスになる。 有好處。	▶ 病気を克服した経験は、君の今後の人生にきっとプラスになる。 對抗病魔的經驗，對你的未來一定有所助益。
□ プラスチック製の車。 塑膠製的車子。	▶ ピクニック用に、プラスチックの食器を買った。 我買了野餐用的塑料盤子。
□ プラットホームを出る。 走出月台。	▶ 4番線のプラットホームに特急列車が入って来た。 特快車開進了四號月台。
□ ブランド品。 名牌商品。	▶ イタリアに行くなら、お土産にブランドのお財布が欲しいな。 如果你要去義大利，旅遊禮物我想要名牌的錢包喔。
□ 勉強振り。 學習狀況	▶ 彼がこの計画に真剣なのは、仕事振りを見れば分かる。 看他工作的樣子就知道他對這個計畫很用心。
□ 五年振りの来日。 相隔五年的訪日。	▶ 「お久しぶりです。」「そうだね、半年ぶりくらいかな。」 「好久不見。」「對啊，差不多有半年沒見了吧！」
□ 国際電話用のプリペイドカード。 撥打國際電話的預付卡	▶ コンビニで、使い捨てのプリペイドカードを買った。 我在便利商店買了一次性的預付卡。
□ 新しいプリンター。 新的印表機	▶ パソコンで作った資料をプリンターに送信します。 把在電腦上做的資料傳送到印表機。
□ 古本屋さん。 二手書店	▶ 家にあった父の本を整理して、古本屋に売った。 把爸爸放在家裡的那些書整理整理，賣給了二手書店。

Check 1 必考單字	高低重音	詞性、類義詞與對義詞
1261 □□□ 振る（ふる）	ふる	[他五] 揮，搖；撒，丟；（俗）放棄，犧牲（地位等）；謝絕，拒絕；派分；在漢字上註假名
1262 □□□ フルーツ	フルーツ	[名]【fruits】水果
1263 □□□ ブレーキ	ブレーキ	[名]【brake】煞車；制止，控制，潑冷水 對 アクセル／accelerator 之略 加速踏板
1264 □□□ 風呂（場）（ふろば）	ふろば	[名] 浴室，洗澡間，浴池
1265 □□□ 風呂屋（ふろや）	ふろや	[名] 浴池，澡堂
1266 □□□ ブログ	ブログ	[名]【blog】部落格
1267 □□□ CD2/25 プロ	プロ	[名]【professional之略】職業選手，專家，專業
1268 □□□ 分（ぶん）	ぶん	[名・漢造] 部分；份；本分；地位
1269 □□□ 分数（ぶんすう）	ぶんすう	[名]（數學的）分數

Check 2 必考詞組	Check 3 必考例句
□ 手を振る。 揮手。	一列に並んだ子どもたちが旗を振って、走って来る選手たちを迎えた。 排成一列的孩子們揮舞著旗子，迎接了跑過來的選手們。
□ フルーツジュース。 果汁	新鮮なフルーツをたっぷり使った贅沢なケーキです。 這個豪華蛋糕用了大量的新鮮水果。
□ ブレーキをかける。 踩煞車。	道路に猫が飛び出してきて、慌ててブレーキを踏んだ。 貓從路邊衝了出來，我連忙踩了剎車。
□ 風呂に入る。 泡澡。	その汚れた足を、まずお風呂場で洗ってきなさい。 弄髒的腳請先在浴室清洗乾淨。
□ 風呂屋に行く。 去澡堂。	友達が泊まりに来たので、近所の風呂屋に行った。 因為有朋友來家裡住，所以我們去了附近的澡堂。
□ ブログを作る。 架設部落格。	ブログを始めました。皆さん、読んでください。 我開始寫部落格了，請大家要看哦！
□ プロになる。 成為專家。	僕はプロの作家です。書店の店員は生活のためのアルバイトです。 我是專業作家，為了餬口才兼職書店店員。
□ 減った分を補う。 補充減少部分。	お菓子は一人二つです。自分の分を取ったら、席に着いてください。 每人有兩個點心。拿完自己的份後，請到位子坐下。
□ 分数を習う。 學分數。	分数の足し算、引き算の問題が苦手です。 我很不擅長做分數加減運算的題目。

Check 1 必考單字	高低重音	詞性、類義詞與對義詞
1270 □□□ 文体（ぶんたい）	ぶんたい	[名]（某時代特有的）文體；（某作家特有的）風格
1271 □□□ 文房具（ぶんぼうぐ）	ぶんぼうぐ	[名] 文具，文房四寶 類 文具（ぶんぐ） 文具
1272 □□□ 平気（へいき）	へいき	[名・形動] 鎮定，冷靜；不在乎，不介意，無動於衷 類 平静（へいせい） 平靜
1273 □□□ 平均（へいきん）	へいきん	[名・自サ・他サ] 平均；（數）平均值；平衡，均衡 關 均等（きんとう） 平均
1274 □□□ 平日（へいじつ）	へいじつ	[名]（星期日、節假日以外）平日；平常，平素 類 普段（ふだん） 平常
1275 □□□ 兵隊（へいたい）	へいたい	[名] 士兵，軍人；軍隊
1276 □□□ 平和（へいわ）	へいわ	[名・形動] 和平，和睦 類 太平（たいへい） 太平 對 戦争（せんそう） 戰爭
1277 □□□ 臍（へそ）	へそ	[名] 肚臍；物體中心突起部分
1278 □□□ 別（べつ）	べつ	[名・形動・漢造] 分別，區分；分別 關 別々（べつべつ） 分開

Check 2 必考詞組	Check 3 必考例句
□ 漱石の文体をまねる。 模仿夏目漱石的文章風格。	この二つの評論は、文体が違うだけで、言っていることは同じだ。 這兩則評論雖然文章體裁不同，但說的都是同一件事。
□ 文房具屋さん。 文具店	かわいいペンやきれいなメモ帳、文房具屋は見ていて飽きない。 可愛的筆和漂亮的記事本……，這些東西在文具店裡怎麼看都看不膩。
□ 平気な顔。 冷靜的表情	あの子、平気な振りしてるけど、本当は相当辛いと思うよ。 她雖然裝出滿不在乎的樣子，但我覺得她其實非常難受。
□ 平均所得。 平均收入	東京の１月の平均気温は、最高気温が 10 度、最低気温が２度です。 東京一月份的平均溫度，最高為10度，最低為２度。
□ 平日ダイヤで運行する。 以平日的火車時刻表行駛。	平日は 21 時まで、土日は 23 時まで営業しております。 本店平日營業到21點，周末營業到23點。
□ 兵隊に行く。 去當兵。	戦争中祖父が兵隊に行った時の、白黒の写真を見た。 我看了爺爺當年入伍參戰時的黑白照片。
□ 平和に暮らす。 過和平的生活。	私たち一人一人にも、世界の平和のためにできることがあります。 我們每一個人都可以為世界和平貢獻一份力量。
□ へそを曲げる。 不聽話。	おへそを出して寝たら風邪をひくよ。ちゃんと布団を掛けて。 睡覺時露出肚臍會感冒哦。乖乖把被子蓋好！
□ 別の方法を考える。 想別的方法	もうおなかいっぱい。でも、デザートは別です。 已經很飽了。不過，裝甜點的是另一個胃！

Check 1 必考單字	高低重音	詞性、類義詞與對義詞
1279 □□□ 別(べつ)に	▸ べつに	▸ [副]（後接否定）不特別
1280 □□□ 別々(べつべつ)	▸ べつべつ	▸ [形動] 各自，分別，各別 類 それぞれ 各自
1281 □□□ ベテラン	▸ ベテラン	▸ [名]【veteran】老手，內行
1282 □□□ 部屋代(へやだい)	▸ へやだい	▸ [名] 房間費
1283 □□□ 減(へ)らす	▸ へらす	▸ [他五] 減，減少；削減，縮減；空（腹）
1284 □□□ ベランダ	▸ ベランダ	▸ [名]【veranda】陽台；走廊
1285 □□□ CD2 26 経(へ)る	▸ へる	▸ [自下一]（時間、空間、事物）經過、通過
1286 □□□ 減(へ)る	▸ へる	▸ [自五] 減，減少；磨損 類 減少(げんしょう)する 減少 對 増(ふ)える 增加
1287 □□□ ベルト	▸ ベルト	▸ [名]【belt】皮帶；（機）傳送帶；（地）地帶

Check 2 必考詞組 / **Check 3 必考例句**

□ 別に忙しくない。
不特別忙。
▶ 「洋一君も一緒に行く？」「ううん、いいよ、別に興味ないし。」
「洋一同學也一起去嗎？」「不，不要，我又沒興趣。」

□ 別々に研究する。
分別研究。
▶ ごちそうさまでした。お会計は別々にお願いします。
我們吃飽了，請分開結帳。

□ ベテラン選手がやめる。
老將辭去了。
▶ 君、もう８年もこの仕事やってるの？すっかりベテランだね。
你這份工作已經做了八年了嗎？已經是個老手了啊。

□ 部屋代を払う。
支付房租。
▶ 友達と一緒に住んでいるが、部屋代は私が出している。
雖然我和朋友一起住，但房租是我繳的。

□ 体重を減らす。
減輕體重。
▶ 会社の経営が厳しいらしく、交際費を減らすように言われた。
公司的營運狀況似乎不太妙，宣布要刪減交際費。

□ ベランダの花。
陽台上的花。
▶ 部屋の窓が開いていた。犯人はベランダから逃げたのだろう。
房間的窗戶當時是開著的，犯人應該是從陽臺逃脫的吧。

□ 3年を経た。
經過了三年。
▶ 200年の時を経て、その寺は今も村民の心の支えだ。
經過兩百年的時間，那座寺廟至今仍是村民的心靈支柱。

□ 収入が減る。
收入減少。
▶ 円高の影響で、自動車の輸出額が減っている。
受到日幣升值的影響，汽車出口量持續衰退。

□ ベルトの締め方。
繫皮帶的方式。
▶ ズボンが緩いので、ベルトを締めないと落ちてきちゃうんだ。
因為褲子很鬆，所以如果沒繫腰帶就會掉下來。

Check 1 必考單字	高低重音	詞性、類義詞與對義詞
1288 ヘルメット	ヘルメット	[名]【helmet】安全帽；頭盔，鋼盔
1289 偏（へん）	へん	[名・漢造] 漢字的（左）偏旁；偏，偏頗
1290 編（へん）	へん	[名・漢造] 編，編輯；（詩的）卷
1291 変化（へんか）	へんか	[名・自サ] 變化，改變；（語法）變形，活用 類 変動（へんどう） 變化
1292 ペンキ	ペンキ	[名]【pek】油漆
1293 変更（へんこう）	へんこう	[名・他サ] 變更，更改，改變 類 改定（かいてい） 修改
1294 弁護士（べんごし）	べんごし	[名] 律師
1295 ベンチ	ベンチ	[名]【bench】長椅，長凳；（棒球）教練，選手席板凳
1296 弁当（べんとう）	べんとう	[名] 便當，飯盒

Check 2 必考詞組		Check 3 必考例句
□ ヘルメットをかぶる。 戴安全帽。	▶	バイクの後ろに乗せてあげるよ。君の分のヘルメットもあるから。 我騎機車載你吧！反正我多帶了一頂安全帽。
□ 衣偏。 衣部（部首）	▶	漢字の左側を「偏」という。「体」という漢字は「にんべん」に「本」。 漢字的左側稱為「偏」。「体」這個漢字是「人字偏旁」再加上「本」。
□ 編集者。 編輯人員。	▶	この小説は、主人公の少年時代を描いた前編と、成長後の後編に分かれている。 這部小說分為描寫主人公少年時代的上卷，以及成長之後的下卷。
□ 変化に乏しい。 平淡無奇。	▶	企業も時代にあわせて変化していかなければならない。 企業也必須隨著時代的脈動而有所改變才行。
□ ペンキが乾いた。 油漆乾了。	▶	息子と一緒に犬小屋を作って、屋根に青いペンキを塗った。 我和兒子一起蓋了狗屋，並在屋頂刷上藍色的油漆。
□ 計画を変更する。 變更計畫。	▶	予定が変わったので、飛行機の時間を変更した。 因為行程改了，所以也更改了飛機的時間。
□ 弁護士になる。 成為律師。	▶	裁判の前に、弁護士とよく相談したほうがいいですよ。 在審判之前先跟律師仔細商量過比較好哦。
□ ベンチに腰掛ける。 坐到長椅上。	▶	そのおじいさんは、毎日同じベンチに座っています。 那個老爺爺每天都坐在同一張長椅上。
□ 弁当を作る。 做便當。	▶	「お弁当は温めますか。」「はい、お願いします。」 「便當要加熱嗎？」「要，拜託你了。」

Check 1 必考單字	高低重音	詞性、類義詞與對義詞
1297 □□□ 歩（ほ）／歩（ぽ）	ほ／ぽ	[名・漢造] 歩，步行；（距離單位）步
1298 □□□ 保育園（ほいくえん）	ほいくえん	[名] 幼稚園，保育園
1299 □□□ 保育士（ほいくし）	ほいくし	[名] 幼教師
1300 □□□ 防（ぼう）	ぼう	[漢造] 防備，防止；堤防
1301 □□□ 報告（ほうこく）	ほうこく	[名・他サ] 報告，匯報，告知 類 レポート（report）報告
1302 □□□ 包帯（ほうたい）	ほうたい	[名・他サ]（醫）繃帶
1303 □□□ 包丁（ほうちょう）	ほうちょう	[名] 菜刀；廚師；烹調手藝 關 ナイフ（knife）餐刀
1304 □□□ CD2/27 方法（ほうほう）	ほうほう	[名] 方法，辦法 類 手段（しゅだん） 方法
1305 □□□ 訪問（ほうもん）	ほうもん	[名・他サ] 訪問，拜訪

Check 2 必考詞組	Check 3 必考例句
□ 前へ、一歩進む。 往前一步。	ストーブが点けっ放しだったよ。一歩間違えたら大火事だった。 開著爐子就放著不管了啊。萬一不小心就會發生嚴重的火災了。
□ 2歳から保育園に行く。 從兩歲起就讀育幼園。	働きたいので、1歳の娘を預かってくれる保育園を探している。 因為我想去工作，所以在找能托育一歲女兒的托兒所。
□ 保育士になる。 成為幼教老師。	子どもが好きなので、保育士の資格を取るつもりだ。 因為喜歡小孩子，所以我打算考取幼教師的證照。
□ 予防医療。 預防醫療	風邪の予防のためには、手を洗うことが大切です。 為了預防感冒，洗手是非常重要的。
□ 事件を報告する。 報告案件。	調査結果は、どんな小さなことでも報告してください。 不管是多麼細微的線索，也請務必放進調查報告中。
□ 包帯を換える。 更換包紮帶。	手術をした右足には、白い包帯が巻かれていた。 動了手術的右腳用白色的繃帶包紮起來了。
□ 包丁で切る。 用菜刀切。	料理なんかしないから、うちには包丁もまな板もないよ。 因為根本不做飯，所以家裡既沒有菜刀也沒有砧板哦。
□ 方法を考え出す。 想出辦法。	代表者を決めるに当たっては、全員が納得できる方法を考えよう。 在決定代表的時候，要考慮全體人員都能接受的選拔辦法。
□ 家庭を訪問する。 家庭訪問。	お年寄りのお宅を訪問して、買い物などのお手伝いをする仕事です。 我的工作是去老年人家裡訪視，以及幫忙購物等等。

Check 1 必考單字	高低重音	詞性、類義詞與對義詞
1306 □□□ 暴力（ぼうりょく）	ぼうりょく	[名] 暴力，武力
1307 □□□ 頬（ほお）／頬（ほほ）	ほお／ほほ	[名] 頰，臉蛋
1308 □□□ ボーナス	ボーナス	[名]【bonus】特別紅利，花紅；獎金，額外津貼，紅利
1309 □□□ ホーム	ホーム	[名]【platform之略】月台
1310 □□□ ホームページ	ホームページ	[名]【homepage】（網站的）首頁
1311 □□□ ホール	ホール	[名]【hall】大廳；舞廳；（有舞台與觀眾席的）會場
1312 □□□ ボール	ボール	[名]【ball】球；（棒球）壞球
1313 □□□ 保健所（ほけんじょ）	ほけんじょ	[名] 保健所，衛生所
1314 □□□ 保健体育（ほけんたいいく）	ほけんたいいく	[名]（國高中學科之一）保健體育

Check 2 必考詞組	Check 3 必考例句
□ 暴力禁止法案。 嚴禁暴力法案	どんな理由があっても、暴力は決して許されない。 不管你有任何理由，絕不允許使用暴力。
□ 頬が赤い。 臉蛋紅通通的。	ソファーで眠る男の子の頬には、涙の跡があった。 睡在沙發上的男孩的臉頰上還掛著淚痕。
□ ボーナスが出る。 發獎金。	ボーナスが出たら何をしようか、考えるだけで幸せだ。 拿到獎金後要做什麼呢，光是想想就覺得很幸福。
□ ホームを出る。 走出月台。	駅に着きました。５番線のホームのベンチで待ってます。 我到車站了。我在五號月臺的長椅上等你。
□ ホームページを作る。 架設網站。	ホームページを見て、こちらの会社で働きたいと思いました。 看了這家公司的網站後，我想到這裡上班了！
□ 新しいホール。 嶄新的大廳	研究発表会は、公民館の小ホールで行います。 研究成果發表會在文化會館的小禮堂舉行。
□ サッカーボール。 足球	子どもの頃は、毎日暗くなるまでサッカーボールを追いかけていた。 小時候，每天都踢足球玩到太陽下山。
□ 保健所の人。 衛生中心的人員	心配なら、保健所の健康相談に行ってみたら？ 如果你擔心的話，要不要去衛生所的健康諮詢室呢？
□ 保健体育の授業。 健康體育課	明日の保健体育の授業は、体育館で体力測定をします。 明天的健康與體育課要在體育館進行體力測試。

Check 1 必考單字	高低重音	詞性、類義詞與對義詞
1315 □□□ ほっと	ほっと	[副・自サ] 嘆氣貌；放心貌
1316 □□□ ポップス	ポップス	[名]【pops】流行歌，通俗歌曲（「ポピュラーミュージック」之略）
1317 □□□ 骨（ほね）	ほね	[名] 骨頭；費力氣的事 關 骨格（こっかく） 骨骼
1318 □□□ ホラー	ホラー	[名]【horror】恐怖，戰慄
1319 □□□ ボランティア	ボランティア	[名]【volunteer】志願者，自願參加者；志願兵
1320 □□□ ポリエステル	ポリエステル	[名]【polyethylene】（化學）聚乙稀，人工纖維
1321 □□□ ぼろぼろ（な）	ぼろぼろ	[名・形動・副]（衣服等）破爛不堪；（粒狀物）散落貌
1322 □□□ CD2 28 本日（ほんじつ）	ほんじつ	[名] 本日，今日
1323 □□□ 本代（ほんだい）	ほんだい	[名] 買書錢

Check 2 必考詞組	Check 3 必考例句
□ ほっと息をつく。 鬆了一口氣。	病気だと聞いていたけど、元気な顔を見てほっとしたよ。 之前聽說她生病了，現在看到她有精神的樣子，也就鬆了一口氣。
□ 80年代のポップス。 八〇年代的流行歌。	音楽は、クラシックからポップスまで何でも好きです。 在音樂方面，從古典音樂到流行歌曲我全都喜歡。
□ 骨が折れる。 費力氣。	スキーで転んで、足の骨を折った。 滑雪時摔倒，導致腿骨骨折了。
□ ホラー映画。 恐怖電影	昼間に見たホラー映画のせいで、昨夜は眠れなかった。 都是因為昨天白天看了恐怖片，害我昨晚沒睡好。
□ ボランティア活動。 志工活動	外国人観光客の案内をするボランティアをしています。 我目前擔任外國遊客的導覽志工。
□ ポリエステルの服。 人造纖維的衣服。	このシャツはポリエステルが５％入っているので、乾き易いです。 因為這件襯衫含有5%的人造纖維，所以很容易乾。
□ ぼろぼろな財布。 破破爛爛的錢包	彼女に振られたときは、身も心もぼろぼろになったよ。 被她甩了的時候，身心都嚴重受創了。
□ 本日のお薦めメニュー。 今日的推薦菜單。	本日はお忙しい中、お集まり頂き誠にありがとうございます。 今天感謝您在百忙之中蒞臨這場聚會。
□ 本代がかなりかかる。 買書的花費不少。	学費は、授業料以外に、授業で使う本代もけっこうかかります。 學費除了老師的授課費之外，上課時會用到的書本費也是一大筆錢。

Check 1 必考單字	高低重音	詞性、類義詞與對義詞
1324 本人（ほんにん）	ほんにん	[名] 本人 類 当人（とうにん） 本人
1325 本年（ほんねん）	ほんねん	[名] 本年，今年
1326 ほんの	ほんの	[連體] 不過，僅僅，一點點
1327 毎（まい）	まい	[接頭] 每
1328 マイク	マイク	[名]【mike】麥克風
1329 マイナス	マイナス	[名・他サ]【minus】（數）減，減法；減號，負數；負極；（溫度）零下
1330 マウス	マウス	[名]【mouse】老鼠；（電腦）滑鼠
1331 前もって（まえ）	まえもって	[副] 預先，事先
1332 任せる（まか）	まかせる	[他下一] 委託，託付；聽任，隨意；盡力，盡量 關 委託（いたく）する 委託

Check 2 必考詞組	Check 3 必考例句
□ 本人が現れた。 當事人現身了。	ご来店の際は、本人を確認できる書類をお持ちください。 來店時，請攜帶能核對身分的證件。
□ 本年もよろしく。 今年還望您繼續關照。	昨年はお世話になりました。本年も宜しくお願い致します。 去年承蒙您的關照。今年也請多多指教。
□ ほんの少し。 只有一點點	「お土産、どうもありがとう。」「いいえ、ほんの気持ちです。」 「謝謝你的伴手禮。」「不會，只是一點心意。」
□ 毎朝、牛乳を飲む。 每天早上，喝牛奶。	この曲はいくら練習しても、毎回同じところで間違えてしまう。 這首曲子不管再怎麼練習，每次還是都在同個地方出錯。
□ マイクを通じて話す。 透過麥克風說話。	後ろの席まで声が届かないから、マイクを使いましょう。 因為聲音無法傳到後面的位子，還是拿麥克風吧！
□ マイナスになる。 變得不好。	今、急いで結論を出しても、長い目で見たらマイナスになる。 就算現在匆忙的做出結論，日後還是會產生負面影響。
□ マウスを移動する。 移動滑鼠。	パソコンを買い替えたので、マウスも新しくした。 因為買了新電腦，所以滑鼠也換了個新的。
□ 前もって知らせる。 事先知會。	ご来社の際は、前もって総務部までご連絡ください。 蒞臨本公司之前，敬請事先通知總務部。
□ 運を天に任せる。 聽天由命。	君に任せると言った以上、責任は私が取るから、自由にやりなさい。 既然我說交給你了，責任就由我來承擔，你就放手去做吧。

Check 1 必考單字	高低重音	詞性、類義詞與對義詞
1333 □□□ 巻く（まく）	まく	[自五・他五] 形成漩渦；喘不上氣來；捲；纏繞；上發條；捲起；包圍；（登山）迂迴繞過險處；（連歌，俳諧）連吟 關 囲む（かこむ） 包圍
1334 □□□ 枕（まくら）	まくら	[名] 枕頭
1335 □□□ 負け（まけ）	まけ	[名] 輸，失敗；減價；（商店送給客戶的）贈品
1336 □□□ 曲げる（まげる）	まげる	[他下一] 彎，曲；歪，傾斜；扭曲，歪曲；改變，放棄；（當舖裡的）典當；偷，竊
1337 □□□ 孫（まご）	まご	[名・漢造] 孫子
1338 □□□ CD2 29 まさか	まさか	[副]（後接否定語氣）絕不…，總不會…，難道；萬一，一旦該不會 關 いくら何（なん）でも 即使…也
1339 □□□ 混ざる（まざる）	まざる	[自五] 混雜，夾雜
1340 □□□ 交ざる（まざる）	まざる	[自五] 混雜，交雜，夾雜
1341 □□□ まし（な）	まし	[形動] 強，勝過

Check 2 必考詞組	Check 3 必考例句
□ 紙(かみ)を筒状(つつじょう)に巻(ま)く。 把紙捲成筒狀。	父(ちち)はお風呂(ふろ)から出(で)ると、体(からだ)にタオルを巻(ま)いたまま、ビールを飲(の)み始(はじ)めた。 爸爸一洗完澡，身上只裹著浴巾就開始喝起啤酒了。
□ 枕(まくら)につく。 就寢，睡覺。	ホテルの枕(まくら)は合(あ)わないので、自分用(じぶんよう)の枕(まくら)を持(も)ち歩(ある)いています。 飯店的枕頭我睡不習慣，所以總是自己帶枕頭去。
□ 私(わたし)の負(ま)け。 我輸了。	ここは怒(おこ)った方(ほう)が負(ま)けだよ。まず冷静(れいせい)になろう。 被激怒的話就輸了，總之先冷靜下來！
□ 腰(こし)を曲(ま)げる。 彎腰。	あの男(おとこ)は、誰(だれ)がなんと言(い)おうと、自分(じぶん)の意見(いけん)を曲(ま)げない。 不管誰說什麼，那個男人始終堅持己見。
□ 孫(まご)ができた。 抱孫子了。	息子(むすこ)が二人(ふたり)、娘(むすめ)が三人(さんにん)、孫(まご)は十二人(じゅうににん)います。 我有兩個兒子、三個女兒，和十二個孫子。
□ まさかの時(とき)に備(そな)える。 以備萬一。	まさか君(きみ)があそこで泣(な)くとは思(おも)わなかったよ。本当(ほんとう)にびっくりした。 沒想到你會躲在那裡哭。真令人大吃一驚。
□ 米(こめ)に砂(すな)が混(ま)ざっている。 米裡面夾帶著沙。	砂糖(さとう)がちゃんと混(ま)ざってなかったみたい。最後(さいご)の一口(ひとくち)だけ甘(あま)かったよ。 糖好像沒有攪散，只有最後一口是甜的耶。
□ 不良品(ふりょうひん)が交(ま)ざっている。 摻進了不良品。	彼(かれ)なら、新(あたら)しいチームにもすぐに交(ま)ざって、うまくやれると思(おも)う。 如果是他的話，應該可以馬上融入新團隊裡並和大家相處融洽。
□ ましな番組(ばんぐみ)。 像樣一些的電視節目	そこ、うるさい！授業中(じゅぎょうちゅう)騒(さわ)ぐなら、寝(ね)てる方(ほう)がましだ。 那邊的同學，你們太吵了！如果要在課堂上吵鬧，倒不如統統睡覺！

Check 1 必考單字	高低重音	詞性、類義詞與對義詞
1342 □□□ 雜じる（ま）	まじる	[自五] 夾雜，混雜；加入，交往，交際
1343 □□□ マスコミ	マスコミ	[名]【masscommunication】之略（透過報紙、廣告、電視或電影等向群眾進行的）大規模宣傳；媒體
1344 □□□ マスター	マスター	[名・他サ]【master】老闆；精通
1345 □□□ 益々（ますます）	ますます	[副] 越發，益發，更加
1346 □□□ 混ぜる（ま）	まぜる	[他下一] 混入；加上，加進；攪，攪拌
1347 □□□ 間違い（まちが）	まちがい	[名] 錯誤，過錯；不確實 類 誤り（あやま） 錯誤
1348 □□□ 間違う（まちが）	まちがう	[自五・他五] 做錯，搞錯；錯誤，弄錯 類 誤る（あやま） 弄錯
1349 □□□ 間違える（まちが）	まちがえる	[他下一] 弄錯，搞錯，做錯
1350 □□□ 真っ暗（ま くら）	まっくら	[名・形動] 漆黑；（前途）黯淡 關 暗い（くら） 暗

Check 2 必考詞組

Check 3 必考例句

☐ 酒に水が雑じる。
酒裡摻水。
▶ 私は日本人ですが、四分の一、ブラジル人の血が混じっています。
我雖然是日本人，但有四分之一的巴西血統。

☐ マスコミに追われている。
蜂擁而上的採訪媒體。
▶ 大臣の発言に対するマスコミの反応は様々だった。
對於部長的發言，各家媒體的反應各不相同。

☐ 日本語をマスターしたい。
我想精通日語。
▶ フランス語の文法はマスターしたが、発音が難しい。
我雖然精通法文的文法，但發音對我來說非常困難。

☐ ますます強くなる。
更加強大了。
▶ 母親が叱ると、子どもはますます大きな声で泣き出した。
母親一開口責罵，孩子就更激動的放聲大哭。

☐ ビールとジュースを混ぜる。
將啤酒和果汁加在一起。
▶ 卵に醤油少々を入れて、箸でよく混ぜてください。
請在雞蛋上淋上少許醬油，並用筷子攪拌均勻。

☐ 間違いを直す。
改正錯誤。
▶ たった一度や二度の間違いで、人生が終わったみたいなことを言うんじゃないよ。
不過是犯一兩次錯誤，不要說得像是人生已經完蛋了啊。

☐ 計算を間違う。
算錯了。
▶ 先生でも、こんな簡単な問題を間違うこと、あるんですね。
即使是老師，這麼簡單的問題也可能會答錯呢。

☐ 人の傘と間違える。
跟別人的傘弄錯了。
▶ 右に曲がるところを、間違えて左に行ってしまったんです。
在應該右轉的地方左轉，走錯路了。

☐ 真っ暗になる。
變得漆黑。
▶ 今年も単位を落としてしまった。僕の人生は真っ暗だ。
今年又沒拿到學分。我的人生真是一片黑暗。

Check 1 必考單字	高低重音	詞性、類義詞與對義詞
1351 □□□ 真っ黒（まっくろ）	まっくろ	[名・形動] 漆黑，烏黑
1352 □□□ まつ毛（げ）	まつげ	[名] 睫毛
1353 □□□ 真っ青（まっさお）	まっさお	[名・形動] 蔚藍，深藍；（臉色）蒼白
1354 □□□ CD2/30 真っ白（まっしろ）	まっしろ	[名・形動] 雪白，淨白，皓白 關 白（しろ） 白色
1355 □□□ 真っ白い（まっしろい）	まっしろい	[形] 雪白的，淨白的，皓白的
1356 □□□ 全く（まったく）	まったく	[副] 完全，全然；實在，簡直；（後接否定）絕對，完全 類 完全に（かんぜんに） 完全
1357 □□□ 祭り（まつり）	まつり	[名] 祭祀；祭日，廟會祭典 類 祭礼（さいれい） 祭祀
1358 □□□ 纏まる（まとまる）	まとまる	[自五] 解決，商訂，完成，談妥；湊齊，湊在一起；集中起來，概括起來，有條理 關 片付く（かたづく） 處理好
1359 □□□ 纏める（まとめる）	まとめる	[他下一] 解決，結束；總結，概括；匯集，收集；整理，收拾

Check 2 必考詞組	Check 3 必考例句
□ 日差しで真っ黒になった。 被太陽晒得黑黑的。	▶ 父は今年70ですが、まだまだ元気で髪も真っ黒です。 我父親今年70歲，但仍然非常硬朗，頭髮也很烏黑。
□ まつ毛が抜ける。 掉睫毛。	▶ 木村さんは目が大きくてまつ毛が長くて、女優さんみたいですね。 木村小姐的眼睛很大，睫毛也很長，簡直就像女演員一樣。
□ 真っ青な顔をしている。 變成鐵青的臉。	▶ 今月の給料を落としてしまって、真っ青になった。 我把這個月的薪水弄丟了，急得臉色都發青了。
□ 頭の中が真っ白になる。 腦中一片空白。	▶ 雨が雪に変わり、辺りには真っ白な景色が広がっていた。 雨轉為雪，四周盡是一片雪白的景色。
□ 真っ白い雪が降ってきた。 下起雪白的雪來了。	▶ 花嫁は真っ白いドレスがよく似合う素敵な人でした。 新娘是一位非常適合純白禮服的美人。
□ まったく違う。 全然不同。	▶ 彼女が何を考えているのか、私には全く分かりません。 我完全不懂她在想什麼。
□ 祭りに出かける。 去參加節日活動。	▶ お祭りの夜は、この辺まで賑やかな声が聞こえてきますよ。 祭典那天晚上，熱鬧的聲音連這附近都能聽見喔。
□ 意見がまとまる。 意見一致。	▶ 何度も両家が話し合って、ようやく兄の結婚話がまとまった。 兩家人談了好幾次，才終於談妥了哥哥的婚事。
□ 意見をまとめる。 整理意見。	▶ グループで話し合った結果をまとめて、3分間で発表してください。 請總結小組討論的結果，並做成三分鐘的簡報。

Check 1 必考單字	高低重音	詞性、類義詞與對義詞
1360 □□□ 間取り（まどり）	まどり	[名]（房子的）房間佈局，採間，平面佈局
1361 □□□ マナー	マナー	[名]【manner】禮貌，規矩；態度舉止，風格
1362 □□□ まな板（いた）	まないた	[名] 切菜板
1363 □□□ 間に合う（ま、あ）	まにあう	[自五] 來得及，趕得上；夠用
1364 □□□ 間に合わせる（ま、あ）	まにあわせる	[連語] 臨時湊合，就將；使來得及，趕出來
1365 □□□ 招く（まね）	まねく	[他五]（搖手、點頭）招呼；招待，宴請；招聘，聘請；招惹，招致
1366 □□□ 真似る（ま、ね）	まねる	[他下一] 模效，仿效，模仿 類 模倣する（もほう） 模仿
1367 □□□ 眩しい（まぶ）	まぶしい	[形] 耀眼，刺眼的；華麗奪目的，鮮豔的，刺目
1368 □□□ 瞼（まぶた）	まぶた	[名] 眼瞼，眼皮

Check 2 必考詞組	Check 3 必考例句
□ 間(ま)取(ど)りがいい。 隔間還不錯。	101号室(ごうしつ)と102号室(ごうしつ)とは、広(ひろ)さは同(おな)じですが間(まど)取りが違(ちが)います。 101號房和102號房雖然大小相同，但房間格局不同。
□ 食事(しょくじ)のマナー。 用餐禮儀	彼(かれ)は食事(しょくじ)のマナーはいいんですが、食事中(しょくじちゅう)の会(かい)話(わ)がつまらないんです。 雖說他的用餐禮儀良好，但吃飯時聊的內容很無趣。
□ 木材(もくざい)のまな板(いた)。 木材砧板。	包丁(ほうちょう)とまな板(いた)はよく乾(かわ)かしてから棚(たな)にしまいます。 把菜刀和砧板曬乾後放在架子上。
□ 電車(でんしゃ)に間(ま)に合(あ)う。 趕上電車。	明朝(みょうちょう)は7時(じ)にホテルを出(で)ないと会議(かいぎ)に間(ま)に合(あ)いません。 如果明天早上七點前不離開飯店的話，就趕不上會議了。
□ 締切(しめきり)に間(ま)に合(あ)わせる。 在截止期限之前繳交。	社員全員(しゃいんぜんいん)で残業(ざんぎょう)をして、なんとか期限(きげん)に間(ま)に合(あ)わせた。 全公司的員工一起加班，總算趕上了最後期限。
□ パーティーに招(まね)かれた。 受邀參加派對。	国際交流(こくさいこうりゅう)のためのパーティーに招(まね)かれて、スピーチをした。 我受邀出席了國際交流的聚會，並且上台演講。
□ 上司(じょうし)の口(くち)ぶりを真(ま)似(ね)る。 仿效上司的說話口吻。	女(おんな)の子(こ)は、母親(ははおや)のしゃべり方(かた)をまねてみせて、みんなを笑(わら)わせた。 那位女孩模仿了母親說話的樣子，逗得大家哈哈大笑。
□ 太陽(たいよう)が眩(まぶ)しかった。 太陽很刺眼。	眩(まぶ)しいよ。人(ひと)が寝(ね)てるのに、電気(でんき)を点(つ)けないでよ。 太刺眼了啦。人家在睡覺，不要開燈啦。
□ 瞼(まぶた)を閉(と)じる。 闔上眼瞼。	パソコンなどで目(め)が疲(つか)れたときは、まぶたを閉(と)じて目(め)を休(やす)めましょう。 當使用電腦之類的3C產品導致眼睛疲勞的時候，就閉眼休息一下吧。

Check 1 必考單字	高低重音	詞性、類義詞與對義詞
1369 □□□ マフラー	マフラー	[名]【muffler】圍巾；（汽車等的）滅音器
1370 □□□ CD2 31 守る（まもる）	まもる	[他五] 保衛，守護；遵守，保守；保持（忠貞）；（文）凝視
1371 □□□ 眉毛（まゆげ）	まゆげ	[名] 眉毛
1372 □□□ 迷う（まよう）	まよう	[自五] 迷，迷失；困惑；迷戀；（佛）執迷；（古）（毛線、線繩等）絮亂，錯亂 對 悟る（さとる） 醒悟
1373 □□□ 真夜中（まよなか）	まよなか	[名] 三更半夜，深夜 類 深夜（しんや） 深夜
1374 □□□ マヨネーズ	マヨネーズ	[名]【mayonnaise】美乃滋，蛋黃醬
1375 □□□ 丸（まる）	まる	[名・造語・接頭・接尾] 圓形，球狀；句點；完全
1376 □□□ まるで	まるで	[副]（後接否定）簡直，全部，完全；好像，宛如，恰如 類 さながら 宛如
1377 □□□ 回り（まわり）	まわり	[名・接尾] 轉動；蔓延；走訪，巡迴；周圍；周，圈

Check 2 必考詞組	Check 3 必考例句
□ 暖（あたた）かいマフラーをくれた。 人家送了我暖和的圍巾。	今日（きょう）は寒（さむ）いから、マフラー、手袋（てぶくろ）を忘（わす）れずにね。 今天很冷，別忘了戴圍巾和手套啊。
□ 秘密（ひみつ）を守（まも）る。 保密。	この村（むら）の伝統（でんとう）を守（まも）ることが、21世紀（せいき）に生（い）きる私（わたし）たちの務（つと）めだ。 守護這個村子的傳統，是生在21世紀的我們的責任。
□ まゆげが長（なが）い。 眉毛很長。	木村（きむら）さんちの家族（かぞく）は全員眉毛（ぜんいんまゆげ）が太（ふと）いからすぐ分（わ）かる。 木村先生全家都是粗眉毛，所以馬上就能認出來了。
□ 道（みち）に迷（まよ）う。 迷路。	カレーにしようか、ハンバーグにしようか、迷（まよ）うなあ。 該吃咖哩呢，還是漢堡呢？真難抉擇啊！
□ 真夜中（まよなか）に目（め）が覚（さ）めた。 深夜醒來。	真夜中（まよなか）になると現（あらわ）れる不思議（ふしぎ）なドアのお話（はなし）です。 這是一個到了午夜，就會出現一扇門的離奇故事。
□ 低（てい）カロリーのマヨネーズ。 低熱量的美奶滋。	サンドイッチを作（つく）るので、パンにマヨネーズを塗（ぬ）ってください。 因為要做三明治，所以請把美乃滋塗在麵包上。
□ 丸（まる）を書（か）く。 畫圈圈。	正（ただ）しいと思（おも）うものには丸（まる）、間違（まちが）っていると思（おも）うものにはバツをつけなさい。 認為是正確的就請打圈，認為錯誤的就請打叉。
□ まるで夢（ゆめ）のようだ。 宛如作夢一般。	あの二人（ふたり）が実（じつ）は兄弟（きょうだい）だったなんて。まるでドラマみたい。 那兩個人居然是兄弟！簡直就像電視劇一樣。
□ 火（ひ）の回（まわ）りが速（はや）い。 火蔓延得快。	今日（きょう）は疲（つか）れているのか、お酒（さけ）の回（まわ）りが速（はや）い。 不知道是不是因為今天特別累，所以一下子就醉了。

Check 1 必考單字	高低重音	詞性、類義詞與對義詞
1378□□□ 周り（まわ）	まわり	[名] 周圍，周邊
1379□□□ マンション	マンション	[名]【mansion】公寓大廈；（高級）公寓
1380□□□ 満足（まんぞく）	まんぞく	[名・自サ] 滿足，令人滿意的，心滿意足；滿足，符合要求；完全，圓滿 關 満悦（まんえつ） 喜悅
1381□□□ 見送り（みおく）	みおくり	[名] 送行，送別；靜觀，觀望；（棒球）放過好球不打 類 送別（そうべつ） 送別
1382□□□ 見送る（みおく）	みおくる	[他五] 目送；送行，送別；送終；觀望，等待（機會）
1383□□□ 見掛ける（みか）	みかける	[他下一] 看到，看出，看見；開始看
1384□□□ 味方（みかた）	みかた	[名・自サ] 我方，自己的這一方；夥伴
1385□□□ ミシン	ミシン	[名]【sewingmachine】縫紉機
1386□□□ ミス	ミス	[名]【Miss】小姐，姑娘

Check 2 必考詞組	Check 3 必考例句
□ 周(まわ)りの人(ひと)。 周圍的人	何(なに)を食(た)べたの？口(くち)の周(まわ)りにケチャップがついてるよ。 你吃了什麼？嘴巴周圍沾到番茄醬了哦。
□ 高級(こうきゅう)マンションに住(す)む。 住高級大廈。	宅配便(たくはいびん)はマンションの管理人(かんりにん)さんが受(う)け取(と)ってくれます。 快遞是由大廈管理員代收。
□ 満足(まんぞく)に暮(く)らす。 美滿地過日子。	教授(きょうじゅ)は厳(きび)しい人(ひと)だから、こんなレポートじゃ満足(まんぞく)されないと思(おも)うよ。 由於教授的要求很嚴格，我覺得這樣的報告應該無法讓他滿意。
□ 盛大(せいだい)な見送(みおく)りを受(う)けた。 獲得盛大的送行。	オリンピック選手団(せんしゅだん)の見送(みおく)りに、大勢(おおぜい)の人々(ひとびと)が空港(くうこう)に集(あつ)まった。 許多人聚集在機場為奧運代表隊送行。
□ 彼女(かのじょ)を見送(みおく)る。 給她送行。	母(はは)は毎朝(まいあさ)、会社(かいしゃ)へ行(い)く父(ちち)の姿(すがた)が見(み)えなくなるまで見送(みおく)る。 媽媽每天早上都會目送爸爸出門上班，直到看不見爸爸的背影為止。
□ よく駅(えき)で見(み)かける人(ひと)。 那個人常在車站常看到。	またお会(あ)いしましょう。町(まち)で見掛(みか)けたら、声(こえ)を掛(か)けてくださいね。 下次再見面吧！如果在路上遇到了，請記得叫我一聲哦！
□ いつも君(きみ)の味方(みかた)だ。 我永遠站在你這邊。	一番(いちばん)厳(きび)しかった上司(じょうし)が、実(じつ)は私(わたし)の一番(いちばん)の味方(みかた)だったのだ。 最嚴厲的上司，其實最是站在我這邊的。
□ ミシンで着物(きもの)を縫(ぬ)い上(あ)げる。 用縫紉機縫好一件和服。	ミシンが故障(こしょう)したので、全部(ぜんぶ)手(て)で縫(ぬ)いました。 因為縫紉機故障了，所以全部用手縫製。
□ ミス日本(にほん)。 日本選美小姐。	吉田君(よしだくん)のお母(かあ)さんは、昔(むかし)、ミス日本(にほん)だったらしいよ。 吉田同學的媽媽曾經當選日本選美皇后哦！

Check 1 必考單字	高低重音	詞性、類義詞與對義詞
1387 □□□ CD2 32 ミス	ミス	[名・自サ]【miss】失敗，錯誤；失誤
1388 □□□ 水玉模様（みずたまもよう）	みずたまもよう	[名] 小圓點圖案
1389 □□□ 味噌汁（みそしる）	みそしる	[名] 味噌湯
1390 □□□ ミュージカル	ミュージカル	[名]【musical】音樂的，配樂的；音樂劇
1391 □□□ ミュージシャン	ミュージシャン	[名]【musician】音樂家
1392 □□□ 明（みょう）	みょう	[接頭]（相對於「今」而言的）明
1393 □□□ 明後日（みょうごにち）	みょうごにち	[名] 後天 類 明後日（あさって） 後天
1394 □□□ 名字（みょうじ）／苗字（みょうじ）	みょうじ	[名] 姓，姓氏 類 姓（せい） 姓
1395 □□□ 未来（みらい）	みらい	[名] 將來，未來；（佛）來世 類 将来（しょうらい） 將來

Check 2 必考詞組		Check 3 必考例句
□ ミスを犯す。 犯錯誤。	▶	うまくいったことより、まずミスしたことを報告しなさい。 比起進展順利的事，首先應該要報告出錯的事情。
□ 水玉模様の洋服。 圓點圖案的衣服	▶	ブラウスは水玉模様、スカートは花模様、靴下は縞模様、賑やかだね。 襯衫是點點花紋、裙子是印花花樣、襪子是條紋，還真是繽紛啊。
□ 味噌汁を作る。 煮味噌湯。	▶	私が熱を出した時、娘が豆腐の味噌汁を作ってくれた。 我發燒的時候，女兒煮了豆腐味噌湯給我喝。
□ ミュージカルが好きだ。 喜歡看歌舞劇。	▶	ミュージカル俳優になりたくて、歌とダンスを勉強しています。 我想成為音樂劇演員，所以正在學習唱歌和跳舞。
□ ミュージシャンになった。 成為音樂家了。	▶	大好きなミュージシャンのCDが発売されるので予約した。 因為最喜歡的音樂家即將發行CD，我已經預約了。
□ 明日のご予定は。 你明天的行程是？	▶	では、明日の社長のスケジュールを確認いたします。 那麼，容我查一下總經理明天的行程安排。
□ 明後日に延期する。 延到後天。	▶	卒業式は、明後日の午前10時より講堂にて行います。 後天早上十點將在禮堂舉行畢業典禮。
□ 名字が変わる。 改姓。	▶	よかったら、名字じゃなくて下の名前で呼んでください。 不嫌棄的話，請不必以姓氏稱呼，直接叫我的名字吧！
□ 未来を予測する。 預測未來。	▶	20年後の未来に行って、僕の奥さんを見てみたいです。 我想到二十年後，看看我未來的妻子是誰。

Check 1 必考單字	高低重音	詞性、類義詞與對義詞
1396 □□□ ミリ	ミリ	[造語・名]【(法)millimetre之略】毫，千分之一；毫米，公厘
1397 □□□ 診る（みる）	みる	[他上一] 診察 類 診察する 診察
1398 □□□ ミルク	ミルク	[名]【milk】牛奶；煉乳
1399 □□□ 民間（みんかん）	みんかん	[名] 民間；民營，私營
1400 □□□ 民主（みんしゅ）	みんしゅ	[名] 民主，民主主義
1401 □□□ 向かい（むかい）	むかい	[名] 正對面，對面 類 正面（しょうめん） 正面
1402 □□□ 迎え（むかえ）	むかえ	[名] 迎接；去迎接的人；接，請 關 歓迎（かんげい） 歡迎
1403 □□□ 向き（むき）	むき	[名] 方向；適合，合乎；認真，慎重其事；傾向，趨向；（該方面的）人，人們 類 適（てき）する 適合
1404 □□□ CD2/33 向く（むく）	むく	[他五・自五] 朝，向，面；傾向，趨向；適合；面向 關 対（たい）する 對

Check 2 必考詞組		Check 3 必考例句
□ 1時間(じかん)100ミリの豪雨(ごうう)。 一小時下 100 毫米的雨。	▶	肉(にく)は食(た)べやすい大(おお)きさに、野菜(やさい)は5ミリの厚(あつ)さに切(き)ります。 把肉切成容易入口的大小，並把蔬菜的厚度切成五毫米。
□ 患者(かんじゃ)を診(み)る。 看診。	▶	具合(ぐあい)が悪(わる)いなら我慢(がまん)せずに、早(はや)めに診(み)てもらったほうがいいよ。 不舒服的話最好不要忍耐，早點去看醫生比較好喔。
□ ミルクチョコレート。 牛奶巧克力	▶	コーヒーに砂糖(さとう)とミルクはお使(つか)いになりますか。 請問您的咖啡要加砂糖和牛奶嗎？
□ 民間人(みんかんじん)。 民間老百姓	▶	子(こ)ども祭(まつ)りは、市(し)と民間団体(みんかんだんたい)とが協力(きょうりょく)して行(おこな)っています。 兒童節慶祝活動將由市政府和民間團體聯合舉辦。
□ 民主主義(みんしゅしゅぎ)。 民主主義	▶	少数(しょうすう)の人(ひと)の意見(いけん)を大切(たいせつ)にするのは民主主義(みんしゅしゅぎ)の基本(きほん)だ。 尊重少數人的意見是民主主義的基礎。
□ 駅(えき)の向(む)かいにある。 在車站的對面。	▶	このアパートは古(ふる)いから、向(む)かいのマンションに引(ひ)っ越(こ)したい。 這間公寓很舊，所以我想搬到對面的華廈。
□ 迎(むか)えに行(い)く。 迎接。	▶	雨(あめ)が酷(ひど)いから、駅(えき)まで車(くるま)で迎(むか)えに来(き)てくれない？ 雨太大了，你可以開車來車站接我嗎？
□ 向(む)きが変(か)わる。 轉變方向。	▶	この山(やま)はきつい坂(さか)もないし景色(けしき)もきれいだし、初心者向(しょしんしゃむ)きですよ。 這座山既沒有陡坡，景色也非常美麗，很適合新手挑戰哦。
□ 気(き)の向(む)くままにやる。 隨心所欲地做。	▶	ピラミッドひとつの面(めん)は、正確(せいかく)に北(きた)を向(む)いている。 金字塔的其中一面準確地朝向正北方。

Check 1 必考單字	高低重音	詞性、類義詞與對義詞
1405□□□ 剥く（む）	むく	[他五] 剝，削
1406□□□ 向ける（む）	むける	[自他下一] 向，朝，對；差遣，派遣；撥用，用在
1407□□□ 剥ける（む）	むける	[自下一] 剝落，脫落
1408□□□ 無地（むじ）	むじ	[名] 素色
1409□□□ 蒸し暑い（む・あつ）	むしあつい	[形] 悶熱的 對 暑い（あつ） 熱 對 寒い（さむ） 冷
1410□□□ 蒸す（む）	むす	[他五・自五] 蒸，熱（涼的食品）；（天氣）悶熱 類 蒸し暑い（む・あつ） 悶熱
1411□□□ 無数（む・すう）	むすう	[名・形動] 無數
1412□□□ 息子さん（むす・こ）	むすこさん	[名]（尊稱他人的）令郎
1413□□□ 結ぶ（むす）	むすぶ	[他五・自五] 連結，繫結；締結關係，結合，結盟；（嘴）閉緊，（手）握緊 類 締結する（ていけつ） 締結

Check 2 必考詞組	Check 3 必考例句
□ りんごを剥く。 削蘋果皮。	▶ りんごの皮を剥いて、ジュースを作ります。 把蘋果削皮後打成果汁。
□ 銃を男に向けた。 槍指向男人。	▶ 暗い部屋の中で、声が聞こえる方へライトを向けた。 在黑暗的房間裏，把燈光轉向了聲音傳來的方向。
□ 鼻の皮がむけた。 鼻子的皮脱落了。	▶ 封筒を貼るアルバイトで、指先の皮が剥けてしまった。 由於兼差黏貼信封袋，使得我的手指頭破皮了。
□ 無地の着物。 素色的和服	▶ このスーツに合わせるなら、ワイシャツは無地がいいと思います。 如果要和這套西裝搭配的話，我覺得襯衫選素色的比較好。
□ 昼間は蒸し暑い。 白天很悶熱。	▶ 東京の夏は蒸し暑くて、エアコンがないと過ごせない。 東京的夏天很悶熱，沒有空調就活不下去。
□ 肉まんを蒸す。 蒸肉包。	▶ この鍋で、いろいろな野菜を蒸して食べます。 用這個鍋子蒸各種蔬菜來吃。
□ 無数の星。 無數的星星	▶ 市のホームページには、事件に対する無数の意見が届いている。 針對這次事件的無數意見被傳到市政府的網站上。
□ 息子さんのお名前は。 請教令郎的大名是？	▶ 息子さんは、今年おいくつになられますか。 請問令郎今年幾歲了？
□ 契約を結ぶ。 簽合約。	▶ 彼女は長い髪をひとつに結ぶと、プールに飛び込んだ。 她綁起一頭長髮後，跳進泳池裡。

Check 1 必考單字	高低重音	詞性、類義詞與對義詞
1414 無駄（むだ）	むだ	[名・形動] 徒勞，無益；浪費，白費 類 無益（むえき） 無益
1415 夢中（むちゅう）	むちゅう	[名・形動] 夢中，在睡夢裡；不顧一切，熱中，沉醉，著迷 類 熱中（ねっちゅう） 熱衷
1416 胸（むね）	むね	[名] 胸部；內心
1417 紫（むらさき）	むらさき	[名] 紫，紫色；醬油；紫丁香
1418 名～（めい）	めい	[接頭] 知名的
1419 ～名（めい）	めい	[接尾]（計算人數）名，人
1420 姪（めい）	めい	[名] 姪女，外甥女
1421 名刺（めいし）	めいし	[名] 名片
1422 CD2 34 命令（めいれい）	めいれい	[名・他サ] 命令，規定；（電腦）指令 關 指令（しれい） 指令

Check 2 必考詞組	Check 3 必考例句
□ 無駄な努力。 白費力氣	無駄だと思うことが、後になって役に立つことも多い。 很多原本覺得沒意義的事，到後來發現都是有意義的。
□ 夢中になる。 入迷。	夢中で仕事をして30年、気がついたら社長でした。 全心投入工作三十年，一晃眼已經當上總經理了。
□ 胸が痛む。 胸痛；痛心。	胸に手を当てて、自分のしたことをよく考えなさい。 把手捂著心口，好好反省自己做過的事。
□ 好みの色は紫です。 喜歡紫色	西の空はピンクから紫に変わり、とうとう真っ暗になった。 西邊的天空先是從粉色變成紫色，最後終於暗了下來。
□ 名選手。 知名選手。	この映画は名作だよ。使われている音楽も名曲だ。 這部電影可是名作哦。使用的配樂也是知名的樂曲。
□ 三名一組。 三個人一組	会場のレストランを12時から、40名で予約しました。 已經預約了會場的餐廳，總共40人從12點開始用餐。
□ 今日は姪の誕生日。 今天是姪子的生日。	子どもがいないので、私の財産は全て姪に譲ります。 因為我沒有孩子，所以把所有的財產都留給我的侄女。
□ 名刺を交換する。 交換名片。	会社に入って、まず名刺の渡し方から教わった。 進入公司後，首先從遞名片的方式開始學習。
□ 命令に背く。 違背命令。	ジョン、ボールを取って来い…ジョン、どうして僕の命令を聞かないんだ。 約翰，把球撿回來！……約翰，為什麼不聽我的指令呢？

Check 1 必考單字	高低重音	詞性、類義詞與對義詞
1423 □□□ 迷惑（めいわく）	めいわく	[名・自サ] 麻煩，囉唆；困惑，為難；討厭，妨礙
1424 □□□ 目上（めうえ）	めうえ	[名] 上司；長輩 關 上司（じょうし） 長輩
1425 □□□ 捲る（めくる）	めくる	[他五] 翻，翻開；揭開，掀開
1426 □□□ メッセージ	メッセージ	[名]【message】電報，消息，口信；致詞，祝詞；（美國總統）咨文
1427 □□□ メニュー	メニュー	[名]【menu】菜單
1428 □□□ メモリー	メモリー	[名]【memory】記憶，記憶力；懷念；紀念品；（電腦）記憶體 關 思い出（おもいで） 回憶
1429 □□□ 綿（めん）	めん	[名・漢造] 棉，棉線；棉織品；綿長；詳盡；棉，棉花 類 木綿（もめん） 棉花
1430 □□□ 免許（めんきょ）	めんきょ	[名・他サ]（政府機關）批准，許可；許可證，執照；傳授秘訣
1431 □□□ 面接（めんせつ）	めんせつ	[名・自サ]（為考察人品、能力而舉行的）面試，接見，會面 類 インタビュー／interview 訪談

Check 2 必考詞組	Check 3 必考例句
□ 迷惑をかける。 添麻煩。	ご迷惑でなければ、一緒に写真を撮って頂けませんか。 方便的話，一起拍張照好嗎？
□ 目上の人。 長輩	彼女は、年下だけど仕事上の上司だから、やっぱり目上になるのか。 雖然她年紀比我小，但因為是工作上的主管，所以階級還是比我高吧。
□ 雑誌をめくる。 翻閱雜誌。	試験会場では、受験生が問題用紙をめくる音だけが響いていた。 考場裡，只有考生翻閱考卷的聲響在空中迴盪。
□ 祝賀のメッセージを送る。 寄送賀詞。	電話が繋がらなかったので、留守番電話にメッセージを残した。 因為電話聯繫不上，所以在答錄機裡留言了。
□ レストランのメニュー。 餐廳的菜單。	「すみません、飲み物のメニューを頂けますか」「はい、お待ちください」 「不好意思，可以給我飲料的選單嗎？」「好的，請稍等。」
□ メモリーが不足している。 記憶體空間不足。	ノートパソコンのメモリーがいっぱいになってしまった。 筆記型電腦的記憶體已經滿了。
□ 綿のシャツを着る。 穿棉襯衫。	こちらのティーシャツは綿 100 パーセントで、肌に優しいです。 這裡的T恤是百分百純棉的，十分親膚。
□ 車の免許。 汽車駕照	車の免許は持っていますが、もう 10 年以上運転していません。 雖然我有駕照，但已經十年以上沒開過車了。
□ 面接を受ける。 接受面試。	筆記試験はいいのだが、面接で緊張していつも失敗する。 筆試成績很好，但面試時太緊張，總是落榜。

Check 1 必考單字	高低重音	詞性、類義詞與對義詞
1432□□□ 面倒（めんどう）	めんどう	[名・形動] 麻煩，費事；麻煩事；繁雜，棘手；（用「~を見る」的形式）照顧、照料
1433□□□ 申し込む（もうしこむ）	もうしこむ／もうしこむ	[他五] 提議，提出；申請；報名；訂購；預約 類 申請（しんせい） 申請
1434□□□ 申し訳ない（もうしわけない）	もうしわけない	[寒暄] 實在抱歉，非常對不起，十分對不起 類 済まない（すまない） 抱歉
1435□□□ 毛布（もうふ）	もうふ	[名] 毛毯，毯子 關 布団（ふとん） 毛毯
1436□□□ 燃える（もえる）	もえる	[自下一] 燃燒，起火；（轉）熱情洋溢，滿懷希望；（轉）顏色鮮明 類 燃焼する（ねんしょうする） 燃燒
1437□□□ 目的（もくてき）	もくてき	[名] 目的，目標
1438□□□ 目的地（もくてきち）	もくてきち	[名] 目的地
1439□□□ もしかしたら	もしかしたら	[連語・副] 或許，萬一，可能，說不定 類 ひょっとしたら 或許
1440□□□ CD2/35 もしかして	もしかして	[連語・副] 或許，可能

Check 2 必考詞組	Check 3 必考例句
□ 面倒(めんどう)を見(み)る。 照料。	▶ 父(ちち)は人(ひと)に頼(たの)むのが面倒(めんどう)だと言(い)って、何(なん)でも自分(じぶん)でやってしまう。 爸爸說拜託別人很麻煩，所以什麼事都自己做。
□ 結婚(けっこん)を申(もう)し込(こ)む。 求婚。	▶ 旅行会社(りょこうがいしゃ)のホームページから、4泊(ぱく)5日(か)の台湾観光旅行(たいわんかんこうりょこう)に申(もう)し込(こ)んだ。 我在旅行社的網頁上報名了五天四夜的臺灣觀光旅遊。
□ 申(もう)し訳(わけ)ない気持(きも)ちで一杯(いっぱい)だ。 心中充滿歉意。	▶ 今年(ことし)はボーナスを支給(しきゅう)できず、社員(しゃいん)の皆(みな)さんには申(もう)し訳(わけ)ないと思(おも)っています。 今年沒有發獎金，覺得很對不起公司的同仁們。
□ 毛布(もうふ)をかける。 蓋上毛毯。	▶ やっぱりウール100パーセントの毛布(もうふ)は暖(あたた)かいな。 百分之百的羊毛毯果然很暖和啊！
□ 怒(いか)りに燃(も)える。 怒火中燒。	▶ 夜空(よぞら)の星(ほし)が光(ひか)って見(み)えるのは、ガスが核融合反応(かくゆうごうはんのう)を起(お)こしてガスが燃(も)えているからだ。 能看見夜空中的星星之所以閃閃發光，是因為瓦斯進行核融合反應而發光發熱的。
□ 目的(もくてき)を達成(たっせい)する。 達到目的。	▶ 私(わたし)の旅行(りょこう)の目的(もくてき)は、この列車(れっしゃ)に乗(の)ることなんです。 我這趟旅行目的是搭乘這輛火車。
□ 目的地(もくてきち)に着(つ)く。 抵達目的地。	▶ 目的地(もくてきち)の近(ちか)くまで来(き)ているはずなのだが、どの建物(たてもの)だか全然(ぜんぜん)分(わ)からない。 我應該已經到目的地附近了，但卻完全搞不清楚是哪棟建築。
□ もしかしたら優勝(ゆうしょう)するかも。 也許會獲勝也說不定。	▶ もしかしたら、午後(ごご)の会議(かいぎ)にはちょっと遅(おく)れるかもしれません。 下午的會議可能會遲到。
□ もしかして伊藤(いとう)さんですか。 您該不會是伊藤先生吧？	▶ もしかして、君(きみ)、山本君(やまもとくん)の妹(いもうと)？そっくりだね。 妳該不會是山本同學的妹妹吧？妳們長得真像啊！

Check 1 必考單字	高低重音	詞性、類義詞與對義詞
1441 □□□ もしかすると	もしかすると	[副] 也許，或，可能
1442 □□□ ～持ち（も）	もち	[接尾] 負擔、持有、持久性
1443 □□□ もったいない	もったいない	[形] 可惜的，浪費的；過份的，惶恐的，不敢當
1444 □□□ 戻り（もど）	もどり	[名] 恢復原狀；回家；歸途
1445 □□□ 揉む（も）	もむ	[他五] 搓，揉；捏，按摩；（很多人）互相推擠；爭辯；（被動式型態）錘鍊，受磨練
1446 □□□ 股（もも）／腿（もも）	もも／もも	[名] 股，大腿
1447 □□□ 燃やす（も）	もやす	[他五] 燃燒；（把某種情感）燃燒起來，激起 關 つける 點火
1448 □□□ 問（もん）	もん	[接尾]（計算問題數量）題
1449 □□□ 文句（もんく）	もんく	[名] 詞句，語句；不平或不滿的意見，異議

Check 2 必考詞組	Check 3 必考例句
□ もしかすると、手術(しゅじゅつ)をすることになるかもしれない。 說不定要動手術。	もしかすると、このままの勢(いきお)いで、彼(かれ)が優勝(ゆうしょう)するかもしれないぞ。 如果繼續乘勝追擊，他很可能會奪下冠軍哦！
□ 彼(かれ)は妻子(さいし)持(も)ちだ。 他有家室。	「僕(ぼく)は力(ちから)持(も)ちだよ。」「私(わたし)はお金(かね)持(も)ちの方(ほう)が好(す)きだわ。」 「我很有力氣哦！」「我比較喜歡有錢的耶。」
□ もったいないことに。 真是浪費	まだ食(た)べられるのに捨(す)てるなんて、もったいないなあ。 都還沒吃就扔掉，真是太浪費了。
□ お戻(もど)りは何時(なんじ)ですか。 幾點回來呢？	「部長(ぶちょう)、お戻(もど)りは何時(なんじ)くらいですか。」「午後(ごご)２時(じ)には戻(もど)るよ。」 「經理，請問您大約幾點回來呢？」「下午兩點就回來囉。」
□ 肩(かた)をもんであげる。 我幫你按摩肩膀。	ああ、疲(つか)れた。ちょっと肩(かた)を揉(も)んでくれない？ 唉，好累喔。可以幫我揉揉肩膀嗎？
□ 腿(もも)の筋肉(きんにく)。 腿部肌肉	この競技(きょうぎ)の選手(せんしゅ)はみんな、腿(もも)の筋肉(きんにく)が発達(はったつ)している。 參與這項競賽的選手們，每一位的腿部肌肉都很發達。
□ 落(お)ち葉(ば)を燃(も)やす。 燒落葉。	母(はは)は、若(わか)い頃(ころ)に父(ちち)からもらった手紙(てがみ)を全(すべ)て燃(も)やしてしまった。 媽媽年輕時把父親寄來的信都燒掉了。
□ ５問(もん)のうち４問(もん)は正解(せいかい)だ。 五題中對四題	100問中(もんちゅう)85問(もん)以上(いじょう)正解(せいかい)なら合格(ごうかく)です。 100題裡答對85題就算合格了。
□ 文句(もんく)を言(い)う。 抱怨。	私(わたし)の料理(りょうり)に文句(もんく)があるなら、明日(あす)からお父(とう)さんが作(つく)ってくださいよ。 如果對我煮的飯菜有意見，明天起改由爸爸煮吧。

Check 1 必考單字	高低重音	詞性、類義詞與對義詞
1450 □□□ 夜間（やかん）	やかん	[名] 夜間，夜晚 類 夜（よる） 晚上
1451 □□□ 訳す（やくす）	やくす	[他五] 翻譯；解釋 類 翻訳（ほんやく）する 翻譯
1452 □□□ 役立つ（やくだつ）	やくだつ	[自五] 有用，有益 類 有益（ゆうえき） 有益
1453 □□□ 役立てる（やくだてる）	やくだてる	[他下一]（供）使用，使…有用
1454 □□□ 役に立てる（やくにたてる）	やくにたてる	[慣用句]（供）使用，使…有用
1455 □□□ 家賃（やちん）	やちん	[名] 房租
1456 □□□ 家主（やぬし）	やぬし／やぬし	[名] 戶主；房東，房主
1457 □□□ CD2 36 やはり・やっぱり	やはり・やっぱり	[副] 果然；還是，仍然
1458 □□□ 屋根（やね）	やね	[名] 屋頂 類 ルーフ（roof） 屋頂

Check 2 必考詞組

Check 3 必考例句

Check 2 必考詞組	Check 3 必考例句
□ 夜間営業。 夜間營業。	この門は22時に閉めます。夜間の外出は裏門を使用してください。 這道門22點後就會關閉。夜間外出時請走後門。
□ 英語を日本語に訳す。 英譯日。	翻訳は、単語の意味をそのまま訳せばいいというわけではない。 所謂翻譯，並不是把單字的意思直接譯過來就可以了。
□ 実際に役立つ。 對實際有用。	健康に役立つ情報がたくさん。ぜひ読んでください。 裡面有很多有益健康的資訊，請務必閱讀。
□ 何とか役立てたい。 我很想幫上忙。	海外生活で経験したことを、この仕事に役立てたいと思う。 我希望把在海外生活的經驗充分發揮在這份工作上。
□ 社会の役に立てる。 對社會有貢獻。	父の残した学校ですが、村の子どもたちの役に立ててください。 這是家父留下來的學校，請讓這所學校為村裡的孩子們盡一份力。
□ 家賃が高い。 房租貴。	明日は31日だから、家賃を振り込まなければならない。 明天就是31號了，得去匯房租才行。
□ 家主に家賃を払う。 付房東房租。	このアパートの家主は、裏の中川さんで間違いないですか。 這棟公寓的房東是住在後面的中川先生沒錯吧？
□ やっぱり、結婚しなければよかった。 早知道，我當初就不該結婚。	やっぱり先生はすごいな。先生に聞けばなんでも分かる。 老師果然厲害！只要問老師，任何問題都能迎刃而解。
□ 屋根から落ちる。 從屋頂掉下來。	丘の上からは、赤や青の小さな屋根が行儀よく並んでいるのが見えた。 從山丘上可以看到紅色和藍色的小屋頂整齊的排列著。

Check 1 必考單字	高低重音	詞性、類義詞與對義詞
1459 □□□ 破（やぶ）る	やぶる	[他五] 弄破；破壞；違反；打敗；打破（記錄）
1460 □□□ 破（やぶ）れる	やぶれる	[自下一] 破損，損傷；破壞，破裂，被打破；失敗 關 退職する 辭職
1461 □□□ 辞（や）める	やめる	[他下一] 辭職；休學 類 退職（たいしょく） 辭職
1462 □□□ 稍（やや）	やや	[副] 稍微，略；片刻，一會兒
1463 □□□ やり取（と）り	やりとり	[名・他サ] 交換，互換，授受
1464 □□□ やる気（き）	やるき	[名] 幹勁，想做的念頭
1465 □□□ 夕刊（ゆうかん）	ゆうかん	[名] 晚報
1466 □□□ 勇気（ゆうき）	ゆうき	[形動] 勇敢，勇氣 關 度胸（どきょう） 膽量
1467 □□□ 優秀（ゆうしゅう）	ゆうしゅう	[名・形動] 優秀

Check 2 必考詞組	Check 3 必考例句
□ ドアを破って入った。 破門而入。	私との約束を破っておいて、よくまたここへ来られたね。 你打破了和我的約定，竟敢來到這裡！
□ 紙が破れる。 紙破了。	紙袋の底が破れていて、大事な手帳を落としてしまった。 紙袋的底部破裂，掉了重要的筆記本。
□ 仕事を辞める。 辭掉工作。	今の仕事を辞めたいけど、次の仕事が見つからない。 我雖想辭去目前的工作，但卻找不到下一份工作。
□ やや短すぎる。 有點太短。	明日は今日よりもやや暖かい一日となるでしょう。 明天會是比今天稍微溫暖一點的一天吧！
□ 手紙のやり取り。 通信	彼女とは、年に一、二度メールのやり取りをするだけの仲です。 我和她只是每年傳個一兩次訊息的朋友而已。
□ やる気はある。 幹勁十足。	やる気はあるんだけど、ちょっとやるとすぐにゲームがしたくなっちゃうんだ。 雖然我很想用功，但才剛開始念書，馬上又想打電玩了。
□ 夕刊を購読する。 訂閱晚報。	ロケット打ち上げ成功のニュースは、その日の夕刊の一面を飾った。 火箭成功發射的新聞佔據了當天晚報的一整個版面。
□ 勇気を出す。 提起勇氣。	友達が欲しいなら、勇気を出して、自分から話しかけてごらん。 想交朋友的話，不妨拿出勇氣，試著主動找人攀談。
□ 優秀な人材。 優秀的人才	君は優秀だから奨学金がたくさんもらえて、羨ましいよ。 你很優秀，所以能領到鉅額的獎學金，好羨慕你喔。

Check 1 必考單字	高低重音	詞性、類義詞與對義詞
1468 □□□ 友人（ゆうじん）	ゆうじん	[名] 友人，朋友 類 友達（ともだち） 朋友
1469 □□□ 郵送（ゆうそう）	ゆうそう	[名・他サ] 郵寄
1470 □□□ 郵送料（ゆうそうりょう）	ゆうそうりょう	[名] 郵費
1471 □□□ 郵便（ゆうびん）	ゆうびん	[名] 郵政；郵件
1472 □□□ 郵便局員（ゆうびんきょくいん）	ゆうびんきょくいん	[名] 郵局局員
1473 □□□ 有利（ゆうり）	ゆうり	[形動] 有利
1474 □□□ 床（ゆか）	ゆか	[名] 地板
1475 □□□ CD2 37 愉快（ゆかい）	ゆかい	[名・形動] 愉快，暢快；令人愉快，討人喜歡；令人意想不到
1476 □□□ 譲る（ゆずる）	ゆずる	[他五] 讓給，轉讓；謙讓，讓步；出讓，賣給；改日，延期 關 与える（あたえる） 給予

Check 2 必考詞組	Check 3 必考例句
□ 友人と付き合う。 和友人交往。	私には地位もお金もないが、素晴らしい友人がいる。 我雖沒有地位也沒有錢，但是擁有很棒的朋友。
□ 原稿を郵送する。 郵寄稿件。	「資料はFAXで送りますか、それとも郵送しますか。」「じゃ、郵送してください。」 「資料要傳真過去，還是郵寄過去？」「那麼，麻煩郵寄。」
□ 郵送料が高い。 郵資貴。	速達で送りたいのですが、郵送料はいくらになりますか。 我想寄快遞，請問郵資多少錢？
□ 郵便が来る。 寄來郵件。	「まだ郵便が来ないね。」「今日は日曜日だから、配達はないよ。」 「郵件還沒送來嗎？」「今天是星期日，不會送信哦！」
□ 郵便局員として働く。 從事郵差先生的工作。	こちらのサービスについては、郵便局員までお尋ねください。 關於這項服務，請詢問郵局職員。
□ 有利な情報。 有利的情報。	留学経験があると就職に有利だというのは本当ですか。 具有留學經驗有利於就業，這是真的嗎？
□ 床を拭く。 擦地板。	最後に掃除したのはいつ？床の上がほこりだらけよ。 上一次打掃是什麼時候？地板上到處都是灰塵耶。
□ 愉快に楽しめる。 愉快的享受。	泣いてばかりじゃもったいない。せっかくの人生、愉快に生きよう。 一直哭哭啼啼的太糟蹋生命了。人生難得走一遭，還是活得快樂一點吧！
□ 道を譲る。 讓路。	お年寄りや体の不自由な人に席を譲りましょう。 請讓座給老年人和行動不便者。

Check 1 必考單字	高低重音	詞性、類義詞與對義詞
1477 □□□ 豊か（ゆたか）	ゆたか	[形動] 豐富，寬裕；豐盈；十足，足夠
1478 □□□ 茹でる（ゆでる）	ゆでる	[他下一]（用開水）煮，燙
1479 □□□ 湯飲み（ゆのみ）	ゆのみ	[名] 茶杯，茶碗
1480 □□□ 夢（ゆめ）	ゆめ	[名] 夢；夢想
1481 □□□ 揺らす（ゆらす）	ゆらす	[他五] 搖擺，搖動
1482 □□□ 許す（ゆるす）	ゆるす	[他五] 允許，批准；寬恕；免除；容許；承認；委託；信賴；疏忽，放鬆；釋放 類 許可（きょか）する 允許
1483 □□□ 揺れる（ゆれる）	ゆれる	[自下一] 搖晃，搖動；躊躇
1484 □□□ 夜（よ）	よ	[名] 夜、夜晚 類 晩（ばん） 晚上
1485 □□□ 良い（よい）	よい	[形] 好的，出色的；漂亮的；（同意）可以

Check 2 必考詞組	Check 3 必考例句
□ 豊(ゆた)かな生活(せいかつ)。 富裕的生活	▶ 便利(べんり)な都会(とかい)より、自然(しぜん)の豊(ゆた)かな田舎(いなか)の生活(せいかつ)が私(わたし)には合(あ)っている。 比起便利的都市，能夠擁抱大自然的田園生活更適合我。
□ よく茹(ゆ)でる。 煮熟。	▶ 蕎麦(そば)はたっぷりの湯(ゆ)で茹(ゆ)でたら、すぐに氷水(こおりみず)で冷(ひ)やします。 蕎麥麵用大量的熱水燙過之後，馬上放進冰水中冷卻。
□ 湯飲(ゆの)み茶碗(ちゃわん)。 茶杯	▶ 会議(かいぎ)でお茶(ちゃ)を出(だ)すので、湯飲(ゆの)みを人数分用意(にんずうぶんようい)してください。 因為在會議上要供應與會者茶水，所以請按照人數準備茶杯。
□ 甘(あま)い夢(ゆめ)。 美夢	▶ 将来(しょうらい)、動物(どうぶつ)のお医者(いしゃ)さんになるのが僕(ぼく)の夢(ゆめ)です。 我的夢想是成為獸醫師。
□ 揺(ゆ)りかごを揺(ゆ)らす。 推晃搖籃。	▶ 春(はる)の風(かぜ)が、公園(こうえん)に咲(さ)く花(はな)を揺(ゆ)らして、通(とお)り過(す)ぎて行(い)った。 春風輕輕拂過，公園裡綻放的花朵隨之搖曳。
□ 面会(めんかい)を許(ゆる)す。 許可會面。	▶ 妻(つま)の誕生日(たんじょうび)を忘(わす)れていて、何度(なんど)謝(あやま)っても許(ゆる)してもらえない。 我把妻子的生日給忘了，不管道歉多少次都沒有得到原諒。
□ 船(ふね)が揺(ゆ)れる。 船在搖晃。	▶ 地震(じしん)で、ビルの50階(かい)にあるオフィスが大(おお)きく揺(ゆ)れた。 位於五十樓的辦公室在地震時劇烈地搖晃。
□ 夏(なつ)の夜(よ)は短(みじか)い。 夏夜很短。	▶ 道路工事(どうろこうじ)は夜中(よなか)じゅう続(つづ)けられ、終(お)わったときには夜(よる)が明(あ)けていた。 道路修繕工程持續進行一整晚，等到完工時天都已經亮了。
□ 良(よ)い友(とも)に恵(めぐ)まれる。 遇到益友。	▶ 厳(きび)しい部長(ぶちょう)が、家庭(かてい)では優(やさ)しい良(よ)い夫(おっと)だなんて、想像(そうぞう)できないな。 那個嚴厲的經理在家裡居然是個溫柔的丈夫，真叫人無法想像。

Check 1 必考單字	高低重音	詞性、類義詞與對義詞
1486 □□□ よいしょ	よいしょ	[感]（搬重物等吆喝聲）嗨喲
1487 □□□ 様（よう）	よう	[造語・漢造] 樣子，方式；風格；形狀
1488 □□□ 幼児（ようじ）	ようじ	[名] 幼兒，幼童
1489 □□□ 曜日（ようび）	ようび	[名] 星期
1490 □□□ 洋服代（ようふくだい）	ようふくだい	[名] 服裝費
1491 □□□ 翌（よく）	よく	[漢造] 次，翌，第二 類 明（あ）くる～ 次
1492 □□□ 翌日（よくじつ）	よくじつ	[名] 隔天，第二天 關 明日（あす） 明天
1493 □□□ 寄（よ）せる	よせる	[自下一・他下一] 靠近，移近；聚集，匯集，集中；加；投靠，寄身
1494 □□□ CD2 38 予想（よそう）	よそう	[名・自サ] 預料，預測，預計

Check 2 必考詞組	Check 3 必考例句
□「よいしょ」と立ち上がる。 一聲「嘿咻」就站了起來。	荷物は私が持ちますよ。よいしょ、けっこう重いなあ。 我來提行李。嘿咻，這行李相當重啊。
□ 様子。 様子	犬のジョンが死んだときの母さんの悲しみ様は、見ていられなかった。 狗狗約翰死時母親悲慟的樣子，令人目不忍睹。
□ 幼児教育を研究する。 研究幼兒教育。	このアニメは幼児向けだが、大人が見ても十分面白い。 雖然這部卡通是給幼兒看的，但大人看了也會感到十分有趣。
□ 今日、何曜日。 今天星期幾？	勤務は週３日ですね。希望する曜日を言ってください。 每週工作三天，請告知您希望排班的時間。（請告知您想排星期幾的班）
□ 子供たちの洋服代。 添購小孩們的衣物費用。	社会人になって、スーツやネクタイなどの洋服代がかかる。 成為社會人士後，就要支出西裝和領帶等治裝費。
□ 翌日は休日。 隔天是假日	夜中に高熱が出たが、翌朝まで待って病院へ行った。 半夜發了高燒，等到隔天早上才去醫院。
□ 翌日の準備。 隔天出門前的準備。	妻は会社の元同僚ですが、出会った翌日にデートに誘いました。 我妻子是以前的公司同事，認識第二天我就約她出來了。
□ 意見をお寄せください。 集中大家的意見。	この番組に対するご意見、ご感想は番組ホームページまでお寄せください。 對本節目的意見和感想請寄到節目網站。
□ 予想が当たった。 預料命中。	この映画は、予想通りのストーリーで、全然面白くなかった。 這部電影的劇情就和我預料的一模一樣，一點都不精采。

Check 1 必考單字	高低重音	詞性、類義詞與對義詞
1495 □□□ 世の中（よのなか）	よのなか	[名] 人世間，社會；時代，時期；男女之情
1496 □□□ 予防（よぼう）	よぼう	[名・他サ] 預防
1497 □□□ 読み（よみ）	よみ	[名] 唸，讀；訓讀；判斷，盤算
1498 □□□ 寄る（よる）	よる	[自五] 順道去；接近
1499 □□□ 慶び／喜び／悅び／歓び（よろこび）	よろこび	[名] 高興，歡喜，喜悅；喜事，喜慶事；道喜，賀喜 關 祝い事（いわいごと） 喜事
1500 □□□ 弱まる（よわまる）	よわまる	[自五] 變弱，衰弱
1501 □□□ 弱める（よわめる）	よわめる	[他下一] 減弱，削弱
1502 □□□ 等（ら）	ら	[接尾]（表示複數）們；(同類型的人或物）等
1503 □□□ 来（らい）	らい	[結尾] 以來

Check 2 必考詞組	Check 3 必考例句
□ 世の中の動き。 社會的變化	▶ 世の中は甘くないというが、頑張ってる人には優しい面もあるよ。 雖說這個世界不好混，但是對努力的人也會展現溫柔的一面喔。
□ 病気の予防。 預防疾病	▶ 風邪の予防には、手洗い、うがいが有効です。 洗手和漱口能有效預防感冒。
□ 読み方。 念法	▶ 日本の漢字には音読み、訓読みがあって、覚えるのが大変です。 日本的漢字有音讀和訓讀，很不容易背誦。
□ 喫茶店に寄る。 順道去咖啡店。	▶ 明日、仕事でそっちへ行くから、帰りにちょっと寄るよ。 因為明天我要去那邊工作，回程的時候會順道去找你哦。
□ 慶びの言葉を述べる。 致賀詞。	▶ 卒業した子どもたちが活躍する姿を見ることは、私の喜びです。 看到畢業了的孩子們活躍的表現，我真替他們感到開心。
□ 体が弱まっている。 身體變弱。	▶ 台風が通り過ぎると、激しかった風は急に弱まった。 颱風一過，猛激烈的強風倏地減弱了。
□ 過労は体を弱める。 過勞使身體衰弱。	▶ ちょっと寒いですね。冷房を少し弱めてもらえますか。 有點冷耶。冷氣可以稍微調弱一點嗎?
□ 君らは何年生。 你們是幾年級？	▶ 子どもらの明るい笑顔を守れる街づくりを目指します。 我們的目標是共創一座能守護兒童燦爛笑容的城市。
□ 10年来。 10年以來	▶ 彼女とは同じ大学で、10年来の友人です。 我和她讀同一所大學，我們已經是十年的老朋友了。

Check 1 必考單字	高低重音	詞性、類義詞與對義詞
1504 ライター	ライター	[名]【lighter】打火機
1505 ライト	ライト	[名]【light】燈，光
1506 楽（らく）	らく	[名・形動・漢造] 快樂，安樂，快活；輕鬆，簡單；富足，充裕舒適 類 気楽（きらく） 輕鬆
1507 落第（らくだい）	らくだい	[名・自サ] 不及格，落榜，沒考中；留級
1508 ラケット	ラケット	[名]【racket】（網球、乒乓球等的）球拍
1509 ラッシュ	ラッシュ	[名]【rush】（眾人往同一處）湧現；蜂擁，熱潮
1510 ラッシュアワー	ラッシュアワー	[名]【rushhour】尖峰時刻，擁擠時段
1511 ラベル	ラベル	[名]【label】標籤，籤條
1512 ランチ	ランチ	[名]【lunch】午餐

Check 2 必考詞組	Check 3 必考例句
□ ライターで火(ひ)をつける。 用打火機點火。	「ライターありますか。」「ここ、禁煙(きんえん)ですよ。」 「你有打火機嗎？」「這裡禁菸哦！」
□ ライトを点(つ)ける。 點燈。	ベッドの横(よこ)に置(お)く小(ちい)さなライトを探(さが)しています。 我正在找一盞適合個可以放在床邊的小夜燈。
□ 楽(らく)に暮(く)らす。 輕鬆地過日子。	着替(きが)えを用意(ようい)しましたから、スーツは脱(ぬ)いで、もっと楽(らく)にしてください。 我已經把要換的居家衣服準備好了，請您脫下西裝換上，儘管放鬆一些。
□ 彼(かれ)は落第(らくだい)した。 他落榜了。	兄(あに)は３回落第(かいらくだい)して、今年(ことし)で大学(だいがく)は７年目(ねんめ)だ。 我哥哥已經留級落榜三次了，今年已經是念大學的第七年了。
□ ラケットを張(は)りかえた。 重換網球拍。	試合(しあい)に負(ま)けた選手(せんしゅ)は、怒(おこ)ってラケットを投(な)げ捨(す)てた。 輸了比賽的選手憤怒地把球拍丟到地上了。
□ 帰省(きせい)ラッシュ。 返鄉人潮	日本(にほん)のラッシュの電車(でんしゃ)に乗(の)ってみたい？やめた方(ほう)がいいよ。 想體驗看看日本上下班尖峰時段的電車？我勸你還是不要吧！
□ ラッシュアワーに遇(あ)う。 遇上交通尖峰。	ラッシュアワーを避(さ)けて、早(はや)めに出勤(しゅっきん)しています。 避開上下班尖峰時段，提早去上班了。
□ 警告用(けいこくよう)のラベル。 警告用標籤	ワインの瓶(びん)のきれいなラベルを集(あつ)めています。 我在收集葡萄酒瓶上的精緻貼紙。
□ ランチ（タイム）。 午餐時間	お弁当(べんとう)もいいけど、たまにはおしゃれなお店(みせ)でランチもいいな。 雖然便當也很好吃，但偶爾在華麗的餐廳裡享用午餐也很不錯啊！

Check 1 必考單字	高低重音	詞性、類義詞與對義詞
1513 □□□ CD2/39 乱暴（らんぼう）	らんぼう	[名・形動・自サ] 粗暴，粗魯；蠻橫，不講理；胡來，胡亂，亂打人
1514 □□□ リーダー	リーダー	[名]【leader】領袖，指導者，隊長 關 上司（じょうし） 長輩
1515 □□□ 理科（りか）	りか	[名] 理科（自然科學的學科總稱）
1516 □□□ 理解（りかい）	りかい	[名・他サ] 理解，領會，明白；體諒，諒解
1517 □□□ 離婚（りこん）	りこん	[名・自サ]（法）離婚 對 結婚（けっこん） 結婚
1518 □□□ リサイクル	リサイクル	[名]【recycle】回收，（廢物）再利用
1519 □□□ リビング	リビング	[名]【living】生活；客廳的簡稱
1520 □□□ リボン	リボン	[名]【ribbon】緞帶，絲帶；髮帶；蝴蝶結
1521 □□□ 留学（りゅうがく）	りゅうがく	[名・自サ] 留學

Check 2 必考詞組	Check 3 必考例句
□ 言い方が乱暴だ。 說話方式很粗魯。	グラスをそんなに乱暴に扱わないで。ほら、欠けちゃった。 不要這麼粗暴的丟眼鏡。你看，這裡摔破了。
□ 登山隊のリーダー。 登山隊的領隊	彼は大学の教授であると同時に、研究チームのリーダーでもある。 他是大學教授，同時也是研究團隊的領導人。
□ 理科系に進むつもりだ。 準備考理科。	理科系に進むつもりだが、生物にも物理にも興味があって決められない。 我雖打算進理學院，但我對生物和物理也都很有興趣，實在無法決定要進哪一系。
□ 理解しがたい。 難以理解。	彼の発言は理解できないが、何か事情があったのかもしれない。 我無法理解他的言論，可能是因為有什麼隱情吧。
□ 二人は協議離婚した。 兩個人是調解離婚的。	私は一度も結婚したことがないのに、友人はもう２回も離婚している。 我從來沒結過婚，但我朋友已經離兩次婚了。
□ 牛乳パックをリサイクルする。 回收牛奶盒。	紙袋やお菓子の箱も大切な資源です。リサイクルしましょう。 紙袋和糖果盒也都是珍貴重要的資源。拿去資源回收吧！
□ リビング用品。 生活用品	日の当たるリビングで読書をするのが私の幸せです。 對我而言，幸福就是在陽光明媚的客廳裡閱讀。
□ リボンを付ける。 繫上緞帶。	髪に大きなリボンを結んでいるのがうちの娘です。 頭上綁著大蝴蝶結的就是我女兒。
□ アメリカに留学する。 去美國留學。	今年の秋から３年間、イギリスの大学に留学します。 今年秋天開始，我要去英國的大學留學三年。

Check 1 必考單字	高低重音	詞性、類義詞與對義詞
1522 □□□ 流行（りゅうこう）	りゅうこう	[名・自サ] 流行，時髦，時興；蔓延 類 はやり 流行
1523 □□□ 両（りょう）	りょう	[漢造] 雙，兩
1524 □□□ 料（りょう）	りょう	[接尾] 費用，代價
1525 □□□ 領（りょう）	りょう	[名・接尾・漢造] 領土；脖領；首領
1526 □□□ 両替（りょうがえ）	りょうがえ	[名・他サ] 兌換，換錢，兌幣
1527 □□□ 両側（りょうがわ）	りょうがわ	[名] 兩邊，兩側，兩方面，雙方
1528 □□□ 漁師（りょうし）	りょうし	[名] 漁夫，漁民
1529 □□□ 力（りょく）	りょく	[名]（也唸「りく」）力量
1530 □□□ ルール	ルール	[名]【rule】規章，章程；尺，界尺

Check 2 必考詞組		Check 3 必考例句
□ 去年はグレーが流行した。 去年是流行灰色。	▶	今、若い女の子の間では、この店のアイスクリームが流行しているそうだ。 據說最近這家店的冰淇淋在年輕女孩間蔚為風潮。
□ 橋の両側。 橋樑兩側	▶	春には、川の両岸に咲く桜を見に、たくさんの人が訪れる。 春天，有很多人來到河堤兩岸河川的兩岸邊觀賞盛開的櫻花。
□ 入場料。 入場費用	▶	高い授業料を払ってるんだから、寝てたら損だよ。 我都已經付了高額的學費，要是睡著就吃虧了。
□ 北方領土。 北方領土	▶	カリブ海には、イギリス領、オランダ領など欧米の海外領土がたくさんある。 加勒比海域有很多地區屬於是英國、荷蘭等歐美國家的海外領土。
□ 円とドルの両替。 日圓和美金的兌換。	▶	イタリアに行くので、銀行で円をユーロに両替した。 因為我要去義大利，所以去銀行把日元兌換成了歐元。
□ 道の両側に寄せる。 使靠道路兩旁。	▶	怪我をした男性は、両側から支えられてやっと歩ける状態だった。 受傷的男性當時的狀態需要靠別人在處於被兩邊旁扶著的人支撐著才能勉強走路的狀。
□ 漁師の仕事。 漁夫的工作	▶	漁師だからといって、毎日魚ばっかり食べてるわけじゃない。 即使我是漁夫，也不是每天都只吃魚。
□ 実力がある。 有實力。	▶	人間関係は、相手の立場に立ってみる想像力が大切です。 在關於人際關係上，從對方的立場思考是很重要的。
□ 交通ルール。 交通規則	▶	ゲームは一日１時間まで、というのがわが家のルールだ。 一天最多只能玩一小時的電玩遊戲，這是我們家的規定。

Check 1 必考單字	高低重音	詞性、類義詞與對義詞
1531 □□□ CD2 40 留守番（るすばん）	るすばん	[名] 看家，看家人
1532 □□□ 礼（れい）	れい	[名・漢造] 禮儀，禮節，禮貌；鞠躬；道謝，致謝；敬禮；禮品 類 礼儀（れいぎ） 禮義
1533 □□□ 例（れい）	れい	[名・漢造] 慣例；先例；例子 關 先例（せんれい） 先例
1534 □□□ 例外（れいがい）	れいがい	[名] 例外 關 特別（とくべつ） 特別
1535 □□□ 礼儀（れいぎ）	れいぎ	[名] 禮儀，禮節，禮法，禮貌
1536 □□□ レインコート	レインコート	[名]【raincoat】雨衣
1537 □□□ レシート	レシート	[名]【receipt】收據，收條
1538 □□□ 列（れつ）	れつ	[名・漢造] 列，隊列；排列；行，級，排 類 行列（ぎょうれつ） 行列
1539 □□□ 列車（れっしゃ）	れっしゃ	[名] 列車，火車

Check 2 必考詞組	Check 3 必考例句
□ 留守番をする。 看家。	お母さんが帰るまで、一人でお留守番できるよね？ 在媽媽回家之前，你能一個人看家嗎？
□ 礼を欠く。 欠缺禮貌。	日本に来たときにお世話になった人に、お礼の手紙を書いた。 我寫了一封信感謝信給我在日本時一直很照顧我的人。
□ 前例のない快挙。 破例的壯舉	君のレポートは、具体的な例を挙げて説明すると分かり易くなるよ。 你的報告如果能舉個具體的例子說明，就能更容易理解了。
□ 例外として扱う。 特別待遇。	仕事のできる人ほど、例外なく、話が短いという。 據說，工作能力越強的人說話越簡短，沒有例外。
□ 礼儀正しい青年。 有禮的青年	日本の柔道や剣道は、礼儀を大切にするスポーツだ。 日本的柔道和劍道都是重視禮儀的運動。
□ レインコートを忘れた。 忘了帶雨衣。	雨の中、レインコートを着て歩くのが好きです。 我喜歡穿雨衣在雨中行走。
□ レシートをもらう。 拿收據。	返品する場合は、必ずこのレシートを持って来てください。 如果要辦理退貨，請務必帶這張收據過來。
□ 列に並ぶ。 排成一排。	白線の内側に、３列になってお並びください。 請在白線內側排成三排。
□ 列車が着く。 列車到站。	実家は列車で２時間ほどの田舎町にあります。 我的老家在鄉下小鎮的村落，搭火車大約要兩個小時。

Check 1 必考單字	高低重音	詞性、類義詞與對義詞
1540 □□□ レベル	レベル	[名]【level】水平，水準；水平線，水平面；水平儀，水平器
1541 □□□ 恋愛（れんあい）	れんあい	[名・自サ] 戀愛 關 愛情（あいじょう） 愛
1542 □□□ 連続（れんぞく）	れんぞく	[名・他サ・自サ] 連續，接連
1543 □□□ レンタル	レンタル	[名]【rental】出租，出賃；租金
1544 □□□ レンタル料（りょう）	レンタルりょう	[名]【rental りょう】租金
1545 □□□ 老人（ろうじん）	ろうじん	[名] 老人，老年人 類 高齢者 老年人
1546 □□□ ローマ字（じ）	ローマじ／ローマじ	[名]【Romaじ】羅馬字，拉丁字母
1547 □□□ 録音（ろくおん）	ろくおん	[名・他サ] 錄音
1548 □□□ 録画（ろくが）	ろくが	[名・他サ] 錄影

Check 2 必考詞組	Check 3 必考例句
□ レベルが向上する。 水準提高。	大学の授業のレベルが高くて、ほとんど理解できない。 大學課業的難度很高，幾乎完全聽不懂。
□ 恋愛に陥った。 墜入愛河。	恋愛小説を書いて、インターネットで発表している。 我寫了愛情小說，並發表於網路上。
□ 3年連続黒字。 連續了三年的盈餘	わが社は3年連続で売り上げが増加しています。 本我們公司的營業額近三年皆為已經持連續成長三年成長。
□ 車をレンタルする。 租車。	板や服は全部スキー場でレンタルすればいいよ。 滑雪板和滑雪服等全部裝備全都在滑雪區租用就好了啊。
□ ウエディングドレスのレンタル料。 結婚禮服的租借費。	8人乗りの車を3日間借りたいんですが、レンタル料はいくらですか。 我想租用一輛八人座的汽車三天，需要多少租金？
□ 老人になる。 老了。	父は80になるが、まだまだ老人じゃない、と頑張っている。 雖然家我的父年屆親就要八十歲了，但他仍然努力工作，完全不像老年人。
□ ローマ字表。 羅馬字表	名前は、片仮名とローマ字、両方の記入をお願いします。 請填入姓名，片假名和羅馬拼音兩種請都寫上。
□ 彼は録音のエンジニアだ。 他是錄音工程師。	あとで原稿にするので、会議の発言は全て録音しています。 由於會因為之後必須寫成書面文字要做成稿子，所以會議上的發言全都程錄音了。
□ 大河ドラマを録画した。 錄下大河劇了。	帰りが遅くなる日は、ドラマの録画を予約しておきます。 較會晚回家的日子，會時候，事先設定用了電視的預約錄影功能錄下，把電視劇錄下。

Check 1 必考單字	高低重音	詞性、類義詞與對義詞
1549 ロケット	ロケット／ロケット	[名]【rocket】火箭發動機；（軍）火箭彈；狼煙火箭
1550 CD2/41 ロッカー	ロッカー	[名]【locker】（公司、機關用可上鎖的）文件櫃；（公共場所用可上鎖的）置物櫃，置物箱，櫃子
1551 ロック	ロック	[名・他サ]【lock】鎖，鎖上，閉鎖
1552 ロボット	ロボット	[名]【robot】機器人；自動裝置；傀儡
1553 論（ろん）	ろん	[名] 論，議論
1554 論（ろん）じる／論（ろん）ずる	ろんじる／ろんずる	[他上一] 論，論述，闡述
1555 羽（わ）	わ	[接尾]（數鳥或兔子）隻
1556 和（わ）	わ	[名] 和，人和；停止戰爭，和好
1557 ワイン	ワイン	[名]【wine】葡萄酒；水果酒；洋酒

Check 2 必考詞組	Check 3 必考例句
□ ロケットで飛ぶ。 乘火箭飛行。	いつかロケットに乗って、宇宙から地球を見てみたい。 總有一天我要搭上火箭，從外太空眺望地球。
□ ロッカーに入れる。 放進置物櫃裡。	荷物が邪魔なら、駅のロッカーに入れるといいよ。 如果嫌帶著行李麻煩，就寄放在車站的置物櫃子裡就好了。
□ ロックが壊れた。 門鎖壞掉了。	パソコンもスマホもロックされていて、開けられません。 電腦和智慧手機都被鎖住了，解不開。
□ 家事をしてくれるロボット。 會幫忙做家事的機器人。	あまり仕事ができないロボットが人気だというから不思議だ。 不太會工作的機器人居然廣受歡迎，真是不可思議。
□ その論の立て方はおかしい。 那一立論方法很奇怪。	小論文のテーマについて、クラス全員で議論した。 全班同學針對短篇小論文的主題進行了討論。
□ 事の是非を論じる。 論述事情的是與非。	国会で大臣が論じた環境対策については、多くの批判が出た。 關於部長大臣在國會上闡述談論的環保政策，引發起了諸多抨擊多方的批判。
□ 鶏が一羽いる。 有一隻雞。	冬になると、何百羽という鳥が海を渡ってこの地にやって来る。 每逢到了冬天，總有好幾百隻候一種叫何百羽的鳥就會飛越穿過大海來到這個地方。
□ 平和主義。 和平主義。	ホテルのお部屋は、和室と洋室、どちらがよろしいですか。 旅館的房間分成有日式和洋式，請問您想要選哪一種呢？
□ ワイングラスを傾ける。 酒杯傾斜。	この料理には、香りの高い白ワインが合います。 這道菜搭料理配白葡萄酒很對味。

Check 1 必考單字	高低重音	詞性、類義詞與對義詞
1558 □□□ 我（わ）が	▸ わが	▸ [連體] 我的，自己的，我們的
1559 □□□ わがまま	▸ わがまま	▸ [名・形動] 任性
1560 □□□ 若者（わかもの）	▸ わかもの	▸ [名] 年輕人，青年 類 若（わか）い 年輕、青年
1561 □□□ 別（わか）れ	▸ わかれ	▸ [名] 別，離別，分離；分支，旁系
1562 □□□ 分（わ）かれる	▸ わかれる	▸ [自下一] 分裂；分離，分開；區分，劃分；區別 關 離（はな）れる 分開
1563 □□□ 沸（わ）く	▸ わく	▸ [自五] 煮沸，煮開；興奮
1564 □□□ 分（わ）ける	▸ わける／わける	▸ [他下一] 分，分開；區分，劃分；分配，分給；分開，排開，擠開，分類 關 分割（ぶんかつ）する 分割
1565 □□□ 僅（わず）か	▸ わずか	▸ [副・形動]（數量、程度、時間等）很少，僅僅；一點也（後加否定）僅 關 微（かす）か 微弱
1566 □□□ 詫（わ）び	▸ わび	▸ [名] 賠不是，道歉，表示歉意

Check 2 必考詞組	Check 3 必考例句
□ 我が国。 我國	▶ 仕事が辛くても、温かい我が家があると思って頑張っている。 不管工作再怎麼辛苦，只要想起我溫暖的家，就有了努力的動力。
□ わがままを言う。 說任性的話。	▶ 一人っ子はわがままだと言われるが、実はしっかりしている人が多いという。 雖然很多人認為獨生子女都很任性，但其實其中也有不少人個性十分很多穩重腳踏實地的人。
□ 若者たちの間。 年輕人間	▶ 「最近の若者は…」という文句は、5000 年も前から言われていたそうだ。 據說「最近的年輕人……」這種說法，據說早在五千年前就有人用了。
□ 別れが悲しい。 傷感離別。	▶ 彼女との別れは、悲し過ぎてあまり覚えていない。 和她分手太過心痛悲傷了，痛得以至於我已經想不太起來了。
□ 意見が分かれる。 意見產生分歧。	▶ この先で道が三つに分かれていますから、真ん中の道を進んでください。 前面有三道岔路，請走正中間那一條。
□ 會場が沸く。 會場熱血沸騰。	▶ お湯が沸いたら、お茶をいれてもらえますか。 熱水煮滾沸騰後可以幫我泡茶嗎？
□ 等分に分ける。 均分。	▶ お菓子をどうぞ。ケンカしないで、仲良く３人で分けてね。 來吃甜點囉。你們三個不要吵架，相親相愛好好相處一起吃吧！
□ わずかに覚えている。 略微記得。	▶ モーツァルトが初めて曲を作ったのは、わずか４歳のときだった。 莫札特首次創作歌曲時年僅四歲。
□ 丁寧なお詫びの言葉。 畢恭畢敬的賠禮。	▶ この度はご迷惑をおかけしてしまい、お詫びの言葉もありません。 這次給您添麻煩了，無論說什麼都不足以表達我的歉意。

Check 1 必考單字	高低重音	詞性、類義詞與對義詞
1567 □□□ 笑い（わらい）	わらい	[名] 笑；笑聲；嘲笑，譏笑，冷笑 類 微笑み（ほほえみ） 微笑
1568 □□□ CD2 42 割り（わり）／割（わり）	わり	[造語] 分配；（助數詞用）十分之一，一成；比例；得失
1569 □□□ 割合（わりあい）	わりあい	[名] 比例；比較起來
1570 □□□ 割り当て（わりあて）	わりあて	[名] 分配，分擔
1571 □□□ 割り込む（わりこむ）	わりこむ	[自五] 擠進，插隊；闖進；插嘴
1572 □□□ 割り算（わりざん）	わりざん	[名]（算）除法 關 掛け算（かけざん） 乘法
1573 □□□ 割る（わる）	わる	[他五] 打，劈開；用除法計算
1574 □□□ 湾（わん）	わん	[名] 灣，海灣
1575 □□□ 碗（わん）／椀（わん）	わん／わん	[名] 碗，木碗；（計算數量）碗 類 茶碗（ちゃわん） 碗

Check 2 必考詞組	Check 3 必考例句
□ 笑いを含む。 含笑。	彼がしゃべり始めると、会場のあちこちから笑いが起こった。 他一開口，笑聲就從會場的各個角落傳了出來。
□ 4割引き。 打了四折。	バーゲンセールです。店内の商品は全品2割引きです。 大特價！全館商品八折出售！
□ 空気の主要成分の割合を求める。 算出空氣中主要成分的比例。	うちの学校は伝統的に、男子生徒の割合が多い。 傳統上，我們學校的男學生比例較高。
□ 仕事の割り当てをする。 分派工作。	社員それぞれに、能力に合った仕事を割り当てるのも、上司の役割だ。 為每位員工分配適合其能力的工作是上司的責任。
□ 列に割り込んできた。 插隊進來了。	列に割り込まないで、ちゃんと後ろに並んでください。 不要插隊，請去後面依序排隊。
□ 割り算は難しい。 除法很難。	12個のりんごを４人で分ける？それは割り算を使う問題だよ。 十二個蘋果分給四個人？這是除法的問題啊。
□ 卵を割る。 打破蛋。	外から石が飛んできて、突然部屋の窓ガラスが割れた。 有粒石子突然從外面飛了進來，把房間的窗戶玻璃砸碎了。
□ 東京湾。 東京灣	これは今朝、東京湾で獲れた魚です。 這是今天早上在東京灣捕獲的鮮魚。
□ 一碗の吸い物。 一碗湯	お茶碗には白いご飯、お椀には熱いお味噌汁、幸せだなあ。 有一碗白飯和一碗熱味噌湯，真是幸福啊！

考試分數大躍進
累積實力
百萬考生見證
應考秘訣

考試相關概要
根據日本國際交流基金

快速通關
絕對合格 日檢 N3
「閱讀」
新制對應 QR code

日檢權威山田社持續追蹤最新日檢題型變化！

山田社
日檢書

前言

preface

★ N3 最終秘密武器，一舉攻下閱讀測驗！

★ 金牌教師群秘傳重點式攻略，幫助您制霸考場！

★ 選擇最聰明的戰略，快速完勝取證！

★ 考題、日中題解攻略、單字文法一本完備，祕技零藏私！

★ 教您如何 100% 掌握考試技巧，突破自我極限！

「還剩下五分鐘。」在考場聽到這句話時，才發現自己來不及做完，只能猜題？
沮喪的離開考場，為半年後的戰役做準備？
不要再浪費時間！靠攻略聰明取勝吧！

讓我們為您披上戰袍，教您如何快速征服日檢閱讀！
讓這本書成為您的秘密武器，一舉攻下日檢證照！

閱讀測驗就好比遊戲中擁有龐大身軀的怪物，
其實仔細觀察，就會發現身上的弱點，
重點式攻擊，馬上就能 K.O 對手！
因此我們需要「對症下藥」，不要再浪費金錢、浪費光陰，讓山田社金牌教師群帶領您一次攻頂吧！

● 100% 擬真｜臨場感最逼真

本書出題形式、場景設計、出題範圍，完全模擬新日檢官方試題，讓您提早體驗考試臨場感。有本書做為您的秘密武器，金牌教師群做為您的左右護法，完善的練習讓您不用再害怕閱讀怪獸，不用再被時間壓迫，輕鬆作答、輕鬆交卷、輕鬆取證。100% 擬真體驗考場，幫助您旗開得勝！

● 100% 充足｜六回充足練習

本書依照新日檢官方出題模式，完整收錄六回閱讀模擬試題，幫助您正確掌握考試題型，100% 充足您所需要的練習。無論是考前六個月，抱著破釜沉舟的決心，全力以赴，或是考前到數計日，綁著頭巾全力衝刺，以提升學習的「質」，都能短時間內考出好成績！

● 100% 準確｜命中精準度高

為了掌握最新出題趨勢，《合格班 日檢閱讀 N3—逐步解説 & 攻略問題集》特別邀請多位日籍金牌教師，在日本長年持續追蹤新日檢出題內容，比對並分析近 10 年新、舊制的日檢 N3 閱讀出題頻率最高的題型、場景等，盡心盡力為 N3 閱讀量身訂做攻略秘笈，100% 準確命中考題，直搗閱讀核心！

● 100% 有效｜日、中解題完全攻略

本書六回模擬考題皆附金牌教師的日文、中文詳細題解，藉由閱讀日文、中文兩種題解，可一舉數得，增加您的理解力及翻譯力，並了解如何攻略閱讀重點，抓出每題的「重要關鍵」。只要學會利用「關鍵字」的解題術，就能對症下藥，快速解題。100% 有效的重點式攻擊，立馬 K.O 閱讀怪獸！

● 100% 滿意｜單字文法全面教授

閱讀測驗中出現的單字和文法往往都是解讀的關鍵，因此本書細心的補充 N3 單字和文法，讓您方便對應與背誦。另建議搭配「精修版 新制對應 絕對合格！日檢必背單字 N3」和「精修版 新制對應 絕對合格！日檢必背文法 N3」，建構腦中的 N3 單字、文法資料庫，學習效果包準 100% 滿意！

目錄

contents

新「日本語能力測驗」概要

JLPT

一、什麼是新日本語能力試驗呢

1. 新制「日語能力測驗」

從2010年起實施的新制「日語能力測驗」（以下簡稱為新制測驗）。

1－1 實施對象與目的

新制測驗與舊制測驗相同，原則上，實施對象為非以日語作為母語者。其目的在於，為廣泛階層的學習與使用日語者舉行測驗，以及認證其日語能力。

1－2 改制的重點

改制的重點有以下四項：

1 測驗解決各種問題所需的語言溝通能力

新制測驗重視的是結合日語的相關知識，以及實際活用的日語能力。因此，擬針對以下兩項舉行測驗：一是文字、語彙、文法這三項語言知識；二是活用這些語言知識解決各種溝通問題的能力。

2 由四個級數增為五個級數

新制測驗由舊制測驗的四個級數（1級、2級、3級、4級），增加為五個級數（N1、N2、N3、N4、N5）。新制測驗與舊制測驗的級數對照，如下所示。最大的不同是在舊制測驗的2級與3級之間，新增了N3級數。

N1	難易度比舊制測驗的1級稍難。合格基準與舊制測驗幾乎相同。
N2	難易度與舊制測驗的2級幾乎相同。
N3	難易度介於舊制測驗的2級與3級之間。（新增）
N4	難易度與舊制測驗的3級幾乎相同。
N5	難易度與舊制測驗的4級幾乎相同。

＊「N」代表「Nihongo（日語）」以及「New（新的）」。

3　施行「得分等化」

由於在不同時期實施的測驗，其試題均不相同，無論如何慎重出題，每次測驗的難易度總會有或多或少的差異。因此在新制測驗中，導入「等化」的計分方式後，便能將不同時期的測驗分數，於共同量尺上相互比較。因此，無論是在什麼時候接受測驗，只要是相同級數的測驗，其得分均可予以比較。目前全球幾種主要的語言測驗，均廣泛採用這種「得分等化」的計分方式。

4　提供「日本語能力試驗Can-do自我評量表」（簡稱JLPT Can-do）

為了瞭解通過各級數測驗者的實際日語能力，新制測驗經過調查後，提供「日本語能力試驗Can-do自我評量表」。該表列載通過測驗認證者的實際日語能力範例。希望通過測驗認證者本人以及其他人，皆可藉由該表格，更加具體明瞭測驗成績代表的意義。

1－3　所謂「解決各種問題所需的語言溝通能力」

我們在生活中會面對各式各樣的「問題」。例如，「看著地圖前往目的地」或是「讀著說明書使用電器用品」等等。種種問題有時需要語言的協助，有時候不需要。

為了順利完成需要語言協助的問題，我們必須具備「語言知識」，例如文字、發音、語彙的相關知識、組合語詞成為文章段落的文法知識、判斷串連文句的順序以便清楚說明的知識等等。此外，亦必須能配合當前的問題，擁有實際運用自己所具備的語言知識的能力。

舉個例子，我們來想一想關於「聽了氣象預報以後，得知東京明天的天氣」這個課題。想要「知道東京明天的天氣」，必須具備以下的知識：「晴れ（晴天）、くもり（陰天）、雨（雨天）」等代表天氣的語彙；「東京は明日は晴れでしょう（東京明日應是晴天）」的文句結構；還有，也要知道氣象預報的播報順序等。除此以外，尚須能從播報的各地氣象中，分辨出哪一則是東京的天氣。

如上所述的「運用包含文字、語彙、文法的語言知識做語言溝通，進而具備解決各種問題所需的語言溝通能力」，在新制測驗中稱為「解決各種問題所需的語言溝通能力」。

新制測驗將「解決各種問題所需的語言溝通能力」分成以下「語言知識」、「讀解」、「聽解」等三個項目做測驗。

語言知識	各種問題所需之日語的文字、語彙、文法的相關知識。
讀　解	運用語言知識以理解文字內容，具備解決各種問題所需的能力。
聽　解	運用語言知識以理解口語內容，具備解決各種問題所需的能力。

作答方式與舊制測驗相同，將多重選項的答案劃記於答案卡上。此外，並沒有直接測驗口語或書寫能力的科目。

2. 認證基準

新制測驗共分為N1、N2、N3、N4、N5五個級數。最容易的級數為N5，最困難的級數為N1。

與舊制測驗最大的不同，在於由四個級數增加為五個級數。以往有許多通過3級認證者常抱怨「遲遲無法取得2級認證」。為因應這種情況，於舊制測驗的2級與3級之間，新增了N3級數。

新制測驗級數的認證基準，如表1的「讀」與「聽」的語言動作所示。該表雖未明載，但應試者也必須具備為表現各語言動作所需的語言知識。

N4與N5主要是測驗應試者在教室習得的基礎日語的理解程度；N1與N2是測驗應試者於現實生活的廣泛情境下，對日語理解程度；至於新增的N3，則是介於N1與N2，以及N4與N5之間的「過渡」級數。關於各級數的「讀」與「聽」的具體題材（內容），請參照表1。

■ 表1 新「日語能力測驗」認證基準

	級數	認證基準 各級數的認證基準，如以下【讀】與【聽】的語言動作所示。各級數亦必須具備為表現各語言動作所需的語言知識。
↑ 困難*	N1	能理解在廣泛情境下所使用的日語 【讀】・可閱讀話題廣泛的報紙社論與評論等論述性較複雜及較抽象的文章，且能理解其文章結構與內容。 ・可閱讀各種話題內容較具深度的讀物，且能理解其脈絡及詳細的表達意涵。 【聽】・在廣泛情境下，可聽懂常速且連貫的對話、新聞報導及講課，且能充分理解話題走向、內容、人物關係、以及說話內容的論述結構等，並確實掌握其大意。
	N2	除日常生活所使用的日語之外，也能大致理解較廣泛情境下的日語 【讀】・可看懂報紙與雜誌所刊載的各類報導、解說、簡易評論等主旨明確的文章。 ・可閱讀一般話題的讀物，並能理解其脈絡及表達意涵。 【聽】・除日常生活情境外，在大部分的情境下，可聽懂接近常速且連貫的對話與新聞報導，亦能理解其話題走向、內容、以及人物關係，並可掌握其大意。
	N3	能大致理解日常生活所使用的日語 【讀】・可看懂與日常生活相關的具體內容的文章。 ・可由報紙標題等，掌握概要的資訊。 ・於日常生活情境下接觸難度稍高的文章，經換個方式敘述，即可理解其大意。 【聽】・在日常生活情境下，面對稍微接近常速且連貫的對話，經彙整談話的具體內容與人物關係等資訊後，即可大致理解。

＊ 容 易 ↓		
	N4	能理解基礎日語 【讀】・可看懂以基本語彙及漢字描述的貼近日常生活相關話題的文章。 【聽】・可大致聽懂速度較慢的日常會話。
	N5	能大致理解基礎日語 【讀】・可看懂以平假名、片假名或一般日常生活使用的基本漢字所書寫的固定詞句、短文、以及文章。 【聽】・在課堂上或周遭等日常生活中常接觸的情境下，如為速度較慢的簡短對話，可從中聽取必要資訊。

＊N1最難，N5最簡單。

3. 測驗科目

新制測驗的測驗科目與測驗時間如表2所示。

■ 表2 測驗科目與測驗時間＊①

級數	測驗科目（測驗時間）				
N1	語言知識（文字、語彙、文法）、讀解（110分）		聽解（60分）	→	測驗科目為「語言知識（文字、語彙、文法）、讀解」；以及「聽解」共2科目。
N2	語言知識（文字、語彙、文法）、讀解（105分）		聽解（50分）	→	
N3	語言知識（文字、語彙）（30分）	語言知識（文法）、讀解（70分）	聽解（40分）	→	測驗科目為「語言知識（文字、語彙）」；「語言知識（文法）、讀解」；以及「聽解」共3科目。
N4	語言知識（文字、語彙）（30分）	語言知識（文法）、讀解（60分）	聽解（35分）	→	
N5	語言知識（文字、語彙）（25分）	語言知識（文法）、讀解（50分）	聽解（30分）	→	

N1與N2的測驗科目為「語言知識（文字、語彙、文法）、讀解」以及「聽解」共2科目；N3、N4、N5的測驗科目為「語言知識（文字、語彙）」、「語言知識（文法）、讀解」、「聽解」共3科目。

由於N3、N4、N5的試題中，包含較少的漢字、語彙、以及文法項目，因此當與N1、N2測驗相同的「語言知識（文字、語彙、文法）、讀解」科目時，有時會使某幾道試題成為其他題目的提示。為避免這個情況，因此將「語言知識（文字、語彙、文法）、讀解」，分成「語言知識（文字、語彙）」和「語言知識（文法）、讀解」施測。

＊①：聽解因測驗試題的錄音長度不同，致使測驗時間會有些許差異。

4. 測驗成績

4－1　量尺得分

舊制測驗的得分，答對的題數以「原始得分」呈現；相對的，新制測驗的得分以「量尺得分」呈現。

「量尺得分」是經過「等化」轉換後所得的分數。以下，本手冊將新制測驗的「量尺得分」，簡稱為「得分」。

4－2　測驗成績的呈現

新制測驗的測驗成績，如表3的計分科目所示。N1、N2、N3的計分科目分為「語言知識（文字、語彙、文法）」、「讀解」、以及「聽解」3項；N4、N5的計分科目分為「語言知識（文字、語彙、文法）、讀解」以及「聽解」2項。

會將N4、N5的「語言知識（文字、語彙、文法）」和「讀解」合併成一項，是因為在學習日語的基礎階段，「語言知識」與「讀解」方面的重疊性高，所以將「語言知識」與「讀解」合併計分，比較符合學習者於該階段的日語能力特徵。

■ 表3　各級數的計分科目及得分範圍

級數	計分科目	得分範圍
N1	語言知識（文字、語彙、文法） 讀解 聽解	0～60 0～60 0～60
	總分	0～180
N2	語言知識（文字、語彙、文法） 讀解 聽解	0～60 0～60 0～60
	總分	0～180
N3	語言知識（文字、語彙、文法） 讀解 聽解	0～60 0～60 0～60
	總分	0～180
N4	語言知識（文字、語彙、文法）、讀解 聽解	0～120 0～60
	總分	0～180
N5	語言知識（文字、語彙、文法）、讀解 聽解	0～120 0～60
	總分	0～180

各級數的得分範圍，如表3所示。N1、N2、N3的「語言知識（文字、語彙、文法）」、「讀解」、「聽解」的得分範圍各為0～60分，三項合計的總分範圍是0～180分。「語言知識（文字、語彙、文法）」、「讀解」、「聽解」各占總分的比例是1：1：1。

N4、N5的「語言知識（文字、語彙、文法）、讀解」的得分範圍為0～120分，「聽解」的得分範圍為0～60分，二項合計的總分範圍是0～180分。「語言知識（文字、語彙、文法）、讀解」與「聽解」各占總分的比例是2：1。還有，「語言知識（文字、語彙、文法）、讀解」的得分，不能拆解成「語言知識（文字、語彙、文法）」與「讀解」二項。

除此之外，在所有的級數中，「聽解」均占總分的三分之一，較舊制測驗的四分之一為高。

4－3 合格基準

舊制測驗是以總分作為合格基準；相對的，新制測驗是以總分與分項成績的門檻二者作為合格基準。所謂的門檻，是指各分項成績至少必須高於該分數。假如有一科分項成績未達門檻，無論總分有多高，都不合格。

新制測驗設定各分項成績門檻的目的，在於綜合評定學習者的日語能力，須符合以下二項條件才能判定為合格：①總分達合格分數（＝通過標準）以上；②各分項成績達各分項合格分數（＝通過門檻）以上。如有一科分項成績未達門檻，無論總分多高，也會判定為不合格。

N1～N3及N4、N5之分項成績有所不同，各級總分通過標準及各分項成績通過門檻如下所示：

級數	總分		分項成績					
			言語知識（文字・語彙・文法）		讀解		聽解	
	得分範圍	通過標準	得分範圍	通過門檻	得分範圍	通過門檻	得分範圍	通過門檻
N1	0～180分	100分	0～60分	19分	0～60分	19分	0～60分	19分
N2	0～180分	90分	0～60分	19分	0～60分	19分	0～60分	19分
N3	0～180分	95分	0～60分	19分	0～60分	19分	0～60分	19分

級數	總分		分項成績			
			言語知識（文字・語彙・文法）・讀解		聽解	
	得分範圍	通過標準	得分範圍	通過門檻	得分範圍	通過門檻
N4	0～180分	90分	0～120分	38分	0～60分	19分
N5	0～180分	80分	0～120分	38分	0～60分	19分

※上列通過標準自2010年第1回(7月)【N4、N5為2010年第2回(12月)】起適用。

缺考其中任一測驗科目者，即判定為不合格。寄發「合否結果通知書」時，含已應考之測驗科目在內，成績均不計分亦不告知。

4－4　測驗結果通知

依級數判定是否合格後，寄發「合否結果通知書」予應試者；合格者同時寄發「日本語能力認定書」。

■ N1, N2, N3

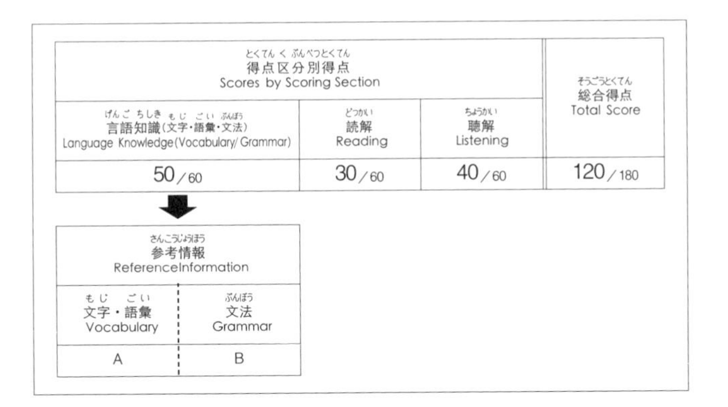

得点区分別得点 Scores by Scoring Section			総合得点 Total Score
言語知識（文字・語彙・文法） Language Knowledge (Vocabulary/ Grammar)	読解 Reading	聴解 Listening	
50／60	30／60	40／60	120／180

参考情報 ReferenceInformation	
文字・語彙 Vocabulary	文法 Grammar
A	B

■ N4, N5

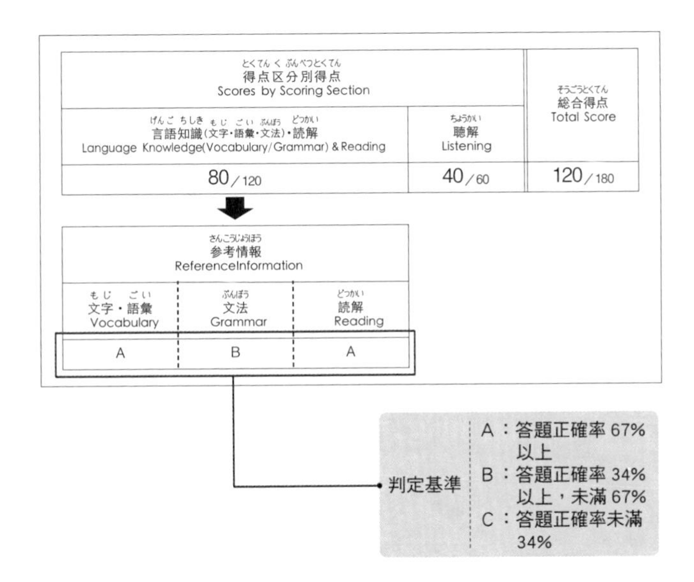

得点区分別得点 Scores by Scoring Section		総合得点 Total Score
言語知識（文字・語彙・文法）・読解 Language Knowledge(Vocabulary/Grammar) & Reading	聴解 Listening	
80／120	40／60	120／180

参考情報 ReferenceInformation		
文字・語彙 Vocabulary	文法 Grammar	読解 Reading
A	B	A

※各節測驗如有一節缺考就不予計分，即判定為不合格。雖會寄發「合否結果通知書」但所有分項成績，含已出席科目在內，均不予計分。各欄成績以「*」表示，如「**/60」。

※所有科目皆缺席者，不寄發「合否結果通知書」。

N3 題型分析

測驗科目（測驗時間）		試題內容				
		題型			小題題數＊	分析
語言知識（30分）	文字、語彙	1	漢字讀音	◇	8	測驗漢字語彙的讀音。
		2	假名漢字寫法	◇	6	測驗平假名語彙的漢字寫法。
		3	選擇文脈語彙	○	11	測驗根據文脈選擇適切語彙。
		4	替換類義詞	○	5	測驗根據試題的語彙或說法，選擇類義詞或類義說法。
		5	語彙用法	○	5	測驗試題的語彙在文句裡的用法。
語言知識、讀解（70分）	文法	1	文句的文法1（文法形式判斷）	○	13	測驗辨別哪種文法形式符合文句內容。
		2	文句的文法2（文句組構）	◆	5	測驗是否能夠組織文法正確且文義通順的句子。
		3	文章段落的文法	◆	5	測驗辨別該文句有無符合文脈。
	讀解＊	4	理解內容（短文）	○	4	於讀完包含生活與工作等各種題材的撰寫說明文或指示文等，約150～200字左右的文章段落之後，測驗是否能夠理解其內容。
		5	理解內容（中文）	○	6	於讀完包含撰寫的解說與散文等，約350字左右的文章段落之後，測驗是否能夠理解其關鍵詞或因果關係等等。
		6	理解內容（長文）	○	4	於讀完解說、散文、信函等，約550字左右的文章段落之後，測驗是否能夠理解其概要或論述等等。
		7	釐整資訊	◆	2	測驗是否能夠從廣告、傳單、提供各類訊息的雜誌、商業文書等資訊題材（600字左右）中，找出所需的訊息。
聽解（40分）		1	理解問題	◇	6	於聽取完整的會話段落之後，測驗是否能夠理解其內容（於聽完解決問題所需的具體訊息之後，測驗是否能夠理解應當採取的下一個適切步驟）。
		2	理解重點	◇	6	於聽取完整的會話段落之後，測驗是否能夠理解其內容（依據剛才已聽過的提示，測驗是否能夠抓住應當聽取的重點）。
		3	理解概要	◇	3	於聽取完整的會話段落之後，測驗是否能夠理解其內容（測驗是否能夠從整段會話中理解說話者的用意與想法）。
		4	適切話語	◆	4	於一面看圖示，一面聽取情境說明時，測驗是否能夠選擇適切的話語。
		5	即時應答	◆	9	於聽完簡短的詢問之後，測驗是否能夠選擇適切的應答。

＊「小題題數」為每次測驗的約略題數，與實際測驗時的題數可能未盡相同。此外，亦有可能會變更小題題數。

＊有時在「讀解」科目中，同一段文章可能會有數道小題。

＊符號標示：「◆」舊制測驗沒有出現過的嶄新題型；「◇」沿襲舊制測驗的題型，但是更動部分形式；「○」與舊制測驗一樣的題型。

資料來源：《日本語能力試驗JLPT官方網站：分項成績・合格判定・合否結果通知》。2016年1月11日，
取自：http://www.jlpt.jp/tw/guideline/results.html

Part 1 讀解對策

閱讀的目標是，從各種題材中，得到自己要的訊息。因此，新制考試的閱讀考點就是「從什麼題材」和「得到什麼訊息」這兩點。

問題 4 ：理解內容（短文）

閱讀約 200 字的短篇文章，測驗是否能夠理解文章內容。以生活（環境、動物、人際關係等）、工作、學習及書信、電子郵件等為主題的說明文、指示文。預估有 4 題。

提問一般用「作者は～どう思っているか」（作者對～有什麼看法？）、「～理由はどれか」（～理由是哪一個？）的表達方式。文章中也常出現慣用語及諺語。也會出現同一個意思，改用不同詞彙的作答方式。考試時建議先看提問及選項，再看文章。

N3 言語知識・讀解　第 1 回　もんだい 4　模擬試題

次の（1）から(4)の文章を読んで、質問に答えなさい。答えは、1・2・3・4から最もよいものを一つえらびなさい。

（1）

ヘッドフォンで音楽を聞きながら作業をすると集中できる、という人が多い。その理由をたずねると、まわりがうるさい環境で仕事をしているような時でも、音楽を聞くことによって、うるさい音や自分に関係のない話を聞かずにすむし、じゃまをされなくてすむからだという。最近では、ヘッドフォンをつけて仕事をすることを認めている会社もある。

しかし、実際に調査を行った結果、ヘッドフォンで音楽を聞くことによって集中力が上がるというデータは、ほとんど出ていないという。また、ヘッドフォンを聞きながら仕事をするのは、オフィスでの作法やマナーに反すると考える人も多い。

24 調査は、どんな調査か。

1 うるさい環境で仕事をすることによって、集中力が下がるかどうかの調査
2 ヘッドフォンで音楽を聞くことで、集中力が上がるかどうかの調査
3 不要な情報をきくことで集中力が下がるかどうかの調査
4 好きな音楽と嫌いな音楽の、どちらを聞けば集中できるかの調査

18 言語知識・讀解

問題5：理解內容（中文）

閱讀約350字的中篇文章，測驗是否能夠理解文章中的因果關係或理由、概要或作者的想法等等。以生活、工作、學習等為主題的，簡單的評論文、說明文及散文。預估有6題。

提問一般用，造成某結果的理由「～とあるが、それはなぜか」、文章中的某詞彙的意思「～とはどのような意味か」、作者的想法或文章內容「この文章の内容と合っているものはどれか」的表達方式。這樣，解題關鍵就在掌握文章結構「開頭是主題、中間說明主題、最後是結論」了。

還有，選擇錯誤選項的「正しくないものどれか」也偶而會出現，要仔細看清提問喔！

N3 言語知識・讀解　第1回　もんだい5　模擬試題

つぎの(1)と(2)の文章を読んで、質問に答えなさい。答えは、1・2・3・4から最もよいものを一つえらびなさい。

(1)

日本では、電車の中で、子どもたちはもちろん大人もよくマンガを読んでいる。私の国では見られない姿だ。日本に来たばかりの時は私も驚いたし、①恥ずかしくないのかな、と思った。大人の会社員が、夢中でマンガを読んでいるのだから。

しかし、しばらく日本に住むうちに、マンガはおもしろいだけでなく、とても役に立つことに気づいた。今まで難しいと思っていたことも、マンガで読むと分かりやすい。特に、歴史はマンガで読むと楽しい。それに、マンガといっても、本屋で売っているような歴史マンガは、専門家が内容を②しっかりチェックしているそうだし、それを授業で使っている学校もあるということだ。

私は高校生の頃、歴史にまったく関心がなく成績も悪かったが、日本で友だちから借りた歴史マンガを読んで興味を持ち、大学でも歴史の授業をとることにした。私自身、以前はマンガを馬鹿にしていたが、必要な知識が得られ、読む人の興味を引き出すことになるなら、マンガでも、本でも同じではな

22　言語知識・讀解

28　①恥ずかしくないのかな、と思ったのはなぜか。

1　日本の子どもたちはマンガしか読まないから
2　日本の大人たちはマンガしか読まないから
3　大人が電車の中でマンガを夢中で読んでいるから
4　日本人はマンガが好きだと知らなかったから

29　どんなことを②しっかりチェックしているのか。

1　そのマンガが、おもしろいかどうか
2　そのマンガの内容が正しいかどうか
3　そのマンガが授業で使われるかどうか
4　そのマンガが役に立つかどうか

30　この文章を書いた人は、マンガについて、どう思っているか。

1　マンガはやはり、子どもが読むものだ。
2　暇なときに読むのはよい。
3　むしろ、本より役に立つものだ。
4　本と同じように役に立つものだ。

Part 2　1 2 3 4 5 6　問題5・模擬試題

23

問題６：理解內容（長文）

閱讀一篇約 550 字的長篇文章，測驗能否理解作者的想法、主張等，還有能否理解文章大概及文章裡的某詞彙某句話的意思。主要以一般常識性的、抽象的說明文、散文、書信為主。預估有４題。

文章較長，應考時關鍵在快速掌握談論內容的大意。提問一般是用「～のは、どんなことか」（～是什麼意思？）「この文章の内容と合っているのはどれか」（作符合文章內容的是哪一個？）、「～のはなぜか」（～是為什麼？）。有時文章中也包含與作者意見相反的主張，要多加注意！

N3 言語知識・讀解　第１回　もんだい６　模擬試題

つぎの文章を読んで、質問に答えなさい。答えは、1・2・3・4から最もよいものを一つえらびなさい。

朝食は食べたほうがいい、食べるべきだということが最近よく言われている。その理由として、主に「朝食をとると、頭がよくなり、仕事や勉強に集中できる」とか、「朝食を食べないと太りやすい」などと言われている。本当だろうか。

初めの理由については、T大学の教授が、20人の大学院生を対象にして①実験を行ったそうだ。それによると、「授業開始30分前までに、ゆでたまごを一個朝食として食べるようにためしてみたが、発表のしかたや内容が上手になることはなく、ゆでたまごを食べなくなっても、発表の内容が悪くなることもなかった。」ということだ。したがって、朝食を食べると頭がよくなるという効果は期待できそうにない。

②あとの理由については、確かに朝早く起きる人が朝食を抜くと昼食を多く食べすぎるため、太ると考えられる。しかし、何かの都合で毎日遅く起きるために一日２食で済ませていた人が、無理に朝食を食べるようにすれば逆に当然太ってしまうだろう。また、脂質とでんぷん質ばかりの外食が続くときも、その上朝食をとると太ってしまう。つまり、朝食はとるべきだと思い込んで無理に食べることで、③体重が増えてしまうこともあるのだ。

確かに、朝食を食べると脳と体が目覚め、その日のエネルギーがわいてくるということは言える。しかし、朝食を食べるか食べないかは、その人の生活パターンによってちがっていいし、その日のスケジュールに

34　この①実験では、どんなことがわかったか。

1　ゆでたまごだけでは、頭がよくなるかどうかはわからない。
2　朝食を食べると頭がよくなるとは言えない。
3　朝食としてゆで卵を食べると、発表の仕方が上手になる。
4　朝食をぬくと、エネルギー不足で倒れたりすることがある。

35　②あとの理由は、どんなことの理由か。

1　朝食を食べると頭がよくなるから、朝食は食べるべきだという理由
2　朝食を抜くと太るから、朝食はとるべきだという理由
3　朝早く起きる人は朝食をとるべきだという理由
4　朝食を食べ過ぎるとかえって太るという理由

36　③体重が増えてしまうこともあるのはなぜか。

1　外食をすると、脂質やでんぷん質が多くなるから
2　一日三食をバランスよくとっているから
3　朝食をとらないといけないと思い込み無理に食べるから
4　お腹がいっぱいでも無理に食べるから

37　この文章の内容と合っているのはどれか。

1　朝食をとると、太りやすい。
2　朝食は、必ず食べなければならない。
3　肉体労働をする人だけ朝食を食べればよい。
4　朝食を食べるか食べないかは、自分の体に合わせて決めればよい。

27

問題７：釐清資訊

閱讀約600字的廣告、傳單、手冊等，測驗能否從其中找出需要的訊息。主要以報章雜誌、商業文書等文章為主，預估有2題。

表格等文章一看很難，但只要掌握原則就容易了。首先看清提問的條件，接下來快速找出符合該條件的內容在哪裡。最後，注意有無提示「例外」的地方。不需要每個細項都閱讀。平常可以多看日本報章雜誌上的廣告、傳單及手冊，進行模擬練習。

つぎのページは、あるショッピングセンターのアルバイトを集めるための広告である。これを読んで、下の質問に答えなさい。答えは、1・2・3・4から最もよいものを一つえらびなさい。

38 留学生のコニンさん（21歳）は、日本語学校で日本語を勉強している。授業は毎日9時～12時までだが、火曜日と木曜日はさらに13～15時まで特別授業がある。土曜日と日曜日は休みである。学校からこのショッピングセンターまでは歩いて5分かかる。
コニンさんができるアルバイトは、いくつあるか。

1 一つ
2 二つ
3 三つ
4 四つ

39 アルバイトがしたい人は、まず、何をしなければならないか。

1 8月20日までに、履歴書をショッピングセンターに送る。
2 一週間以内に、履歴書をショッピングセンターに送る。
3 8月20日までに、メールか電話で、希望するアルバイトの種類を伝える。
4 一週間以内に、メールか電話で、希望するアルバイトの種類を伝える。

さくらショッピングセンター

アルバイトをしませんか？

締め切り…8月20日！

【資格】18歳以上の男女。高校生不可。

【応募】メールか電話で応募してください。その時、希望する仕事の種類をお知らせください。
面接は、応募から一週間以内に行います。写真をはった履歴書（りれきしょ）※をお持ち下さい。

【連絡先】Email：sakuraXXX@sakura.co.jp か、
電話：03-3818-XXXX　（担当：竹内）

仕事の種類	勤務時間	曜日	時給
レジ係	10:00～20:00（4時間以上できる方）	週に5日以上	900円
サービスカウンター	10:00～19:00	木・金・土・日	1000円
コーヒーショップ	14:00～23:00（5時間以上できる方）	週に4日以上	900円
肉・魚の加工	8:00～17:00	土・日を含み、4日以上	850円
クリーンスタッフ（店内のそうじ）	5:00～7:00	3日以上	900円

※履歴書…その人の生まれた年や卒業した学校などを書いた書類。就職するときなどに提出する。

日本語能力試驗

JLPT

N3 言語知識 • 讀解

N3 言語知識・讀解　第1回　もんだい4　模擬試題

次の（1）から(4)の文章を読んで、質問に答えなさい。答えは、1・2・3・4から最もよいものを一つえらびなさい。

（1）

　ヘッドフォンで音楽を聞きながら作業をすると集中できる、という人が多い。その理由をたずねると、まわりがうるさい環境で仕事をしているような時でも、音楽を聞くことによって、うるさい音や自分に関係のない話を聞かずにすむし、じゃまをされなくてすむからだという。最近では、ヘッドフォンをつけて仕事をすることを認めている会社もある。

　しかし、実際に調査を行った結果、ヘッドフォンで音楽を聞くことによって集中力が上がるというデータは、ほとんど出ていないという。また、ヘッドフォンを聞きながら仕事をするのは、オフィスでの作法やマナーに反すると考える人も多い。

24　調査は、どんな調査か。

1　うるさい環境で仕事をすることによって、集中力が下がるかどうかの調査

2　ヘッドフォンで音楽を聞くことで、集中力が上がるかどうかの調査

3　不要な情報を聞くことで集中力が下がるかどうかの調査

4　好きな音楽と嫌いな音楽の、どちらを聞けば集中できるかの調査

(2)

変温動物※1である魚は、氷がはるような冷たい水の中では生きていけない。では、冬、寒くなって池などに氷がはったとき、魚はどこにいるのだろう。実は、水の底でじっとしているのだ。

気体や液体には、温度の高いものが上へ、低いものが下へ行くという性質があるので、水の底は水面より水温が低いはずである。それなのに、魚たちは、なぜ水の底にいるのだろう。実は、水というのは変わった物質で、他の液体や気体と同様、冷たい水は下へ行くのだが、ある温度より下がると、反対に軽くなるのだそうだ。その温度が、4℃つまり、水温がぐっと下がると、4℃の水が一番重く、もっと冷たい水はそれより軽いということである。冬、水面に氷がはるようなときも、水の底には4℃という温かい水があることを、魚たちは本能※2として知っているらしい。

※1　変温動物…まわりの温度によって体温が変わる動物。

※2　本能…動物が生まれたときから自然に持っているはたらき。

25　水というのは変わった物質　とあるが、どんなことが変わっているのか。

1　冬、気温が下がり寒くなると水面がこおること

2　温かい水は上へ、冷たい水は下へ行くこと

3　冷たい水は重いが、4℃より下がると逆に軽くなること

4　池の表面がこおるほど寒い日は、水は0℃以下になること

(3)

秋元さんの机の上に、西田部長のメモがおいてある。

秋元さん、

お疲れさまです。

コピー機が故障(こしょう)したので山川OAサービスに修理をたのみました。

電話をして、秋元さんの都合(つごう)に合わせて来てもらう時間を決めてください。

コピー機がなおったら、会議で使う資料を、人数分コピーしておいてください。

資料は、Aのファイルに入っています。

コピーする前に内容を確認してください。

西田

---

26 秋元さんが、しなくてもよいことは、下のどれか。

1 山川OAサービスに、電話をすること

2 修理が終わったら、西田部長に報告(ほうこく)をすること

3 資料の内容を、確認すること

4 資料を、コピーしておくこと

(4)

次は、山川さんに届いたメールである。

あて先：jlpt1127.kukaku@group.co.jp
件名：製品について
送信日時：2015 年 7 月 26 日

::

前田化学（まえだかがく）
営業部（えいぎょうぶ）　山川様

いつもお世話になっております。

　昨日は、新製品（しんせいひん）「スラーインキ」についての説明書をお送りいただき、ありがとうございました。くわしいお話をうかがいたいので、一度おいでいただけないでしょうか。現在の「グリードインキ」からの変更（へんこう）についてご相談したいと思います。どうぞよろしくお願いいたします。

新日本デザイン

鈴木（すずき）

27　このメールの内容について、正しいのはどれか。

1　前田化学の社員は、新日本デザインの社員に新しい製品の説明書を送った。

2　新日本デザインは、新しい製品を使うことをやめた。

3　新日本デザインは、新しい製品を使うことにした。

4　新日本デザインの社員は、前田化学に行って、製品の説明をする。

第1回　もんだい5　模擬試題

つぎの(1)と(2)の文章(ぶんしょう)を読んで、質問に答えなさい。答えは、1・2・3・4から最もよいものを一つえらびなさい。

(1)

日本では、電車の中で、子どもたちはもちろん大人もよくマンガを読んでいる。私の国では見られない姿だ。日本に来たばかりの時は私も驚いたし、①恥ずかしくないのかな、と思った。大人の会社員が、夢中でマンガを読んでいるのだから。

しかし、しばらく日本に住むうちに、マンガはおもしろいだけでなく、とても役に立つことに気づいた。今まで難しいと思っていたことも、マンガで読むと分かりやすい。特に、歴史はマンガで読むと楽しい。それに、マンガといっても、本屋で売っているような歴史マンガは、専門家が内容を②しっかりチェックしているそうだし、それを授業で使っている学校もあるということだ。

私は高校生の頃、歴史にまったく関心がなく成績も悪かったが、日本で友だちから借りた歴史マンガを読んで興味を持ち、大学でも歴史の授業をとることにした。私自身、以前はマンガを馬鹿にしていたが、必要な知識が得られ、読む人の興味を引き出すことになるなら、マンガでも、本でも同じではないだろうか。

28 ①<u>恥ずかしくないのかな、と思った</u>のはなぜか。

1 日本の子どもたちはマンガしか読まないから

2 日本の大人たちはマンガしか読まないから

3 大人が電車の中でマンガを夢中で読んでいるから

4 日本人はマンガが好きだと知らなかったから

29 どんなことを②<u>しっかりチェックしている</u>のか。

1 そのマンガが、おもしろいかどうか

2 そのマンガの内容が正しいかどうか

3 そのマンガが授業で使われるかどうか

4 そのマンガが役に立つかどうか

30 この文章を書いた人は、マンガについて、どう思っているか。

1 マンガはやはり、子どもが読むものだ。

2 暇なときに読むのはよい。

3 むしろ、本より役に立つものだ。

4 本と同じように役に立つものだ。

（2）

最近、パソコンやケータイのメールなどを使ってコミュニケーションをすることが多く、はがきは、年賀状ぐらいしか書かないという人が多くなったそうだ。私も、メールに比べて手紙やはがきは面倒なので、特別な用事のときしか書かない。

ところが、昨日、友人からはがきが来た。最近、手紙やはがきをもらうことはめったにないので、なんだろうと思ってどきどきした。見てみると、「やっと暖かくなったね。庭の桜が咲きました。近いうちに遊びに来ない？　待っています。」と書いてあった。なんだか、すごく嬉しくて、すぐにも遊びに行きたくなった。

私は、今まで、手紙やはがきは形式をきちんと守って書かなければならないと思って、①ほとんど書かなかったが、②こんなはがきなら私にも書けるのではないだろうか。長い文章を書く必要も、形式（けいしき）にこだわる必要もないのだ。おもしろいものに出会ったことや近況（きんきょう）のお知らせ、小さな感動などを、思いつくままに軽い気持ちで書けばいいのだから。

私も、これからは、はがきをいろいろなことに利用してみようと思う。

31　「私」は、なぜ、これまで手紙やはがきを①ほとんど書かなかったか。正しくないものを一つえらべ。

1　パソコンやケータイのメールのほうが簡単だから

2　形式を重視して書かなければならないと思っていたから

3　改まった用事のときに書くものだと思っていたから

4　簡単な手紙やはがきは相手に対して失礼だと思っていたから

32 ②こんなはがき、とは、どんなはがきを指しているか。

1 形式をきちんと守って書く特別なはがき

2 特別な人にきれいな字で書くはがき

3 急な用事を書いた急ぎのはがき

4 ちょっとした感動や情報を伝える気軽なはがき

33 「私」は、はがきに関してこれからどうしようと思っているか。

1 特別な人にだけはがきを書こうと思っている。

2 いろいろなことにはがきを利用しようと思っている。

3 はがきとメールを区別したいと思っている。

4 メールをやめてはがきだけにしたいと思っている。

N3 言語知識・読解 第１回　もんだい６　模擬試題

つぎの文章(ぶんしょう)を読んで、質問に答えなさい。答えは、1・2・3・4から最もよいものを一つえらびなさい。

朝食は食べたほうがいい、食べるべきだということが最近よく言われている。その理由として、主に「朝食をとると、頭がよくなり、仕事や勉強に集中できる」とか、「朝食を食べないと太りやすい」などと言われている。本当だろうか。

初めの理由については、T大学の教授が、20人の大学院生を対象にして①実験を行ったそうだ。それによると、「授業開始30分前までに、ゆでたまごを一個朝食として食べるようにためしてみたが、発表のしかたや内容が上手になることはなく、ゆでたまごを食べなくても、発表の内容が悪くなることもなかった。」ということだ。したがって、朝食を食べると頭がよくなるという効果は期待できそうにない。

②あとの理由については、確かに朝早く起きる人が朝食を抜くと昼食を多く食べすぎるため、太ると考えられる。しかし、何かの都合で毎日遅く起きるために一日２食で済ませていた人が、無理に朝食を食べるようにすれば逆に当然太ってしまうだろう。また、脂質とでんぷん質ばかりの外食が続くときも、その上朝食をとると太ってしまう。つまり、朝食はとるべきだと思い込んで無理に食べることで、③体重が増えてしまうこともあるのだ。

確かに、朝食を食べると脳と体が目覚め、その日のエネルギーがわいてくるということは言える。しかし、朝食を食べるか食べないかは、その人の生活パターンによってちがっていいし、その日のスケジュールによってもちがっていい。午前中に重い仕事がある時は朝食をしっかり食べるべきだし、前の夜、食べ過ぎた時は、野菜ジュースだけでも十分だ。早く起きて朝食をとるのが理想だが、朝食は食べなければならないと思い込まず、自分の体にいちばん合うやり方を選ぶのがよいのではないだろうか。

34 この①実験では、どんなことがわかったか。

1 ゆでたまごだけでは、頭がよくなるかどうかはわからない。

2 朝食を食べると頭がよくなるとは言えない。

3 朝食としてゆでたまごを食べると、発表の仕方が上手になる。

4 朝食を抜く(ぬ)と、エネルギー不足で倒れたりすることがある。

35 ②あとの理由は、どんなことの理由か。

1 朝食を食べると頭がよくなるから、朝食は食べるべきだという理由

2 朝食を抜くと太るから、朝食はとるべきだという理由

3 朝早く起きる人は朝食をとるべきだという理由

4 朝食を食べ過ぎるとかえって太るという理由

36 ③体重が増えてしまうこともあるのはなぜか。

1 外食をすると、脂質やでんぷん質が多くなるから

2 一日三食をバランスよくとっているから

3 朝食をとらないといけないと思い込み無理に食べるから

4 お腹がいっぱいでも無理に食べるから

37 この文章の内容と合っているのはどれか。

1 朝食をとると、太りやすい。

2 朝食は、必ず食べなければならない。

3 肉体労働をする人だけ朝食を食べればよい。

4 朝食を食べるか食べないかは、自分の体に合わせて決めればよい。

第1回　もんだい7　模擬試題

つぎのページは、あるショッピングセンターのアルバイトを集めるための広告である。これを読んで、下の質問に答えなさい。答えは、1・2・3・4から最もよいものを一つえらびなさい。

38 留学生のコニンさん(21歳)は、日本語学校で日本語を勉強している。授業は毎日9時～12時までだが、火曜日と木曜日はさらに13～15時まで特別授業がある。土曜日と日曜日は休みである。学校からこのショッピングセンターまでは歩いて5分かかる。
コニンさんができるアルバイトは、いくつあるか。

1　一つ
2　二つ
3　三つ
4　四つ

39 アルバイトがしたい人は、まず、何をしなければならないか。

1　8月20日までに、履歴書をショッピングセンターに送る。
2　一週間以内に、履歴書をショッピングセンターに送る。
3　8月20日までに、メールか電話で、希望するアルバイトの種類を伝える。
4　一週間以内に、メールか電話で、希望するアルバイトの種類を伝える。

さくらショッピングセンター

アルバイトをしませんか？

締め切り…8月20日！

【資格】18歳以上の男女。高校生不可。

【応募】メールか電話で応募してください。その時、希望する仕事の種類をお知らせください。
面接は、応募から一週間以内に行います。写真をはった履歴書(りれきしょ)※をお持ち下さい。

【連絡先】Email：sakuraXXX@sakura.co.jp か、
電話：03-3818-XXXX　（担当：竹内）

仕事の種類	勤務時間	曜日	時給
レジ係	10:00 ～ 20:00 (4時間以上できる方)	週に5日以上	900円
サービスカウンター	10:00 ～ 19:00	木・金・土・日	1000円
コーヒーショップ	14:00 ～ 23:00 (5時間以上できる方)	週に4日以上	900円
肉・魚の加工	8:00 ～ 17:00	土・日を含み、 4日以上	850円
クリーンスタッフ (店内のそうじ)	5:00 ～ 7:00	3日以上	900円

※　履歴書…その人の生まれた年や卒業した学校などを書いた書類。就職するときなどに提出する。

次の（1）から(4)の文章（ぶんしょう）を読んで、質問に答えなさい。答えは、1・2・3・4から最もよいものを一つえらびなさい。

（1）

外国のある大学で、お酒を飲む人160人を対象に次のような心理学の実験を行った。

上から下まで同じ太さのまっすぐのグラス(A)と、上が太く下が細くなっているグラス(B)では、ビールを飲む速さに違いがあるかどうかという実験である。

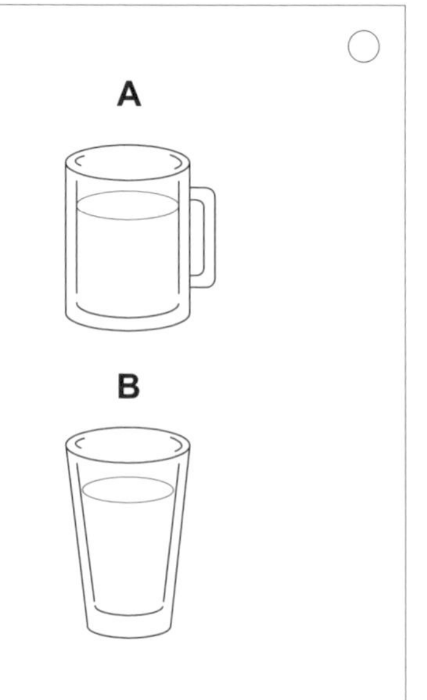

その結果、Bのグラスのほうが、Aのグラスより、飲むスピードが2倍も速かったそうだ。

実験をした心理学者は、その理由を、ビールの残りが半分以下になると、人は話すことよりビールを飲み干す※ことを考えるからではないか、また、Bのグラスでは、自分がどれだけ飲んだのかが分かりにくいので、急いで飲んでしまうからではないか、と、説明している。

※　飲み干す…グラスに入った飲み物を飲んでしまうこと。

24　この実験で、どんなことが分かったか。

1　Aのグラスより、Bのグラスの方が、飲むのに時間がかかること
2　Aのグラスより、Bのグラスの方が、飲み干すのに時間がかからないこと
3　AのグラスでもBのグラスでも、飲み干す時間は変わらないこと
4　Bのグラスで飲むと、自分が飲んだ量が正確に分かること

(2)

これは、中村さんにとどいたメールである。

あて先：jlpt1127.kukaku@group.co.jp
件　名：資料の確認
送信日時：2015 年 8 月 14 日　13:15
==

海外事業部
中村　様

お疲れさまです。

8 月 10 日にインドネシア工場についての資料 4 部を郵便でお送りしましたが、とどいたでしょうか。

内容をご確認の上、何か問題があればご連絡ください。

よろしくお願いします。

山下

====================

東京本社　企画営業部

山下　花子

内線　XXXX

====================

---

25 このメールを見た後、中村さんはどうしなければならないか。

1 インドネシア工場に資料がとどいたかどうか、確認する。

2 山下さんに資料がとどいたかどうか、確認する。

3 資料を見て、問題があればインドネシア工場に連絡する。

4 資料の内容を確認し、問題があれば山下さんに連絡する。

(3)

これは、大学の学習室を使う際の申し込み方法である。

【学習室の利用申し込みについて】

① 利用が可能な曜日と時間

・月曜日～土曜日　9:00 ～ 20:45

② 申し込みの方法

・月曜日～金曜日　利用する1週間前から受け付けます。

・8:45 ～ 16:45 に学生部の受付で申し込みをしてください。

＊なお、土曜日と平日の 16:45 ～ 20:45 の間は自由にご使用ください。

③ 使用できない日時

・上の①以外の時間帯

・日曜、祝日※、大学が決めた休日

※　祝日…国で決めたお祝いの日で、学校や会社は休みになる。

26　学習室の使い方で、正しいものはどれか。

1　月曜日から土曜日の9時から20時45分までに申し込む。

2　平日は、一日中自由に使ってもよい。

3　土曜日は、16時45分まで使うことができる。

4　朝の9時前は、使うことができない。

(4)

インターネットの記事によると、鼻で息をすれば、口で息をするより空気中のごみやウイルスが体の中に入らないということです。また、鼻で息をする方が、口で息をするより多くの空気、つまり酸素を吸うことができるといいます。

(中略)

普段は鼻から呼吸をしている人も、ぐっすりねむっているときは、口で息をしていることが結構多いようですね。鼻で深く息をするようにすると、体に酸素が十分回るので、体が活発に働き、ストレスも早くなくなる。したがって、常に、鼻から深くゆっくりとした呼吸をするよう習慣づければ、体によいばかりでなく、精神もかなり落ち着いてくるということです。

27 鼻から息をすることによる効果でないものは、次のどれか。

1 空気中のウイルスが体に入らない。

2 ぐっすりねむることができる。

3 体が活発に働く。

4 ストレスを早くなくすことができる。

つぎの(1)と(2)の文章を読んで、質問に答えなさい。答えは、1・2・3・4から最もよいものを一つえらびなさい。

(1)

亡くなった父は、いつも「人と同じことはするな」と繰り返し言っていました。子どもにとって、その言葉はとても不思議でした。なぜなら、周りの子どもたちは大人の人に「＿①＿」と言われていたからです。みんなと仲良く遊ぶには、一人だけ違うことをしないほうがいいという大人たちの考えだったのでしょう。

思い出してみると、父は②仕事の鬼で、高い熱があっても決して仕事を休みませんでした。小さい頃からいっしょに遊んだ思い出は、ほとんどありません。それでも、父の「人と同じことはするな」という言葉は、とても強く私の中に残っています。

今、私は、ある会社で商品の企画※の仕事をしていますが、父のこの言葉は、③非常に役に立っています。今の時代は新しい情報が多く、商品やサービスはあまっているほどです。そんな中で、ただ周りの人についていったり、真似をしたりしていたのでは勝ち残ることができません。自分の頭で人と違うことを考え出してこそ、自分の企画が選ばれることになるからです。

※ 企画…あることをしたり、新しい商品を作るために、計画を立てること。

28 「＿①＿」に入る文はどれか。

1 人と同じではいけない

2 人と同じようにしなさい

3 人の真似をしてはいけない

4 人と違うことをしなさい

29 筆者はなぜ父を②仕事の鬼だったと言うのか。

1 周りの大人たちと違うことを自分の子どもに言っていたから

2 高い熱があっても休まず、仕事第一だったから

3 子どもと遊ぶことがまったくなかったから

4 子どもには厳しく、まるで鬼のようだったから

30 ③非常に役に立っていますとあるが、なぜか。

1 周りの人についていけば安全だから

2 人のまねをすることはよくないことだから

3 人と同じことをしていても仕事の場で勝つことはできないから

4 自分で考え自分で行動するためには、自信が大切だから

（2）

　ある留学生が入学して初めてのクラスで自己紹介をした時、緊張していたためきちんと話すことができず、みんなに笑われて恥ずかしい思いをしたという話を聞きました。彼はそれ以来、人と話すのが苦手になってしまったそうです。①とても残念な話です。確かに、小さい失敗が原因で性格が変わることや、ときには仕事を失ってしまうこともあります。

　では、失敗はしない方がいいのでしょうか。私はそうは思いません。昔、ある本で、「人の②心を引き寄せるのは、その人の長所や成功よりも、短所や失敗だ」という言葉を読んだことがあります。その時はあまり意味がわかりませんでしたが、今はわかる気がします。

　その学生は、失敗しなければよかったと思い、失敗したことを後悔したでしょう。しかし、周りの人、特に先輩や先生から見たらどうでしょうか。その学生が失敗したことによって、彼に何を教えるべきか、どんなアドバイスをすればいいのかがわかるので、声をかけやすくなります。まったく失敗しない人よりもずっと親しまれ愛されるはずです。

　そう思えば、失敗もまたいいものです。

31 なぜ筆者は、①とても残念と言っているのか。

1 学生が、自己紹介で失敗して、恥ずかしい思いをしたから

2 学生が、自己紹介の準備をしていなかったから

3 学生が、自己紹介で失敗して、人前で話すのが苦手になってしまったから

4 ある小さい失敗が原因で、仕事を失ってしまうこともあるから

32 ②心を引き寄せると、同じ意味の言葉は文中のどれか。

1 失敗をする

2 教える

3 叱られる

4 愛される

33 この文章の内容と合っているものはどれか。

1 緊張すると、失敗しやすくなる。

2 大きい失敗をすると、人に信頼されなくなる。

3 失敗しないことを第一に考えるべきだ。

4 失敗することは悪いことではない。

N3 言語知識・讀解　第2回　もんだい6　模擬試題

つぎの文章（ぶんしょう）を読んで、質問に答えなさい。答えは、1・2・3・4から最もよいものを一つえらびなさい。

2015年の6月、日本の選挙権が20歳以上から18歳以上に引き下げられることになった。1945年に、それまでの「25歳以上の男子」から「20歳以上の男女」に引き下げられてから、なんと、70年ぶりの改正である。2015年現在、18・19歳の青年は240万人いるそうだから、①この240万人の人々に選挙権が与えられるわけである。

なぜ20歳から18歳に引き下げられるようになったかについては、若者の声を政治に反映させるためとか、諸外国では大多数の国が18歳以上だから、などと説明されている。

日本では、小学校から高校にかけて、係や委員を選挙で選んでいるので、選挙には慣れているはずなのに、なぜか、国や地方自治体の選挙では②若者の投票率が低い。2014年の冬に行われた国の議員を選ぶ選挙では、60代の投票率が68%なのに対して、50代が約60%、40代が50%、30代が42%、そして、③20代は33%である。三人に一人しか投票に行っていないのである。選挙権が18歳以上になったとしても、いったい、どれぐらいの若者が投票に行くか、疑問である。それに、18歳といえば大学受験に忙しく、政治的な話題には消極的だという意見も聞かれる。

しかし、投票をしなければ自分たちの意見は政治に生かされない。これからの長い人生が政治に左右されることを考えれば、若者こそ、選挙に行って投票すべきである。

そのためには、学校や家庭で、政治や選挙についてしっかり教育することが最も大切であると思われる。

34 ①この240万人の人々について、正しいのはどれか。

1 2015年に選挙権を失った人々

2 1945年に新たに選挙権を得た人々

3 2015年に初めて選挙に行った人々

4 2015年の時点で、18歳と19歳の人々

35 ②若者の投票率が低いことについて、筆者はどのように考えているか。

1 若者は政治に関心がないので、仕方がない。

2 投票しなければ自分たちの意見が政治に反映されない。

3 もっと選挙に行きやすくすれば、若者の投票率も高くなる。

4 年齢とともに投票率も高くなるので、心配いらない。

36 ③20代は33%であるとあるが、他の年代と比べてどのようなことが言えるか。

1 20代の投票率は、30代の次に高い。

2 20代の投票率は、40代と同じくらいである。

3 20代の投票率は、60代の約半分である。

4 20代の投票率が一番低く、四人に一人しか投票に行っていない。

37 若者が選挙に行くようにするには、何が必要か。

1 選挙に慣れさせること

2 投票場をたくさん設けること

3 学校や家庭での教育

4 選挙に行かなかった若者の名を発表すること

N3 言語知識・読解 第2回 もんだい7 模擬試題

右のページは、ある会社の社員旅行の案内である。これを読んで、下の質問に答えなさい。答えは、1・2・3・4から最もよいものを一つえらびなさい。

38 この旅行に参加したいとき、どうすればいいか。

1 7月20日までに、社員に旅行代金の15,000円を払う。

2 7月20日までに、山村さんに申込書を渡す。

3 7月20日までに、申込書と旅行代金を山村さんに渡す。

4 7月20日までに、山村さんに電話する。

39 この旅行について、正しくないものはどれか。

1 この旅行は、帰りは新幹線を使う。

2 旅行代金15,000円の他に、2日目の昼食代がかかる。

3 本社に帰って来る時間は、午後5時より遅くなることがある。

4 この旅行についてわからないことは、山村さんに聞く。

平成27年7月1日

社員のみなさまへ

総務部

社員旅行のお知らせ

本年も社員旅行を次の通り行います。参加希望の方は、下の申込書にご記入の上、7月20日までに、山村（内線番号XX）に提出(ていしゅつ)してください。多くの方(かた)のお申し込みを、お待ちしています。

記

1. 日時9月4日（土）～5日（日）
2. 行き先　　静岡県富士の村温泉
3. 宿泊先　　星山温泉ホテル（TEL：XXX-XXX-XXXX）
4. 日程

   9月4日（土）
   午前9時　本社出発 ― 月川PA ― ビール工場見学 ― 富士の村温泉着
   午後5時頃

   9月5日（日）
   午前9時　ホテル出発 ― ピカソ村観光（アイスクリーム作り）― 月川PA ― 本社着　午後5時頃　　＊道路が混雑していた場合、遅れます
5. 費用　一人15,000円（ピカソ村昼食代は別）

申し込み書

氏名

部署名

ご不明な点は、総務部山村（内線番号XX）まで、お問い合わせ下さい。

第３回　もんだい４　模擬試題

つぎの（1）から(4)の文章（ぶんしょう）を読んで、質問に答えなさい。答えは、1・2・3・4から最もよいものを一つえらびなさい。

（1）

私たち日本人は、食べ物を食べるときには「いただきます」、食べ終わったときには「ごちそうさま」と言う。自分で料理を作って一人で食べる時も、お店でお金を払って食べる時も、誰にということもなく、両手を合わせて「いただきます」「ごちそうさま」と言っている。

ある人に「お金を払って食べているんだから、レストランなどではそんな挨拶はいらないんじゃない？」と言われたことがある。

しかし、私はそうは思わない。「いただきます」と「ごちそうさま」は、料理を作ってくれた人に対する感謝の気持ちを表す言葉でもあるが、それよりも、私たち人間の食べ物としてその生命をくれた動物や野菜などに対する感謝の気持ちを表したものだと思うからである。

24　作者は「いただきます」「ごちそうさま」という言葉について、どう思っているか。

1　日本人としての礼儀である。

2　作者の家族の習慣である。

3　料理を作ってくれたお店の人への感謝の気持ちである。

4　食べ物になってくれた動物や野菜への感謝の表れである。

(2)

暑い時に熱いものを食べると、体が熱くなるので当然汗をかく。その汗が蒸発※1するとき、体から熱を奪うので涼しくなる。だから、インドなどの熱帯地方では熱くてからいカレーを食べるのだ。

では、日本人も暑い時には熱いものを食べると涼しくなるのか。

実は、そうではない。日本人の汗は他の国の人と比べると塩分濃度(えんぶんのうど)※2が高く、かわきにくい上に、日本は湿度が高いため、ますます汗は蒸発しにくくなる。

だから、暑い時に熱いものを食べると、よけいに暑くなってしまう。インド人のまねをしても涼しくはならないということである。

※1　蒸発…気体になること。

※2　濃度…濃さ。

25　暑い時に熱いものを食べると、よけいに暑くなってしまう 理由はどれか。

1　日本は、インドほどは暑くないから

2　カレーなどの食べ物は、日本のものではないから

3　日本人は、必要以上にあせをかくから

4　日本人のあせは、かわきにくいから

(3)

佐藤さんの机の上に、メモがおいてある。

佐藤さん、

お疲れ様です。
本日15時頃、北海道支社の川本さんより、電話がありました。
出張(しゅっちょう)※の予定表を金曜日までに欲しいそうです。
また、ホテルの希望を聞きたいので、
今日中に携帯(けいたい)090-XXXX-XXXXに連絡をください、とのことです。
よろしくお願いします。

18:00 田中

※ 出張…仕事のためにほかの会社などに行くこと

26 佐藤さんは、まず、何をしなければならないか。

1 川本さんに、ホテルの希望を伝える。

2 田中さんに、ホテルの希望を伝える。

3 川本さんに、出張の予定表を送る。

4 田中さんに、出張の予定表を送る。

(4)

これは、病院にはってあったポスターである。

病院内では携帯電話をマナーモードにしてください

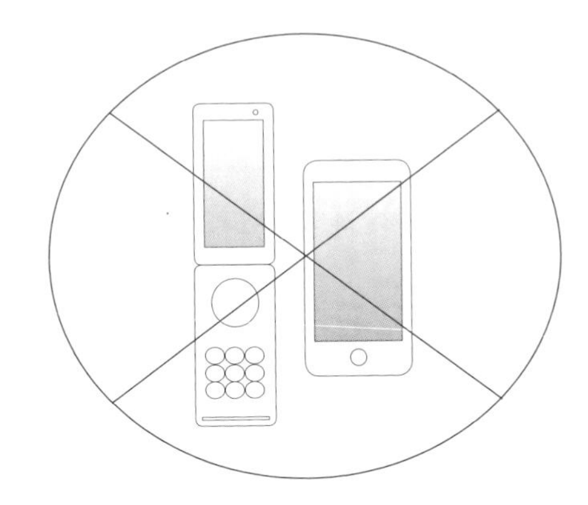

1. お電話は、決められた場所でしてください。
   (携帯電話コーナー、休憩室、病棟個室等)
2. 病院内では、電源 off エリアが決められています。
   (診察室、検査室、処置室、ICU 等)
3. 歩きながらのご使用はご遠慮ください。
4. 診察に邪魔になる場合は、使用中止をお願いすることがあります。

27 この病院の中の携帯電話の使い方で、正しくないものはどれか。

1 休憩室では、携帯電話を使うことができる。

2 検査室では、マナーモードにしなければならない。

3 携帯電話コーナーでは、通話してもよい。

4 歩きながら使ってはいけない。

つぎの(1)と(2)の文章(ぶんしょう)を読んで、質問に答えなさい。答えは、1・2・3・4から最もよいものを一つえらびなさい。

(1)

私は、仕事で人と会ったり会社を訪問したりするとき、①服の色に気をつけて選ぶようにしている。

例えば、仕事でほかの会社を訪問するとき、私は、黒い色の服を選ぶ。黒い色は、冷静で頭がよく自立※1した印象を与えるため、仕事の場では有効な色だと思うからだ。また、初対面の人と会うときは、白い服を選ぶことが多い。初対面の人にあまり強すぎる印象は与えたくないし、その点、白は上品で清潔な印象を与えると思うからだ。

入社試験の面接※2などでは、濃い青色の服を着る人が多い「②リクルートスーツ」などと呼ばれているが、青は、まじめで落ち着いた印象を与えるので、面接等に適しているのだろう。

このように、服の色によって人に与える印象が変わるだけでなく、③服を着ている人自身にも影響を与える。私は、赤が好きなのだが、赤い服を着ると元気になり、行動的になるような気がする。

服だけでなく、色のこのような作用は、身の回りのさまざまなところで利用されている。

それぞれの色の特徴(とくちょう)や作用を知って、改めて商品の広告や、道路や建物の中のマークなどを見ると、その色が選ばれている理由がわかっておもしろい。

※1　自立…人に頼らないで、自分の考えで決めることができること。

※2　面接…会社の入社試験などで、試験を受ける人に会社の人が直接考えなどを聞くこと。

28　①服の色に気をつけて選ぶようにしているとあるが、それはなぜか。

1　服の色は、その日の自分の気分を表しているから

2　服の色によって、人に与える印象も変わるから

3　服の色は服のデザインよりも人にいい印象を与えるから

4　服の色は、着る人の性格を表すものだから

29　入社試験などで着る②「リクルートスーツ」は、濃い青色が多いのはなぜだと筆者は考えているか。

1　青は、まじめで落ち着いた印象を人に与えるから

2　青は、上品で清潔な印象を人に与えるから

3　入社試験には、青い服を着るように決まっているから

4　青は、頭がよさそうな印象を人に与えるから

30　③服を着ている人自身にも影響を与えるとあるが、その例として、どのようなことが書かれているか。

1　白い服は、人に強すぎる印象を与えないこと

2　黒い服を着ると、冷静になれること

3　青い服を着ると、仕事に対するファイトがわくこと

4　赤い服を着ると、元気が出て行動的になること

(2)

最近、野山や林の中で昆虫採集[※1]をしている子どもを見かけることが少なくなった。私が子どものころは、夏休みの宿題といえば昆虫採集や植物採集だった。男の子はチョウやカブトムシなどの虫を捕る者が多く、虫捕り網をもって、汗を流しながら野山を走り回ったものである。うまく虫を捕まえた時の①わくわく、どきどきした気持ちは、今でも忘れられない。

なぜ、今、虫捕りをする子どもたちが減っているのだろうか。

一つには、近くに野山や林がなくなったからだと思われる。もう一つは、自然を守ろうとするあまり、学校や大人たちが、虫を捕ることを必要以上に強く否定し、禁止するようになったからではないだろうか。その結果、子どもたちは生きものに直接触れる貴重な機会をなくしてしまっている。

分子生物学者の平賀壯太（ひらがそうた）博士は、「子どもたちが生き物に接したときの感動が大切です。生き物を捕まえた時のプリミティブ[※2]な感動が、②自然を知る入口だといって良いかもしれません。」とおっしゃっている。そして、実際、多くの生きものを捕まえて研究したことのある人の方が自然の大切さを知っているということである。

もちろんいたずらに生きものを捕まえたり殺したりすることは許されない。しかし、自然の大切さを強調するあまり、子どもたちの自然への関心や感動を奪ってしまわないように、私たち大人や学校は気をつけなければならないと思う。

※1　昆虫採集…勉強のためにいろいろな虫を集めること。

※2　プリミティブ…基本的な最初の。

31 ①わくわく、どきどきした気持ちとは、どんな気持ちか。

1 虫に対する恐怖心や不安感

2 虫をかわいそうに思う気持ち

3 虫を捕まえたときの期待感や緊張感

4 虫を逃がしてしまった残念な気持ち

32 ②自然を知る入口とはどのような意味か。

1 自然から教えられること

2 自然の恐ろしさを知ること

3 自然を知ることができないこと

4 自然を知る最初の経験

33 この文章を書いた人の意見と合うのは次のどれか。

1 自然を守るためには、生きものを捕らえたり殺したりしないほうがいい。

2 虫捕りなどを禁止してばかりいると、かえって自然の大切さを理解できなくなる。

3 学校では、子どもたちを叱らず、自由にさせなければならない。

4 自然を守ることを強く主張する人々は、自然を深く愛している人々だ。

つぎの文章（ぶんしょう）を読んで、質問に答えなさい。答えは、1・2・3・4から最もよいものを一つえらびなさい。

二人で荷物を持って坂や階段を上がるとき、上と下ではどちらが重いかということが、よく問題になる。下の人は、物の重さがかかっているので下のほうが上より重いと言い、上の人は物を引き上げなければならないから、下より上のほうが重いと言う。

実際はどうなのだろうか。実は、力学[※1]的に言えば、荷物が二人の真ん中にあるとき、二人にかかる重さは全く同じなのだそうである。このことは、坂や階段でも平らな道を二人で荷物を運ぶときも同じだということである。

ただ、①これは、荷物の重心[※2]が二人の真ん中にある場合のことである。しかし、②もし重心が荷物の下の方にずれていると下の人、上の方にずれていると上の人の方が重く感じる。

③重い荷物を長い棒に結びつけて、棒の両端を二人でそれぞれ持つ場合、棒の真ん中に荷物があれば、二人の重さは同じであるが、そうでなければ、荷物に遠いほうが軽く、近いほうが重いということになる。

このように、重い荷物を二人以上で運ぶ場合、荷物の重心から、一番離れた場所が一番軽くなるので、④覚えておくとよい。

※1 力学…物の運動と力との関係を研究する物理学の一つ。

※2 重心…物の重さの中心

34 ①これは何を指すか。

1 物が二人の真ん中にあるとき、力学的には二人にかかる重さは同じであること

2 坂や階段を上がるとき、下の方の人がより重いということ

3 坂や階段を上がるとき、上の方の人により重さがかかるということ

4 物が二人の真ん中にあるときは、どちらの人も重く感じるということ

35 坂や階段を上るとき、②もし重心が荷物の下の方にずれていると、どうなるか。

1 上の人のほうが重くなる。

2 下の人のほうが重くなる。

3 重心の位置によって重さが変わることはない。

4 上の人も下の人も重く感じる。

36 ③重い荷物を長い棒に結びつけて、棒の両端を二人でそれぞれ持つ場合、二人の重さを同じにするは、どうすればよいか。

1 荷物を長いひもで結びつける。

2 荷物をもっと長い棒に結びつける。

3 荷物を二人のどちらかの近くに結びつける。

4 荷物を棒の真ん中に結びつける。

37 ④覚えておくとよいのはどんなことか。

1 荷物の重心がどこかわからなければ、どこを持っても重さは変わらないということ

2 荷物を二人で運ぶ時は、棒にひもをかけて持つと楽であるということ

3 荷物を二人以上で運ぶ時は、重心から最も離れたところを持つと軽いということ

4 荷物を二人以上で運ぶ時は、重心から一番近いところを持つと楽であるということ

第3回　もんだい7　模擬試題

つぎのページは、ある図書館のカードを作る時の決まりである。これを読んで、下の質問に答えなさい。答えは、1・2・3・4から最もよいものを一つえらびなさい。

38　中松市に住んでいる留学生のマニラムさん(21歳)は、図書館で本を借りるための手続きをしたいと思っている。マニラムさんが図書館カードを作るにはどうしなければならないか。

1　お金をはらう。
2　パスポートを持っていく。
3　貸し出し申込書に必要なことを書いて、学生証か外国人登録証を持っていく。
4　貸し出し申込書に必要なことを書いて、お金をはらう。

39　図書館カードについて、正しいものはどれか。

1　図書館カードは、中央図書館だけで使うことができる。
2　図書館カードは、三年ごとに新しく作らなければならない。
3　住所が変わった時は、電話で図書館に連絡をしなければならない。
4　図書館カードをなくして、新しく作る時は一週間かかる。

図書館カードの作り方

図書館カード

4 901301 247407

なまえ マニラム・スレシュ

中松市立図書館

〒333-2212 中松市今中 1-22-3
☎ 0901-33-3211

① はじめて本を借りるとき

- 中松市に住んでいる人
- 中松市内で働いている人
- 中松市内の学校に通学する人は、カードを作ることができます。
- また、坂下市、三田市及び松川町に住所がある人も作ることができます。

カウンターにある「貸し出し申込書」に必要なことを書いて、図書館カードを受け取ってください。

その際、氏名・住所が確認できるもの（運転免許証・健康保険証・外国人登録証・住民票・学生証など）をお持ちください。中松市在勤、在学で、その他の市にお住まいの人は、その証明も合わせて必要です。

② 続けて使うとき、住所変更、カードをなくしたときの手続き

- 図書館カードは３年ごとに住所確認手続きが必要です。登録されている内容に変更がないか確認を行います。手続きをするときは、氏名・住所が確認できる書類をお持ちください。
- 図書館カードは中央図書館、市内公民館図書室共通で利用できます。３年ごとに住所確認のうえ、続けて利用できますので、なくさないようお願いいたします。
- 住所や電話番号等、登録内容に変更があった場合はカウンターにて変更手続きを行ってください。また、利用資格がなくなった場合は、図書館カードを図書館へお返しください。
- 図書館カードを紛失※された場合は、すぐに紛失届けを提出してください。カードをもう一度新しく作ってお渡しするには、紛失届けを提出された日から１週間かかります。

※　紛失…なくすこと

次の（1）から(4)の文章を読んで、質問に答えなさい。答えは、1・2・3・4から最もよいものを一つえらびなさい。

（1）

日本で、東京と横浜の間に電話が開通したのは1890年です。当時、電話では「もしもし」ではなく、「もうす、もうす（申す、申す）」「もうし、もうし（申し、申し）」とか「おいおい」と言っていたそうです。その当時、電話はかなりお金持ちの人しか持てませんでしたので、「おいおい」と言っていたのは、ちょっといばっていたのかもしれません。それがいつごろ「もしもし」に変わったかについては、よくわかっていません。たくさんの人がだんだん電話を使うようになり、いつのまにかそうなっていたようです。

この「もしもし」という言葉は、今は電話以外ではあまり使われませんが、例えば、前を歩いている人が切符を落とした時に、「もしもし、切符が落ちましたよ。」というように使うことがあります。

24 そうなっていたは、どんなことをさすのか。

1 電話が開通したこと

2 人々がよく電話を使うようになったこと

3 お金持ちだけでなく、たくさんの人が電話を使うようになったこと

4 電話をかける時に「もしもし」と言うようになったこと

(2)

「ペットボトル」の「ペット」とは何を意味しているのだろうか。もちろん動物のペットとはまったく関係がない。

ペットボトルは、プラスチックの一種であるポリエチレン・テレフタラート（Polyethylene terephthalate）を材料として作られている。実は、ペットボトルの「ペット（pet）」は、この語の頭文字をとったものだ。ちなみに「ペットボトル」という語と比べて、多くの国では「プラスチック　ボトル（plastic bottle）」と呼ばれているということである。

ペットボトルは日本では1982年から飲料用に使用することが認められ、今や、お茶やジュース、しょうゆやアルコール飲料などにも使われていて、毎日の生活になくてはならない存在である。

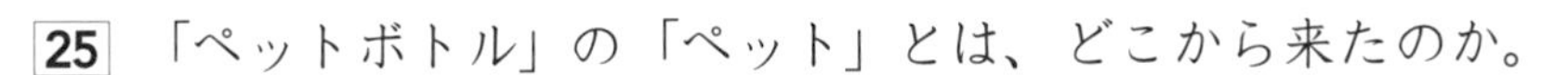

25 「ペットボトル」の「ペット」とは、どこから来たのか。

1　動物の「ペット」の意味からきたもの

2　「plastic bottle」を省略したもの

3　1982年に、日本のある企業が考え出したもの

4　ペットボトルの材料「Polyethylene terephthalate」の頭文字からとったもの

(3)

レストランの入り口に、お知らせが貼ってある。

お知らせ

2015 年 8 月 1 日から 10 日まで、ビル外がわの階段工事を行います。

ご来店のみなさまには、大変ご迷惑をおかけいたしますが、どうぞよろしくお願い申し上げます。

なお、工事期間中は、お食事をご注文のお客様に、コーヒーのサービスをいたします。

みなさまのご来店を、心よりお待ちしております。

レストラン　サンセット・クルーズ
店主　山村

---

26 このお知らせの内容と、合っているものはどれか。

1 レストランは、8 月 1 日から休みになる。

2 階段の工事には、10 日間かかる。

3 工事の間は、コーヒーしか飲めない。

4 工事中は、食事ができない。

（4）

これは、野口さんに届いたメールである。

結婚お祝いパーティーのご案内

[koichi.mizutani @xxx.ne.jp]
送信日時：2015/8/10（月）10:14
宛先：2015danceclub@members.ne.jp

このたび、山口友之（やまぐちともゆき）さんと三浦千恵（みうらちえ）さんが結婚されることになりました。
つきましてはお祝いのパーティーを行いたいと思います。

日時　2015年10月17日（土）18:00～
場所　ハワイアンレストランHuHu（新宿）
会費　5000円

出席か欠席かのお返事は、8月28日（金）までに、水谷koichi.mizutani@xxx.ne.jpに、ご連絡ください。
楽しいパーティーにしたいと思います。ぜひ、ご参加ください。

世話係
水谷高一
koichi.mizutani@xxx.ne.jp

---

27 このメールの内容で、正しくないのはどれか。

1 山口友之さんと三浦千恵さんは、8月10日（月）に結婚した。

2 パーティーは、10月17日（土）である。

3 パーティーに出席するかどうかは、水谷さんに連絡をする。

4 パーティーの会費は、5000円である。

N3 言語知識・読解 第4回 もんだい5 模擬試題

つぎの(1)と(2)の文章（ぶんしょう）を読んで、質問に答えなさい。答えは、1・2・3・4から最もよいものを一つえらびなさい。

(1)

日本では毎日、数千万人もの人が電車や駅を利用しているので、①もちろんのことですが、毎日のように多くの忘れ物が出てきます。

JR東日本※の方に聞いてみると、一番多い忘れ物は、マフラーや帽子、手袋などの衣類、次が傘だそうです。傘は、年間約30万本も忘れられているということです。雨の日や雨上がりの日などには、「傘をお忘れになりませんように。」と何度も車内アナウンスが流れるほどですが、②効果は期待できないようです。

ところで、今から100年以上も前、初めて鉄道が利用されはじめた明治時代には、③現代では考えられないような忘れ物が、非常に多かったそうです。

その忘れ物とは、いったい何だったのでしょうか。

それは靴（履き物）です。当時はまだ列車に慣れていないので、間違えて、駅で靴を脱いで列車に乗った人たちがいたのです。そして、降りる駅で、履きものがない、と気づいたのです。

日本では、家にあがるとき、履き物を脱ぐ習慣がありますので、つい、靴を脱いで列車に乗ってしまったということだったのでしょう。

※　JR東日本…日本の鉄道会社名

28 ①もちろんのことは、何か。

1 毎日、数千万人もの人が電車を利用していること

2 毎日のように多くの忘れ物が出てくること

3 特に衣類の忘れ物が多いこと

4 傘の忘れ物が多いこと

29 ②効果は期待できないとはどういうことか。

1 衣類の忘れ物がいちばん多いということ

2 衣類の忘れ物より傘の忘れ物の方が多いこと

3 傘の忘れ物は少なくならないということ

4 車内アナウンスはなくならないということ

30 ③現代では考えられないのは、なぜか。

1 鉄道が利用されはじめたのは、100年以上も前だから

2 明治時代は、車内アナウンスがなかったから

3 現代人は、靴を脱いで電車に乗ることはないから

4 明治時代の日本人は、履き物を脱いで家に上がっていたから

(2)

挨拶（あいさつ）は世界共通の行動であるらしい。ただ、その方法は、社会や文化の違い、挨拶する場面によって異なる。日本で代表的な挨拶といえばお辞儀※1であるが、西洋でこれに代わるのは握手である。また、タイでは、体の前で両手を合わせる。変わった挨拶としては、ポリネシアの挨拶が挙げられる。ポリネシアでも、現代では西洋的な挨拶の仕方に変わりつつあるそうだが、①伝統的な挨拶は、お互いに鼻と鼻を触れ合わせるのである。

日本では、相手に出会う時間や場面によって、挨拶が異なる場合が多い。

朝は「おはよう」や「おはようございます」である。これは、「お早くからご苦労様です」などを略したもの、昼の「こんにちは」は、「今日（こんにち）はご機嫌いかがですか」などの略である。そして、夕方から夜にかけての「こんばんは」は、「今晩は良い晩ですね」などが略されて短い挨拶の言葉になったと言われている。

このように、日本の挨拶の言葉は、相手に対する感謝やいたわり※2の気持ち、または、相手の体調などを気遣う※3気持ちがあらわれたものであり、お互いの人間関係をよくする働きがある。時代が変わっても、お辞儀や挨拶は、最も基本的な日本の慣習※4として、ぜひ残していきたいものである。

※1　お辞儀…頭を下げて礼をすること。

※2　いたわり…親切にすること。

※3　気遣う…相手のことを考えること。

※4　慣習…社会に認められている習慣。

31 ポリネシアの①伝統的な挨拶は、どれか。

1 お辞儀をすること

2 握手をすること

3 両手を合わせること

4 鼻を触れ合わせること

32 日本の挨拶の言葉は、どんな働きを持っているか。

1 人間関係がうまくいくようにする働き

2 相手を良い気持ちにさせる働き

3 相手を尊重する働き

4 日本の慣習をあとの時代に残す働き

33 この文章に、書かれていないことはどれか。

1 挨拶(あいさつ)は世界共通だが、社会や文化によって方法が違う。

2 日本の挨拶(あいさつ)の言葉は、長い言葉が略されたものが多い。

3 目上の人には、必ず挨拶(あいさつ)をしなければならない。

4 日本の挨拶(あいさつ)やお辞儀は、ずっと残していきたい。

第4回　もんだい6　模擬試題

つぎの文章（ぶんしょう）を読んで、質問に答えなさい。答えは、1・2・3・4から最もよいものを一つえらびなさい。

「必要は発明の母」という言葉がある。何かに不便を感じてある物が必要だと感じることから発明が生まれる、つまり、必要は発明を生む母のようなものである、という意味である。電気洗濯機も冷蔵庫も、ほとんどの物は必要から生まれた。

しかし、現代では、必要を感じる前に次から次に新しい製品が生まれる。特にパソコンや携帯電話などの情報機器※がそうである。①その原因はいろいろあるだろう。

第一に考えられるのは、明確な目的を持たないまま機械を利用している人々が多いからであろう。新製品を買った人にその理由を聞いてみると、「新しい機能がついていて便利そうだから」とか、「友だちが持っているから」などだった。その機能が必要だから買うのではなく、ただ単に珍しいからという理由で、周囲に流されて買っているのだ。

第二に、これは、企業側の問題なのだが、②企業が新製品を作る競争をしているからだ。人々の必要を満たすことより、売れることを目指して、不必要な機能まで加えた製品を作る。その結果、人々は、機能が多すぎてかえって困ることになる。③新製品を買ったものの、十分に使うことができない人たちが多いのはそのせいだ。

次々に珍しいだけの新製品が開発されるため、古い携帯電話やパソコンは捨てられたり、個人の家の引き出しの中で眠っていたりする。ひどい資源のむだづかいだ。

確かに、生活が便利であることは重要である。便利な生活のために機械が発明されるのはいい。しかし、必要でもない新製品を作り続けるのは、もう、やめてほしいと思う。

※　情報機器…パソコンや携帯電話など、情報を伝えるための機械。

34 ①その原因は、何を指しているか。

1 ほとんどの物が必要から生まれたものであること

2 パソコンや携帯電話が必要にせまられて作られること

3 目的なしに機械を使っている人が多いこと

4 新しい情報機器が次から次へと作られること

35 ②企業が新製品を作る競争をしている目的は何か。

1 技術の発展のため

2 工業製品の発明のため

3 多くの製品を売るため

4 新製品の発表のため

36 ③新製品を買ったものの、十分に使うことができない人たちが多いのは、なぜか

1 企業側が、製品の扱い方を難しくするから

2 不必要な機能が多すぎるから

3 使う方法も知らないで新製品を買うから

4 新製品の説明が不足しているから

37 この文章の内容と合っていないのはどれか。

1 明確な目的・意図を持たないで製品を買う人が多い。

2 新製品が出たら、使い方をすぐにおぼえるべきだ。

3 どの企業も新製品を作る競争をしている。

4 必要もなく新製品を作るのは資源のむだ使いだ。

右のページは、あるNPOが留学生を募集するための広告である。これを読んで、下の質問に答えなさい。答えは、1・2・3・4から最もよいものを一つえらびなさい。

38 東京に住んでいる留学生のジャミナさんは、日本語学校の夏休みにホームステイをしたいと思っている。その前に、北海道の友達の家に遊びに行くため、北海道までは一人で行きたい。どのプランがいいか。

1 Aプラン

2 Bプラン

3 Cプラン

4 Dプラン

39 このプログラムに参加するためには、いつ申し込めばいいか。

1 8月20日までに申し込む。

2 6月23日が締め切りだが、早めに申し込んだ方がいい。

3 夏休みの前に申し込む。

4 6月23日の後で、できるだけ早く申し込む。

2015年　第29回夏のつどい留学生募集案内

北海道ホームステイプログラム「夏のつどい※1」

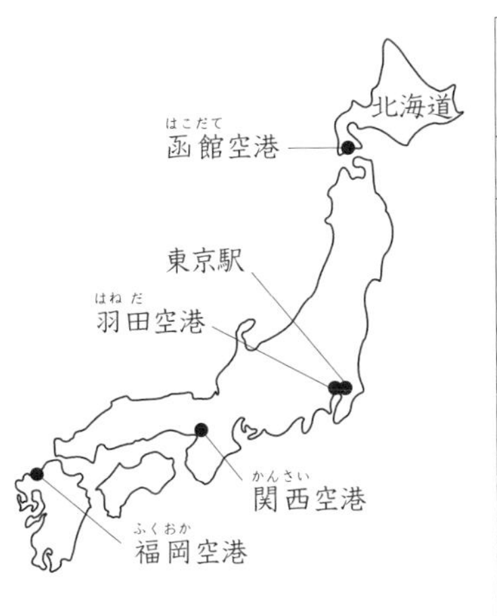

日程　8月20日（木）～ 9月2日（水）14泊15日	
募集人数	100名
参加費	Aプラン 68,000円 （東京駅集合・関西空港解散） Bプラン 65,000円 （東京駅集合・羽田空港解散） Cプラン 70,000円 （福岡空港集合・福岡空港解散） Dプラン 35,000円 （函館駅集合・現地※2解散※3）
定員	100名
申し込み締め切り	6月23日（火）まで

※毎年大人気のプログラムです。締め切りの前に定員に達する場合もありますので、早めにお申し込みください。

申し込み・問い合わせ先
（財）北海道国際文化センター
〒040-0054 函館市元町××ー1
Tel : 0138-22-××××　Fax : 0138-22-××××
http://www.×××.or.jp/
E-mail : ×××@hif.or.jp

※1　つどい…集まり

※2　現地…そのことを行う場所。

※3　解散…グループが別れること

次の（1）から(4)の文章(ぶんしょう)を読んで、質問に答えなさい。答えは、1・2・3・4から最もよいものを一つえらびなさい。

(1)

最近、自転車によく乗るようになりました。特に休みの日には、気持ちのいい風を受けながら、のびのびとペダルをこいでいます。

自転車に乗るようになって気づいたのは、自転車は車に比べて、見える範囲がとても広いということです。車は、スピードを出していると、ほとんど風景を見ることができないのですが、自転車は走りながらでもじっくりと周りの景色を見ることができます。そうすると、今までどんなにすばらしい風景に気づかなかったかがわかります。小さな角を曲がれば、そこには、新しい世界が待っています。それはその土地の人しか知らない珍しい店だったり、小さなすてきなカフェだったりします。いつも何となく車で通り過ぎていた街には、実はこんな物があったのだという新しい感動に出会えて、考えの幅も広がるような気がします。

24 考えの幅も広がるような気がするのは、なぜか。

1 自転車では珍しい店やカフェに寄ることができるから

2 自転車は思ったよりスピードが出せるから

3 自転車ではその土地の人と話すことができるから

4 自転車だと新しい発見や感動に出会えるから

(2)

仕事であちらこちらの会社や団体の事務所に行く機会があるが、その際、よくペットボトルに入った飲み物を出される。日本茶やコーヒー、紅茶などで、夏は冷たく冷えているし、冬は温かい。ペットボトルの飲み物は、清潔な感じがするし、出す側としても手間がいらないので、忙しい現代では、とても便利なものだ。

しかし、たまにその場でいれた日本茶をいただくことがある。茶葉を入れた急須(きゅうす)※1から注がれる緑茶の香りやおいしさは、ペットボトルでは味わえない魅力がある。丁寧に入れたお茶をお客に出す温かいもてなし※2の心を感じるのだ。

何もかも便利で簡単になった現代だからこそ、このようなもてなしの心は大切にしたい。それが、やがてお互いの信頼関係へとつながるのではないかと思うからである。

※1　急須…湯をさして茶を煎じ出す茶道具。

※2　もてなし…客への心をこめた接し方。

25 大切にしたいのはどんなことか。

1　お互いの信頼関係

2　ペットボトルの便利さ

3　日本茶の味や香り

4　温かいもてなしの心

(3)

ホテルのロビーに、下のようなお知らせの紙が貼ってある。

8月11日(金)
屋外プール休業について

お客様各位

平素は山花レイクビューホテルをご利用いただき、まことにありがとうございます。台風12号による強風・雨の影響により、8/11（金）、屋外※プールを休業とさせて頂きます。ご理解とご協力を、よろしくお願い申し上げます。

8/12（土）については、天候によって、営業時間に変更がございます。前もってお問い合わせをお願いいたします。

山花ホテル　総支配人

※　屋外…建物の外

26　このお知らせの内容と合っているものはどれか。

1　11日に台風が来たら、プールは休みになる。

2　11日も12日も、プールは休みである。

3　12日はプールに入れる時間がいつもと変わる可能性がある。

4　12日はいつも通りにプールに入ることができる。

(4)

これは、一瀬（いちのせ）さんに届いたメールである。

株式会社 山中デザイン
一瀬さゆり様

　いつも大変お世話になっております。
　私事（わたくしごと）※1ですが、都合により、8月31日をもって退職※2いたすことになりました。
　在職中※3はなにかとお世話になりました。心よりお礼を申し上げます。
　これまで学んだことをもとに、今後は新たな仕事に挑戦してまいりたいと思います。
　一瀬様のますますのご活躍をお祈りしております。
　なお、新しい担当は川島と申す者です。あらためて本人よりご連絡させていただきます。

　簡単ではありますが、メールにてご挨拶申しあげます。

株式会社 日新自動車販売促進部
加藤太郎
住所：〒111-1111　東京都◎◎区◎◎町1-2-3
TEL：03-＊＊＊＊-＊＊＊＊　／　FAX：03-＊＊＊＊-＊＊＊＊
URL：http://www.×××.co.jp
Mail：×××@example.co.jp

※1　私事…自分自身だけに関すること。

※2　退職…勤めていた会社をやめること。

※3　在職中…その会社にいた間。

27　このメールの内容で、正しいのはどれか。

1　これは、加藤さんが会社をやめた後で書いたメールである。

2　加藤さんは、結婚のために会社をやめる。

3　川島さんは、現在、日新自動車の社員である。

4　加藤さんは、一瀬さんに、新しい担当者を紹介してほしいと頼んでいる。

つぎの (1) と (2) の文章を読んで、質問に答えなさい。答えは、1・2・3・4 から最もよいものを一つえらびなさい。

(1)

日本人は寿司が好きだ。日本人だけでなく外国人にも寿司が好きだという人が多い。しかし、銀座などで寿司を食べると、目の玉が飛び出るほど値段が高いということである。

私も寿司が好きなので、値段が安い回転寿司（かいてんずし）をよく食べる。いろいろな寿司をのせて回転している棚から好きな皿を取って食べるのだが、その中にも、値段が高いものと安いものがあり、お皿の色で区別しているようである。

回転寿司屋には、チェーン店が多いが、作り方やおいしさには、同じチェーン店でも①「差」があるようである。例えば、店内で刺身を切って作っているところもあれば、工場で切った冷凍[※1]の刺身を、機械で握ったご飯の上に載せているだけの店もあるそうだ。

寿司が好きな友人の話では、よい寿司屋かどうかは、「イカ」を見るとわかるそうである。②イカの表面に細かい切れ目[※2]が入っているかどうかがポイントだという。なぜなら、生のイカの表面には寄生虫[※3]がいる可能性があって、冷凍すれば死ぬが、生で使う場合は切れ目を入れることによって、食べやすくすると同時にこの寄生虫を殺す目的もあるからだ。こんなことは、料理人の常識なので、イカに切れ目がない店は、この常識を知らない料理人が作っているか、冷凍のイカを使っている店だと言えるそうだ。

※１　冷凍…保存のために凍(こお)らせること。

※２　切れ目…物の表面に切ってつけた傷。また，切り口。

※３　寄生虫(きせいちゅう)…人や動物の表面や体内で生きる生物。

28　①「差」は、何の差か。

1　値段の「差」

2　チェーン店か、チェーン店でないかの「差」

3　寿司が好きかどうかの「差」

4　作り方や、おいしさの「差」

29　②イカの表面に細かい切れ目が入っているかどうかとあるが、この切れ目は何のために入っているのか。

1　イカが冷凍かどうかを示すため

2　食べやすくすると同時に、寄生虫を殺すため

3　よい寿司屋であることを客に知らせるため

4　常識がある料理人であることを示すため

30　回転寿司について、正しいのはどれか。

1　銀座の回転寿司は値段がとても高い。

2　冷凍のイカには表面に細かい切れ目がつけてある。

3　寿司の値段はどれも同じである。

4　イカを見るとよい寿司屋かどうかがわかる。

(2)

世界の別れの言葉は、一般に「Goodbye ＝神があなたとともにいますように」か、「See you again ＝またお会いしましょう」か、「Farewell ＝お元気で」のどれかの意味である。つまり、相手の無事や平安※1を祈るポジティブ※2な意味がこめられている。しかし、日本語の「さようなら」の意味は、その①どれでもない。

恋人や夫婦が別れ話をして、「そういうことならば、②仕方がない」と考えて別れる場合の別れに対するあきらめであるとともに、別れの美しさを求める心を表していると言う人もいる。

または、単に「左様(さよう)ならば（そういうことならば）、これで失礼します」と言って別れる場合の「左様ならば」だけが残ったものであると言う人もいる。

いずれにしても、「さようなら」は、もともと、「左様(さよう)であるならば＝そうであるならば」という意味の接続詞※3であって、このような、別れの言葉は、世界でも珍しい。ちなみに、私自身は、「さようなら」という言葉はあまり使わず、「では、またね」などと言うことが多い。やはり、「さようなら」は、なんとなくさびしい感じがするからである。

※1　平安…穏やかで安心できる様子。

※2　ポジティブ…積極的なこと。ネガティブはその反対に消極的、否定的なこと。

※3　接続詞…言葉と言葉をつなぐ働きをする言葉。

31 ①どれでもない、とはどんな意味か。

1 日本人は、「Goodbye」や「See you again」「Farewell」を使わない。

2 日本語の「さようなら」は、別れの言葉ではない。

3 日本語の「さようなら」という言葉を知っている人は少ない。

4 「さようなら」は、「Goodbye」「See you again」「Farewell」のどの意味でもない。

32 仕方がないには、どのような気持ちが込められているか。

1 自分を反省する気持ち

2 別れたくないと思う気持ち

3 別れをつらく思う気持ち

4 あきらめの気持ち

33 この文章の内容に合っているのはどれか

1 「さようなら」は、世界の別れの言葉と同じくネガティブな言葉である。

2 「さようなら」には、別れに美しさを求める心がこめられている。

3 「さようなら」は、相手の無事を祈る言葉である。

4 「さようなら」は、永遠に別れる場合しか使わない。

第5回　もんだい6　模擬試題

つぎの文章(ぶんしょう)を読んで、質問に答えなさい。答えは、1・2・3・4から最もよいものを一つえらびなさい。

日本語の文章にはいろいろな文字が使われている。漢字・平仮名(ひらがな)・片仮名(かたかな)、そしてローマ字などである。

①漢字は、3000年も前に中国で生まれ、それが日本に伝わってきたものである。4～5世紀ごろには、日本でも漢字が広く使われるようになったと言われている。「仮名(かな)」には「平仮名」と「片仮名」があるが、これらは、漢字をもとに日本で作られた。ほとんどの平仮名は漢字をくずして書いた形から作られたものであり、片仮名は漢字の一部をとって作られたものである。例えば、平仮名の「あ」は、漢字の「安」をくずして書いた形がもとになっており、片仮名の「イ」は、漢字「伊」の左側をとって作られたものである。

日本語の文章を見ると、漢字だけの文章に比べて、やさしく柔らかい感じがするが、それは、平仮名や片仮名が混ざっているからであると言われる。

それでは、②平仮名だけで書いた文はどうだろう。例えば、「はははははつよい」と書いても意味がわからないが、漢字をまぜて「母は歯は強い」と書けばわかる。漢字を混ぜて書くことで、言葉の意味や区切りがはっきりするのだ。

それでは、③片仮名は、どのようなときに使うのか。例えば「ガチャン」など、物の音を表すときや、「キリン」「バラ」など、動物や植物の名前などは片仮名で書く。また、「ノート」「バッグ」など、外国から日本に入ってきた言葉も片仮名で表すことになっている。

このように、日本語は、漢字と平仮名、片仮名などを区別して使うことによって、文章をわかりやすく書き表すことができるのだ。

34 ①漢字について、正しいのはどれか。

1 3000年前に中国から日本に伝わった。

2 漢字から平仮名と片仮名が日本で作られた。

3 漢字をくずして書いた形から片仮名ができた。

4 漢字だけの文章は優しい感じがする。

35 ②平仮名だけで書いた文がわかりにくいのはなぜか。

1 片仮名が混じっていないから

2 文に「、」や「。」が付いていないから

3 言葉の読み方がわからないから

4 言葉の意味や区切りがはっきりしないから

36 ③片仮名は、どのようなときに使うのかとあるが、普通、片仮名で書かないのはどれか

1 「トントン」など、物の音を表す言葉

2 「アタマ」など、人の体に関する言葉

3 「サクラ」など、植物の名前

4 「パソコン」など、外国から入ってきた言葉

37 日本語の文章について、間違っているものはどれか。

1 漢字だけでなく、いろいろな文字が混ざっている。

2 漢字だけの文章に比べて、やわらかく優しい感じを受ける。

3 いろいろな文字が区別して使われているので、意味がわかりやすい。

4 ローマ字が使われることは、ほとんどない。

第5回　もんだい7　模擬試題

つぎのページは、ホテルのウェブサイトにある着物体験教室の参加者を募集する広告である。下の質問に答えなさい。答えは、1・2・3・4から最もよいものを一つえらびなさい。

38　会社員のハンさんは、友人と日本に観光に行った際、着物を着てみたいと思っている。ハンさんと友だちが着物を着て散歩に行くには、料金は一人いくらかかるか。

1　6,000円
2　9,000円
3　6,000円～9,000円
4　10,000円～13,000円

39　この広告の内容と合っているものはどれか。

1　着物を着て、小道具や背景セットを作ることができる。
2　子どもも、参加することができる。
3　問い合わせができないため、予約はできない。
4　着物を着て出かけることはできないが、人力車観光はできる。

着物体験

参加者募集

【着物体験について】

1回：二人～三人程度、60分～90分
料金：〈大人用〉6,000円～9,000円／一人
〈子ども用〉（12歳まで）4,000円／一人
（消費税込み）

＊着物を着てお茶や生け花※1をする「日本文化体験コース」もあります。
＊着物を着てお出かけしたり、人力車※2観光をしたりすることもできます。
＊ただし、一部の着物はお出かけ不可
＊人力車観光には追加料金がかかります

【写真撮影について】

振り袖から普通の着物・袴（はかま）※3などの日本の伝統的な着物を着て写真撮影ができます。着物は、大人用から子ども用までございますので、お好みに合わせてお選びください。小道具※4や背景セットを使った写真が楽しめます。（デジカメ写真プレゼント付き）

ご予約時の注意点

①上の人数や時間は、変わることもあります。お気軽にお問い合わせください。（多人数の場合は、グループに分けさせていただきます。）
②予約制ですので、前もってお申し込みください。（土・日・祝日は、空いていれば当日受付も可能です。）
③火曜日は定休日です。（但し、祝日は除く）
④中国語・英語でも説明ができます。

ご予約承ります！
お問い合せ・お申込みは
富士屋
nihonntaiken@ XXX fujiya.co.jp
電話 03- XXXX - XXXX

※1　お茶・生け花…日本の伝統的な文化で、茶道と華道のこと。
※2　人力車…お客をのせて人が引いて走る二輪車。
※3　振り袖～袴…日本の着物の種類。
※4　小道具…写真撮影などのために使う道具。

第6回　もんだい4　模擬試題

次の（1）から(4)の文章を読んで、質問に答えなさい。答えは、1・2・3・4から最もよいものを一つえらびなさい。

（1）

人類は科学技術の発展によって、いろいろなことに成功しました。例えば、空を飛ぶこと、海底や地底の奥深く行くこともできるようになりました。今や、宇宙へ行くことさえできます。

しかし、人間の望みは限りがないもので、さらに、未来や過去へ行きたいと思う人たちが現れました。そうです。『タイムマシン』の実現です。

いったいタイムマシンを作ることはできるのでしょうか？

理論上は、できるそうですが、現在の科学技術ではできないということです。

残念な気もしますが、でも、未来は夢や希望として心の中に描くことができ、また、過去は思い出として一人一人の心の中にあるので、それで十分ではないでしょうか。

24　「タイムマシン」について、文章の内容と合っていないのはどれか。

1　未来や過去に行きたいという人間の夢をあらわすものだ

2　理論上は作ることができるものだが実際には難しい

3　未来も過去も一人一人の心の中にあるものだ

4　タイムマシンは人類にとって必要なものだ

（2）

これは、田中さんにとどいたメールである。

あて先：jlpt1127.clear@nihon.co.jp
件名：パンフレット送付※のお願い
送信日時：2015 年 8 月 14 日　13:15
==============================

ご担当者様

はじめてご連絡いたします。

株式会社山田商事、総務部の山下花子と申します。

このたび、御社のホームページを拝見し、新発売のエアコン「エコール」について、詳しくうかがいたいので、パンフレットをお送りいただきたいと存じ、ご連絡いたしました。2部以上お送りいただけると助かります。

どうぞよろしくお願いいたします。

【送付先】

〒 564-9999
大阪府〇〇市△△町 11-9　XX ビル 2F
TEL：066-9999-XXXX
株式会社　山田商事　総務部
担当：山下　花子

※　送付…相手に送ること。

25　このメールを見た後、田中さんはどうしなければならないか。

1　「エコール」について、メールで詳しい説明をする。

2　山下さんに「エコール」のパンフレットを送る。

3　「エコール」のパンフレットが正しいかどうか確認する。

4　「エコール」の新しいパンフレットを作る。

(3)

これは、大学内の掲示である。

台風9号による1・2時限[※1]休講[※2]について

本日(10月16日)、関東地方に大型の台風が近づいているため、本日と、明日1・2時限目の授業を中止して、休講とします。なお、明日の3・4・5時限目につきましては、大学インフォメーションサイトの「お知らせ」で確認して下さい。

東青大学

※1　時限…授業のくぎり。

※2　休講…講義が休みになること。

26　正しいものはどれか。

1　台風が来たら、10月16日の授業は休講になる。

2　台風が来たら、10月17日の授業は行われない。

3　本日の授業は休みで、明日の3時限目から授業が行われる。

4　明日3、4、5時限目の授業があるかどうかは、「お知らせ」で確認する。

(4)

日本では、少し大きな駅のホームには、立ったまま手軽に「そば」や「うどん」を食べられる店（立ち食い屋）がある。

「そば」と「うどん」のどちらが好きかは、人によってちがうが、一般的に、関東では「そば」の消費量が多く、関西では「うどん」の消費量が多いと言われている。

地域毎に「そば」と「うどん」のどちらに人気があるかは、実は、駅のホームで簡単にわかるそうである。ホームにある立ち食い屋の名前を見ると、関東と関西で違いがある。関東では、多くの店が「そば・うどん」、関西では、「うどん・そば」となっている。「そば」と「うどん」、どちらが先に書いてあるかを見ると、その地域での人気がわかるというのだ。

27 駅のホームで簡単にわかるとあるが、どんなことがわかるのか。

1 自分が、「そば」と「うどん」のどちらが好きかということ

2 関東と関西の「そば」の消費量のちがい

3 駅のホームには必ず、「そば」と「うどん」の立ち食い屋があるということ

4 店の名前から、その地域で人気なのは「うどん」と「そば」のどちらかということ

第6回　もんだい5　模擬試題

つぎの(1)と(2)の文章（ぶんしょう）を読んで、質問に答えなさい。答えは、1・2・3・4から最もよいものを一つえらびなさい。

(1)

テクノロジーの進歩で、私たちの身の回りには便利な機械があふれています。特にITと呼ばれる情報機器は、人間の生活を便利で豊かなものにしました。①例えば、パソコンです。パソコンなどのワープロソフトを使えば、誰でもきれいな文字を書いて印刷まですることができます。また、何かを調べるときは、インターネットを使えばすぐに必要な知識や世界中の情報が得られます。今では、これらのものがない生活は考えられません。

しかし、これらテクノロジーの進歩が②新たな問題を生み出していることも忘れてはなりません。例えば、ワープロばかり使っていると、漢字を忘れてしまいます。また、インターネットで簡単に知識や情報を得ていると、自分で努力して調べる力がなくなるのではないでしょうか。

これらの機器は、便利な反面、人間の持つ能力を衰えさせる面もあることを、私たちは忘れないようにしたいものです。

28　①例えばは、何の例か。

1　人間の生活を便利で豊かなものにした情報機器

2　身の回りにあふれている便利な電気製品

3　文字を美しく書く機器

4　情報を得るための機器

29 ②新たな問題とは、どんな問題か。

1　新しい便利な機器を作ることができなくなること

2　ワープロやパソコンを使うことができなくなること

3　自分で情報を得る簡単な方法を忘れること

4　便利な機器に頼ることで、人間の能力が衰えること

30 ②新たな問題を生みだしているのは、何か。

1　人間の豊かな生活

2　テクノロジーの進歩

3　漢字が書けなくなること

4　インターネットの情報

(2)

日本語を学んでいる外国人が、いちばん苦労するのが敬語の使い方だそうです。日本に住んでいる私たちでさえ難しいと感じるのですから、外国人にとって難しく感じるのは当然です。

ときどき、敬語があるのは日本だけで、外国語にはないと聞くことがありますが、そんなことはありません。丁寧な言い回しというものは例えば英語にもあります。ドアを開けて欲しいとき、簡単に「Open the door.（ドアを開けて。）」と言う代わりに、「Will you ～ (Can you ～)」や「Would you ～ (Could you ～)」を付けたりして丁寧な言い方をしますが、①これも敬語と言えるでしょう。

私たちが敬語を使うのは、相手を尊重し敬う※気持ちをあらわすことで、人間関係をよりよくするためです。敬語を使うことで自分の印象をよくしたいということも、あるかもしれません。

ところが、中には、相手によって態度や話し方を変えるのはおかしい、敬語なんて使わないでいいと主張する人もいます。

しかし、私たちの社会に敬語がある以上、それを無視した話し方をすると、人間関係がうまくいかなくなることもあるかもしれません。

確かに敬語は難しいものですが、相手を尊重し敬う気持ちがあれば、使い方が多少間違っていても構わないのです。

※　敬う…尊敬する。

31 ①これは、何を指しているか。

1 「Open the door.」などの簡単な言い方

2 「Will (Would) you ～」や「Can (Could) you ～) 」を付けた丁寧な言い方

3 日本語にだけある難しい敬語

4 外国人にとって難しく感じる日本の敬語

32 敬語を使う主な目的は何か。

1 相手に自分をいい人だと思われるため

2 自分と相手との上下関係を明確にするため

3 日本の常識を守るため

4 人間関係をよくするため

33 「敬語」について、筆者の考えと合っているのはどれか。

1 言葉の意味さえ通じれば敬語は使わないでいい。

2 敬語は正しく使うことが大切だ。

3 敬語は、使い方より相手に対する気持ちが大切だ。

4 敬語は日本独特なもので、外国語にはない。

つぎの文章(ぶんしょう)を読んで、質問に答えなさい。答えは、1・2・3・4から最もよいものを一つえらびなさい。

信号機の色は、なぜ、赤・青（緑）・黄の３色で、赤は「止まれ」、黄色は「注意」、青は「進め」をあらわしているのだろうか。

①当然のこと過ぎて子どもの頃から何の疑問も感じてこなかったが、実は、それには、しっかりとした理由があるのだ。その理由とは、色が人の心に与える影響である。

まず、赤は、その「物」を近くにあるように見せる色であり、また、他の色と比べて、非常に遠くからでもよく見える色なのだ。さらに、赤は「興奮※1色」とも呼ばれ、人の脳を活発にする効果がある。したがって、「止まれ」「危険」といった情報をいち早く人に伝えるためには、②赤がいちばんいいということだ。

それに対して、青（緑）は人を落ち着かせ、冷静にさせる効果がある。そのため、＿③＿をあらわす色として使われているのである。

最後に、黄色は、赤と同じく危険を感じさせる色だと言われている。特に、黄色と黒の組み合わせは「警告(けいこく)※2色(しょく)」とも呼ばれ、人はこの色を見ると無意識に危険を感じ、「注意しなければ」、という気持ちになるのだそうだ。踏切や、「工事中につき危険！」を示す印など、黄色と黒の組み合わせを思い浮かべると分かるだろう。

このように、信号機は、色が人に与える心理的効果を使って作られたものなのである。ちなみに、世界のほとんどの国で、赤は「止まれ」、青（緑）は「進め」を表しているそうだ。

※1　興奮…感情の働きが盛んになること。

※2　警告…危険を知らせること。

34　①当然のこととは、何か。

1　子どものころから信号機が赤の時には立ち止まり、青では渡っていること

2　さまざまなものが、赤は危険、青は安全を示していること

3　信号機が赤・青・黄の３色で、赤は危険を、青は安全を示していること

4　信号機に赤・青・黄が使われているのにはしっかりとした理由があること

35　②赤がいちばんいいのはなぜか。

1　人に落ち着いた行動をさせる色だから。

2　「危険！」の情報をすばやく人に伝えることができるから。

3　遠くからも見えるので、交差点を急いで渡るのに適しているから。

4　黒と組み合わせることで非常に目立つから。

36　＿③＿に適当なのは次のどれか。

1　危険　　2　落ち着き　　3　冷静　　4　安全

37　この文の内容と合わないものはどれか。

1　ほとんどの国で、赤は「止まれ」を示す色として使われている。

2　信号機には、色が人の心に与える影響を考えて赤・青・黄が使われている。

3　黄色は人を落ち着かせるので、「待て」を示す色として使われている。

4　黄色と黒の組み合わせは、人に危険を知らせる色として使われている。

第6回　もんだい7　模擬試題

右の文章(ぶんしょう)は、ある文化センターの案内である。これを読んで、下の質問に答えなさい。答えは、1・2・3・4から最もよいものを一つえらびなさい。

38 男性会社員の井上正さんが平日、仕事が終わった後、18時から受けられるクラスはいくつあるか。

1 1つ

2 2つ

3 3つ

4 4つ

39 主婦の山本真理菜(まりな)さんが週末に参加できるクラスはどれか。

1 BとA

2 BとC

3 BとD

4 BとE

小町文化センター秋の新クラス

	講座名	日時	回数	費用	対象	その他
A	男子力UP!4回でしっかりおぼえる料理の基本	11・12月 第1・3金曜日 (11/7・21・12/5・12) 18:00～19:30	全4回	18,000円＋税(材料費含む)	男性18歳以上	男性のみ
B	だれでもかんたん！色えんぴつを使った植物画レッスン	10～12月 第1土曜日 13:00～14:00	全3回	5,800円＋税＊色えんぴつは各自ご用意下さい	15歳以上	静かな教室で、先生が一人一人ていねいに教えます
C	日本のスポーツで身を守る！女性のためのはじめての柔道：入門	10～12月 第1～4火曜日 18:00～19:30	全12回	15,000円＋税＊柔道着は各自ご用意ください。詳しくは受付まで	女性15歳以上	女性のみ
D	緊張しないスピーチトレーニング	10～12月 第1・3木曜日 (10/2・16 11/6・20 12/4・18) 18:00～20:00	全6回	10,000円(消費税含む)	18歳以上	まずは楽しくおしゃべりから始めましょう
E	思い切り歌ってみよう！「みんな知ってる日本の歌」	10～12月 第1・2・3土曜日 10：00～12：00	全9回	5,000円＋楽譜代500円(税別)	18歳以上	一緒に歌えばみんな友だち！カラオケにも自信が持てます！

問題四　翻譯與題解

第 4 大題　請閱讀以下（1）至（4）的文章，然後回答問題。答案請從 1・2・3・4 之中挑出最適合的選項。

（1）

ヘッドフォンで音楽を聞きながら作業をすると集中できる、という人が多い。その理由をたずねると、まわりがうるさい環境で仕事をしているような時でも、音楽を聞くことによって、うるさい音や自分に関係のない話を聞かずにすむし、じゃまをされなくてすむからだという。最近では、ヘッドフォンをつけて仕事をすることを認めている会社もある。

しかし、実際に調査を行った結果、ヘッドフォンで音楽を聞くことによって集中力が上がるというデータは、ほとんど出ていないという。また、ヘッドフォンを聞きながら仕事をするのは、オフィスでの作法やマナーに反すると考える人も多い。

24　調査は、どんな調査か。

1　うるさい環境で仕事をすることによって、集中力が下がるかどうかの調査

2　ヘッドフォンで音楽を聞くことで、集中力が上がるかどうかの調査

3　不要な情報を聞くことで集中力が下がるかどうかの調査

4　好きな音楽と嫌いな音楽の、どちらを聞けば集中できるかの調査

[翻譯]

許多人覺得做事時戴著耳機聽音樂有助於專注。詢問這些人為什麼這樣認為，他們的回答是：就算在吵雜的環境裡工作，由於聽著音樂，所以聽不到旁邊的噪音以及和自己無關的交談，因此也就不會受到干擾了。近來，也有些公司允許員工戴著耳機工作。

然而，根據實際調查的結果，幾乎沒有任何證據顯示戴耳機聽音樂有助於提高專注力。此外，也有許多人認為，工作時戴耳機聽音樂有違辦公室的規定和禮儀。

[24] 所謂的調查，是指什麼樣的調查呢？

1　有關在吵雜的環境裡工作是否會降低專注力的調查

2　有關戴耳機聽音樂是否有助於提高專注力的調查

3　有關聽到不需要的訊息是否會降低專注力的調查

4　有關聽喜歡或不喜歡的音樂，哪一種有助於專注的調查

[題解攻略]

答えは２

1. ×…「うるさい環境」で仕事をすることは、ヘッドフォンで音楽を聞きながら作業する理由の一つにすぎない。

2. ○…すぐ後に「集中力が上がるというデータは」とあることから、この調査だとわかる。

正確答案是 2

1. ×…在「うるさい環境」（吵雜的環境）中工作只不過是工作時邊戴耳機聽音樂的其中一個理由而已。

2. ○…因為後面緊接著提到「集中力が上がるというデータは」（提高專注力的證據），由此可知就是這項調查。

3. ×…「不要な情報」とは「自分に関係のない話」のことだが、これもヘッドフォンで音楽を聞きながら作業する理由の一つにすぎない。

4. ×…「好きな音楽と嫌いな音楽」の比較は、文章中では述べられていない内容である。

3. ×…「不要な情報」（不需要的訊息）雖然是「自分に関係のない話」（和自己無關的交談），但不想聽到和自己無關的交談，同樣只是工作時邊戴耳機聽音樂的其中一個理由而已。

4. ×…文章中並沒有提到聽「好きな音楽と嫌いな音楽」（喜歡的音樂和不喜歡的音樂）的比較。

答案：2

單字的意思

- □ まわり／周圍，周邊
- □ 環境／環境
- □ つける／配戴，穿上，裝上，掛上；評定，決定；寫上，記上
- □ 調査／調查
- □ 結果／結果，結局
- □ データ【data】／論據，論證的事實；材料，資料；數據
- □ オフィス【office】／辦公室，辦事處；公司；政府機關
- □ マナー【manner】／禮貌，規矩；態度舉止，風格

文法的意思

- □ によって／因為…；根據…；由…；依照…
- □ ～に反する／與…相反…

小知識

「聽」除了「聞く」還可以怎麼説？把這些「聞く」相關的單字記下來，説起日語就會更生動哦！

1. 聞き入る（專心聽）
2. 聞きつける（得知）
3. 聞きほれる（聽得入迷）
4. 耳にする（聽到）
5. 耳を貸す（聽取）
6. 耳が痛い（刺耳）
7. 空耳（聽錯）
8. 初耳（前所未聞）

(2)

変温動物※1である魚は、氷がはるような冷たい水の中では生きていけない。では、冬、寒くなって池などに氷がはったとき、魚はどこにいるのだろう。実は、水の底でじっとしているのだ。

気体や液体には、温度の高いものが上へ、低いものが下へ行くという性質があるので、水の底は水面より水温が低いはずである。それなのに、魚たちは、なぜ水の底にいるのだろう。実は、水というのは変わった物質で、他の液体や気体と同様、冷たい水は下へ行くのだが、ある温度より下がると、反対に軽くなるのだそうだ。その温度が、4℃つまり、水温がぐっと下がると、4℃の水が一番重く、もっと冷たい水はそれより軽いということである。冬、水面に氷がはるようなときも、水の底には4℃という温かい水があることを、魚たちは本能※2として知っているらしい。

※1 変温動物…まわりの温度によって体温が変わる動物。
※2 本能…動物が生まれたときから自然に持っているはたらき。

25 水というのは変わった物質とあるが、どんなことが変わっているのか。

1 冬、気温が下がり寒くなると水面がこおること
2 温かい水は上へ、冷たい水は下へ行くこと
3 冷たい水は重いが、4℃より下がると逆に軽くなること
4 池の表面がこおるほど寒い日は、水は0℃以下になること

[翻譯]

屬於變溫動物※1的魚，如果處於表面結了冰那樣低溫的水裡，是無法生存的。那麼，到了冬天，當變得寒冷的池塘之類的水面結了冰的時候，魚待在哪裡呢？其實，牠們一直躲在水底。

由於氣體和液體具有溫度高者上浮、溫度低者下沉的性質，因此水底的溫度應該比水面來得低才對。既然如此，魚兒們為什麼會待在水底呢？其實，水是一種奇特的物質，它和其他液體與氣體一樣，冷水雖然會下沉，但是當降至某個特定溫度之後，反而會變得比較輕。那個特定溫度是4℃。換言之，當水溫一直下降時，4℃的水是最重的，溫度更低的水比它來得輕。當冬天水面結冰的時候，魚兒們似乎基於本能※2知道，水底那裡是4℃的溫水。

※1 變溫動物：體溫隨著周圍環境的溫度而改變的動物。

※2 本能：動物與生俱來的自然能力。

[25] 所謂水是一種奇特的物質，是指什麼樣的性質奇特呢？

1　當冬天氣溫下降變冷時，水面會結冰的性質。

2　熱水往上浮、冷水往下沉的性質。

3　冷水雖然比較重，但是當溫度降到4℃以下時，反而變得比較輕。

4　在池塘的水面會結冰那樣寒冷的日子裡，水溫會降到0℃以下。

[題解攻略]

答(こた)えは3

1. ×…「水面(すいめん)がこおること」は事実(じじつ)であるが、水(みず)が変(か)わった物質(ぶっしつ)であることとしては述(の)べられていない。

正確答案是3

1. ×…雖然「水面がこおること」（水面會結冰）是事實，可是這裡並沒有提到「水是一種奇特的物質」這件事。

2. ×…「冷たい水は下へ行くこと」は、「液体や水と同様」とある。したがって水が変わっていることではない。

3. ○…____の後に「ある温度より下がると、反対に軽くなる」とある。「ある温度」とは4℃のこと。

4. ×…文章中では述べられていない内容。

2. ×…「冷たい水は下へ行くこと」（冷水會下沉），屬於「液体や水と同様」（和其他液體與氣體一樣）的現象。因此無法判斷水是奇特的物質。

3. ○…____的後面提到「ある温度より下がると、反対に軽くなる」（當降至某個特定溫度之後，反而會變得比較輕），而「ある温度」（某個特定溫度）即是 4 ℃。

4. ×…這是文章中沒有提及的內容。

答案：3

單字的意思

- □ 氷／冰
- □ はる／覆蓋；延伸，伸展；膨脹，負擔過重；展平，擴張
- □ 実は／事實是，老實說，說真的，說實在的
- □ 変わる／與眾不同；變化；遷居，調任，改變時間地點
- □ じっと／保持穩定，一動不動；凝神，聚精會神
- □ 温度／（空氣等）溫度，熱度
- □ 反対／相反；反對
- □ つまり／即…，也就是說；總之，說到底；阻塞，困窘；盡頭
- □ 底／底層，深處；最低處，限度；底，底子
- □ 生まれる／生；產生
- □ 自然／自然，天然；大自然，自然界；自然地
- □ はたらき／功能，機能；作用，功效；勞動，工作
- □ 表面／表面

文法的意思

□ ～ような／像…一樣的，宛如…一樣的…

□ ～として／作為…，以…身分；如果是…的話，對…來説

(3)

秋元さんの机の上に、西田部長のメモがおいてある。

秋元さん、

お疲れさまです。

コピー機が故障したので山川 OA サービスに修理をたのみました。

電話をして、秋元さんの都合に合わせて来てもらう時間を決めてください。

コピー機がなおったら、会議で使う資料を、人数分コピーしておいてください。

資料は、A のファイルに入っています。

コピーする前に内容を確認してください。

西田

---

26 秋元さんが、しなくてもよいことは、下のどれか。

1 山川 OA サービスに、電話をすること

2 修理が終わったら、西田部長に報告をすること

3 資料の内容を、確認すること

4 資料を、コピーしておくこと

[翻譯]

在秋元小姐的桌面上，放著一張西田經理留下的紙條。

秋元小姐：

辛苦了。

由於影印機故障了，已經拜託山川 OA 維修中心來修理了。

麻煩秋元小姐撥電話過去，請對方配合妳方便的時間過來。

等影印機修好了以後，請將會議資料依照出席人數複印。

資料已在 A 檔案裡。

影印前請先確認內容無誤。

西田

---

[26] 秋元小姐不必做的事是以下哪一項？

1 撥電話給山川 OA 維修中心

2 修好之後向西田經理報告

3 確認資料內容無誤

4 影印資料

[題解攻略]

答えは２

1. ×…西田部長のメモに「電話をして」とある。

2. ○…西田部長のメモにはない内容。

3. ×…「コピーする前に内容を確認してください」とある。「内容」とは「資料の内容」のこと。

正確答案是 2

1. ×…西田部長的紙條上提到要「電話をして」（撥電話）。

2. ○…這是西田部長的紙條上沒有提到的內容。

3. ×…紙條中提到「コピーする前に内容を確認してください」（影印前請先確認內容無誤）。這裡的「内容」（內容）指的是「資料の内容」（資料的內容）。

4. ×…「会議（かいぎ）で使（つか）う資料（しりょう）を、人数分（にんずうぶん）コピーしておいてください」とある。

4. ×…紙條中提到「会議で使う資料を、人数分コピーしておいてください」（請將會議資料依照出席人數複印）。

答案：**2**

單字的意思

- □ コピー／副本，抄本，謄本；（廣告等的）文稿
- □ 修理（しゅうり）／修理，修繕
- □ 合（あ）わせる／配合，調和；合併；對照，核對；加在一起，混合
- □ なおす／修理；改正；治療
- □ 內容（ないよう）／內容
- □ 確認（かくにん）／確認，證實，判明
- □ 報告（ほうこく）／報告，匯報，告知

(4)

次は、山川さんに届いたメールである。

あて先：jlpt1127.kukaku@group.co.jp
件名：製品について
送信日時：2015 年 7 月 26 日

::::::::::::::::::::::::::::::::::::::

前田化学
営業部　山川様

いつもお世話になっております。

昨日は、新製品「スラーインキ」についての説明書をお送りいただき、ありがとうございました。くわしいお話をうかがいたいので、一度おいでいただけないでしょうか。現在の「グリードインキ」からの変更についてご相談したいと思います。どうぞよろしくお願いいたします。

新日本デザイン

鈴木

---

27 このメールの内容について、正しいのはどれか。

1 前田化学の社員は、新日本デザインの社員に新しい製品の説明書を送った。

2 新日本デザインは、新しい製品を使うことをやめた。

3 新日本デザインは、新しい製品を使うことにした。

4 新日本デザインの社員は、前田化学に行って、製品の説明をする。

[翻譯]

以下是寄給山川先生的電子郵件。

收件地址：jlpt1127.kukaku@group.co.jp

主旨：關於產品

寄信時間：2015 年 7 月 26 日

::::::::::::::::::::::::::::::::::

前田化學
業務部　山川先生

承蒙平日惠予關照。

感謝您昨天送來新產品「順滑墨水」的說明書。我想請教進一步的資料，不知可否請您來一趟？我希望和您商討由目前的「飽滿墨水」變更的相關事項。麻煩您了。

新日本設計
鈴木

---

[27] 關於這封電子郵件的內容，下列哪一項是正確的？

1　前田化學的員工將新產品的說明書送去給新日本設計的員工了。

2　新日本設計往後不再使用新產品了。

3　新日本設計決定使用新產品。

4　新日本設計的員工去前田化學說明產品。

[題解攻略]

答(こた)えは 1

1. ○…「新製品(しんせいひん)『スラーインキ』についての説明書(せつめいしょ)をお送(おく)りいただき、ありがとうございました」とある。

正確答案是 1

1. ○…因郵件中提到「新製品『スラーインキ』についての説明書をお送りいただき、ありがとうございました」（感謝您昨天送來新產品「順滑墨水」的說明書）。

2. ×…「新しい製品を使うことをやめた」とは書かれていない。

3. ×…「くわしいお話をうかがいたい」、「現在の『グリードインキ』からの変更について相談したい」とあることから、まだ「新しい製品を使うこと」を決定していないことがわかる。

4. ×…「一度おいでいただけないでしょうか」とある。前田化学の社員が、新日本デザインに来ることに注意する。

2. ×…郵件中並沒有提到「新しい製品を使うことをやめた」（往後不再使用新產品）。

3. ×…郵件中提到「くわしいお話をうかがいたい」（想要了解產品細節）、「現在の『グリードインキ』からの変更について相談したい」（我希望和您商討由目前的「飽滿墨水」變更的相關事項），由此可知目前還沒決定要「新しい製品を使うこと」（使用新產品）。

4. ×…郵件中提到「一度おいでいただけないでしょうか」（可否請您來一趟）。請注意是前田化學的員工去拜會新日本設計。

答案：1

單字的意思

- □ 届く／（送東西）送達；及，達到；周到；達到（希望）
- □ 化学／化學
- □ お世話になりました／承蒙關照，受您照顧了
- □ 製品／產品，製品
- □ インキ【ink】／墨水
- □ くわしい／詳細；精通，熟悉
- □ 変更／變更，更改，改變
- □ デザイン【design】／設計（圖）；（製作）圖案

問題五　翻譯與題解

第 5 大題　請閱讀以下（1）至（2）的文章，然後回答問題。答案請從 1・2・3・4 之中挑出最適合的選項。

（1）

日本では、電車の中で、子どもたちはもちろん大人もよくマンガを読んでいる。私の国では見られない姿だ。日本に来たばかりの時は私も驚いたし、①恥ずかしくないのかな、と思った。大人の会社員が、夢中でマンガを読んでいるのだから。

しかし、しばらく日本に住むうちに、マンガはおもしろいだけでなく、とても役に立つことに気づいた。今まで難しいと思っていたことも、マンガで読むと分かりやすい。特に、歴史はマンガで読むと楽しい。それに、マンガといっても、本屋で売っているような歴史マンガは、専門家が内容を②しっかりチェックしているそうだし、それを授業で使っている学校もあるということだ。

私は高校生の頃、歴史にまったく関心がなく成績も悪かったが、日本で友だちから借りた歴史マンガを読んで興味を持ち、大学でも歴史の授業をとることにした。私自身、以前はマンガを馬鹿にしていたが、必要な知識が得られ、読む人の興味を引き出すことになるなら、マンガでも、本でも同じではないだろうか。

[翻譯]

在日本的電車裡，不單是兒童，連大人也常看漫畫。這是在我的國家不會出現的情景。剛到日本時，這個現象令我大為吃驚，①心想：他們不覺得難為情嗎？畢竟一個身為公司職員的成年人，居然在埋頭看漫畫。

不過，當我在日本住了一段時間以後，這才發現原來漫畫不只有趣，而且能發揮極大的功效。即使是以前覺得很難理解的知識，透過閱讀漫畫，就能夠輕鬆了解。尤其是藉由漫畫來讀歷史，更是特別有意思。況且雖說是漫畫，在書店裡販賣的歷史漫畫好像都經由專家②仔細審核過內容了，甚至有學校拿去當作授課教材呢。

我上高中時，對歷史科目完全沒有興趣，成績也很差，但在日本向朋友借閱歷史漫畫以後，便對歷史產生了興趣，在大學裡也選修歷史課了。我自己從前對漫畫嗤之以鼻，但漫畫既然可以讓人學得必要的知識，還能引發讀者的興趣，那麼，漫畫能發揮的功效，不也就和書籍一樣了嗎？

28 ①恥ずかしくないのかな、と思ったのはなぜか。

1 日本の子どもたちはマンガしか読まないから

2 日本の大人たちはマンガしか読まないから

3 大人が電車の中でマンガを夢中で読んでいるから

4 日本人はマンガが好きだと知らなかったから

[翻譯]

[28] ①心想：他們不覺得難為情嗎是基於什麼原因？

1　因為日本的孩童們只看漫畫

2　因為日本的成年人們只看漫畫

3　因為成年人在電車裡埋頭看漫畫

4　因為原本不曉得日本人喜歡看漫畫

[題解攻略]

答えは３

1. ×…「日本の子どもたちはマンガしか読まない」とは述べられていない。

2. ×…「日本の大人たちはマンガしか読まない」とは述べられていない。

1・2「マンガしか読まない」という、言い過ぎの表現に注意する。

3. ○…①____のすぐ後に、「大人の会社員が、夢中でマンガを読んでいるのだから」と理由を述べている。理由を表すことば「だから」に注意する。

4. ×…「日本人はマンガが好きだと知らなかった」かどうかは、この文章ではわからない。

正確答案是３

1. ×…文中並沒有提到「日本の子どもたちはマンガしか読まない」（日本的孩童們只看漫畫）。

2. ×…文中並沒有提到「日本の大人たちはマンガしか読まない」（日本的成年人們只看漫畫）。

1. 2 請留意「マンガしか読まない」（只看漫畫）這種過於武斷的敘述。

3. ○…①____的後面接著說明理由「大人の会社員が、夢中でマンガを読んでいるのだから」（畢竟一個身為公司職員的成年人，居然在埋頭看漫畫），請注意表示理由的詞語「だから」（因為）。

4. ×…文章中並無說明作者是否「日本人はマンガが好きだと知らなかった」（原本不曉得日本人喜歡看漫畫）。

答案：**3**

29 どんなことを②<u>しっかりチェックしているの</u>か。

1　そのマンガがおもしろいかどうか
2　そのマンガの内容が正しいかどうか
3　そのマンガが授業で使われるかどうか
4　そのマンガが役に立つかどうか

［翻譯］

[29] ②仔細審核什麼東西呢？

1　那部漫畫是否有趣
2　那部漫畫的內容是否正確
3　那部漫畫是否被當作授課教材
4　那部漫畫是否能發揮極大的功效

［題解攻略］

答えは2

「専門家」というのは、歴史の専門家のこと。専門家はマンガに書かれている内容が歴史的に見て正しいかどうか、チェックをしているのである。だから、歴史マンガの内容は信頼されて、授業で使っている学校もあるのである。

正確答案是2

「専門家」（專家）指的是歷史的專家。文中提到有專家仔細審核過漫畫的內容與史實是否相符。所以，歷史漫畫的內容是值得信賴的，可以將漫畫當作授課教材。

答案：2

30 この文章を書いた人は、マンガについて、どう思っているか。

1　マンガはやはり、子どもが読むものだ。

2　暇なときに読むのはよい。

3　むしろ、本より役に立つものだ。

4　本と同じように役に立つものだ。

[翻譯]

[30] 寫下這篇文章的人，對漫畫有什麼樣的看法呢？

1　漫畫畢竟是兒童讀物。

2　拿來打發時間還不錯。

3　甚至比書籍更能發揮功效。

4　能和書籍發揮同樣的功效。

[題解攻略]

答えは4

1. ×…大人がマンガを読むことに驚いているが、「子どもが読むもの」とは言っていない。

2. ×…「暇なときに読むのはよい」は、文章中にない内容である。

3. ×…文章の最後に「マンガでも、本でも同じではないだろうか」に注意する。「本より役に立つ」とは述べていない。

正確答案是4

1. ×…作者雖然對成人也讀漫畫感到訝異，但並沒有說是「子どもが読むもの」（兒童讀物）

2. ×…文章沒有提到「暇なときに読むのはよい」（拿來打發時間還不錯）。

3. ×…注意文章最後一段提到「マンガでも、本でも同じではないだろうか」（漫畫能發揮的功效，不也就和書籍一樣了嗎），但並沒有說「本より役に立つ」（比書籍更能發揮功效）。

4. ○…3で見たように、「マンガでも、本でも同じ」ように「役に立つもの」なのである。

4. ○…如3所示，文中提到「マンガでも、本でも同じ」（漫畫和書籍一樣）「役に立つもの」（能發揮功效）。

答案：**4**

單字的意思

- □ 夢中／著迷，沉醉，熱中，不顧一切；夢中，在睡夢裡
- □ しばらく／好久；暫時
- □ 特に／特，特別
- □ 內容／內容
- □ チェック【check】／確認，檢查
- □ まったく／完全，全然；實在，簡直；（後接否定）絕對，完全
- □ 持つ／懷有；負擔
- □ 以前／以前；（某時期）以前；更低階段（程度）的
- □ 馬鹿／愚蠢，糊塗
- □ 知識／知識
- □ 得る／得到；領悟
- □ やはり／果然，還是，仍然

文法的意思

- □ ～といっても／雖説…但…，雖説…也並不是很…
- □ ～ということだ／聽説…，據説…；…也就是説…，這就是…

小知識

日本的動漫風靡全球，日本人「光用紙和筆就能感動全世界」，無論是歷史、運動、甚至是各種靜態的主題都畫得扣人心弦。具豐富想像力的動漫世界搭配幽默的角色互動，也難怪再困難的內容只要透過動漫，都可以朗朗上口了！

(2)

最近、パソコンやケータイのメールなどを使ってコミュニケーションをすることが多く、はがきは、年賀状ぐらいしか書かないという人が多くなったそうだ。私も、メールに比べて手紙やはがきは面倒なので、特別な用事のときしか書かない。

ところが、昨日、友人からはがきが来た。最近、手紙やはがきをもらうことはめったにないので、なんだろうと思ってどきどきした。見てみると、「やっと暖かくなったね。庭の桜が咲きました。近いうちに遊びに来ない？　待っています。」と書いてあった。なんだか、すごく嬉しくて、すぐにも遊びに行きたくなった。

私は、今まで、手紙やはがきは形式をきちんと守って書かなければならないと思って、①ほとんど書かなかったが、②こんなはがきなら私にも書けるのではないだろうか。長い文章を書く必要も、形式にこだわる必要もないのだ。おもしろいものに出会ったことや近況のお知らせ、小さな感動などを、思いつくままに軽い気持ちで書けばいいのだから。

私も、これからは、はがきをいろいろなことに利用してみようと思う。

[翻譯]

近來，似乎有愈來愈多人使用電子郵件和手機簡訊與人溝通交流，至於明信片，就頂多只寫寫賀年卡而已。我也一樣，比起郵件和簡訊，嫌信箋或明信片麻煩，因此只在特殊情況下才寫。

不過，我昨天收到了朋友寄來的明信片。由於最近很少收到信箋或明信片，因此收到時心裡七上八下的，不知道發生什麼事了。仔細一看，上面寫的是「天氣終於變暖和囉！院子裡的櫻花開了，最近要不要找個時間來玩？等你喔！」看完以後感覺非常開心，真想立刻跑去他家玩。

我原先一直認為信箋和明信片一定要謹守書寫格式才行，因此①幾乎不曾寫過，但如果是②這種形式的明信片，那麼我也應該寫得出來吧。一來不必寫長篇大論，再者也無須拘泥於格式，大可放鬆心情，想到什麼就寫什麼，比方有趣的事、遇到的事、近況如何，或是小小的感動等等。我打算往後也要用明信片來做各種嘗試。

---

31 「私(わたし)」は、なぜ、これまで手紙(てがみ)やはがきを①ほとんど書(か)かなかったか。正(ただ)しくないものを一(ひと)つえらべ。

1 パソコンやケータイのメールのほうが簡単(かんたん)だから
2 形式(けいしき)を重視(じゅうし)して書(か)かなければならないと思(おも)っていたから
3 改(あらた)まった用事(ようじ)のときに書(か)くものだと思(おも)っていたから
4 簡単(かんたん)な手紙(てがみ)やはがきは相手(あいて)に対(たい)して失礼(しつれい)だと思(おも)っていたから

[翻譯]

[31]「我」為什麼過去①幾乎不曾寫過信箋和明信片呢？請選出一項正確的敘述。

1　因為電子郵件和手機簡訊比較方便。

2　因為一直認為信箋和明信片一定要謹守書寫格式才行。

3　因為一直認為只在特殊情況下才寫。

4　因為一直認為內容簡要的信箋和明信片對收信人不夠尊重。

[題解攻略]

答えは 4

1. ×…「メールに比べて手紙やはがきは面倒」とある。

2. ×…①____の前に「手紙やはがきは形式をきちんと守って書かなければならないと思って」とある。

3. ×…初めの段落に「特別な用事のときしか書かない」とある。

4. ○…「簡単な手紙やはがきは相手に対して失礼」ということは文章中にはない内容。

正確答案是 4

1. ×…因為文中提到「メールに比べて手紙やはがきは面倒」（比起郵件和簡訊，嫌信箋或明信片麻煩）。

2. ×…①____的前面提到「手紙やはがきは形式をきちんと守って書かなければならないと思って」（我認為信箋和明信片一定要謹守書寫格式才行）。

3. ×…文中的第一段只提到「特別な用事のときしか書かない」（只在特殊情況下才寫），這是說明作者的情形，並非幾乎不寫明信片的原因。

4. ○…「簡単な手紙やはがきは相手に対して失礼」（內容簡要的信箋和明信片對收信人不夠尊重）是文章裡沒有提及的內容。

答案：**4**

32 ②こんなはがき、とは、どんなはがきを指しているか。

1 形式をきちんと守って書く特別なはがき

2 特別な人にきれいな字で書くはがき

3 急な用事を書いた急ぎのはがき

4 ちょっとした感動や情報を伝える気軽なはがき

[翻譯]

[32] ②所謂這種形式的明信片，是指什麼樣的明信片呢？

1 謹守書寫格式的特殊明信片

2 以漂亮的字體寫給特別的人的明信片

3 寫有緊急事項的緊急明信片

4 告訴對方小小的感動或訊息的小品明信片

[題解攻略]

答えは４

「こんなはがき」とは、昨日、友人から来たはがきを指す。そのはがきを読んで嬉しくなり、自分も「おもしろいものに出会ったことや近況のお知らせ、小さな感動などを、思いつくままに軽い気持ちで書けばいい」と思っている。「近況のお知らせ」「小さな感

正確答案是４

「こんなはがき」（這種形式的明信片）是指昨天朋友寄來的明信片。讀了這封明信片後覺得很開心，自己也有了「おもしろいものに出会ったことや近況のお知らせ、小さな感動などを、思いつくままに軽い気持ちで書けばいい」（大可放鬆心情，想到什麼就寫什麼，比方有趣的事、遇到的事、近況如何，或是小小的感動等等）的想法。針對「近況のお知らせ」（告知近況）、「小さな感動」（小小的感動）、「軽

動」「軽い気持ち」について述べているのは、4「ちょっとした感動や情報を伝える気軽なはがき」である。

い気持ち」(放鬆心情)描述的是4「ちょっとした感動や情報を伝える気軽なはがき」(告訴對方小小的感動或訊息的小品明信片)。

答案：4

33 「私」は、はがきに関してこれからどうしようと思っているか。

1 特別な人にだけはがきを書こうと思っている。

2 いろいろなことにはがきを利用しようと思っている。

3 はがきとメールを区別したいと思っている。

4 メールをやめてはがきだけにしたいと思っている。

[翻譯]

[33] 關於明信片，「我」往後打算怎麼做呢？

1 打算只寫明信片給特別的人。

2 打算用明信片來做各種嘗試。

3 打算視情況分別使用明信片或是郵件和簡訊。

4 打算不再使用郵件和簡訊，只用明信片。

[題解攻略]

答えは2

1. ×…「特別な人にだけはがきを書こう」とは思っていない。

正確答案是2

1. ×…作者並沒有打算「特別な人にだけはがきを書こう」(只寫明信片給特別的人)。

2. ○…最後の一文に「はがきをいろいろなことに利用してみよう」とある。

3. ×…「はがきとメールを区別したい」とは思っていない。

4. ×…「メールをやめてはがきだけにしたい」とは思っていない。

2. ○…文章的最後提到「はがきをいろいろなことに利用してみよう」（往後也要用明信片來做各種嘗試）。

3. ×…作者並沒有打算「はがきとメールを区別したい」（視情況分別使用明信片或是郵件和簡訊）。

4. ×…作者並沒有打算「メールをやめてはがきだけにしたい」（不再使用郵件和簡訊，只用明信片）。

答案：2

單字的意思

- □ コミュニケーション【communication】／（語言、思想、精神上的）交流，溝通；通訊，報導，信息
- □ どきどき／七上八下，（心臟）撲通撲通地跳
- □ 桜／（植）櫻花，櫻花樹；淡紅色
- □ すごい／（程度）非常；厲害；好的令人吃驚；可怕，嚇人
- □ きちんと／規規矩矩地；如期，準時；整齊，乾乾淨淨
- □ 守る／遵守，保持；保衛，守護；保持（忠貞）
- □ 出会う／遇見，碰見，偶遇；約會，幽會
- □ 知らせ／通知；預兆，前兆
- □ 感動／感動，感激
- □ 思いつく／（忽然）想起，想起來
- □ 相手／對象；夥伴，共事者；對方，敵手
- □ 指す／指，指示；使，叫，令，命令做
- □ 急ぎ／緊急，急忙，匆忙
- □ 情報／情報，信息
- □ 伝える／傳達，轉告；傳導

文法的意思

□ に比(くら)べて／與…相比，跟…比較起來，比較…

□ ～に対(たい)して／向…，對（於）…

□ ～に関(かん)して／關於…，關於…的…

問題六　翻譯與題解

第 6 大題　請閱讀以下（1）至（2）的文章，然後回答問題。答案請從 1・2・3・4 之中挑出最適合的選項。

朝食は食べたほうがいい、食べるべきだということが最近よく言われている。その理由として、主に「朝食をとると、頭がよくなり、仕事や勉強に集中できる」とか、「朝食を食べないと太りやすい」などと言われている。本当だろうか。

初めの理由については、T 大学の教授が、20 人の大学院生を対象にして①実験を行ったそうだ。それによると、「授業開始 30 分前までに、ゆでたまごを一個朝食として食べるようにためしてみたが、発表のしかたや内容が上手になることはなく、ゆでたまごを食べなくても、発表の内容が悪くなることもなかった。」ということだ。したがって、朝食を食べると頭がよくなるという効果は期待できそうにない。

②あとの理由については、確かに朝早く起きる人が朝食を抜くと昼食を多く食べすぎるため、太ると考えられる。しかし、何かの都合で毎日遅く起きるために一日２食で済ませていた人が、無理に朝食を食べるようにすれば逆に当然太ってしまうだろう。また、脂質とでんぷん質ばかりの外食が続くときも、その上朝食をとると太ってしまう。つまり、朝食はとるべきだと思い込んで無理に食べることで、③体重が増えてしまうこともあるのだ。

確かに、朝食を食べると脳と体が目覚め、その日のエネルギーがわいてくるということは言える。しかし、朝食を食べるか食べないかは、その人の生活パターンによってちがっていいし、その日のスケジュールによってもちがっていい。午前中に重い仕事がある時は朝食をしっかり食べるべきだし、前の夜、食べ過ぎた時は、野菜ジュースだけでも十分だ。早く起きて朝食をとるのが理想だが、朝食は食べなければならないと思い込まず、自分の体にいちばん合うやり方を選ぶのがよいのではないだろうか。

[翻譯]

最近常聽到人家說，最好要吃早餐，或是一定要吃早餐。至於原因，主要是「吃早餐有助於頭腦運作，能夠幫助專心工作和讀書」，或是「不吃早餐容易變胖」等等。這些說法是真的嗎？

關於第一個原因，據說 T 大學的教授以 20 個研究生為對象做了①實驗。結果是，「雖然試過在開始上課的 30 分鐘前吃下一顆水煮蛋當作早餐，但無助於提升報告的方式和內容的精采度，就算不吃水煮蛋，也不會使報告內容變糟。」如此看來，人們不能期望吃早餐有助於頭腦的運作。

至於②第二個原因，的確，一大早起床的人如果沒吃早餐，中餐就會過量，於是導致變胖。可是，由於某些原因每天晚起以致於一天只吃兩餐的人，如果強迫他們還要吃早餐，當然反而會變胖。此外，若是一直在外面吃全都是油脂和澱粉質的食物時，如果再多吃早餐，自然也會變胖。換句話說，如果一心認定非吃早餐不可，因而強迫自己吃下肚，正是③造成體重增加的原因。

的確，吃早餐可以讓頭腦和身體醒過來，產生一整天的能量。但是，吃早餐或不吃早餐，應當隨著不同人的生活方式而有所調整，也可以根據當天的行程來調整。假如上午時段有粗重的工作，就應該吃一頓豐盛的早餐；如果前一天晚上吃太多了，那麼只喝蔬果汁就相當足夠了。儘管早早起床吃早餐是最理想的狀況，但是不需要認定非吃早餐不可，只要依照自己的身體狀況，選擇最適合的方式就好了。

---

34 この①実験（じっけん）では、どんなことがわかったか。

1 ゆでたまごだけでは、頭（あたま）がよくなるかどうかはわからない。

2 朝食（ちょうしょく）を食（た）べると頭（あたま）がよくなるとは言（い）えない。

3 朝食（ちょうしょく）としてゆでたまごを食（た）べると、発表（はっぴょう）の仕方（しかた）が上手（じょうず）になる。

4 朝食（ちょうしょく）を抜（ぬ）くと、エネルギー不足（ぶそく）で倒（たお）れたりすることがある。

[翻譯]

[34] 關於①實驗，明白了什麼結果呢？

1　不確定單吃水煮蛋，能否有助於頭腦的運作。

2　並不是吃早餐就有助於頭腦的運作。

3　吃下水煮蛋當作早餐，有助於提升報告的方式。

4　如果不吃早餐，就可能會因為能量不足而暈倒。

[題解攻略]

答えは２

1. ×…この実験でわかったことはゆでたまごを食べても「頭がよくなるかどうかはわからない」ということだが、「ゆでたまごだけでは」ということにはふれていない。

2. ○…この実験の結論として「朝食を食べると頭がよくなるという効果は期待できそうにない」とある。

3. ×…「発表の仕方が上手になる」は、文章中にはない内容。

4. ×…「朝食を抜くと、エネルギー不足で倒れたりする」は、文章中にはない内容。

正確答案是２

1. ×…從這個實驗的結果得知，即使吃了水煮蛋也「頭がよくなるかどうかはわからない」（無法知道是否有助於頭腦運作），然而並沒有提到「ゆでたまごだけでは」（單吃水煮蛋）。

2. ○…文中提到根據這個實驗的結果，「朝食を食ると頭がよくなるという効果は期待できそうにない」（人們不能期望吃早餐有助於頭腦的運作）。

3. ×…「発表の仕方が上手になる」（有助於提升報告的方式）是文章中沒有寫到的內容。

4. ×…「朝食を抜くと、エネルギー不足で倒れたりする」（如果不吃早餐，就可能會因為能量不足而暈倒）是文章中沒有寫到的內容。

答案：2

35 ②あとの理由は、どんなことの理由か。

1　朝食を食べると頭がよくなるから、朝食は食べるべきだという理由
2　朝食を抜くと太るから、朝食はとるべきだという理由
3　朝早く起きる人は朝食をとるべきだという理由
4　朝食を食べ過ぎるとかえって太るという理由

[翻譯]

[35] ②第二個原因是什麼樣的原因呢？

1　吃早餐有助於頭腦的運作，所以一定要吃早餐
2　不吃早餐會變胖，所以一定要吃早餐
3　一大早起床的人一定要吃早餐
4　早餐吃太多反而會變胖

[題解攻略]

答えは２

初めの段落に注目する。初めの理由は「朝食をとると、頭がよくなり、仕事や勉強に集中できる」で、あとの理由は「朝食を食べないと太りやすい」である。このあとの理由に合うのは、２「朝食を抜くと太るから、朝食はとるべきだ」である。

正確答案是２

請看第一段。第一個原因是「朝食をとると、頭がよくなり、仕事や勉強に集中できる」（吃早餐有助於頭腦運作，能夠幫助專心工作和讀書），下一個原因是「朝食を食べないと太りやすい」（不吃早餐容易變胖）。因此，符合“第二項原因”的是選項２「朝食を抜くと太るから、朝食はとるべきだ」（不吃早餐會變胖，所以一定要吃早餐）。

答案：2

36 ③体重が増えてしまうこともあるのはなぜか。

1 外食をすると、脂質やでんぷん質が多くなるから

2 一日三食をバランスよくとっているから

3 朝食をとらないといけないと思い込み無理に食べるから

4 お腹がいっぱいでも無理に食べるから

[翻譯]

[36] ③造成體重增加的原因是什麼呢？

1 因為外食會吃太多油脂和澱粉質

2 因為一天三餐的營養均衡

3 因為一心認定非吃早餐不可，強迫自己吃下肚

4 因為就算已經很飽了還強迫自己吃下肚

[題解攻略]

答えは３

1. ×…「脂質とでんぷん質ばかりの外食」が続いて「その上朝食を食べると太ってしまう」のである。

2. ×…「一日三食バランスよくとっているから」は文章中にはない内容。

正確答案是 3

1. ×…因為在「脂質とでんぷん質ばかりの外食」（在外面吃全都是油脂和澱粉質的食物）後面緊接著提到「その上朝食を食べると太ってしまう」（再多吃早餐，自然也會變胖）。

2. ×…「一日三食バランスよくとっているから」（因為取得了一天三餐的平衡）是文章中沒有寫到的內容。

3. ○…③____の直前の「朝食はとるべきだと思い込んで無理に食べることで」に注目する。

4. ×…「お腹いっぱいでも無理に食べるから」は、文章中にはない内容。

3. ○…請注意③____的前面提到「朝食はとるべきだと思い込んで無理に食べることで」（一心認定非吃早餐不可，因而強迫自己吃下肚），這即是造成體重增加的原因。

4. ×…「お腹いっぱいでも無理に食べるから」（因為就算已經很飽了還強迫自己吃下肚）是文章中沒有寫到的內容。

答案：3

37 この文章の内容と合っているのはどれか。

1 朝食をとると、太りやすい。
2 朝食は、必ず食べなければならない。
3 肉体労働をする人だけ朝食を食べればよい。
4 朝食を食べるか食べないかは、自分の体に合わせて決めればよい。

[翻譯]

[37] 以下哪一項敘述符合這篇文章的內容呢？

1 吃早餐容易變胖。
2 一定要吃早餐才行。
3 只有從事粗重工作的人需要吃早餐。
4 吃早餐或不吃早餐，可以依照自己的身體狀況選擇最適合的方式就好了。

[題解攻略]

答えは4

1. ×…「朝食をとると、太りやすい」とは書かれていない。

2. ×…「必ず食べなければならない」とは書かれていない。「必ず」などの言い過ぎの表現に注意する。

3. ×…「肉体労働をする人」とは「体を使って労働をする人」。重い仕事をする場合が多い。文章中には「肉体労働をする人だけ」について限定した内容はない。

4. ○…文章の最後に「朝食は食べなければならないと思い込まず、自分の体に合うやり方を選ぶのがよい」とある。

正確答案是4

1. ×…文章中沒有提到「朝食をとると、太りやすい」(吃早餐容易變胖)。

2. ×…文章中沒有提到「必ず食べなければならない」(一定要吃早餐才行)。請留意「必ず」(一定)之類過於武斷的敘述。

3. ×…「肉体労働をする人」(從事粗重工作的人)就是「体を使って労働をする人」(消耗體力工作的人)。多指做粗重工作的情況。文章中沒有對「肉体労働をする人だけ」(只有從事粗重工作的人)的特定描述。

4. ○…文章的最後提到「朝食は食べなければならないと思い込まず、自分の体に合うやり方を選ぶのがよい」(不需要認定非吃早餐不可,或許可以依照自己的身體狀況,選擇最適合的方式就好了)。

答案:**4**

單字的意思

- □ 大学院/(大學的)研究所
- □ 効果/效果,成效,成績;(劇)效果
- □ 抜く/省去,減少;消除,排除;選出,摘引;抽出,拔去;超越
- □ 起きる/起床;不睡;(倒著的東西)起來;發生
- □ 済ませる/做完,完成;償還,還清;對付,將就,湊合
- □ 当然/當然,理所當然

□ 続く／持續，連續，延續；接連發生，接連不斷

□ その上／再加上，而且，兼之

□ 体重／體重

□ ジュース【juice】／果汁，汁液，糖汁，肉汁

文法的意思

□ べきだ／必須…，應當…

□ ～によると／據…，據…說，根據…報導…

□ （の）ではないだろうか／我想…吧，不就…嗎

小知識

你知道世界各地的人們都吃什麼早餐嗎？「おかゆ」（粥）、「饅頭」（包子）再配上「豆乳」（豆漿）就是道地的中式早餐了。在日本，則多以「ご飯」（飯）和「みそ汁」（味噌湯）作為一天的開始。印度人早上會吃「野菜カレー」（蔬菜咖哩）或「お豆のカレー」（季豆咖哩）。美式早餐有「ハンバーガー」（漢堡）和「ベーコン」（培根），歐洲人則多以「パン」（麵包）或「ケーキ」（蛋糕）當作早餐。

問題七　翻譯與題解

第 7 大題　右頁是某家旅館的官網上刊載關於和服體驗教室參加者報名須知的廣告。請閱讀後回答下列問題。答案請從 1・2・3・4 之中挑出最適合的選項。

さくらショッピングセンター

アルバイトをしませんか？

締め切り…8 月 20 日！

【資格】18 歳以上の男女。高校生不可。

【応募】メールか電話で応募してください。その時、希望する仕事の種類をお知らせください。
面接は、応募から一週間以内に行います。写真をはった履歴書※をお持ち下さい。

【連絡先】Email：sakuraXXX@sakura.co.jp か、
電話：03-3818-XXXX（担当：竹内）

仕事の種類	勤務時間	曜日	時給
レジ係	10:00 ～ 20:00 (4 時間以上できる方)	週に 5 日以上	900 円
サービスカウンター	10:00 ～ 19:00	木・金・土・日	1000 円
コーヒーショップ	14:00 ～ 23:00 (5 時間以上できる方)	週に 4 日以上	900 円
肉・魚の加工	8:00 ～ 17:00	土・日を含み、4 日以上	850 円
クリーンスタッフ（店内のそうじ）	5:00 ～ 7:00	3 日以上	900 円

※　履歴書…その人の生まれた年や卒業した学校などを書いた書類。就職するときなどに提出する。

[翻譯]

櫻花購物中心

要不要來兼職？

截止日期…8 月 20 日！

【資　　格】18 歲以上男女。高中生不得應徵。
【應徵方式】請以電子郵件或電話應徵。應徵時請告知想從事兼職工作的種類。
面試將於應徵後一星期內舉行。請攜帶貼有照片的履歷表※。
【聯絡方式】Email:sakuraXXX@sakura.co.jp 或
電話 :03-3818-XXXX （洽詢人員：竹內）

工作種類	上班時間	工作日數	時薪
收銀台	10:00 ～ 20:00（可工作 4 小時以上者）	一星期五天以上	900 圓
服務台	10:00 ～ 19:00	週四、五、六、日	1000 圓
咖啡店	14:00 ～ 23:00（可工作 5 小時以上者）	一星期四天以上	900 圓
肉類、魚類加工	8:00 ～ 17:00	包含週六、日，四天以上	850 圓
清潔人員（清掃店內）	5:00 ～ 7:00	3 天以上	900 圓

※ 履歷表：載明本人出生年與畢業學校等資料的文件，於求職時繳交。

38 留学生のコニンさん(21歳)は、日本語学校で日本語を勉強している。授業は毎日9時～12時までだが、火曜日と木曜日はさらに13～15時まで特別授業がある。土曜日と日曜日は休みである。学校からこのショッピングセンターまでは歩いて5分かかる。

コニンさんができるアルバイトは、いくつあるか。

1 一つ
2 二つ
3 三つ
4 四つ

[翻譯]

[38] 留學生科寧先生（21歲）正在日語學校學習日語。上課時間是每天9點～12點，但是週二和週四的13～15點另有特別講義。週六和週日則沒有課。從學校走到這家購物中心要花5分鐘。

請問科寧先生可以做的兼職工作有幾項呢？

1 1項
2 2項
3 3項
4 4項

[題解攻略]

答えは3

留学生のコニンさんができるアルバイトをチェックしよう。

正確答案是3

清點留學生科寧先生可以做的兼職工作吧！

レジ係…月・水・金・土・日ができる。また、火・木も4時間以上ならできる。○

サービスカウンター…土・日しか働けない。×

コーヒーショップ…5時間以上で、毎日可能。○

肉・魚の加工…土・日しか働けない。×

クリーンスタッフ…毎日可能。○

收銀臺…星期一、三、五、六、日都可以工作。另外，星期二、四工作時間是四小時以上的話也可以。○

服務台…只能在星期六、日工作。×

咖啡廳…工作時間在五小時以上，每天都可以。○

肉類、魚類加工…只能在星期六、日工作。×

清潔人員…每天都可以工作。○

答案：**3**

---

39 アルバイトがしたい人は、まず、何をしなければならないか。

1 8月20日までに、履歴書をショッピングセンターに送る。

2 一週間以内に、履歴書をショッピングセンターに送る。

3 8月20日までに、メールか電話で、希望するアルバイトの種類を伝える。

4 一週間以内に、メールか電話で、希望するアルバイトの種類を伝える。

[翻譯]

[39] 想做兼職工作的人，首先必須做什麼才行呢？

1 在8月20日前，把履歷表送去購物中心。

2 在一星期內，把履歷表送去去購物中心。

3 在8月20日前，以電子郵件或電話告知想從事兼職工作的種類。

4 在一星期內，以電子郵件或電話告知想從事兼職工作的種類。

[題解攻略]

答えは3

1・2. ×…8月20日までにメールか電話で応募する。履歴書は面接のときに持っていく。

3. ○

4. ×…「一週間以内」ではなく、8月20日まで。

正確答案是3

1・2. ×…8月20日前以電子郵件或電話應徵。履歷表於面試的時候攜帶。

3. ○

4. ×…不是「1週間以內」(一星期內),而是8月20日前。

答案:**3**

單字的意思

- □ 締め切り/(時間、期限等)截止,屆滿;封死,封閉;截斷
- □ 希望/希望,期望,願望
- □ 種類/種類
- □ 面接/(為考察人品、能力而舉行的)面試,接見,會面
- □ 書類/文件,文書,公文
- □ 就職/就職,就業,找到工作
- □ 留学/留學
- □ できる/能夠;完成

專欄 1

文法比一比

● にはんして、にはんし、にはんする、にはんした

「與…相反…」

說明 [Nにはんして];[Nにはんし]。接「期待」、「予想」等詞後面，表示後項的結果，跟前項所預料的相反，形成對比的關係。相當於「て…とは反対に」、「…に背いて」。

例句 期待に反して、収穫量は少なかった。／與預期的相反，收穫量少很多。

● にくらべて、にくらべ

「與…相比」，「跟…比較起來」，「比較…」

說明 [Nにくらべて];[Vのにくらべて]。表示比較、對照。相當於「…に比較して」。

例句 平野に比べて、盆地は夏暑いです。／跟平原比起來，盆地的夏天熱多了。

● にかんして（は）、にかんしても、にかんする

「關於…」，「關於…的…」

說明 [Nにかんして];[NにかんするN]。表示就前項有關的問題，做出「解決問題」性質的後項行為。有關後項多用「言う」（說）、「考える」（思考）、「研究する」（研究）、「討論する」（討論）等動詞。多用於書面。

例句 経済に関する本をたくさん読んでいます。／看了很多關於經濟的書。

● に対して

「向…」，「對（於）…」

說明 [Nにたいして];[Naなのにたいして];[A-いのにたいして];[Vのにたいして]。表示動作、感情施予的對象。可以置換成「に」。

例句 この問題に対して、ご意見を聞かせてください。／針對這問題請讓我聽聽您的意見。

● （の）ではないだろうか、ないかとおもう

「我認為不是…嗎」，「我想…吧」

說明 [N/Na（なの）ではないだろうか];[A/Vのではないだろうか];[N/Naではないか];[A-くないか];[V-ないか]。表示意見跟主張。是對某事能否發生的一種預測，有一定的肯定意味。意思是：「不就…嗎」等；「（の）ではないかと思う」表示說話人對某事物的判斷。

例句 彼は誰よりも君を愛していたのではないかと思う。／我覺得他應該比任何人都還要愛妳吧。

● ないこともない、ないことはない

「並不是不…」，「不是不…」

說明 [V-ないこともない];[V-ないことはない]。使用雙重否定，表示雖然不是全面肯定，但也有那樣的可能性，是一種有所保留的消極肯定說法。相當於「…することはする」。

例句 彼女は病気がちだが、出かけられないこともない。／她雖然多病，但並不是不能出門的。

問題四　翻譯與題解

第４大題　請閱讀以下（１）至（４）的文章，然後回答問題。答案請從１・2・3・4之中挑出最適合的選項。

（1）

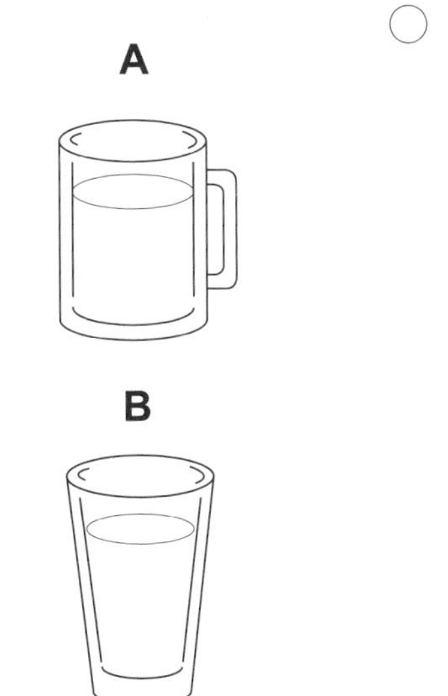

外国のある大学で、お酒を飲む人160人を対象に次のような心理学の実験を行った。

上から下まで同じ太さのまっすぐのグラス(A)と、上が太く下が細くなっているグラス(B)では、ビールを飲む速さに違いがあるかどうかという実験である。

その結果、Bのグラスのほうが、Aのグラスより、飲むスピードが２倍も速かったそうだ。

実験をした心理学者は、その理由を、ビールの残りが半分以下になると、人は話すことよりビールを飲み干す※ことを考えるからではないか、また、Bのグラスでは、自分がどれだけ飲んだのかが分かりにくいので、急いで飲んでしまうからではないか、と、説明している。

※　飲み干す…グラスに入った飲み物を飲んでしまうこと。

24 この実験で、どんなことが分かったか。

1 Aのグラスより、Bのグラスの方が、飲むのに時間がかかること

2 Aのグラスより、Bのグラスの方が、飲み干すのに時間がかからないこと

3 AのグラスでもBのグラスでも、飲み干す時間は変わらないこと

4 Bのグラスで飲むと、自分が飲んだ量が正確に分かること

[翻譯]

國外某一所大學以會飲酒的 160 人為研究對象做了以下的心理實驗。

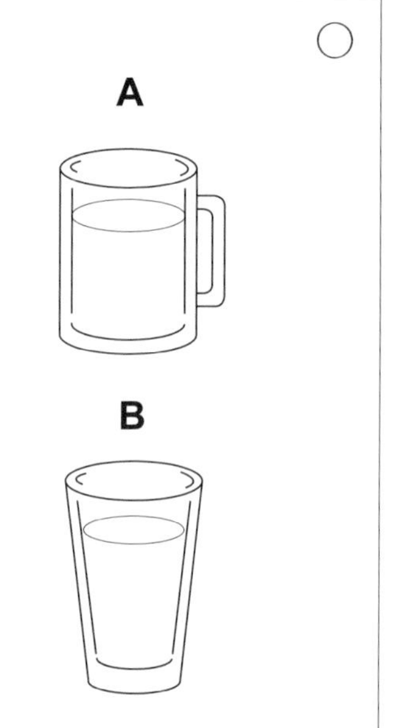

該實驗是請研究對象分別使用直徑上下相同的（A）酒杯，與直徑上寬下窄的（B）酒杯，來驗證玻璃杯的形狀會不會影響人們喝啤酒的速度。

實驗結果，使用B酒杯的人喝啤酒的速度，比使用A酒杯的人快了兩倍。

完成該實驗的心理學家對此結果提出的解釋是，當杯子裡的啤酒少於一半時，人們可能傾向把啤酒趕快喝完※，而不是放著沒喝完的啤酒與朋友慢慢聊天。除此之外，使用B酒杯的人或許由於比較不容易估計自己已經喝下多少酒了，因此會把杯子裡的酒趕快喝掉。

※ 飲み干す：將杯中的飲品喝完。

[24] 從這項實驗可以得知以下哪項結論：

1　相較於Ａ酒杯，使用Ｂ酒杯的人需要較長的時間才能喝完

2　相較於Ａ酒杯，使用Ｂ酒杯的人在較短的時間內就能喝完

3　不論是使用Ａ酒杯或Ｂ酒杯的人，喝完的時間都一樣

4　使用Ｂ酒杯的人，能夠正確計算自己喝下多少酒了

[題解攻略]

答えは２

1. ×…「Bのグラスのほうが、Aのグラスより、飲むスピードが２倍も速かった」とある。

2. ○…「飲み干すのに時間がかからない」とは、飲んでしまうのが速いということ。

3. ×…Bのグラスのほうが、飲み干す時間が速い。

4. ×…「Bのグラスでは、自分がどれだけ飲んだのかが分かりにくい」とある。

正確答案是２

1. ×…因為文中提到「Ｂのグラスのほうが、Ａのグラスより、飲むスピードが２倍も速かった」（使用Ｂ酒杯的人喝啤酒的速度，比使用Ａ酒杯的人快了兩倍）。

2. ○…「飲み干すのに時間がかからない」（在較短的時間內就能喝完）是指很快就能喝完。

3. ×…使用Ｂ酒杯的人較快將酒喝完。

4. ×…因為文中提到「Ｂのグラスでは、自分がどれだけ飲んだのかが分かりにくい」（使用Ｂ酒杯的人比較不容易估計自己已經喝下多少酒了）。

答案：2

單字的意思

□ 酒（さけ）／酒（的總稱），日本酒，清酒　□ 正確（せいかく）／正確，準確

□ 倍（ばい）／倍，加倍（數助詞的用法）倍

文法的意思

□ ～次のような／如下…

□ ～という／（內容）…的…；是…，叫…的，這個…，所謂的…

（2）

これは、中村さんにとどいたメールである。

あて先：jlpt1127.kukaku@group.co.jp
件　名：資料の確認
送信日時：2015年8月　1　4　日　13:15

======================================

海外事業部
中村　様

お疲れさまです。

8月10日にインドネシア工場についての資料4部を郵便でお送りしましたが、とどいたでしょうか。

内容をご確認の上、何か問題があればご連絡ください。

よろしくお願いします。

山下

====================

東京本社　企画営業部
山下　花子
内線　XXXX

====================

25 このメールを見た後、中村さんはどうしなければならないか。

1 インドネシア工場に資料がとどいたかどうか、確認する。
2 山下さんに資料がとどいたかどうか、確認する。
3 資料を見て、問題があればインドネシア工場に連絡する。
4 資料の内容を確認し、問題があれば山下さんに連絡する。

[翻譯]

（2）這是寄給中村先生的一封電子郵件：

收件地址：jlpt1127.kukaku@group.co.jp
主　旨：敬請詳閱資料
寄件日期：2015 年 8 月 14 日　13:15

==================================

海外事業部
中村先生　敬覽

辛苦您了。
已於 8 月 10 日以郵寄方式送去四份印尼工廠的相關資料，請問收到了嗎？詳閱資料內容之後如有任何問題，歡迎隨時聯繫。
敬請惠予關照。

山下

==================================

東京本部　企劃營業部
山下 花子
分機號碼　XXXX

==================================

---

[25] 看完這封電子郵件以後，中村先生應該採取什麼樣的行動？

1　向印尼工廠確認是否已收到資料。

2　聯絡山下小姐，確認對方是否已經收到資料了。

3　看完資料後，如果有問題，與印尼工廠聯絡。

4　詳閱資料內容之後，如果有問題，與山下小姐聯絡。

[題解攻略]

答えは４

このメールは、山下さんが中村さんに送ったメール。

1・3. ×…中村さんに送られてきたのは「インドネシア工場について」の資料である。「インドネシア工場に」ではない。

2. ×…資料を送ったのは山下さんである。

4. ○…メールの最後に「内容を確認の上、何か問題があればご連絡ください」とある。

正確答案是４

這封郵件，是山下小姐寄給中村先生的郵件。

1・3. ×…因為山下小姐是將「インドネシア工場について」（印尼工廠相關）資料寄給中村先生，而不是要他「インドネシア工場に」（向印尼工廠確認是否有收到資料）。

2. ×…因為寄送資料的是山下小姐。

4. ○…郵件最後提到「内容を確認の上、何か問題があればご連絡ください」（詳閱資料內容之後如有任何問題，歡迎隨時聯繫）。

答案：4

單字的意思

- □ 部／部門；冊；部分
- □ 郵便／郵件；郵政
- □ 届く／（送東西）送達；及，達到；周到；達到（希望）
- □ 確認／確認，證實，判明

小知識

現代人已經逐漸習慣以電子郵件取代書信了，因為電子郵件非常方便。寫電子郵件時，開頭和結束時的寒暄都是不可缺少的，以下是常用到的寫法，現在記起來，下次寫郵件時就可以派上用場了！

1. いつもお世話(せわ)になっております。（承蒙平日惠予關照。）
2. 突然(とつぜん)のメールで恐(おそ)れ入(い)ります。（冒昧致信，尚乞海涵。）
3. お忙(いそが)しいところ、失礼(しつれい)いたします。（在您百忙中打擾，深感抱歉。）
4. では、失礼(しつれい)いたします。（恕我寫到這裡為止。）
5. では、よろしくお願(ねが)いいたします。（萬事拜託。）
6. 長文(ちょうぶん)メールにて、失礼(しつれい)いたします。（含文冗長，十分抱歉。）

(3)

これは、大学の学習室を使う際の申し込み方法である。

【学習室の利用申し込みについて】

①利用が可能な曜日と時間

・月曜日～土曜日　9:00 ～ 20:45

②申し込みの方法

・月曜日～金曜日　利用する 1 週間前から受け付けます。

・8:45 ～ 16:45 に学生部の受付で申し込みをしてください。

＊なお、土曜日と平日の 16:45 ～ 20:45 の間は自由にご使用ください。

③使用できない日時

・上の①以外の時間帯

・日曜、祝日※、大学が決めた休日

※　祝日…国で決めたお祝いの日で、学校や会社は休みになる。

26 学習室の使い方で、正しいものはどれか。

1　月曜日から土曜日の 9 時から 20 時 45 分までに申し込む。

2　平日は、一日中自由に使ってもよい。

3　土曜日は、16 時 45 分まで使うことができる。

4　朝の 9 時前は、使うことができない。

[翻譯]

這是使用大學自習室的申請辦法：

【使用自習室之相關規定】

① 可使用的日期與時間
・星期一～星期六　9:00-20:45

② 申請辦法
・星期一～星期五　自使用日期的一週前開始受理申請。
・請於 8:45 ～ 16:45 向學生部櫃臺提出申請。
＊此外，星期六與平日的 16:45-20:45 時段可自由使用。

③ 不可使用的日期與時間
・上述①以外的時段
・星期日、國定假日 ※，以及本校規定的休假日

※ 祝日：國家規定的假日，學校與公司行號於當天放假。

[26] 關於自習室的使用規定，以下哪一項正確？

1　可申請的時段為星期一到星期六的 9 時到 20 時 45 分。

2　平日全天均可自由使用。

3　星期六於 16 時 45 分之前可自由使用。

4　上午 9 時前不得使用。

[題解攻略]

答(こた)えは 4

問題(もんだい)は「学習室(がくしゅうしつ)の使(つか)い方(かた)」であることに注意(ちゅうい)する。

正確答案是 4

請注意題目中的「學習室の使い方」（自習室的使用規定）。

1. ×…「月曜日から土曜日　9時から20時45分まで」というのは、「利用が可能な曜日と時間」である。「申し込む」曜日や時間ではない。

2. ×…平日自由に使ってよいのは、16:45 ～ 20:45。

3. ×…土曜日使えるのは9:00 ～ 20:45。

4. ○…利用できるのは9:00からなので、「朝の9時前は、使うことができない」。

1. ×…「月曜日から土曜日　9時から20時45分まで」（星期一～星期六　9:00-20:45）是指「利用が可能な曜日と時間」（可使用的日期與時間），並非「申し込む」（申請）的日期與時間。

2. ×…平日可以自由使用的時間是16:45 ～ 20:45。

3. ×…星期六可以使用的時間是9:00 ～ 20:45。

4. ○…可使用的時間從9:00開始，所以「朝の9時前は、使うことができない」（上午9時前不得使用）。

答案：4

單字的意思

□ 可能（かのう）／可能

□ 方法（ほうほう）／方法，辦法

□ 申し込む（もうしこむ）／申請；報名；提議，提出；訂購；預約

□ 平日（へいじつ）／（星期日、節假日以外）平日；平常；平素

（4）

インターネットの記事によると、鼻で息をすれば、口で息をするより空気中のごみやウイルスが体の中に入らないということです。また、鼻で息をする方が、口で息をするより多くの空気、つまり酸素を吸うことができるといいます。

（中略）

普段は鼻から呼吸をしている人も、ぐっすりねむっているときは、口で息をしていることが結構多いようですね。鼻で深く息をするようにすると、体に酸素が十分回るので、体が活発に働き、ストレスも早くなくなる。したがって、常に、鼻から深くゆっくりとした呼吸をするよう習慣づければ、体によいばかりでなく、精神もかなり落ち着いてくるということです。

27 鼻から息をすることによる効果でないものは、次のどれか。

1 空気中のウイルスが体に入らない。

2 ぐっすりねむることができる。

3 体が活発に働く。

4 ストレスを早くなくすことができる。

[翻譯]

根據網路報導，相較於用嘴巴呼吸，用鼻子呼吸比較不會將空氣中的雜質與病毒吸入體內。此外，用鼻子呼吸的人，可以比用嘴巴呼吸的人吸入更多空氣，也就是能夠吸入更多氧氣。

（中略）

不過，即使是平常都用鼻子呼吸，也有不少人在熟睡時變成用嘴巴呼吸。當用鼻子深呼吸時，可以讓體內充滿氧氣，促進身體活化，有助於快速釋放壓力。因此，只要養成從鼻子深緩呼吸的習慣，不僅對身體有好處，也能夠幫助情緒穩定。

[27] 以下何者不是用鼻子呼吸帶來的效果？

1　空氣中的病毒不會進入體內。

2　能夠幫助熟睡。

3　促進身體活化。

4　有助於快速釋放壓力。

[題解攻略]

答えは２

1. ×…「鼻で息をすれば、口で息をするより空気中のごみやウイルスが体の中に入らない」とある。

2. ○…文章中には「ぐっすりねむることができる」という記述はない。

正確答案是 2

1. ×…因為文中提到「鼻で息をすれば、口で息をするより空気中のごみやウイルスが体の中に入らない」（相較於用嘴巴呼吸，用鼻子呼吸比較不會將空氣中的雜質與病毒吸入體內）。

2. ○…文章裡沒有提到「ぐっすりねむることができる」（能夠幫助熟睡）。

3・4. ×…因為文中寫道「体に酸素

はない。

3・4. ×…「体(からだ)に酸素(さんそ)が十分回(じゅうぶんまわ)るので、体(からだ)が活発(かっぱつ)に働(はたら)き、ストレスも早(はや)くなくなる」とある。

3・4. ×…因為文中寫道「体に酸素が十分回るので、体が活発に働き、ストレスも早くなくなる」（可以讓體內充滿氧氣，促進身體活化，有助於快速釋放壓力）。

答案：2

單字的意思

- □ インターネット【Internet】／網路
- □ 記事(きじ)／記事，報導
- □ つまり／即…，也就是説；總之，説到底
- □ できる／能夠；完成
- □ ぐっすり／熟睡，酣睡
- □ ねむる／睡覺；埋藏
- □ 働(はたら)く／作用，功效；勞動，工作；功勞，功績；功能，機能
- □ ストレス【stress】／（精神）緊張狀態；（理）壓力
- □ かなり／相當，頗
- □ 効果(こうか)／效果，成效，成績；（劇）效果

文法的意思

- □ ～によると／據…，據…説，根據…報導
- □ ～ということだ／聽説…，據説…；…也就是説…，這就是…

小知識

以下是和鼻子相關的慣用語：

1. 鼻(はな)が高(たか)い。（洋洋得意。）
2. 鼻(はな)にかける。（驕傲自滿。）
3. 鼻(はな)につく。（膩煩，討厭。）
4. 目(め)と鼻(はな)の先(さき)。（近在咫尺。）

問題五　翻譯與題解

第 5 大題　請閱讀以下（1）至（2）的文章，然後回答問題。答案請從 1・2・3・4 之中挑出最適合的選項。

（1）

亡くなった父は、いつも「人と同じことはするな」と繰り返し言っていました。子どもにとって、その言葉はとても不思議でした。なぜなら、周りの子どもたちは大人の人に「＿①＿」と言われていたからです。みんなと仲良く遊ぶには、一人だけ違うことをしないほうがいいという大人たちの考えだったのでしょう。

思い出してみると、父は②仕事の鬼で、高い熱があっても決して仕事を休みませんでした。小さい頃からいっしょに遊んだ思い出は、ほとんどありません。それでも、父の「人と同じことはするな」という言葉は、とても強く私の中に残っています。

今、私は、ある会社で商品の企画※の仕事をしていますが、父のこの言葉は、③非常に役に立っています。今の時代は新しい情報が多く、商品やサービスはあまっているほどです。そんな中で、ただ周りの人についていったり、真似をしたりしていたのでは勝ち残ることができません。自分の頭で人と違うことを考え出してこそ、自分の企画が選ばれることになるからです。

※　企画…あることをしたり、新しい商品を作るために、計画を立てること。

[翻譯]

先父經常將「不要和別人做同樣的事」這句話掛在嘴邊。但是我小時候聽到這句話，總覺得很奇怪。因為其他大人都告訴我身邊的玩伴「①」。我想，那些大人的想法應該是，為了能讓小孩和大家一起玩得開開心心的，最好不要自己一個人做和別人不一樣的事。

回想起來，先父是個②工作狂，即使發高燒也絕不向公司請假。我幾乎想不起來小時候先父陪我玩耍的記憶。儘管如此，先父的那一句「不要和別人做同樣的事」始終深深印在我的心底。

現在，我在某家公司從事產品企劃[※]工作，先父的這句話③使我受益良多。在這個資訊日新月異的時代，產品和服務多不勝數。在這樣的時代裡，若只是一昧跟隨其他人、模仿的話是無法勝出的。唯有想出不同凡響的創意，自己提出的企劃案才能脫穎而出。

※ 企画：有關製造嶄新產品的規劃。

28 「①」に入る文はどれか。

1 人と同じではいけない
2 人と同じようにしなさい
3 人の真似をしてはいけない
4 人と違うことをしなさい

[翻譯]

[28]「①」裡面應該填入以下哪一句？

1 不可以和別人一樣
2 要和別人一樣
3 不可以模仿別人
4 要和別人做不一樣的事

[題解攻略]

答えは２

「人と同じことをするな」ということばを聞いて、この文章を書いた人は「とても不思議」と感じている。したがって、①____には、「人と同じことをするな」と違った考え方が入ることがわかる。また、①____の後に「みんなと仲良く遊ぶには、一人だけ違うことをしないほうがいいという大人たちの考えだった」とあることにも注目する。この考えは言い換えれば、2「人と同じようにしなさい」ということ。

1「人と同じではいけない」は、「人と同じことをするな」と同じ考えなので×。3「人のまねをしてはいけない」、4「人と違うことをしなさい」もつまり、「人と同じことをするな」ということなので×。

正確答案是 2

本文的作者在聽到「人と同じことをするな」（不要和別人做同樣的事）這句話後感覺「とても不思議」（非常不可思議）。由此可知①____需填入和「人と同じことをするな」（不要和別人做同樣的事）不同的觀點。另外，請注意①____的後面提到「みんなと仲良く遊ぶには、一人だけ違うことをしないほうがいいという大人たちの考えだった」（那些大人的想法應該是，為了能讓小孩和大家一起玩得開開心心的，最好不要自己一個人做和別人不一樣的事）。換句話說，這個想法即是選項 2「人と同じようにしなさい」（要和別人一樣）。

選項 1「人と同じではいけない」（不可以和別人一樣）和「人と同じことをするな」（不要和別人做同樣的事）是相同的意思，所以錯誤。選項 3「人のまねをしてはいけない」（不可以模仿別人）、選項 4「人と違うことをしなさい」（要和別人做不一樣的事）也都是「人と同じことをするな」（不要和別人做同樣的事）的意思，所以錯誤。

答案：2

29 筆者はなぜ父を②<u>仕事の鬼</u>だったと言うのか。

1 周りの大人たちと違うことを自分の子どもに言っていたから
2 高い熱があっても休まず、仕事第一だったから
3 子どもと遊ぶことがまったくなかったから
4 子どもには厳しく、まるで鬼のようだったから

[翻譯]

[29] 為什麼筆者稱他父親是②工作狂呢？

1 因為他父親告訴孩子的話和身邊大人們說的不一樣
2 因為他父親即使發高燒也絕不向公司請假，總是把工作放在第一位
3 因為他父親從來不陪孩子玩耍
4 因為他父親對孩子很嚴厲，簡直和惡魔一樣

[題解攻略]

答えは２

「仕事の鬼」とは「非常に熱心で、ものごとに打ち込む人」のことをいう。父の仕事の取り組みを読み取る。②＿＿の後に「高い熱があっても決して仕事を休みませんでした」とある。ここから、２「仕事第一」であったことがわかる。

１と３と４は、「仕事」について触れていないので×。

正確答案是２

「仕事の鬼」（工作狂）是指「非常に熱心で、ものごとに打ち込む人」（拚命投入工作的人）。由此得知爸爸的工作態度。還有，②＿＿的後面提到「高い熱があっても決して仕事を休みませんでした」（即使發高燒也絕不向公司請假）。由上述可以知道，選項２指的是「仕事第一」（工作第一）。

選項１、３、４都和工作無關。

答案：２

30 ③<u>非常に役に立っています</u>とあるが、なぜか。

1　周りの人についていけば安全だから
2　人のまねをすることはよくないことだから
3　人と同じことをしていても仕事の場で勝つことはできないから
4　自分で考え自分で行動するためには、自信が大切だから

[翻譯]

[30] 為什麼③<u>使我受益良多</u>呢？

1　因為只要跟著別人就很安全
2　因為模仿別人是不好的行為
3　因為如果和別人做相同的事情，就無法在職場上出類拔萃
4　因為若要訓練自己能夠獨立思考並且採取行動，自信非常重要

[題解攻略]

答えは３

1. ×…「周りの人についていけば安全だから」とは書かれていない。

2. ×…「よくないことだ」とは書かれていない。言い過ぎの表現である。

3. ○…「ただ周りの人についていったり、真似をしたりしていたのでは勝ち残ることができません」とある。

正確答案是 3

1. ×…文中沒有提到「周りの人についていけば安全だから」（只要跟著別人就很安全）。

2. ×…文中並沒有寫到模仿是「よくないことだ」（不好的行為）。請小心這種過於武斷的敘述。

3. ○…文中提到「ただ周りの人についていったり、真似をしたりしていたのでは勝ち残ることができません」（在這樣的時代裡，若只是一味跟隨其他人、模仿的話是無法勝出的）。

4. ×…「自信が大切だから」とは書かれていない。

4. ×…文中沒有提到「自信が大切だから」（自信非常重要）。

答案：3

單字的意思

- □ 亡くなる／去世，死亡
- □ 繰り返す／反覆，重覆
- □ 不思議／奇怪，難以想像，不可思議
- □ なぜなら／因為，原因是
- □ 周り／周圍，周邊
- □ 仲／交情；（人和人之間的）關係
- □ 考え／思想，想法，意見；念頭，信念；考慮，思考
- □ 思い出／回憶，追憶，追懷；紀念
- □ 残す／留下，剩下；存留；遺留
- □ 商品／商品，貨品
- □ 勝ち残る／取得下次比賽的資格

文法的意思

- □ ～にとって（は／も／の）／對於…來說

(2)

ある留学生が入学して初めてのクラスで自己紹介をした時、緊張していたためきちんと話すことができず、みんなに笑われて恥ずかしい思いをしたという話を聞きました。彼はそれ以来、人と話すのが苦手になってしまったそうです。①とても残念な話です。確かに、小さい失敗が原因で性格が変わることや、ときには仕事を失ってしまうこともあります。

では、失敗はしない方がいいのでしょうか。私はそうは思いません。昔、ある本で、「人の②心を引き寄せるのは、その人の長所や成功よりも、短所や失敗だ」という言葉を読んだことがあります。その時はあまり意味がわかりませんでしたが、今はわかる気がします。

その学生は、失敗しなければよかったと思い、失敗したことを後悔したでしょう。しかし、周りの人、特に先輩や先生から見たらどうでしょうか。その学生が失敗したことによって、彼に何を教えるべきか、どんなアドバイスをすればいいのかがわかるので、声をかけやすくなります。まったく失敗しない人よりもずっと親しまれ愛されるはずです。

そう思えば、失敗もまたいいものです。

[翻譯]

我聽說，有一位留學生於入學後第一次上課的自我介紹時由於太緊張了，講得結結巴巴的，結果淪為大家的笑柄，使他很難為情。自從那次出糗以後，他變得害怕和別人交談。①這件事令人感到相當遺憾。的確，有時候某些小小的挫敗會導致性格的改變，甚至造成失去工作的後果。

那麼，是否不要受挫比較好呢？我不這樣認為。我曾在某本書上讀到這樣一段話：「真正②具有魅力的，不是他的優點或成功，而是他的缺點或失敗」。當時，我不太懂這段話是什麼意思，但是現在似乎能夠領悟了。

那位學生想必對於那件糗事感到懊悔，多麼希望當時沒有出糗。可是，他身邊的人們，尤其是他的學長和師長，對這件事又會有什麼樣的看法呢？藉由那位學生出糗的狀況，使他們能夠了解應該教導他什麼，也更容易知道應該提供他哪些實用的建議，因而找到話題和他多聊聊。比起那些從未出糗的人，他應當更能獲得學長和師長親切的關愛。

如此轉念一想，出糗反而是件好事呢。

31 なぜ筆者は、①とても残念と言っているのか。

1 学生が、自己紹介で失敗して、恥ずかしい思いをしたから

2 学生が、自己紹介の準備をしていなかったから

3 学生が、自己紹介で失敗して、人前で話すのが苦手になってしまったから

4 ある小さい失敗が原因で、仕事を失ってしまうこともあるから

[翻譯]

[31] 為什麼筆者要說①這件事令人感到相當遺憾呢？

1 因為學生在自我介紹時出糗，覺得很難為情

2 因為學生沒有事先準備自我介紹

3 因為學生在自我介紹時出糗，從此變得害怕和別人交談

4 因為某些小小的挫敗，甚至可能造成失去工作的後果

[題解攻略]

答えは３

1. ×…学生が「恥ずかしい思い」をしたことが、筆者にとって残念なわけではない。

2. ×…「自己紹介の準備をしていなかったから」ではない。

3. ○…①＿＿＿の前に「彼はそれ以来、人と話すのが苦手になってしまった」とある。

4. ×…一般に言われていることで、留学生のことではない。

正確答案是 3

1. ×…筆者並沒有對學生「恥ずかしい思い」（覺得很難為情）這件事感到遺憾。

2. ×…並不是因為「自己紹介の準備をしていなかったから」（因為學生沒有事先準備自我介紹）而感到遺憾。

3. ○…①＿＿＿的前面提到「彼はそれ以来、人と話すのが苦手になってしまった」（自從那次出糗以後，他變得害怕和別人交談）。

4. ×…這句話說明普遍可能發生的情形，而非單指留學生的事件。

答案：3

---

32 ②心を引き寄せると、同じ意味の言葉は文中のどれか。

1 失敗をする

2 教える

3 叱られる

4 愛される

[翻譯]

[32] 以下文中的哪個詞語和②<u>具有魅力的</u>意思相同？

1　出糗

2　教導

3　遭到斥責

4　得到關愛

[題解攻略]

答えは４

「引き寄せる」は「引っ張って自分のほうに近づける」こと。「心を引き寄せる」のだから、自分にとっていい感情である。そんな感情のことばをさがすと、文章の終わりのほうに「親しまれ愛される」とある。したがって４「愛される」が適切。

正確答案是４

「引き寄せる」（具有魅力的）是指「引っ張って自分のほうに近づける」（吸引人親近自己）。正因為「心を引き寄せる」（具有魅力），所以能讓人對自己產生正向的情感。於文章中搜尋有關這種情感的字句，發現文章最後提到「親しまれ愛される」（獲得親切的關愛）。所以選項４「愛される」（得到關愛）最為適當。

答案：4

33　この文章の内容と合っているものはどれか。

1　緊張すると、失敗しやすくなる。

2　大きい失敗をすると、人に信頼されなくなる。

3　失敗しないことを第一に考えるべきだ。

4　失敗することは悪いことではない。

[翻譯]

[33] 以下哪一段敘述這篇文章的內容相符？

1　緊張的時候容易出糗。

2　大出洋相的話，別人就不再信任自己了。

3　要把不出糗視為第一優先考量。

4　出糗並不是件壞事。

[題解攻略]

答えは 4

1. ×…緊張して失敗したのは、留学生の経験にすぎず、この文章では、「緊張すると、失敗しやすくなる」とは、はっきり書かれていない。

2. ×…「人に信頼されなくなる」とは書かれていない。

3. ×…文章の最後に「失敗もまたいいものです」とある。

4. ○…「失敗もまたいいもの」とは、つまり、「失敗することは悪いことではない」ということ。

正確答案是 4

1. ×…因為緊張而失敗只不過是留學生的經驗，文章並沒有明確寫到「緊張すると、失敗しやすくなる」（緊張的時候容易出糗）。

2. ×…文章沒有提到「人に信頼されなくなる」（別人就不再信任自己）。

3. ×…文章的最後提到「失敗もまたいいものです」（出糗反而是件好事）。

4. ○…所謂「失敗もまたいいもの」（出糗反而是件好事），也就是「失敗することは悪いことではない」（出糗並不是一件壞事）。

答案：4

單字的意思

- □ 留学生（りゅうがくせい）／留學生
- □ 緊張（きんちょう）／緊張
- □ きちんと／好好地，牢牢地；整齊，乾乾淨淨；恰好，恰當
- □ 苦手（にがて）／ 不擅長的事物；棘手的人或事
- □ 性格（せいかく）／（人的）性格，性情；（事物的）性質，特性
- □ 変わる（かわる）／改變；變化；與眾不同；改變時間地點，遷居，調任
- □ 成功（せいこう）／ 成功，成就，勝利；功成名就，成功立業
- □ 後悔（こうかい）／後悔，懊悔
- □ アドバイス【advice】／ 忠告，勸告，提意見；建議
- □ まったく／ 完全，全然；實在，簡直；（後接否定）絕對，完全

文法的意思

- □ ～によって／藉由…；根據…；因為…；依照…
- □ ～という／（內容）…的…；所謂的…，…指的是；叫…的

問題六　翻譯與題解

第 6 大題　請閱讀以下的文章，然後回答問題。答案請從 1・2・3・4 之中挑出最適合的選項。

2015 年の 6 月、日本の選挙権が 20 歳以上から 18 歳以上に引き下げられることになった。1945 年に、それまでの「25 歳以上の男子」から「20 歳以上の男女」に引き下げられてから、なんと、70 年ぶりの改正である。2015 年現在、18・19 歳の青年は 240 万人いるそうだから、①この 240 万人の人々に選挙権が与えられるわけである。

なぜ 20 歳から 18 歳に引き下げられるようになったかについては、若者の声を政治に反映させるためとか、諸外国では大多数の国が 18 歳以上だから、などと説明されている。

日本では、小学校から高校にかけて、係や委員を選挙で選んでいるので、選挙には慣れているはずなのに、なぜか、国や地方自治体の選挙では②若者の投票率が低い。2014 年の冬に行われた国の議員を選ぶ選挙では、60 代の投票率が 68％なのに対して、50 代が約 60％、40 代が 50％、30 代が 42％、そして、③ 20 代は 33％である。三人に一人しか投票に行っていないのである。選挙権が 18 歳以上になったとしても、いったい、どれぐらいの若者が投票に行くか、疑問である。それに、18 歳といえば大学受験に忙しく、政治的な話題には消極的だという意見も聞かれる。

しかし、投票をしなければ自分たちの意見は政治に生かされない。これからの長い人生が政治に左右されることを考えれば、若者こそ、選挙に行って投票すべきである。

そのためには、学校や家庭で、政治や選挙についてしっかり教育することが最も大切であると思われる。

［翻譯］

2015 年 6 月起，日本的投票年齡自年滿 20 歲調降至年滿 18 歲。距離 1945 年自「年滿 25 歲男子」修改為「年滿 20 歲男女」，已是時隔 70 年修訂相關法條了。2015（今）年的 18、19 歲青年約有 240 萬人，亦即①這 240 萬人取得了選舉權。

關於為何要將投票年齡自 20 歲調降至 18 歲，政府解釋是為了要讓年輕人的意見能夠反映在現行政治上，以及其他絕大多數國家的相關規定均為年滿 18 歲的緣故。

在日本，從小學到高中均會透過選舉的方式選出各種股長與幹部，國民應該已經很習慣選舉過程才對，但不知道什麼原因，國家層級與地方自治團體的相關選舉中，②年輕人的投票率卻不高。在 2014 年冬季舉辦的國會議員選舉，相較於 60 至 69 歲年齡層的投票率高達 68%，50 至 59 歲年齡層約 60%、40 至 49 歲年齡層約 50%、30 至 39 歲年齡層約 42%，而③ 20 至 29 歲年齡層為 33%，亦即，每三人只有一人投票。如此現狀不禁令人懷疑，即使年滿 18 歲者擁有了選舉權，究竟有多少年輕人願意去投票呢？此外，也有部分人士認為，18 歲的年紀正忙著準備大學的入學考試，對於政治話題並不關心。

然而，假如不投票，就無法使自己的意見為政治所採納。考慮到往後長久的人生都將受到政治的深遠影響，年輕人更應該踴躍投票以行使選舉權。

為此，最重要是學校與家庭教育應當充分教導青少年關於政治與選舉的議題。

34 ①この 240 万人の人々について、正しいのはどれか。

1　2015 年に選挙権を失った人々

2　1945 年に新たに選挙権を得た人々

3　2015 年に初めて選挙に行った人々

4　2015 年の時点で、18 歳と 19 歳の人々

[翻譯]

[34] 關於①這 240 萬人，以下何者正確？

1　2015 年失去了選舉權的人們

2　1945 年首度獲得了選舉權的人們

3　2015 年第一次行使了投票的人們

4　2015（今）年為 18 歲與 19 歲的人們

[題解攻略]

答えは 4

①____の「この」に注目する。直前の「2015 年現在、18・19 歳の青年」のことを指している。

正確答案是 4

請注意①____的「この」（這）。這指的是前面寫的「2015 年現在、18・19 歳の青年」（2015（今）年的 18、19 歲青年）。

答案：4

35　②若者の投票率が低いことについて、筆者はどのように考えているか。

1　若者は政治に関心がないので、仕方がない。

2　投票しなければ自分たちの意見が政治に反映されない。

3　もっと選挙に行きやすくすれば、若者の投票率も高くなる。

4　年齢とともに投票率も高くなるので、心配いらない。

[翻譯]

[35] 關於②年輕人的投票率卻不高，筆者認為是什麼原因呢？

1　由於年輕人對政治缺乏關心，這是沒辦法的事。

2　假如不投票，就無法使自己的意見反映在政治上。

3　如果讓選舉方式變得更簡便，就能提高年輕人的投票率。

4　投票率隨著年齡層的增加而逐步提高，所以不必擔心。

[題解攻略]

答えは2

1. ×…「仕方がない」とは言っていない。

2. ○…終わりから二つ目の段落に「投票しなければ自分たちの意見は政治に生かされない」とある。

3. ×…「もっと選挙に行きやすくすれば」は文章中にない内容。

4. ×…「心配いらない」とは言っていない。

正確答案是 2

1. ×…文中沒有說這是「仕方がない」（沒辦法的事）。

2. ○…倒數第二段提到「投票しなければ自分たちの意見は政治に生かされない」（假如不投票，就無法使自己的意見為政治所採納）。

3. ×…「もっと選挙に行きやすくすれば」（如果讓選舉方式變得更簡便）是文章中沒有提到的內容。

4. ×…文中沒有提到「心配いらない」（不必擔心）。

答案：2

36 ③ 20代は33%であるとあるが、他の年代と比べてどのようなことが言えるか。

1　20代の投票率は、30代の次に高い。
2　20代の投票率は、40代と同じくらいである。
3　20代の投票率は、60代の約半分である。
4　20代の投票率が一番低く、四人に一人しか投票に行っていない。

[翻譯]

[36] 關於③ 20至29歲年齡層為33%，和其他年齡層相較，可以得到以下哪項結論呢？

1　20至29歲年齡層的投票率，高於30至39歲年齡層。
2　20至29歲年齡層的投票率，和40至49歲年齡層差不多。
3　20至29歲年齡層的投票率，約為60至69歲年齡層的一半。
4　20至29歲年齡層的投票率最低，每四人只有一人投票。

[題解攻略]

答えは3

1. ×…30代は42%なので、30代のほうが高い。

2. ×…40代は50%なので、「40代と同じくらい」ではない。

3. ○…60代は68%なので「60代の約半分」である。

正確答案是3

1. ×…因為30至39歲年齡層的投票率是42%，所以30至39歲年齡層的投票率較高。

2. ×…因為40至49歲年齡層的投票率是50%，所以20至29歲年齡層的投票率並沒有「40代と同じくらい」（和40至49歲年齡層差不多）。

3. ○…因為60至69歲年齡層的投票率是68%，所以20至29歲年齡層的投票率「60代の約半分」（約為60至69歲年齡層的一半）。

4. ×…「四人に一人」ではなく「三人に一人」である。

4. ×…並非「四人に一人」（每四人只有一人投票），而是「三人に一人」（每三人只有一人投票）。

答案：3

---

37 若者が選挙に行くようにするには、何が必要か。

1 選挙に慣れさせること
2 投票場をたくさん設けること
3 学校や家庭での教育
4 選挙に行かなかった若者の名を発表すること

[翻譯]

[37] 為了鼓勵年輕人踴躍投票，必須採取以下哪種方法？

1 讓年輕人習慣選舉
2 廣設投票所
3 強化學校與家庭教育
4 公布未投票年輕人的姓名

[題解攻略]

答えは３

筆者のいちばん言いたいことは、最後の段落に書かれている。「学校や家庭で、政治や選挙についてしっかり教育することが最も大切」と述べている。したがっ

正確答案是 3

作者最想表達的看法寫在最後一段「学校や家庭で、政治や選挙についてしっかり教育することが最も大切」（最重要是學校與家庭教育應當充分教導青少年關於政治與選舉的議題）。所以，

て、3「学校や家庭での教育」が適切。

1・2・4は文章中で述べられていない内容。

答案是選項3「学校や家庭での教育」（強化學校與家庭教育）。

選項1・2・4都是文章中沒有提到的內容。

答案：3

單字的意思

- □ 選挙／選舉，推選
- □ ぶり／相隔
- □ 青年／青年，年輕人
- □ 諸／諸
- □ 地方／地方，地區；（相對首都與大城市而言的）地方，外地
- □ 若者／年輕人，青年
- □ 消極的／消極的

文法的意思

- □ ～とか／說是…啦，好像…，聽說…
- □ ～に対して／向…，對（於）…
- □ ～こそ／才是…，正是…，唯有…才…
- □ ～べき／必須…，應當…

問題七 翻譯與題解

第７大題 右頁是某家公司的員工旅遊公告。請閱讀後回答下列問題。答案請從１・２・３・４之中挑出最適合的選項。

平成27年7月1日

社員のみなさまへ

総務部

社員旅行のお知らせ

本年も社員旅行を次の通り行います。参加希望の方は、下の申込書にご記入の上、7月20日までに、山村（内線番号XX）に提出してください。

多くの方のお申し込みを、お待ちしています。

記

1. 日時9月4日（土）～5日（日）
2. 行き先　静岡県富士の村温泉
3. 宿泊先　星山温泉ホテル（TEL：XXX-XXX-XXXX）
4. 日程

9月4日（土）

午前9時　本社出発 — 月川PA — ビール工場見学 — 富士の村温泉着 午後5時頃

9月5日（日）

午前9時　ホテル出発 — ピカソ村観光（アイスクリーム作り）— 月川PA — 本社着　午後5時頃　＊道路が混雑していた場合、遅れます

5. 費用　一人15,000円（ピカソ村昼食代は別）

申し込み書

氏名

部署名

ご不明な点は、総務部山村（内線番号XX）まで、お問い合わせ下さい。

［翻譯］

平成 27 年 7 月 1 日

敬致全體員工

總務部

員工旅遊相關公告

今年依照往例舉辦員工旅遊，方式如下：擬參加者，請填寫下述報名表，並於 7 月 20 日前提交山村（分機ＸＸ）彙整。期待各位踴躍報名！

報名表

1. 日期 9 月 4 日（六）～ 5 日（日）
2. 目的地 靜岡縣富士之村溫泉
3. 住宿 星山溫泉旅館（電話 ＸＸＸ - ＸＸＸ - ＸＸＸＸ）
4. 行程

9 月 4 日（六）

上午 9 時於公司出發—月川休息站—參觀啤酒工廠—下午 5 時左右抵達富士之村溫泉

9 月 5 日（日）

上午 9 時於旅館出發—遊覽畢卡索村（製作冰淇淋）—月川休息站—下午 5 時左右抵達公司 ＊若遇塞車的情況則可能延遲

5. 費用 一人 15000 圓（畢卡索村的午餐費另計）

---------- 切割線 ----------

報名表

姓名

部門

關於這次旅遊如有問題，請洽詢山村（分機 XX）。

38 この旅行に参加したいとき、どうすればいいか。

1　7月20日までに、社員に旅行代金の15,000円を払う。
2　7月20日までに、山村さんに申込書を渡す。
3　7月20日までに、申込書と旅行代金を山村さんに渡す。
4　7月20日までに、山村さんに電話する。

[翻譯]

[38] 想參加這次旅遊的人，應該怎麼做呢？

1　於7月20日前，將旅費15,000圓支付給員工。

2　於7月20日前，將報名表交給山村小姐。

3　於7月20日前，將報名表和旅費交給山村小姐。

4　於7月20日前，打電話給山村小姐。

[題解攻略]

答えは2

1. ×…7月20日までにすることは、「旅行代金」の支払いではなく、「申込書」の提出である。

2. ○…「参加希望の方は、下の申込書にご記入の上、7月20日までに、山村（内線番号××）に提出してください」とある。

3. ×…「旅行代金」の支払いは7月20日までではない。

正確答案是2

1. ×…7月20日是「申込書」（報名表）的提交期限，而非「旅行代金」（旅費）的支付期限。

2. ○…文中提到「参加希望の方は、下の申込書にご記入の上、7月20日までに、山村（内線番号××）に提出してください」（擬參加者，請填寫下述報名表，並於7月20日前擲提交山村〈分機ＸＸ〉彙整）。

3. ×…「旅行代金」（旅費）的支付期限不是7月20日。

4. ×…不明な点があったら山村さんに電話する。

4. ×…如有問題，才需要洽詢山村小姐。

答案：2

---

39 この旅行について、正しくないものはどれか。

1 この旅行は、帰りは新幹線を使う。

2 旅行代金15,000円の他に、2日目の昼食代がかかる。

3 本社に帰って来る時間は、午後5時より遅くなることがある。

4 この旅行についてわからないことは、山村さんに聞く。

[翻譯]

[39] 關於這次旅遊，以下哪一項敘述不正確？

1 這次旅遊的回程將搭乘新幹線。

2 除了旅費15,0000以外，尚須支付第二天的午餐費。

3 回到公司的時間將可能晚於下午5時。

4 關於這次旅遊如有問題，請洽詢山村小姐。

[題解攻略]

答えは1

1. ○…帰りの行程で月川PA（パーキングエリア）に寄るし、また、「道路が混雑していた場合、遅れます」とあることから、バスだとわかる。

正確答案是1

1. ○…回程時會經過月川休息站，而且「道路が混雑していた場合、遅れます」（若遇塞車的情況則可能延遲），因此可以得知回程時搭的是巴士。

2. ×…「ピカソ村昼食代は別」とある。「別」とは「含まない」ということ。つまり、「2日目の昼食代がかかる」は正しい。

3. ×…「道路が混雑していた場合、遅れます」とあることから「午後5時より遅くなることがある」は正しい。

4. ×…「ご不明な点は、総務部山村（内線番号××）まで、お問い合わせください」とある。「ご不明な点」とは「わからないこと」ということ。

2. ×…公告裡提到「ピカソ村昼食代は別」（畢卡索村的午餐費另計），而且「別」（另計）是「含まない」（不含）的意思。也就是說「2日目の昼食代がかかる」（尚須支付第二天的午餐費）是正確的。

3. ×…公告裡提到「道路が混雑していた場合、遅れます」（若遇塞車的情況則可能延遲），所以「午後5時より遅くなることがある」（回到公司的時間可能晚於下午5時）是正確的。

4. ×…因為公告裡最後提到「ご不明な点は、総務部山村（内線番号××）まで、お問い合わせください」（關於這次旅遊如有問題，請洽詢山村〈分機××〉）。「ご不明な点」（如有問題）是指「わからないこと」（不清楚的事）。

答案：1

單字的意思

- □ 参加／参加，加入
- □ 観光／觀光，遊覽，旅遊
- □ アイスクリーム【ice cream】／冰淇淋
- □ 道路／道路
- □ 混雑／擁擠；混亂，混雜，混染
- □ 別／另外；分別，區分；分別
- □ 点／地方，部分；點；方面；（得）分
- □ 新幹線／日本鐵道新幹線

文法的意思

□ ～までに／到…為上；在…之前

小知識

在「電子郵件」或「告示」、「通知」等的最後，多會附上“諮詢處”，以便有疑問者能找到地方詢問。關於“諮詢處”還有以下説法：

1. ご不明(ふめい)な点(てん)は、山村(やまむら)まで。（如有不明之處，請與山村聯繫。）
2. 何(なに)かありましたら、山村(やまむら)まで。（如有需幫忙之處，請與山村聯繫。）
3. 本件(ほんけん)に関(かん)するお問(と)い合(あ)わせは山村(やまむら)まで。（洽詢本案相關事宜，請與山村聯繫。）
4. 何(なに)かご質問(しつもん)がありましたら、山村(やまむら)までメールでお願(ねが)いします。（如有任何疑問，請以郵件請與山村聯繫。）
5. この件(けん)についてのお問(と)い合(あ)わせは山村(やまむら)まで。（洽詢本案相關事宜，請與山村聯繫。）

文法比一比

● とか
「好像…」，「聽說…」；「說是…啦」

說明 [N / 引用句＋とか]。是「…とかいっていた」、「…とかいうことだ」的省略形式，用在句尾，表示不確切的傳聞。比表示傳聞的「…そうだ」、「…ということだ」更加不確定，或是迴避明確說出。相當於「…と聞いているが」。

例句 当時はまだ新幹線がなかったとか。／聽說當時還沒有新幹線。

● っけ
「是不是…來著」，「是不是…呢」

說明 [N / N a　だ（った）っけ]；[A- かったっけ]；[V - たっけ]；[…んだ（った）っけ]。用在想確認自己記不清，或已經忘掉的事物時。「っけ」是終助詞，接在句尾。也可以用在一個人自言自語，自我確認的時候。是對平輩或晚輩使用的口語說法，對長輩最好不要用。

例句 君は今どこに勤めているんだっけ。／您現在是在哪裡高就來著？

● こそ
「正是…」，「才（是）…」；「正（因為）…才…」

說明 [Nこそ]。(1) 表示特別強調某事物。(2) 表示強調充分的理由。前面常接「から」或「ば」。相當於「…ばこそ」。

例句 こちらこそよろしくお願いします。／彼此彼此，請多多關照。

● だけ
「只」，「僅僅」

說明 [N（＋助詞＋）だけ]；[N / N a　なだけ]；[A/ V　だけ]。表示只限於某範圍，除此以外沒有別的了。

例句 小川さんはお酒だけ飲みます。／小川先生只喝酒。

● とおり、とおりに
「按照…」，「按照…那樣」

說明 [V - る / V - た　とおり（に）]。表示按照前項的方式或要求，進行後項的行為、動作。

例句 先生に習ったとおりに、送り仮名をつけた。／按照老師所教，寫送假名。

● まま
「…著」

說明 [Nのまま（で）]；[N a　なまま（で）]；[A- いまま（で）]；[V - たまま（で）]。表示附帶狀況。表示一個動作或作用的結果，在這個狀態還持續時，進行了後項的動作，或發生了後項的事態。後項大多是不尋常的動作。動詞多接過去式。

例句 テレビをつけたまま寝てしまった。／開著電視就睡著了。

問題四　翻譯與題解

第 4 大題　請閱讀以下（1）至（4）的文章，然後回答問題。答案請從 1・2・3・4 之中挑出最適合的選項。

（1）

　私たち日本人は、食べ物を食べるときには「いただきます」、食べ終わったときには「ごちそうさま」と言う。自分で料理を作って一人で食べる時も、お店でお金を払って食べる時も、誰にということもなく、両手を合わせて「いただきます」「ごちそうさま」と言っている。

　ある人に「お金を払って食べているんだから、レストランなどではそんな挨拶はいらないんじゃない？」と言われたことがある。

　しかし、私はそうは思わない。「いただきます」と「ごちそうさま」は、料理を作ってくれた人に対する感謝の気持ちを表す言葉でもあるが、それよりも、私たち人間の食べ物としてその生命をくれた動物や野菜などに対する感謝の気持ちを表したものだと思うからである。

24 作者は「いただきます」「ごちそうさま」という言葉について、どう思っているか。

1　日本人としての礼儀である。

2　作者の家族の習慣である。

3　料理を作ってくれたお店の人への感謝の気持ちである。

4　食べ物になってくれた動物や野菜への感謝の表れである。

[翻譯]

我們日本人飲食時會說「我開動了」，吃完以後則說「我吃飽了」。即使是自己做菜一個人吃的時候，或是到餐廳付錢吃飯時，也會雙手合掌自己對自己說「我開動了」、「我吃飽了」。

有人曾經問我：「既然是付錢吃飯，應該不必對餐廳的人那麼客氣吧？」

但是，我並不這樣認為。因為「我開動了」、「我吃飽了」不但是對為我們烹調食物的人表達謝意的話語，更是對獻出生命成為我們人類的食物的動物和蔬菜表達謝意的話語。

[24] 作者對於「我開動了」、「我吃飽了」這些話有什麼看法？

1　是身為日本人的禮儀

2　是作者家裡的習慣

3　是向為我們烹調食物的餐廳員工表達謝意

4　是向成為食物的動物和蔬菜表達謝意

[題解攻略]

答えは４

1. ×…「日本人としての礼儀」だとは言っていない。

2. ×…「家族の習慣」だとは言っていない。

3. ×…「料理を作ってくれた人に対する感謝の気持ちを表す言葉でもあるが、それよりも……」とあることに注意する。「それよ

正確答案是４

1. ×…文中並沒有說這是「日本人としての礼儀」（身為日本人的禮儀）。

2. ×…文中沒有說這是作者「家族の習慣」（家裡的習慣）。

3. ×…請注意文中指出「料理を作ってくれた人に対する感謝の気持ちを表す言葉でもあるが、それよりも……」（不但是對為我們烹調食物的人表達謝意的話語，更是……），在「それより

りも」の後の「人間の食べ物としてその生命をくれた動物や野菜などに対する感謝の気持ち」が、作者がいちばん思っていることである。

4. ○…最後の一文に注目する。

も」（更是）的後面提到「人間の食べ物としてその生命をくれた動物や野菜などに対する感謝の気持ち」（對獻出生命成為我們人類的食物的動物和蔬菜表達謝意），這是作者最想表達的事。

4. ○…請注意文章的最後一句“對獻出生命成為我們人類的食物的動物和蔬菜表達謝意”。

答案：4

單字的意思

- □ お金／錢，金錢；金屬
- □ 合わせる／合併；核對，對照；加在一起，混合；配合，調合
- □ 感謝／感謝
- □ 表す／表現出，表達；象徵
- □ 礼儀／禮儀，禮節，禮法，禮貌

文法的意思

- □ ～んじゃない／不…嗎，莫非是…
- □ ～にたいする／向…，對（於）…
- □ ～として／作為…，以…身份；如果是…的話，對…來說

(2)

暑い時に熱いものを食べると、体が熱くなるので当然汗をかく。その汗が蒸発※1するとき、体から熱を奪うので涼しくなる。だから、インドなどの熱帯地方では熱くてからいカレーを食べるのだ。

では、日本人も暑い時には熱いものを食べると涼しくなるのか。

実は、そうではない。日本人の汗は他の国の人と比べると塩分濃度※2が高く、かわきにくい上に、日本は湿度が高いため、ますます汗は蒸発しにくくなる。

だから、暑い時に熱いものを食べると、よけいに暑くなってしまう。インド人のまねをしても涼しくはならないということである。

※1　蒸発…気体になること。

※2　濃度…濃さ。

25 暑い時に熱いものを食べると、よけいに暑くなってしまう理由はどれか。

1　日本は、インドほどは暑くないから

2　カレーなどの食べ物は、日本のものではないから

3　日本人は、必要以上に汗をかくから

4　日本人の汗は、かわきにくいから

[翻譯]

天氣熱的時候吃熱食會讓體溫上升，理所當然就會流汗。當汗液蒸發[※1]的時候會帶走身體的熱度，因而感覺涼快一些。所以，諸如印度等熱帶地區的人會吃辛辣燙口的咖哩。

那麼，日本人在天氣熱的時候，也能靠吃熱食來圖個涼快嗎？

其實並不然。因為和其他國家的人做比較，日本人的汗液含鹽濃度[※2]較高，原本就不容易乾了，再加上日本濕度較高，使得汗液更難蒸發。

因此，<u>在天氣熱的時候吃熱食，反而會變得更悶熱</u>。就算模仿印度人的消暑良方，也沒有辦法感覺涼快。

※1 蒸発：變成氣體。

※2 濃度：濃稠的程度。

[25] <u>在天氣熱的時候吃熱食，反而會變得更悶熱</u>的理由是以下哪一項？

1　因為日本不像印度那麼熱

2　因為咖哩之類的食物不是日本的傳統食物

3　因為日本人流太多汗了

4　因為日本人的汗液不容易乾

[題解攻略]

答(こた)えは 4

1・2. ×…文章中(ぶんしょうちゅう)には説明(せつめい)されていない内容(ないよう)である。

3. ×…「必要(ひつよう)以上(いじょう)に汗(あせ)をかく」からではない。

正確答案是 4

1・2. ×…這是文章中沒有說明的內容。

3. ×…日本人並沒有「必要以上に汗をかく」（流太多汗）。

4. ○…「塩分濃度が高く、かわきにくい」とある。	4. ○…文中提到日本人的汗液「塩分濃度が高く、かわきにくい」（含鹽濃度較高，不容易乾）。

答案：4

單字的意思

- □ 当然／當然，理所當然
- □ 地方／地區，地方；（相對首都與大城市而言的）地方，外地
- □ 国／國家；政府；國際，國有
- □ 濃度／濃度
- □ 湿度／濕度
- □ ますます／越發，益發，更加
- □ 濃い／色或味濃深；濃稠，密

(3)

佐藤さんの机の上に、メモがおいてある。

佐藤さん、

お疲れ様です。
本日15時頃、北海道支社の川本さんより、電話がありました。
出張※の予定表を金曜日までに欲しいそうです。
また、ホテルの希望を聞きたいので、
今日中に携帯090-XXXX-XXXXに連絡をください、とのことです。
よろしくお願いします。

18:00 田中

※　出張…仕事のためにほかの会社などに行くこと

26 佐藤さんは、まず、何をしなければならないか。

1 川本さんに、ホテルの希望を伝える。

2 田中さんに、ホテルの希望を伝える。

3 川本さんに、出張の予定表を送る。

4 田中さんに、出張の予定表を送る。

[翻譯]

佐藤先生的辦公桌上擺著一張字條：

佐藤先生：

辛苦了。

今天 15 時左右，北海道分公司的川本先生來電。

他希望能在星期五之前收到出差※計畫表。

此外，他也想知道您希望預訂哪家旅館，請於今天之內撥手機 090-XXXX-XXXX 和他聯絡。

謝謝您。

18:00 田中

※ 出張：為工作而到其他公司等處。

[26] 川本先生首先必須做什麼事呢？

1 告知川本先生想預訂哪家旅館。

2 告知田中先生想預訂哪家旅館。

3 把出差計畫表寄給川本先生。

4 把出差計畫表寄給田中先生。

[題解攻略]

答えは 1

1. ○…今日中に「ホテルの希望」を伝えなければならない。

2. ×…「田中さん」はメモを書いた人である。電話があった「川本さん」に伝える。

3. ×…「出張の予定表を送る」のは、金曜日まで。今日中にしなければならないのは、「ホテルの希望」を伝えること。

4. ×…「田中さんに」ではない。まずすることは「出張の予定表を送る」ことではない。

正確答案是 1

1. ○…今天之內必須告知「ホテルの希望」（希望預訂哪家旅館）。

2. ×…「田中さん」（田中先生）是留下字條的人。告知的對象應是留下電話的川本先生。

3. ×…「出張の予定表を送る」（出差計畫表）必須在星期五前寄出，至於今天之內必須要做的事是告知「ホテルの希望」（希望預訂哪家旅館）。

4. ×…並不是「田中さんに」（給田中先生），必須優先處理的事也不是「出張の予定表を送る」（寄送出差計畫表）。

答案：1

單字的意思

□ 希望／希望，期望，願望

□ 伝える／傳達，轉告；傳導

（4）

これは、病院（びょういん）にはってあったポスターである。

病院内（びょういんない）では携帯電話（けいたいでんわ）をマナーモードにしてください

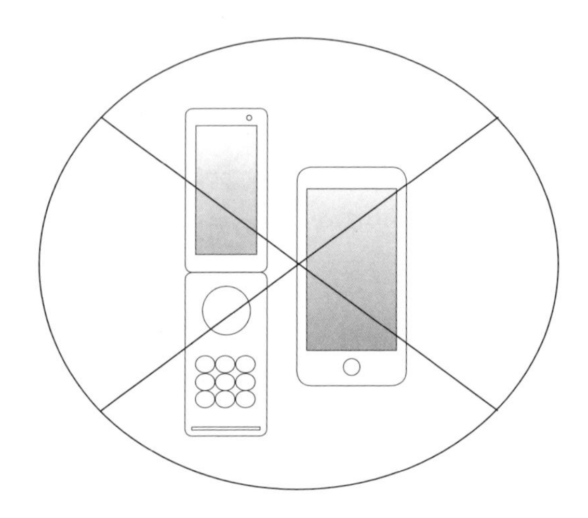

1. お電話（でんわ）は、決（き）められた場所（ばしょ）でしてください。
（携帯電話（けいたいでんわ）コーナー、休憩室（きゅうけいしつ）、病棟個室等（びょうとうこしつなど））
2. 病院内（びょういんない）では、電源（でんげん）off エリアが決（き）められています。
（診察室（しんさつしつ）、検査室（けんさしつ）、処置室（しょちしつ）、ICU 等（など））
3. 歩（ある）きながらのご使用（しよう）はご遠慮（えんりょ）ください。
4. 診察（しんさつ）に邪魔（じゃま）になる場合（ばあい）は、使用中止（しようちゅうし）をお願（ねが）いすることがあります。

27 この病院の中の携帯電話の使い方で、正しくないものはどれか。

1 休憩室では、携帯電話を使うことができる。

2 検査室では、マナーモードにしなければならない。

3 携帯電話コーナーでは、通話してもよい。

4 歩きながら使ってはいけない。

[翻譯]

這是張貼在醫院裡的海報。

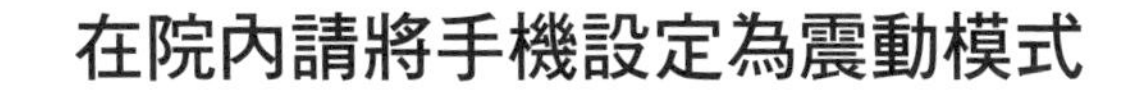

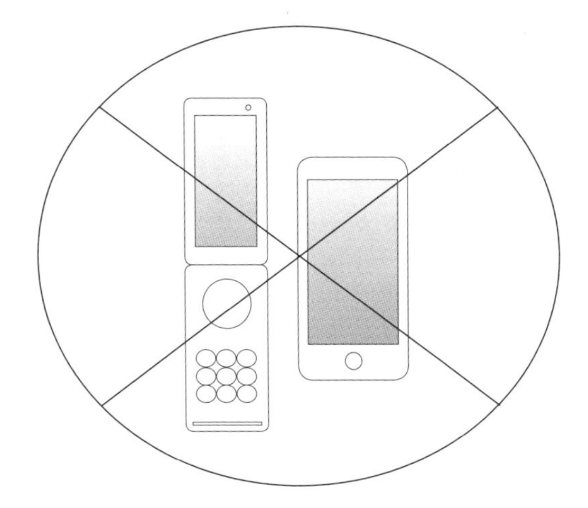

1. 請至指定區域內撥打或接聽。

   （包括手機使用區、休息室、病房等處）

2. 於院內的部分區域必須關閉電源。

   （包括診察室、檢查室、治療室、ICU 等處）

3. 請不要邊走邊撥打或接聽。

4. 若會影響診察，將請您暫停使用。

[27] 在這家醫院內使用手機的規定，以下哪一項敘述不正確？

1　在休息室可以使用手機　。

2　在檢查室必須設定為震動模式。

3　在手機使用區內可以通話沒關係。

4　不可以邊走邊撥打或接聽。

[題解攻略]

答えは２

1. ×…携帯電話を使用できる場所は、「携帯電話コーナー、休憩室、病棟個室等」である。

2. ○…「診察室、検査室、処置室、ICU 等」は「電源 off エリア」。したがって「検査室」ではマナーモードもだめである。

3. ×…「携帯電話コーナー」では使用してもよい。

4. ×…「歩きながらのご使用はご遠慮ください」とある。

正確答案是 2

1. ×…海報中提到可以使用手機的區域是「携帯電話コーナー、休憩室、病棟個室等」（手機使用區、休息室、病房等處）。

2. ○…「診察室、検査室、処置室、ICU 等」（診察室、檢查室、治療室、ICU 等處）必須「電源 off エリア」（關閉電源）。所以在「検査室」（檢查室）就連設定為震動模式也是不行的。

3. ×…可以在「携帯電話コーナー」（手機使用區）使用手機。

4. ×…海報中提到「歩きながらのご使用はご遠慮ください」（請不要邊走邊撥打或接聽）。

答案：2

單字的意思

- □ マナー【manner】／禮貌，規矩；態度舉止，風格
- □ 等／等等；（助數詞用法，計算階級或順位的單位）等（級）
- □ 休憩／休息
- □ 検査／檢查，檢驗

問題五　翻譯與題解

第５大題　請閱讀以下（１）至（２）的文章，然後回答問題。答案請從１・２・３・４之中挑出最適合的選項。

（１）

私は、仕事で人と会ったり会社を訪問したりするとき、①服の色に気をつけて選ぶようにしている。

例えば、仕事でほかの会社を訪問するとき、私は、黒い色の服を選ぶ。黒い色は、冷静で頭がよく自立※1した印象を与えるため、仕事の場では有効な色だと思うからだ。また、初対面の人と会うときは、白い服を選ぶことが多い。初対面の人にあまり強すぎる印象は与えたくないし、その点、白は上品で清潔な印象を与えると思うからだ。

入社試験の面接※2などでは、濃い青色の服を着る人が多い。「②リクルートスーツ」などと呼ばれているが、青は、まじめで落ち着いた印象を与えるので、面接等に適しているのだろう。

このように、服の色によって人に与える印象が変わるだけでなく、③服を着ている人自身にも影響を与える。私は、赤が好きなのだが、赤い服を着ると元気になり、行動的になるような気がする。

服だけでなく、色のこのような作用は、身の回りのさまざまなところで利用されている。

それぞれの色の特徴や作用を知って、改めて商品の広告や、道路や建物の中のマークなどを見ると、その色が選ばれている理由がわかっておもしろい。

※1　自立…人に頼らないで、自分の考えで決めることができること。
※2　面接…会社の入社試験などで、試験を受ける人に会社の人が直接考えなどを聞くこと。

[翻譯]

我在工作上與人會面或拜訪公司前，①總會用心挑選服裝的顏色。

舉例來說，工作上拜訪其他公司時，我選擇黑色的服裝。因為黑色給人的印象是冷靜、聰明、獨立[※1]，很適合在職場上穿著。此外，與人第一次見面時，我通常選擇白色的服裝，原因是不希望讓第一次見面的人感覺太強勢，而白色恰好能給人高尚且清爽的印象。

人們在求職面試[※2]時，通常穿著藍色的衣服。這種服裝稱為「②求職套裝」，理由應該是藍色給人認真而穩重的印象，因此很適合在面試時穿著。

如同上面提到的，不同顏色的服裝會給別人不同的印象，不僅如此，③這對穿上服裝的人本身也會帶來影響。比方我喜歡紅色，只要穿上紅衣服就會覺得精力充沛，變得很積極。

顏色的這種效用不只可以運用在服裝上，更被大量運用在我們周遭的各種事物上。

當我們了解各種顏色的特色和效用後，再重新審視商品廣告，以及街道和建築物上的標誌，就能夠了解選擇那種顏色的用意，十分有意思。

※1 自立：不依賴他人，能夠憑著自己意志做決定。

※2 面接：參加公司的求職考試時，公司的主管直接詢問受試者的過程。

28 ①服の色に気をつけて選ぶようにしているとあるが、それはなぜか。

1　服の色は、その日の自分の気分を表しているから
2　服の色によって、人に与える印象も変わるから
3　服の色は服のデザインよりも人にいい印象を与えるから
4　服の色は、着る人の性格を表すものだから

［翻譯］

[28] 文中提到①總會用心挑選服裝的顏色，為什麼呢？

1　因為服裝的顏色能夠顯示出自己當天的心情
2　因為不同顏色的服裝會給別人不同的印象
3　因為服裝的顏色比服裝的設計更能給人好印象
4　因為服裝的顏色能夠展現出穿著者的個性

［題解攻略］

答えは２

1. ×…筆者は「自分の気分」ではなく、人に与える印象を大切にしている。

2. ○…4段落の初めに「服の色によって人に与える印象が変わる」とある。

3. ×…「服のデザイン」については文章中にはない内容。

4. ×…「着る人の性格を表す」とは書かれていない。

正確答案是２

1. ×…作者要表達的並非「自分の気分」（自己的心情），而是必須注重自己給別人留下的印象。

2. ○…第四段的開頭提到「服の色によって人に与える印象が変わる」（不同顏色的服裝會給別人不同的印象）。

3. ×…「服のデザイン」（服裝的設計）是文中沒有提到的內容。

4. ×…「着る人の性格を表す」（展現出穿著者的個性）是文中沒有提到的內容。

答案：2

29 入社試験などで着る②「<u>リクルートスーツ</u>」は、濃い青色が多いのはなぜだと筆者は考えているか。

1 青は、まじめで落ち着いた印象を人に与えるから
2 青は、上品で清潔な印象を人に与えるから
3 入社試験には、青い服を着るように決まっているから
4 青は、頭がよさそうな印象を人に与えるから

[翻譯]

[29] 為什麼面試時穿的「②<u>求職套裝</u>」通常是藍色的呢？

1 因為藍色給人認真而穩重的印象
2 因為藍色給人高尚且清爽的印象
3 因為求職考試規定必須穿著藍色服裝
4 因為藍色給人聰明的印象

[題解攻略]

答えは1

3段落の「リクルートスーツ」の説明に注目する。「青は、まじめで落ち着いた印象を与えるので、面接等に適しているのだろう」とある。

2・3・4は文章中には書かれていない内容。

正確答案是1

請注意第三段關於「リクルートスーツ」（求職套裝）的說明。「青は、まじめで落ち着いた印象を与えるので、面接等に適しているのだろう」（藍色給人認真而穩重的印象，因此很適合在面試時穿著吧）。

2・3・4是文章中沒有提到的內容。

答案：1

30 ③服を着ている人自身にも影響を与えるとあるが、その例として、どのようなことが書かれているか。

1　白い服は、人に強すぎる印象を与えないこと
2　黒い服を着ると、冷静になれること
3　青い服を着ると、仕事に対するファイトがわくこと
4　赤い服を着ると、元気が出て行動的になること

[翻譯]

[30] 文中提到③這對穿上服裝的人本身也會帶來影響，關於這點，舉了什麼樣的例子呢？

1　白色的服裝給人不至於太強勢的印象
2　穿著黑色的服裝就能冷靜下來
3　穿著藍色的服裝就能產生工作鬥志
4　只要穿上紅衣服就會覺得精力充沛，變得很積極

[題解攻略]

答えは４

1. ×…「白い服」については書かれていない。

2. ×…「黒い服」については書かれていない。

3. ×…「青い服」については書かれていない。

4. ○…「赤い服を着ると元気になり、行動的になるような気がする」とある。

正確答案是４

1. ×…舉例中沒有提到「白い服」（白色的服裝）。

2. ×…舉例中沒有提到「黒い服」（黑色的服裝）。

3. ×…舉例中沒有提到「青い服」（藍色的服裝）。

4. ○…舉例中說明「赤い服を着ると元気になり、行動的になるような気がする」（只要穿上紅衣服就會覺得精力充沛，變得很積極）。

答案：４

單字的意思

□ 訪問（ほうもん）／訪問，拜訪

□ 印象（いんしょう）／印象

□ 与える（あたえる）／給與，供給；授與；使蒙受；分配

□ 場（ば）／場，場所；場面

□ 清潔（せいけつ）／乾淨的，清潔的；廉潔；純潔

□ 濃い（こい）／色或味濃深；濃稠，密

□ 変わる（かわる）／改變；變化；與眾不同；改變時間地點，遷居，調任

□ 影響（えいきょう）／影響

□ さまざま／種種，各式各樣的，形形色色的

□ それぞれ／每個（人），分別，各自

□ 特徴（とくちょう）／特徵，特點

□ 広告（こうこく）／廣告；作廣告，廣告宣傳

□ 道路（どうろ）／道路

□ 直接（ちょくせつ）／直接

□ 性格（せいかく）／（人的）性格，性情；（事物的）性質，特性

□ 的（てき）／表示狀態或性質；（前接名詞）關於，對於

文法的意思

□ ～によって／藉由…；根據…；因為…；依照

□ ～に決（き）まっている／肯定是…，一定是…

小知識

關於服裝，除了顏色的「白（しろ）い」、「青色（あおいろ）」，還能怎麼表達呢？

1. ストライプ（直條紋）
2. ボーダー（橫條紋）
3. ドット（圓點圖案）
4. 水玉（みずたま）（點點花樣）
5. 花柄（はながら）（碎花，花朵圖樣）
6. ギンガム（方格紋）
7. ヒョウ柄（がら）（豹紋）
8. 幾何学模様（きかがくもよう）（幾何圖騰）
9. 千鳥格子（ちどりごうし）（千鳥紋）

（2）

最近、野山や林の中で昆虫採集※1をしている子どもを見かけることが少なくなった。私が子どものころは、夏休みの宿題といえば昆虫採集や植物採集だった。男の子はチョウやカブトムシなどの虫を捕る者が多く、虫捕り網をもって、汗を流しながら野山を走り回ったものである。うまく虫を捕まえた時の①わくわく、どきどきした気持ちは、今でも忘れられない。

なぜ、今、虫捕りをする子どもたちが減っているのだろうか。

一つには、近くに野山や林がなくなったからだと思われる。もう一つは、自然を守ろうとするあまり、学校や大人たちが、虫を捕ることを必要以上に強く否定し、禁止するようになったからではないだろうか。その結果、子どもたちは生きものに直接触れる貴重な機会をなくしてしまっている。

分子生物学者の平賀壯太博士は、「子どもたちが生き物に接したときの感動が大切です。生き物を捕まえた時のプリミティブ※2な感動が、②自然を知る入口だといって良いかもしれません。」とおっしゃっている。そして、実際、多くの生きものを捕まえて研究したことのある人の方が自然の大切さを知っているということである。

もちろんいたずらに生きものを捕まえたり殺したりすることは許されない。しかし、自然の大切さを強調するあまり、子どもたちの自然への関心や感動を奪ってしまわないように、私たち大人や学校は気をつけなければならないと思う。

※1　昆虫採集…勉強のためにいろいろな虫を集めること。

※2　プリミティブ…基本的な、最初の。

[翻譯]

最近愈來愈少看到孩童在山野和樹林間採集昆蟲※1了。我小時候提到暑假作業，就會聯想到採集昆蟲或植物。男孩多半去捉蝴蝶或獨角仙之類的昆蟲，總是帶著捕蟲網滿身大汗地在山野間到處奔跑。我到今天依然忘不了順利捉到蟲子時①那種雀躍、激動的心情。

為什麼現在捉昆蟲的孩童們一天比一天少了呢？

我認為，首先是住家附近的山野和樹林變少了，另一個原因恐怕是過度保育自然環境。學校和大人們太過強烈排斥、甚至禁止捉蟲的行為，結果導致孩童們失去了直接觸摸生物的寶貴機會。

分子生物學家平賀壯太博士說過，「孩子們接觸生物時得到的感動非常重要。在捕捉生物時的那種原始的※2感動，甚至可以說是②認識大自然的第一步。」事實上，採集各種生物來做研究的人，最了解自然環境的重要性了。

當然，我們絕不允許濫捉濫殺生物的行為。然而，我們這些成年人和學校必須留意，千萬不要過度強調自然環境的寶貴，而抹煞了孩童們對大自然的關心與感動。

※1 昆虫採集：為了求知而採集各種昆蟲。

※2 プリミティブ：最原始的。

31 ①わくわく、どきどきした気持ちとは、どんな気持ちか。

1 虫に対する恐怖心や不安感

2 虫をかわいそうに思う気持ち

3 虫を捕まえたときの期待感や緊張感

4 虫を逃がしてしまった残念な気持ち

[翻譯]

[31] 文中提到①<u>那種雀躍、激動的心情</u>，是什麼樣的心情呢？

1　對昆蟲的恐懼與害怕

2　覺得昆蟲很可憐

3　捉到昆蟲時的期待與緊張

4　被昆蟲脫逃後的遺憾

[題解攻略]

答えは３

「わくわく、どきどき」は「期待や喜び、緊張などで心が落ち着かない様子を表す」ことば。「わくわく、どきどき」の気持ちに合うことばを探す。

1. ×…「恐怖心や不安感」ではない。

2. ×…「かわいそうに思う気持ち」ではない。

3. ○…「期待感や緊張感」に合う。

4. ×…「残念な気持ち」ではない。

正確答案是 3

「わくわく、どきどき」（雀躍、激動）是「期待や喜び、緊張などで心が落ち着かない様子を表す」（描述因期待、歡欣或緊張等而無法平靜的心情）的詞語。因此只要搜尋符合「わくわく、どきどき」（雀躍、激動）的心情的詞語即是答案。

1. ×…不是「恐怖心や不安感」（恐懼與害怕）。

2. ×…不是「かわいそうに思う気持ち」（覺得昆蟲很可憐）。

3. ○…和這種心情吻合的是「期待感や緊張感」（期待與緊張）。

4. ×…不是「残念な気持ち」（遺憾的心情）。

答案：3

32 ②自然を知る入口とはどのような意味か。

1　自然から教えられること

2　自然の恐ろしさを知ること

3　自然を知ることができないこと

4　自然を知る最初の経験

[翻譯]

[32] 文中提到②認識大自然的第一步，是什麼意思呢？

1　能夠從大自然學到的事

2　了解大自然的可怕

3　無法了解大自然

4　了解大自然的第一次體驗

[題解攻略]

答えは４

「入口」は「人や物が入っていく所」という意味と、「ものごとの初め」という意味がある。ここでは、後者の意味。つまり、②____は「自然を知る初め」ということである。「入口」を適切にとらえているのは４「自然を知る最初の経験」である。

正確答案是４

「入口」（入口）除了具有「人や物が入っていく所」（人或物一開始進入的地方）的意思，另外也有「ものごとの初め」（事物的第一步）的意思。在本文中是指後者。也就是說，②____指的是「自然を知る初め」（認識大自然的第一步）。因此，符合此處「入口」意涵的是選項４「自然を知る最初の経験」（了解大自然的第一次體驗）。

答案：4

33 この文章を書いた人の意見と合うのは次のどれか。

1 自然を守るためには、生きものを捕らえたり殺したりしないほうがいい。

2 虫捕りなどを禁止してばかりいると、かえって自然の大切さを理解できなくなる。

3 学校では、子どもたちを叱らず、自由にさせなければならない。

4 自然を守ることを強く主張する人々は、自然を深く愛している人々だ。

[翻譯]

[33] 以下哪一段敘述與寫這篇文章的人的意見相同？

1 為了保護大自然，最好不要補捉和殺害生物。

2 一味禁止採集昆蟲，反而無法了解大自然的寶貴。

3 學校師長不要斥責孩童們，而必須讓他們隨心所欲。

4 強烈主張保護自然環境的人們，就是深愛大自然的人們。

[題解攻略]

答えは２

1. ×…最後の段落で「いたずらに生きものを捕まえたり殺したりすることは許されない」と言っているが、その後「自然の大切さを強調するあまり、子どもたちの自然への関心や感動を奪ってしまわないように」と言っている。

正確答案是２

1. ×…雖然最後一段說「いたずらに生きものを捕まえたり殺したりすることは許されない」（絕不允許濫捉濫殺生物的行為），然而其後又提到「自然の大切さを強調するあまり、子どもたちの自然への関心や感動を奪ってしまわないように」（不要過度強調自然環境的寶貴，而抹煞了孩童們對大自然的關心與感動）。

2. ○…3段落で虫捕りを必要以上に否定し、禁止することによって、「子どもたちは生きものに直接触れる貴重な機会をなくしてしまっている」と言っている。

3. ×…「子どもたちを叱らず、自由にさせなければならない」とは言っていない。

4. ×…文章では述べられていない内容である。

2. ○…第三段提到因為太過強烈排斥、甚至禁止捉蟲的行為，結果導致「子どもたちは生きものに直接触れる貴重な機会をなくしてしまっている」（孩童們失去了直接觸摸生物的寶貴機會）。

3. ×…文中沒有提到「子どもたちを叱らず、自由にさせなければならない」（不要斥責孩童們，而必須讓他們隨心所欲）。

4. ×…這是文章中沒有提到的內容。

答案：2

單字的意思

- □ 流す／使流動；沖走；使漂走；流（出）；放逐；使流產；傳播
- □ 捕まる／抓住，被捉住，逮捕；抓緊，揪住
- □ どきどき／（心臟）撲通撲通地跳，七上八下
- □ 減る／減，減少；磨損；（肚子）餓
- □ 禁止／禁止
- □ 直接／直接
- □ 生物／生物
- □ 感動／感動，感激
- □ かもしれません／也許，也未可知
- □ いたずら／淘氣，惡作劇；玩笑，消遣
- □ 殺す／殺死，致死；抑制，忍住，消除；埋沒
- □ 許す／允許，批准；寬恕；免除；容許；承認
- □ 強調／強調；權力主張；（行情）看漲
- □ 基本／基本，基礎，根本
- □ 不安／不安，不放心，擔心；不穩定
- □ 理解／理解，領會，明白；體諒，諒解
- □ 守る／保衛，守護；遵守，保守；保持（忠貞）

文法的意思

□（よ）うとする／想…，打算…

□ ～ように／為了…而…；希望…， 請…；如同…

小知識

「わくわく」（興奮雀躍）、「うきうき」（樂不可支）、「有頂天」（欣喜若狂）都是形容情緒高漲的詞語，以後遇到開心的事，別再老是用「嬉しい」（高興）和「楽しい」（愉快）啦！

問題六　翻譯與題解

第 6 大題　請閱讀以下的文章，然後回答問題。答案請從 1・2・3・4 之中挑出最適合的選項。

二人で荷物を持って坂や階段を上がるとき、上と下ではどちらが重いかということが、よく問題になる。下の人は、物の重さがかかっているので下のほうが上より重いと言い、上の人は物を引き上げなければならないから、下より上のほうが重いと言う。

実際はどうなのだろうか。実は、力学※1的に言えば、荷物が二人の真ん中にあるとき、二人にかかる重さは全く同じなのだそうである。このことは、坂や階段でも平らな道を二人で荷物を運ぶときも同じだということである。

ただ、①これは、荷物の重心※2が二人の真ん中にある場合のことである。しかし、②もし重心が荷物の下の方にずれていると下の人、上の方にずれていると上の人の方が重く感じる。

③重い荷物を長い棒に結びつけて、棒の両端を二人でそれぞれ持つ場合、棒の真ん中に荷物があれば、二人の重さは同じであるが、そうでなければ、荷物に遠いほうが軽く、近いほうが重いということになる。

このように、重い荷物を二人以上で運ぶ場合、荷物の重心から、一番離れた場所が一番軽くなるので、④覚えておくとよい。

※1　力学…物の運動と力との関係を研究する物理学の一つ。

※2　重心…物の重さの中心。

[翻譯]

人們經常提出對此抱持疑問：當兩個人一起搬東西爬上坡道或是樓梯時，在上面和在下面的人，哪一個人承受的重量比較多？有人說，物體的重量壓在下面那個人的身上，所以下面比上面來得重；也有人說，上面那個人必須把物體往上扛，所以上面比下面來得重。

那麼事實又是如何呢？其實，就力學[※1]而言，當物體位於兩個人的正中央時，兩人所承受的重量完全相同。無論兩個人是在坡道、樓梯或是平坦的路上搬運東西，都是同樣的結論。

不過，①這指的是當物體的重心位於兩個人的正中央的情況。②假如物體的重心往下移動，下面的人就會感覺比較重；若是物體的重心[※2]往上移動，上面的人就會感覺比較重。

③如果是將重物綁在長棍上，由兩人各自扛著棍子的兩端的情況，當物體位於棍子的正中央時，兩人承受的重量相同；若不是位在正中央，那麼物體離自己較遠者感覺比較輕、離自己較近者感覺比較重。

如同以上所述，當超過兩個人合力搬運重物時，距離物體的重心最遠的位置會感覺最輕，④請各位牢記在心。

※1 力学：研究物體的運動與作用力之相關性的一種物理學。

※2 重心：物體重量的中心。

---

34 ①これは何を指すか。

1 物が二人の真ん中にあるとき、力学的には二人にかかる重さは同じであること

2 坂や階段を上がるとき、下の方の人がより重いということ

3 坂や階段を上がるとき、上の方の人により重さがかかるということ

4 物が二人の真ん中にあるときは、どちらの人も重く感じるということ

[翻譯]

[34] ①這指的是什麼？

1　當物體位於兩個人的正中央的時候，就力學而言，兩人所承受的重量完全相同

2　當爬上坡道或是樓梯時，在下面的人覺得比較重

3　當爬上坡道或是樓梯時，在上面的人必須承受較多重量

4　當物體位於兩個人的正中央的時候，不論是哪一個人都感覺很重

[題解攻略]

答えは１

指示語の指す内容は、前の部分から探すとよい。「これ」が指す内容は、２段落の「荷物が二人の真ん中にあるとき、二人にかかる重さは全く同じ」だということ。この部分を「これ」に当てはめて意味が通るかどうかを確認する。

正確答案是１

往前找尋指示語所敘述的內容即可。「これ」（這）是指第二段的「荷物が二人の真ん中にあるとき、二人にかかる重さは全く同じ」（當物體位於兩個人的正中央時，兩人所承受的重量完全相同）。請把「これ」（這）套換成這個部分，再確認文義是否通順。

答案：１

35　坂や階段を上るとき、②<u>もし重心が荷物の下の方にずれていると</u>、どうなるか。

1　上の人のほうが重くなる。

2　下の人のほうが重くなる。

3　重心の位置によって重さが変わることはない。

4　上の人も下の人も重く感じる。

[翻譯]

[35] 當爬上坡道或是樓梯時，②假如物體的重心往下移動，會怎麼樣呢？

1　在上面的人覺得比較重。

2　在下面的人覺得比較重。

3　重量不會隨著重心位置的不同而有所改變。

4　在上面的人和在下面的人都感覺很重。

[題解攻略]

答えは2

②＿＿のすぐ後に「下の人」とある。「下の人」に続くのは「下の人の方が重く感じる」である。

正確答案是 2

緊接在②＿＿後面的是「下の人」（下面的人）而接續於「下の人」（下面的人）之後表示「下の人の方が重く感じる」（下面的人就會感覺比較重）。

答案：2

36　③重い荷物を長い棒に結びつけて、棒の両端を二人でそれぞれ持つ場合、二人の重さを同じにするは、どうすればよいか。

1　荷物を長いひもで結びつける。

2　荷物をもっと長い棒に結びつける。

3　荷物を二人のどちらかの近くに結びつける。

4　荷物を棒の真ん中に結びつける。

[翻譯]

[36] ③如果是將重物綁在長棍上，由兩人各自扛著棍子的兩端的情況，該怎麼做，才能讓兩人承受的重量相同呢？

1　把物體用長繩子綁起來。

2　把物體綁在更長的棍子上。

3　把物體綁在靠近兩個人的其中一人的位置。

4　把物體綁在棒子的正中央。

[題解攻略]

答えは4

③＿＿のすぐ後に「棒の真ん中に荷物があれば、二人の重さは同じである」とある。それを説明しているのは4。

正確答案是4

緊接在③＿＿後面的是「棒の真ん中に荷物があれば、二人の重さは同じである」（當物體位於棍子的正中央時，兩人承受的重量相同），而說明這點的是選項4。

答案：4

37　④覚えておくとよいのはどんなことか。

1　荷物の重心がどこかわからなければ、どこを持っても重さは変わらないということ

2　荷物を二人で運ぶ時は、棒にひもをかけて持つと楽であるということ

3　荷物を二人以上で運ぶ時は、重心から最も離れたところを持つと軽いということ

4　荷物を二人以上で運ぶ時は、重心から一番近いところを持つと楽であるということ

[翻譯]

[37] ④<u>請各位牢記在心</u>是指什麼事呢？

1　當不知道物體的重心位於哪裡時，不論搬哪一端重量都不會改變

2　當兩個人搬運物體時，把物體用繩子綁在棍子上，扛起來最輕鬆

3　當超過兩個人合力搬運物體時，握在距離物體的重心最遠的位置感覺最輕

4　當超過兩個人合力搬運重物時，握在距離物體的重心最近的位置最輕鬆

[題解攻略]

答えは３

④＿＿のすぐ前のことばに注目する。「重い荷物を二人以上で運ぶ場合、荷物の重心から、一番離れた場所が一番軽くなる」とある。それを説明しているのは３。

正確答案是３

請注意④＿＿前方的句子「重い荷物を二人以上で運ぶ場合、荷物の重心から、一番離れた場所が一番軽くなる」（當超過兩個人合力搬運重物時，距離物體的重心最遠的位置會感覺最輕），而說明這點的是選項３。

答案：3

單字的意思

- □ 坂／坡道，斜面；（比喻人生或工作的關鍵時刻）大關，陡坡
- □ 実は／其實，說真的，老實說，事實是，說實在的
- □ それぞれ／每個（人），分別，各自
- □ 離れる／距離，相隔；離去；離開，分開；脫離（關係），背離
- □ 物理／物理（學）；（文）事物的道理
- □ 中心／中心，當中；中心，重點，焦點；中心地，中心人物

文法的意思

- □ ～ように／如同…；為了…而…；希望…，請…

問題七　翻譯與題解

第７大題　右頁是申請某間圖書館借閱證時的相關規定。請閱讀後回答下列問題。答案請從１・２・３・４之中挑出最適合的選項。

図書館カードの作り方

① はじめて本を借りるとき

- 中松市に住んでいる人
- 中松市内で働いている人
- 中松市内の学校に通学する人は、

  カードを作ることができます。

> **図書館カード**
>
> 4 901301 247407
>
> なまえ　マニラム・スレシュ
>
> 中松市立図書館
>
> 〒333-2212 中松市今中 1-22-3
>
> ☎ 0901-33-3211

- また、坂下市、三田市及び松川町に住所がある人も作ることができます。

カウンターにある「貸し出し申込書」に必要なことを書いて、図書館カードを受け取ってください。

その際、氏名・住所が確認できるもの（運転免許証・健康保険証・外国人登録証・住民票・学生証など）をお持ちください。中松市在勤、在学で、その他の市にお住まいの人は、その証明も合わせて必要です。

② 続けて使うとき、住所変更、カードをなくしたときの手続き

- 図書館カードは３年ごとに住所確認手続きが必要です。登録されている内容に変更がないか確認を行います。手続きをするときは、氏名・住所が確認できる書類をお持ちください。
- 図書館カードは中央図書館、市内公民館図書室共通で利用できます。３年ごとに住所変更のうえ、続けて利用できますので、なくさないようお願いいたします。
- 住所や電話番号等、登録内容に変更があった場合はカウンターにて変更手続きを行ってください。また、利用資格がなくなった場合は、図書館カードを図書館へお返しください。
- 図書館カードを紛失※された場合は、すぐに紛失届けを提出してください。カードをもう一度新しく作ってお渡しするには、紛失届けを提出された日から１週間かかります。

※　紛失…なくすこと

[翻譯]

圖書館借閱證的製發規定

圖書館借閱證
4 901301 247407
姓名 馬尼拉姆・司雷舒
中松市立圖書館
〒 333-2212 中松市今中 1-22-3 ☎ 0901-33-3211

① 第一次借書時

- 中松市的居民
- 於中松市工作者
- 於中松市在學者
- 符合上述資格者，得申請借閱證。此外，坂下市、三田市及松川町的居民亦可申請。

請於放置於櫃臺上的「借閱證申請書」上填寫必要資料後，領取借閱證。

申請時，請攜帶能夠檢核姓名與住址的證件（例如：駕照、健保卡、外僑居留證、戶口名簿、學生證等）。於中松市工作或在學者，或是其他市町的居民，亦必須攜帶相關證件。

② 申請延長使用期限、住址異動，以及借閱證遺失時之手續

- 借閱證每三年必須辦理一次檢核住址的手續，以核對登載的資料是否異動。辦理時請攜帶能夠檢核姓名與住址的證明文件。
- 本借閱證亦可於中央圖書館及市內公民館圖書室使用，每三年一次完成住址檢核後即可延長使用期限，務請妥善保管。
- 當住址、聯絡電話、登載資料異動時，請至櫃臺辦理異動手續。此外，當不再具有借閱資格時，請將借閱證歸還圖書館。
- 假如遺失※借閱證，請立刻辦理掛失。借閱證將於申辦日起一星期後補發借閱證。

※ 紛失：遺失

38 中松市に住んでいる留学生のマニラムさん(21歳)は、図書館で本を借りるための手続きをしたいと思っている。マニラムさんが図書館カードを作るにはどうしなければならないか。

1 お金をはらう。

2 パスポートを持っていく。

3 貸し出し申込書に必要なことを書いて、学生証か外国人登録証を持っていく。

4 貸し出し申込書に必要なことを書いて、お金をはらう。

[翻譯]

[38] 住在中松市的留學生馬尼拉姆先生（21 歲）為了能在圖書館借書而想辦理相關手續。請問馬尼拉姆先生要申辦借閱證時，應該完成以下哪項程序呢？

1 支付款項。

2 帶護照去。

3 在借閱證申請書上填寫必要資料，以及攜帶學生證或外僑居留證。

4 在借閱證申請書上填寫必要資料，以及付款。

[題解攻略]

答えは3

図書館のカードを作るためには、「貸し出し申込書」を書く必要がある。その際、氏名・住所が確認できるもの（運転免許証・健康保険証・外国人登録証・住民票・学生証など）が必要である。マニラ

正確答案是 3

申請借閱證必須填寫「貸し出し申込書」（借閱證申請書）。申請時，必須攜帶能夠檢核姓名與住址的證件（例如：駕照、健保卡、外僑居留證、戶口名簿、學生證等）。因為馬尼拉姆先生

ムさんは、中松市に住んでいる留学生なので、学生証か外国人登録証をカウンターで見せる。	是住在中松市的留學生，所以必須向櫃臺出示學生證或外僑居留證。 答案：3

39 図書館カードについて、正しいものはどれか。

1 図書館カードは、中央図書館だけで使うことができる。

2 図書館カードは、三年ごとに新しく作らなければならない。

3 住所が変わった時は、電話で図書館に連絡をしなければならない。

4 図書館カードをなくして、新しく作る時は一週間かかる。

[翻譯]

[39] 關於借閱證的敘述，以下哪一項正確？

1 借閱證只能在中央圖書館使用。

2 借閱證每三年就必須重新製發一次。

3 住址異動時，必須以電話通知圖書館。

4 遺失借閱證時，需花一個星期重新製發。

[題解攻略]

答えは4 1. ×…図書館カードは「中央図書館、市内公民館図書室共通で利用できます」とある。	正確答案是4 1. ×…規定中提到借閱證「中央図書館、市内公民館図書室共通で利用できます」（可於中央圖書館及市內公民館圖書室使用）。

2. ×…「3年ごとに住所確認のうえ、続けて利用できます」とある。

3. ×…「住所や電話番号等、登録内容に変更があった場合はカウンターにて変更手続きを行ってください」とある。電話ではなくて、カウンターに行く必要がある。

4. ○…「カードをもう一度新しく作ってお渡しするには、紛失届けを提出された日から1週間かかります」とある。

2. ×…規定中提到「3年ごとに住所確認のうえ、続けて利用できます」(每三年一次完成住址檢核後即可延長使用期限）。

3. ×…規定中提到「住所や電話番等、登録内容に変更があった場合はカウンターにて変更手続きを行ってください」（當住址、聯絡電話、登載資料異動時，請至櫃臺辦理異動手續）。這項異動手續不可使用電話通知，而必須親自到櫃台辦理。

4. ○…規定中提到「カードをもう一度新しく作ってお渡しするには、紛失届けを提出された日から1週間かかります」（借閱證將於申辦日起一星期後補發借閱證）。

答案：4

單字的意思

- □ カード【card】／卡片；撲克牌
- □ できる／能夠；完成
- □ 貸し出し／出借；出租；貸款
- □ 健康／健康的，健全的
- □ 在学／在校學習，上學
- □ 証明／證明
- □ 続ける／繼續…；接連不斷
- □ 変更／變更，更改，改變
- □ 氏名／姓與名，姓名
- □ 書類／文書，公文，文件
- □ 共通／共同，通用
- □ 資格／資格，身份；水準
- □ パスポート【passport】／護照；身分證

小知識

近幾年來，日本具特色、質感的圖書館已經成為旅客必訪的景點之一，例如「東京北區中央圖書館」以紅磚打造外牆，古色古香、「秋田國際大學圖書館」木製的半圓環設計溫暖又壯觀、「石川金澤海洋未來圖書館」搶眼的純白色設計，頗具前衛的時尚感。

專欄 3

文法比一比

● んじゃない、んじゃないかとおもう

「不…嗎」，「莫非是…」

說明 [N / N a（なん）じゃない]；[A/ Vんじゃない]。是「のではないだろうか」的口語形。表示意見跟主張。

例句 花子？もう帰ったんじゃない。／花子？她不是已經回去了嗎？

● にちがいない

「一定是…」，「准是…」

說明 [N / N a（である）にちがいない]；[A/ Vにちがいない]。表示說話人根據經驗或直覺，做出非常肯定的判斷。常用在自言自語的時候。相當於「…きっと…だ」。

例句 この写真は、ハワイで撮影されたに違いない。／這張照片，肯定是在夏威夷拍的。

● にたいして（は）、にたいし、にたいする

「向…」，「對（於）…」

說明 [Nにたいして]；[N aなのにたいして]；[A- いのにたいして]；[Vのにたいして]；[NにたいするN]。表示動作、感情施予的對象。可以置換成「に」。

例句 この問題に対して、ご意見を聞かせてください。／針對這問題請讓我聽聽您的意見。

● について（は）、につき、についても、についての

「有關…」，「就…」，「關於…」

說明 [Nについて]；[Nにつき]；[NについてのN]。表示前項先提出一個話題，後項就針對這個話題進行說明。相當於「…に関して、に対して」。

例句 中国の文学について勉強しています。／我在學中國文學。

● にきまっている

「肯定是…」，「一定是…」

說明 [N /A/ Vにきまっている]。表示說話人根據事物的規律，覺得一定是這樣，不會例外，充滿自信的推測。相當於「きっと…だ」。

例句 私だって、結婚したいに決まっているじゃありませんか。ただ、相手がいないだけです。／我也是想結婚的不是嗎？只是沒有對象呀。

● より（ほか）ない、よりしかたがない

「只有…」，「除了…之外沒有…」

說明 [V - るより（ほか）ない]；[V - るよりしかたがない]。後面伴隨著否定，表示這是唯一解決問題的辦法。

例句 こうなったら一生懸命やるよりない。／事到如今，只能拚命去做了。

問題四　翻譯與題解

第 4 大題　請閱讀以下（1）至（4）的文章，然後回答問題。答案請從 1・2・3・4 之中挑出最適合的選項。

（1）

日本で、東京と横浜の間に電話が開通したのは 1890 年です。当時、電話では「もしもし」ではなく、「もうす、もうす（申す、申す）」「もうし、もうし（申し、申し）」とか「おいおい」と言っていたそうです。その当時、電話はかなりお金持ちの人しか持てませんでしたので、「おいおい」と言っていたのは、ちょっといばっていたのかもしれません。それがいつごろ「もしもし」に変わったかについては、よくわかっていません。たくさんの人がだんだん電話を使うようになり、いつのまにかそうなっていたようです。

この「もしもし」という言葉は、今は電話以外ではあまり使われませんが、例えば、前を歩いている人が切符を落とした時に、「もしもし、切符が落ちましたよ。」というように使うことがあります。

24　そうなっていたは、どんなことをさすのか。

1　電話が開通したこと

2　人々がよく電話を使うようになったこと

3　お金持ちだけでなく、たくさんの人が電話を使うようになったこと

4　電話をかける時に「もしもし」と言うようになったこと

[翻譯]

在日本，東京與橫濱之間的電話於 1890 年開通。據說當時電話接通後，人們說的不是「欸／もしもし」，而是「說話／もうす、もうす（申す、申す）」、「講話／もうし、もうし（申し、申し）」，或是「喂／おいおい」。那時候，只有財力相當雄厚的人才裝得起電話，因此用「喂／おいおい」聽起來似乎有點傲慢。後來不知道什麼時候，接通後改成了「もしもし」。可能是當愈來愈多人使用電話以後，逐漸變成了這種用法。

關於「もしもし」這句話，如今除了撥接電話時，很少用在其他場合，但是如果當我們發現走在前方的人車票掉落的時候，可以採取「欸，您車票掉了喔」這樣的用法。

[24] 所謂變成了這種用法，是指哪種用法呢？

1　指電話開通了

2　指人們經常使用電話了

3　指不只是有錢人，一般民眾都能普遍使用電話了

4　指電話接通後改成說「もしもし」

[題解攻略]

答えは 4

「そうなっていた」の「そう」のさす内容を前の部分から探す。前の文に「いつごろ『もしもし』に変わったかについては、よくわかっていません」とある。いつのまにか、電話をかける時、「もしもし」と言うようになったということである。したがって、4 が適切である。

正確答案是 4

可以往前尋找「そうなっていた」（變成了這種用法）的「そう」（這種）所指的內容。前面的文章提到「いつごろ『もしもし』に変わったかについては、よくわかっていません」（不知道什麼時候，接通後改成了「もしもし」）。意思是不知道什麼時候開始，接起電話時就變成回答「もしもし」了。所以，選項 4 是最適切的答案。

答案：**4**

單字的意思

□ おい／（主要是男性對同輩或晚輩使用）打招呼的喂，唉；（表示輕微的驚訝）呀！啊！

□ かもしれません／也許，也未可知

□ いつのまにか／不知不覺地，不知什麼時候

□ 前（まえ）／前方，前面；（時間）早；預先；從前

文法的意思

□ ～ようになる／變得…，逐漸會…

小知識

日本人接電話時，習慣先報上自己的姓名、自己的家或公司名，然後才開始談話。由於講電話看不見對方的表情，所以說話要慢，中途適當地停頓一下，讓對方反應或紀錄。另外，切忌說「わかりましたか」（你懂嗎）這類直接的讓人感到無禮的話哦！

(2)

「ペットボトル」の「ペット」とは何を意味しているのだろうか。もちろん動物のペットとはまったく関係がない。

ペットボトルは、プラスチックの一種であるポリエチレン・テレフタラート（Polyethylene terephthalate）を材料として作られている。実は、ペットボトルの「ペット（pet）」は、この語の頭文字をとったものだ。ちなみに「ペットボトル」という語と比べて、多くの国では「プラスチック　ボトル（plastic bottle）」と呼ばれているということである。

ペットボトルは日本では1982年から飲料用に使用することが認められ、今や、お茶やジュース、しょうゆやアルコール飲料などにも使われていて、毎日の生活になくてはならない存在である。

25 「ペットボトル」の「ペット」とは、どこから来たのか。

1 動物の「ペット」の意味からきたもの
2 「plastic bottle」を省略したもの
3 1982年に、日本のある企業が考え出したもの
4 ペットボトルの材料「Polyethylene terephthalate」の頭文字からとったもの

[翻譯]

「保特瓶（PET bottle）」的「保特（PET）」是指什麼意思呢？這當然和動物的 pet（寵物）沒有任何關係。

保特瓶是用一種名為聚對苯二甲酸乙二酯（Polyethylene terephthalate）的塑膠原料製作而成的。其實，保特瓶的「保特（PET）」就是這個字的簡稱。順帶一提，「保特瓶」這個名稱似乎只在日本這樣用，其他多數國家都稱為「塑膠瓶（Plastic bottle）」。

在日本，保特瓶是從 1982 年起通過得以用來盛裝飲料，現在也被廣泛當成茶飲、果汁、醬油或含酒精飲料等等的容器，成為日常生活中不可或缺的用品。

[25]「保特瓶（PET bottle）」的「保特（PET）」是從何得名的呢？

1　從動物的「pet（寵物）」的意思而來

2　「plastic bottle」的簡稱

3　由日本的某家公司於 1982 年想出來的名稱

4　保特瓶的原料「Polyethylene terephthalate」這個詞的簡寫

[題解攻略]

答(こた)えは 4

1. ×…「動物(どうぶつ)のペットとはまったく関係(かんけい)がない」とある。

2. ×…「plastic bottle」と呼(よ)ばれているのは、日本以外(にほんいがい)の国(くに)である。

正確答案是 4

1. ×…文中提到「動物のペットとはまったく関係がない」（和動物的 pet〈寵物〉沒有任何關係）。

2. ×…把保特瓶稱作「plastic bottle」的是日本以外的其他國家。

3. ×…1892年は、ペットボトルを飲料用に使用することが認められた年である。

4. ○…「ポリエチレン・テレフタラート(Polyethylene terephthalate)を材料として作られている」とある。また、「『ペット(pet)』は、この語の頭文字をとったもの」と述べられている。

3. ×…1892 年發生的事是通過得以用保特瓶來盛裝飲料。

4. ○…文中提到保特瓶「ポリエチレン・テレフタラート（Polyethylene terephthalate）を材料として作られている」（是用一種名為聚對苯二甲酸乙二酯（Polyethylene terephthalate）的塑膠原料製作而成的），並且說明「『ペット（pet）』は、この語の頭文字をとったもの」（「保特（PET）」就是這個字的簡稱）。

答案：4

單字的意思

- □ まったく／完全，全然；實在，簡直；（後接否定）絕對，完全
- □ プラスチック【plastic】／（化）塑膠，塑料
- □ ジュース【juice】／果汁，汁液，糖汁，肉汁
- □ 省略／省略，從略

文法的意思

- □ ～として／作為…，以…身份；如果是…的話，對…來説
- □ ～に比べて／與…相比，跟…比較起來，比較…

(3)

レストランの入り口に、お知らせが貼ってある。

お知らせ

2015年8月1日から10日まで、ビル外がわの階段工事を行います。
ご来店のみなさまには、大変ご迷惑をおかけいたしますが、どうぞよろしくお願い申し上げます。

なお、工事期間中は、お食事をご注文のお客様に、コーヒーのサービスをいたします。
みなさまのご来店を、心よりお待ちしております。

レストラン　サンセット・クルーズ
店主　山村

---

26 このお知らせの内容と、合っているものはどれか。

1 レストランは、8月1日から休みになる。
2 階段の工事には、10日間かかる。
3 工事の間は、コーヒーしか飲めない。
4 工事中は、食事ができない。

[翻譯]

餐廳的門口張貼著一張告示：

敬告顧客

自 2015 年 8 月 1 日至 10 日，本大樓的室外階梯將進行修繕工程。
非常抱歉造成各位來店顧客的不便，敬請多多包涵。
此外，於施工期間點餐的顧客，本店將致贈咖啡。
由衷期待您的光臨。

餐廳 日落・克魯茲

店長 山村

---

[26] 以下哪一段敘述符合這張告示的內容？

1 餐廳從 8 月 1 日起公休。
2 階梯修繕工程需要 10 天的工期。
3 施工期間只供應咖啡。
4 施工時無法提供餐點。

[題解攻略]

答えは２

1. ×…工事期間中でもレストランは開いている。

2. ○…「2015 年 8 月 1 日から 10 日まで」とある。つまり 10 日間である。

3. ×…食事を注文したお客に「コーヒーをサービス」するのであって、「コーヒーしか飲めない」わけではない。

正確答案是 2

1. ×…施工期間餐廳仍然照常營業。

2. ○…告示上表明修繕工程是「2015 年 8 月 1 日から 10 日まで」（2015 年 8 月 1 日至 10 日）。也就是 10 天。

3. ×…告示上寫的是將「コーヒーをサービス」（致贈咖啡）給點餐的客人，而不是「コーヒーしか飲めない」（只供應咖啡）。

4. ×…「お食事をご注文のお客様に」とあることから、食事ができることがわかる。	4. ×…告示上提到「お食事をご注文のお客様に」（點餐的顧客），由此得知仍然可以在餐廳內用餐。

答案：2

單字的意思

□ 知らせ／通知；預兆，前兆

□ 工事／工程，工事

□ 迷惑／麻煩，煩擾；為難，困窘；討厭，妨礙，打擾

□ 期間／期間，期限內

□ 注文／點餐，訂貨，訂購；希望，要求，願望

□ 合う／正確，適合；一致，符合；對，準；合得來；合算。

小知識

日文的日期可不像中文從一到十數一遍就好，其中一日到十日的特定念法更是常常讓人反應不及。建議大家可以像下表一樣，在家裡的月曆或常用的行事曆上寫下每一天的念法，多寫、多讀，就能朗朗上口了！

2017年6月						
日曜日（星期日）	月曜日（星期一）	火曜日（星期二）	水曜日（星期三）	木曜日（星期四）	金曜日（星期五）	土曜日（星期六）
				1日	2日	3日
				ついたち	ふつか	みっか
4日	5日	6日	7日	8日	9日	10日
よっか	いつか	むいか	なのか	ようか	ここのか	とおか
11日	12日	13日	14日	15日	16日	17日
じゅういちにち	じゅうににち	じゅうさんにち	じゅうよっか	じゅうごにち	じゅうろくにち	じゅうしちにち
18日	19日	20日	21日	22日	23日	24日
じゅうはちにち	じゅうくにち	はつか	にじゅういちにち	にじゅうににち	にじゅうさんにち	にじゅうよっか
25日	26日	27日	28日	29日	30日	
にじゅうごにち	にじゅうろくにち	にじゅうしちにち	にじゅうはちにち	にじゅうくにち	さんじゅうにち	

(4)

これは、野口さんに届いたメールである。

結婚お祝いパーティーのご案内

[koichi.mizutani @xxx.ne.jp]
送信日時：2015/8/10（月）10:14
宛先：2015danceclub@members.ne.jp

このたび、山口友之さんと三浦千恵さんが結婚されることになりました。
つきましてはお祝いのパーティーを行いたいと思います。

日時　2015年10月17日（土）18:00～
場所　ハワイアンレストランHuHu（新宿）
会費　5000円

出席か欠席かのお返事は、8月28日（金）までに、水谷koichi.mizutani@xxx.ne.jpに、ご連絡ください。
楽しいパーティーにしたいと思います。ぜひ、ご参加ください。

世話係
水谷高一
koichi.mizutani@xxx.ne.jp

---

27 このメールの内容(ないよう)で、正(ただ)しくないのはどれか。

1 山口友之(やまぐちともゆき)さんと三浦千恵(みうらちえ)さんは、8月10日(がつとおか)(月(げつ))に結婚(けっこん)した。

2 パーティーは、10月(がつ)17日(にち)(土(ど))である。

3 パーティーに出席(しゅっせき)するかどうかは、水谷(みずたに)さんに連絡(れんらく)をする。

4 パーティーの会費(かいひ)は、5000円(えん)である。

[翻譯]

這是寄給野口先生的一封電子郵件：

結婚祝賀酒會相關事宜

[koichi.mizutani @xxx.ne.jp]
日期：2015/8/10（一）10:14
收件地址：2015danceclub@members.ne.jp

山口友之先生與三浦千惠小姐將要結婚了！
我們即將為這對新人舉行祝賀派對。

日期　2015 年 10 月 17 日（六）18:00 ～
地點　夏威夷餐廳 HuHu（新宿）
出席費　5000 圓

敬請於 8 月 28 日（五）前，通知水谷 koichi.mizutani @xxx.ne.jp 您是否出席。
竭誠邀請您一起來為他們辦一場充滿歡樂的派對！

幹事
水谷高一
koichi.mizutani @xxx.ne.jp

---

[27] 關於這封電子郵件的內容，以下何者不正確？

1 山口友之先生與三浦千惠小姐在 8 月 10 日（一）結婚了。

2 派對將在 10 月 17 日（六）舉行。

3 是否出席派對，請通知水谷先生。

4 派對的出席費是 5000 圓。

［題解攻略］

答えは1

メールが届いたのが8月10日。「山口知之さんと三浦千恵さんが結婚されることになりました」とあることから、まだこのとき結婚していないことがわかる。したがって、1がメールの内容が正しくないものである。

2. ×…「日時　2015年10月17日（土）18:00〜」とある。

3. ×…「出席か欠席かのお返事は、8月28日（金）までに、水谷 koichi.mizutani@xxx.ne.jp に、ご連絡ください」とある。「水谷さん」はこのメールを出した人である。

4. ×…「会費　5000円」とある。

正確答案是1

寄送郵件的日期是8月10日，而郵件中提到「山口知之さんと三浦千恵さんが結婚されることになりました」（山口友之先生與三浦千惠小姐將要結婚了），因此可知此時兩人還沒有結婚，所以選項1是不正確的。

2. ×…郵件確實提到結婚祝賀酒會將於「日時　2015年10月17日（土）18:00〜」（日期　2015年10月17日(六) 18:00〜）舉行。

3. ×…郵件上提到「出席か欠席かのお返事は、8月28日（金）までに、水谷 koichi.mizutani@xxx.ne.jp に、ご連絡ください」（敬請於8月28日（五）前，通知水谷 koichi.mizutani @xxx.ne.jp 您是否出席），由此可知「水谷さん」（水谷先生）是寄送郵件的人。

4. ×…郵件上確實提到「会費　5000円」（出席費5000圓）。

答案：1

單字的意思

- □ 欠席／缺席
- □ 参加／參加，加入
- □ ぜひ／務必；好與壞
- □ 世話係／幹事

問題五　翻譯與題解

第５大題　請閱讀以下（１）至（２）的文章，然後回答問題。答案請從１・２・３・４之中挑出最適合的選項。

（1）

日本では毎日、数千万人もの人が電車や駅を利用しているので、①もちろんのことですが、毎日のように多くの忘れ物が出てきます。

JR 東日本※の方に聞いてみると、一番多い忘れ物は、マフラーや帽子、手袋などの衣類、次が傘だそうです。傘は、年間約 30 万本も忘れられているということです。雨の日や雨上がりの日などには、「傘をお忘れになりませんように。」と何度も車内アナウンスが流れるほどですが、②効果は期待できないようです。

ところで、今から 100 年以上も前、初めて鉄道が利用されはじめた明治時代には、③現代では考えられないような忘れ物が、非常に多かったそうです。

その忘れ物とは、いったい何だったのでしょうか。

それは靴（履き物）です。当時はまだ列車に慣れていないので、間違えて、駅で靴を脱いで列車に乗った人たちがいたのです。そして、降りる駅で、履きものがない、と気づいたのです。

日本では、家にあがるとき、履き物を脱ぐ習慣がありますので、つい、靴を脱いで列車に乗ってしまったということだったのでしょう。

※　JR 東日本…日本の鉄道会社名

［翻譯］

日本每天都有數千萬人行經車站或搭乘電車，①理所當然地，幾乎每天都會出現許多遺失物。

請教ＪＲ東日本[※]的相關人員後得知，最常見的遺失物是圍巾、帽子、手套等衣物，接著是傘。每年大約有多達三十萬支傘被忘在車上。儘管下雨天和雨過天晴的時候，總是一再播放車廂廣播「請記得帶走您的傘」，可惜②效果仍然不大。

順帶一提，距今100年前，也就是電車開始營運的明治時代，當時出現了非常大量的遺失物是③現代人所難以想像的。

您不妨猜猜看，是什麼樣的遺失物呢？

答案是鞋子（鞋履）。當時的人們還不習慣搭乘電車，因此很多人誤在車站脫下鞋子後才上了電車。結果到站下車後，這才發現沒有鞋子可穿了。

應該是由於日本人進入房屋時習慣脫下鞋子，以致於一不留神就把鞋子脫下來，走進電車車廂裡了。

※ ＪＲ東日本：日本的鐵路公司名稱

---

28 ①もちろんのこととは、何か。

1 毎日、数千万人もの人が電車を利用していること
2 毎日のように多くの忘れ物が出てくること
3 特に衣類の忘れ物が多いこと
4 傘の忘れ物が多いこと

[翻譯]

[28] 文中提到①理所當然地，是指什麼呢？

1　每天都有數千萬人搭乘電車

2　幾乎每天都會出現許多遺失物

3　尤其以衣物類的遺失物最多

4　很多傘都被忘在車上

[題解攻略]

答えは２

「もちろんのこと」とは、前の内容を受けて、当然、後の結果になるということ。「毎日、数千万人もの人が電車や駅を利用している」から、どうなるか。それはすぐ後にある「毎日のように多くの忘れ物が出て」くるということ。したがって、２が正しい。

正確答案是 2

「もちろんのこと」（理所當然地）是指得知前項內容的事實後，必然會發生後面的結果。「毎日、数千万人もの人が電車や駅を利用している」（每天都有數千萬人行經車站或搭乘電車），因此會發生什麼事呢？這句話後面提到「毎日のように多くの忘れ物が出て」（每天都會出現許多遺失物）。所以選項 2 是正確的。

答案：2

29　②効果は期待できないとはどういうことか。

1　衣類の忘れ物がいちばん多いということ

2　衣類の忘れ物より傘の忘れ物の方が多いこと

3　傘の忘れ物は少なくならないということ

4　車内アナウンスはなくならないということ

[翻譯]

[29] 文中提到②效果仍然不大，是指什麼呢？

1　是指衣物類的遺失物最多

2　是指相較於衣物類的遺失物，忘在車上的傘更多

3　是指被忘在車上的雨傘數量無法減少

4　是指車廂廣播不可或缺

[題解攻略]

答え（こた）は３

「効果（こうか）は期待（きたい）できない」とは、効果（こうか）はないということ。具体的（ぐたいてき）には、何度（なんど）も車内（しゃない）アナウンスをしても傘（かさ）の忘（わす）れ物（もの）は減（へ）らないということ。したがって、３が正（ただ）しい。

正確答案是 3

「効果は期待できない」（效果仍然不大）是指沒有效果。具體而言，即使再三播放車廂廣播，被遺忘的傘也沒有減少，所以選項 3 是正確的。

答案：3

30　③現代（げんだい）では考（かんが）えられないのは、なぜか。

1　鉄道（てつどう）が利用（りよう）されはじめたのは、100年以上（ねんいじょう）も前（まえ）だから

2　明治時代（めいじじだい）は、車内（しゃない）アナウンスがなかったから

3　現代人（げんだいじん）は、靴（くつ）を脱（ぬ）いで電車（でんしゃ）に乗（の）ることはないから

4　明治時代（めいじじだい）の日本人（にほんじん）は、履（は）き物（もの）を脱（ぬ）いで家（いえ）に上（あ）がっていたから

[翻譯]

[30] 文中提到③現代人所難以想像的，為什麼呢？

1　因為電車開始營運是在距今 100 年前

2　因為明治時代沒有車廂廣播

3　因為現代人不會脫下鞋子搭乘電車

4　因為明治時代的日本人總是脫下鞋履才進入房屋

[題解攻略]

答えは３

「現代では考えられないような忘れ物」とは何かをまずとらえる。後に「それは靴（履き物）です」とある。次になぜ靴が「現代では考えられない」のかをとらえる。100 年以上も前は、駅で靴を脱いで列車に乗った人たちがいたので、降りる時、靴がないと気づいたのだ。それに対して現代は、靴を脱いで列車に乗る人はいないので、靴を忘れるということはなくなったのである。したがって、３が正しい。

正確答案是 3

首先要找出「現代では考えられないような忘れ物」（現代人所難以想像的遺失物）這句話指的是什麼。這句話是指後面的「それは靴（履き物）です」（鞋子〈鞋履〉）。接下來要找出為什麼鞋子是「現代では考えられない」（現代人所難以想像的）。後文接著說明因為在距今 100 年前，人們會在車站脫鞋後再搭乘電車，直到下車時才發現沒有鞋子可以穿。相較之下，現在已經不會有人脫鞋搭車了，所以也不會有忘記把鞋子帶走的情形。因此選項 3 是正確答案。

答案：3

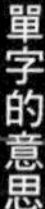

□ マフラー【muffler】／圍巾；（汽車等的）滅音器

□ アナウンス【announce】／廣播；報告；通知

□ 流れる／播放；傳布；流動；漂流；飄動；流逝；流浪；（壞的）傾向

□ 効果／效果，成效，成績；（劇）效果

□ 現代／現代，當代；(歷史）現代（日本史上指二次世界大戰後）

□ 非常／非常，很，特別；緊急，緊迫

□ いったい／到底，究竟；一體，同心合力

□ 列車／列車，火車

□ 間違える／錯；弄錯

□ つい／不知不覺，無意中；不由得，不禁

文法的意思

□ ～ということだ／聽說…，據說…；…也就是說…，這就是…

□ ～ように／請…，希望… ；為了…而…；如同…

□ ～ような／像…樣的，宛如…一樣的…

□ ～とは／…指的是，所謂的…；這個…，是…，叫…的

（2）

挨拶は世界共通の行動であるらしい。ただ、その方法は、社会や文化の違い、挨拶する場面によって異なる。日本で代表的な挨拶といえばお辞儀※1であるが、西洋でこれに代わるのは握手である。また、タイでは、体の前で両手を合わせる。変わった挨拶としては、ポリネシアの挨拶が挙げられる。ポリネシアでも、現代では西洋的な挨拶の仕方に変わりつつあるそうだが、①伝統的な挨拶は、お互いに鼻と鼻を触れ合わせるのである。

日本では、相手に出会う時間や場面によって、挨拶が異なる場合が多い。

朝は「おはよう」や「おはようございます」である。これは、「お早くからご苦労様です」などを略したもの、昼の「こんにちは」は、「今日はご機嫌いかがですか」などの略である。そして、夕方から夜にかけての「こんばんは」は、「今晩は良い晩ですね」などが略されて短い挨拶の言葉になったと言われている。

このように、日本の挨拶の言葉は、相手に対する感謝やいたわり※2の気持ち、または、相手の体調などを気遣う※3気持ちがあらわれたものであり、お互いの人間関係をよくする働きがある。時代が変わっても、お辞儀や挨拶は、最も基本的な日本の慣習※4として、ぜひ残していきたいものである。

※1　お辞儀…頭を下げて礼をすること。

※2　いたわり…親切にすること。

※3　気遣う…相手のことを考えること。

※4　慣習…社会に認められている習慣。

［翻譯］

問候是世界各國共通的行為。不過，隨著社會與文化的差異，以及場合的不同，問候的方式也不一樣。在日本，最具代表性的問候方式要算是鞠躬[※1]，而在西方社會則是握手。另外，在泰國是將雙手合掌放在胸前。最特別的，要算是玻里尼西亞人的問候了。玻里尼西亞的現代問候方式雖然逐漸演變為西方社會的問候方式，但是①傳統的問候方式是互相摩蹭彼此的鼻子。

在日本，隨著雙方見面的時間與場合的不同，問候的方式也經常不一樣。

據說，早上互道「おはよう（早）」或「おはようございます（早安）」，這是從「お早くからご苦労様です（一早就辛苦您了）」簡化而來的；而白天時段的「こんにちは（您好）」是「今日はご機嫌いかがですか（您今天感覺如何呢）」的簡略說法；至於從黃昏到晚上的「こんばんは（晚上好）」，則是將「今晩は良い晩ですね（今晚是個美好的夜晚哪）」縮短成簡短的問候語。

如上所述，日本的問候語是源自於表達感謝或慰勞[※2]對方的心意，或是對其健康狀態的關心[※3]而來，有助於增進雙方的人際關係。即使時代演進，鞠躬和寒暄仍然是日本人最重要的習俗[※4]，殷切盼望能夠流傳後世。

※1 お辞儀：低頭行禮。

※2 いたわり：表示慰問之意。

※3 気遣い：關心對方。

※4 慣習：社會公認的習慣。

31 ポリネシアの①伝統的な挨拶は、どれか。

1　お辞儀をすること

2　握手をすること

3　両手を合わせること

4　鼻を触れ合わせること

[翻譯]

[31] 玻里尼西亞①傳統的問候方式是哪一種？

1　鞠躬

2　握手

3　雙手合掌

4　磨蹭彼此的鼻子

[題解攻略]

答えは４

1. ×…「お辞儀」は日本の代表的な挨拶。

2. ×…「握手」は西洋で行われている挨拶。

3. ×…「両手を合わせる」のはタイで行われている挨拶。

4. ○…①____のすぐ後に「鼻と鼻を触れ合わせる」とある。

正確答案是４

1. ×…「お辞儀」（低頭行禮）是日本很具代表性的問候方式。

2. ×…「握手」（握手）是西方社會使用的問候方式。

3. ×…「両手を合わせる」（雙手合掌）是泰國使用的問候方式。

4. ○…①____的後面提到「鼻と鼻を触れ合わせる」（互相摩蹭彼此的鼻子）。

答案：4

32 日本の挨拶の言葉は、どんな働きを持っているか。

1 人間関係がうまくいくようにする働き

2 相手を良い気持ちにさせる働き

3 相手を尊重する働き

4 日本の慣習をあとの時代に残す働き

[翻譯]

[32] 問候語具有什麼樣的效果？

1 有助於增進人際關係

2 有助於雙方的心情愉快

3 有助於尊重對方

4 有助於使日本的習俗流傳後世

[題解攻略]

答えは 1

1. ○…最後の段落に「お互いの人間関係をよくする働きがある」とある。

2. ×…「相手を良い気持ちにさせる」とは書かれていない。

3. ×…「相手を尊重する」とは書かれていない。

4. ×…「日本の慣習をあとの時代に残す」は筆者が将来希望していることである。

正確答案是 1

1. ○…最後一段提到「お互いの人間関係をよくする働きがある」（有助於增進雙方的人際關係）。

2. ×…文中沒有寫到「相手を良い気持ちにさせる」（使雙方的心情愉快）。

3. ×…文中沒有寫到「相手を尊重する」（尊重對方）。

4. ×…「日本の慣習をあとの時代に残す」（使日本的習俗流傳後世）是作者對未來寄予的期盼。

答案：1

33 この文章に、書かれていないことはどれか。

1 挨拶は世界共通だが、社会や文化によって方法が違う。
2 日本の挨拶の言葉は、長い言葉が略されたものが多い。
3 目上の人には、必ず挨拶をしなければならない。
4 日本の挨拶やお辞儀は、ずっと残していきたい。

[翻譯]

[33] 這篇文章沒有提到的是哪一段敘述？

1 問候雖然是世界各國共通的行為，但隨著社會與文化的差異而有不同的方式。
2 日本的問候語有許多都是從長句簡化而成的。
3 對於身分地位比較高的人，一定要向他請安。
4 希望日本的鞠躬和寒暄能後永傳後世。

[題解攻略]

答えは3

1. ×…1段落に「社会や文化の違い、挨拶する場面によって異なる」とある。

2. ×…「おはよう」「こんにちは」「こんばんは」の挨拶を例にして、「長い言葉が略されたもの」であることを説明している。

正確答案是 3

1. ×…因為文中第一段提到「社会や文化の違い、挨拶する場面によって異なる」（隨著社會與文化的差異，以及場合的不同，問候的方式也不一樣）。

2. ×…文中有說明「おはよう」（早）、「こんにちは」（您好）、「こんばんは」（晚上好）這些問候語都是「長い言葉が略されたもの」（從長句簡化而成的）。

3. ○…「目上の人には、挨拶しなければならない」とは書かれていない。

4. ×…この文章の最後に「お辞儀や挨拶は、最も基本的な日本の慣習として、ぜひ残していきたい」とある。

3. ○…文中沒有寫到「目上の人には、挨拶しなければならない」（對於身分地位比較高的人，一定要向他請安）。

4. ×…本文最後提到「お辞儀や挨拶は、最も基本的な日本の慣習として、ぜひ残していきたい」（鞠躬和寒暄仍然是日本人最重要的習俗，殷切盼望能夠流傳後世）。

答案：3

單字的意思

- □ 共通／共同，通用
- □ 方法／方法，辦法
- □ 場面／場面，場所；情景，（戲劇、電影等）場景，鏡頭
- □ 代表／代表
- □ 的／表示狀態或性質；（前接名詞）關於，對於
- □ 代わる／代替，代理，代理
- □ 握手／握手；和解，言和；合作，妥協；會師，會合
- □ 合わせる／合併；核對，對照；加在一起，混合
- □ お互い／彼此，互相
- □ 相手／夥伴，共事者；對方，敵手；對象
- □ 出会う／見面，遇見，碰見，偶遇；約會，幽會
- □ あらわれる／表現，顯出；出現，出來
- □ 働き／作用，功效；功勞，功績；功能，機能；勞動，工作
- □ 基本的（な）／基本的
- □ 残す／遺留；存留；留下，剩下
- □ 下げる／放低，向下；掛；收走
- □ 礼／鞠躬；禮儀，禮節，禮貌；道謝，致謝；敬禮；禮品
- □ 目上／上司；長輩
- □ ずっと／一直；更

文法的意思

□ ～によって／根據…；因為…；由…；依照…

問題六　翻譯與題解

第 6 大題　請閱讀以下的文章，然後回答問題。答案請從 1・2・3・4 之中挑出最適合的選項。

「必要は発明の母」という言葉がある。何かに不便を感じてある物が必要だと感じることから発明が生まれる、つまり、必要は発明を生む母のようなものである、という意味である。電気洗濯機も冷蔵庫も、ほとんどの物は必要から生まれた。

しかし、現代では、必要を感じる前に次から次に新しい製品が生まれる。特にパソコンや携帯電話などの情報機器※がそうである。①その原因はいろいろあるだろう。

第一に考えられるのは、明確な目的を持たないまま機械を利用している人々が多いからであろう。新製品を買った人にその理由を聞いてみると、「新しい機能がついていて便利そうだから」とか、「友だちが持っているから」などだった。その機能が必要だから買うのではなく、ただ単に珍しいからという理由で、周囲に流されて買っているのだ。

第二に、これは、企業側の問題なのだが、②企業側が新製品を作る競争をしているからだ。人々の必要を満たすことより、売れることを目指して、不必要な機能まで加えた製品を作る。その結果、人々は、機能が多すぎてかえって困ることになる。③新製品を買ったものの、十分に使うことができない人たちが多いのはそのせいだ。

次々に珍しいだけの新製品が開発されるため、古い携帯電話やパソコンは捨てられたり、個人の家の引き出しの中で眠っていたりする。ひどい資源のむだづかいだ。

確かに、生活が便利であることは重要である。便利な生活のために機械が発明されるのはいい。しかし、必要でもない新製品を作り続けるのは、もう、やめてほしいと思う。

※ 情報機器（じょうほうきき）…パソコンや携帯電話（けいたいでんわ）など、情報（じょうほう）を伝（つた）えるための機械（きかい）。

[翻譯]

有一句話叫做「需要為發明之母」。這句話的意思是，當感覺到不方便時，會想到需要某種東西來幫忙，就此誕生了一項發明，也就是說，需要如同催生出某項發明的母親。包括電動洗衣機和冰箱等等，幾乎所有的物件都是基於需要應運而生的。

但是到了現代，在人們感覺到需要之前，新產品已經接連面市了。尤其是電腦和行動電話這類資訊裝置※更是如此。至於造成這種狀況的①理由，應該有許多因素。

第一個能夠想像得到的原因應該是，有許多人在不具明確目的之情況下就使用這類裝置了。在詢問購買了新產品的人為何要買下它，答案是「因為新產品搭載了新功能，感覺很方便」，或是「因為朋友有這種新產品」等等。亦即，並不是因為需要那種功能而購買，只是基於稀奇的理由，就跟隨一窩蜂的熱潮也買了。

第二個原因是在於企業端的問題，也就是②企業不斷競相製造出新產品。亦即，企業比起滿足人們的需要，更重視銷售的目標，不惜製造出搭載不需要的功能的產品。結果是功能太多，反而造成人們的困擾。③有很多人儘管買了新產品，卻沒有辦法讓它發揮最大的效用，原因就在這裡。

由於接而連三研發出功能與眾不同的新產品，導致舊機型的行動電話與電腦被棄置，或是沉睡在家中的抽屜裡，形同嚴重的資源浪費。

的確，生活上的便利很重要，若是為了享有便利的生活而發明新的機器，當然很好；然而，真希望別再像這樣不停製造出人們根本不需要的新產品了。

※ 情報機器：諸如電腦和行動電話之類能夠傳遞資訊的裝置。

34 ①<u>その原因</u>は、何を指しているか。

1 ほとんどの物が必要から生まれたものであること
2 パソコンや携帯電話が必要にせまられて作られること
3 目的なしに機械を使っている人が多いこと
4 新しい情報機器が次から次へと作られること

[翻譯]

[34] 文中提到的①<u>理由</u>，是指什麼意思呢？

1 因為幾乎所有的東西都是基於需要應運而生的
2 因為電腦和行動電話是迫於需要而被製造出來的
3 因為很多人毫無目的就使用裝置
4 因為接連不斷製造出新的資訊裝置

[題解攻略]

答えは4

「その原因」の「その」の指す内容を前の部分から探す。①____の前に、「特にパソコンや携帯電話などの情報機器がそうである」とある。この「そう」は前の文の、「必要を感じる前に次から次に新しい製品が生まれる」ということ。つまり、「その原因」とは、「次から次に新しい製品が生まれ

正確答案是4

可以從前文找出「その原因」（這個理由）的「その」（這個）所指的內容。①____的前面提到「特にパソコンや携帯電話などの情報機器がそうである」（尤其是電腦和行動電話這類資訊裝置更是如此）。這個「そう」（如此）是指前面提到的「必要を感じる前に次から次に新しい製品が生まれる」（感覺到需要之前，新產品已經接連面市了）。也就是說，「その原因」（這

る原因」である。したがって、4が正しい。

個理由）是「次から次に新しい製品が生まれる原因」（新產品接連面市的原因），因此選項 4 是正確答案。

答案：4

35 ②企業が新製品を作る競争をしている目的は何か。

1　技術の発展のため　　2　工業製品の発明のため

3　多くの製品を売るため　　4　新製品の発表のため

[翻譯]

[35] ②企業不斷競相製造出新產品，目的是什麼？

1　為了發展技術　　2　為了發明工業製品

3　為了大量銷售產品　　4　為了發表新產品

[題解攻略]

答えは３

②＿＿の後に、「人々の必要を満たすことより、売れることを目指して」とある。つまり、３「多くの製品を売るため」が目的である。

正確答案是 3

②＿＿的後面提到「人々の必要を満たすことより、売れることを目指して」（比起滿足人們的需要，更重視銷售的目標），也就是說選項 3「多くの製品を売るため」（為了大量銷售產品）才是目的。

答案：3

36 ③新製品を買ったものの、十分に使うことができない人たちが多いのは、なぜか

1 企業側が、製品の扱い方を難しくするから
2 不必要な機能が多すぎるから
3 使う方法も知らないで新製品を買うから
4 新製品の説明が不足しているから

[翻譯]

[36] ③有很多人儘管買了新產品，卻沒有辦法讓它發揮最大的效用，原因在哪裡呢？

1 因為企業端把產品設計得很難操作
2 因為不需要的功能太多了
3 因為連使用方式都不知道就買了新產品
4 因為新產品的使用說明不夠充分

[題解攻略]

答えは2

③____の前に、「不必要な機能まで加えた製品を作る」「機能が多すぎてかえって困る」とある。つまり、不必要な機能が多くて困るということである。それに合うのは2。

正確答案是 2

③____的前面提到「不必要な機能まで加えた製品を作る」（製造出搭載不需要的功能的產品）、「機能が多すぎてかえって困る」（功能太多反而造成人們的困擾）。也就是說，因為不必要的功能太多而感到困擾。符合這段敘述的是選項 2。

答案：2

37 この文章の内容と合っていないのはどれか。

1 明確な目的・意図を持たないで製品を買う人が多い。

2 新製品が出たら、使い方をすぐにおぼえるべきだ。

3 どの企業も新製品を作る競争をしている。

4 必要もなく新製品を作るのは資源のむだ使いだ。

[翻譯]

[37] 以下哪一段敘述不符合這篇文章的內容呢？

1 有許多人在不具明確目的、用途的情況下，就買了產品。

2 當新產品一上市，就應該立刻學會操作方式。

3 每一家企業同樣競相製造出新產品。

4 製造不需要的產品形同資源浪費。

[題解攻略]

答えは２

1. ×…3段落に「明確な目的を持たないまま機械を利用している人々が多い」とある。

2. ○…「使い方をすぐにおぼえるべきだ」と述べたところはない。

3. ×…4段落に「企業が新製品を作る競争をしている」とある。

4. ×…5段落に「ひどい資源のむだ使いだ」とある。

正確答案是２

1. ×…請見第三段提到「明確な目的を持たないまま機械を利用している人々が多い」（許多人在不具明確目的之情況下就使用這類裝置）。

2. ○…文章中沒有提到「使い方をすぐにおぼえるべきだ」（應該立刻學會操作方式）。

3. ×…請見第四段提到「企業が新製品を作る競争をしている」（企業不斷競相製造出新產品）。

4. ×…請見第五段提到「ひどい資源のむだづかいだ」（嚴重的資源浪費）。

答案：2

單字的意思

- □ 発明（はつめい）／發明
- □ 感じる（かんじる）／感覺，感到；感動，感觸，有所感
- □ つまり／也就是說，即；阻塞，困窘；到頭，盡頭；總之，說到底
- □ 生む（うむ）／產出，產生
- □ 洗濯機（せんたくき）／洗衣機
- □ 製品（せいひん）／製品，產品
- □ 情報（じょうほう）／情報，信息
- □ 目的（もくてき）／目的，目標
- □ 眠る（ねむる）／擱置不用；埋藏；睡覺
- □ 資源（しげん）／資源
- □ むだ／浪費，白費；徒勞，無益
- □ 重要（じゅうよう）／重要，要緊
- □ 続ける（つづける）／（接在動詞連用形後，複合語用法）繼續…，不斷地
- □ 不足（ふそく）／不足，不夠，短缺；缺乏，不充分；不滿意，不平

問題七　翻譯與題解

第 7 大題　右頁是某個 NPO 刊登的留學生報名須知。請閱讀後回答下列問題。答案請從 1・2・3・4 之中挑出最適合的選項。

2015 年　第 29 回夏のつどい留学生募集案内

北海道ホームステイプログラム「夏のつどい※1」

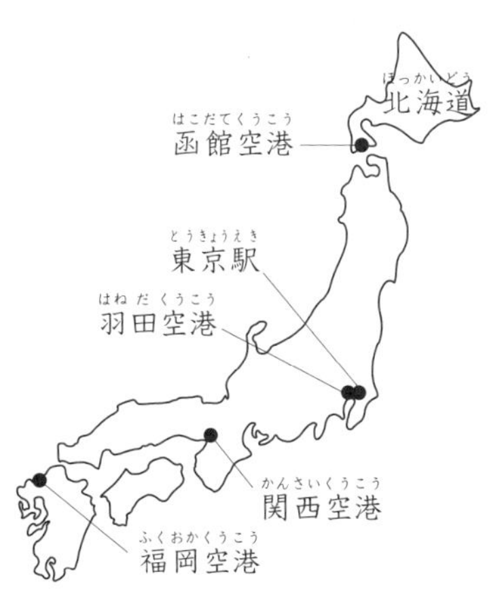

日程 8 月 20 日（木）～ 9 月 2 日（水）14 泊 15 日	
募集人数	100 名
参加費	A プラン 68,000 円（東京駅集合・関西空港解散） B プラン 65,000 円（東京駅集合・羽田空港解散） C プラン 70,000 円（福岡空港集合・福岡空港解散） D プラン 35,000 円（函館駅集合・現地※2 解散※3）
定員	100 名
申し込み締め切り	6 月 23 日（火）まで

※ 毎年大人気のプログラムです。締め切りの前に定員に達する場合もありますので、早めにお申し込みください。

申し込み・問い合わせ先
（財）北海道国際文化センター
〒 040-0054 函館市元町 ××－1
Tel：0138-22-×××× Fax：0138-22-×××× http://www.×××.or.jp/
E-mail：×××@hif.or.jp

※1　つどい…集(あつ)まり

※2　現地(げんち)…そのことを行(おこな)う場所(ばしょ)。

※3　解散(かいさん)…グループが別(わか)れること

［翻譯］

2015 年　第 29 屆夏令營留學生招募公告

北海道寄宿家庭體驗活動「夏令營 ※1」

日程	8 月 20 日（四）～ 9 月 2 日（三）　15 天 14 夜
參加人數	100 人
參加費用	A 方案 68,000 圓 （東京車站集合・關西機場解散） B 方案 65,000 圓 （東京車站集合・羽田機場解散） C 方案 70,000 圓 （福岡機場集合・福岡機場解散） D 方案 35,000 圓 （函館機場集合・同一地點※2 解散※3）
額滿人數	100 人
報名截止日期	6 月 23 日（二）之前

※ 每年本活動參加人數相當踴躍，可能會在截止日期前額滿，敬請提早報名。

洽詢單位：
財團法人北海道國際文化中心
〒 040-0054 函館市元町 xx — 1
Tel 0138-22-xxxx Fax 0138-22-xxxx http://www.xxx.or.jp
E-mail: xxx@hif.or.jp

※1 つどい：集會。

※2 現地：現場。

※3 解散：團體的成員各自分開。

38 東京に住んでいる留学生のジャミナさんは、日本語学校の夏休みにホームステイをしたいと思っている。その前に、北海道の友達の家に遊びに行くため、北海道までは一人で行きたい。どのプランがいいか。

1　Aプラン

2　Bプラン

3　Cプラン

4　Dプラン

[翻譯]

[38] 住在東京留學生潔敏娜小姐打算利用日語學校的暑假期間，去住在寄宿家庭裡體驗當地的生活。但是去寄宿前，她想先到北海道的朋友家玩，因此必須單獨前往北海道。請問她該選擇哪項方案比較好呢？

1　A 方案

2　B 方案

3　C 方案

4　D 方案

[題解攻略]

答えは４

ジャミナさんは北海道までは一人で行きたいと言っている。

1. ×…Aプランは東京駅集合・関西空港解散。

正確答案是 4

題目說的是潔敏娜小姐想先一個人去北海道。

1. ×…因為 A 方案是在東京車站集合，關西機場解散。

2. ×…Bプランは東京駅集合・羽田空港解散。

3. ×…Cプランは福岡空港集合・福岡空港解散。

4. ○…Dプランは函館駅集合・現地解散。

2. ×…因為B方案是在東京車站集合，羽田機場解散。

3. ×…因為C方案是在福岡機場集合，福岡機場解散。

4. ○…因為D方案是在函館機場集合，然後在同一地點解散。

答案：4

---

39 このプログラムに参加するためには、いつ申し込めばいいか。

1　8月20日までに申し込む。

2　6月23日が締め切りだが、早めに申し込んだ方がいい。

3　夏休みの前に申し込む。

4　6月23日の後で、できるだけ早く申し込む。

[翻譯]

[39] 為了參加這項體驗活動，她什麼時候報名比較好呢？

1　8月20日之前報名。

2　6月23日截止報名，但是盡早報名為佳。

3　放暑假前報名。

4　6月23日之後盡早報名。

[題解攻略]

答えは2

1. ×…8月20日はこのプログラムが始まる日である。

正確答案是2

1. ×…公告中提到8月20日是這個夏令營開始的日期。

2. ○…締め切りは6月23日(火)。ただし、「締め切りの前に定員に達する場合もありますので、早めにお申し込みください」と付け加えてある。

3. ×…「夏休み前に」という記述はない。

4. ×…「6月23日(火)まで」で、「後」ではない。

2. ○…截止日期是6月23日（二），但是備註部分已說明「締め切りの前に定員に達する場合もありますので、早めにお申し込みください」（可能會在截止日期前額滿，敬請提早報名）。

3. ×…公告沒有標注要在「夏休み前に」（放暑假前）報名。

4. ×…是「6月23日（火）まで」（到6月23日（二）），而非「後」（之後）。

答案：2

單字的意思

- □ 費／費用；消費，花費
- □ 締め切り／（時間、期限等）截止，屆滿；封死，封閉
- □ 集まり／集會；收集（的情況）
- □ グループ【group】／（共同行動的）集團，夥伴；組，幫，群
- □ 申し込む／報名；申請；提議，提出；訂購；預約

小知識

若要搭飛機，託運的行李20公斤以內是免費的。要帶上飛機的手提行李中不可以有水果刀、打火機等可能成為攻擊武器的物品，另外像是洗髮精、乳液等液態物品必須裝在100ml以內的容器中，並且全部加起來不得超過1000ml！

專欄 4

文法比一比

● にくらべて、にくらべ

「與…相比」，「跟…比較起來」，「比較…」

說明 [Nにくらべて]；[Vのにくらべて]。表示比較、對照。相當於「…に比較して」。

例句 平野に比べて、盆地は夏暑いです。／跟平原比起來，盆地的夏天熱多了。

● に対して

「向…」，「對（於）…」

說明 [Nにたいして]；[Naなのにたいして]；[A- いのにたいして]；[Vのにたいして]。表示動作、感情施予的對象。可以置換成「に」。

例句 みなさんに対して、お詫びをしなければならない。／我得向大家致歉。

● ような

「像…様的」，「宛如…一様的…」

說明 [Nのような]；[A/ Vような]。表示列舉、比喻。為了說明後項的名詞，而在前項具體的舉出例子。「ような気がする」表示說話人的感覺或主觀的判斷。

例句 お寿司や天ぷらのような和食が好きです。／我喜歡吃像壽司或是天婦羅那樣的日式料理。

● らしい

「似乎…」，「像…樣子」，「有…風度」

說明 （1）[N / Na/ Vらしい]。推量用法。說話者不是憑空想像，而是根據所見所聞來做出判斷。（2）[Nらしい]。表示具有該事物或範疇典型的性質。

例句 地面が濡れている。夜中に雨が降ったらしい。／地面是濕的。晚上好像有下雨的樣子。

● によって（は）、により、による

「根據…」，「按照…」；「由於…」，「因為…」

說明 [Nによって]；[Nにより]；[Nによる]。（1）表示所依據的方法、方式、手段。（2）表示句子的因果關係。後項的結果是因為前項的行為、動作而造成、成立的。「…により」大多用於書面。相當於「…が原因で」。

例句 実例によって、やりかたを示す。／以實際的例子，來出示操作的方法。

● に基づいて

「根據…」，「按照…」，「基於…」

說明 [Nにもとづいて]；[Nにもとづいた N]；[Nにもとづいての N]。表示以某事物為根據或基礎。相當於「…をもとにして」。

例句 違反者は法律に基づいて処罰されます。／違者依法究辦。

問題四　翻譯與題解

第 4 大題　請閱讀以下（1）至（4）的文章，然後回答問題。答案請從 1・2・3・4 之中挑出最適合的選項。

（1）

最近、自転車によく乗るようになりました。特に休みの日には、気持ちのいい風を受けながら、のびのびとペダルをこいでいます。

自転車に乗るようになって気づいたのは、自転車は車に比べて、見える範囲がとても広いということです。車は、スピードを出していると、ほとんど風景を見ることができないのですが、自転車は走りながらでもじっくりと周りの景色を見ることができます。そうすると、今までどんなにすばらしい風景に気づかなかったかがわかります。小さな角を曲がれば、そこには、新しい世界が待っています。それはその土地の人しか知らない珍しい店だったり、小さなすてきなカフェだったりします。いつも何となく車で通り過ぎていた街には、実はこんな物があったのだという新しい感動に出会えて、考えの幅も広がるような気がします。

24　考えの幅も広がるような気がするのは、なぜか。

1　自転車では珍しい店やカフェに寄ることができるから

2　自転車は思ったよりスピードが出せるから

3　自転車ではその土地の人と話すことができるから

4　自転車だと新しい発見や感動に出会えるから

[翻譯]

最近我常騎腳踏車。尤其是休假日，享受著舒爽的涼風，悠然自在地踩著踏板前進。

自從開始騎腳踏車以後，我發現腳踏車和汽車相比，視野範圍來得寬廣多了。汽車的速度快，幾乎沒有辦法看到什麼風景，而腳踏車則可以一邊騎一邊仔細看清楚周圍的景色。結果這才發現，我以往錯過了多少美麗的風景。只要拐過一個小轉角，就有一個嶄新的世界等在眼前。有時候是只有當地人才知道的稀奇店鋪，有時候是一家小巧而美好的咖啡廳。平時搭車經過時沒什麼特別感覺的街道，原來有這些新奇的事物，自從體悟到這種全新的感動後，彷彿連想法也變得更加開闊了。

[24] 為什麼彷彿連想法也變得更加開闊了呢？

1　因為騎腳踏車可以繞到稀奇的店鋪與咖啡廳

2　因為騎腳踏車的速度比想像中來得快

3　因為騎腳踏車可以和當地人聊天

4　因為騎腳踏車能有新的發現與感動

[題解攻略]

答えは4

＿＿線部の前に、「新しい世界が待っています」「実はこんな物があったのだという新しい感動に出会えて」とある。これに合うのは4「新しい発見や感動に出会える」である。

正確答案是4

＿＿底線部分的前面提到「新しい世界が待っています」（嶄新的世界等在眼前）、「実はこんな物があったのだという新しい感動に出会えて」（原來有這些新奇的事物，自從體悟到這種全新的感動）。符合這些敘述的是選項4「新しい発見や感動に出会える」（有新的發現與感動）。

答案：**4**

單字的意思

□ 範囲（はんい）／範圍，界線

□ スピード【speed】／快速，迅速；速度

□ 周り（まわ）／周圍，周邊

□ 感動（かんどう）／感動，感激

□ 考え（かんが）／想法，思想，意見；念頭，觀念，信念；考慮，思考

□ 幅（はば）／寬度，幅面；幅度，範圍；勢力；伸縮空間

□ 広がる（ひろ）／開放，展開；（面積、規模、範圍）擴大，蔓延，傳播

□ 発見（はっけん）／發現

文法的意思

□ ～に比べて（くら）／與…相比，跟…比較起來，比較…

□ ～ということだ／…也就是說…，這就是…；聽說…，據說…

□ ～という（のは）／（內容）…的…；是…，這個…，叫…的；所謂的…，…指的是

(2)

仕事であちらこちらの会社や団体の事務所に行く機会があるが、その際、よくペットボトルに入った飲み物を出される。日本茶やコーヒー、紅茶などで、夏は冷たく冷えているし、冬は温かい。ペットボトルの飲み物は、清潔な感じがするし、出す側としても手間がいらないので、忙しい現代では、とても便利なものだ。

しかし、たまにその場でいれた日本茶をいただくことがある。茶葉を入れた急須[※1]から注がれる緑茶の香りやおいしさは、ペットボトルでは味わえない魅力がある。丁寧に入れたお茶をお客に出す温かいもてなし[※2]の心を感じるのだ。

何もかも便利で簡単になった現代だからこそ、このようなもてなしの心は<u>大切にしたい</u>。それが、やがてお互いの信頼関係へとつながるのではないかと思うからである。

※1　急須…湯をさして茶を煎じ出す茶道具。

※2　もてなし…客への心をこめた接し方。

25　<u>大切にしたい</u>のはどんなことか。

1　お互いの信頼関係

2　ペットボトルの便利さ

3　日本茶の味や香り

4　温かいもてなしの心

[翻譯]

工作上有不少機會到各家公司與團體的事務所拜訪，這時，對方常端出裝在保特瓶裡的飲料來招待。飲料的種類包括日本茶、咖啡或紅茶等等，夏天時冰鎮得透心涼，而冬天則是溫溫熱熱的。保特瓶飲料不但讓人感覺潔淨，招待方也不必費功夫準備，對於忙碌的現代人來說非常便利。

不過，偶爾可以喝到現沏的日本茶。從擱入了茶葉的茶壺 ※1 裡傾出的綠茶香氣與芳醇，具有保特瓶飲料所無法品嚐到的魅力，可以讓人感受到那份為客人送上用心沏茶的體貼款待 ※2。

正因為身處一切講求簡單便利的現代社會，像這樣的款待之心更令人倍感珍惜。那份心意，讓人聯想到或許將延伸為日後雙方的相互信賴。

※1 急須：裝盛查水的小壺，茶壺。
※2 もてなし：帶著為客人著想的心意接待對方。

[25] 所謂倍感珍惜指的是什麼呢？

1　雙方的相互信賴　　2　保特瓶的便利性
3　日本茶的美味與香氣　　4　體貼的款待之心

[題解攻略]

答えは４

1. ×…「もてなしの心」を大切にすると、「お互いの信頼関係へとつながる」と述べている。つまり、「つながる」と言っているのであって、「大切にしたい」ことではない。

正確答案是４

1. ×…文中提到如果能珍惜「もてなしの心」（款待的心），就能「お互いの信頼関係へとつながる」（延伸為雙方的相互信賴）。也就是說，這裡說的是「つながる」（延伸），而不是「大切にしたい」（倍感珍惜）的事。

2. ×…ペットボトルは便利だが、「大切にしたい」というのは、文章中にない内容。

3. ×…丁寧に入れた日本茶の味や香りの魅力については、「温かいおもてなしの心」の例としてあげているにすぎない。

4. ○…＿＿線部の前の「このようなもてなしの心」を、前の段落で「温かいもてなしの心」と言っている。

2. ×…雖然保特瓶很方便，但是對保特瓶「大切にしたい」（倍感珍惜）是文章中沒有提到的內容。

3. ×…用心沏的日本茶的甘醇與香氣的魅力，只不過是「温かいおもてなしの心」（體貼的款待之心）的舉例而已。

4. ○…＿＿底線部分的前面「このようなもてなしの心」（像這樣的款待之心）說的是前一段的「温かいもてなしの心」（體貼款待的心）。

答案：**4**

單字的意思

- □ 団体／團體，集體
- □ 清潔／乾淨的，清潔的；廉潔；純潔
- □ 現代／現代，當代；（歷史）現代（日本史上指二次世界大戰後）
- □ 感じる／感覺，感到；感動，感觸，有所感
- □ お互い／彼此，互相
- □ つながる／延伸；相連，連接，聯繫；（人）排隊，排列；有（血緣、親屬）關係，牽連
- □ 茶／茶；茶水；茶葉；茶樹
- □ ～こそ／正是…，才（是）…；唯有…才…

文法的意思

- □ （の）ではないかと思う／我想…吧；不就…嗎

(3)

ホテルのロビーに、下のようなお知らせの紙が貼ってある。

8月11日(金)

屋外プール休業について

お客様各位

平素は山花レイクビューホテルをご利用いただき、まことにありがとうございます。台風12号による強風・雨の影響により、8/11(金)、屋外※プールを休業とさせて頂きます。ご理解とご協力を、よろしくお願い申し上げます。

8/12(土)については、天候によって、営業時間に変更がございます。前もってお問い合わせをお願いいたします。

山花ホテル　総支配人

※　屋外…建物の外

26　このお知らせの内容と合っているものはどれか。

1　11日に台風が来たら、プールは休みになる。

2　11日も12日も、プールは休みである。

3　12日はプールに入れる時間がいつもと変わる可能性がある。

4　12日はいつも通りにプールに入ることができる。

［翻譯］

旅館的大廳張貼著以下這張告示：

8月11日（五）

戶外泳池暫停開放通知

各位貴賓：

非常感謝各位對山花湖景旅館的支持與愛護。由於受到12號颱風帶來的強風與豪雨影響，8/11（五）戶外※泳池將暫停開放。感謝您的諒解與合作。

8/12（六）的開放時間將視天候狀況有所異動，敬請於使用前洽詢櫃臺人員。

山花旅館 總經理

※ 屋外：建築物的外面

[26] 以下哪一項符合這張告示的內容？

1　假如11日颱風來襲的話，泳池將暫停開放。

2　11日與12日泳池都暫停開放。

3　12日可以進入泳池的時間隨時都可能改變。

4　12日泳池和平常一樣正常開放使用。

［題解攻略］

答（こた）えは3

1. ×…「11日（にち）に台風（たいふう）が来（き）たら」が正（ただ）しくない。仮定（かてい）ではなく、プールは休（やす）みになることは決（き）まっている。

正確答案是3

1. ×…「11日に台風が来たら」（假如11日颱風來襲）是不正確的，告示中寫的並不是假設，而是已經確定泳池將暫停開放。

2. ×…12日は、営業時間に変更があるかもしれないが、プールは営業する。

3. ○…「天候によって、営業時間に変更がございます」とある。

4. ×…「いつも通り」ではない。天候によって、営業時間に変更がある可能性がある。

2. ×…雖然12日的開放時間可能異動，但泳池仍會開放。

3. ○…告示上提到「天候によって、営業時間に変更がございます」（開放時間將視天候狀況有所異動）。

4. ×…並不是「いつも通り」（和平常一樣），而是視天候狀況，開放時間可能有所異動。

答案：3

單字的意思

- □ 影響／影響
- □ 理解／體諒，諒解；理解，領會，明白
- □ 協力／配合，協力，合作，共同努力
- □ 変更／變更，更改，改變
- □ 前もって／預先，事先
- □ 総／總括；總覽；總，全體；全部

文法的意思

- □ ～により／因為…；根據…；由…；依照…
- □ ～によって／根據…；依照…；因為…；由…
- □ ～通り（に）／按照，正如…那樣，像…那樣

(4)

これは、一瀬さんに届いたメールである。

株式会社 山中デザイン
一瀬さゆり様

いつも大変お世話になっております。

私事[※1]ですが、都合により、8月31日をもって退職[※2]いたすことになりました。

在職中[※3]はなにかとお世話になりました。心よりお礼を申し上げます。

これまで学んだことをもとに、今後は新たな仕事に挑戦してまいりたいと思います。

一瀬様のますますのご活躍をお祈りしております。

なお、新しい担当は川島と申す者です。あらためて本人よりご連絡させていただきます。

簡単ではありますが、メールにてご挨拶申しあげます。

株式会社 日新自動車販売促進部
加藤太郎
住所：〒111-1111　東京都◎◎区◎◎町 1-2-3
TEL：03 - ＊＊＊＊ - ＊＊＊＊　／　FAX：03 - ＊＊＊＊ - ＊＊＊＊
URL：http://www. ×××.co.jp
Mail：×××@example.co.jp

※1　私事…自分自身だけに関すること。
※2　退職…勤めていた会社をやめること。
※3　在職中…その会社にいた間。

27 このメールの内容で、正しいのはどれか。

1 これは、加藤さんが会社をやめた後で書いたメールである。
2 加藤さんは、結婚のために会社をやめる。
3 川島さんは、現在、日新自動車の社員である。
4 加藤さんは、一瀬さんに、新しい担当者を紹介してほしいと頼んでいる。

[翻譯]

這是寄給一瀬小姐的電子郵件：

山中設計 股份有限公司
一瀨小百合小姐　敬覽

感謝您一直以來的照顧。
雖與工作無關，但我將於 8 月 31 日因個人理由※1 離職※2。

這段時間※3 以來承蒙您多方關照，由衷感激。

在這裡學到的心得，我將運用在下一份工作中接受全新的挑戰。
預祝一瀨小姐鴻圖大展。
此外，後續工作將由川島接任，他將與您另行聯絡。

謹此，匆草如上。

日新汽車股份有限公司 銷售部
加藤太郎
地址：〒 111-1111 東京都◎◎區◎◎町 1-2-3
TEL：03-****-**** /　FAX: 03-****-****
URL:http://www.ｘｘｘ.co.jp
Mail: ｘｘｘ@example.co.jp

※1 私事：只和自己有關的事。
※2 退職：離開原本工作的公司。
※3 在職中：待在那家公司的期間。

[27] 關於這封電子郵件的內容，以下何者正確？

1　這是加藤先生離職以後寫的電子郵件。

2　加藤先生由於結婚而辭去工作。

3　川島先生目前是日新汽車的職員。

4　加藤先生希望請一瀨小姐幫忙介紹接手後續工作的人。

[題解攻略]

答えは３

1. ×…「8月31日をもって退職いたすことになりました」とある。「8月31日で」ということで、メールを送ったときは、8月31日より前である。

2. ×…会社を辞める理由を「結婚のため」とは書いていない。

3. ○…川島さんは加藤さんと同じ会社（日新自動車）の人で、加藤さんの仕事を引きつぐ。

4. ×…加藤さんは、一瀬さんに「新しい担当者を紹介してほしい」と頼んでいない。

正確答案是 3

1. ×…郵件中提到「8 月 31 日をもって退職いたすことになりました」（將於 8 月 31 日離職）。因為是「8 月 31 日で」（將於 8 月 31 日），所以可以知道寄信的日期於 8 月 31 日之前。

2. ×…郵件中沒有提到辭職的理由是「結婚のため」（因為結婚）。

3. ○…川島先生是加藤先生同公司（日新汽車）的同事，接手加藤先生的工作。

4. ×…加藤先生並沒有請一瀨小姐「新しい担当者を紹介してほしい」（介紹接手後續工作的人）。

答案：**3**

單字的意思

- □ 届(とど)く／（送東西）寄達；及，達到；周到；達到（希望）
- □ デザイン【design】／設計（圖）；（製作）圖案
- □ 退職(たいしょく)／退休，離職
- □ 今後(こんご)／今後，以後，將來
- □ 挑戦(ちょうせん)／挑戰
- □ ますます／越發，益發，更加
- □ 活躍(かつやく)／活躍
- □ 本人(ほんにん)／本人
- □ やめる／辭職；休學

文法的意思

- □ ～をもとに／在…基礎上，以…為根據，以…為參考

問題五　翻譯與題解

第５大題　請閱讀以下（1）至（2）的文章，然後回答問題。答案請從 1・2・3・4 之中挑出最適合的選項。

（1）

日本人は寿司が好きだ。日本人だけでなく外国人にも寿司が好きだという人が多い。しかし、銀座などで寿司を食べると、目の玉が飛び出るほど値段が高いということである。

私も寿司が好きなので、値段が安い回転寿司をよく食べる。いろいろな寿司をのせて回転している棚から好きな皿を取って食べるのだが、その中にも、値段が高いものと安いものがあり、お皿の色で区別しているようである。

回転寿司屋には、チェーン店が多いが、作り方やおいしさには、同じチェーン店でも①「差」があるようである。例えば、店内で刺身を切って作っているところもあれば、工場で切った冷凍※1の刺身を、機械で握ったご飯の上に載せているだけの店もあるそうだ。

寿司が好きな友人の話では、よい寿司屋かどうかは、「イカ」を見るとわかるそうである。②イカの表面に細かい切れ目※2が入っているかどうかがポイントだという。なぜなら、生のイカの表面には寄生虫※3がいる可能性があって、冷凍すれば死ぬが、生で使う場合は切れ目を入れることによって、食べやすくすると同時にこの寄生虫を殺す目的もあるからだ。こんなことは、料理人の常識なので、イカに切れ目がない店は、この常識を知らない料理人が作っているか、冷凍のイカを使っている店だと言えるそうだ。

※１　冷凍…保存のために凍らせること。

※２　切れ目…物の表面に切ってつけた傷。また，切り口。

※３　寄生虫…人や動物の表面や体内で生きる生物。

[翻譯]

日本人喜歡吃壽司。而且不單是日本人，許多外國人也喜歡吃壽司。但是，在銀座這樣的高級地段吃壽司的話，結帳時的昂貴價格會把人嚇得連眼珠子都快掉下來了。

我也喜歡吃壽司，因此常去便宜的迴轉壽司店。從擺著各式各樣的壽司轉圈的檯面拿下喜歡的壽司盤享用，價錢有的高有的低，以盤子的顏色做區分。

迴轉壽司店有很多是連鎖店，但即使是同為連鎖店，製作的方法與美味程度也有①「差異」。舉例來說，有些是在店裡現切生魚片捏製，有些則只是把在工廠裡切好的冷凍[※1]生魚片擺到用機器捏好的飯糰上而已。

有個喜歡吃壽司的朋友告訴我，想分辨一家壽司店的高級與否，只要看「墨魚」就知道了。關鍵在於②墨魚的表面有沒有細細的割痕[※2]。理由是生墨魚的表面可能沾附著寄生蟲[※3]，只要經過冷凍就能殺死寄生蟲；但是如果生食，就必須用刀子在表面劃出細痕，這樣不但方便嚼食，也同時達到殺死那些寄生蟲的功效。這是廚師的基本常識，因此如果一家店的墨魚表面沒有割痕，就表示這是沒有這種基本常識的廚師做的，或者這家店用的是冷凍墨魚。

※1 冷凍：為了保存而冰凍。

※2 切れ目：物體表面被切開的割痕，也就是切口處。

※3 寄生虫：在人類或動物的體表或體內生存的生物。

28 ①「差」は、何の差か。

1 値段の「差」
2 チェーン店か、チェーン店でないかの「差」
3 寿司が好きかどうかの「差」
4 作り方や、おいしさの「差」

[翻譯]

[28] 所謂的①「差異」，指的是什麼？

1 價格的「差異」
2 是連鎖店或不是連鎖店的「差異」
3 喜不喜歡壽司的「差異」
4 製作的方法與美味程度的「差異」

[題解攻略]

答えは 4

何に差があるかは、①____の前に「作り方やおいしさ」とある。

正確答案是 4

所謂的差異指的是____的前面提到的「作り方やおいしさ」（製作的方法與美味程度）。

答案：4

29 ②<u>イカの表面に細かい切れ目が入っているかどうか</u>とあるが、この<u>切れ目</u>は何のために入っているのか。

1　イカが冷凍かどうかを示すため

2　食べやすくすると同時に、寄生虫を殺すため

3　よい寿司屋であることを客に知らせるため

4　常識がある料理人であることを示すため

[翻譯]

[29] 文中提到②<u>墨魚的表面有沒有細細的割痕</u>，這種割痕的用意是什麼呢？

1　為了表示墨魚是否經過冷凍

2　為了方便嚼食以及殺死寄生蟲

3　為了讓顧客知道那是一家高級的壽司店

4　為了表示是具有基本常識的廚師所做的

[題解攻略]

答えは２

②＿＿の後の「なぜなら」に注目する。「なぜなら」は前に述べたことの理由を言う接続語である。「食べやすくすると同時にこの寄生虫を殺す目的もあるからだ」と、イカの表面に細かい切れ目を入れる理由を述べている。それに合うのは２である。

正確答案是２

請注意②＿＿的後面「なぜなら」(理由是)。接續語「なぜなら」（理由是）用於說明前面已敘述之事的理由。「食べやすくすると同時にこの寄生虫を殺す目的もあるからだ」（這樣不但方便嚼食，也同時達到殺死那些寄生蟲的功效）說明了墨魚的表面有細細的割痕的理由。與此相符的是選項２。

答案：**2**

30 回転寿司について、正しいのはどれか。

1 銀座の回転寿司は値段がとても高い。

2 冷凍のイカには表面に細かい切れ目がつけてある。

3 寿司の値段はどれも同じである。

4 イカを見るとよい寿司屋かどうかがわかる。

[翻譯]

[30] 關於迴轉壽司，以下何者正確？

1 銀座的迴轉壽司價格非常昂貴。

2 冷凍墨魚的表面有細細的割痕。

3 壽司的價格每盤都一樣。

4 只要看墨魚就能分辨是否為高級的壽司店。

[題解攻略]

答えは 4

1. ×…銀座の回転寿司が、すべて値段が高いのか、安い回転寿司があるのかはこの文章でははっきりしない。

2. ×…イカの表面に細かい切れ目を入れるのは、「生のイカ」の場合である。

3. ×…「寿司の値段はどれも同じ」ではない。銀座などの寿司

正確答案是 4

1. ×…銀座的迴轉壽司是否全都非常昂貴，或是也可能有平價的迴轉壽司，在本篇文章中並沒有明確說明。

2. ×…在墨魚表面劃上細細的割痕，是用在「生のイカ」（生墨魚）上。

3. ×…並非「寿司の値段はどれも同じ」（壽司的價格都一樣）。文中提到銀座等地方的壽司較昂貴，而且即使

は高(たか)いし、回転寿司(かいてんずし)でも「値段(ねだん)が高(たか)いものと安(やす)いものがあり」と書(か)かれている。

4. ○…最後(さいご)の段落(だんらく)に「よい寿(す)司屋(しや)かどうかは、『イカ』を見(み)るとわかる」とある。

一樣是迴轉壽司也是「値段が高いものと安いものがあり」（價錢有的高有的低）。

4. ○…請見最後一段提到「よい寿司屋かどうかは、『イカ』を見るとわかる」（想分辨一家壽司店的高級與否，只要看「墨魚」就知道了）。

答案：4

單字的意思

□ のせる／放在…上，放在高處；裝載，裝運；納入，使參加

□ 棚(たな)／（放置東西的）隔板，架子，棚

□ 皿(さら)／盤子；盤形物；（助數詞）一碟等

□ 握(にぎ)る／握飯團或壽司；握，抓；掌握，抓住

□ 友人(ゆうじん)／友人，朋友

□ 表面(ひょうめん)／表面

□ なぜなら／因為，原因是

□ 殺(ころ)す／殺死，致死；抑制，忍住，消除；埋沒；浪費，犧牲

□ 目的(もくてき)／目的，目標

□ 生物(せいぶつ)／生物

小知識

「イカ」（墨魚）、「タコ」（章魚）、「カニ」（螃蟹）等動物該以什麼量詞計算呢？其實當牠們活著的時候，要以「一匹(いっぴき)」（一隻）、「二匹(にひき)」（二隻）計算，但在牠們死後被擺上餐桌時，則要說「イカ一杯(いっぱい)」（一隻墨魚）、「タコ二杯(にはい)」（兩隻章魚）哦！

(2)

世界の別れの言葉は、一般に「Goodbye ＝神があなたとともにいますように」か、「See you again ＝またお会いしましょう」か、「Farewell ＝お元気で」のどれかの意味である。つまり、相手の無事や平安※1を祈るポジティブ※2な意味がこめられている。しかし、日本語の「さようなら」の意味は、その①どれでもない。

恋人や夫婦が別れ話をして、「そういうことならば、②仕方がない」と考えて別れる場合の別れに対するあきらめであるとともに、別れの美しさを求める心を表していると言う人もいる。

または、単に「左様ならば（そういうことならば）、これで失礼します」と言って別れる場合の「左様ならば」だけが残ったものであると言う人もいる。

いずれにしても、「さようなら」は、もともと、「左様であるならば＝そうであるならば」という意味の接続詞※3であって、このような、別れの言葉は、世界でも珍しい。ちなみに、私自身は、「さようなら」という言葉はあまり使わず、「では、またね」などと言うことが多い。やはり、「さようなら」は、なんとなくさびしい感じがするからである。

※1　平安…穏やかで安心できる様子。

※2　ポジティブ…積極的なこと。ネガティブはその反対に消極的、否定的なこと。

※3　接続詞…言葉と言葉をつなぐ働きをする言葉。

[翻譯]

世界上的道別語，其含意通常是「Goodbye ＝神與你同在」、「See you again ＝下次再會」或「Farewell ＝請保重」這三者的其中之一。換句話說，具有祈願對方平安[※1]無恙的正面意義[※2]。然而，日文的「さようなら（再見）」的意涵，則①不屬於以上的任何一種。

有一派說法是，這是當情人或夫妻話別時，在這個離別的時刻心裡揣著「既然這樣的話，②也是沒辦法的事」的想法，而只好接受了道別，於此同時，亦是其尋求離別美感的心緒流露。

另一派說法則是，其語源單純是從道別時說的「既是如此（既然這樣的話），那就在此告辭」這段話，只有「既是如此（左様ならば）」這一句流傳至今。

總而言之，「さようなら」原本是「左様であるならば＝そうであるならば」這個意思的連接詞[※3]，而這種來由的道別語在世界上算是相當少見。順帶一提，我本身不常用「さようなら」，多半說的是「では、またね」。因為不知道為什麼，總覺得「さようなら」帶著一股淡淡的哀傷。

※1 平安：平穩能夠安心的狀態。

※2 ポジティブ：積極。相反詞是ネガティブ，指消極、否定。

※3 接続詞：具有將詞語和詞語連接起來的作用的詞語。

31 ①どれでもない、とはどんな意味か。

1 日本人は、「Goodbye」や「See you again」「Farewell」を使わない。

2 日本語の「さようなら」は、別れの言葉ではない。

3 日本語の「さようなら」という言葉を知っている人は少ない。

4 「さようなら」は、「Goodbye」「See you again」「Farewell」のどの意味でもない。

[翻譯]

[31] 文中提到的①不屬於以上的任何一種，是指什麼意思呢？

1　日本人不使用「Goodbye」、「See you again」或「Farewell」。

2　日文的「さようなら」不是道別語。

3　很少人知道日文的「さようなら」這句話。

4　「さようなら」的意涵和「Goodbye」、「See you again」或「Farewell」都不一樣。

[題解攻略]

答えは 4

①____の前で、「Goodbye ＝神があなたとともにいますように」「See you again ＝またお会いしましょう」「Farewell ＝お元気で」と、世界の別れの言葉とそれぞれの意味を述べている。それに対して「さようなら」の意味は、そのどの意味ともちがうと述べている。したがって、4 が適切。

正確答案是 4

①____的前面提到「Goodbye ＝神があなたとともにいますように」（Goodbye ＝神與你同在）、「See you again ＝またお会いしましょう」（See you again ＝下次再會）、「Farewell ＝お元気で」（Farewell ＝請保重），陳述了世界上道別的話語和其個別的意義，而「さようなら」（再見）的含意則不屬於其中任何一種。所以選項 4 是最適切的答案。

答案：4

32　仕方がないには、どのような気持ちが込められているか。

1　自分を反省する気持ち　　2　別れたくないと思う気持ち

3　別れをつらく思う気持ち　　4　あきらめの気持ち

[翻譯]

[32] 文中提到②也是沒辦法的事，是一種什麼樣的心情呢？

1　自我反省的心情　　　2　覺得不想分別的心情

3　覺得分別很難受的心情　　　4　打消了念頭的心情

[題解攻略]

答えは４

「仕方がない」とは「どうしようもない。どうにもならない」という意味。「仕方がない」と似た意味の言葉として、②＿＿＿の後に「別れに対するあきらめ」とある。「あきらめ」は「あきらめる（＝だめだと思う）」の名詞の形。したがって、４が適切。

正確答案是４

「仕方がない」（沒辦法）是「どうしようもない。どうにもならない」（該怎麼辦，沒有任何辦法）的意思。②＿＿＿的後面寫的「別れに対するあきらめ」（只好接受了道別）是和「仕方がない」（沒辦法）意思相近的詞語。「あきらめ」（斷念）是「あきらめる（＝だめだと思う）」（斷念〈＝認為已經無法挽回了〉）的名詞型態。因此選項４是最適切的答案。

答案：**4**

33　この文章の内容に合っているのはどれか。

1　「さようなら」は、世界の別れの言葉と同じくネガティブな言葉である。

2　「さようなら」には、別れに美しさを求める心がこめられている。

3　「さようなら」は、相手の無事を祈る言葉である。

4　「さようなら」は、永遠に別れる場合しか使わない。

[翻譯]

[33] 以下哪一段敘述和這篇文章的內容相符？

1　「さようなら」和世界上的道別語同樣都是負面的語言

2　「さようなら」蘊含著尋求離別美感的心緒流露

3　「さようなら」是祈願對方無恙的話語

4　「さようなら」只能用在永遠離別的情況下

[題解攻略]

答えは２

1. ×…世界の別れの言葉は一般に「ポジティブ」である。

2. ○…2 段落に「別れの美しさを求める心を表している」とある。

3. ×…相手の無事を祈る言葉は「Goodbye」「See you again」「Farewell」などである。

4. ×…「永遠に別れる場合にしか使わない」とは文章中では述べられていない内容である。

正確答案是 2

1. ×…世界上的道別語通常都是「ポジティブ」（正面）的語言。

2. ○…請見第二段寫的「別れの美しさを求める心を表している」（尋求離別美感的心緒流露）。

3. ×…請見第一段，祈願對方無恙的話語是「Goodbye」「See you　again」「Farewell」等等。

4. ×…「永遠に別れる場合にしか使わない」（只能用在永遠離別的情況下）這是文章中沒有提到的內容。

答案： 2

單字的意思

- □ 別れ／別，離別，分離；分支，旁系
- □ 恋人／情人，意中人
- □ 夫婦／夫婦，夫妻
- □ 表す／表現出，表達；象徵
- □ やはり／畢竟還是；仍然；果然
- □ 積極的／積極的

□ 反対（はんたい）／相反；反對

□ 消極的（しょうきょくてき）／消極的

□ つなぐ／連接，接上；拴結，繫；延續，維繫（生命等）

□ 反省（はんせい）／反省，自省（思想與行為）；重新考慮

文法的意思

□ ～とともに／和…一起；與…同時，也…；隨著…

□ ～ように／如同…；了…而…；希望…，請…

□ ～に対（たい）する／向…，對（於）…

小知識

「さようなら」是日語道別的說法，但日本人其實也很少使用。若是隔天還會見到面的情況，通常會說「またあした」（明天見）來道別。好朋友之間道別可以用較隨意的「またね」（再見）、「じゃあ」（再見），但對長輩或不熟的人可就不能這麼說哦！要用「お先（さき）に失礼（しつれい）します」（我先告辭了）、「失礼（しつれい）いたします」（容我告辭），如果能搭配鞠躬就更得體了。

問題六　翻譯與題解

第 6 大題　請閱讀以下的文章，然後回答問題。答案請從 1・2・3・4 之中挑出最適合的選項。

日本語の文章にはいろいろな文字が使われている。漢字・平仮名・片仮名、そしてローマ字などである。

①漢字は、3000 年も前に中国で生まれ、それが日本に伝わってきたものである。4～5 世紀ごろには、日本でも漢字が広く使われるようになったと言われている。「仮名」には「平仮名」と「片仮名」があるが、これらは、漢字をもとに日本で作られた。ほとんどの平仮名は漢字をくずして書いた形から作られたものであり、片仮名は漢字の一部をとって作られたものである。例えば、平仮名の「あ」は、漢字の「安」をくずして書いた形がもとになっており、片仮名の「イ」は、漢字「伊」の左側をとって作られたものである。

日本語の文章を見ると、漢字だけの文章に比べて、やさしく柔らかい感じがするが、それは、平仮名や片仮名が混ざっているからであると言われる。

それでは、②平仮名だけで書いた文はどうだろう。例えば、「ははははつよい」と書いても意味がわからないが、漢字をまぜて「母は歯は強い」と書けばわかる。漢字を混ぜて書くことで、言葉の意味や区切りがはっきりするのだ。

それでは、③片仮名は、どのようなときに使うのか。例えば「ガチャン」など、物の音を表すときや、「キリン」「バラ」など、動物や植物の名前などは片仮名で書く。また、「ノート」「バッグ」など、外国から日本に入ってきた言葉も片仮名で表すことになっている。

このように、日本語は、漢字と平仮名、片仮名などを区別して使うことによって、文章をわかりやすく書き表すことができるのだ。

[翻譯]

日文的文章裡使用各種不同的文字：漢字、平假名、片假名，以及羅馬拼音。

①漢字是距今三千年前於中國誕生、之後傳入日本的文字。相傳在四至五世紀時，日本人也同樣廣泛使用漢字。「假名」包括「平假名」和「片假名」，這種文字是日本人以漢字為基礎所衍生出來的。幾乎所有的平假名都是由漢字的筆畫簡化而來，而片假名則是擷取漢字的局部字體變化而成。例如，平假名的「あ」是由漢字的「安」的筆畫簡化而來，而片假名的「イ」則是從漢字的「伊」的左偏旁變化而成。

閱讀日文的文章時，比起通篇漢字的文章感覺較為柔和，據說是裡面摻入了平假名和片假名的緣故。

那麼，②只用平假名書寫的文章又是如何呢？舉例來說，文章裡出現了「はははははつよい」這樣一段文字，實在無法了解是什麼意思，但只要用上幾個漢字寫成「母は歯は強い（媽媽的牙齒很強健）」，馬上就讀懂了。書寫時透過加入漢字，有助於釐清語句的意思，並使句讀更加明確。

至於③片假名又是在哪些情況下使用的呢？譬如用片假名「ガチャン（哐啷、啪）」來表示物體發出的聲響，或是「キリン（長頸鹿）」、「バラ（玫瑰）」之類的動物和植物的名稱。此外，諸如「ノート（筆記本）」、「バッグ（皮包）」這些從外國傳入日本的詞彙，也會用片假名表示。

像這樣，在各種情況下分別使用漢字、平假名和片假名，能夠讓日文的文章寫得更加清楚易懂。

34 ①漢字について、正しいのはどれか。

1 3000年前に中国から日本に伝わった。

2 漢字から平仮名と片仮名が日本で作られた。

3 漢字をくずして書いた形から片仮名ができた。

4 漢字だけの文章は優しい感じがする。

[翻譯]

[34] 關於①漢字，以下哪一段敘述正確？

1　距今三千年前從中國傳入了日本。

2　日本人以漢字為基礎衍生出平假名和片假名。

3　片假名是由漢字的筆畫簡化而來。

4　通篇漢字的文章較為柔和。

[題解攻略]

答えは２

1. ×…「3000年前」は中国で漢字が生まれた時代。日本に伝わった時代ではない。

2. ○…①＿＿の後に、「『仮名』には『平仮名』と『片仮名』があるが、これらは漢字をもとに日本で作られた」とある。

3. ×…漢字をくずしてできたのは「片仮名」ではなく「平仮名」。

4. ×…3段落に、日本語の文章は「漢字だけの文章に比べて、やさしく柔らかい感じがする」とある。日本語の文章は平仮名や片仮名が混じっているからである。したがって、「漢字だけの文章は優しい感じがする」は誤り。

正確答案是２

1. ×…「3000年前」（距今三千年前）是漢字在中國誕生的時代。而不是傳入日本的時代。

2. ○…請見①＿＿的後面提到「『仮名』には『平仮名』と『片仮名』があるが、これらは漢字をもとに日本で作られた」（「假名」包括「平假名」和「片假名」，這種文字是以漢字為基礎所衍生出來的）。

3. ×…由漢字的筆畫簡化而來的是「平仮名」（平假名）而非「片仮名」（片假名）。

4. ×…第三段提到閱讀日文的文章時，會覺得「漢字だけの文章に比べて、やさしく柔らかい感じがする」（比起通篇漢字的文章感覺較為柔和）。這是因為文章裡混入了平假名和片假名的緣故。所以「漢字だけの文章は優しい感じがする」（通篇漢字的文章較為柔和）是錯誤的。

答案：**2**

35 ②平仮名だけで書いた文がわかりにくいのはなぜか。

1 片仮名が混じっていないから

2 文に「、」や「。」が付いていないから

3 言葉の読み方がわからないから

4 言葉の意味や区切りがはっきりしないから

[翻譯]

[35] 為什麼②只用平假名書寫的文章不容易讀懂呢？

1 因為裡面沒有使用片假名

2 因為文章裡沒有加上「、」和「。」

3 因為不知道語句的讀法

4 因為語句的意思和句讀並不明確

[題解攻略]

答えは４

②____の後に「漢字を混ぜて書くことで、言葉の意味や区切りがはっきりする」とある。言い換えれば、平仮名だけだと、言葉の意味や区切りがはっきりしないということ。

正確答案是４

請見②____的後面提到「漢字を混ぜて書くことで、言葉の意味や区切りがはっきりする」（書寫時透過加入漢字，有助於釐清語句的意思，並使句讀更加明確）。換言之，通篇使用平假名的文章，其語意和句讀並不明確。

答案：**4**

36 ③片仮名は、どのようなときに使うのかとあるが、普通、片仮名で書かないのはどれか

1　「トントン」など、物の音を表す言葉

2　「アタマ」など、人の体に関する言葉

3　「サクラ」など、植物の名前

4　「パソコン」など、外国から入ってきた言葉

［翻譯］

[36] 文章提到③片假名又是在哪些情況下使用的呢，一般而言，以下何者不會用片假名書寫？

1 「トントン（咚咚）」之類用來表示物體聲響的語詞

2 「アタマ（頭）」之類與人體有關的語詞

3 「サクラ（櫻）」之類的植物名稱

4 「パソコン（電腦）」之類從外國傳入的語詞

［題解攻略］

答えは２

1. ×…物の音を表す言葉は、片仮名で書く。

2. ○…「頭」のように、漢字で書く。

3. ×…植物の名前は片仮名で書く。

4. ×…外国から入った言葉は片仮名で書く。

正確答案是 2

1. ×…表示物體聲響的語詞會用片假名書寫。

2. ○…「アタマ（頭）」會用漢字書寫成「頭」。

3. ×…植物的名稱會用片假名書寫。

4. ×…從外國傳入的語詞會用片假名書寫。

答案： **2**

37 日本語の文章について、間違っているものはどれか。

1 漢字だけでなく、いろいろな文字が混ざっている。

2 漢字だけの文章に比べて、やわらかく優しい感じを受ける。

3 いろいろな文字が区別して使われているので、意味がわかりやすい。

4 ローマ字が使われることは、ほとんどない。

[翻譯]

[37] 關於日文的文章，以下何者有誤？

1 不單用漢字，還使用各種不同的文字。

2 和通篇漢字的文章相較，感覺較為柔和。

3 能在各種情況下分別使用不同文字，有助於清楚易懂。

4 幾乎沒有使用羅馬拼音。

[題解攻略]

答えは 4

1. ×…日本語の文章は、漢字、平仮名、片仮名、ローマ字が混じっている。

2. ×…「漢字だけの文章に比べて、やさしく柔らかい感じがする」とある。

正確答案是 4

1. ×…日文的文章會使用漢字、平假名、片假名、羅馬拼音混合書寫而成。

2. ×…文中提到「漢字だけの文章に比べて、やさしく柔らかい感じがする」（和通篇漢字的文章相較，感覺較為柔和）。

3. ×…最後の一文に「日本語は、漢字と平仮名、片仮名などを区別して使うことによって、文章をわかりやすく書き表すことができる」とある。

4. ○…ローマ字は使われている。

3. ×…文章的最後提到「日本語は、漢字と平仮名、片仮名などを区別して使うことによって、文章をわかりやすく書き表すことができる」（分別使用漢字、平假名和片假名，能夠讓日文的文章寫得更加清楚易懂）。

4. ○…日文文章也會用到羅馬拼音。

答案：4

單字的意思

- □ ローマ字／羅馬字
- □ 世紀／世紀，百代；時代，年代；百年一現，絕世
- □ 混ざる／混雜，夾雜
- □ はっきり／清楚；直接了當
- □ 混ぜる／混合，攪拌
- □ 付く／附著，沾上；長，添增；跟隨；隨從，聽隨；偏坦

文法的意思

- □ ～をもとに／以…為參考，以…為根據，在…基礎上
- □ ～ことになっている／按規定…；預定…；將…

問題七　翻譯與題解

第 7 大題　右頁是某家旅館的官網上刊載關於和服體驗教室參加者報名須知的廣告。請閱讀後回答下列問題。答案請從 1・2・3・4 之中挑出最適合的選項。

着物体験

参加者募集

【着物体験について】

1 回：二人～三人程度、60 分～ 90 分
料金：〈大人用〉6,000 円～ 9,000 円／一人
〈子ども用〉（12 歳まで）4,000 円／一人
（消費税込み）

＊着物を着てお茶や生け花※1 をする「日本文化体験コース」もあります。
＊着物を着てお出かけしたり、人力車※2 観光をしたりすることもできます。
＊ただし、一部の着物はお出かけ不可
＊人力車観光には追加料金がかかります

【写真撮影について】

振り袖から普通の着物・袴※3 などの日本の伝統的な着物を着て写真撮影ができます。着物は、大人用から子ども用までございますので、お好みに合わせてお選びください。小道具※4 や背景セットを使った写真が楽しめます。（デジカメ写真プレゼント付き）

ご予約時の注意点

①上の人数や時間は、変わることもあります。お気軽にお問い合わせください。（多人数の場合は、グループに分けさせていただきます。）
②予約制ですので、前もってお申し込みください。（土・日・祝日は、空いていれば当日受付も可能です。）
③火曜日は定休日です。（但し、祝日は除く）
④中国語・英語でも説明ができます。

ご予約承ります！
お問い合せ・お申込みは
富士屋

nihonntaiken@ XXX fujiya.co.jp
電話 03- XXXX - XXXX

※1　お茶・生け花…日本の伝統的な文化で、茶道と華道のこと。
※2　人力車…お客をのせて人が引いて走る二輪車。
※3　振り袖～袴…日本の着物の種類。
※4　小道具…写真撮影などのために使う道具。

［翻譯］

和服體驗

報名須知

【和服體驗須知】

每次：二人～三人左右、60 分～ 90 分
費用：〈成人服裝〉6,000 圓～ 9,000 圓／一人
〈兒童服裝（12 歲以下）〉4,000 圓／一人
（含消費税）
＊另有穿著和服學習點茶或插花※1的「日本文化體驗課程」。
＊亦可穿著和服外出，或搭人力車※2觀光。
＊部分和服不可穿出教室外
＊搭人力車觀光需額外付費

【人像攝影須知】

本教室可提供長袖和服、一般和服、褲裙禮服※3等等日本的傳統服裝拍攝人像。和服尺寸從成人服裝到兒童服裝一應俱全，歡迎挑選喜愛的服飾。配合小道具※4及布景讓照片更有意境。（贈送照片電子圖檔）

預約注意事項：

① 上述人數與時間可能異動，歡迎洽詢。（人數較多時，將會分組進行。）
② 本課程採取預約制，敬請事先報名。（週六、日與國定假日有空檔的時段可以當天受理報名。）
③ 每週二公休。（但是國定假日除外）
④ 可用中文與英文講解。

歡迎預約！
報名與詢問請洽
富士屋
nihonntaiken@×××fujiya.co.jp
電話 03-××××-××××

※ 1　お茶・生け花：此處指日本傳統文化的茶道與花道。

※ 2　人力車：由人力拉著乘客移動的兩輪車。

※ 3　振り袖～袴：日本和服的種類。

※ 4　小道具：人像攝影時使用的道具。

---

38 会社員のハンさんは、友人と日本に観光に行った際、着物を着てみたいと思っている。ハンさんと友だちが着物を着て散歩に行くには、料金は一人いくらかかるか。

1　6,000円

2　9,000円

3　6,000円～ 9,000円

4　10,000円～ 13,000円

[翻譯]

[38] 有位上班族韓小姐和朋友去日本旅遊時希望嘗試穿和服。如果韓小姐和朋友想穿著和服在街上散步的話，每人約需支付多少費用呢？

1　6,000 圓

2　9,000 圓

3　6,000 ～ 9,000 圓

4　10,000 ～ 13,000 圓

[題解攻略]

答えは３

ハンさんは会社員なので、大人。その友だちも大人だと考えられる。着物体験の料金は、「〈大人用〉6,000 円～ 9,000 円／一人」である。つまり、一人「6,000 円～ 9,000 円」である。

正確答案是 3

因為韓小姐是上班族，所以是成人，因此推測她的朋友也是成人。廣告上寫道和服體驗的費用是「〈大人用〉6,000 円～ 9,000 円／一人」（〈成人服裝〉6,000 圓～ 9,000 圓／一人）。也就是說，一個人需要「6,000 円～ 9,000 円」（6,000 圓～ 9,000 圓）。

答案：3

---

39 この広告の内容と合っているものはどれか。

1　着物を着て、小道具や背景セットを作ることができる。

2　子どもも、参加することができる。

3　問い合わせができないため、予約はできない。

4　着物を着て出かけることはできないが、人力車観光はできる。

[翻譯]

[39] 以下哪一項和這份廣告的內容相符？

1　可以穿著和服，製作小道具和布景。

2　兒童也可以參加。

3　由於無法洽詢，因此不能預約。

4　雖然不能穿著和服外出，但是可以搭人力車觀光。

[題解攻略]

答えは２

1. ×…「小道具や背景セットを作る」のではない。「小道具や背景セットを使った写真」の撮影ができるのである。

2. ○…子ども用料金があることから、子どもも参加することができることがわかる。

3. ×…「予約制ですので、前もってお申し込みください」とある。

4. ×…「着物を着てお出かけしたり、人力車観光をしたりすることもできます」とある。

正確答案是２

1. ×…並不是「小道具や背景セットを作る」（製作小道具和布景）。而是可以拍攝「小道具や背景セットを使った写真」（配合小道具及布景的照片）。

2. ○…因為廣告中註明了兒童的費用，因此得知兒童也可以參加和服體驗。

3. ×…廣告中提到「予約制ですので、前もってお申し込みください」（本課程採取預約制，敬請事先報名）。

4. ×…廣告中提到「着物を着てお出かけしたり、人力車観光をしたりすることもできます」（可穿著和服外出，或搭人力車觀光）。

答案： **2**

單字的意思

- □ 消費／消費，耗費
- □ コース【course】／課程，學程；路線，（前進的）路徑
- □ 観光／觀光，遊覽，旅遊
- □ デジカメ【digital camera】／數位相機（「デジタルカメラ」之略稱）
- □ グループ【group】／組，幫，群；（共同行動的）集團，夥伴
- □ 分ける／分，分開；區分，劃分；分配，分給；分開
- □ 前もって／預先，事先
- □ 広告／廣告；作廣告，廣告宣傳
- □ 内容／內容

文法的意思

□ ～際（さい）／…的時候，在…時，當…之際

□ ～みたい／想要嘗試…；好像…

小知識

和服和浴衣有什麼不同？其實浴衣也是和服的一種，只是布料較薄，通常在夏天穿著。和服和浴衣最大的差異是，浴衣可以當睡衣直接穿著入睡，而和服不行。另外，和服裡必須穿上長襯衣，浴衣則不需要。

專欄5

文法比一比

● をもとに、をもとにして

「以…為根據」，「以…為參考」，「在…基礎上」

說明 [Nをもとに（して）]。表示將某事物做為啟示、根據、材料、基礎等。後項的行為、動作是根據或參考前項來進行的。相當於「…に基づいて」、「…を根拠にして」。／

例句 彼女のデザインをもとに、青いワンピースを作った。／以她的設計為基礎，裁製了藍色的連身裙。

● にもとづいて

「根據…」，「按照…」，「基於…」

說明 [Nにもとづいて]；[NにもとづいたN]；[NにもとづいてのN]。表示以某事物為根據或基礎。相當於「…をもとにして」。

例句 違反者は法律に基づいて処罰されます。／違者依法究辦。

● とともに

「和…一起」，「與…同時，也…」

說明 [Nとともに]；[V-るとともに]。表示後項的動作或變化，跟著前項同時進行或發生。相當於「…といっしょに」、「…と同時に」。

例句 仕事すると、お金とともに、たくさんの知識や経験が得られる。／工作得到報酬的同時，也得到很多知識和經驗。

● にともなって

「伴隨著…」，「隨著…」

說明 [Nにともなって]；[Vのにともなって]。表示隨著前項事物的變化而進展。相當於「…とともに、…につれて」。

例句 この物質は、温度の変化に伴って色が変わります。／這物質的顏色，會隨著溫度的變化而改變。

● さい、さいは、さいに（は）

「…的時候」，「在…時」，「當…之際」

說明 [Nのさい（に）]；[Vさい（に）]。表示動作、行為進行的時候。相當於「…ときに」。

例句 以前、東京でお会いした際、名刺をお渡ししたと思います。／我想之前在東京與您見面時，有遞過名片給您。

● ところ（に・へ・で・を）

「…的時候」，「正在…時」

說明 [V-ている／V-たところに]。表示行為主體正在做某事的時候，發生了其他的事情。大多用在妨礙行為主體的進展的情況，有時也用在情況往好的方向變化的時候。相當於「ちょうど…しているときに」。

例句 出かけようとしたところに、電話が鳴った。／正要出門時，電話鈴就響了。

問題四　翻譯與題解

第 4 大題　請閱讀以下（1）至（4）的文章，然後回答問題。答案請從 1・2・3・4 之中挑出最適合的選項。

（1）

人類は科学技術の発展によって、いろいろなことに成功しました。例えば、空を飛ぶこと、海底や地底の奥深く行くこともできるようになりました。今や、宇宙へ行くことさえできます。

しかし、人間の望みは限りがないもので、さらに、未来や過去へ行きたいと思う人たちが現れました。そうです。『タイムマシン』の実現です。

いったいタイムマシンを作ることはできるのでしょうか？

理論上は、できるそうですが、現在の科学技術ではできないということです。

残念な気もしますが、でも、未来は夢や希望として心の中に描くことができ、また、過去は思い出として一人一人の心の中にあるので、それで十分ではないでしょうか。

24　「タイムマシン」について、文章の内容と合っていないのはどれか。

1　未来や過去に行きたいという人間の夢をあらわすものだ
2　理論上は作ることができるものだが実際には難しい
3　未来や過去も一人一人の心の中にあるものだ
4　タイムマシンは人類にとって必要なものだ

[翻譯]

人類隨著科學技術的發展，達成了各式各樣的目標。比方人類已經可以飛上天空，也能夠到海底及地底深處，現在甚至可以到外太空了。

但是，人的欲望是無窮無盡的，因此出現了一些人想要前往未來或是回到過去。是的，人們想要製造「時光飛行器」。

人類究竟能不能夠成功做出時光飛行器呢？

理論上似乎可行，但是以目前的科學技術似乎還沒有辦法實現。

儘管有些遺憾，但是，人們可以在心中勾勒出對未來的夢想與希望，並且每一個人也能夠將過去的回憶深藏在心裡，我想，這樣已經足夠了。

[24] 關於「時光飛行器」，以下哪一段敘述與文章內容不符？

1 這可以實現人類想前往未來或是回到過去的夢想

2 儘管理論上可行，但是實際上還很困難

3 未來與過去都藏在每一個人的心裡

4 時光飛行器對人類是不可或缺的

[題解攻略]

答えは 4

1. ×…「未来や過去へ行きたいと思う人たちが現れました」とある。

2. ×…「理論上は、できるそうですが、現在の科学技術ではできない」とある。

正確答案是 4

1. ×…文中提到「未来や過去へ行きたいと思う人たちが現れました」（出現了一些人想要前往未來或是回到過去）。

2. ×…文中提到「理論上は、できるそうですが、現在の科学技術ではできない」（理論上似乎可行，但是以目前的科學技術似乎還沒有辦法實現）。

3. ×…最後の段落に「一人一人の心の中にある」とある。

4. ○…「人類にとって必要なものだ」とは言っていない。

3. ×…文章最後一段提到「一人一人の心の中にある」（藏在每個人的心裡）。

4. ○…文中沒有提到時光飛行器「人類にとって必要なものだ」（對人類是不可或缺的）。

答案：4

單字的意思

- □ 成功（せいこう）／成功，成就，勝利；功成名就，成功立業
- □ 奥（おく）／裡頭，深處；裡院；盡頭
- □ 未来（みらい）／將來，未來；（佛）來世
- □ 現れる（あらわれる）／出現，呈現，顯露
- □ いったい／到底，究竟；根本，本來；大致上
- □ 描く（えがく）／想像，勾勒；以…為形式，描寫；畫，描繪

文法的意思

- □ ～さえ／連…，甚至…

（2）

これは、田中さんにとどいたメールである。

あて先：jlpt1127.clear@nihon.co.jp
件名：パンフレット送付※のお願い
送信日時：2015年8月 1 4 日　13:15

===================================

ご担当者様

はじめてご連絡いたします。

株式会社山田商事、総務部の山下花子と申します。

このたび、御社のホームページを拝見し、新発売のエアコン「エコール」について、詳しくうかがいたいので、パンフレットをお送りいただきたいと存じ、ご連絡いたしました。2部以上お送りいただけると助かります。

どうぞよろしくお願いいたします。

【送付先】

〒564-9999
大阪府〇〇市△△町11-9　XXビル2F

TEL：066-9999-XXXX
株式会社　山田商事　総務部
担当：山下　花子

※　送付…相手に送ること。

25 このメールを見た後、田中さんはどうしなければならないか。

1 「エコール」について、メールで詳しい説明をする。

2 山下さんに「エコール」のパンフレットを送る。

3 「エコール」のパンフレットが正しいかどうか確認する。

4 「エコール」の新しいパンフレットを作る。

[翻譯]

這是一封寄給田中先生的電子郵件：

收件地址：jlpt1127.clear@nihon.co.jp
主旨：敬請寄送※說明書
寄件日期：2015 年 8 月 14 日 13:15
==================================
承辦人，您好：

請恕冒昧打擾。

我是山田商事股份有限公司總務部的山下花子。

最近在貴公司的官網看到新上市的空調機「École」，希望進一步了解詳情，想索取說明書，因此與貴公司聯繫。方便的話，盼能索取兩份說明書。

非常感謝撥冗郵寄。

【郵寄地址】
〒 564-9999
大阪府〇〇市△△町 11-9　ｘｘ大樓 2F
TEL：066-9999-xxxx
山田商事股份有限公司 總務部
承辦人：山下 花子

※ 送付：致送對方。

[25] 看到這封電子郵件後，田中先生必須做什麼事呢？

1　以電子郵件回覆並詳細說明「École」。

2　把「École」的說明書寄給山下小姐。

3　檢查「École」的說明書是否正確。

4　重新編寫「École」的說明書。

[題解攻略]

答えは２

山下さんはメールに「パンフレットをお送りいただきたい」と書いている。田中さんがすることは、「エコール」のパンフレットを送ることである。したがって、２が適切である。

正確答案是 2

山下小姐在郵件上寫的是「パンフレットをお送りいただきたい」（想索取說明書）。田中先生要做的事是把「École」的說明書寄過去。所以選項 2 是最適切的答案。

答案：2

單字的意思

- □ パンフレット【pamphlet】／小冊子
- □ ホームページ【homepage】／網站，網站首頁
- □ エアコン【air conditioning】／空調；溫度調節器
- □ 詳しい／詳細；精通，熟悉
- □ 助かる／有幫助，省事；得救，脫險
- □ 相手／對象；夥伴，共事者；對方，敵手

(3)

これは、大学内の掲示である。

台風9号による1・2時限[※1]休講[※2]について

本日(10月16日)、関東地方に大型の台風が近づいているため、本日と、明日1・2時限目の授業を中止して、休講とします。なお、明日の3・4・5時限目につきましては、大学インフォメーションサイトの「お知らせ」で確認して下さい。

東青大学

※1　時限…授業のくぎり。

※2　休講…講義が休みになること。

26　正しいものはどれか。

1　台風が来たら、10月16日の授業は休講になる。

2　台風が来たら、10月17日の授業は行われない。

3　本日の授業は休みで、明日の3時限目から授業が行われる。

4　明日3、4、5時限目の授業があるかどうかは、「お知らせ」で確認する。

[翻譯]

這是大學的內部公告：

> **為因應 9 號颱風來襲，第一二堂[※1]停課[※2]公告**
>
> 今天（10 月 16 日）由於關東地區有大型颱風來襲，取消今天、以及明天第一二堂課。此外，明天第三、四、五堂課是否上課，請上校內網站的「公告欄」查詢。
>
> 東青大學

※1 時限：授課的時間單位。

※2 休講：停課。

[26] 以下哪一段敘述正確？

1　假如颱風來襲，10 月 16 日的課程將會停課。

2　假如颱風來襲，10 月 17 日的課程將不會上課。

3　今天全日停課，明天從第三堂課開始上課。

4　明天第三、四、五堂課是否上課，必須查詢「公告欄」。

[題解攻略]

答えは 4

1・2. ×…「台風が来たら」が誤り。台風が近づいているので、16 日と、17 日の 1・2 時限目の授業の休講は決まっている。

3. ×…「明日の 3・4・5 時限目につきましては、大学インフォメーションサイトの『お知らせ』

正確答案是 4

1・2. ×…「台風が来たら」（假如颱風來襲）是錯誤的。因為颱風正在逼近，所以已經確定取消 16 日和 17 日的第一、二堂課。

3. ×…公告上寫的是「明日の 3・4・5 時限目につきましては、大学インフォメーションサイトの『お知らせ』で確認して下さい」（明天第三、四、五堂課是否上課，請上校內網站的「公告で確認して下さい」とある。つまり、３時限目からの授業があるかどうかはまだわからない。

4. ○…大学インフォメーションサイト「お知らせ」を確認する必要がある。

欄」查詢）。也就是說，還不知道是否從第三堂課開始上課。

4. ○…必須上校內網站的「公告欄」確認明天第三、四、五堂課是否上課。

答案：4

單字的意思

- □ 近づく／臨近，靠近；接近，交往；幾乎，近似
- □ 確認／證實，確認，判明
- □ 本日／本日，今日

（4）

日本では、少し大きな駅のホームには、立ったまま手軽に「そば」や「うどん」を食べられる店（立ち食い屋）がある。

「そば」と「うどん」のどちらが好きかは、人によってちがうが、一般的に、関東では「そば」の消費量が多く、関西では「うどん」の消費量が多いと言われている。

地域毎に「そば」と「うどん」のどちらに人気があるかは、実は、駅のホームで簡単にわかるそうである。ホームにある立ち食い屋の名前を見ると、関東と関西で違いがある。関東では、多くの店が「そば・うどん」、関西では、「うどん・そば」となっている。「そば」と「うどん」、どちらが先に書いてあるかを見ると、その地域での人気がわかるというのだ。

27 駅のホームで簡単にわかる、とあるが、どんなことがわかるのか。

1　自分が、「そば」と「うどん」のどちらが好きかということ

2　関東と関西の「そば」の消費量のちがい

3　駅のホームには必ず、「そば」と「うどん」の立ち食い屋があるということ

4　店の名前から、その地域で人気なのは「うどん」と「そば」のどちらかということ

[翻譯]

在日本，稍具規模的車站月台上，開設有站著就能以便宜的價格享用「蕎麥麵」或「烏龍麵」的店鋪（立食店）。

喜歡吃「蕎麥麵」還是「烏龍麵」因人而異，但一般來說，「蕎麥麵」在關東地區的消費量比較高，而「烏龍麵」則在關西地區的消費量比較高。

不同地區的「蕎麥麵」和「烏龍麵」何者較受歡迎，其實只要從當地車站月台就很容易分辨。觀察開在車站月台上的立食店名稱，會發現關東地區和關西地區不一樣。在關東地區，多數店鋪寫的是「蕎麥麵・烏龍麵」，而關西地區則是「烏龍麵・蕎麥麵」。只要看「蕎麥麵」和「烏龍麵」是哪一個寫在前面，就可以知道當地是哪一種比較受歡迎了。

[27] 文中提到只要從當地車站月台就很容易分辨，到底是怎麼分辨的呢？

1　看自己比較喜歡「蕎麥麵」還是「烏龍麵」

2　從關東地區和關西地區的「蕎麥麵」消費量不同得知

3　因為車站的月台一定有「蕎麥麵」或「烏龍麵」的立食店鋪

4　從店鋪的名稱，可以推論出當地較受歡迎的是「烏龍麵」還是「蕎麥麵」

[題解攻略]

答（こた）えは4

文章（ぶんしょう）の最後（さいご）の文（ぶん）に「『そば』と『うどん』、どちらが先（さき）に書（か）いてあるかを見（み）ると、その地域（ちいき）での人気（にんき）がわかる」とある。つまり、駅（えき）のホームにある立（た）ち食（ぐ）いの店（みせ）の名前（なまえ）から、どちらに人気（にんき）があるかわかるということである。したがって、4が適切（てきせつ）。

正確答案是4

請見文章的最後「『そば』と『うどん』、どちらが先に書いてあるかを見ると、その地域での人気がわかる」（只要看「蕎麥麵」和「烏龍麵」是哪一個寫在前面，就可以知道當地是哪一種比較受歡迎了）。也就是說，只要看車站月台上的立食店的店名，就可以知道是哪一種比較受歡迎。因此選項4是最適切的答案。

答案：4

單字的意思

- □ ホーム【platform 之略】／月台
- □ そば／蕎麥；蕎麥麵
- □ うどん／烏龍麵條，烏龍麵
- □ 消費（しょうひ）／消費，耗費
- □ 毎（ごと）／每
- □ 人気（にんき）／人緣，人望

小知識

除了「そば」（蕎麥麵）和「うどん」（烏龍麵），日本還有很多美食哦！把這些日式料理的説法學起來，下次去日本就可以用日語點菜囉！

1. 天（てん）ぷら定食（ていしょく）（天婦羅套餐）
2. しゃぶしゃぶ（涮涮鍋）
3. おでん（黑輪）
4. うな重（じゅう）（鰻魚飯）
5. すき焼（や）き（壽喜燒）
6. ラーメン（拉麵）
7. とんかつ（炸豬排）
8. カツ丼（どん）（豬排飯）

問題五　翻譯與題解

第 5 大題　請閱讀以下（1）至（2）的文章，然後回答問題。答案請從 1・2・3・4 之中挑出最適合的選項。

（1）

　テクノロジーの進歩で、私たちの身の回りには便利な機械があふれています。特に IT と呼ばれる情報機器は、人間の生活を便利で豊かなものにしました。①例えば、パソコンです。パソコンなどのワープロソフトを使えば、誰でもきれいな文字を書いて印刷までできることができます。また、何かを調べるときは、インターネットを使えばすぐに必要な知識や世界中の情報が得られます。今では、これらのものがない生活は考えられません。

　しかし、これらテクノロジーの進歩が②新たな問題を生み出していることも忘れてはなりません。例えば、ワープロばかり使っていると、漢字を忘れてしまいます。また、インターネットで簡単に知識や情報を得ていると、自分で努力して調べる力がなくなるのではないでしょうか。

　これらの機器は、便利な反面、人間の持つ能力を衰えさせる面もあることを、私たちは忘れないようにしたいものです。

[翻譯]

科技的進步，使得我們身邊隨處可見便利的裝置。尤其是被稱為 IT 的資訊裝置，幫助人類的生活變得更加便利與豐富。①舉例來說，電腦就是其中一項。只要使用電腦上的文字處理軟體，任何人都能打出漂亮的文字，甚至列印出來。還有，要查詢什麼資料時，只要連上網際網路，立刻就能找到需要的知識與全世界的資訊。時至今日，已經無法想像生活中沒有這些東西會變成什麼樣子了。

然而，不能忘記的是，這些科技的進步也衍生出②新的問題。例如，一天到晚使用文字處理軟體，結果忘記漢字的寫法。另外，透過網際網路就能輕鬆獲得知識與資訊，或許將會導致人們失去了親自努力調查的能力。

這些裝置雖有便利的一面，但也具有造成人類原本擁有的能力日漸衰退的另一面，希望我們必須將這點牢記在心。

---

28 ①例えばは、何の例か。

1　人間の生活を便利で豊かなものにした情報機器

2　身の回りにあふれている便利な電気製品

3　文字を美しく書く機器

4　情報を得るための機器

[翻譯]

[28] 文中提到的①舉例來說，舉了什麼例子呢？

1　讓人類的生活變得更加便利與豐富的資訊裝置

2　隨處可見的便利的電器產品

3　能寫出漂亮文字的機器

4　能夠得到資訊的機器

[題解攻略]

答えは 1

①＿＿の直前の文「特に IT と呼ばれる情報機器は、人間の生活を便利で豊かなものにしました」に注目する。「人間の生活を豊かなものにした情報機器」の例として、「パソコン」を挙げている。したがって、1 が適切。

正確答案是 1

請注意①＿＿的前面提到「特に IT と呼ばれる情報機器は、人間の生活を便利で豊かなものにしました」（尤其是被稱為 IT 的資訊裝置，幫助人類的生活變得更加便利與豐富）。本文舉了「パソコン」（電腦）作為「人間の生活を豊かなものにした情報機器」（讓人類的生活變得更加便利與豐富的資訊裝置）的例子。因此選項 1 是最適切的答案。

答案：**1**

---

29 ②新たな問題とは、どんな問題か。

1　新しい便利な機器を作ることができなくなること

2　ワープロやパソコンを使うことができなくなること

3　自分で情報を得る簡単な方法を忘れること

4　便利な機器に頼ることで、人間の能力が衰えること

[翻譯]

[29] 文中提到的②新的問題，是指什麼樣的問題呢？

1　沒有辦法製造出便利的新機器

2　沒有辦法使用文字處理機和電腦

3　忘記靠自己得到資訊的簡單方法

4　由於依賴便利的裝置，導致人類的能力日漸衰退

[題解攻略]

答えは 4

文章の最後の文で「これらの機器は、便利な反面、人間の持つ能力を衰えさせる面もある」と述べている。便利な機器に頼っていると、人間の能力が衰えるというのである。したがって、4 が適切。

正確答案是 4

文章最後提到「これらの機器は、便利な反面、人間の持つ能力を衰えさせる面もある」（這些裝置雖有便利的一面，但也具有造成人類原本擁有的能力日漸衰退的另一面）。依賴便利的裝置，可能導致人類的能力日漸衰退。所以選項 4 是最適切的答案。

答案：**4**

---

30 ②<u>新たな問題</u>を生みだしているのは、何か。

1 人間の豊かな生活

2 テクノロジーの進歩

3 漢字が書けなくなること

4 インターネットの情報

[翻譯]

[30] 所謂衍生出②<u>新的問題</u>，是指什麼呢？

1 人類的豐富生活

2 科技的進步

3 寫不出漢字

4 網際網路的資訊

[題解攻略]

答えは2

何が、「新たな問題」を生み出しているかに注意する。「新たな問題」とは何かではない。②____のすぐ前に「テクノロジーの進歩が」とある。したがって、2が適切。

正確答案是 2

請注意是什麼產生了「新たな問題」（新的問題）。「新たな問題」（新的問題）不是別的，指的就是②____前面提到的「テクノロジーの進歩が」（科技的進步）。所以選項 2 是最適切的答案。

答案：**2**

單字的意思

- □ 進歩／進步，逐漸好轉
- □ 豊か／富裕，優裕；豐盈；十足，足夠
- □ 知識／知識
- □ 努力／努力
- □ 能力／能力；（法）行為能力

(2)

日本語を学んでいる外国人が、いちばん苦労するのが敬語の使い方だそうです。日本に住んでいる私たちでさえ難しいと感じるのですから、外国人にとって難しく感じるのは当然です。

ときどき、敬語があるのは日本だけで、外国語にはないと聞くことがありますが、そんなことはありません。丁寧な言い回しというものは例えば英語にもあります。ドアを開けて欲しいとき、簡単に「Open the door.（ドアを開けて。）」と言う代わりに、「Will you ～ (Can you ～)」や「Would you ～（Could you ～)」を付けたりして丁寧な言い方をしますが、①これも敬語と言えるでしょう。

私たちが敬語を使うのは、相手を尊重し敬う※気持ちをあらわすことで、人間関係をよりよくするためです。敬語を使うことで自分の印象をよくしたいということも、あるかもしれません。

ところが、中には、相手によって態度や話し方を変えるのはおかしい、敬語なんて使わないでいいと主張する人もいます。

しかし、私たちの社会に敬語がある以上、それを無視した話し方をすると、人間関係がうまくいかなくなることもあるかもしれません。確かに敬語は難しいものですが、相手を尊重し敬う気持ちがあれば、使い方が多少間違っていても構わないのです。

※　敬う…尊敬する。

[翻譯]

正在學日文的外國人覺得最難學的，似乎是敬語的用法。就連住在日本的我們都覺得困難了，對外國人來說當然更是難上加難了。

有時候我會聽到一種說法：只有日文才有敬語，外文沒有這種文法。沒有這回事。英文裡也有禮貌的措辭。當希望別人開門時，簡單的說法是「Open the door.（開門。）」，但是禮貌的說法則是加上「Will you ～(Can you ～)」或是「Would you ～(Could you ～)」，①這應該也可以被歸類為敬語吧。

我們之所以使用敬語，目的是藉此來表示尊重與尊敬※對方，藉以增進人際關係。或許還希望透過使用敬語，讓對方對自己留下好印象。

然而其中，也有人認為根據對象的不同，而以不同的態度和說話方式應對很奇怪，因而主張不使用敬語。

但是，既然我們的社會有敬語的存在，如果交談時刻意不使用，恐怕會導致人際關係的惡化。

敬語的用法確實很難，但只要懷有尊重與尊敬對方的心意，即使用法不完全正確也沒有大礙。

※ 敬う：尊敬。

31 ①これは、何を指しているか。

1 「Open the door.」などの簡単な言い方

2 「Will (Would) you ～」や「Can (Could) you ～) 」を付けた丁寧な言い方

3 日本語にだけある難しい敬語

4 外国人にとって難しく感じる日本の敬語

[翻譯]

[31] 所謂①這，指的是什麼呢？

1 「Open the door.」之類的簡單說法

2 加上「Will (Would) you ～」或是「Can (Could) you ～」的禮貌說法

3 日文所獨有、很困難的敬語

4 外國人覺得很難學的日文的敬語

[題解攻略]

答えは２

「これ」の指す内容を前の部分から探す。「『Will you ～（Can you～）』や『Would you～（Could you ～）』を付けたりして丁寧な言い方をします」とある。したがって、２が適切。２の内容を「これ」に入れて、意味が通じるか確かめてみよう。

正確答案是 2

可以從前文找出「これ」（這）所指涉的內容。前面提到「『Will you ～（Can you ～）』や『Would you ～（Could you ～）』を付けたりして丁寧な言い方をします」（禮貌的說法是加上「Will you ～(Can you ～)」或是「Would you ～(Could you ～)」）。所以選項 2 是最適切的答案。可以試著將選項 2 的內容放入「これ」（這），確認文意是否通順。

答案：2

32 敬語を使う主な目的は何か。

1 相手に自分をいい人だと思われるため

2 自分と相手との上下関係を明確にするため

3 日本の常識を守るため

4 人間関係をよくするため

[翻譯]

[32] 使用敬語的主要目的是什麼呢？

1　為了讓對方覺得自己是好人

2　為了明確界定出自己與對方的位階

3　為了維護日本的常識

4　為了增進人際關係

[題解攻略]

答えは４

敬語を使う目的が問われている。目的を表す語「ため」に注目するとよい。３段落に「私たちが敬語を使うのは、相手を尊重し敬う気持ちをあらわすことで、人間関係をよりよくするため」とある。したがって、４が適切。

正確答案是４

題目問的是使用敬語的目的，所以只要找出表示目的的詞語「ため」（目的是）即可。第三段寫道「私たちが敬語を使うのは、相手を尊重し敬う気持ちをあらわすことで、人間関係をよりよくするため」（我們之所以使用敬語，目的是藉此來表示尊重與尊敬對方，藉以增進人際關係）。因此選項４是最適切的答案。

答案：**4**

33　「敬語」について、筆者の考えと合っているのはどれか。

1　言葉の意味さえ通じれば敬語は使わないでいい。

2　敬語は正しく使うことが大切だ。

3　敬語は、使い方より相手に対する気持ちが大切だ。

4　敬語は日本独特なもので、外国語にはない。

[翻譯]

[33] 關於「敬語」，以下哪一段敘述與筆者的想法吻合？

1　只要能夠能夠傳達話語的意義，就不需要使用敬語。

2　正確使用敬語是很重要的。

3　敬語比起用法，更重要的是表達心意給對方。

4　敬語是日本獨有的用法，外文中沒有這種文法。

[題解攻略]

答えは３

1. ×…5段落に「私たちの社会に敬語がある以上、それを無視した話し方をすると、人間関係がうまくいかなくなることもあるかもしれません」と述べて、「敬語は使わないでいい」という考えを否定している。

2. ×…最後の一文に「相手を尊重し敬う気持ちがあれば、使い方が多少間違っていても構わない」とある。敬語を「正しく使うこと」が大切だとは述べていない。

3. ○…最後の一文の「相手を尊重し敬う気持ちがあれば、使い方が多少間違っていても構わない」とは、「使い方」より、「相

正確答案是 3

1. ×…第五段提到「私たちの社会に敬語がある以上、それを無視した話し方をすると、人間関係がうまくいかなくなることもあるかもしれません」(既然我們的社會有敬語的存在，如果交談時刻意不使用，恐怕會導致人際關係的惡化），因此否定了「敬語は使わないでいい」（不需要使用敬語）這種想法。

2. ×…文章最後提到「相手を尊重し敬う気持ちがあれば、使い方が多少間違っていても構わない」（只要懷有尊重與尊敬對方的心意，即使用法不完全正確也沒有大礙）。並沒有提到「正しく使うこと」（正確使用）敬語非常重要。

3. ○…文章最後提到「相手を尊重し敬う気持ちがあれば、使い方が多少間違っていても構わない」（只要懷有尊

手に対する気持ち」が大切だということ。

4. ×…2段落に「敬語があるのは日本だけで、外国語にはないと聞くことがありますが、そんなことはありません」とある。つまり、外国語にも敬語があると述べているのである。

重與尊敬對方的心意，即使用法不完全正確也沒有大礙），因此比起敬語的「使い方」（用法），「相手に対する気持ち」（表達心意給對方）更為重要。

4. ×…文中第二段提到「敬語があるのは日本だけで、外国語にはないと聞くことがありますが、そんなことはありません」（只有日文才有敬語，外文沒有這種文法。沒有這回事）。也就是說，作者想表達的是外文中也有敬語的用法。

答案：**3**

單字的意思

- □ 敬語／敬語
- □ 付ける／寫上，記上；注意；掛上，裝上；穿上，配戴
- □ 印象／印象
- □ かもしれない／也許，也未可知
- □ 態度／態度，表現；舉止，神情，作風
- □ おかしい／奇怪，可笑；不正常
- □ 尊敬／尊敬
- □ 守る／遵守，保守；保衛，守護；保持（忠貞）
- □ 通じる／傳達，溝通；明白，理解；通曉，精通；通到，通往

文法的意思

□ ～でさえ／連…，甚至…

□ ～にとって（は／も／の）／對於…來說

□ ～だけ（で）／只是…，只不過…；只要…就…

□ ～かわりに／代替…

□ ～によって／依照…；由…；根據…；因為…

□ ～なんて／…之類的，…什麼的

□ に対する／向…， 對（於）…

小知識

日本人是非常重視禮節的民族，話人人都會說，但要說得得體卻是一大學問。以下是生活與職場都很常見的尊敬語和謙讓語，不妨一起記下來哦！

原形（中譯）	尊敬語	謙讓語
言う（說）	おっしゃる	申しあげる
見る（看）	ご覧になる	拝見する
行く（去）	いらっしゃる	まいる
食べる（吃）	召し上がる	いただく
いる（在）	いらっしゃる	おる
する（做）	なさる	いたす

問題六　翻譯與題解

第 6 大題　請閱讀以下的文章，然後回答問題。答案請從 1・2・3・4 之中挑出最適合的選項。

信号機の色は、なぜ、赤・青（緑）・黄の３色で、赤は「止まれ」、黄色は「注意」、青は「進め」をあらわしているのだろうか。

①当然のこと過ぎて子どもの頃から何の疑問も感じてこなかったが、実は、それには、しっかりとした理由があるのだ。その理由とは、色が人の心に与える影響である。

まず、赤は、その「物」を近くにあるように見せる色であり、また、他の色と比べて、非常に遠くからでもよく見える色なのだ。さらに、赤は「興奮※1色」とも呼ばれ、人の脳を活発にする効果がある。したがって、「止まれ」「危険」といった情報をいち早く人に伝えるためには、②赤がいちばんいいということだ。

それに対して、青（緑）は人を落ち着かせ、冷静にさせる効果がある。そのため、＿③＿をあらわす色として使われているのである。

最後に、黄色は、赤と同じく危険を感じさせる色だと言われている。特に、黄色と黒の組み合わせは「警告※2色」とも呼ばれ、人はこの色を見ると無意識に危険を感じ、「注意しなければ」、という気持ちになるのだそうだ。踏切や、「工事中につき危険！」を示す印など、黄色と黒の組み合わせを思い浮かべると分かるだろう。

このように、信号機は、色が人に与える心理的効果を使って作られたものなのである。ちなみに、世界のほとんどの国で、赤は「止まれ」、青（緑）は「進め」を表しているそうだ。

※1　興奮…感情の働きが盛んになること。

※2　警告…危険を知らせること。

[翻譯]

交通號誌燈的顏色為什麼是紅、青（綠）、黃這三種顏色，並且以紅色代表「停止」、黃色代表「注意」、綠色代表「通行」呢？

這個再①理所當然不過的事，大家從小就不曾懷疑，但事實上，這種設計有其理論根據。它的理論根據就是色彩對人類心理的影響。

首先，紅色是能夠讓那個「物體」看起來像在近處的顏色，此外，和其他顏色相較，這種顏色即使在很遠的距離也夠一眼辨識出來。不單如此，紅色也被稱為「興奮[※1]色」，具有刺激人類腦部的效果。因此，為了將「停止」、「危險」這些訊息盡早傳遞給人們，②紅色是最適當的顏色。

相對來說，青色（綠色）則具有讓人鎮定、冷靜的效果。所以，就被用作表示③的顏色。

最後，黃色被稱為和紅色同樣讓人感到危險的顏色。尤其黃色和黑色的組合也被稱為「警告[※2]色」，據說人們只要看到這種色彩，下意識就會感到危險，產生「必須小心」的想法。只要回想一下，諸如標示平交道和「施工中危險！」的標記，就是採用黃色和黑色的組合，應該就能明白了吧。

交通號誌燈的設計，即是運用上述色彩對人類產生的心理效果。順帶一提，據說世界各國幾乎都是使用紅色來表示「停止」、綠色來表示「通行」。

※1 興奮：情感強烈波動。

※2 警告：通知危險。

34 ①当然のこととは、何か。

1　子どものころから信号機が赤の時には立ち止まり、青では渡っていること

2　さまざまなものが、赤は危険、青は安全を示していること

3　信号機が赤・青・黄の３色で、赤は危険を、青は安全を示していること

4　信号機に赤・青・黄が使われているのにはしっかりとした理由があること

[翻譯]

[34] 文中提到的①理所當然，是指什麼呢？

1　從小就知道看到紅燈要站住，看到綠燈可以通行。

2　很多東西都用紅色表示危險、綠色表示安全。

3　交通號誌燈是紅、綠、黃三色，用紅色表示危險、綠色表示安全。

4　交通號誌燈使用紅、綠、黃有其理論根據。

[題解攻略]

答えは３

「当然のこと」とは「そうなることが当たり前であること」。ここでは、信号機の色は「赤・青(緑)・黄の３色で、赤は『止まれ』、黄色は『注意』、青は『進め』を

正確答案是 3

「当然のこと」（理所當然的事）是「そうなることが当たり前であること」（這件事是當然的）的意思。在本文中是指交通號誌燈的顏色為「赤・青（緑）・黄の３色で、赤は『止まれ』、黄色は『注意』、青は『進め』をあら

あらわしている」ことを指している。「赤は『止まれ』」とは「赤は危険だ」、「青は『進め』」とは「青は安全だ」と言い換えることができる。したがって、3が適切。

わしている」（紅、青（綠）、黃這三種顏色，並且以紅色代表「停止」、黃色代表「注意」、綠色代表「通行」）。「赤は『止まれ』」（紅色代表「停止」）是因為「赤は危険だ」（紅色表示危險）、「青は『進め』」（綠色代表「通行」）是因為「青は安全だ」（綠色表示安全）。因此，選項3是最適切的答案。

答案：**3**

---

35 ②赤がいちばんいいのはなぜか。

1　人に落ち着いた行動をさせる色だから。

2　「危険！」の情報をすばやく人に伝えることができるから。

3　遠くからも見えるので、交差点を急いで渡るのに適しているから。

4　黒と組み合わせることで非常に目立つから。

[翻譯]

[35] 為什麼②紅色是最適當的顏色呢？

1　因為是能讓人在鎮定中行動的顏色。

2　因為能夠迅速將「危險！」的訊息傳遞給人們。

3　因為從遠方就能看見，所以很適合用來催促人們快速穿越平交道。

4　因為和黑色組合起來非常醒目。

[題解攻略]

答えは 2

1. ×…「赤は『興奮色』とも呼ばれ、人の脳を活発にする効果がある」とある。「落ち着いた行動をさせる色」は青である。

2. ○…②____のすぐ前に「『止まれ』『危険』といった情報をいち早く人に伝える」とある。

3. ×…「交差点を急いで渡るのに適している」は文章中で述べられていない内容。

4. ×…赤と黒の組み合わせについては述べていない。

正確答案是 2

1. ×…文中提到「赤は『興奮色』とも呼ばれ、人の脳を活発にする効果がある」（紅色也被稱為「興奮色」，具有刺激人類腦部的效果），而「落ち着いた行動をさせる色」（能讓人在鎮定中行動的顏色）是綠色。

2. ○…因為②____的前面提到「『止まれ』『危険』といった情報をいち早く人に伝える」（將「停止」、「危險」這些訊息盡早傳遞給人們）。

3. ×…「交差点を急いで渡るのに適している」（適合用來催促人們快速穿越平交道）是文中沒有提到的內容。

4. ×…本文並沒有針對紅色和黑色的組合說明。

答案：**2**

---

36 ____③____に適当なのは次のどれか。

1 危険　　2 落ち着き　　3 冷静　　4 安全

[翻譯]

[36] 以下何者最適合填入③？

1 危險　　2 鎮定　　3 冷靜　　4 安全

[題解攻略]

答えは 4

1. ×…「危険」をあらわすのは「赤」。

2・3. ×…「青（緑）は人を落ち着かせ、冷静にさせる効果がある」とある。2「落ち着き」3「冷静」は青の効果を述べたもの。

4. ○…青（緑）は人を落ち着かせ、冷静にさせる色なので、危険ではない、大丈夫という意味の「安全」が適切である。

正確答案是 4

1. ×…表示「危険」（危險）的是「赤」（紅色）。

2・3. ×…文中提到「青（緑）は人を落ち着かせ、冷静にさせる効果がある」（青色〈綠色〉則具有讓人鎮定、冷靜的效果）。選項 2「落ち着き」（鎮定）和選項 3「冷静」（冷靜）描述的都是「青色」（綠色）的效果。

4. ○…「青色」（綠色）能讓人鎮定、冷靜，因此填入表示不危險、沒關係的意思的「安全」（安全）最為符合。

答案：4

---

37 この文の内容と合わないものはどれか。

1 ほとんどの国で、赤は「止まれ」を示す色として使われている。

2 信号機には、色が人の心に与える影響を考えて赤・青・黄が使われている。

3 黄色は人を落ち着かせるので、「待て」を示す色として使われている。

4 黄色と黒の組み合わせは、人に危険を知らせる色として使われている。

[翻譯]

[37] 以下哪一段敘述與這篇文章的內容不符？

1　幾乎所有的國家都是使用紅色這個顏色來表示「停止」。

2　交通號誌燈是依據色彩對人類心理的影響而採用紅、綠、黃。

3　黃色能讓人鎮定下來，所以被用作「等候」的顏色。

4　黃色和黑色的組合是被用來通知人們危險的顏色。

[題解攻略]

答えは３

1. ×…文章の最後の文に「世界のほとんどの国で、赤は『止まれ』、青（緑）は『進め』を表している」とある。

2. ×…2段落で、信号機に赤・青（緑）・黄の色が使われている理由とは、「色が人の心に与える影響である」と述べている。

3. ○…黄色は「赤と同じく危険を感じさせる色」である。また、「待て」ではなく、「注意」を示す色である。

4. ×…黄色と黒の組み合わせを見ると、「無意識に危険を感じ、『注意しなければ』、という気持ちになる」とある。

正確答案是 3

1. ×…因為文章最後提到「世界のほとんどの国で、赤は『止まれ』、青(緑)は『進め』を表している」（世界各國幾乎都是使用紅色來表示「停止」、綠色來表示「通行」）。

2. ×…第二段提到交通號誌燈用紅色、青色（綠色）、黃色的理由是「色が人の心に与える影響である」（色彩對人類心理的影響）。

3. ○…文中提到黃色是「赤と同じく危険を感じさせる色」（和紅色同樣讓人感到危險的顏色），並不是用於表示「待て」（等候），而是「注意」（注意）。

4. ×…文中提到看見黃色和黑色的組合，就會「無意識に危険を感じ、『注意しなければ』、という気持ちになる」（下意識就會感到危險，產生「必須小心」的想法）。

答案：3

- □ 信号（しんごう）／（鐵路、道路等的）號誌；信號，燈號；暗號
- □ 当然（とうぜん）／當然，理所當然
- □ 過（す）ぎる／過於；超過；經過
- □ 与（あた）える／給與，供給；授與；使蒙受；分配
- □ 非常（ひじょう）／非常，很，特別；緊急，緊迫
- □ 効果（こうか）／效果，成效，成績；（劇）效果
- □ 情報（じょうほう）／情報，信息
- □ 伝（つた）える／傳達，轉告；傳導
- □ 踏切（ふみきり）／（鐵路的）平交道，道口；（轉）決心
- □ 工事（こうじ）／工程，工事
- □ さまざま／種種，各式各樣的，形形色色的

文法的意思

- □ ～ということだ／是說這個意思…；這就是…；聽說…，據說…
- □ ～に対（たい）して／對（於）…，向…

問題七 翻譯與題解

第７大題　右頁是某間文化中心的介紹。請閱讀後回答下列問題。答案請從１・２・３・４之中挑出最適合的選項。

小町文化センター秋の新クラス

	講座名	日時	回数	費用	対象	その他
A	男子力UP!4回でしっかりおぼえる料理の基本	11・12月 第1・3金曜日 (11/7・21・12/5・12) 18:00～19:30	全4回	18,000円＋税（材料費含む）	男性18歳以上	男性のみ
B	だれでもかんたん！色えんぴつを使った植物画レッスン	10～12月 第1土曜日 13:00～14:00	全3回	5,800円＋税 ＊色えんぴつは各自ご用意下さい	15歳以上	静かな教室で、先生が一人一人ていねいに教えます
C	日本のスポーツで身を守る！女性のためのはじめての柔道：入門	10～12月 第1～4火曜日 18:00～19:30	全12回	15,000円＋税＊柔道着は各自ご用意ください。詳しくは受付まで	女性15歳以上	女性のみ
D	緊張しないスピーチトレーニング	10～12月 第1・3木曜日 (10/2・16 11/6・20 12/4・18) 18:00～20:00	全6回	10,000円 （消費税含む）	18歳以上	まずは楽しくおしゃべりから始めましょう
E	思い切り歌ってみよう！「みんな知ってる日本の歌」	10～12月 第1・2・3土曜日 10：00～12：00	全9回	5,000円＋楽譜代500円（税別）	18歳以上	一緒に歌えばみんな友だち！カラオケにも自信が持てます！

［翻譯］

小町文化中心秋季新班

	講座名稱	日期時間	上課堂數	費用	招生對象	備註
A	男子力UP！四堂課就能學會基礎烹飪	11・12月 第一和第三週的星期五 （11／7・21・12／5・12） 18:00 ～ 19:30	共4堂	18,000 圓＋稅（含材料費）	男性 18 歲以上	限男性
B	人人都會畫！用色鉛筆練習植物畫	10 ～ 12 月 第一週的星期六 13:00 ～ 14:00	共3堂	5,800 圓＋稅＊請自行準備色鉛筆	15 歲以上	在安靜的教室裡，老師仔細指導每一位學員
C	用日本的傳統運動保護自己！專為女性開設的柔道初級班	10 ～ 12 月 第一～四週的星期二 18:00 ～ 19:00	共12堂	15,000 圓＋稅＊請自行準備柔道道服。詳情請洽櫃臺。	女性 15 歲以上	限女性
D	協助您消除緊張的演講訓練	10 ～ 12 月 第一和第三週的星期四 （10／2・16 11／6・20 12／4・18） 18:00 ～ 20：00	共6堂	10,000 圓（含消費稅）	18 歲以上	首先從愉快的聊天開始吧
E	盡情歌唱吧！「大家都會唱的日本歌」	10 ～ 12 月 第一、第二和第三週的星期六 10：00 ～ 12：00	共9堂	5,000 圓＋樂譜費用 500 圓（未稅）	18 歲以上	大家一起唱歌就會變成好朋友！去卡拉 OK 超有自信！

38 男性会社員の井上正さんが平日、仕事が終わった後、18時から受けられるクラスはいくつあるか。

1　1つ　　2　2つ　　3　3つ　　4　4つ

[翻譯]

[38] 男性上班族井上正先生於平日下班後，能夠選擇幾門從 18 點起開始授課的課程？

1　1 門　　2　2 門　　3　3 門　　4　4 門

[題解攻略]

答えは２

「平日」とは、月・火・水・木・金曜日のこと。平日で 18:00 から始まるのはＡとＣとＤ。ただし、Ｃは「女性」対象なので×。男性会社員の井上正さんが受けられるクラスはＡとＤの２つである。したがって、２が適切。

正確答案是 2

平日是指星期一、二、三、四、五。平日 18:00 開始的課程有 A 和 C 和 D。但是，C 僅以女性做為授課對象，所以無法參加。男性上班族的井上正先生可以參加的課程有 A 和 D 兩種。因此選項 2 是正確的。

答案：2

---

39 主婦の山本真理菜さんが週末に参加できるクラスはどれか。

1　ＢとＡ　　2　ＢとＣ　　3　ＢとＤ　　4　ＢとＥ

[翻譯]

[39] 家庭主婦山本真理菜小姐能在週末參加的課程是哪幾門？

1　B 和 A　　2　B 和 C　　3　B 和 D　　4　B 和 E

[題解攻略]

答（こた）えは 4

「週末（しゅうまつ）」とは土曜日（どようび）と日曜日（にちようび）のこと。週末（しゅうまつ）にクラスがあるのは、B と E。どちらも主婦（しゅふ）の山本真理菜（やまもとまりな）さんは受（う）けることができる。したがって、4 が適切（てきせつ）。

正確答案是 4

「週末」（週末）是指星期六和星期日。週末的課程有 B 和 E。家庭主婦山本真理菜小姐兩者都可以參加。所以選項 4 是正確的。

答案：4

單字的意思

- □ 基本（きほん）／基本，基礎，根本
- □ 含（ふく）む／帶有，包含；含（在嘴裡）；瞭解，知道；含蓄
- □ 緊張（きんちょう）／緊張
- □ トレーニング【training】／訓練，練習
- □ おしゃべり／閒談，聊天；愛說話的人，健談的人
- □ 思（おも）い切（き）り／狠狠地，盡情地，徹底的；斷念，死心；果斷
- □ 自信（じしん）／自信，自信心
- □ 参加（さんか）／參加，加入

小知識

「週末」的範圍，到底是星期五、星期六、還是星期六、日呢？據 NHK 在 1999 年的調查顯示，日本全國有半數以上的人認為「週末（しゅうまつ）」指的是「土曜日（どようび）と日曜日（にちようび）」（星期六和星期日），而認為是「土曜日（どようび）」（星期六）、「金曜日（きんようび）と土曜日（どようび）」（星期五和星期六）、「金曜日（きんようび）から日曜日（にちようび）まで」（星期五到星期日）三者的人則各占一成多。因此新聞媒體在傳達訊息時都盡可能具體地加上星期或日期，例如「這個星期日」、「下周六 24 日」等。

專欄 6

文法比一比

● にとって（は）、にとっても、にとっての

「對於…來說」

說明 [Nにとって]。表示站在前面接的那個詞的立場，來進行後面的判斷或評價。相當於「…の立場から見て」。

例句 この事件は、彼女にとってショックだったに違いない。／這個事件，對她肯定打擊很大。

● において、においては、においても、における

「在…」，「在…時候」，「在…方面」

說明 [Nにおいて]；[NにおけるN]。表示動作或作用的時間、地點、範圍、狀況等。是書面語。口語一般用「で」表示。

例句 我が社においては、有能な社員はどんどん昇進できます。／在本公司，有才能的職員都會順利升遷的。

● だけ

「只」，「僅僅」

說明 [N（＋助詞＋）だけ]；[N / Naなだけ]；[A/ Vだけ]。表示只限於某範圍，除此以外沒有別的了。

例句 テレビは一時間だけ見てもいいです。／只看一小時的電視也行。

● しか

「只」，「僅僅」

說明 [N（＋助詞＋）しか…ない]。下接否定，表示限定。一般帶有因不足而感到可惜、後悔或困擾的心情。

例句 5000円しかありません。／僅有 5000 日圓。

● なんか、なんて

「連…都…（不）…」；「…等等」，「…那一類的」，「…什麼的」；「真是太…」，「…之類的」

說明 [N / Na（だ）なんか、なんて]；[A/ Vなんか、なんて]。（1）前接名詞，表示用輕視的語氣，談論主題。口語用法。（2）表示前面的事是出乎意料的，後面多接驚訝或是輕視的評價口語用法。

例句 庭に、芝生なんかあるといいですね。／如果庭院有個草坪之類的東西就好了。

● ばかり

「淨…」，「光…」，「老…」

說明 [N（＋助詞＋）ばかり]。表示數量、次數非常的多，而且說話人對這件事有負面評價；[V-てばかりいる]。表示說話人對不斷重複一樣的事，或一直都是同樣的狀態，有負面的評價。

例句 漫画ばかりで、そのほかの本はぜんぜん読みません。／光看漫畫，完全不看其他書。

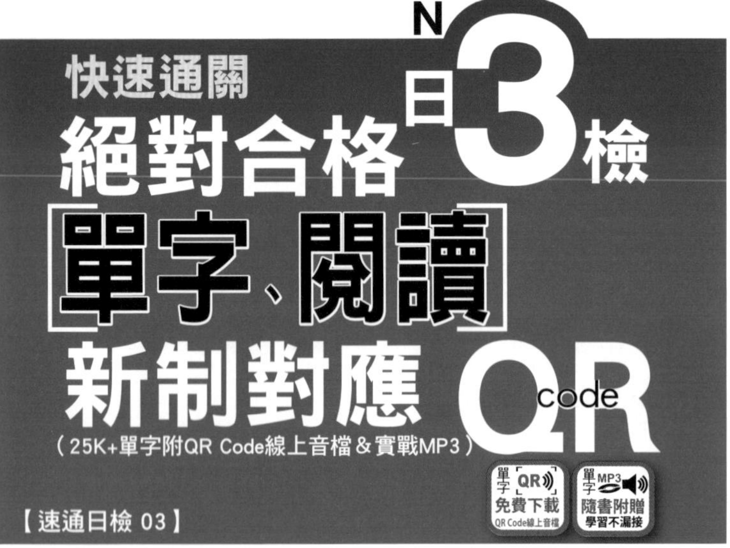

■ 發行人／林德勝

■ 著者／吉松由美, 田中陽子, 西村惠子, 山田社日檢題庫小組

■ 設計主編／吳欣樺

■ 出版發行／山田社文化事業有限公司
地址　臺北市大安區安和路一段112巷17號7樓
電話　02-2755-7622
傳真　02-2700-1887

■ 郵政劃撥／ 19867160號　大原文化事業有限公司

■ 總經銷／聯合發行股份有限公司
地址　新北市新店區寶橋路235巷6弄6號2樓
電話　02-2917-8022
傳真　02-2915-6275

■ 印刷／上鎰數位科技印刷有限公司

■ 法律顧問／林長振法律事務所　林長振律師

■ 書+（單字附朗讀 MP3+QR Code）／新台幣630元

■ 初版／2022年 8 月

© ISBN : 978-986-246-698-8

STS
山田社

STS
山田社